# LUA DE SANGUE

Obras do autor publicadas pela Editora Record

*Headhunters*
*Sangue na neve*
*O sol da meia-noite*
*Macbeth*
*O filho*
*O reino*
*O homem ciumento*

Série *Harry Hole*
*O morcego*
*Baratas*
*Garganta vermelha*
*A Casa da Dor*
*A estrela do diabo*
*O redentor*
*Boneco de Neve*
*O leopardo*
*O fantasma*
*Polícia*
*A sede*
*Faca*
*Lua de sangue*

# JO NESBØ

# LUA DE SANGUE

*Tradução de*
Ângelo Lessa

1ª edição

EDITORA RECORD
RIO DE JANEIRO • SÃO PAULO
2024

CIP-BRASIL. CATALOGAÇÃO NA PUBLICAÇÃO
SINDICATO NACIONAL DOS EDITORES DE LIVROS, RJ

N372L Nesbø, Jo, 1960-
Lua de sangue / Jo Nesbø ; tradução Ângelo Lessa. - 1. ed. - Rio de Janeiro : Record, 2024.

Tradução de: Killing moon
ISBN 978-85-01-92069-0

1. Ficção norueguesa. I. Lessa, Ângelo. II. Título.

24-91640

CDD: 839.823
CDU: 82-3(481)

Meri Gleice Rodrigues de Souza - Bibliotecária - CRB-7/6439

Título original:
*Blodmåne*

Traduzido a partir do inglês *Killing Moon*, por Seán Kinsella


Publicado mediante acordo com Salomonsson Agency.

Texto revisado segundo o Acordo Ortográfico da Língua Portuguesa de 1990.



Impresso no Brasil

ISBN 978-85-01-92069-0

O sol se converterá em trevas, e a lua, em sangue,
antes que venha o grande e terrível Dia do Senhor.

Joel 2, 31

# Prólogo

— Oslo — disse o homem e tomou um gole de uísque.

— Esse é o seu lugar preferido? — perguntou Lucille.

Ele olhou para o nada, como se precisasse refletir sobre a resposta antes de fazer que sim. Lucille ficou prestando atenção enquanto ele bebia. Era bem alto — maior que ela, mesmo sentado no banco do balcão do bar. Devia ser pelo menos dez, talvez uns vinte anos mais novo que os 72 que ela ostentava. Difícil saber a idade de um alcoólatra só de olhar. O rosto e o corpo dele pareciam talhados em madeira — magros, límpidos, rígidos. A pele pálida, o emaranhado de veias finas azuladas no nariz, os olhos injetados e as íris cor de jeans desbotado sugeriam que ele tinha vivido demais. Bebido demais. Sofrido demais. E amado demais, porque, durante aquele mês em que ele vinha frequentando o Creatures, Lucille reconheceu a dor em seus olhos. Parecia a dor de um cachorro que leva uma surra e é expulso da matilha, sempre sozinho no canto do bar, ao lado de Bronco, o touro mecânico que o dono do lugar, Ben, havia pegado do set de filmagem de *Cowboy do asfalto*, fracasso de crítica e bilheteria no qual havia trabalhado como assistente. O touro servia como um lembrete de que Los Angeles não era uma cidade construída sobre sucessos cinematográficos, mas sobre uma montanha de fracassos humanos e financeiros. Mais de oitenta por cento dos filmes feitos fracassavam e davam prejuízo. A cidade tinha o maior número de pessoas em situação de rua dos Estados Unidos, vivendo numa densidade populacional comparável à de Mumbai. Os engarrafamentos sufocavam a cidade e estavam prestes a matá-la, mas a criminalidade, as drogas e a violência se esforçavam para fazer isso primeiro. Ainda assim, o sol brilhava. Aquela porcaria de lâmpada de dentista californiana nunca se apagava, brilhava incansável, fazendo todas as bijuterias daquela cidade de mentira brilharem feito diamantes autênticos, como verdadeiras histórias de sucesso. Ah, se eles soubessem a verdade... Lucille sabia, porque havia estado lá, no palco. E nos bastidores também.

Era evidente que o homem sentado ao lado de Lucille nunca havia pisado num palco; ela reconhecia quem era do ramo só de bater o olho. Ao mesmo tempo, ele não parecia o tipo de pessoa que olha para o palco com admiração, esperança ou inveja. Na verdade, parecia alguém que não dava a mínima para nada. Um sujeito voltado para si próprio, interessado nas próprias questões. Talvez um músico, um desses caras estilo Frank Zappa, que compunha músicas incompreensíveis num porão em Laurel Canyon e não tinha sido — nem jamais seria — descoberto.

Ao longo do mês, Lucille e o novato começaram a se cumprimentar com acenos de cabeça e palavras breves, como fazem os clientes matutinos de um bar frequentado por alcoólatras de verdade, mas essa era a primeira vez que ela se sentava ao lado do sujeito e pagava uma bebida para ele. Ou melhor, Lucille pagou a bebida que ele já havia pedido, quando viu Ben devolver o cartão de crédito do sujeito com cara de quem tentou passar na máquina e viu que havia estourado o limite.

— Mas Oslo também te ama? — perguntou ela. — Eis a questão.

— Pouco provável.

Quando ele passou a mão pelo cabelo curto, loiro-escuro e levemente grisalho, Lucille percebeu que o dedo médio era uma prótese de metal. O homem não era bonito, e a cicatriz escura em forma de J que ia do canto da boca até a orelha — como se ele fosse um peixe preso no anzol — não melhorava em nada a aparência. Mas ele tinha um ar um tanto atraente e perigoso, como alguns colegas de profissão de Lucille na cidade. Christopher Walken. Nick Nolte. O homem tinha ombros largos. Ou talvez só passasse essa impressão porque era esquelético.

— Pois é... Esses são os que a gente mais quer — comentou Lucille. — Amores não correspondidos. Os que achamos que vão nos amar se nos esforçarmos um *pouquinho* mais.

— E aí, o que você faz da vida?

— Bebo — respondeu Lucille e ergueu o copo de uísque. — E alimento gatos.

— Hum.

— Acho que no fundo você quer saber quem eu sou. Eu sou...

Ela tomou um gole de uísque e pensou em qual versão contar — a que guardava para ocasiões sociais ou a verdadeira. Baixou o copo e decidiu pela segunda opção. Que se dane.

— Uma atriz que teve *um* papel grande, de Julieta, naquela que hoje ainda é a melhor adaptação cinematográfica de *Romeu e Julieta*, mas que caiu no esquecimento. Um papel grande não parece muita coisa, mas é mais do que a maioria dos atores consegue nessa cidade. Fui casada três vezes: duas com cineastas ricos, dos quais me separei e consegui uma bolada no divórcio, também mais do que a maioria dos atores consegue. Meu terceiro marido foi o único que amei. Um ator, um adônis sem grana, indisciplinado, sem consciência de nada. Ele torrou cada centavo que eu tinha e me largou. Ainda o amo. Que ele queime no inferno.

Lucille matou o uísque, pousou o copo no balcão e com um gesto pediu outra dose a Ben.

— E, como eu sempre me atraio por aquilo que não vou conseguir, investi uma grana que não tenho num projeto de filme com um papel grande para uma mulher mais velha. Um projeto com um roteiro inteligente, atores competentes e um diretor capaz de fazer as pessoas refletirem. Em resumo, um projeto que qualquer pessoa sensata perceberia que estava fadado ao fracasso. Essa sou eu: uma sonhadora, uma perdedora, uma verdadeira moradora de Los Angeles.

O homem com a cicatriz em forma de J sorriu.

— Pronto, acabei com o meu estoque de autodepreciação — comentou ela. — Como você se chama?

— Harry.

— Você não fala muito, Harry.

— Hum.

— Sueco?

— Norueguês.

— Fugindo de alguma coisa?

— É a impressão que passo?

— É. Notei que usa aliança. Fugindo da esposa?

— Ela morreu.

— Ah. Fugindo do luto. — Lucille ergueu o copo num brinde. — Quer saber o meu lugar preferido? Exatamente esse aqui, Laurel Canyon. Não hoje, e sim no fim dos anos sessenta. Você tinha que estar aqui, Harry. Se é que havia nascido na época.

— É, ouvi dizer.

Ela apontou para as fotos emolduradas na parede atrás de Ben.

— Tudo que é músico passou por aqui. Crosby, Stills, Nash e... Qual é o nome daquele último cara ali?

Harry sorriu de novo.

— The Mamas and the Papas — continuou ela. — Carole King. James Taylor. Joni Mitchell. — Ela fez uma careta. — Essa parecia uma santa, mas transou com quase todo mundo que eu mencionei. Pôs as garras até no Leonard. Eles moraram juntos por mais ou menos um mês. Ela me emprestou ele por uma noite.

— Leonard Cohen?

— O próprio. Que homem gentil, adorável. Me ensinou a escrever versos rimados. Me explicou que a maioria das pessoas comete o erro de começar com o melhor verso e depois precisa forçar uma rima meia-boca. O truque é colocar a rima forçada no primeiro verso, assim ninguém percebe. Pense na música "Hey, That's No Way to Say Goodbye". Os dois versos juntos soam naturais. A gente fica com essa impressão porque acha que o autor escreve na ordem em que pensa. Normal, porque somos programados para achar que o que está acontecendo no presente é resultado do que aconteceu no passado, e não o contrário.

— Hum. Então o que acontece agora é resultado do que vai acontecer no futuro?

— Exato, Harry! Você entende, não é?

— Não sei. Me dá um exemplo.

— Claro.

Lucille matou a segunda dose de uísque e percebeu que Harry havia notado algo em seu tom de voz, porque o viu erguer a sobrancelha e correr os olhos rapidamente pelo bar.

— O que está acontecendo neste exato momento é que eu estou contando para você que fiz uma dívida por causa de um filme que está em desenvolvimento — começou ela, olhando pela janela embaçada, com persianas semicerradas, para o estacionamento empoeirado lá fora. — Isso não é coincidência e sim uma consequência do que *vai* acontecer. Tem um Camaro branco lá fora, estacionado ao lado do meu carro.

— Com dois caras dentro — acrescentou Harry. — Estão ali faz vinte minutos.

Lucille fez que sim. Harry tinha acabado de confirmar que ela estava certa quando imaginou a profissão dele.

— Vi esse mesmo carro em frente à minha casa em Canyon hoje de manhã — continuou ela. — Nenhuma grande surpresa, porque eles já tinham me alertado e disseram que mandariam alguém para pegar o dinheiro. E não seriam profissionais licenciados. Não peguei o empréstimo num banco, se é que você me entende. Agora, quando eu sair daqui e for entrar no meu carro, esses dois caras provavelmente vão querer bater um papo comigo. Acho que não vai passar disso mesmo, só uns avisos e umas ameaças.

— Hum. E por que você está me contando isso?

— Porque você é policial.

Harry ergueu a sobrancelha outra vez.

— Sou?

— O meu pai era da polícia, é fácil reconhecer um de vocês. A questão é que eu quero que você fique de olho daqui de dentro. Se eles começarem a gritar e me ameaçar, quero que saia e... Você sabe, pareça um policial, para enxotar os caras daqui. Olha, eu tenho quase certeza de que não vai chegar a esse ponto, mas me sentiria mais segura se você ficasse de olho.

Harry a observou com atenção.

— Certo — limitou-se a dizer.

Lucille ficou surpresa, achou que tinha sido fácil demais convencê-lo. Ao mesmo tempo, o olhar de Harry tinha uma firmeza que a fazia confiar nele. Por outro lado, ela também havia confiado no adônis. E no diretor. E no produtor.

— Vou sair agora — avisou ela.

Harry Hole segurou o copo. Escutou o chiado quase inaudível dos cubos de gelo derretendo. Não bebeu. Estava sem grana, no limite, queria saborear aquela dose, fazê-la render o máximo possível. Pousou o olhar numa das fotos atrás do balcão do bar. Era de Charles Bukowski, um dos seus escritores preferidos quando novo, em frente ao Creatures. Ben havia explicado que a foto era da década de setenta. Na imagem, Bukowski está abraçado a um amigo com o amanhecer ao fundo; ambos de camisa havaiana, os olhos injetados, as pupilas do tamanho de uma cabeça de alfinete, com um sorriso triunfante, como se tivessem feito uma travessia exaustiva e acabado de chegar ao polo Norte.

Harry baixou os olhos para o cartão de crédito que Ben tinha jogado no balcão à sua frente.

Estourado. Zerado. Nem um centavo. Missão cumprida. A missão era beber tudo até não sobrar nada. Grana nenhuma, dia nenhum pela frente, futuro nenhum. Só faltava descobrir se ele seria corajoso — ou covarde — na hora de fechar a conta. Deixava escondida uma velha pistola Beretta debaixo do colchão no quarto de pensão que alugava, comprada por vinte e cinco dólares de um sem-teto que morava numa tenda de lona em Skid Row. Tinha três balas. Harry colocou o cartão de crédito na palma da mão e fechou os dedos. Virou-se e olhou pela janela. Viu a senhora andando para o estacionamento. Era tão pequena. Franzina, delicada, forte como um pardal. Calça bege e jaqueta curta combinando. Tinha um jeitão antiquado da década de oitenta, mas de bom gosto. Era assim que ela aparecia no bar toda manhã, sempre fazendo uma entrada triunfal. Para um público de dois a oito alcoólatras.

— Lucille chegou! — anunciava Ben quando a via atravessando a porta, então servia seu veneno preferido, uísque *sour*, antes mesmo que ela pedisse.

Lucille lembrava sua mãe, que morreu no Radiumhospitalet quando ele tinha 15 anos, o primeiro buraco de bala aberto no seu coração. Não pela forma como Lucille se fazia notar, mas pelo olhar carinhoso, sorridente, mas triste, típico de uma alma bondosa, mas resignada. Pela preocupação que demonstrava pelos outros quando perguntava sobre os problemas de saúde, a vida amorosa, os entes queridos. E pela consideração que demonstrou por Harry ao deixá-lo em paz, no outro canto do bar.

A mãe de Harry era uma mulher de poucas palavras, mas era a torre de controle, o centro nervoso da vida familiar, uma pessoa que mexia os pauzinhos com tanta discrição que fazia qualquer um acreditar que quem mandava na família era o pai. Ela sempre oferecia a Harry um abraço seguro, compreensão e amor incondicional — e, por isso mesmo, ela se tornou o calcanhar de aquiles dele. Certa vez, quando Harry estava no segundo ano, ela foi até a escola, deu uma batidinha de leve à porta da sala de aula e abriu para entregar a lancheira que ele havia esquecido em casa. Harry abriu um sorriso instintivo, mas alguns colegas começaram a rir da situação. Quando percebeu, Harry marchou furioso na direção da mãe, saiu da sala, e ali, no corredor, disse que ela estava fazendo com que ele passasse vergonha, que ela precisava ir embora, que não queria comida. A mãe apenas abriu um sorriso triste, entregou a lancheira, fez um carinho em sua bochecha e foi embora. Ele não tocou no assunto quando voltou para casa. Ela havia entendido, sempre entendia. E, quando Harry se deitou na cama naquela noite, também entendeu. Não tinha se sentido mal por causa *dela* e sim porque todos tinham visto o amor, a vulnerabilidade dele. Diversas vezes, ao longo dos anos seguintes, Harry pensou em se desculpar, mas intuiu que ela provavelmente acharia bobagem.

No estacionamento, uma nuvem de poeira subiu do chão de cascalho, por um instante cobrindo Lucille, que precisou segurar os óculos escuros no rosto. Harry viu a porta do carona do Camaro branco ser aberta, de onde saiu um homem de óculos escuros e camisa polo vermelha. Ele parou em frente ao carro para impedir que Lucille chegasse ao dela.

Harry imaginou que os dois fossem conversar, mas o homem deu um passo à frente, agarrou Lucille pelo braço e começou a puxá-la para o Camaro. Harry a viu fincar os saltos dos sapatos no chão de cascalho. Viu também que o Camaro não tinha placa dos Estados Unidos. Levantou-se do banco imediatamente, correu para a porta e a abriu com uma cotovelada. Quando saiu do bar, ficou com a vista ofuscada pela luz do sol e quase tropeçou nos dois degraus da entrada. Percebeu que não estava sóbrio — longe disso. Concentrou-se e foi andando em direção aos automóveis. Aos poucos sua visão foi se adaptando à luz. Mais além do estacionamento, do outro lado da estrada que serpenteava pela colina verdejante, havia uma mercearia quase vazia. Fora isso, Harry não viu ninguém além do homem e de Lucille, que estava sendo arrastada para o Camaro.

— Polícia! — gritou ele. — Solta ela!

— Por favor, fique fora disso, senhor — gritou o homem em resposta.

Harry concluiu que o sujeito devia ter um passado parecido com o seu — só policiais falam com educação numa situação dessas. Harry também sabia que teria que agir e que no combate corpo a corpo a primeira regra é simples: não espere, quem ataca primeiro e com força total vence. Então, Harry seguiu em frente no mesmo ritmo. O homem deve ter percebido sua intenção, porque soltou Lucille e levou a mão às costas. Quando ergueu o braço, tinha na mão uma pistola niquelada que Harry reconheceu de imediato. Uma Glock 17 apontada para ele.

Harry diminuiu a velocidade, mas seguiu em frente. Viu o olho do sujeito focando atrás da pistola.

— Volte para o lugar de onde veio, senhor. Agora! — ordenou o homem, a voz abafada por uma caminhonete que passava na estrada.

Mas Harry seguiu avançando. Percebeu que ainda estava com o cartão de crédito na mão direita. Era assim que iria acabar? Num estacionamento empoeirado em outro país, num dia ensolarado, sem um centavo no bolso e bêbado, tentando fazer o que não tinha sido capaz de fazer pela mãe nem por qualquer pessoa importante em sua vida?

Harry semicerrou os olhos e fechou os dedos em volta do cartão, formando um cinzel com a mão, flexionando as falanges distais e mediais, mantendo as proximais alinhadas com o punho.

Pensou no título da música do Leonard Cohen: “Ei, isso não é jeito de dizer adeus.”

É sim, porra.

# 1

## Sexta-feira

Oito da noite. Meia hora antes, o sol de setembro tinha se posto sobre Oslo, e para crianças de 3 anos já passava da hora de dormir. Katrine Bratt suspirou e sussurrou ao celular:

— Não está conseguindo dormir, meu bem?

— A vovó canta elado — respondeu a criança e fungou. — Cadê você?

— Tive que trabalhar, meu bem, mas daqui a pouquinho estou em casa. Quer que a mamãe cante um pouquinho para você?

— Quelo.

— Tá bom, mas você tem que fechar os olhos.

— Tá.

— "Blueman"?

— Tá.

Katrine começou a cantar a melancólica canção de ninar num tom grave e baixo. *Blueman, Blueman, meu carneirinho, pense no seu garotinho*.

Ela não fazia a menor ideia do motivo de, há mais de um século, as crianças adorarem dormir escutando a história de um menininho angustiado que se pergunta por que Blueman, seu carneiro preferido, não volta do pasto e teme que ele tenha sido atacado, devorado por um urso e agora esteja morto, mutilado, perdido em algum lugar nas montanhas.

De qualquer modo, Katrine só precisou cantar uma estrofe para perceber que a respiração de Gert começou a ficar mais regular e profunda. Depois da estrofe seguinte sua sogra sussurrou ao celular:

— Já dormiu.

— Obrigada — agradeceu-lhe Katrine, agachada fazia tanto tempo que precisou apoiar a mão no chão. — Volto assim que der.

— Fique aí o tempo que for preciso, meu bem. E sou eu quem tem que agradecer por nos aceitar aqui. Ele fica a cara do Bjørn quando está dormindo.

Katrine engoliu em seco. Nunca sabia o que dizer quando a sogra fazia esse comentário. Não que não sentisse saudades de Bjørn ou que não ficasse feliz em saber que os pais dele enxergavam no neto um pouco do marido. A questão é que não era verdade.

Katrine se concentrou no que estava à sua frente.

— Essa canção de ninar é brutal — comentou Sung-min Larsen, que tinha se agachado ao lado dela. — Olha esse verso: "Vai ver você está mortinho."

— Eu sei, mas é a única que ele gosta de ouvir.

— Bem, então é isso que ele vai ouvir — disse Sung-min e sorriu.

Katrine fez que sim.

— Já parou para pensar que, quando criança, a gente espera amor incondicional dos nossos pais, mas não dá nada em troca? Que na verdade somos parasitas? Mas aí a gente cresce e tudo muda. Em que momento você acha que a gente para de acreditar que merece ser amado simplesmente por ser quem é?

— Você quer saber quando *ela* parou, não é?

— Isso.

Eles olharam para o cadáver da jovem jogado na floresta. A calça e a calcinha estavam nos tornozelos, mas o zíper da jaqueta impermeável estava fechado. O rosto estava voltado para cima, para o céu estrelado, branco como leite sob os holofotes da perícia instalados entre as árvores. A maquiagem estava borrada, parecia ter escorrido e secado diversas vezes no rosto. O cabelo loiro pintado estava grudado na lateral do rosto. Os lábios tinham preenchimento de silicone. Os cílios postiços se projetavam como um beiral sobre um olho vidrado que estava afundado na órbita e sobre o outro olho, que não estava lá — só havia a órbita vazia. Talvez o excesso de material sintético, não biodegradável, tivesse preservado o corpo.

— Imagino que seja Susanne Andersen — disse Sung-min.

— Eu também — concordou Katrine.

Os investigadores eram de departamentos diferentes: ela trabalhava na Divisão de Homicídios da Polícia de Oslo, e ele, na Kripos, o Serviço Nacional de Investigação Criminal da Noruega. Susanne Andersen, de 26 anos, estava desaparecida havia dezessete dias. Tinha sido vista pela última vez por uma câmera de segurança na estação de metrô de Skullerud, a cerca de vinte minutos de caminhada de onde eles estavam. A única pista sobre a outra mulher desaparecida, Bertine Bertilsen, de 27 anos, era seu carro, que tinha sido encontrado num estacionamento em Grefsenkollen, área onde as pessoas costumavam fazer trilha em outra parte da cidade. A cor do cabelo da mulher diante de Sung-min e Katrine batia com a das imagens da câmera de segurança, enquanto, segundo amigos e familiares, Bertine estava com cabelo castanho. Além disso, o corpo não tinha tatuagens da cintura para baixo, enquanto Bertine teria uma — o logo da Louis Vuitton — no tornozelo.

Até então o mês de setembro tinha sido frio e seco, e a descoloração na pele do cadáver — em tons de azul, roxo, amarelo e marrom — era normal para um corpo exposto ao ar livre por quase três semanas. O mesmo valia para o cheiro: o corpo produzia um gás que escapava aos poucos pelos orifícios. Katrine também tinha notado uma área esbranquiçada logo abaixo das narinas, lembrava uma penugem. Eram fungos. Larvas de mosca, cegas e amareladas, rastejavam no grande ferimento ao longo do pescoço. Katrine já tinha visto essa cena tantas vezes que não lhe causava mais nenhuma reação. Afinal, segundo Harry, as moscas-varejeiras são tão leais quanto a torcida do Liverpool. Aparecem a qualquer hora e em qualquer lugar, faça chuva ou faça sol, atraídas pelo cheiro de trissulfeto de dimetila que o corpo começa a exalar a partir do momento da morte. As fêmeas põem os ovos e, dias depois, as larvas eclodem e começam a se alimentar da carne putrefata. Nos dias seguintes elas se transformam em pupas, e depois em moscas. A partir daí, procuram outros corpos onde possam depositar seus ovos. Vivem assim por cerca de um mês e morrem. É o ciclo de vida delas. *Não muito diferente do nosso*, pensou Katrine. *Ou melhor, não muito diferente do meu.*

Katrine olhou ao redor. Vestidos de branco, os membros da Krimteknisk, a Unidade de Perícia Técnica, se moviam feito fantasmas silenciosos entre as árvores, lançando sombras misteriosas cada vez que os flashes das câmeras os iluminavam. A floresta era grande. Østmarka se prolongava por quilômetros e mais quilômetros, quase chegando à Suécia. Foi um corredor que encontrou o corpo. Ou melhor, o cachorro dele, que estava sem coleira, saiu da pista de cascalho e entrou na mata quando já estava escurecendo. O corredor — que usava uma lanterna de cabeça — seguiu o cachorro e o chamou de volta, até que o encontrou parado ao lado do cadáver, abanando o rabo. Bem, o corredor não disse que o cachorro estava abanando o rabo, foi Katrine quem imaginou a cena.

— Susanne Andersen — sussurrou ela, sem saber exatamente para quem. Talvez para a própria falecida, para confortá-la e lhe assegurar que, enfim, havia sido encontrada e identificada.

A causa da morte parecia óbvia. O corte que ia de um lado a outro do pescoço fino de Susanne Andersen, parecendo um sorriso. Larvas das varejeiras, insetos e talvez outros animais provavelmente já haviam consumido quase todo o sangue de Susanne, mas Katrine encontrou respingos em arbustos próximos e no tronco de uma árvore.

— Foi morta aqui — afirmou ela.

— Parece que sim — concordou Sung-min. — Acha que foi estuprada com vida? Ou sofreu a violência sexual depois de morta?

— Depois — respondeu Katrine, apontando a lanterna para as mãos de Susanne. — Nenhuma unha quebrada, nenhum sinal de luta. Mas vou pedir uma necropsia médico-legal no fim de semana. Vamos ver o que encontram.

— E a necropsia clínica?

— Não vamos conseguir antes de segunda.

Sung-min suspirou.

— Acho que é questão de tempo até encontrarmos Bertine Bertilsen estuprada e degolada em Grefsenkollen.

Katrine fez que sim. Ela e Sung-min tinham se conhecido melhor ao longo do último ano, período no qual ele justificou a reputação de ser um dos melhores investigadores da Kripos. Muitos acreditavam que ele seria o comandante da Kripos, no dia em que Ole Winter deixasse o cargo, e que a partir de então o departamento teria um chefe muito melhor. Era possível. Mas também havia quem não gostasse da ideia de o principal órgão de investigação do país ser comandado por um sul-coreano adotado e homossexual, que se vestia feito um aristocrata britânico. O blazer de caça de tweed clássico e as botas de camurça e couro contrastavam com o casaco barato e os tênis impermeáveis de Katrine. Quando Bjørn era vivo, ele brincava com Katrine dizendo que ela se vestia como se estivesse sempre pronta para uma escalada. Ela dizia que era só uma adaptação à vida de mãe de criança pequena. Mas no fundo admitia que esse estilo mais discreto e prático também se devia ao fato de não ser mais aquela investigadora jovem, talentosa e rebelde do começo da carreira, e sim a chefe da Divisão de Homicídios.

— O que você acha que é isso aqui? — perguntou Sung-min.

Katrine sabia que Sung-min estava pensando o mesmo que ela. E que nenhum dos dois pretendia dizê-lo em voz alta. Não ainda. Katrine pigarreou.

— Vamos começar nos atendo ao que temos aqui para descobrir o que aconteceu.

— De acordo.

Katrine esperava que a Kripos dissesse "de acordo" com frequência ao longo dos próximos dias. Mas toda ajuda seria bem-vinda. A Kripos informou que estava à disposição a partir do momento em que Bertine Bertilsen foi dada como desaparecida uma semana depois de Susanne em circunstâncias semelhantes. Ambas haviam saído terça à noite, não disseram aonde iam a ninguém com quem a polícia tenha falado e desde então estavam sumidas. Mas outras circunstâncias ligavam Susanne e Bertine, e foi isso que fez a polícia descartar a ideia de Susanne ter sofrido um acidente ou cometido suicídio.

— Certo — disse Katrine e se levantou. — É melhor eu avisar para a minha chefe.

Katrine precisou ficar de pé por um instante para o sangue voltar a circular direito nas pernas. Usou a lanterna do celular para pisar mais ou menos nas mesmas pegadas que eles tinham deixado ao entrar na cena do crime. Quando passou do cordão de isolamento preso às árvores, digitou as primeiras letras do nome da comandante da Divisão de Homicídios. Bodil Melling atendeu após o terceiro toque.

— Oi, é a Bratt. Desculpe ligar tão tarde, mas acho que encontramos uma das mulheres desaparecidas. Assassinada, degolada, respingos de sangue arterial na área, provável estupro ou violação. Quase certeza de que é Susanne Andersen.

— Que notícia triste — comentou Melling num tom neutro.

Ao mesmo tempo Katrine visualizou o rosto impassível da chefe, as roupas sem cor, a linguagem corporal que não transmite qualquer emoção, a vida familiar sem conflitos e a vida sexual desprovida de empolgação. A única coisa que parecia causar alguma reação na recém-nomeada comandante era o cargo de chefe de polícia, que em breve ficaria vago. Melling era qualificada, mas Katrine a achava insuportável de tão entediante. Sempre na defensiva. Covarde.

— Pode convocar uma coletiva de imprensa? — pediu Melling.

— Certo. Você quer...?

— Só se o corpo for identificado. Do contrário, você comanda a coletiva.

— Junto com a Kripos? Tem gente deles aqui no local.

— Certo. Se não tiver mais nada a dizer, preciso desligar, estamos com convidados aqui em casa.

Na pausa que se seguiu, Katrine ouviu uma conversa baixa ao fundo da ligação. Parecia uma troca de pontos de vista genial, do tipo que uma pessoa confirma o que a outra disse e desenvolve um argumento. Laços sociais. Era disso que Bodil Melling gostava. Com certeza ficaria irritada caso Katrine voltasse a tocar no assunto. Katrine deu a sugestão assim que Bertine Bertilsen foi dada como desaparecida e surgiu a suspeita de que as duas mulheres tinham sido assassinadas pelo mesmo homem. Na época Melling deixou claro que Katrine não chegaria a lugar nenhum com essa ideia e encerrou a discussão, dando a entender que era melhor esquecer isso.

— Só mais uma coisa — disse Katrine e deixou as palavras pairarem enquanto tomava ar.

Sua chefe foi mais rápida.

— A resposta é não, Bratt.

— Mas ele é o nosso único especialista. E é o melhor.

— E o pior. Além disso, ele não é mais *nosso*. Graças a Deus.

— A mídia vai perguntar por ele, vai querer saber por que não tentamos...

— Quando isso acontecer, diga a verdade: que não sabemos o paradeiro dele. Além do mais, considerando o que aconteceu com a mulher dele, aquele comportamento errático e o alcoolismo, não vejo como ele ajudaria numa investigação de homicídio.

— Acho que eu sei onde ele está.

— Esqueça isso, Bratt. Buscar heróis da antiga no primeiro momento sob pressão faz parecer que está menosprezando os investigadores da Divisão de Homicídios. Como você acha que vai ficar a autoestima e a motivação da equipe se trouxer para o caso esse trem desgovernado que nem distintivo tem mais? É o que chamamos de liderança fraca, Bratt.

— Tudo bem — disse Katrine e engoliu em seco.

— Que bom que você concorda. Algo mais?

Katrine refletiu por um instante. Então dava para irritar Melling, fazer com que ela mostrasse os dentes. Ótimo. Ela olhou para a lua crescente acima das copas das árvores. Na noite anterior, Arne, o rapaz com quem ela vinha saindo fazia quase um mês, disse que em duas semanas aconteceria um eclipse lunar total, a chamada lua de sangue, e que eles podiam sair para assistir e fazer alguma coisa. Katrine não fazia ideia do que era uma lua de sangue, mas Arne explicou que o evento astronômico ocorria a cada dois ou três anos e parecia tão empolgado que ela não teve coragem de dizer que era melhor eles não fazerem planos para uma data tão distante, tendo em vista que mal se conheciam. Katrine nunca teve medo de conflito, preferia ser direta, característica provavelmente herdada do pai — um policial de Bergen com mais inimigos do que dias chuvosos na cidade —, mas tinha aprendido a escolher suas batalhas. E ali, pensando bem, concluiu que não poderia agir da mesma forma que fez com o pretendente que nem sabe se vai ter algum futuro, essa briga ela precisava comprar o quanto antes.

— Tem algo mais, sim — respondeu Katrine. — Podemos dizer isso na coletiva de imprensa, caso alguém pergunte? Ou aos pais da próxima garota assassinada?

— Dizer o quê?

— Que a Polícia de Oslo está recusando a ajuda de um homem que esclareceu três casos de serial killers na cidade e prendeu os três culpados porque talvez alguns colegas tenham problemas de autoestima?

Houve um longo silêncio, e Katrine não ouviu nenhuma conversa do outro lado da linha. Por fim, Bodil Melling pigarreou.

— Quer saber, Katrine? Você tem trabalhado duro nesse caso. Comande a coletiva e descanse um pouco no fim de semana. A gente conversa na segunda.

Ao fim da ligação, Katrine telefonou para o Instituto de Medicina Forense. Em vez de usar os canais oficiais, entrou em contato direto com Alexandra Sturdza, a jovem médica forense que não tinha marido nem filhos e não tinha problema em fazer hora extra. E não deu outra: Sturdza respondeu que ela e um colega dariam uma olhada no cadáver no dia seguinte.

Katrine observou a mulher morta. Talvez por ter chegado aonde chegou sozinha num universo tão masculino, não conseguia ignorar o desprezo que sentia por mulheres que escolhiam depender de homens. E o fato era que Susanne e Bertine viviam à custa de homens, mas essa não era a única coincidência que as unia: elas dividiam o mesmo homem, Markus Røed, magnata do ramo imobiliário pelo menos trinta anos mais velho que elas. Susanne e Bertine dependiam de outras pessoas para viver e existir, homens com o dinheiro e a posição que elas eram incapazes de alcançar por conta própria para se sustentar. Em troca, pagavam com o corpo, com a juventude e com a beleza. E, se o relacionamento fosse público, o homem poderia desfrutar da inveja de outros homens. Mas, ao contrário de crianças, mulheres como Susanne e Bertine sabiam que o amor desses homens não era incondicional. Cedo ou tarde elas seriam descartadas e teriam que encontrar outro homem e parasitá-lo. Ou deixar que eles as parasitassem — tudo é uma questão de ponto de vista.

Isso era amor? Por que não? Só porque era deprimente demais?

Entre as árvores, na direção da pista de cascalho, Katrine viu a luz azul da ambulância, que tinha chegado em silêncio. Pensou em Harry

Hole. Em abril havia recebido um sinal de vida, um cartão-postal — por incrível que pareça — com uma foto de Venice Beach carimbado em Los Angeles. Como o eco do sonar de um submarino no fundo do mar. A mensagem era curta. "Manda dinheiro." Uma piada? Katrine não sabia. Desde então, silêncio.

Silêncio total.

Katrine se lembrou da última estrofe da canção de ninar, que não havia chegado a cantar para o filho.

*Blueman, Blueman, me responda, dê um gritinho. Não morra agora, Blueman, não deixe o seu garotinho.*

# 2

## Sexta-feira

## Relação custo-benefício

A coletiva de imprensa aconteceu na sala de imprensa da sede da polícia, como sempre. O relógio na parede marcava três minutos para as dez da noite, e ali, enquanto esperava com os colegas a chegada dos representantes da polícia, Mona Daa, repórter policial do *VG*, viu que o lugar estava lotado. Mais de vinte jornalistas numa noite de sexta. Ela havia batido um papo rápido com seu fotógrafo; o tema: se homicídios duplos vendiam o dobro dos simples, ou se era um caso de "retornos decrescentes". Para o fotógrafo, qualidade era mais importante que quantidade. Como a vítima era uma jovem norueguesa com uma beleza acima da média, a matéria geraria mais cliques do que, por exemplo, um casal de quarentões viciados em drogas e com antecedentes criminais, ou do que dois — talvez até três — jovens imigrantes de alguma gangue.

Mona Daa não discordou. Até o momento a polícia só havia confirmado a morte de uma das garotas desaparecidas, mas era questão de tempo até concluírem que a outra havia tido o mesmo destino, e ambas eram jovens, norueguesas e bonitas. Isso não melhorava a situação em nada. Mona Daa ainda não sabia que rumo dar à matéria: se deveria expressar preocupação pelas jovens, inocentes e indefesas, ou se havia outros fatores em jogo, fatores típicos de matérias caça-clique: sexo, dinheiro e uma vida que os próprios leitores gostariam de ter.

Falando em querer o que era dos outros, Mona viu um cara de uns trinta e poucos anos algumas fileiras à frente. Estava usando uma camisa de flanela obrigatória para hipsters e chapéu *pork pie* à la

Gene Hackman em *Operação França*. Era Terry Våge, do *Dagbladet*. Mona daria um braço para ter acesso às fontes dele. Desde que as matérias sobre o caso começaram a pipocar ele esteve à frente dos outros jornalistas. Exemplo: Våge foi o primeiro a publicar que Susanne Andersen e Bertine Bertilsen estiveram na mesma festa. Também havia citado uma fonte que disse que Røed era o *sugar daddy* das duas garotas. Mona se irritava não só por ele ser um concorrente. A simples presença dele na sala de imprensa a tirava do sério. E, como se tivesse ouvido os pensamentos de Mona, Våge se virou para trás e a encarou, sorriu e cumprimentou tocando a aba daquele chapéu idiota.

— Ele está a fim de você — comentou o fotógrafo.

— Eu sei.

O interesse de Våge por Mona nasceu quando, de forma inesperada, ele voltou ao jornalismo como repórter policial e ela cometeu o erro de ser mais ou menos amigável com ele durante um seminário sobre, por incrível que pareça, ética na imprensa. Como os outros jornalistas fugiam de Våge como o diabo foge da cruz, talvez ele tenha achado que ela estava interessada. Tempos depois, ele entrou em contato para pedir "dicas e conselhos" — palavras dele. Como se ela tivesse qualquer interesse em ser mentora de um concorrente. Pior: como se ela tivesse qualquer vontade de ter qualquer relação com um sujeito como Terry Våge. Afinal, todo mundo tinha certeza de que havia *algum fundo de verdade* nos rumores sobre ele. O problema era que, quanto mais Mona o rechaçava, mais ele tentava se aproximar. Pelo celular, pelas redes sociais e até aparecendo do nada em bares e cafés que ela frequentava. Como sempre, Mona demorou um pouco para entender que o interesse de Terry era *nela*. Mona nunca foi a primeira escolha dos garotos: era baixinha e corpulenta, tinha um rosto largo, um cabelo que sua própria mãe dizia ser "sem graça" e um defeito congênito no quadril que a fazia andar feito um caranguejo. Só Deus sabe se foi para compensar tudo isso, mas Mona começou a malhar pesado e ficou ainda mais atarracada. Por outro lado, pegava cento e vinte quilos no levantamento terra e tinha ganhado medalha de bronze no campeonato nacional de fisiculturismo. Ela havia aprendido que ninguém ganha nada de mão beijada — pelo menos assim tinha sido sua vida —, por isso desenvolveu um charme agressivo, senso de humor e uma coragem que as Barbies deste mundo nem sonhavam em ter. Todo esse empenho garantiu a ela o trono extraoficial de rainha do crime — e Anders. Entre as duas coisas, ela dava mais importância a Anders. Bem, por pouco. Não importava, mesmo que outros homens demonstrassem esse interesse, algo que Våge fazia de forma não convencional e até lisonjeira, Mona não tinha qualquer intenção de dar pano para manga. E achava que tinha deixado isso bem claro para Våge, se não com palavras, pelo menos com o tom de voz e a linguagem corporal. Mas era como se Våge só enxergasse e ouvisse o que queria. Às vezes, ele a encarava de olhos arregalados e Mona se perguntava se estava sob efeito de alguma substância ou se ele realmente estava ali, diante dela. Certa noite, Mona saiu com Anders para um bar, e, quando ele foi ao banheiro, Våge se aproximou dela de repente e, num tom de voz baixo para não ser ouvido em meio à música, mas alto o bastante para que ela escutasse, disse: "Você é minha." Mona fingiu que não escutou, mas ele permaneceu ali, parado, calmo e confiante, com um sorriso malicioso, como se aquilo fosse um segredo dos dois. Ele que se foda. Mona odiava drama e resolveu não contar a Anders. Tinha certeza de que Anders saberia lidar com a situação, mas mesmo assim preferiu deixar para lá. O que Våge estava pensando? Que era o novo macho alfa no laguinho de Mona e ela ficaria cada vez mais interessada à medida que ele se destacasse como repórter policial? Porque uma coisa era indiscutível: ele estava numa posição de destaque. Mas, se havia algo que ela desejava, era voltar a liderar a corrida, e não ser rebaixada a mais uma repórter da manada comendo a poeira de Terry Våge.

— Como acha que ele consegue as informações? — sussurrou ela para o fotógrafo.

Ele deu de ombros.

— Vai ver ele está inventando de novo.

Mona balançou a cabeça.

— Não, o que ele vem publicando sobre o caso tem fundamento.

Markus Røed e Johan Krohn, advogado do magnata, não tentaram refutar nada do que Våge havia escrito e isso servia como confirmação da verdade.

Mas Våge nem sempre foi o rei do crime. Estava marcado por uma história, e nunca deixaria de estar. O nome artístico da garota era Genie, cantora de glam rock estilo Suzi Quatro. O caso aconteceu fazia cinco ou seis anos, e o pior de tudo não foi Våge ter inventado e publicado mentiras sobre Genie, mas o boato de que ele havia batizado a bebida da adolescente durante uma festa para fazer sexo com ela. Na época ele era crítico musical de um jornal gratuito e claramente estava apaixonado por Genie, a ponto de publicar críticas e mais críticas elogiosas. Ela, por sua vez, vivia rejeitando suas investidas. Ele continuou aparecendo nos shows e nas festas, até a noite em que, segundo os rumores, batizou a bebida de Genie e a levou para o quarto do hotel onde tinha se hospedado, o mesmo onde a banda estava. Quando os garotos da banda perceberam, invadiram o quarto de Våge e encontraram Genie desmaiada e seminua na cama. Våge levou uma surra tão grande que sofreu traumatismo craniano e passou meses no hospital. Provavelmente Genie e a banda concluíram que a punição era suficiente, ou talvez não quisessem correr o risco de levar um processo, mas o fato foi que nenhuma das partes envolvidas quis levar o assunto à polícia. De qualquer modo, foi o fim das críticas elogiosas. A partir de então, além de descer o pau em cada lançamento de Genie, Terry Våge começou a escrever matérias alegando que a cantora era infiel, viciada em drogas, plagiava músicas, pagava um salário de miséria aos membros da banda e dava informações falsas nos pedidos de financiamento estatal para as turnês. Quando umas dez matérias foram enviadas para a Comissão de Ouvidoria da Imprensa e descobriram que Våge tinha inventado metade delas, ele foi demitido e se tornou *persona non grata* no jornalismo norueguês por cinco anos. Como conseguiu voltar era um mistério. Ou talvez não. Percebendo que a carreira de crítico musical estava morta, ele criou um blog policial que vinha arrebanhando cada vez mais leitores e, em dado momento, o *Dagbladet* considerou que era errado excluir um jovem jornalista de sua área de atuação só porque ele havia cometido alguns errinhos no início da carreira. Resultado: contrataram Våge como freelancer — um freelancer que vinha ocupando mais espaço de jornal que os jornalistas contratados.

Våge só tirou os olhos de Mona quando os policiais entraram na sala de imprensa e ocuparam seus lugares. Dois eram da Polícia de Oslo: Katrine Bratt, chefe da Divisão de Homicídios, e Kedzierski, chefe do Serviço de Informações, um homem com uma cabeleira encaracolada estilo Bob Dylan; e dois eram da Kripos: Ole Winter, um homem que mais lembrava um terrier, e o sempre bem-vestido Sung-min Larsen, que estava com um novo corte de cabelo. Ao ver os quatro reunidos, Mona presumiu que estava decidido que seria uma investigação conjunta da Divisão de Homicídios, o calhambeque, com a Kripos, a Ferrari.

A maioria dos jornalistas ergueu o celular para gravar sons e imagens, mas Mona Daa tomou notas e deixou as fotos para o colega.

Como era de se esperar, os policiais deram poucas informações novas além do fato de terem encontrado um cadáver na reserva natural de Østmarka, mais especificamente nas trilhas de Skullerud, e que a mulher morta havia sido identificada como Susanne Andersen, que estava desaparecida. O caso seria tratado como possível homicídio, mas por ora eles não podiam dar detalhes da causa da morte, ou da série de acontecimentos, possíveis suspeitos etc.

Em seguida houve aquele vaivém de sempre, com os jornalistas bombardeando os policiais com perguntas, enquanto eles, sobretudo Katrine Bratt, repetiam "sem comentários" e "não podemos nos pronunciar a respeito".

Mona Daa bocejou. Ela e Anders tinham marcado um jantar tarde para começar bem o fim de semana, mas não daria tempo. Tomou notas do que a polícia disse, mas teve a nítida sensação de que estava apenas resumindo o que já havia escrito. Talvez Terry Våge tivesse a mesma sensação. Não estava fazendo anotações nem gravando — estava recostado na cadeira, observando tudo com um sorrisinho e um ar triunfante. Não fez perguntas; era como se já tivesse as respostas que lhe interessavam. Em dado momento pareceu que os outros jornalistas também haviam esgotado o estoque de perguntas, e Kedzierski estava prestes a respirar fundo e anunciar o fim da coletiva, quando Mona ergueu a caneta.

— Sim, *VG*? — disse o chefe do Serviço de Informações com cara de quem estava torcendo para a pergunta ser rápida, porque o fim de semana já estava começando.

— Os senhores acham que têm as competências necessárias para capturar o criminoso, caso seja o tipo de pessoa que mata várias vezes, ou seja, caso se trate de um...

Sentada, Katrine Bratt se inclinou para a frente e a interrompeu:

— Conforme já dissemos, não temos nenhum indício sólido para afirmar que há uma ligação entre esta morte e quaisquer outros crimes. Sobre a capacidade somada da Divisão de Homicídios e da Kripos, garanto que é mais que suficiente, considerando o que sabemos do caso até agora.

Mona percebeu a ressalva da chefe da Divisão de Homicídios: "o que sabemos". Também notou que Sung-min Larsen, que estava sentado ao lado de Bratt, não fez que sim com a cabeça nem deu qualquer indicação de opinião sobre a competência da polícia para atuar no caso.

Ao fim da coletiva, Mona e os outros jornalistas saíram do prédio. Lá fora fazia uma noite amena de outono.

— O que achou? — perguntou o fotógrafo.

— Acho que estão felizes por terem um corpo — respondeu Mona.

— Você disse "felizes"?

— É. Susanne Andersen e Bertine Bertilsen estão mortas há semanas e a polícia sabe disso, mas não tem nenhuma pista do caso, fora a festa de Røed. Então acho que estão felizes por começar o fim de semana com um cadáver que sirva de ponto de partida.

— Caramba, como você é insensível, Daa.

Mona o encarou surpresa e refletiu.

— Obrigada — disse, por fim.

Eram onze e quinze da noite quando Johan Krohn enfim encontrou uma vaga para estacionar seu Lexus UX 300e na Thomas Heftyes gate e localizou o número do prédio onde seu cliente, Markus Røed, havia lhe pedido que fosse encontrá-lo. O advogado de defesa de 50 anos era considerado pelos colegas de profissão um dos três ou quatro melhores de Oslo. Por seu perfil midiático, a opinião pública o considerava o melhor, sem discussão. Como quase sempre era mais conhecido que seus clientes, não fazia visitas domiciliares — era o cliente que ia até ele, de preferência nos escritórios da Krohn e

Simonsen, na Rosenkrantz gate, durante o horário de expediente. E nem agora ele estava fazendo uma visita domiciliar, porque aquela não era a residência oficial de Røed, que era uma cobertura de duzentos e sessenta metros quadrados num dos novos edifícios de Oslobukta.

Krohn seguiu as instruções recebidas meia hora antes e apertou o botão do interfone com o nome da empresa de Røed, Barbell Properties.

— Johan? — perguntou Markus Røed, ofegante. — Quinto andar.

A porta vibrou e se abriu.

O elevador tinha um aspecto tão suspeito que Krohn decidiu subir de escada, que tinha amplos degraus de carvalho e corrimãos de ferro fundido, lembrando mais uma obra de Gaudí do que um respeitável e exclusivo edifício norueguês. A porta do quinto andar estava entreaberta. Dentro do apartamento parecia estar acontecendo uma guerra, e Krohn confirmou que era isso mesmo quando entrou e viu uma luz azulada vinda da sala. Em frente a uma TV gigantesca, de pelo menos cem polegadas, havia três homens de costas. O maior deles, no meio, estava usando óculos de realidade virtual e segurava um joystick em cada mão. Os outros dois eram jovens, talvez na casa dos 20, e estavam usando a TV para ver o que o homem de óculos de realidade virtual estava vendo — uma batalha de trincheiras na Primeira Guerra Mundial, a julgar pelos capacetes dos soldados alemães que avançavam contra o homem mais alto, que usava os joysticks para atirar nos inimigos.

— Isso! — gritou um jovem quando o último alemão tombou no chão com a cabeça explodida.

O homem alto tirou os óculos de realidade virtual e se virou para Krohn.

— Pelo menos *esse problema* foi resolvido — disse com um sorriso satisfeito.

Markus Røed era um homem bonito para a idade. Tinha um rosto largo, jeitão descontraído, pele sempre bronzeada e macia e cabelo preto reluzente, penteado para trás, tão cheio quanto o de um jovem de 20 anos. Tinha ganhado alguns quilinhos, mas a altura escondia a barriga. No entanto, a primeira coisa que chamou a atenção de Krohn foi a vivacidade nos olhos de Røed, uma vivacidade que primeiro fascinava, depois oprimia e por fim exauria as pessoas próximas. Nesse meio-tempo ele conseguia o que queria da pessoa, depois a descartava. Mas a verdade é que o nível de energia de Røed variava, assim como seu humor. Krohn presumiu que essas flutuações tinham a ver com os restos de pó branco que ele notou abaixo de uma narina de Røed. Johan Krohn estava ciente de tudo, mas decidiu aceitar mesmo assim. Não só porque Røed insistiu em pagar adiantado metade dos honorários, para garantir que o advogado iria "dar atenção total, ser fiel até as últimas consequências e fazer de tudo para alcançar o resultado" — palavras do próprio Røed —, mas sobretudo porque Røed era o cliente dos sonhos de Krohn: um milionário proeminente, com uma imagem detestável, que, por incrível que pareça, fazia Krohn parecer mais corajoso e íntegro do que oportunista ao aceitar defendê-lo. Assim, Krohn só precisava aturar essas convocações às sextas à noite enquanto o caso estivesse em andamento.

Røed fez um sinal e os jovens saíram da sala.

— Já viu *War Remains*, Johan? Não? É um jogo incrível de realidade virtual, mas nele você não pode atirar em ninguém. Essa aqui é uma versão na qual o desenvolvedor do jogo quer que eu invista... — Røed indicou com um aceno de cabeça a TV enquanto pegava uma garrafa de vidro lapidado e servia uísque em dois copos de cristal. — Eles querem manter a magia do *War Remains*, mas permitindo que você, digamos, influencie o curso da história. No fundo é isso que a gente quer, certo?

— Estou dirigindo — disse Krohn e ergueu a mão para negar o copo de uísque.

Røed encarou Krohn por um instante como se não entendesse a negativa. Espirrou com força, sentou-se numa poltrona Barcelona de couro e colocou os copos na mesa à sua frente.

— De quem é o apartamento? — questionou Krohn, enquanto se acomodava em outra poltrona, mas logo se arrependeu da pergunta. Como advogado, muitas vezes é mais seguro saber o mínimo necessário.

— Meu — respondeu Røed. — Funciona como um... refúgio, sabe?

Markus Røed abriu um sorriso maroto e deu de ombros, e Krohn entendeu na hora. Já havia defendido clientes com apartamentos do tipo. Ele mesmo havia considerado a possibilidade de comprar o que um colega chamava de apartamento para homens solteiros que não são solteiros, na época em que teve um caso extraconjugal que, por sorte, acabou quando ele se deu conta do que poderia perder.

— E aí? O que acontece agora? — perguntou Røed.

— Agora que Susanne foi identificada e a polícia definiu que foi homicídio, a investigação vai entrar numa nova fase. Você precisa estar preparado para ser convocado e prestar novos depoimentos.

— Em outras palavras, o foco vai ser ainda maior em mim.

— Isso. A menos que a polícia tenha encontrado alguma coisa que exclua qualquer chance de você ter estado na cena do crime. Sempre vale torcer por isso.

— Já imaginava que você poderia dizer algo do tipo. Mas não posso ficar aqui esperando mais, Johan. Sabia que a Barbell Properties perdeu três grandes contratos na última quinzena? As desculpas foram uma mais esfarrapada que a outra, que iam esperar lances mais altos, coisas do tipo. Ninguém se atreve a dizer com todas as letras que é por causa dessas matérias no *Dagbladet* sobre mim e as meninas, que não querem ter o nome ligado a um possível assassinato ou que têm medo de eu ser preso e a Barbell Properties falir. Se eu ficar de braços cruzados esperando uma trupe de policiais idiotas e mal pagos fazer o trabalho, a Barbell Properties vai acabar falindo muito antes de eles descobrirem qualquer coisa que me tire dessa situação. Precisamos ser proativos, Johan. Precisamos mostrar à opinião pública que eu sou inocente. Ou pelo menos que eu quero que a verdade venha à tona.

— O que você quer que eu faça, então?

— Precisamos contratar nossos próprios investigadores. Gente de primeira linha. Na melhor das hipóteses, eles encontram o assassino. Na pior, a opinião pública vai entender que eu quero descobrir a verdade.

Johan Krohn fez que sim.

— Me desculpe o trocadilho, mas me permita bancar o advogado do diabo agora.

— Prossiga — disse Røed e espirrou.

— Em primeiro lugar, os melhores detetives já trabalham para a Kripos, que paga melhor que a Divisão de Homicídios. E, mesmo que um investigador aceite largar uma carreira segura para encarar uma missão de curto prazo como essa, teria que dar aviso prévio de três meses e assinar um contrato de confidencialidade sobre tudo o que sabe a respeito dos casos de pessoas desaparecidas. Na prática eles não têm nenhuma utilidade para nós. Em segundo lugar, a opinião pública não vai gostar nada de ver uma investigação financiada por um milionário. Seria um gol contra. E vamos supor que os seus investigadores descubram fatos que inocentem você: essas informações seriam questionadas imediatamente. Isso não vai acontecer se a polícia descobrir os mesmos fatos.

— Ah. — Røed sorriu e secou o nariz com um lenço de papel. — Adoro essa relação custo-benefício. Você é bom, aponta os problemas. Mas agora vai me mostrar que é o melhor e vai me contar como resolver os problemas.

Johan Krohn se endireitou na poltrona.

— Obrigado pelo voto de confiança, mas é aí que está o problema.

— Como assim?

— Você falou em encontrar o melhor, e tem uma pessoa que talvez seja a melhor. Pelo menos já deu ótimos resultados no passado.

— Mas...?

— Mas ele não está mais na polícia.

— Pelo que você falou, isso é uma vantagem.

— Quero dizer que ele não está mais na polícia pelos motivos errados.

— Que motivos são esses?

— Por onde eu começo? Deslealdade. Negligências graves no cumprimento do dever. Embriaguez no trabalho, sem dúvida é alcoólatra. Vários casos de violência. Abuso de substâncias. Embora não tenha sido condenado, ele é culpado pela morte de pelo menos um colega. Em suma, ele deve ter mais crimes na consciência do que a maioria dos criminosos que prendeu. Além de tudo, pelo que dizem, trabalhar com ele é um pesadelo.

— São muitos motivos. Mas por que você mencionou esse sujeito se ele é tão insuportável?

— Porque ele é o melhor. E porque pode ser útil no segundo ponto que você citou, sobre mostrar à opinião pública que quer descobrir a verdade.

— Como?

— Ele resolveu casos que o fizeram ser um dos poucos investigadores com certo renome. Tem a imagem de uma pessoa intransigente, íntegra, não interessa o que aconteça. Óbvio que é um exagero, mas as pessoas gostam desses mitos. E, para os nossos objetivos, a imagem dele poderia acabar com qualquer suspeita de que você está influenciando a investigação.

— Você vale cada centavo que cobra, Johan Krohn. — Røed sorriu. — Ele é o homem que nós queremos!

— O problema...

— Chega de problema! Aumente a oferta até ele aceitar.

— ... é que ninguém sabe exatamente onde ele está.

Røed ergueu o copo de uísque, mas não bebeu, apenas olhou para a bebida com ar de reprovação.

— Como assim "exatamente"?

— Às vezes, por questões de trabalho, eu me encontro com Katrine Bratt, chefe da Divisão de Homicídios, onde ele trabalhava, e, quando eu perguntei o paradeiro dele, ela respondeu que, pelo último sinal de vida que deu, ele estava numa cidade grande, mas ela não sabia exatamente onde nem o que estava fazendo lá. Digamos que ela não pareceu muito otimista quanto ao paradeiro dele.

— Ah! Não desista agora que você me convenceu a contratar o cara, Johan! É ele que a gente quer, estou sentindo. Encontre o cara!

Krohn suspirou. Pela segunda vez se arrependeu de ter aberto a boca. Exibido como poucos, Krohn havia caído como um patinho na armadilha clássica que Markus Røed provavelmente usava todo dia: fazer você provar que é o melhor. Com a perna presa na armadilha, era tarde demais para dar meia-volta e fugir. Ele precisaria dar alguns telefonemas. Calculou a diferença de fuso horário. Concluiu que podia começar a trabalhar imediatamente.

# 3

## Sábado

Alexandra Sturdza observava o rosto no espelho da pia enquanto lavava as mãos de forma rotineira e cuidadosa, como se estivesse prestes a tocar uma pessoa viva, e não um cadáver. Tinha um rosto sério, com marcas de espinhas. O cabelo, preto feito piche, estava preso num coque, mas ela sabia que era questão de tempo para os primeiros fios brancos começarem a aparecer — sua mãe romena começou a ficar com cabelo branco aos trinta e poucos anos. Os homens noruegueses diziam que tinha olhos castanhos "fulminantes" — sobretudo quando tentavam imitar seu sotaque quase imperceptível. Quando ridicularizavam sua terra natal, um país que alguns consideravam uma grande piada, ela dizia que era de Timişoara, primeira cidade europeia a ter iluminação pública elétrica, em 1884, décadas antes de Oslo. Alexandra migrou para a Noruega aos 20 anos e aprendeu o idioma em seis meses trabalhando em três empregos, número que caiu para dois quando ela passou para a faculdade de química na NTNU e depois para apenas um, quando começou a trabalhar no Instituto de Medicina Forense enquanto terminava a tese de doutorado sobre análise de DNA. Às vezes, Alexandra se perguntava por que os homens se sentiam tão atraídos por ela. Não podia ser seu rosto nem seu jeito direto, às vezes até brutal. Nem sua inteligência ou seu currículo, percebidos mais como ameaça do que como atrativo para eles. Ela suspirou. Certa vez um homem lhe disse que seu corpo era uma mistura de um tigre e uma Lamborghini. Estranho como um comentário tão cafona pode parecer muito errado ou totalmente aceitável — até maravilhoso —, dependendo de quem fala. Ela fechou a torneira e entrou na sala de necropsia.

Helge já estava pronto. Dois anos mais novo que Alexandra, o técnico de necropsia pescava tudo rápido e estava sempre sorrindo, qualidades que Alexandra considerava valiosas para alguém que trabalha com mortos e precisa descobrir segredos sobre a causa da morte de um cadáver. Helge era bioengenheiro, e Alexandra, engenheira química, e ambos podiam realizar necropsias médico-legais, mas não necropsias clínicas completas. Alguns patologistas tentavam usar a hierarquia para chamar os técnicos de necropsia de *Diener* — servos —, definição criada pelos antigos patologistas alemães. Helge não ligava, mas Alexandra às vezes se incomodava, sobretudo em dias como aquele, em que fazia igualmente bem tudo o que um patologista faria numa pré-necropsia. Helge era a pessoa de quem ela mais gostava no Instituto de Medicina Forense; estava sempre disponível, e é raro ver um norueguês disposto a trabalhar sábado. Ou depois das quatro da tarde num dia de semana. Às vezes, Alexandra se perguntava qual seria o padrão de vida deste país cheio de gente que foge do trabalho caso os estadunidenses não tivessem descoberto petróleo na plataforma continental.

Alexandra acendeu a lâmpada pendurada acima do corpo nu da jovem na mesa. O cheiro do cadáver varia de acordo com diversos fatores: idade, causa da morte, medicações, alimentação e — claro — estágio do processo de decomposição. Alexandra não tinha problema com o fedor de carne podre, excremento ou urina. Era capaz de encarar até os gases criados pelo processo de decomposição. Mas não suportava fluidos estomacais, o cheiro de vômito, bile e ácidos. Nesse sentido, Susanne Andersen não se saiu tão mal, mesmo após três semanas ao ar livre.

— Sem larvas? — perguntou Alexandra.

— Eu tirei — disse Helge, mostrando a garrafa de vinagre.

— Guardou?

— Guardei — respondeu Helge e apontou para uma caixa de vidro com uma dúzia de larvas brancas. Eles guardavam as larvas porque, pelo comprimento delas, era possível saber mais ou menos quanto tempo tinham se alimentado do cadáver, ou seja, quanto tempo havia se passado desde que eclodiram, o que na prática é uma informação sobre o momento da morte. Não em horas, mas em dias ou semanas.

— Não vai demorar muito — comentou Alexandra. — A Divisão de Homicídios só quer um exame externo e a causa provável. Análise de sangue, urina, fluidos. O patologista vai fazer a necropsia completa segunda-feira. Algum plano para hoje à noite? Aqui...

Helge fotografou a área para a qual Alexandra estava apontando.

— Pensei em ver um filme — respondeu ele.

— Quer vir dançar comigo numa boate gay? — Alexandra escreveu no formulário e apontou para outro ponto. — Aqui.

— Não sei dançar.

— Bobagem. Todo gay sabe dançar. Está vendo o corte no pescoço? Começa no lado esquerdo, se aprofunda no meio e quando chega do lado direito fica mais raso. Indica que o assassino era destro e estava atrás da vítima, segurando a cabeça dela para trás. Uma vez um patologista me falou de um caso em que o homem tinha um ferimento igual a esse. Eles achavam que era homicídio, mas no fim descobriram que o sujeito tinha cortado o próprio pescoço. Isso é que é força de vontade. E aí, o que acha? Topa uma boate gay hoje à noite?

— E se eu não for gay?

— Então... — começou Alexandra, tomando notas — ... não vou mais querer sair com você, Helge.

Ele deu uma gargalhada e tirou uma foto.

— Por quê?

— Porque se você for hétero os outros héteros não vão vir falar comigo. Um bom parceiro de boate precisa ser gay.

— Posso fingir que sou.

— Não funciona. Homens sentem cheiro de testosterona e vão embora. O que acha que é isso?

Alexandra aproximou uma lupa logo abaixo de um mamilo de Susanne Andersen.

Helge se aproximou.

— Saliva seca, talvez. Ou catarro. Só sei que não é sêmen.

— Tira uma foto, depois eu coleto uma amostra para analisar no laboratório segunda-feira. Se tivermos sorte, tem DNA aí.

Helge tirou uma foto enquanto Alexandra examinava boca, orelhas, narinas e o único olho do cadáver.

— O que acha que aconteceu aqui? — Ela apontou a lanterna para a cavidade ocular vazia.

— Animais?

— Acho que não. — Alexandra apontou a lanterna para as bordas da órbita ocular. — Não sobrou nada do globo ocular, e não tem feridas de garras de pássaros ou roedores ao redor. Além do mais, por que o animal não tiraria o outro olho também? Tire uma foto. — Ela apontou a lanterna para a órbita ocular. — Está vendo como parece que os nervos foram cortados na mesma área, como se alguém tivesse usado uma faca?

— Meu Deus! — disse Helge. — Quem faz uma coisa dessas?

— Homens furiosos — respondeu Alexandra, balançando a cabeça. — Homens furiosos e magoados. E tem um monte por aí. Melhor eu ficar em casa e ver um filme hoje à noite também.

— Pois é.

— Vamos ver se ela também sofreu violência sexual.

Após concluir que não havia sinais evidentes de lesão externa ou interna na genitália nem vestígios de sêmen na parte de fora da vagina, eles fizeram uma pausa para fumar no terraço. Se houvesse sêmen dentro da vagina, o corpo já teria absorvido há muito tempo. Na segunda-feira o patologista faria a mesma checagem, mas Alexandra tinha certeza de que chegaria à mesma conclusão.

Alexandra não costumava fumar, mas acreditava que o cigarro expulsava os demônios dos mortos que se alojavam dentro dela. Tragou e contemplou a cidade de Oslo. Olhou para o fiorde, com seu brilho prateado sob o céu claro e sem nuvens. Nas colinas, os tons de vermelho e amarelo do outono brilhavam intensamente.

— Porra, que coisa linda — disse ela e suspirou.

— Do jeito que você fala parece que preferia que fosse horrível — comentou Helge, pegando o cigarro de Alexandra.

— Odeio me apegar às coisas.

— Coisas?

— Lugares. Pessoas.

— Homens?

— Especialmente homens. Eles tiram a sua liberdade. Ou melhor, não são eles que tiram, você é que é covarde e dá a liberdade para eles, como se estivesse programada para fazer isso. E a liberdade vale mais que um homem.

— Tem certeza?

Alexandra pegou o cigarro de volta e deu uma tragada longa e raivosa. Soprou a fumaça com a mesma força e deu uma risada rouca.

— Vale mais que os homens por quem eu me apaixono.

— E aquele policial?

— Ah, ele... — Ela riu. — Pois é, eu gostava dele. Mas ele era uma desgraça ambulante. A esposa o expulsou de casa e ele vivia bebendo.

— Onde ele está agora?

— A esposa morreu e ele fugiu do país. Uma completa tragédia. — Alexandra se levantou de repente. — Melhor a gente terminar a análise e colocar o corpo de volta na geladeira. Hoje eu quero festa!

Eles voltaram para a sala de necropsia, coletaram as últimas amostras, terminaram de preencher o formulário e arrumaram tudo.

— Por falar em festa, sabe a festa em que essa garota e a outra estavam? — perguntou Alexandra. — Eu fui convidada. Até chamei você, lembra?

— Não brinca.

— Não lembra? Um amigo de um vizinho do Røed me chamou. Disse que a festa era num terraço incrível, no alto de um prédio em Oslobukta. Disse que estaria cheio de gente rica e celebridades. Avisou que preferiam que as mulheres fossem de saia. Saia *curta*.

— Eita. Não culpo você por não ir.

— Mas eu teria ido, se não tivesse ficado atolada de trabalho aqui. E você teria ido junto.

— Teria? — Helge sorriu.

— Claro. — Alexandra deu uma risada. — Gays são uma ótima companhia. Dá para imaginar você, eu e aquele monte de gente linda?

— Dá.

— Viu? Você é gay.

— Hã? Por quê?

— Me diz a verdade, Helge. Você já transou com homem?

— Deixa eu ver... — Helge empurrou a mesa com o cadáver na direção da câmara frigorífica. — Já.

— Mais de uma vez?

— Mas isso não quer dizer que eu seja gay — disse ele, abrindo a gaveta de metal.

— Não, isso é só uma pista. A prova, meu caro Watson, é que você amarra o suéter num ombro e embaixo do outro braço.

Helge deu uma risada, pegou um pano branco da mesa cirúrgica e tacou na direção dela. Alexandra também riu e se abaixou atrás da outra ponta da mesa. Permaneceu curvada, olhando para o cadáver.

— Helge — sussurrou.

— Fala.

— Acho que a gente deixou passar uma coisa.

— O quê?

Alexandra afastou o cabelo de Susanne Andersen.

— O que foi? — perguntou Helge.

— Pontos. Pontos recentes.

Helge foi para o outro lado da mesa.

— Hum. Será que ela se machucou pouco antes de morrer?

Alexandra levantou outro tufo e seguiu a trilha dos pontos.

— Helge, esses pontos não foram feitos por um médico. A linha que eles usam não é tão grossa e eles não dão pontos tão frouxos. Isso aqui foi feito às pressas. E olha só, os pontos dão a volta na cabeça inteira.

— Como se ela...

— Tivesse sido escalpelada — completou Alexandra, sentindo um calafrio. — Depois o couro cabeludo foi recosturado no lugar.

Alexandra olhou para Helge e viu seu pomo de adão subir e descer.

— A gente vai... — começou ele. — A gente vai olhar o que tem... dentro?

— Não — respondeu Alexandra, decidida, endireitando-se. Esse trabalho já lhe causava inúmeros pesadelos e os patologistas ganhavam 200 mil coroas por ano a mais do que ela. Eles que fizessem por merecer. — Essa tarefa está fora da nossa alçada — acrescentou. — É o tipo de coisa que *Dieners* como você e eu deixamos para os adultos.

— Ok. Aliás, ok para a festa hoje à noite também.

— Ótimo. Mas a gente precisa terminar o relatório e mandar junto com as fotos para a Bratt, da Divisão de Homicídios. Ai, caralho!

— Que foi?

— Quando Bratt ler a parte da saliva, ou o que quer que seja aquilo, vai pedir que eu faça uma análise rápida de DNA. Se isso acontecer, nada de festa hoje à noite.

— Ah, qual é? É só dizer não, todo mundo precisa de uma folga, até você.

Alexandra colocou as mãos nos quadris, inclinou a cabeça e olhou para Helge de cara fechada.

— Certo. — Ele suspirou. — Onde a gente vai parar se todo mundo quiser tirar folga?

# 4

## Sábado

# Toca do coelho

Harry Hole acordou. O bangalô estava na penumbra, iluminado apenas por uma faixa branca de luz do sol que entrava por baixo da persiana de bambu, estendia-se pelo chão velho de madeira, passava pela superfície de pedra que servia de mesinha de centro e ia até a bancada da cozinha.

Tinha um gato sentado ali. Era um dos gatos de Lucille; eram tantos que Harry não conseguia distingui-los. O gato parecia sorrir. Balançava a cauda devagar, observando com calma um rato que corria ao longo da parede e parava vez ou outra para erguer o focinho e farejar, antes de seguir em frente. Na direção do gato. O rato estava cego? Não tinha olfato? Havia comido a maconha de Harry? Ou será que, assim como tantas pessoas que buscavam a felicidade naquela cidade, acreditava que era diferente, especial? Ou acreditava que *aquele* gato era diferente, bondoso e não iria devorá-lo?

Harry pegou o baseado na mesa de cabeceira sem tirar os olhos do rato, que continuava se aproximando do gato. De repente, o gato atacou, cravou as presas no rato e o levantou. O rato se contorceu por alguns segundos nas mandíbulas do predador até que seu corpo ficou mole. O gato colocou o rato no chão, inclinou a cabeça e olhou, como que decidindo se iria ou não comê-lo.

Harry acendeu o baseado. Tinha decidido que maconha não fazia parte do novo plano que havia adotado para diminuir a bebida. Tragou. Observou a fumaça subir até o teto. Mais uma vez havia sonhado com o homem ao volante do Camaro e a placa de Baja California, México. O sonho era o mesmo, ele perseguia os homens. Nada muito difícil de interpretar. Três semanas tinham se passado desde que Harry se viu no estacionamento em frente ao Creatures na mira de uma Glock 17, com a certeza de que estava prestes a morrer. Até então a ideia parecia ótima. Assim, ele estranhou que a única coisa que passou pela sua cabeça naqueles dois segundos — e todos os dias desde então — foi *não* morrer. Tudo começou quando o sujeito de camisa polo hesitou, talvez achando que Harry tivesse alguma deficiência mental, um obstáculo fácil de superar, que não precisava levar um tiro. Ele não teve tempo para pensar em nada quando o soco de Harry o acertou na traqueia e o derrubou. Harry sentiu a laringe do homem afundar. O sujeito caiu no chão de cascalho se contorcendo como um verme, as mãos no pescoço e os olhos esbugalhados enquanto ofegava desesperado por ar. Harry pegou a Glock do chão e olhou para o homem dentro do Camaro. Por causa do vidro fumê ele só conseguiu ver o contorno do rosto do sujeito, que parecia usar uma blusa branca abotoada até o pescoço e fumar um cigarro ou uma cigarrilha. O homem não se mexeu, apenas olhou calmamente para Harry, como se o analisasse, memorizasse. Harry ouviu alguém gritar "Entra!" e percebeu que Lucille tinha dado a partida no próprio carro e aberto a porta do carona.

Foi quando ele pulou. Para dentro da toca do coelho.

A primeira coisa que Harry perguntou enquanto desciam a estrada sinuosa em direção ao Sunset Boulevard foi a quem ela devia dinheiro e quanto.

A primeira resposta — "Família Esposito" — não disse nada a Harry, mas a seguinte — "Novecentos e sessenta mil dólares" — confirmou o que a Glock havia lhe contado. Que o problema dela não era pequeno, era enorme. E que a partir de então o problema também era dele.

Harry explicou que em circunstância alguma Lucille poderia voltar para casa e perguntou se conhecia alguém que pudesse escondê-la. Ela respondeu que sim, tinha muitos amigos em Los Angeles. Mas, depois de refletir por um minuto, acrescentou que nenhum estaria disposto a correr esse risco por ela. Eles pararam num posto de gasolina e Lucille ligou para o primeiro marido, sabendo que ele tinha uma casa que não usava fazia anos.

E assim eles foram parar naquela propriedade, com uma casa caindo aos pedaços e um bangalô para hóspedes, o terreno tomado por mato alto. Harry ficou no bangalô com a Glock 17 que tinha tomado do sujeito. Dali tinha vista para os portões equipados com um alarme que dispararia caso alguém invadisse a casa principal. O possível intruso não ouviria o alarme ao se aproximar da casa, então Harry poderia pegá-lo por trás. Até então, ele e Lucille quase não tinham saído, apenas idas rápidas à rua para comprar o essencial: bebida, comida, roupas e cosméticos, nessa ordem. Lucille se instalou no primeiro andar da casa principal e, em uma semana, o lugar já estava cheio de gatos.

— Ah, aqui nessa cidade todos eles são de rua — comentou Lucille. — É só colocar um pouco de comida na varanda por uns dias, deixar a porta de casa aberta, colocar mais comida na cozinha e, pronto, você conseguiu bichos de estimação para o resto da vida.

Mas parecia que os gatos não eram suficientes para Lucille, porque três dias antes ela já não estava suportando mais o isolamento. Tinha levado Harry a um ex-alfaiate da Savile Row, a um cabeleireiro idoso na Rosewood Avenue e, por fim, ao lugar mais importante: a sapataria John Lobb em Beverly Hills. No dia anterior, Harry tinha ido pegar o terno enquanto Lucille se arrumava e, horas depois, eles foram jantar no Dan Tana's, lendário restaurante italiano onde as cadeiras eram tão velhas quanto a clientela, onde Lucille parecia conhecer todo mundo e onde passou a noite inteira radiante.

Eram sete da manhã. Harry tragou e olhou para o teto, tentando ouvir sons que não deveriam estar ali, mas só escutou o som dos primeiros carros na Doheny Drive, que não tinha uma pista tão larga, mas era muito usada por ter menos semáforos do que as ruas paralelas. Lembrou-se das vezes que ficou ouvindo os sons da cidade de Oslo acordando pela janela aberta do apartamento. Sentia falta disso, até da campainha mal-humorada e do guincho estridente do freio dos bondes. *Em especial* do guincho estridente.

Mas agora Oslo estava no passado. Após a morte de Rakel ele entrou no aeroporto, olhou para o painel de embarque e usou um dado para decidir o destino: Los Angeles. Concluiu que era um lugar tão bom quanto qualquer outro. Tinha morado em Chicago durante um ano enquanto fazia o curso do FBI sobre investigação de homicídios em série e achava que conhecia bem a cultura e o modo de vida estadunidense. Mas, assim que chegou, Harry se deu conta de que Chicago e Los Angeles eram dois mundos diferentes. No Dan Tana's, um diretor de cinema amigo de Lucille, um alemão de sotaque carregado, descreveu Los Angeles com uma arrogância ímpar.

— Você aterrissa no LAX, vê aquele sol brilhando, um chofer de limusine te busca e leva para um lugar onde você se deita à beira da piscina, toma um coquetel, cai no sono e quando acorda descobre que se passaram vinte anos da sua vida.

Essa era a Los Angeles do diretor.

O encontro de Harry com Los Angeles foram quatro noites num quarto de hotel imundo e infestado de baratas, sem ar-condicionado, em La Cienega, até que ele alugou um quarto ainda mais barato em Laurel Canyon, também sem ar-condicionado e com baratas maiores. Começou a se adaptar à cidade quando descobriu o Creatures, o bar do bairro, onde a bebida custava tão pouco que ele chegou a cogitar beber até a morte.

Mas, depois de encarar de frente o cano de uma Glock 17, o desejo de morrer foi embora. E o de beber também — pelo menos o de se matar de beber. Precisava estar minimamente sóbrio para cuidar de Lucille e ficar em estado de alerta. Assim, decidiu testar o método recomendado por seu amigo de infância e parceiro de bar, Øystein Eikeland, embora no fundo achasse uma tremenda conversa fiada. O método se chamava gerenciamento da moderação e tinha o objetivo de transformar o alcoólatra num usuário capaz de ser moderado. Na primeira vez que falou do assunto com Harry, Øystein ficou tão empolgado que bateu várias vezes no volante do seu táxi.

— As pessoas sempre riem do alcoólatra que jura que de agora em diante só vai beber socialmente, né? Porque elas acham que isso é impossível, têm certeza de que não vai conseguir! É quase como se você estivesse desafiando a lei da gravidade, entende? Mas quer saber? Até um pé de cana como você é capaz de beber sem ultrapassar o limite. Vale para mim também. É possível se programar para beber até certo ponto e parar. Você só precisa decidir de antemão onde vai traçar a linha, quanto vai beber. E tem que trabalhar nisso, se esforçar.

— Então você tem que beber muito antes de pegar o jeito?

— Estou vendo esse seu sorrisinho sacana, Harry, mas é papo sério. Você desenvolve um sentimento de controle, você se sente capaz. E, quando isso acontece, funciona. Sério! Eu tenho uma prova viva: o maior pinguço do mundo tem usado esse método.

— Hum. Acho que está falando daquele guitarrista superestimado que você adora.

— Epa! Mais respeito com o Keith Richards! Lê a biografia dele. É onde ele dá a receita. A sobrevivência do viciado envolve duas coisas: a primeira é só usar as drogas mais puras e de melhor qualidade, porque o que mata são as porcarias misturadas. A segunda é a moderação, tanto nas drogas como no álcool. Você sabe exatamente quanto precisa beber para ficar bêbado o suficiente, o que no seu caso significa anestesiado da dor. A partir desse ponto, não adianta beber mais, porque a bebida não vai aliviar ainda mais a dor, não é mesmo?

— Acho que não.

— Pois é. Ficar bêbado não é o mesmo que ser idiota ou não ter força de vontade. Se você consegue não beber quando está sóbrio, então por que não consegue parar quando chega no nível ideal? Está tudo na sua cabeça, irmão!

Além de estabelecer um limite, as regras eram contar o número de unidades que você podia beber e decidir os dias fixos de abstenção total. E tomar um comprimido de naltrexona uma hora antes do primeiro gole. Adiar a bebida por uma hora quando a vontade aparece de repente também ajudava muito. Harry vinha usando o método havia três semanas e ainda não tinha desistido. Isso, por si só, já era um feito.

Harry jogou as pernas para fora da cama e se levantou. Não precisou abrir a geladeira, sabia que não tinha cerveja. Segundo as regras do gerenciamento da moderação, a pessoa podia beber no máximo três unidades por dia. Pela definição de unidade, isso dava seis cervejas da loja de conveniência do fim da rua. Harry se olhou no espelho. Ao longo das três semanas desde a fuga do Creatures, tinha acumulado um pouco de carne ao redor dos ossos magros. E ganhado uma barba grisalha, quase branca, que escondia sua característica mais marcante: a cicatriz cor de sangue. Mas dificilmente essas mudanças impediriam que o homem no Camaro o reconhecesse.

Harry olhou pela janela para o jardim e para a casa principal enquanto colocava um jeans esfarrapado e uma camiseta com a gola descosturando e uma estampa que dizia "Let Me Do One More illuminati hotties". Colocou os velhos fones de ouvido com fio, calçou um par de chinelos e notou que o fungo nas unhas havia criado uma espécie de obra de arte grotesca no dedão do pé direito. Saiu do bangalô e se meteu no emaranhado de grama, arbustos e jacarandás. Foi até o portão e olhou para as duas pontas da Doheny Drive. Parecia tudo bem. Colocou para tocar "Pool Hopping", do illuminati hotties, que o deixava animado desde que a ouviu pela primeira vez ao vivo no Zebulon Café. Depois de andar alguns metros pela calçada, Harry olhou pelo retrovisor de um carro estacionado e viu um automóvel se afastando do meio-fio. Seguiu em frente, mas virou a cabeça de leve para verificar. O carro avançava lentamente, uns dez metros atrás dele, na mesma velocidade. Quando morava em Laurel Canyon, tinha sido parado duas vezes por viaturas da polícia só porque estava a pé, o que o fazia ser considerado um indivíduo suspeito. Mas dessa vez não era uma viatura. Era um Lincoln antigo, e Harry notou que só havia uma pessoa no carro. Rosto largo de buldogue, papada e bigodinho. Porra, ele tinha que ter levado a Glock! Ao mesmo tempo, Harry não conseguia imaginar que o ataque aconteceria em plena luz do dia, no meio da rua. Seguiu andando. Discretamente, parou a música. Atravessou a rua pouco antes do cruzamento com o Santa Monica Boulevard e entrou na loja de conveniência. Ficou parado, esperando, sem tirar os olhos da rua, mas não viu o Lincoln. Talvez fosse alguém interessado em comprar um imóvel na área, dando uma olhada nas propriedades.

Harry andou pelos corredores do estabelecimento e foi até as geladeiras com cerveja no fundo. Ouviu o som da entrada se abrindo. Manteve a mão na maçaneta da porta de vidro da geladeira, sem abrir, para ver o reflexo. E lá estava ele, com um paletó xadrez barato e um corpo que combinava com a cara de buldogue: baixinho, atarracado e gordo. Mas um gordo capaz de mascarar a velocidade, a força e —

Harry sentiu o coração bater mais rápido — o perigo. Percebeu que o homem não havia sacado uma arma. Manteve os fones no ouvido, imaginando que teria mais chance se o sujeito acreditasse que podia surpreendê-lo.

— Senhor...

Harry fingiu não ouvir. Viu o homem se aproximar e parar logo atrás dele. Era quase duas cabeças mais baixo que Harry e estava esticando o braço, talvez para dar um tapinha no seu ombro, talvez para outra coisa. Harry não quis pagar para ver. Virou-se de frente, deu uma gravata no sujeito, abriu a porta da geladeira com a outra mão e deu uma banda nele, que caiu nas prateleiras de cerveja. Harry soltou a gravata e jogou o próprio peso na porta de vidro, pressionando a cabeça do homem nas prateleiras. As garrafas caíram, e os braços do homem ficaram presos entre a porta e o batente. O cara de buldogue arregalou os olhos e gritou algo por trás da porta, a respiração embaçando o vidro gelado por dentro. Harry abriu um pouco para a cabeça do homem escorregar para as prateleiras de baixo, então fechou de novo. A porta pressionou o pescoço do homem, que arregalou ainda mais os olhos. Segundos depois, parou de gritar. Os olhos voltaram ao normal. A porta de vidro parou de embaçar.

Aos poucos Harry foi soltando a porta. O homem tombou no chão, inerte. Claramente não estava respirando. Harry precisava decidir qual era a prioridade: a saúde do sujeito ou a sua. Escolheu a própria saúde e enfiou a mão no bolso interno do paletó xadrez do homem. Encontrou uma carteira. Abriu e viu uma foto do sujeito num documento: um nome que parecia polonês e, o mais interessante, no alto da carteira: *Detetive particular licenciado pelo Departamento de Segurança e Serviços de Investigação da Califórnia.*

Harry olhou para o homem caído no chão. Havia algo de errado, não era assim que agiotas trabalhavam. Eles poderiam até usar um detetive particular para localizá-lo, mas não para fazer contato ou atacá-lo.

Harry notou a presença de um homem entre as prateleiras do corredor. Encolheu-se e baixou a cabeça. O sujeito estava usando uma camiseta da loja, os braços erguidos e apontados para Harry. Segurava um revólver. Harry percebeu que os joelhos do homem tremiam e o rosto dele se contraía descontroladamente. Ao mesmo tempo, se deu conta do que o funcionário estava vendo: um sujeito barbudo, que mais parecia um morador de rua, com a carteira de um cara de paletó que nitidamente tinha acabado de ser agredido.

— Não... — começou Harry, então largou a carteira, ergueu as mãos e se ajoelhou. — Eu sou freguês daqui. Esse homem...

— Eu vi o que você fez! — interrompeu o homem com uma voz estridente. — Eu atiro! A polícia está vindo!

— Tudo bem — disse Harry e indicou com um aceno de cabeça o homem gordo. — Só me deixa ajudar o cara, tá?

— Se você se mexer, eu atiro!

— Mas... — começou Harry, porém se conteve quando viu o revólver sendo engatilhado.

No silêncio que se seguiu só se ouviam o zumbido da geladeira e as sirenes ao longe. Polícia. A polícia e suas consequências inevitáveis: um interrogatório, talvez até uma denúncia. A situação não estava nada boa. Harry estava nos Estados Unidos havia muito tempo e não tinha documentos que impedissem sua expulsão. Isso, claro, depois de passar um tempo na cadeia.

Harry respirou fundo. Olhou para o sujeito. Na grande maioria dos países ele teria feito uma retirada defensiva — levantado com as mãos para o alto e saído do estabelecimento calmamente, certo de que o funcionário da loja não atiraria, embora ele estivesse parecendo um criminoso violento. Mas Harry não estava num desses países.

— Eu atiro! — repetiu o homem, como que respondendo aos pensamentos de Harry, e abriu ainda mais as pernas. Os joelhos pararam de tremer. As sirenes estavam se aproximando.

— Por favor, eu tenho que ajudar... — começou Harry, mas foi interrompido por um ataque repentino de tosse.

Eles olharam para o homem caído no chão.

Os olhos do detetive estavam esbugalhados de novo, e ele tossia sem parar, o corpo inteiro tremendo incessantemente.

Sem saber se o homem que até então parecia morto também era perigoso, o funcionário começou a apontar o revólver de um para outro.

— Desculpa... — sussurrou o detetive, respirando com dificuldade — ... por me aproximar de você desse jeito. Mas você é Harry Hole, certo?

— Bem... — Harry titubeou enquanto calculava qual era o menor dos males. — Sim, sou eu.

— Tenho um cliente que precisa entrar em contato com você. — O homem se virou de lado gemendo de dor, tirou um celular do bolso da calça, apertou uma tecla e ofereceu o aparelho a Harry. — Estão esperando ansiosamente a nossa ligação.

Harry pegou o celular, que já estava tocando. Encostou-o na orelha.

— Alô? — disse uma voz estranhamente familiar.

— Alô — respondeu Harry olhando para o funcionário da loja, que havia baixado o revólver. Era só impressão sua ou ele parecia mais decepcionado que aliviado? Sem dúvida lamentava não ter seus quinze minutos de fama.

— Harry! — exclamou a voz ao telefone. — Como vai? Aqui é Johan Krohn.

Harry piscou os olhos com força. Quanto tempo fazia que não ouvia alguém falar em norueguês?

# 5

## Sábado

## Cauda do escorpião

Lucille expulsou um dos gatos da cama de dossel, levantou-se, abriu as cortinas e se sentou diante do espelho de maquiagem. Observou o rosto. Tinha visto recentemente uma foto de Uma Thurman, que estava com mais de 50 anos, mas parecia ter 30. Suspirou. A cada ano a tarefa parecia mais impossível, mas ela abriu o pote da Chanel, encostou a ponta dos dedos e começou a espalhar a base do centro do rosto para fora. Notou que a pele estava cada vez mais flácida e se fez a mesma pergunta de toda manhã: por quê? Por que começar os dias passando pelo menos meia hora em frente ao espelho para parecer que não estava chegando aos 80, mas, talvez, aos 70? E a resposta era sempre a mesma: porque ela — assim como todos os outros atores que conhecia — faria o que fosse preciso para se sentir amada. Se não a amavam por quem era de fato, então que a amassem por quem fingia ser, com maquiagem, figurino e um bom roteiro. Era uma doença que a velhice e as expectativas mais baixas jamais seriam capazes de curar.

Lucille borrifou o perfume almiscarado. Alguns achavam que o almíscar era um aroma masculino, que nunca deveria estar num perfume feminino, mas ela o usava desde que era uma jovem atriz de muito sucesso. A fragrância a ajudava a se destacar — era um aroma difícil de esquecer. Colocou o roupão e desceu, tomando cuidado para não pisar nos dois gatos deitados na escada.

Foi até a cozinha e abriu a geladeira. Na mesma hora um dos felinos começou a se esfregar em suas pernas para pedir comida. Tinha sentido o cheiro de atum, mas era fácil imaginar que também havia ali um pouco de carinho. No fim das contas, mais importante que ser amado é se sentir amado. Lucille pegou a lata, foi até o balcão e tomou um susto quando viu Harry sentado à mesa, com as costas apoiadas na parede e aquelas pernas longas esticadas. Estava mexendo no dedo de titânio da mão esquerda, os olhos azuis semicerrados. Desde Steve McQueen, Lucille não via olhos tão azuis.

Harry se mexeu na cadeira.

— Café da manhã? — perguntou ela e abriu a lata.

Harry balançou a cabeça. Tirou o dedo de titânio, mas foi a mão com que ele puxou o dedo que chamou a atenção de Lucille. Ela engoliu em seco. Pigarreou.

— Você nunca disse com todas as letras, mas você é do tipo que gosta mais de cachorro, não é?

Ele deu de ombros.

— Por falar em cachorro, eu já te contei que iria estrelar *Mad Dog and Glory* com o Robert De Niro? Se lembra desse filme?

Harry fez que sim.

— Sério? Então você é exceção. Mas, no fim, a Uma Thurman conseguiu o papel. E foi então que ela e Bobby, quer dizer, Robert, começaram a namorar, o que foi bem estranho, porque ele preferia mulheres negras. Provavelmente foram unidos pelos papéis que interpretavam. Nós, atores, nos envolvemos muito no que fazemos, nos *tornamos* os personagens que interpretamos. Então, se eu tivesse conseguido o papel, como tinham me prometido, Bobby e eu teríamos namorado, entende?

— Hum. Se você diz...

— E eu teria conseguido segurá-lo. Ao contrário da Uma Thurman, que... — Lucille virou a lata de atum num prato. — Você viu como todo mundo a "elogiou" depois que ela contou que aquele porco do Weinstein tentou assediá-la? Quer saber o que eu acho? Acho que ela é uma atriz milionária que sabia muito bem o que Weinstein vinha fazendo e escolheu não denunciar. Aí, quando convém, ela resolve chutar cachorro morto, cachorro esse que foi derrubado por outras mulheres menos poderosas e mais corajosas. Então, ela não é digna de nenhum elogio. Mesmo sendo podre de rica, passou anos permitindo tacitamente que um monte de jovem atriz cheia de esperança entrasse sozinha no escritório de Weinstein, porque tinha medo de fazer a denúncia e *talvez* perder outro papel milionário. Acho que ela merecia receber umas chibatadas em praça pública, umas belas escarradas na cara.

Lucille fez uma pausa.

— Algum problema, Harry?

— A gente precisa sair daqui. Vão encontrar a gente.

— Por que você acha isso?

— Um detetive particular levou só vinte e quatro horas para nos encontrar.

— Detetive particular?

— Já falei com ele. Foi embora.

— O que ele queria?

— Me oferecer um trabalho de detetive particular para um ricaço suspeito de homicídio na Noruega.

Lucille engoliu em seco.

— E o que você disse?

— Que não.

— Por quê?

Harry deu de ombros.

— Porque estou cansado de correr, talvez.

Lucille colocou o prato no chão e observou os gatos se aglomerando ao redor.

— Sei que você está fazendo isso por mim, Harry. Está seguindo o antigo provérbio chinês que diz que, quando se salva a vida de alguém, você se torna responsável por ela para sempre.

Harry deu um sorriso de canto de boca.

— Eu não salvei a sua vida, Lucille. Eles estavam atrás do dinheiro que você deve, não vão matar a única pessoa que pode pagar.

Ela retribuiu o sorriso. Sabia que ele estava dizendo isso para não assustá-la. Sabia que Harry sabia que os agiotas sabiam que ela jamais conseguiria um milhão de dólares.

Lucille pegou a chaleira para encher de água, mas sentiu que não tinha forças e a soltou.

— Então você está cansado de correr.

— Cansado de correr.

Lucille se lembrou da conversa que tiveram certa noite enquanto bebiam vinho e assistiam a um VHS de *Romeu e Julieta* que ela havia encontrado numa gaveta. Pela primeira vez, Lucille quis falar sobre Harry, e não sobre si mesma, mas ele não contou muita coisa. Só que tinha fugido de uma vida em ruínas para Los Angeles, de uma esposa que tinha sido assassinada, de um colega que havia cometido suicídio. Sem mais detalhes. Na hora ela entendeu que não valia a pena tentar cavar mais fundo. Foi uma noite agradável, embora quase muda. Lucille se apoiou no balcão da cozinha.

— Sua esposa... Você nunca me disse o nome dela.

— Rakel.

— E o assassinato. Foi resolvido?

— De certa forma, foi.

— Como assim?

— Durante muito tempo eu fui o principal suspeito, mas a investigação acabou identificando um criminoso conhecido. Um cara que eu havia colocado atrás das grades.

— Então... o sujeito que matou a sua mulher fez isso para se vingar... de você?

— Digamos que o homem que a matou... Eu tirei a vida dele. Então ele tirou a minha vida de mim. — Harry se levantou. — Como eu dizia, a gente precisa de um novo esconderijo, então arrume as suas coisas.

— Vamos embora hoje?

— Quando detetives particulares investigam para encontrar uma pessoa, deixam seus próprios rastros. E a ida ao restaurante ontem à noite provavelmente foi uma má ideia.

Lucille fez que sim.

— Vou fazer algumas ligações.

— Usa esse aqui. — Harry colocou um celular na bancada da cozinha, que nitidamente havia sido comprado fazia pouco tempo e ainda estava na embalagem.

— Então ele tirou a sua vida, mas deixou você viver — comentou ela. — Ele pode se considerar vingado?

— Ele conseguiu o melhor tipo de vingança possível — respondeu Harry, indo em direção à porta.

***

Harry fechou a porta da casa principal por fora e parou de repente. Olhou para eles fixamente. Estava cansado de correr; porém, estava ainda mais cansado de encarar canos de armas. E esta tinha dois — era uma espingarda de cano serrado. O homem do outro lado era latino. Assim como o segundo homem, que apontava uma pistola. Ambos tinham músculos de ex-presidiários e um escorpião tatuado na lateral do pescoço. Mais alto que os dois, Harry olhou por cima da dupla e viu o fio do alarme cortado e balançando ao lado do portão e, mais além, o Camaro branco estacionado do outro lado da Doheny Drive. O vidro fumê do lado do motorista estava aberto até a metade, e Harry conseguiu ver a fumaça de uma cigarrilha e o colarinho de uma camisa branca.

— Vamos entrar? — perguntou o homem com a espingarda num inglês com forte sotaque mexicano, enquanto alongava o pescoço de um lado para o outro, como um boxeador antes de entrar no ringue. O movimento esticava e encolhia o escorpião. Harry sabia que essa era uma tatuagem de matadores, e o número de segmentos na cauda do escorpião era o número de pessoas que eles haviam matado. A cauda do escorpião dos dois sujeitos era bem longa.

# 6

## SÁBADO

## Vida em Marte

— Vida em Marte? — perguntou Prim.

A garota do outro lado da mesa olhava para ele com cara de quem não estava entendendo.

Prim caiu na gargalhada.

— Estou falando da *música*! Se chama “Life on Mars”.

Ele acenou com a cabeça para a barra de som sob a TV, de onde saía a voz de David Bowie que tomava conta do sótão. As janelas tinham uma vista panorâmica do lado centro-oeste de Oslo e da colina de Holmenkollen, que brilhava como um lustre na escuridão da noite. Mas naquele momento Prim só tinha olhos para a convidada do jantar.

— Muita gente não gosta dessa música, acha esquisita. Segundo a BBC, ela é a mistura de um musical da Broadway com uma pintura do Salvador Dalí. Pode ser. Mas eu concordo com o *Daily Telegraph*, que afirmou que essa é a melhor música de todos os tempos. Imagine só! A *melhor*. Todo mundo adorava o Bowie, não porque ele era um amor de pessoa, mas porque era o melhor. É por isso que as pessoas que não são amadas estão dispostas a matar para serem as melhores. Elas sabem que isso muda tudo.

Prim pegou a garrafa de vinho na mesa, mas, em vez de servir sentado onde estava, se levantou, deu a volta e ficou do lado da garota.

— Sabia que David Bowie era um nome artístico e que o verdadeiro nome dele era Jones? E eu também não me chamo Prim. Prim é um apelido, mas só a minha família me chama assim. Quando eu me casar, vou querer que a minha esposa também me chame de Prim.

Prim se posicionou atrás da garota e, enquanto enchia a taça de vinho, usou a mão livre para fazer carinho em seu belo cabelo longo. Poucos anos — ou mesmo meses — atrás, ele jamais ousaria tocar numa mulher desse jeito, com medo de levar um fora. Mas esse medo não existia mais, ele tinha total controle. Algumas coisas contribuíram para isso: Prim deu um jeito nos dentes feios, começou a frequentar um bom cabeleireiro e teve ajuda para comprar roupas boas. Mas isso não era o principal. O principal era algo que ele exalava, algo que elas achavam irresistível, e o fato de saber que elas não conseguiam resistir dava a Prim uma confiança que funcionava como um afrodisíaco tão forte que por si só era suficiente — um efeito placebo que se retroalimentava enquanto ele mantivesse o ciclo ativo.

— Acho que eu sou uma pessoa antiquada e ingênua — comentou Prim, voltando para seu lado da mesa. — Mas acredito no casamento, acredito que existe uma pessoa certa para cada um, de verdade. Outro dia, fui ao Teatro Nacional assistir à peça *Romeu e Julieta*. Foi tão lindo que acabei chorando. A natureza uniu aqueles dois de um jeito que não tem volta. Dá uma olhada no Chefe, ali.

Prim apontou para um aquário numa prateleira baixa. Dentro dele nadava um único peixe verde e dourado.

— Ele tem a Lisa. Daqui não dá para vê-la, mas ela está ali, os dois são um só, e sempre vão ser, até o dia em que ambos morrerem. Sim, um vai morrer *porque* o outro morreu. Como em *Romeu e Julieta*. Não é lindo?

Prim se sentou e estendeu a mão por cima da mesa. Esta noite ela parecia cansada, vazia, apagada. Mas ele sabia acendê-la — era só apertar o botão certo.

— Eu poderia me apaixonar por alguém como você — disse ele.

Os olhos dela se iluminaram de imediato, e Prim sentiu o calor que emanava deles. Mas também sentiu uma pequena pontada de culpa. Não por manipulá-la dessa maneira, mas porque era mentira. De fato, ele poderia se apaixonar, mas não por ela. Ela não era a Mulher, não passava de uma substituta, alguém com quem ele poderia praticar, testar diferentes abordagens, aprender a falar as coisas certas no tom de voz certo. Tentativa e erro. Porque nesse momento errar não era um problema — ele só precisava fazer tudo certo no dia em que se declarasse à Mulher.

Prim também a usava para treinar o ato em si. Bem, "usar" talvez não fosse a palavra certa — ela era mais ativa que ele. Prim a tinha conhecido numa festa em que havia muitos outros homens acima dele na hierarquia social. Quando a viu olhando por cima do ombro — como se não quisesse falar com ele —, percebeu que só teria a chance de dizer algumas palavras. Mas foi eficaz: elogiou o corpo dela e perguntou que academia frequentava. Ela respondeu bruscamente que malhava na SATS, em Bislett, e Prim disse que era estranho nunca tê-la visto lá, porque ele malhava lá três vezes por semana, mas talvez em dias diferentes. Num tom mais taxativo ela comentou que ia de manhã e ficou irritada quando ele disse que também ia de manhã e perguntou em que dias da semana ela malhava.

— Terças e quintas — respondeu ela, como se quisesse encerrar a conversa, e voltou a atenção para um homem de camisa preta justa que havia se aproximado.

Na terça seguinte, quando ela saiu da academia, Prim estava do lado de fora. Fingiu que estava passando por ali e a reconheceu da festa. Ela não se lembrava dele, então deu um sorriso sem graça, mas, quando estava prestes a ir embora, parou, deu meia-volta e o encarou. Olhou para Prim como se só agora tivesse reparado nele, certamente se perguntando como não havia prestado atenção nele na festa. Ele ficou falando, e ela quase não respondia. Pelo menos não com a boca, porque a linguagem corporal dela dizia tudo o que Prim precisava saber. Ela só falou quando ele sugeriu um encontro.

— Quando? — perguntou ela. — Onde?

Prim respondeu, e ela apenas fez que sim com a cabeça. Simples assim.

Ela apareceu na hora e no local combinados. Prim estava nervoso. Muita coisa podia dar errado. Mas foi ela que tomou a iniciativa, que tirou a roupa dele — felizmente, sem dizer quase nenhuma palavra.

Prim sabia que isso podia acontecer e, mesmo que ele e a Mulher que amava não tivessem feito nenhuma promessa um ao outro, de certa forma, ele estava sendo infiel, não? No mínimo, estava traindo o amor que sentia. No entanto, Prim se convenceu de que estava fazendo um sacrifício no altar do amor, por Ela, porque precisava de toda a experiência possível para, na hora H, satisfazer todas as exigências que Ela faria na cama.

Mas, agora, a mulher do outro lado da mesa tinha cumprido sua função.

Não que Prim não tivesse gostado de transar com ela. Mas não tinha a menor intenção de repetir. E, no fundo, não havia gostado do cheiro e do sabor dela. Era hora de falar? De dizer que cada um deveria seguir seu caminho? Prim olhou em silêncio para seu prato. Quando olhou para cima, viu que ela havia inclinado a cabeça de leve, ainda com aquele sorriso indecifrável no rosto, como se estivesse gostando de ouvir o monólogo de Prim. De repente, ele se sentiu como um prisioneiro na própria casa. Não podia simplesmente levantar e ir embora, não tinha para onde ir. Nem podia pedir que ela fosse embora, não é? Ela não parecia ter qualquer intenção de sair, e aquele olhar com brilho quase anormal o deixou zonzo, o fez perder a perspectiva. Prim percebeu que a situação estava distorcida, confusa. Ela havia assumido o controle sem pronunciar uma única palavra. O que ela realmente queria?

— O que... — começou ele, pigarreou. — O que você realmente quer?

Ela se limitou a inclinar um pouco mais a cabeça. Parecia rir em silêncio, os dentes reluzindo num tom branco-azulado naquela boca linda. Foi quando Prim percebeu uma coisa: ela exibia a boca de um predador, eles estavam num jogo de gato e rato e ele era o rato.

De onde tinha vindo esse pensamento absurdo?

De lugar nenhum. Ou do lugar de onde vinham todos os seus pensamentos absurdos.

Prim estava assustado, mas sabia que não podia demonstrar. Tentou acalmar a respiração. Ele tinha que sair dali. *Ela* tinha que sair dali.

— Hoje foi ótimo — comentou ele, dobrando o guardanapo e colocando-o no prato. — Vamos repetir mais vezes.

***

Johan Krohn tinha acabado de se sentar à mesa de jantar com a esposa, Alise, quando o telefone tocou. Ainda não tinha ligado para Markus Røed para dar a má notícia de que Harry Hole havia recusado a generosa oferta. Ou melhor, que Harry havia recusado antes mesmo de Krohn ter tempo de mencionar os honorários. Não mudou de ideia depois que Krohn apresentou as condições e disse que tinham reservado para ele um assento na classe executiva do voo das nove e cinquenta e cinco para Oslo, com escala em Copenhague.

Krohn viu o número na tela e se deu conta de que era do celular antigo de Harry, para o qual havia tentado ligar, mas só ouvia a mensagem de número "desligado ou fora da área de cobertura". Talvez a primeira negativa de Harry tenha sido só uma tática de negociação. Tudo bem, Røed lhe deu carta branca para negociar.

Krohn se levantou da mesa, olhou para a esposa com cara de pedido de desculpas e foi para a sala.

— Oi de novo, Harry — disse, com voz alegre.

— Novecentos e sessenta mil dólares — disse Harry, meio afônico.

— Como?

— Se eu resolver o caso, quero novecentos e sessenta mil dólares.

— Novecentos e...

— Isso.

— Você está ciente...

— Eu sei que não valho tudo isso. Mas, se o seu cliente é tão rico e inocente como você diz, então a verdade vale isso para ele. Minha sugestão é: eu trabalho de graça, e vocês só vão cobrir as minhas despesas de investigação. E eu recebo o pagamento se resolver o caso.

— Mas...

— Não é tanta grana assim, Krohn, mas vou precisar de uma resposta nos próximos cinco minutos. Em inglês, num e-mail enviado da sua caixa e com a sua assinatura. Entendido?

— Entendido, mas, meu Deus, Harry, isso é...

— Tem gente aqui comigo que precisa tomar uma decisão agora mesmo. Eu meio que estou com uma arma apontada para a cabeça.

— Mas é que duzentos mil dólares deveriam ser mais que...

— Desculpa. Ou é a quantia que eu falei ou não tem negócio, Krohn.

Krohn suspirou.

— É uma cifra absurda, Harry, mas tudo bem, vou ligar para o meu cliente. Te ligo de volta.

— Cinco minutos — reforçou Harry, rouco.

Krohn ouviu outra voz dizer algo no fundo.

— Quatro e meio — avisou Harry.

— Vou entrar em contato com ele agora mesmo — disse Krohn.

Harry pousou o celular na mesa da cozinha e olhou para o homem que apontava a espingarda para ele. O outro falava em espanhol em outro celular.

— Vai ficar tudo bem — sussurrou Lucille, sentada ao lado de Harry.

Harry deu um tapinha na mão dela.

— Essa fala é minha.

— Não, é minha. Fui eu que meti você nisso. E no fundo não é verdade, não é? Não vai ficar tudo bem.

— Defina "tudo bem" — disse Harry.

Lucille deu um sorriso sem graça.

— Bom, pelo menos ontem eu tive uma última noite maravilhosa e isso já é muita coisa. Todo mundo no Dan Tana's achou que nós éramos um casal, sabia?

— Você acha?

— Ah, quando você entrou comigo de braço dado, eu vi estampado na cara deles. Eles pensaram: "Olha ali a Lucille Owens com um homem alto, loiro e muito mais jovem." E desejaram ser estrelas do cinema. E aí você pegou o meu casaco e me deu um beijo na bochecha. Obrigada, Harry.

Harry ia comentar que só fez o que ela havia instruído — inclusive tinha tirado a aliança —, mas achou melhor deixar para lá.

— *Dos minutos* — disse o homem no celular, e Harry sentiu Lucille apertar sua mão com mais força.

— O que *el jefe* está dizendo no carro? — perguntou Harry.

O homem com a espingarda não respondeu.

— Ele matou tanta gente quanto você?

O homem deu uma risadinha.

— Ninguém sabe quanta gente ele matou. Só sei que, se você não pagar, vai ser o próximo da lista. Ele gosta de fazer tudo com as próprias mãos. Gosta *mesmo*.

Harry fez que sim com a cabeça.

— Foi ele quem emprestou o dinheiro para ela? Ou ele só comprou a dívida?

— A gente não empresta dinheiro, só cobra. E ele é o melhor no que faz. Bate os olhos e sabe quem são os perdedores, quem tem dívida. — Por um instante o sujeito hesitou, mas então se inclinou para perto do ouvido de Harry e sussurrou: — Ele diz que tudo está no olhar e no comportamento da pessoa, mas acima de tudo no cheiro. É só entrar num ônibus para ver. Nunca tem ninguém do lado de quem está atolado em dívidas. E ele me falou que você também está endividado, *rubio*.

— Eu?

— Ele entrou no bar para procurar a senhora um dia e viu você sentado.

— Ele está errado, não tenho dívida nenhuma.

— Ele nunca erra. Você deve alguma coisa a alguém. Foi assim que ele encontrou o meu pai.

— Seu pai?

O homem fez que sim. Harry o encarou e engoliu em seco. Tentou imaginar o sujeito no carro. Quando ligou para Krohn e fez a proposta, Harry colocou o celular na mesa da cozinha e ligou o viva-voz, mas o homem do outro lado da linha não pronunciou uma única palavra.

— *Un minuto* — disse o homem no outro celular e liberou a trava da pistola.

— Pai nosso — murmurou Lucille — que estais nos céus...

— Como você conseguiu torrar tanto dinheiro num filme que nunca saiu do papel? — perguntou Harry.

Num primeiro momento, Lucille olhou para Harry com cara de espanto, mas então percebeu que ele estava tentando distraí-la antes de passarem para o outro.

— Sabe — começou ela —, essa é a pergunta que mais fazem nessa cidade.

— *Cinco segundos*.

Harry olhou para o celular.

— E qual é a resposta mais comum? — perguntou ele.

— Azar e roteiros ruins.

— Hum. Parece a minha vida.

A tela do celular acendeu. O número de Krohn. Harry aceitou a ligação.

— Fala rápido e só a resposta.

— Røed topou.

— Vão te passar o endereço de e-mail — avisou Harry.

Harry entregou o celular ao sujeito que estava conversando com *el jefe*. O cara enfiou a pistola no coldre de ombro dentro da jaqueta e encostou um celular no outro. Harry ouviu o zumbido de vozes. De repente, eles pararam de falar, a cozinha ficou em silêncio e o homem devolveu o celular a Harry. Krohn havia desligado. O homem colocou o próprio celular no ouvido e escutou. Logo depois afastou o aparelho do ouvido e disse:

— Está com sorte, *rubio*. Ganhou dez dias. Contando a partir de agora. — Ele apontou para o relógio. — Se não conseguir no prazo, a gente vai meter bala. — Ele apontou para Lucille. — Depois, a gente vai atrás de você. Ela vai com a gente agora. Não tenta entrar em contato com ela. Se contar para alguém, vai morrer e a pessoa que souber vai morrer junto. É assim que a banda toca por aqui, é assim que a banda toca no México e é assim que a banda vai tocar no lugar para onde você for. Não fica achando que está fora do nosso alcance.

— Certo — disse Harry e engoliu em seco. — Algo mais que eu deva saber?

O cara esfregou a tatuagem de escorpião e sorriu.

— Ã-hã. A gente não vai só meter um tiro em você. A gente vai arrancar a pele inteira das suas costas e deixar você deitado no sol. Vai demorar umas horas até você ficar todo ressecado e morrer de sede. Acredite, você vai agradecer por não demorar mais que umas horinhas.

Harry teve vontade de falar sobre o sol de setembro na Noruega, mas se conteve. O relógio já estava correndo. Não só o dos dez dias, mas também o do voo para o qual ele tinha passagem. Olhou para o relógio. Uma hora e meia. Era sábado, e ele não estava longe do aeroporto, mas aquilo era Los Angeles. Já estava atrasado. Irremediavelmente atrasado.

Harry olhou uma última vez para Lucille. Imaginou que sua mãe seria exatamente assim se tivesse vivido mais.

Harry Hole se inclinou, deu um beijo na testa de Lucille, levantou-se e seguiu rápido em direção à porta.

# 7

# Domingo

Harry estava no banco do carona de um Volvo Amazon modelo 1970 ao lado de Bjørn, e eles cantavam uma música de Hank Williams que tocava em velocidade irregular no toca-fitas do carro de Bjørn. Quando paravam de cantar, ouvia-se um choro baixo de uma criança no banco traseiro. O carro começou a tremer. Estranho, porque estava estacionado.

Harry abriu os olhos e viu a comissária de bordo balançando seu ombro de leve.

— Vamos pousar em breve, senhor — avisou ela por trás da máscara que usava. — Por favor, coloque o cinto.

A comissária tirou o copo vazio da frente de Harry, fechou a mesa de apoio e guardou-a no braço do assento. Classe executiva. No último segundo, Harry decidiu colocar o terno e deixar todo o resto em Los Angeles — não levou sequer bagagem de mão. Bocejou e olhou pela janela. Lá embaixo, a floresta. Os lagos. E então: cidade. Mais cidade. Oslo. Depois floresta de novo. Pensou na ligação rápida que fez antes da decolagem, ainda no aeroporto de Los Angeles. Falou com Ståle Aune, psicólogo com quem costumava trabalhar em casos de homicídio. Pensou na voz de Aune, que parecia tão diferente. No comentário do colega, que havia tentado entrar em contato várias vezes ao longo dos últimos meses. Harry respondeu apenas que tinha desligado o celular. Ståle disse que não era nada tão importante, só queria informar que estava doente. Câncer de pâncreas.

A previsão era de que o voo saído de Los Angeles duraria treze horas. Harry olhou para o relógio. Converteu para o horário norueguês. Domingo, oito e cinquenta e cinco da manhã. Domingo era dia de abstinência, mas, se ele determinasse que ainda estava no fuso de Los Angeles, ainda seria sábado por cinco minutos. Olhou para o teto em busca do botão para chamar a comissária de bordo, mas então lembrou que na classe executiva o botão ficava no controle remoto. Procurou o controle, que estava no console. Pressionou o botão, e um toque agudo soou ao mesmo tempo que uma luz se acendeu acima dele.

A comissária chegou em menos de dez segundos.

— Sim, senhor.

Mas nesses dez segundos Harry teve tempo de contar o número de unidades que havia bebido no sábado em Los Angeles. Havia esgotado a cota. Puta merda.

— Me desculpe — disse ele, esboçando um sorriso. — Não é nada.

Harry estava em frente a uma prateleira de garrafas de uísque no *free shop* quando recebeu um SMS avisando que o carro reservado por Krohn estava esperando por ele em frente ao terminal de desembarque. Harry respondeu "OK", acessou os seus contatos e digitou K.

Às vezes, Rakel brincava com Harry dizendo que ele tinha tão poucos amigos, colegas e contatos que era só teclar a letra inicial do nome para ele achar quem queria.

— Katrine Bratt — atendeu ela com uma voz cansada, sonolenta.

— Oi, é o Harry.

— Harry? Sério? — Pelo barulho parecia que ela havia se sentado na cama. — Vi que era um número dos Estados Unidos, aí...

— Estou na Noruega. Acabei de aterrissar. Te acordei?

— Não. Quer dizer, sim, mais ou menos. Temos dois possíveis homicídios, fiquei trabalhando até tarde ontem. Minha sogra está aqui em casa cuidando do Gert para eu colocar o sono em dia. Meu Deus, você está vivo!

— Pois é. Como vão as coisas?

— Tudo indo. Na verdade, nada mal, considerando as circunstâncias. Falei de você sexta passada. O que veio fazer em Oslo?

— Umas coisas. Vou visitar Ståle Aune.

— Porra, pois é, fiquei sabendo. Câncer no pâncreas, né?

— Não sei os detalhes. Tem tempo para tomar um café comigo?

Harry notou que ela hesitou antes de responder:

— Por que não vem jantar aqui?

— Na sua casa?

— Claro. Minha sogra é uma ótima cozinheira.

— Se não tiver problema...

— Que tal às seis? Você pode ver o Gert.

Harry fechou os olhos. Tentou se lembrar do sonho. Volvo Amazon. A criança choramingando. Ela sabia. Claro que sabia. Será que percebeu que ele também sabia? Ela *queria* que ele soubesse?

— Às seis está ótimo — respondeu ele.

Eles desligaram, e Harry olhou de novo para a prateleira de garrafas de uísque.

Logo atrás tinha uma prateleira com bichinhos de pelúcia.

O carro avançava lentamente pelos calçadões de Tjuvholmen, os cinco hectares mais caros de Oslo, distribuídos em duas ilhas que adentravam o fiorde. O bairro estava tomado de pessoas entrando e saindo de lojas, restaurantes e galerias ou que simplesmente tinham saído de casa para passear no domingo. Quando Harry entrou no The Thief, a recepcionista o cumprimentou como se ele fosse um convidado que eles estavam ansiosos por receber.

O quarto tinha uma cama de casal de maciez perfeita, obras de arte moderna nas paredes e sabonete líquido de uma marca de luxo. Tudo o que se espera de um hotel cinco estrelas, presumiu Harry. A janela tinha vista para as torres vermelho-ferrugem da Prefeitura e para a Fortaleza de Akershus. Nada parecia ter mudado ao longo do ano que Harry estava fora, mas, ao mesmo tempo, tudo parecia diferente. Talvez porque, com lojas de designers, galerias, apartamentos luxuosos e fachadas elegantes, o bairro de Tjuvholmen não fazia parte da Oslo que ele conhecia. Harry cresceu na zona leste, numa época em que Oslo era uma capital da periferia da Europa, uma cidade pequena, tranquila, chata e cinzenta. Nas ruas, o que mais se ouvia era o norueguês padrão, sem sotaque, e quase todas as pessoas eram brancas. Aos poucos, a cidade foi se abrindo. Harry percebeu, ainda jovem, que o número de bares e boates aumentou de uma hora para outra e que mais bandas legais — não só as que tocavam para 30 mil pessoas em Valle Hovin — passaram a incluir Oslo em suas turnês. Surgiram inúmeros restaurantes, que serviam comida de todo canto do mundo. A transformação de Oslo numa cidade internacional, aberta e multicultural levou a um inevitável aumento do crime organizado, mas o número de homicídios ainda era tão baixo que o governo mal conseguia manter um departamento de detetives trabalhando. É verdade que, ainda na década de setenta, a cidade havia se transformado num cemitério de jovens viciados em heroína. E continuava sendo. Mas Oslo era uma cidade sem um bairro inteiro de viciados, como Skid Row em Los Angeles; era uma cidade onde até as mulheres podiam se sentir seguras de modo geral, sensação de noventa e três por cento dos moradores. E, embora a mídia se esforçasse para transmitir outra imagem, ao longo dos últimos quinze anos o número de estupros se mantinha baixo em comparação com o de outras cidades e o de crimes violentos nas ruas — assim como os de outros crimes — estava baixo e seguia caindo.

Por isso, uma mulher assassinada e outra desaparecida, com uma possível ligação entre as duas, não era um acontecimento frequente. Assim, não havia nada de surpreendente quando Harry fez uma busca no Google e encontrou diversas matérias extensas com títulos sensacionalistas nos sites dos jornais noruegueses. O fato de a maioria delas mencionar o nome de Markus Røed também não era surpresa. Em primeiro lugar, todo mundo sabia que a mídia, mesmo os antigos jornais físicos, considerados mais sérios, sobreviviam de contar histórias sobre pessoas famosas e, por ser milionário, Røed era uma celebridade. Em segundo lugar, em oitenta por cento dos assassinatos investigados por Harry, o culpado era uma pessoa próxima da vítima. Portanto, nada mais natural que, ao menos por enquanto, o principal suspeito fosse o homem que o havia contratado.

Harry tomou banho. Parou diante do espelho e abotoou a única outra camisa que tinha, comprada ao chegar ao Aeroporto de Gardermoen. Ouviu o tique-taque do relógio de pulso enquanto fechava o botão superior. Tentou não pensar nisso.

***

O Thief ficava a apenas cinco minutos de caminhada da sede da Barbell Properties, na Haakon VII gate.

Harry se aproximou da porta de quase três metros de altura e fez contato visual com um jovem na recepção do lado de dentro. O rapaz correu para abrir — obviamente tinha sido instruído a aguardar Harry ali. Conduziu Harry pelas portas giratórias de segurança e apontou para o elevador. Quando Harry explicou que não pegava elevadores, eles subiram as escadas. No sexto e último andar, o rapaz conduziu Harry pelo escritório, que estava vazio por ser fim de semana, até parar diante de uma porta aberta e permitir que Harry entrasse.

Era uma sala de canto que devia ter uns cem metros quadrados, com vista para a praça da Prefeitura e para o fiorde de Oslo. Num canto da sala havia uma mesa com a tela grande de um iMac, um par de óculos de sol da Gucci e um iPhone. Nenhum documento.

Mais além da mesa havia duas pessoas sentadas a uma mesa de reuniões. Harry conhecia uma delas: Johan Krohn. A outra, reconheceu pelas matérias da imprensa. Markus Røed deixou Krohn se levantar primeiro e se aproximar de Harry com a mão estendida. Harry esboçou um sorriso para Krohn sem tirar os olhos do homem que estava atrás. Markus Røed fechou um botão do paletó, num movimento automático, mas permaneceu de pé à mesa. Após trocar um aperto de mão com Krohn, Harry deu a volta no móvel e fez o mesmo com Røed. Estimou que eles tinham a mesma altura e que Røed pesava pelo menos vinte quilos a mais que ele. De perto, dava para notar que Røed tinha seus 66 anos, apesar da pele lisa por causa de tratamentos, dos dentes brancos de quem faz clareamento e do cabelo preto e volumoso. Pelo menos os cirurgiões que haviam operado Røed eram melhores do que os de muita gente que Harry conheceu em Los Angeles. Harry notou que as pupilas dilatadas de Røed se contraíram de leve ao redor das pequenas íris azuis, como se ele tivesse um tique nervoso.

— Sente-se, Harry.

— Obrigado, Markus — agradeceu-lhe Harry, então desabotoou o paletó e se sentou. Se Røed ficou incomodado de ser chamado pelo nome em vez de pelo sobrenome ou percebeu o tom provocador, não deixou transparecer.

— Obrigado por vir assim, tão em cima da hora — acrescentou Røed e fez um sinal para o jovem à porta.

— Uma dose de sincronicidade me cai bem.

Harry observou os retratos dos três homens sérios na parede. Duas pinturas e uma fotografia, todas com placas douradas na parte inferior da moldura, todas com o sobrenome Røed.

— Bem, as coisas acontecem num ritmo diferente *over there* — comentou Krohn, as duas últimas palavras em inglês. Para Harry, parecia conversa fiada de um diplomata meio estressado.

— Mais ou menos — retrucou Harry. — Acho que Los Angeles é uma cidade descontraída em comparação com Nova York e Chicago. Mas vejo que você está ralando aqui também. Trabalhando em pleno domingo... Impressionante.

— É bom ficar um pouco longe do inferno de casa e da família — disse Røed e sorriu para Krohn. — *Sobretudo* num domingo.

— Você tem crianças? — perguntou Harry a Røed. As matérias que tinha lido não davam essa impressão.

— Tenho — respondeu Røed, olhando para Krohn como se fosse ele quem tivesse perguntado. — Minha esposa.

Røed soltou uma gargalhada, e Krohn, obediente, fez o mesmo. Harry se limitou a erguer de leve os cantos da boca para não parecer antipático. Pensou nas fotos de Helene Røed nos jornais. Qual era a diferença de idade? Não podia ser de menos de trinta anos. Em toda foto, o casal era fotografado diante de paredes decoradas com logotipos — estreias, desfiles, eventos do tipo. Helene Røed estava sempre arrumada, mas parecia mais autoconsciente e menos ridícula do que as mulheres — e os homens — que vivem posando para câmeras nessas situações. Era linda, mas havia um quê de desbotado em sua beleza, um brilho juvenil que parecia ter ido embora um pouco antes da hora. Excesso de trabalho? Excesso de bebida ou de outras coisas? Excesso de tristezas? Ou um pouco dos três?

— Conhecendo o meu cliente, eu diria que ele passa muito tempo aqui — comentou Krohn. — Ninguém chega aonde ele chegou sem muito trabalho duro.

Røed deu de ombros, mas não fez objeção.

— E você, Harry? Tem filhos? — perguntou.

Harry estava observando os retratos. Os três homens estavam em frente a grandes edifícios. Ou tinham construído ou eram donos dos prédios, presumiu Harry.

— Combinado com uma bela fortuna familiar, talvez — disse ele.

— Hã?

— Junto com o trabalho duro, a fortuna da família facilita um pouco, não é?

Røed ergueu uma sobrancelha bem cuidada abaixo do cabelo preto e encarou Krohn como que exigindo uma explicação sobre que tipo de gente havia contratado. Ergueu a cabeça, tirou a papada do colarinho da camisa e fixou os olhos em Harry.

— Fortunas não se cuidam sozinhas, Hole. Imagino que saiba disso.

— Eu? Por que eu saberia?

— A julgar pelas suas roupas, você tem dinheiro. Se não me engano, seu terno foi costurado por Garth Alexander, da Savile Row. Tenho dois desse.

— Não me lembro do nome do alfaiate — disse Harry. — Quem me deu esse terno foi uma senhora, por ser acompanhante dela.

— Puta merda. Ela era tão feia assim?

— Não.

— Não? Era bonita, então?

— Para uma mulher com seus 70 anos, eu diria que sim.

Markus Røed colocou as mãos atrás da cabeça e se recostou. Semicerrou os olhos.

— Sabe de uma coisa, Harry? Você e a minha mulher têm uma coisa em comum. Vocês só tiram a roupa para vestir outra mais cara.

Markus Røed soltou uma gargalhada ensurdecedora, deu um tapa nas coxas e virou para Krohn, que deu outra risada forçada. A gargalhada de Røed se transformou num acesso de espirros. O jovem que tinha recebido Harry havia acabado de entrar com uma bandeja de copos de água e ofereceu um guardanapo, mas Røed dispensou, tirou do bolso do paletó um grande lenço azul-claro com as iniciais M. R., que ocupavam quase todo o tecido, e assoou o nariz fazendo barulho.

— Relaxem, é só alergia — disse Røed, devolvendo o lenço ao bolso. — Tomou a vacina, Harry?

— Tomei.

— Eu também. Estive seguro o tempo todo. Helene e eu viajamos até a Arábia Saudita e tomamos a primeira vacina muito antes de ela estar disponível na Noruega. Enfim, vamos começar. Johan?

Harry ouviu a apresentação que Johan Krohn fez do caso, mais ou menos uma repetição do que tinha ouvido ao celular no dia anterior.

— Duas mulheres, Susanne Andersen e Bertine Bertilsen, desapareceram em terças consecutivas, há três e duas semanas, respectivamente. O corpo de Susanne Andersen foi encontrado anteontem. A polícia não divulgou a causa da morte, mas afirma que está investigando como homicídio. Markus foi interrogado pela polícia por apenas um motivo: o fato de que as duas estiveram no mesmo lugar quatro dias antes do desaparecimento de Susanne, uma festa no terraço para os moradores do prédio onde Markus e Helene moram. E a única ligação que a polícia descobriu entre as garotas até agora é que ambas conheciam Markus e foram convidadas. Markus tem um álibi para as duas terças: estava em casa com Helene. Com isso, a polícia o tirou da lista de suspeitos. Mas infelizmente a imprensa não usa a mesma lógica. A motivação da mídia não é resolver o caso. Eles têm publicado todo tipo de matéria especulando sobre o relacionamento de Markus com as garotas, insinuando que elas estavam tentando extorquir dinheiro dele, ameaçando contar suas "histórias" a um jornal que pagasse bem. A imprensa também tem questionado o valor de um álibi fornecido pela esposa, apesar de saber muito bem que isso é comum e válido em juízo. Eles não têm interesse em publicar a verdade, só querem explorar a mistura sensacionalista de celebridades e assassinatos. E estão torcendo para que a resolução do caso demore o máximo. Assim podem seguir publicando matérias cheias de especulações e vender mais exemplares.

Harry anuiu com uma expressão impassível.

— Nesse meio-tempo os negócios do meu cliente vêm sofrendo um baque, porque, de acordo com a mídia, ele não foi inocentado de todas as acusações. E aí entra também uma tensão em nível pessoal.

— Família em primeiro lugar — interrompeu Røed.

— Claro — continuou o advogado. — Se a polícia fosse minimamente competente, daria para conviver com esse problema temporário. Mas em quase três semanas não encontraram nem o criminoso nem qualquer pista que faça com que a mídia pare a caça às bruxas contra a única pessoa em Oslo que apresentou um álibi. Resumindo, nós queremos que o caso seja resolvido o mais rápido possível, e é aí que você entra.

Krohn e Røed olharam para Harry.

— Hum. Agora que a polícia achou um corpo, existe a possibilidade de encontrarem vestígios de DNA do criminoso. A polícia colheu uma amostra do seu DNA? — perguntou Harry, encarando Markus Røed.

Røed não respondeu e se virou para Krohn.

— Não aceitamos — disse o advogado. — Só quando a polícia apresentar uma ordem judicial.

— Por quê?

— Porque não temos nada a ganhar. E porque, se aceitarmos esse tipo de investigação invasiva, indiretamente, estaríamos admitindo que podemos enxergar o caso do ponto de vista da polícia, ou seja, que poderia haver motivos para suspeita.

— E você não vê nenhum motivo para suspeita?

— Não. Mas eu disse para a polícia que, se eles conseguirem estabelecer qualquer ligação entre os casos das garotas e o meu cliente, ele vai se submeter de bom grado ao teste de DNA. Desde então, não entraram em contato com a gente.

— Hum.

Røed bateu as mãos.

— Então é isso, Harry, em termos gerais. Pode nos contar qual é o seu plano de ação?

— Plano de ação?

Røed sorriu.

— Pelo menos em termos gerais.

— Em termos gerais — repetiu Harry, prendendo um bocejo, efeito do *jet lag* —, o meu plano é encontrar o assassino o mais rápido possível.

Røed sorriu e olhou para Krohn.

— Esses termos estão amplos demais, Harry. Pode dizer mais alguma coisa?

— Claro. Vou investigar o caso da mesma forma que faria se estivesse na polícia: sem nenhuma obrigação ou consideração por qualquer coisa que não seja a verdade. Ou seja, se as evidências me levarem até você, Røed, vou fazer o que faria com qualquer outro assassino. E você vai pagar os meus honorários.

Silêncio total na sala, até que os sinos da Prefeitura começaram a badalar.

Markus Røed deu risada.

— Você é jogo duro, Harry. Quantos anos levaria para conseguir uma grana dessa trabalhando na polícia? Dez? Vinte? Quanto vocês ganham na delegacia?

Harry não respondeu. Os sinos continuaram tocando.

— Bem — disse Krohn, com um sorriso sem graça —, resumindo, o que você está dizendo é o que nós queremos, Harry: que o trabalho seja feito. Como eu disse ao telefone, é uma investigação independente. Estamos falando a mesma língua, embora você esteja se expressando de uma forma mais bruta. No fundo o que você disse é o motivo pelo qual queremos contratá-lo. Você é um homem íntegro de verdade.

— Você é? — perguntou Røed, cofiando o queixo com o polegar e o indicador enquanto olhava para Harry. — Um homem íntegro de verdade?

Mais uma vez Harry notou a contração nos olhos de Røed. Balançou a cabeça. Røed se inclinou para a frente, abriu um sorriso alegre e sussurrou:

— Nem um pouquinho?

Harry também sorriu.

— Tanto quanto um cavalo com antolhos. Uma criatura de inteligência limitada que só faz aquilo para o qual foi treinada: galopar sempre em frente, sem se deixar distrair.

Markus Røed deu risada.

— Isso é bom, Harry. Isso é bom. Negócio fechado. A primeira coisa que quero que você faça é montar uma equipe de primeira. De preferência com nomes conhecidos da opinião pública e que a gente possa anunciar na mídia. Para verem que estamos falando sério, entende?

— Tenho uma ideia de quem posso usar.

— Ótimo. Quanto tempo acha que leva para receber uma resposta deles?

— Amanhã às quatro.

— Já amanhã?

Røed deu outra risada quando percebeu que Harry estava falando sério.

— Gostei do seu estilo, Harry. Vamos assinar o contrato.

Røed acenou com a cabeça para Krohn, que enfiou a mão na pasta e pôs um documento de uma página diante de Harry.

— De acordo com o contrato, a missão será considerada cumprida quando pelo menos três advogados do departamento jurídico da polícia considerarem que o suspeito de fato é culpado — explicou Krohn. — Mas, se o réu for absolvido em juízo, o valor terá que ser reembolsado. É um acordo de pagamento condicionado.

— Mas com honorários que fariam um executivo ter inveja de você, inclusive eu — acrescentou Røed.

— Quero uma cláusula adicional — disse Harry. — Vou receber os honorários caso a polícia encontre o suposto culpado nos próximos nove dias, com ou sem a minha ajuda.

Røed e Krohn trocaram olhares.

Røed fez que sim com a cabeça e se inclinou na direção de Harry.

— Você é osso duro na negociação. Mas eu sei por que você dá números tão precisos sobre honorários e número de dias.

— Ah, sabe? — disse Harry, erguendo a sobrancelha.

— Óbvio que sei. O outro lado da negociação fica com a sensação de que existe um número mágico em que tudo se encaixa. Não se ensina um padre a rezar missa, Harry. Eu uso essa estratégia.

Harry fez que sim lentamente.

— Me pegou, Røed.

— E agora vou te ensinar um truque. — Røed se recostou e abriu um sorriso. — Vou te dar um milhão de dólares. São quase quatrocentas mil coroas a mais do que você está pedindo, o suficiente para comprar um bom carro. Sabe por quê?

Harry não respondeu.

— Porque as pessoas se esforçam muito mais se você dá a elas um pouco mais do que esperavam. É um fato comprovado pela psicologia.

— Vou fazer esse teste — disse Harry, em tom seco. — Tem mais uma coisa.

O sorriso de Røed sumiu.

— O quê?

— Vou precisar da permissão de alguém da polícia.

Krohn pigarreou.

— Você está ciente de que na Noruega não é preciso ter autorização ou licença para fazer investigações privadas, não é?

— Estou. Mas eu quis dizer uma pessoa específica da polícia.

Harry explicou o problema, e Røed concordou com relutância. Depois que Harry e Røed trocaram um aperto de mãos, Krohn levou Harry até a porta da rua.

— Posso fazer uma pergunta, Harry?

— Manda ver.

— Por que eu tive que enviar uma cópia do nosso contrato em inglês para um endereço de e-mail mexicano?

— Foi para o meu agente.

Krohn manteve uma expressão impassível. Harry imaginou que, como advogado de defesa, Krohn estava tão acostumado a ouvir mentiras que provavelmente estranhava quando seus clientes contavam a verdade. Também imaginou que Krohn entenderia que uma mentira tão descarada funcionava como uma placa de NÃO ENTRE.

— Tenha um bom domingo, Harry.

— Você também.

Harry foi andando até Aker Brygge. Sentou-se num banco. Viu a balsa que vinha da península de Nesoddtangen navegar em direção ao cais ensolarado. Fechou os olhos. Às vezes, ele e Rakel tiravam um dia de folga no meio da semana, entravam na balsa com as bicicletas e, depois de vinte e cinco minutos num trajeto entre ilhotas e barcos à vela, chegavam a Nesoddtangen. De lá, pedalavam até uma área campestre com estradas vicinais, trilhas e balneários desertos escondidos, mergulhavam no mar e depois se aqueciam nas rochas, e os únicos sons que ouviam eram o zumbido dos insetos e os gemidos baixos, mas intensos, de Rakel, enquanto cravava as unhas nas costas dele. Harry tentou esquecer a imagem e abriu os olhos. Olhou para o relógio. O ponteiro dos segundos avançava sem parar. Dentro de algumas horas ele se encontraria com Katrine. E com Gert. Voltou a passos apressados para o Thief.

***

— O seu tio parece animado hoje — comentou a cuidadora ao deixar Prim diante da porta aberta do quartinho.

Prim fez que sim com a cabeça. Observou o idoso de camisola hospitalar sentado na cama olhando para a TV desligada. Havia sido um homem bonito no passado. Um homem muito respeitado, a quem todos davam ouvidos, tanto na vida privada como na profissional. Prim tinha a impressão de que tudo isso ainda era visível nas feições do tio — a testa alta e lisa, os olhos azul-claros e fundos, o nariz aquilino, a boca decidida, determinada e cerrada com lábios surpreendentemente carnudos.

Prim o chamava de tio Fredric. Porque de fato era seu tio. Entre outras coisas.

Quando Prim entrou no quarto, o velho ergueu a cabeça. Como sempre, Prim se perguntou qual tio Fredric estava ali hoje. Se é que havia algum.

— Quem é você? Saia daqui.

A expressão do tio Fredric era de desprezo e divertimento. Falou num tom de voz grave que nunca dava para saber se era de brincadeira ou fúria. Sofria de demência por corpos de Lewy, doença cerebral que, além de alucinações e pesadelos, provocava comportamentos agressivos, em geral verbais, mas também físicos. Assim, sua falta de mobilidade causada pela rigidez muscular era quase uma vantagem.

— Eu sou o Prim, filho da Molle — respondeu Prim, e, antes que o tio dissesse qualquer coisa, acrescentou: — Sua irmã.

Prim olhou para a única decoração do quarto, um diploma emoldurado na parede atrás da cama. Certa vez havia pendurado uma foto em que estavam seu tio, sua mãe e ele próprio, ainda criança, sorrindo à beira de uma piscina na Espanha, numa viagem de férias, a convite do tio, pouco depois de o padrasto de Prim os abandonar.

Mas após uns meses o tio de Prim tirou a foto da parede, dizendo que não suportava ver tantos dentes de coelho, referindo-se aos dentões separados que Prim havia herdado da mãe. O diploma de doutorado continuava lá, com o nome de Fredric Steiner. Ele havia trocado o sobrenome que tinha em comum com a mãe de Prim porque, como havia explicado a Prim, um sobrenome judeu tem mais peso e autoridade na ciência, sobretudo em sua área, microbiologia, em que poucos se davam ao trabalho de fingir que os judeus — em especial os judeus asquenazes — não tinham uma capacidade intelectual superior geneticamente produzida. Podia até haver bons motivos de cunho político ou sociológico para negar — ou pelo menos ignorar — essa realidade, mas no fundo essa era a verdade. Assim, se Fredric tinha uma mente tão brilhante e capacitada como a de um judeu, por que entrar no fim da fila com um sobrenome simples de camponês norueguês?

— Eu tenho uma irmã? — perguntou o tio de Prim.

— Tinha, não lembra?

— Caramba, garoto, eu tenho demência, você não consegue enfiar isso nesse seu cérebro de ervilha? Essa cuidadora que trouxe você... Bonita, hein?

— Dela você se lembra?

— Minha memória de curto prazo é excelente. Quer apostar uma grana que eu como ela antes do fim de semana? Não, espera, você nem deve ter dinheiro para apostar, seu ferrado. Quando você era pequeno, eu tinha grandes expectativas para você. Mas agora... Você não é nem sequer uma decepção, você simplesmente não é nada.

O tio Fredric fez uma pausa. Pareceu refletir.

— Ou você virou alguma coisa que preste? O que você faz da vida?

— Não vou contar.

— Por que não? Eu lembro que você se interessava por música. Ninguém da nossa família tinha esse dom, mas você pretendia ser músico?

— Não.

— O quê, então?

— Em primeiro lugar, quando eu vier aqui da próxima vez você já vai ter esquecido e, em segundo lugar, você não acreditaria se eu dissesse.

— E família você tem? Não me olhe assim!

— Sou solteiro. Por enquanto. Mas conheci uma garota.

— Uma? Você disse uma?

— É.

— Puta que pariu. Sabe quantas eu comi?

— Sei.

— Seiscentas e quarenta e três. Seiscentas e quarenta e três! E tudo bonita, tirando uma ou outra no início, quando eu não sabia que conseguia arranjar coisa melhor. Comecei com 17 anos. Você vai ter que ralar muito para alcançar o seu tio, garoto. Essa garota que você conheceu é apertadinha?

— Não sei.

— Como não sabe? O que aconteceu com aquela outra?

— Outra?

— Eu me lembro bem: você tinha dois filhos e uma mulher baixinha, morena, peituda. Eu já comi ela? Haha! Comi, sim, estou vendo pela sua cara! Como foi que você se transformou no tipo de pessoa que ninguém ama? Foram esses dentões de coelho que você herdou da sua mãe?

— Tio...

— Não me vem com "tio", seu monstro! Você nasceu feio e burro, é uma vergonha para mim, para a sua mãe e para toda a família.

— Tá bom. Por que você me chamava de Prim, então?

— Ah, sim, Prim! Por que acha que eu te chamava de Prim?

— Você dizia que era porque eu era especial. Como os números primos, que são uma exceção.

— Especial, sim, mas no sentido de anomalia. Um erro. O tipo de gente que ninguém quer ter por perto, um pária, que só pode ser dividido por um e por si mesmo. Esse é você, *primtallet*, o número primo. Só dá para dividir por um e por si mesmo. Todos nós queremos aquilo que não podemos ter, e o que você não tinha era amor. Esse sempre foi o seu ponto fraco, que você herdou da sua mãe.

— Sabe, tio, muito em breve eu vou ser mais famoso que você e toda a família juntos.

O tio Fredric abriu um sorriso, como se Prim finalmente tivesse dito algo que fizesse sentido ou que pelo menos fosse interessante.

— Deixa eu te explicar: a única coisa que vai acontecer com você é que um dia você vai ser tão demente quanto eu e vai ficar muito feliz por isso! Sabe por quê? Porque quando isso acontecer você vai esquecer que a sua vida foi uma série interminável de derrotas humilhantes. Aquilo ali — ele apontou para o diploma na parede — é a única coisa de que eu quero me lembrar. Mas nem isso consigo. E as seiscentas e quarenta e três... — A voz do tio Fredric ficou embargada e lágrimas começaram a brotar de seus olhos azuis. — Não consigo me lembrar de nenhuma. Nenhuma! Então, de que adianta?

Quando Prim saiu, o tio Fredric estava chorando, o que acontecia com cada vez mais frequência. Certa vez, Prim leu que Robin Williams se suicidou porque tinha sido diagnosticado com demência por corpos de Lewy. O ator quis poupar a si mesmo e à sua família dessa tortura. Na época, Prim ficou surpreso por seu tio não tentar seguir o mesmo caminho.

A casa de repouso ficava perto do centro de Vinderen, zona oeste de Oslo. A caminho do carro, Prim passou pela joalheria na qual tinha entrado várias vezes nos últimos tempos. Como era domingo, a loja estava fechada, mas ele encostou o nariz na vitrine e conseguiu ver o solitário diamante num anel na caixinha de vidro lá dentro. Não era grande, mas era lindo. Perfeito para a Mulher. Ele precisava comprá-lo naquela semana, caso contrário alguém poderia chegar primeiro.

Prim fez um desvio e passou pela casa onde tinha morado na infância, no bairro de Gaustad. Tentaram demolir o casarão destruído pelo incêndio várias vezes, mas ele sempre dava um jeito de adiar a demolição, apesar do alvará da prefeitura e das reclamações dos vizinhos. Algumas vezes Prim alegava que tinha planos de reformar o imóvel, em outras apresentava documentos comprovando que a demolição tinha sido agendada, mas sempre com empresas que iam à falência ou suspendiam as atividades. Prim não sabia bem por que se esforçava tanto para adiar a demolição; afinal, poderia vender o terreno por um bom valor. Mas há pouco tempo descobriu o motivo. O plano de usar a casa devia estar ali, na sua mente, havia um bom tempo, como o minúsculo ovo de um parasita esperando para eclodir.

## 8

## Domingo

### Tetris

— Você parece bem — comentou Harry.

— E você parece... bronzeado — respondeu Katrine.

Os dois riram, Katrine escancarou a porta e eles se abraçaram. O cheiro de guisado de carneiro com repolho tomava conta do apartamento. Harry entregou o buquê de flores que havia comprado no quiosque Narvesen no caminho.

— *Você* comprando flores? — perguntou Katrine, aceitando-as com cara de surpresa.

— Foi mais para impressionar a sua sogra.

— O terno com certeza vai.

Katrine foi até a cozinha e colocou as flores na água. Harry foi para a sala, viu os brinquedos espalhados no piso de parquete e ouviu a voz infantil antes de ver a criança. Gert estava sentado de costas para Harry, falando sério com um ursinho de pelúcia.

— Você tem que fazê igual eu. Tem que domi.

Harry entrou na ponta dos pés e se agachou. O menino começou a cantar baixinho e balançar a cabeça com uma cabeleira loira, cacheada e volumosa de um lado para o outro.

— Buman, Buman, meu caneilinho...

Ele deve ter ouvido alguma coisa, talvez um rangido no chão, porque de repente virou para trás com um sorriso no rosto. Uma criança que ainda acha que toda surpresa é boa, pensou Harry.

— Oi! — cumprimentou o menino num tom de voz alto e carinhoso, nem um pouco assustado perto de um desconhecido corpulento e de barba grisalha que tinha se aproximado por trás.

— Oi — disse Harry e tirou um ursinho de pelúcia do bolso do paletó. — Para você.

Harry ofereceu o bichinho de pelúcia, mas o menino não prestou atenção no presente. Encarou Harry de olhos arregalados.

— Você é o Papai Noel?

Harry não conseguiu conter a risada, mas Gert não se intimidou: riu junto e depois pegou o ursinho.

— Qual é o nome dele?

— Ainda não tem nome, é você que vai escolher.

— Eu vou chamá ele de... Qual o seu nome?

— Harry.

— Hally.

— Não. É...

— Ele é o Hally!

Harry se virou para trás e viu Katrine à porta, assistindo à cena de braços cruzados.

Talvez fosse o sotaque de Toten, talvez fosse o cabelo ruivo e os olhos levemente esbugalhados, mas, sempre que Harry levantava os olhos do prato na mesa da cozinha e encarava a mãe de Bjørn, via seu falecido colega, o legista Bjørn Holm.

— Não é estranho ele gostar de você, Harry — disse a mulher, acenando com a cabeça na direção de Gert, que tinha recebido permissão para sair da mesa e estava puxando a mão de Harry, querendo levá-lo de volta para a sala e continuar brincando com os ursinhos de pelúcia. — Você e Bjørn eram grandes amigos. Existe uma química, sabe? Mas você tem que comer mais, Harry. Está só pele e osso.

Depois da compota de ameixa de sobremesa, a sogra de Katrine deixou Harry e Katrine a sós e foi colocar Gert para dormir.

— Você está criando um garoto maravilhoso — disse Harry.

— É — disse Katrine, apoiando o queixo nas mãos. — Não sabia que você tinha jeito com crianças.

— Nem eu.

— Você não se dava bem com Oleg quando ele era pequeno?

— Quando eu entrei na vida de Oleg, ele já estava naquela fase de jogos de computador. Acho que ele não ligava que existisse alguém entre ele e a mãe.

— Mas vocês se tornaram bons amigos.

— Rakel dizia que era porque a gente odiava as mesmas bandas. E adorávamos Tetris. No telefone você disse que as coisas estavam indo. Alguma novidade?

— No trabalho?

— Em qualquer área.

— Bom, sim e não. Voltei a sair e a conhecer gente. Já passou muito tempo desde que Bjørn morreu.

— É mesmo? Alguma coisa séria?

— Acho que não. Tenho saído com um cara, até que tem sido legal, mas sei lá. Você e eu somos pessoas esquisitas no começo dos relacionamentos e não temos melhorado com o passar dos anos. E você?

Harry balançou a cabeça.

— Notei que você ainda usa a aliança — comentou Katrine. — Ela era o amor da sua vida. Minha situação com Bjørn era um pouco diferente.

— Pode ser.

— O cara mais legal do mundo. Legal até demais. — Katrine ergueu a xícara de chá. — E sensível demais para ficar com uma piranha como eu.

— Não é assim, Katrine.

— Não? Como você chama uma mulher que dá para um dos melhores amigos do marido? Tá bom, talvez puta seja um termo mais preciso.

— Aconteceu, Katrine. Eu estava bêbado e você...

— Eu o quê? Eu queria poder dizer que pelo menos estava apaixonada por você, Harry. Nos primeiros anos em que a gente trabalhou junto talvez eu estivesse mesmo. Mas depois... depois você passou a ser só o cara que eu não consegui. O cara que foi capturado por aquela beldade de olhos castanhos de Holmenkollen.

— Hum. Acho que Rakel não pensava assim, que havia me capturado.

— Com certeza não foi você que capturou Rakel.

— Por que não?

— Harry Hole! Você só percebe que uma mulher está a fim de você quando ela diz com todas as letras. E, mesmo quando isso acontece, fica só sentado nessa bunda magra, esperando, sem fazer nada.

Harry deu uma risadinha. Já podia perguntar. Era um bom momento. Não tinha por que adiar. Era óbvio. O cabelo loiro e cacheado. Os olhos. A boca. Katrine não sabia que ele havia descoberto numa noite com Alexandra Sturdza, do Instituto de Medicina Forense, que sem querer deixou escapar que Bjørn tinha feito um teste de paternidade que revelou que o pai de Gert era Harry e não ele.

Harry pigarreou.

— Fiquei sabendo que...

Katrine encarou Harry esperando o fim da frase.

— Fiquei sabendo que Truls Berntsen arrumou problema. Ele foi suspenso?

Katrine ergueu uma sobrancelha.

— Pois é. Ele e outros dois são suspeitos de roubar parte de uma apreensão de cocaína feita no Aeroporto de Gardermoen. Não surpreende... Todo mundo sabe que Truls é corrupto e, pelo que eu soube, tem dívidas de jogo. Era questão de tempo.

— É, também não me surpreende. Mesmo assim, lamento.

— Achei que vocês não suportavam um ao outro.

— Ele não é um sujeito dos mais agradáveis, mas tem qualidades que são fáceis de passar batidas. Qualidades que ele próprio talvez não conheça.

— Se você diz... Por que o interesse nele?

Harry deu de ombros.

— Pelo que li, Bellman ainda é ministro da Justiça.

— Pois é. Esse sabe as regras dos jogos de poder. Para mim, sempre foi mais político que policial. Como está a família?

— Bem, minha irmã continua morando com um cara em Kristiansand, por lá tudo bem. Oleg trabalha no escritório do delegado em Lakselv. Mora com a namorada. E Øystein Eikeland... Se lembra dele?

— O taxista?

— Isso. Falei com ele por telefone ontem. Mudou de carreira. Diz que está ganhando mais. Amanhã vou visitar Aune. Em resumo, é isso.

— Não resta muita gente na sua vida, Harry.

— Pois é.

Harry tentou não olhar para o relógio. Não queria ver quanto tempo restava daquele maldito domingo. Segunda-feira era dia de beber, só três unidades, mas não havia nenhuma regra que determinasse o horário de beber — podia ser logo depois da meia-noite, tudo de uma vez. Ele não havia comprado a garrafa de uísque no Aeroporto de Gardermoen, preferiu o ursinho de pelúcia, mas tinha aberto o frigobar do quarto de hotel e viu que tinha tudo de que precisava.

— E você? — perguntou Harry, erguendo sua xícara de café. — Quem resta na sua vida?

Katrine pensou.

— Não tenho mais parentes de sangue, então as pessoas mais próximas são os avós de Gert. Eles me ajudam demais. Toten fica a duas horas daqui, mas eles vêm sempre que dá. E às vezes, quando peço, acho que eles vêm mesmo quando não dá. Os dois são superapegados ao Gert. Ele também é tudo que eles têm agora. Então...

Katrine fez uma pausa. Olhou por cima da xícara de chá para a parede ao lado de Harry. Ele percebeu que ela estava se preparando para falar.

— Não quero que eles saibam. E não quero que o Gert saiba. Entendeu, Harry?

Então ela sabia. E tinha se dado conta de que ele também sabia.

Harry fez que sim com a cabeça. Era fácil entender por que Katrine não queria que o filho crescesse sabendo que era fruto de uma traição, de uma transa da mãe com um alcoólatra. Ela não queria partir o coração de dois avós amorosos nem perder o apoio imprescindível que poderiam oferecer a uma mãe solo com um filho.

— O nome do pai dele é Bjørn — sussurrou Katrine, agora encarando Harry. — E ponto.

— Entendo — murmurou Harry, sem desviar os olhos. — Acho que você está fazendo o certo. Só peço que me procure se precisar de ajuda. Para o que for. Não vou pedir nada em troca.

Harry notou que os olhos de Katrine estavam marejados.

— Obrigada, Harry. É generoso da sua parte.

— Que nada. Não tenho um centavo na conta.

Katrine riu, fungou e puxou um papel-toalha do rolo em cima da mesa.

— Você é um homem bom — comentou ela.

A avó apareceu para avisar que a presença da mãe estava sendo requisitada no quarto para cantar uma música pedida por Gert. A sós com a mãe de Bjørn, Harry contou como Bjørn assumia o comando quando compilava playlists para as noites temáticas no Jealousy junto com ele próprio e Øystein. Tinha as Quintas do Hank Williams, a Semana Elvis e — talvez a mais inesquecível — A Noite de Músicas com pelo Menos Quarenta Anos de Artistas e Bandas de Estados dos Estados Unidos com Nome Começando com a Letra M. A mãe de Bjørn não conhecia as bandas e os artistas preferidos de Bjørn, mas os olhos vidrados e marejados expressavam gratidão a Harry por contar alguma coisa, qualquer coisa, sobre seu filho.

Katrine reapareceu na cozinha, e a sogra foi para a sala ver TV.

— E esse cara com quem você anda saindo? — perguntou Harry.

Katrine fez um gesto como que para Harry deixar o assunto para lá.

— Qual é? — disse Harry.

— Ele é mais novo que eu. E não, não é do Tinder. Conheci no mundo real. Foi logo depois que tudo reabriu, havia um clima de euforia na cidade. Enfim... Ele tem mantido contato.

— E você não mantém?

— Acho que ele está levando um pouco mais a sério que eu. Não que não seja um cara legal, confiável. Tem emprego, apartamento próprio e parece ter uma vida organizada.

Harry sorriu.

— Tá bom, tá bom! — disse ela, fingindo dar um tapinha de brincadeira em Harry. — Mas, quando se é mãe solo, você começa a levar essas coisas em consideração, tá? Mas tem que existir uma paixão também, e...

— E não existe?

Katrine fez uma pausa.

— Ele sabe coisas que eu não sei, e gosto disso. Me ensina coisas, sabe? Gosta de música, como Bjørn. Não vê problema em eu ser esquisita. E ele — Katrine abriu um sorriso largo — me ama. Eu quase tinha esquecido como isso é bom, sabe? Quando alguém te ama por completo. Como Bjørn me amava. — Ela balançou a cabeça. — Inconscientemente talvez eu esteja procurando um novo Bjørn, mais do que *paixão*.

— Hum. E a mãe de Bjørn sabe disso?

— Não, não! — Ela balançou as mãos, como se fosse segredo. — Ninguém sabe. E não tenho a menor intenção de apresentá-lo a ninguém.

— *Ninguém?*

Katrine balançou a cabeça.

— Quando se sabe que provavelmente não vai dar certo e vai ter que ver o cara por aí depois, é melhor ninguém saber, não é? Você não quer que as pessoas olhem para você e *saibam*. Mas chega de falar dele. — Katrine pousou a xícara de chá com um gesto decidido. — Agora é a sua vez. Me fale de Los Angeles.

Harry sorriu.

— Outro dia, quando eu estiver com menos pressa. Melhor eu contar por que te liguei.

— Ué. Eu pensei que era... — Ela indicou com a cabeça o quarto de Gert.

— Não. Claro que eu pensei nisso, mas achei que a decisão de me contar cabia a você, se quisesse.

— Cabia a mim? Tem sido impossível entrar em contato com você.

— Desliguei o celular.

— Por seis meses?

— Por aí. Enfim... Liguei para dizer que Markus Røed quer me contratar como investigador particular no caso das garotas.

Katrine o encarou incrédula.

— Está de brincadeira.

Harry não respondeu.

Ela pigarreou.

— Está me dizendo que você, Harry Hole, se vendeu como uma prostituta barata para... o devasso do Markus Røed?

Harry olhou para o teto como que refletindo sobre a pergunta.

— Colocando dessa forma, é meio que exatamente o que estou fazendo.

— Pelo amor de Deus, Harry!

— Mas eu ainda não concordei.

— Por que não? O devasso não vai pagar o suficiente?

— Porque eu precisava falar com você primeiro. Você tem direito a veto.

— Veto? — Ela bufou. — Por quê? Vocês dois são livres para fazer o que quiserem. Sobretudo Røed; afinal, ele tem dinheiro para comprar o que quiser. Mas não achava que tinha dinheiro suficiente para comprar o seu rabo.

— Pense por alguns segundos nos prós e contras — sugeriu Harry e tomou um gole de café.

Ele viu a chama nos olhos de Katrine perder força e ela morder o lábio inferior, como fazia quando raciocinava. Estava torcendo para ela chegar às mesmas conclusões que ele.

— Você vai trabalhar sozinho?

Harry balançou a cabeça.

— Pretende roubar alguém de nós ou da Kripos?

— Não.

Katrine fez que sim e continuou pensando.

— Você sabe que não dou a mínima para prestígio e ego, Harry. Eu deixo a competição de quem tem o pau maior para vocês, homens. O que me interessa, por exemplo, é que as mulheres possam andar pela cidade sem medo de serem estupradas ou mortas. E no momento elas não podem. Assim, é melhor que você esteja trabalhando no caso. — Katrine balançou a cabeça, como se não gostasse das vantagens. — E como investigador particular você pode fazer certas coisas que a polícia não pode.

— É. E como você vê o caso?

Katrine olhou para as mãos.

— Você sabe muito bem que não posso compartilhar nenhum detalhe da investigação com você, mas imagino que tenha lido os jornais, então não estou revelando nenhum segredo quando digo que nós e a Kripos estamos trabalhando vinte e quatro horas por dia há três semanas e que antes de encontrar o corpo não tínhamos nada. Nada mesmo. Só imagens de vídeo de Susanne na estação de metrô de Skullerud às nove da noite de terça, não muito longe de onde foi encontrada. Localizamos o carro de Bertine estacionado perto do começo das trilhas em Grefsenkollen. Mas ninguém sabe o que as duas estavam fazendo nesses locais. Nenhuma delas gostava de fazer trilha e, até onde sabemos, nenhuma tinha conhecidos em Grefsen ou Skullerud. Colocamos equipes de busca com cães nas duas áreas, mas elas não encontraram nada. Até que um cara que vai para lá correr com o cachorro encontra o corpo por acaso. A gente fica parecendo idiota. É aquela história de sempre: os acasos superam o pouco que conseguimos fazer com uma busca sistemática. Mas as pessoas não entendem isso. Nem a mídia. Nem — ela gemeu, resignada — os chefes.

— Hum. E a tal festa no terraço dos Røed? Alguma coisa aí?

— Só que, ao que tudo indica, foi a única vez que Susanne e Bertine estiveram juntas no mesmo lugar. Tentamos ter uma visão geral de quem esteve na festa, porque alguém poderia ter conversado com as duas no dia. Mas é como o rastreamento de contatos no ano passado. Temos a maioria dos nomes, uns oitenta, mas, como era uma festa de moradores e as pessoas podiam entrar e sair a hora que quisessem, ninguém conhecia todo mundo. Seja como for, nenhum nome que conseguimos se destaca como suspeito, nem por antecedentes criminais nem por oportunidade. Então voltamos àquela pergunta que você sempre repetia, de novo e de novo, até os nossos ouvidos ficarem cansados.

— Hum. *Por quê?*

— Pois é, por quê? Susanne e Bertine eram o que a gente poderia chamar de garotas normais. Parecidas em algumas coisas, diferentes em outras. Ambas eram de classe média, mas nenhuma tinha ensino superior. Quer dizer, Susanne chegou a começar faculdade de marketing, mas largou no fim do primeiro semestre. Ambas tiveram vários empregos em lojas, e Bertine era cabeleireira. As duas se interessavam por roupas, por maquiagem, pelo próprio umbigo e por outras garotas com quem competiam na vida real ou no Instagram, e sim, eu sei que pareço preconceituosa... ou melhor: eu *sou* preconceituosa. Elas gastavam muito dinheiro, viviam saindo, e os amigos disseram que elas curtiam uma festa. Uma diferença entre as duas era que Bertine pagava praticamente todas as próprias despesas, enquanto Susanne morava com os pais e vivia à custa deles. Outra diferença é que Bertine vivia trocando de homem, enquanto, ao que tudo indica, Susanne era mais recatada.

— Será que era porque morava com os pais?

— Não só por isso. Susanne chegou a ter alguns breves relacionamentos, mas tinha a reputação de ser puritana. Uma possível exceção era a relação que tinha com Markus Røed.

— Ele era o *sugar daddy* dela?

— Temos as listas de ligações e mensagens delas. Ambas tiveram muito contato com Røed nos últimos três anos.

— Mensagens de cunho sexual?

— Menos do que se imaginaria. Algumas fotos picantes, mas nada obsceno. Elas mandavam mais convites para festas e coisas que queriam ganhar. Røed transferia dinheiro regularmente para as duas, pelo aplicativo Venmo. As quantias são baixas, alguns milhares de coroas, dez mil de uma só vez, estourando. Mas era o suficiente para ele ser considerado o *sugar daddy* delas. Numa das últimas mensagens, Bertine disse a Røed que um jornalista havia entrado em contato pedindo que ela confirmasse um boato e tinha oferecido dez mil coroas para ela dar uma entrevista. Bertine encerrou a conversa com Røed dizendo algo do tipo: "Claro que neguei. Apesar de estar devendo exatamente dez mil de farinha."

— Hum. *Farinha*. Cocaína.

— Essa mensagem *pode* ser interpretada como uma ameaça.

— Acha que encontrou o seu "por quê"?

— Sei que parece que estamos nos agarrando a qualquer coisa, mas investigamos a fundo e não encontramos ninguém nos círculos sociais das garotas com uma motivação óbvia, então agora só nos restam duas. Uma é Markus Røed querer se livrar das garotas porque elas estavam ameaçando jogar a merda no ventilador. A outra é a esposa dele, Helene Røed, ter matado as duas por ciúme. O problema é que um dá ao outro um álibi para as duas noites em que as garotas desapareceram.

— Fiquei sabendo. E quanto à motivação mais óbvia?

— Como assim?

— O que você mencionou. Um psicopata ou estuprador vai à festa, conversa com as duas e consegue os contatos delas.

— Como eu falei, ninguém que identificamos se encaixa nesse perfil. É bem possível que a festa seja um beco sem saída. Oslo é uma cidade pequena, sempre existe uma boa chance de duas garotas da mesma idade estarem na mesma festa.

— Mas não tão boa a ponto de ambas terem o mesmo *sugar daddy*.

— Pode ser. E, de acordo com as pessoas com quem falamos, Susanne e Bertine não eram as únicas.

— Hum. Você verificou isso?

— Verifiquei o quê?

— Quem, além da esposa de Røed, poderia ter motivos para se livrar da concorrência.

Katrine deu um sorriso cansado.

— Você e os seus porquês. Senti sua falta. A Divisão de Homicídios sentiu sua falta.

— Duvido.

— Pois é, Røed mantinha contato esporádico com outras garotas, mas descartamos os nomes delas. Está vendo, Harry? Todos os nomes na mesa foram descartados. Sobrou apenas o restante da população mundial. — Katrine apoiou a cabeça na ponta dos dedos e massageou as têmporas. — E, para piorar, agora os jornais e o resto da mídia estão em cima da gente. O chefe de polícia e a comandante estão em cima da gente. Até Bellman entrou em contato e disse que não podemos medir esforços. Por isso fique à vontade para tentar. E lembre-se: nós nunca tivemos essa conversa. Também não vamos poder cooperar no trabalho, nem extraoficialmente, e não posso fornecer nenhuma informação além das que vou divulgar para a imprensa. Salvo as que acabei de contar.

— Entendido.

— Sei que você sabe que tem gente na polícia que não vê a concorrência do setor privado com bons olhos. Sobretudo se a concorrência é contratada por um possível suspeito. Acho que você imagina o tamanho da derrota para a chefe de polícia e para a Kripos se você resolver o caso antes de nós. É possível que exista base jurídica para impedi-lo de trabalhar no caso, e se houver acho que vão usá-la.

— Imagino que Johan Krohn já tenha analisado essa situação.

— Ah, sim, ele faz parte da equipe de Røed, tinha esquecido.

— Pode me contar alguma coisa sobre a cena do crime?

— Dois pares de pegadas na ida, um na volta. E acho que ele fez uma limpeza no local antes de ir embora.

— Fizeram necropsia em Susanne Andersen?

— Ontem, só uma perícia forense.

— Encontraram alguma coisa?

— Ela foi degolada.

Harry fez que sim.

— Estupro?

— Nenhum sinal.

— Algo mais?

— Como assim?

— Parece que você encontrou mais alguma coisa.

Katrine não respondeu.

— Entendi — disse Harry. — Você não pode falar.

— Eu já falei até demais, Harry.

— Certo. Mas imagino que você não vai torcer o nariz para informações que corram na direção oposta, caso a gente descubra alguma coisa, certo?

Katrine deu de ombros.

— A polícia não pode rejeitar qualquer informação dada por um cidadão, mas não oferecemos recompensa.

— Entendido. — Harry olhou para o relógio. Faltavam três horas e meia para meia-noite.

Como se tivessem chegado a um acordo tácito, eles mudaram de assunto. Harry perguntou sobre Gert. Katrine falou do filho, mas Harry ainda tinha a sensação de que ela estava escondendo alguma coisa. A conversa morreu. Eram dez da noite quando Katrine desceu a escada com Harry, acompanhou-o até os fundos do prédio e aproveitou para jogar fora dois sacos de lixo. Quando Harry abriu o portão da rua, Katrine lhe deu um longo abraço. Harry sentiu o calor dela. O mesmo que havia sentido naquela noite. Mas sabia que aquilo não se repetiria. Houve um momento em que eles se sentiram atraídos um pelo outro, havia uma química inegável, mas ambos sabiam que seria um motivo fútil para destruir o que tinham com seus parceiros. A atração entre eles morreu junto com o fim dos relacionamentos. Não havia como recuperar aquela doce emoção de fazer algo proibido.

Katrine se encolheu e soltou Harry. Ele percebeu que ela estava olhando para a rua.

— Algum problema?

— Ah... Não. — Ela cruzou os braços e parecia trêmula, embora não estivesse frio. — Olha só, Harry.

— Diga.

— Se quiser... — ela fez uma pausa e respirou fundo — ... pode tomar conta do Gert um dia.

Harry olhou para Katrine e fez que sim lentamente.

— Boa noite.

— Boa noite — disse ela e fechou o portão com pressa.

Harry pegou o caminho mais longo de volta para o hotel. Atravessou Bislett e pegou a Sofies gate, onde havia morado. Passou pelo Schrøder, o restaurante marrom onde costumava se refugiar. Chegou ao ponto mais alto do bairro de St. Hanshaugen, de onde podia ver a cidade e o fiorde de Oslo. Nada havia mudado. Tudo havia mudado. Não havia caminho de volta. E não havia caminho que não levasse de volta.

Harry pensou na conversa que teve com Røed e Krohn, na qual pediu que eles só informassem a mídia da assinatura do contrato após ele falar com Katrine Bratt. Explicou que as chances de um clima de cooperação com a polícia aumentariam se Bratt tivesse a sensação de que, se quisesse, poderia impedir que Harry trabalhasse para Røed. Harry descreveu como imaginava que seria a conversa com Katrine e como ela mesma encontraria bons argumentos para ele aceitar o trabalho. Røed e Krohn fizeram que sim, e Harry assinou o contrato. Ouviu o sino de uma igreja distante. Sentiu o gosto da mentira. Sabia que não seria a última vez que isso aconteceria.

***

Prim olhou para o relógio. Era quase meia-noite. Escovou os dentes batendo o pé ao som de "Oh! You Pretty Things" enquanto olhava as duas fotos que havia colado no espelho.

Uma era da Mulher. Estava linda na foto, mas a verdade é que a beleza dela não era do tipo que pode ser capturada numa imagem. Era como se ela irradiasse algo pelo movimento do corpo, por uma simples expressão facial, palavra ou risada. Uma foto era como uma única nota de uma composição de Bach ou Bowie: não fazia sentido. Ainda assim, era melhor que nada. Mas amar uma mulher, não importa quanto, não significa que você seja dono dela. Portanto, Prim havia prometido a si mesmo que iria parar de vigiá-la, de bisbilhotar a vida privada da Mulher, como se fosse dono dela. Ele precisava aprender a confiar nela — sem confiança haveria muita dor.

A outra foto era da mulher que ele iria foder antes do fim de semana. Ou, para ser mais preciso, a mulher que iria foder com ele. Depois disso ele a mataria. Não porque queria, mas porque precisava.

Prim enxaguou a boca e cantou junto com Bowie uma música que dizia que todos os pesadelos vieram hoje e parece que chegaram para ficar.

Prim foi até a cozinha e abriu a geladeira. Viu a bolsa com o tiabendazol. Sabia que não tinha ingerido o suficiente ao longo do dia, mas que se tomasse muito de uma só vez teria dor de estômago e acabaria vomitando, provavelmente por inibir o ciclo do ácido cítrico. O segredo era tomar pequenas doses em intervalos regulares. Decidiu não tomar, se deu a desculpa de que já havia escovado os dentes. Em vez disso, pegou a lata aberta com "Bloodworms" escrito nela e foi até o aquário. Polvilhou meia colher de chá — a maior parte, larvas de mosquito — na água do aquário. Nos primeiros segundos elas boiaram como caspa, mas então começaram a afundar.

Com algumas batidas rápidas da cauda, o Chefe chegou rapidamente. Prim acendeu a lanterna e se abaixou para iluminar a boca aberta do peixe. E viu. Parecia uma baratinha, um camarão. Prim sentiu um calafrio ao mesmo tempo que se deliciou. Chefe e Lisa. Provavelmente era assim que os homens — e talvez as mulheres — se sentiam em relação ao casamento. Certa... ambivalência. Mas Prim sabia que, quando se encontra a pessoa certa, não há caminho de volta. Porque, se o homem e os animais têm um dever moral, é o de ser fiel à sua natureza, cumprir a tarefa necessária para a manutenção da harmonia, defender o equilíbrio delicado. Por isso, tudo na natureza — mesmo o que à primeira vista parece grotesco, hediondo e cruel — é belo em sua perfeita funcionalidade. O pecado chegou ao mundo no dia em que a humanidade se alimentou da árvore do conhecimento e alcançou um nível de reflexão que lhe permitiu escolher o caminho *não* indicado pela natureza. Foi assim que aconteceu.

Prim desligou o aparelho de som e apagou as luzes.

# 9

# SEGUNDA-FEIRA

Harry se dirigiu à entrada do grande edifício em Montebello, melhor bairro da zona oeste de Oslo. Eram nove da manhã, e o sol brilhava num céu sem nuvens. Mesmo assim, Harry sentiu um aperto no estômago. Já tinha estado ali antes. Radiumhospitalet. Há mais de um século, quando surgiram os planos de construção de um hospital exclusivo para o tratamento de câncer, os vizinhos reclamaram. Tinham medo de estar perto dessa doença sinistra e misteriosa que alguns achavam ser contagiosa e de um prédio que poderia desvalorizar seus imóveis. Outros apoiaram e doaram o equivalente a mais de trinta milhões de coroas atualmente para comprar os quatro gramas de rádio necessários para irradiar e matar as células cancerígenas antes que elas matassem seus hospedeiros.

Harry entrou no prédio e parou em frente ao elevador.

Não porque fosse entrar nele, mas para tentar lembrar.

Harry tinha 15 anos quando ele e a irmã mais nova, Sis, visitaram a mãe no Radium — como passaram a chamar o hospital depois de um tempo. A mãe passou quatro meses ali, deitada, e cada vez que eles a visitavam ela parecia mais magra e pálida, como uma fotografia desbotando à luz do sol, aquele sorriso doce de sempre sumindo na fronha do travesseiro. Harry se lembrou especificamente de um dia em que teve um acesso de raiva e chorou.

— As coisas são como são e você não é responsável por cuidar de mim, Harry — disse a mãe enquanto o abraçava e fazia carinho no seu cabelo. — O seu trabalho é cuidar da sua irmã caçula.

Na hora de ir embora, Sis parou e se apoiou numa parede perto de um elevador, e, quando a porta fechou, prendeu o longo cabelo dela. Harry ficou petrificado enquanto ela era erguida do chão e gritava por socorro. Ela perdeu um tufo de cabelo e parte do couro cabeludo, mas sobreviveu, e em pouco tempo esqueceu o episódio. Mais rápido que Harry, que ainda sentia a pontada de horror e vergonha por decepcionar a mãe logo após ela pedir que ele tomasse conta da irmã.

As portas do elevador se abriram e duas enfermeiras passaram por ele empurrando uma cama de rodinhas.

Harry permaneceu imóvel enquanto as portas do elevador fechavam.

Então, virou-se e começou a subir de escada até o sexto andar.

O lugar tinha o mesmo cheiro de hospital da época de sua mãe. Harry localizou a porta com o número 618 e deu uma batidinha de leve. Ouviu uma voz e abriu. Do lado de dentro havia duas camas, uma vazia.

— Estou procurando Ståle Aune — explicou Harry.

— Saiu para caminhar um pouco — respondeu o homem na cama ocupada, um sujeito careca que parecia ser de origem paquistanesa ou indiana e ter mais ou menos a idade de Aune, uns 60 anos. Mas Harry sabia por experiência própria que é difícil estimar a idade de pacientes de câncer.

Harry deu meia-volta e viu Ståle Aune arrastando os pés em sua direção usando uma camisola hospitalar e se deu conta de que havia acabado de passar por ele no corredor.

O psicólogo outrora barrigudo agora tinha pelancas. Aune acenou com a mão na altura do peito e abriu um sorriso sofrido, sem mostrar os dentes.

— Te colocaram de dieta? — perguntou Harry, depois de um grande abraço.

— Se eu contar ninguém acredita, mas até a minha cabeça encolheu. — Ståle demonstrou colocando os óculos estilo Freud. — Esse é Jibran Sethi. Dr. Sethi, esse é o detetive Hole.

O homem na outra cama sorriu, acenou com a cabeça e colocou os fones de ouvido.

— Ele é veterinário — informou Aune em voz baixa. — Ótimo sujeito, mas acho que é como dizem: com o tempo a gente vai ficando cada vez mais parecido com os nossos pacientes. Ele não fala quase nada e eu falo pelos cotovelos. — Aune tirou os chinelos e se deitou na cama.

— Não sabia que você era tão atlético — disse Harry, sentando-se numa cadeira.

Aune riu.

— Você sempre foi um mestre na arte da bajulação, Harry. Eu já fui um bom remador. Mas e você? Pelo amor de Deus, você tem que comer. Vai acabar desaparecendo.

Harry não respondeu.

— Ah, entendi — disse Aune. — Está se perguntando qual de nós dois vai desaparecer primeiro? Sou eu, Harry. É disso que eu vou morrer.

Harry fez que sim.

— O que os médicos disseram sobre...?

— Sobre quanto tempo eu tenho de vida? Nada. Porque eu não pergunto. Minha experiência me diz que supervalorizamos a importância de encarar a verdade, em especial sobre a própria mortalidade. E, como você bem sabe, minha experiência nesse campo é ampla e profunda. No fim das contas, as pessoas só querem se sentir bem pelo maior tempo possível, de preferência até que o pano caia de repente. É claro que estou meio decepcionado comigo mesmo por descobrir que nisso eu não sou diferente de ninguém, não sou capaz de morrer com a coragem e a dignidade que gostaria. Mas acho que não tenho uma razão boa o bastante para morrer com mais heroísmo. Minha esposa e minha filha vivem chorando e, para elas, não é nenhum consolo ver que eu sinto mais medo da morte do que o necessário, então prefiro fechar os olhos e fugir da realidade amarga.

— Hum.

— Mesmo sem querer eu interpreto as palavras e as expressões faciais dos médicos. E pelo que vejo não me resta muito tempo. Mas... — Aune abriu os braços e deu um sorriso triste — ... sempre há a esperança de eu estar equivocado. Afinal, na vida profissional, eu mais errei do que acertei.

Harry sorriu.

— Pode ser.

— Pode ser — repetiu Aune. — Mas você entende que a situação é grave quando eles te dão uma bombinha de morfina, morfina essa que você mesmo libera quando quer, sem que a bombinha te dê nenhum alerta sobre uma possível overdose.

— Hum. E a dor?

— A dor é um interlocutor interessante. Mas chega de falar de mim. Me conta de Los Angeles.

Harry balançou a cabeça e pensou que era efeito do fuso horário, porque deu uma risada que fez seu corpo todo tremer.

— Para com isso — disse Aune. — Morrer não tem nada de engraçado. Vamos, conta.

— Hum. Segredo profissional?

— Harry, aqui todos os segredos vão para o túmulo e o relógio está correndo, então, pela última vez, conta!

Harry contou. Não tudo. Não o que *realmente* aconteceu antes de ir embora de Oslo, quando Bjørn se matou com um tiro. Não falou de Lucille e de seu próprio relógio, que estava correndo. Mas contou todo o resto. Sobre ir embora para fugir das lembranças. Sobre o plano de beber até morrer em algum buraco distante. Quando Harry terminou de falar, percebeu que Ståle estava com os olhos vidrados. Ståle Aune havia ajudado os detetives da Divisão de Homicídios em inúmeros casos, e Harry sempre ficava impressionado com a capacidade de concentração e resistência do psicólogo por mais longa que fosse a jornada de trabalho. Mas agora Harry olhava nos olhos do colega e via cansaço, dor — e morfina.

— E Rakel? — perguntou Aune, quase sem voz. — Você pensa muito nela?

— O tempo todo.

— O passado nunca morre. Nem sequer é passado.

— É uma citação do Paul McCartney?

— Quase. — Aune sorriu. — Você pensa nela de um jeito positivo? Ou só causa dor?

— Dói de um jeito bom, acho. Ou o contrário. É como... a bebida. Os piores dias são quando eu acordo depois de sonhar com ela.

Por um instante, tenho a sensação de que ela está viva e que o que aconteceu de verdade foi o sonho, e então tenho que passar por essa caralha toda de novo.

— Você se lembra das sessões que teve comigo, quando eu perguntava se, quando estava sóbrio, você desejava que não existisse bebida alcoólica no mundo? Você respondia que queria que ela existisse, que não queria beber, mas queria ter a opção. A ideia de beber. Que sem isso a vida seria cinzenta e sem sentido e você não teria um inimigo para enfrentar. É assim...?

— É — concordou Harry. — Com Rakel também é assim. Prefiro ter a ferida do que ela não ter feito parte da minha vida.

Eles ficaram em silêncio. Harry olhou para as mãos. Observou a sala. Ouviu os sons de uma conversa ao telefone baixa vinda da outra cama. Ståle rolou para o lado.

— Estou meio cansado, Harry. Alguns dias são melhores, mas hoje não é um deles. Obrigado por vir.

— Melhores até que ponto?

— Como assim?

— Nos bons dias você consegue trabalhar? Digo, sem sair daqui.

Aune o encarou com surpresa.

Harry aproximou a cadeira da cama.

Na sala de reuniões no sexto andar da sede da polícia, Katrine estava prestes a encerrar a reunião matinal da equipe de investigação. Havia dezesseis pessoas sentadas à sua frente, onze da Divisão de Homicídios e cinco da Kripos. Dos dezesseis, dez eram detetives, quatro eram analistas e dois eram peritos técnicos. Katrine Bratt havia repassado as descobertas da perícia e da necropsia preliminar feita no Instituto de Medicina Forense, exibindo fotos de ambos os trabalhos. Notou que todos olhavam para a tela e se remexiam inquietos nas cadeiras duras da Divisão de Homicídios. Os peritos técnicos não encontraram muita coisa na cena do crime, o que por si só era uma descoberta.

— Ele parece saber o que estamos procurando — comentou um perito. — Ou ele limpou a cena ou teve muita sorte.

A única evidência concreta eram os dois pares de pegadas humanas no terreno macio, um que batia com os sapatos que Susanne usava, outro feito por um indivíduo mais pesado, usando calçados tamanho 42, provavelmente homem. As pegadas indicavam que eles estavam caminhando juntos.

— Como se ele tivesse forçado Susanne a entrar na floresta? — perguntou Magnus Skarre, veterano da Divisão de Homicídios.

— Pode ser, sim — confirmou o perito.

— O Instituto de Medicina Forense fez uma necropsia preliminar durante o fim de semana — disse Katrine —, e temos boas e más notícias. A boa é que encontraram resíduos de saliva ou muco em um dos seios de Susanne. A má é que não dá para ter certeza de que veio do assassino, visto que o tronco de Susanne estava vestido quando a encontramos. Então, se o assassino a violentou, provavelmente a vestiu de volta, o que seria incomum. Sturdza teve a gentileza de fazer uma análise rápida de DNA do resíduo, e a notícia ainda pior é que não bateu com nenhum perfil que temos nas nossas bases de dados de criminosos registrados. Então, se a saliva é do assassino e ele não está no nosso banco de dados, estamos falando de...

— Uma agulha num palheiro — completou Skarre.

Ninguém riu. Ninguém resmungou. Silêncio total. Após três semanas atravessando um deserto, trabalhando até tarde, correndo o risco de ter as férias canceladas e sofrendo com o mau humor generalizado entre os investigadores, a descoberta do cadáver acabou com uma esperança, mas fez outra nascer. A de encontrar pistas. De resolver o caso. Agora a investigação era oficialmente de homicídio, e era segunda-feira, uma semana nova, com novas oportunidades. Mas os rostos que olhavam para Katrine estavam esgotados, abatidos, exaustos.

Katrine já imaginava essa reação, por isso guardou o último slide para animá-los.

— Eles descobriram isso quando estavam concluindo a necropsia preliminar — disse ela, quando a foto seguinte apareceu na tela. Ao receber a foto enviada por Alexandra no sábado, a primeira associação que Katrine fez foi com o monstro do filme *Frankenstein de Mary Shelley*.

Todos permaneceram em silêncio, observando a cabeça e os pontos malfeitos. Foi a única reação. Katrine pigarreou.

— Sturdza escreveu que o corte parece recente, que a incisão foi feita logo acima da linha do cabelo e dá a volta na cabeça inteira e que depois foi costurada de volta no lugar. Não sabemos se isso aconteceu antes de ela desaparecer, mas ontem Sung-min falou com os pais de Susanne.

— Também falei com uma amiga de Susanne que havia estado com ela na noite anterior ao desaparecimento — acrescentou Sung-min. — Ninguém sabia de qualquer ferida na cabeça.

— Podemos presumir que foi feito pelo assassino. Hoje, o patologista vai fazer uma necropsia clínica completa, então estamos na expectativa de mais descobertas. — Ela olhou para o relógio. — Alguém quer acrescentar alguma coisa antes de começarmos as tarefas do dia?

Uma detetive tomou a palavra.

— Agora que sabemos que uma das garotas foi forçada a sair da trilha e entrar na floresta, não deveríamos intensificar as buscas por Bertine na mata fechada ao longo das trilhas de Grefsenkollen?

— Sim — respondeu Katrine. — Já estamos fazendo isso. Algo mais?

Os detetives olhavam para Katrine como uma turma escolar de crianças cansadas de estudar, ansiosas para sair para o recreio. No ano anterior alguém tinha sugerido contratarem um ex-campeão mundial de esqui cross-country que dava palestras inspiradoras sobre como superar o bloqueio mental em provas de longa duração. Mas o herói nacional em questão cobrava honorários que só estavam ao alcance de empresas do setor privado. Na época, Katrine disse que era melhor chamar uma mãe solo com emprego de tempo integral para dar a palestra e que a ideia de chamar o atleta era um desperdício completo, a pior proposta já feita de uso do orçamento do departamento. Mas agora não tinha mais tanta certeza.

# 10

## Segunda-feira

# Cavalos

O jovem taxista olhou confuso para os papéis que Harry estava lhe oferecendo.

— O nome disso é dinheiro — disse Harry.

O taxista pegou as cédulas e olhou os números.

— Eu não tenho... Tipo... É...

— Troco. — Harry suspirou. — Sem problema.

Harry colocou o recibo no bolso de trás e foi andando em direção à entrada do Hipódromo de Bjerke. Os vinte minutos do Radiumhospitalet custaram tanto quanto uma passagem de avião para Málaga. Ele precisava de um carro, de preferência com motorista, o mais rápido possível. Mas antes de tudo precisava de um policial — um que fosse corrupto.

Encontrou Truls Berntsen no Pegasus. O restaurante espaçoso tinha capacidade para mil fregueses, mas naquele momento, em dia de semana com páreo no horário de almoço, as únicas mesas ocupadas eram as que tinham vista para a pista, à exceção de uma mesa mais afastada com um freguês solitário, como se ele estivesse fedendo. Mas também podia ser por causa de seu olhar e postura. Harry se sentou numa cadeira e olhou para a pista, onde os cavalos puxavam as carruagens com os jóqueis, enquanto o narrador metralhava os espectadores com informações do páreo num tom monótono.

— Chegou rápido — comentou Truls.

— Vim de táxi — respondeu Harry.

— Deve estar rico. A gente podia ter feito isso por telefone.

— Não — disse Harry, sentando-se. Eles haviam trocado exatamente doze palavras durante a ligação de Harry. *Alô. É Harry Hole, onde você está? Hipódromo de Bjerke. Estou indo.*

— É isso mesmo, Harry? *Você* andou se metendo em negócios escusos?

Truls soltou a risada que parecia um grunhido que, somada ao queixo grande, à testa protuberante e ao comportamento passivo-agressivo, havia lhe rendido o apelido de Beavis, com quem compartilhava o jeitão niilista e uma ausência quase admirável de responsabilidade social ou moralidade. No fundo ele estava perguntando se Harry *também* havia se envolvido em negócios escusos.

— Talvez eu tenha uma oferta para você.

— Do tipo que eu não posso recusar? — perguntou Truls e olhou irritado para a pista enquanto o locutor narrava a ordem de chegada dos cavalos no páreo.

— A menos que você tenha ganhado nessa aposta, sim, do tipo que você não pode recusar. Me disseram que você está desempregado. E tem dívidas de jogo.

— Dívidas de jogo? Quem te falou isso?

— Não importa. Seja como for, você está desempregado.

— Não estou *tão* desempregado. Recebo salário sem fazer porra nenhuma. Por mim, eles que demorem o tempo que quiserem para procurar provas, estou pouco me lixando.

— Hum. Ouvi dizer que tem a ver com uma apreensão de cocaína no Aeroporto de Gardermoen.

Truls bufou.

— Eu e outros dois caras da Narcóticos pegamos o material. Uma cocaína esquisita, verde. Na alfândega disseram que era verde porque era pura, como se eles fossem especialistas no assunto. Entregamos para o pessoal do Departamento de Apreensões, que descobriu uma pequena diferença de peso em relação ao número dado pela equipe do aeroporto. Resolveram mandar para análise, que concluiu que a cocaína, que seguia tão verde quanto antes, tinha sido adulterada. Aí agora eles acham que a gente pegou um pouco da cocaína e substituiu por outro pó verde, mas que a gente fez merda porque errou o peso por um pouquinho. Ou melhor, eles acham que eu errei, porque fui a única pessoa a ficar sozinha com a droga por alguns minutos.

— Então você não só corre o risco de ser expulso como também de ser preso?

— Você é burro? — Truls grunhiu. — Eles não têm nada nem próximo de uma evidência. Uns idiotas da alfândega que acham que a coisa verde *parecia* e *tinha gosto* de cocaína pura? Uma diferença de um ou dois gramas, que todo mundo sabe que pode ser causada por qualquer coisa? Eles vão investigar por um tempo, depois vão arquivar o caso.

— Hum. Então você descarta a possibilidade de encontrarem outro culpado?

Truls inclinou a cabeça para trás e encarou Harry como se estivesse mirando uma arma nele.

— Tenho umas questões equinas para resolver aqui, Harry. Então me diz, o que você quer conversar?

— Markus Røed me contratou para investigar o caso das garotas. Quero você na equipe.

— Caralho — disse Truls, olhando surpreso para Harry.

— O que acha?

— Por que está me chamando?

— Por que acha?

— Sei lá. Eu sou um mau policial, e você sabe disso melhor do que ninguém.

— Isso não nos impediu de salvar a vida um do outro em mais de uma ocasião. E, segundo um antigo provérbio chinês, isso significa que um é responsável pelo outro pelo resto da vida.

— Sério? — Truls parecia incerto.

— Além do mais, se você só está suspenso, ainda tem acesso ao BL96, não é?

Harry notou que Truls se contorceu ao ouvir a menção ao sistema improvisado e antiquado de relatórios de investigação policial, em uso desde 1996.

— E daí? — perguntou Truls.

— Precisamos de acesso a todos os relatórios. Táticos, técnicos, forenses.

— Certo. Então isso são...

— Ã-hã, negócios escusos.

— O tipo de coisa que pode levar alguém a ser expulso da força policial.

— Se for descoberto, com certeza. E é por isso que vamos ser bem pagos.

— É? Quanto?

— Me diz um valor que eu passo para eles.

Truls encarou Harry por um longo tempo, pensativo. Olhou para o comprovante de aposta na mesa e o amassou.

Era hora do almoço no Danielle's, e o bar e as mesas estavam começando a encher. O restaurante ficava a menos de um quilômetro do centro da cidade e do inferno dos prédios de escritórios, mas Helene sempre se surpreendia ao ver um estabelecimento numa área residencial com tantos fregueses trabalhadores na hora do almoço.

De sua mesinha redonda no meio do restaurante, Helene correu os olhos pelo salão de ambiente aberto. Não encontrou ninguém interessante. Olhou de volta para a tela do laptop. Estava buscando um site de venda de equipamentos para cavalos. Parecia não haver limite para a quantidade de produtos inventados para cavalos e cavaleiros — nem para o preço desses produtos. Afinal, a maioria das pessoas envolvidas com cavalos é rica, e andar a cavalo era uma oportunidade de ostentar. O problema é que, nesses ambientes, para impressionar os outros é preciso alcançar um padrão tão alto que a maioria das pessoas desiste antes mesmo de começar. Mas ela queria mesmo que seu primeiro passo nesse ramo fosse trabalhando com importação de equipamentos equestres? Não era melhor começar organizando passeios a cavalo em Valdres, Vassfaret, Vågå ou outros buracos que começavam com a letra V? Helene fechou o laptop com força, suspirou e correu os olhos pelo salão outra vez.

Ali estavam eles, empoleirados ao longo do bar que ia de uma ponta à outra do restaurante. Homens jovens em ternos na moda entre corretores imobiliários. Mulheres jovens de tailleur ou qualquer coisa que as fizesse parecer "profissionais". Algumas tinham emprego de fato, mas só de olhar Helene sabia quem eram as outras, as que eram bonitas demais, usavam saias curtas demais e estavam mais interessadas em não ter que trabalhar — ou seja, estavam atrás de homens com dinheiro. Helene não sabia por que ainda frequentava o Danielle's. Dez anos antes, os almoços de segunda-feira no Danielle's eram lendários. Havia um clima deliciosamente decadente, os fregueses não davam a mínima para nada, enchiam a cara e dançavam em cima das mesas no meio do primeiro dia de trabalho da semana. Ao mesmo tempo, fazer coisas do tipo era uma declaração de status — só quem é rico e privilegiado pode se permitir esse tipo de excesso. Agora o lugar estava mais tranquilo. O antigo quartel dos bombeiros era uma combinação de bar e restaurante gourmet que estava no Guia Michelin, um lugar onde a elite da zona oeste de Oslo comia, bebia, falava de negócios e assuntos familiares, construía relacionamentos e fazia alianças que estabeleciam quem estava dentro ou fora.

Foi no Danielle's, durante um desses almoços agitados de segunda, que Helene conheceu Markus. Tinha 23 anos na época, e ele, mais de 50 e era podre de rico. Tão rico que as pessoas saíam do caminho quando ele ia até o bar — todo mundo parecia saber o que a família Røed tinha de bom. E de ruim. Helene não era tão inocente quanto dizia, algo que Markus provavelmente percebeu depois das primeiras noites que ela passou na mansão dele em Skillebekk. Ele percebeu pela trilha sonora que ela colocou na hora de transar — típica de filme pornô —, pelo celular dela que tocava a noite inteira e pela forma como ela alinhava a cocaína com tamanha precisão que ele nunca sabia qual carreira cheiraria. Mas Markus não parecia se importar. Dizia que inocência não o excitava. Helene não sabia se era verdade nem queria saber. Para ela, o importante — ou pelo menos uma das coisas importantes — era que Markus lhe proporcionasse o estilo de vida com que ela sempre havia sonhado. Seu sonho não era ser uma esposa-troféu que passa a vida preocupada com a decoração, com a casa de férias, com as redes sociais, com o corpo e com o rosto. Helene deixava essas coisas para as outras idiotas parasitas em busca de um hospedeiro ali no Danielle's. Helene tinha cérebro e interesses: arte e cultura, sobretudo teatro e pintura. Arquitetura também — vinha pensando em fazer faculdade. Mas o que queria mesmo era comandar a melhor escola de equitação do país. Não era um sonho de uma garota idiota que vivia com a cabeça no mundo da lua, e sim um plano concreto, elaborado por uma jovem estudante e trabalhadora que havia se sujado de esterco em inúmeros estábulos, subido pouco a pouco na hierarquia e se tornado instrutora de uma escola de equitação, que sabia que para dar certo no ramo precisaria se esforçar muito, investir uma boa grana e se qualificar.

E ainda assim deu tudo errado.

Não foi culpa de Markus. Bem, foi, sim, ele parou de colocar dinheiro no momento em que alguns cavalos da escola de equitação adoeceram, e isso coincidiu com o surgimento de um concorrente inesperado e de despesas imprevistas. Helene teve que fechar a escola e era hora de encontrar algo novo. Em todos os sentidos, porque ela e Markus não durariam muito mais tempo juntos.

Alguns dizem que, quando um casal passa a fazer sexo menos de uma vez por semana, é questão de tempo até acabar. Bobagem, porque fazia anos que ela e Markus não transavam mais de uma vez por semestre.

A falta de sexo em si não a preocupava, mas as possíveis consequências disso, sim. Helene havia apostado todas as fichas na vida com Markus, na escola de equitação, a ponto de abandonar os planos B e C. Não seguiu com os estudos, embora tivesse boas notas. Não economizou e, de certa forma, se tornou dependente do dinheiro de Markus. Aliás, de certa forma não: ela *dependia* do dinheiro de Markus. Não para sobreviver, talvez, mas... Na verdade, sim, para sobreviver mesmo.

Quando foi que ela perdeu o controle sobre Markus? Ou, para ser mais precisa: quando foi que Markus perdeu o interesse por ela na cama? Talvez o motivo fosse a queda na produção de testosterona que ocorre com muitos homens acima de 60 anos, mas para Helene isso começou quando ela passou a dizer que queria ter filhos. Ela sabia que, para o homem, dificilmente existe algo mais brochante do que fazer sexo por obrigação. Mas Markus avisou que ter filhos era algo fora de cogitação e manteve o celibato. Para Helene isso não era um grande problema — ela própria não era louca para fazer sexo com Markus e com o tempo seu desejo também diminuiu. Helene suspeitou que Markus tinha começado a satisfazer suas necessidades fora de casa. Por ela tudo bem, desde que ele fosse discreto e não a transformasse em motivo de piada.

O problema eram as duas garotas da festa. Uma tinha sido encontrada morta e a outra continuava desaparecida. Ambas podiam estar ligadas a Markus, que era *sugar daddy* delas. Os jornais tinham até publicado esse termo. Aquele imbecil! Helene queria arrancar a cabeça dele! Ela não era a Hillary Clinton e eles não estavam nos anos noventa — não dá para simplesmente "perdoar" o marido. Hoje em dia não é mais aceitável a esposa permitir que o desgraçado do marido escape impune desse tipo de coisa. Era uma questão de respeito por si mesma, pelo sexo feminino e pelo espírito da época. Azar de Helene não ter nascido na geração anterior.

Mas, mesmo que Helene tivesse "permissão" para perdoá-lo, será que Markus permitiria que ela o perdoasse? Será que Markus estava querendo encontrar um jeito de terminar que não fosse especialmente vergonhoso nem muito honroso? Afinal, quando um sessentão sai comendo todas por aí a repercussão é negativa, mas ao mesmo tempo é positiva. Para alguém na posição de Markus Røed havia rótulos bem piores do que o de safado viril e mulherengo. Pensando nisso tudo, não era melhor Helene terminar com ele antes que ele terminasse? Afinal, *isso sim* seria uma grande derrota.

Então, Helene estava atenta. Era inconsciente, mas ela notou que estava prestando atenção, observando os homens do restaurante. Registrando quais poderiam ser interessantes numa possível situação futura. As pessoas se acham capazes de esconder os segredos, mas a verdade é que todos nós deixamos transparecer o que pensamos e sentimos, e quem está atento percebe tudo.

Assim, talvez Helene não devesse ter ficado surpresa quando um garçom parou diante dela e colocou um drinque na mesa.

— *Dirty* martíni — disse ele com sotaque de Norrland. — Do cavalheiro ali...

Apontou para um homem sozinho no bar, olhando pela janela. Helene conseguiu vê-lo de perfil. Usava um terno um pouco melhor que a média e sem dúvida era bonito. Por um lado, era jovem, tinha mais ou menos a idade de Helene, 32 anos. Por outro, a essa altura da vida um homem empreendedor já pode ter alcançado muita coisa.

Helene não entendeu por que o homem não estava olhando em sua direção. Vai ver era tímido, vai ver tinha pedido o drinque havia um tempo e não achou conveniente ficar olhando direto. Se fosse por isso, era encantador.

— Foi você quem disse a ele que costumo tomar martíni no almoço segunda-feira? — perguntou Helene.

O garçom fez que não com a cabeça, mas abriu um sorriso que a fez duvidar de sua sinceridade.

Helene aceitou o drinque e o garçom se afastou da mesa. Do jeito que a coisa estava, ela provavelmente aceitaria várias bebidas no futuro, então por que não começar com um homem atraente?

Ela levou a taça aos lábios e sentiu um gosto diferente. Provavelmente era a salmoura das azeitonas na taça, ingrediente do martíni "sujo". Talvez ela também tivesse que se acostumar com isso, com a diferença de sabor em tudo, um gosto mais sujo.

O homem no bar correu os olhos pelo salão, como se não soubesse onde Helene estava. Ela levantou a mão para chamar a atenção dele e ergueu a taça num brinde. Ele ergueu um copo de água, mas não sorriu. É, provavelmente era tímido. Mas então ele se levantou e olhou em volta, como se quisesse ter certeza de que Helene não estava olhando para outra pessoa, antes de se aproximar.

Porque era claro que ele se aproximaria de Helene. Era o que todo homem fazia, se ela quisesse. Mas, quando ele se aproximou, Helene sentiu que não queria — não ainda. Nunca havia traído Markus, nunca havia flertado com outros homens, nem flertaria antes de resolver a situação com o marido. Ela era uma mulher firme, de um homem só, sempre foi. Embora Markus estivesse longe de ser homem de uma mulher só. Porque o importante não era o que Markus pensava dela — mas o que ela pensava de si.

O homem parou junto à mesa e começou a puxar a outra cadeira.

— Por favor, não se sente — pediu Helene com um sorriso. — Eu só queria agradecer pelo drinque.

— Que drinque? — Ele sorriu em resposta, mas parecia confuso.

— Esse aqui. Que você mandou. Não?

O homem balançou a cabeça e deu uma risada.

— Mas vamos fingir que mandei? Meu nome é Filip.

Helene deu outra risada e fez que não com a cabeça. O coitado já parecia apaixonado.

— Tenha um bom dia, Filip.

O homem fez uma reverência e foi embora. Estaria ali no dia em que ela se separasse de Markus, de preferência sem a aliança que estava tentando esconder. Helene gesticulou para o garçom, que se aproximou da mesa cabisbaixo e com um sorriso culpado.

— Você mentiu para mim. Quem mandou a bebida?

— Desculpe, Sra. Røed. Achei que fosse uma brincadeira de um conhecido seu. — Ele apontou para uma mesa vazia perto da parede logo atrás de Helene. — Ele acabou de sair. Servi dois martínis a ele, mas ele acenou e pediu que eu entregasse um à senhora e dissesse que tinha sido enviado pelo homem bonito sentado ao bar. Espero não ter ido longe demais.

— Não tem problema — disse ela, balançando a cabeça. — Espero que ele tenha lhe dado uma boa gorjeta.

— Com certeza, Sra. Røed. — O garçom sorriu, os dentes cheios de manchas de fumo de mascar.

Helene tirou as azeitonas e tomou o martíni, que continuava com o sabor estranho.

Andando em direção à Gyldenløves gate Helene sentiu a raiva ganhar força. Era loucura, insanidade, que ela, uma mulher adulta e inteligente, aceitasse que sua existência fosse controlada por homens, homens de quem não gostava, homens que não respeitava. Qual era seu verdadeiro medo? Ficar sozinha? Ela já estava sozinha, caramba, todos nós estamos! Markus é quem tinha que ter medo. Se Helene revelasse a verdade, contasse o que sabia... Só de pensar sentiu um calafrio, o mesmo que um presidente teria apenas em cogitar apertar o botão da bomba atômica, ao mesmo tempo que se deleita com a ideia de que tem o *poder* de apertá-lo. Havia algo de muito sexy no poder! A maioria das mulheres tentava conquistar homens poderosos para alcançar o poder indiretamente. Mas por que fazer isso se você tem armas nucleares? E por que só agora ela pensou nisso? A resposta era simples: porque o barco tinha encalhado e estava começando a entrar água.

Helene Røed decidiu que dali por diante assumiria as rédeas da própria vida e que nessa vida haveria pouco espaço para homens. Sabia que quando tomava uma decisão ia até o fim e assim seria. Agora era só traçar um plano e, quando tudo isso passasse, ela mandaria um drinque para um homem que considerasse atraente.

# 11

## Segunda-feira

### Naked

Harry chegou à praça da Estação Central de Oslo e viu Øystein Eikeland ao lado da estátua do tigre, batendo o pé no chão. Øystein estava usando uma camisa do time de futebol Vålerenga, mas de resto era puro Keith Richards. O cabelo, as rugas, o lenço, o delineador, o cigarro, o corpo esquelético.

Assim como tinha feito com Aune, Harry evitou abraçar o amigo de infância com força, meio que com medo de outro amigo se esfarelar.

— Opa! — disse Øystein. — Que beleza de terno. O que andou fazendo por lá? Era cafetão? Vendeu pó?

— Não, mas vejo que você anda vendendo — disse Harry, olhando em volta. As pessoas na praça eram em sua maioria passageiras, turistas e trabalhadoras indo para o escritório, mas em poucos pontos de Oslo a venda de drogas ocorria tão descaradamente quanto ali. — Admito que por essa eu não esperava.

— Não? — perguntou Øystein, ajeitando os óculos escuros que tinham saído do lugar com o abraço de Harry. — Mas eu sim. Devia ter começado anos antes. Não só paga mais do que ficar rodando de táxi como também é mais saudável.

— Mais saudável?

— Me aproxima da fonte. Agora só entra material de primeira nesse corpinho aqui. — Ele passou as mãos pelas laterais do corpo.

— Hum. Com moderação?

— Claro! E você?

Harry deu de ombros.

— Estou testando o seu programa de gerenciamento da moderação. Não sei se vai dar certo no longo prazo, mas vamos ver.

Øystein bateu o indicador na têmpora.

— Eu sei, eu sei — disse Harry e notou um rapaz de parca que não tirava os olhos dele. Mesmo de longe, Harry viu que o sujeito tinha olhos azuis tão arregalados que dava para ver a parte branca ao redor da íris. Estava com as mãos enfiadas nos bolsos fundos, como se segurasse alguma coisa.

— Quem é esse? — perguntou Harry.

— O Al. Ele sacou que você é da polícia.

— Traficante?

— Ã-hã. Gente boa, mas meio esquisito. Lembra um pouco você.

— Eu?

— Mais bonito que você, claro. E mais inteligente.

— É mesmo?

— Você é inteligente à sua maneira, Harry, mas aquele cara ali é do tipo inteligente nerd. Você fala de alguma coisa e ele sabe tudo sobre o assunto, como se tivesse estudado, sabe? Uma coisa que vocês têm em comum é que os dois atraem mulheres. É aquela coisa do solitário atraente. E ele é um cara cheio de hábitos, como você.

Harry notou que Al estava olhando para o outro lado, como se não quisesse mostrar o rosto.

— Ele fica aqui das nove às cinco e folga nos fins de semana — continuou Øystein. — Como se fosse, tipo, um emprego fixo. Como eu falei, é gente boa, mas é cauteloso, quase paranoico. Adora falar do negócio, mas não fala nada de si mesmo, igual a você. Não revela nem o próprio nome.

— Então Al é...

— Eu que dei esse apelido, por causa da música do Paul Simon. "You Can Call Me Al", lembra?

Harry sorriu.

— Você também parece meio nervoso — disse Øystein. — Está tudo bem?

Harry deu de ombros.

— Acho que eu também fiquei meio paranoico.

— Ei — chamou alguém. — Tem pó aí?

Harry se virou e viu um garoto de moletom com capuz.

— Eu tenho cara de traficante, moleque? — respondeu Øystein, em tom ameaçador. — Vai para casa estudar!

— Ué, você não é? — perguntou Harry, enquanto os dois viam o menino ir em direção ao cara de parca.

— Sou, mas não vendo para criança. Deixo isso para o Al e para os africanos em Torggata. Além do mais, eu sou tipo uma prostituta de luxo, geralmente atendo por telefone. — Øystein sorriu, revelando duas fileiras de dentes podres, e mostrou um celular Samsung novinho em folha. — Entrega em domicílio.

— Então você tem carro?

— Óbvio. Comprei aquele Mercedes velho que dirigia. Foi baratinho, negociei direto com o dono da frota de táxi. Ele disse que os clientes reclamavam do cheiro de cigarro, que não conseguia se livrar do fedor e disse que a culpa era minha. Haha! Também me esqueci de tirar o letreiro de táxi do teto para poder dirigir na faixa de ônibus. Falando em cheiro de cigarro, me arruma um?

— Larguei. Mas acho que você tem cigarro aí.

— Sempre gostei mais dos seus, Harry.

— Agora acabou.

— É, a Califórnia é capaz de fazer isso com as pessoas.

— O carro está estacionado longe daqui?

Sentados nos bancos surrados e empenados do Mercedes, eles olhavam para Bjørvika, a nova e atraente área da cidade onde ficavam os bairros de Oslobukta e Sørenga, mas também o Museu Munch, um edifício recém-construído que mais parecia um paciente psiquiátrico de treze andares enfiado numa camisa de força obstruindo o restante da vista.

— Meu Deus, que coisa horrorosa — comentou Øystein.

— E aí? O que me diz? — perguntou Harry.

— Motorista e faz-tudo?

— Isso. E, se a gente descobrir que o caso envolve drogas, talvez precise de alguém de dentro que possa seguir o rastro da cocaína de e para Markus Røed.

— Então você tem certeza de que ele cheira?

— Espirros, pupilas dilatadas, óculos escuros na mesa. Ele vive olhando de um lado para o outro.

— O nome disso é nistagmo. Mas você está pedindo que eu siga o rastro do Røed... Não foi ele que te contratou?

— O meu trabalho é resolver um homicídio, provavelmente dois, não defender os interesses desse sujeito.

— Você acha que tem a ver com cocaína? Se dissesse heroína, eu poderia...

— Eu não acho nada, Øystein, mas um vício sempre tem sua influência. E acho que pelo menos uma das garotas também cheirava. Devia dez mil coroas a um traficante. E aí? Topa?

Øystein observou a ponta acesa do cigarro.

— Por que você está aceitando o trabalho, Harry?

— Já te falei, grana.

— Foi o que o Dylan respondeu quando perguntaram por que ele começou a fazer música folk e canções de protesto.

— E você acha que era mentira?

— Acho que foi uma das poucas vezes que Dylan falou a verdade, mas, para mim, *você* está mentindo. Se eu vou me meter nessa bagunça, quero saber por que você aceitou. Então conta de uma vez.

Harry balançou a cabeça.

— Tá bom, Øystein. Não vou contar tudo, para o seu bem e para o meu próprio. Você vai ter que confiar em mim.

— Quando foi a última vez que valeu a pena confiar em você?

— Sei lá. Nunca?

Øystein riu. Colocou um CD para tocar e aumentou o volume.

— Já ouviu o último álbum do Talking Heads?

— *Naked*, de 1987?

— Oitenta e oito.

Øystein acendeu cigarros para os dois enquanto "Blind" saía pelos alto-falantes. Eles fumaram sem abrir as janelas enquanto David Byrne cantava sobre sinais perdidos e sinais desaparecidos. A fumaça pairava como uma névoa dentro do carro.

— Você já teve a sensação de que sabe que vai fazer merda, mas faz mesmo assim? — perguntou Øystein e deu uma última tragada no cigarro.

Harry apagou o cigarro no cinzeiro.

— Outro dia, vi um rato se aproximar de um gato e ser morto. Por que você acha que ele fez isso?

— Sei lá. Falta de instinto de sobrevivência?

— Talvez tenha alguma coisa a ver com instinto. Alguns de nós somos atraídos pela beira do abismo. Dizem que é porque a proximidade da morte intensifica a sensação de estar vivo. Mas sei lá.

— Disse tudo — comentou Øystein.

Eles olharam para o Museu Munch.

— Concordo — disse Harry. — É horrível mesmo.

— Tá bom.

— Tá bom o quê?

— Tá bom, aceito o trabalho. — Øystein apagou o cigarro em cima do de Harry. — Com certeza vai ser mais divertido do que vender cocaína. O que é chato pra cacete, para falar a verdade.

— Røed paga bem.

— Beleza, eu aceitaria mesmo que não pagasse.

Harry sorriu e pegou o celular, que estava vibrando. Viu um T na tela.

— Fala, Truls.

— Peguei o relatório do Instituto de Medicina Forense que você pediu. Susanne Andersen levou pontos na cabeça. E encontraram saliva e muco em um dos seios dela. Fizeram uma análise rápida de DNA, mas o resultado não bateu com ninguém do banco de dados de criminosos registrados.

— Certo. Obrigado.

Harry desligou. Era isso que Katrine não queria — ou achava que não podia — contar. Saliva. Muco.

— E aí, para onde a gente vai, chefe? — perguntou Øystein, girando a chave na ignição.

# 12

# SEGUNDA-FEIRA

## Cadeira giratória Wegner

— Isso é uma piada? — perguntou a patologista por trás da máscara.

Alexandra olhou incrédula para o crânio aberto do cadáver na mesa. Durante uma necropsia completa, o patologista costuma serrar o crânio para examinar o cérebro. Ao lado deles, na mesa de instrumentos, estavam as ferramentas habituais: as serras manuais e elétricas para cortar ossos, junto com a chave T para remover o topo do crânio. O estranho era que nenhum desses instrumentos tinha sido usado em Susanne Andersen. Não foram necessários. Quando eles cortaram os pontos, removeram o couro cabeludo com o cabelo longo e loiro de Susanne e colocaram em outra mesa, ficou claro que alguém havia adiantado o trabalho. O crânio tinha sido serrado. A patologista abriu o topo como se fosse uma tampa articulada. E agora estava perguntando se aquilo era uma piada.

— Não — murmurou Alexandra.

— Isso só pode ser brincadeira — disse Katrine ao telefone enquanto olhava pela janela de sua sala para o Botsparken, com a pista ladeada por tílias que levava à parte antiga da prisão de Oslo, a quase pitoresca Botsfengselet. O céu estava claro e, embora não houvesse mais ninguém deitado na grama só com roupa de baixo, ainda tinha gente nos bancos com o rosto virado para o sol, sabendo que aquele poderia ser o último dia do ano com temperatura de verão.

Katrine escutou com atenção e percebeu que Alexandra Sturdza falava sério. Em momento algum achou que fosse brincadeira. Na verdade, estava com essa intuição desde sábado, quando Alexandra falou dos pontos. Também tinha a sensação de que eles não estavam lidando com um assassino racional, mas com uma pessoa louca, que eles não conseguiriam encontrar respondendo aos *porquês* de Harry. Pois o fato é que não havia um porquê — não que uma pessoa normal fosse capaz de entender.

— Obrigada — disse Katrine, então desligou, levantou-se e atravessou o salão de ambiente aberto até a sala sem janelas que era de Harry no passado e que ele se recusou a trocar por uma maior e mais iluminada quando foi promovido a inspetor. Talvez por isso Sung-min tenha escolhido exatamente aquela sala como base enquanto trabalhava no caso, ou quem sabe tenha achado que aquela era melhor que as outras duas disponíveis oferecidas por Katrine. Ela viu que a porta estava aberta, deu uma batidinha e foi entrando.

Katrine percebeu que Sung-min tinha pendurado o paletó num cabideiro provavelmente trazido por ele próprio. A camisa do inspetor era tão branca que parecia brilhar na sala escura. Katrine correu os olhos pela sala por instinto, procurando as coisas que ficavam ali quando aquela era a caverna de Harry, como a imagem emoldurada do Clube dos Policiais Mortos, com fotos de todos os colegas que Harry havia perdido em serviço. Mas tudo havia desaparecido — até o cabideiro era novo.

— Más notícias — avisou ela.

— Hã?

— Vamos receber os resultados preliminares da necropsia daqui a uma hora, mas Sturdza me adiantou que Susanne Andersen está sem cérebro.

Sung-min ergueu uma sobrancelha.

— Literalmente?

— Necropsias têm suas limitações, então, sim, quero dizer literalmente mesmo. Alguém abriu o crânio dela e...

— E?

— Removeu o cérebro inteiro.

Sung-min se recostou na cadeira. Katrine reconheceu o longo gemido. A cadeira. Aquela coisa caindo aos pedaços. Isso Sung-min não tinha trocado.

Johan Krohn viu Markus Røed espirrar, limpar o nariz em um de seus lenços azul-claros, colocá-lo de volta no bolso interno do paletó e se recostar na cadeira giratória Wegner atrás da mesa. Krohn sabia que era uma Wegner porque queria uma igual, mas ela custava quase treze mil coroas e ele não conseguiria justificar a despesa para os sócios, para a esposa e para os clientes. Era uma cadeira simples. Elegante, mas sem ostentação, portanto fora do padrão de Markus Røed. Krohn imaginou que alguém, provavelmente Helene, tinha avisado a Markus que a cadeira anterior, uma Vitra Grand Executive de couro preto e espaldar alto, era vulgar. Não que Røed achasse que as outras duas pessoas na sala dessem importância a isso. Harry Hole puxou uma cadeira da mesa de reuniões e se sentou de frente para a mesa de Røed, enquanto o outro indivíduo — um sujeito esquisito, com pinta de pirata, que Harry apresentou como sendo piloto e faz-tudo de sua equipe — se sentou junto à porta. Pelo menos o cara sabia seu lugar.

— Me diz uma coisa, Hole. — Røed fungou. — Isso é uma piada?

— Não — respondeu Harry, afundou na cadeira, colocou as mãos atrás da cabeça, esticou as longas pernas, virou os pés e ficou olhando como se nunca tivesse visto os sapatos antes. Krohn teve a impressão de que era um par de sapatos John Lobb, mas não fazia ideia de como alguém como Hole teria dinheiro para comprá-los.

— Sério, Hole, você acha que a nossa equipe deveria ser composta por um paciente de câncer hospitalizado, um policial sob investigação por corrupção e um taxista?

— *Ex*-taxista. Ele agora trabalha no varejo. E não é *nossa* equipe, Røed, é minha.

Røed fechou a cara.

— Hole, o problema é que isso não é uma equipe, é uma... trupe de circo. Eu ficaria parecendo um palhaço se anunciasse que isso... foi o melhor que consegui.

— Mas você não vai anunciar.

— Mas, pelo amor de Deus, cara, isso é metade da questão, a gente não deixou isso claro? — A voz de Røed ecoou pela sala espaçosa. — Quero que vejam que contratei os melhores para resolver o caso. Só assim vão entender que estou falando sério. Estamos falando de mim e da reputação da minha empresa.

— Quando a gente conversou da última vez você falou que isso estava causando um problema familiar — retrucou Harry, que, ao contrário de Røed, falou baixo. — E não podemos divulgar quem faz parte da equipe, porque o policial seria expulso na hora e perderia o acesso aos relatórios da corporação. É por isso que ele está na equipe.

Røed encarou Krohn, que deu de ombros e disse:

— O nome importante no comunicado de imprensa é Harry Hole, renomado investigador de homicídios. Podemos escrever que ele terá o apoio de uma equipe, e isso basta. Se o protagonista é bom, as pessoas vão presumir que o elenco de apoio também é.

— E tem outra coisa — continuou Harry. — Aune e Eikeland vão receber os mesmos honorários de Krohn. E Berntsen vai ganhar o dobro.

— Ficou louco, cara? — Røed abriu os braços. — Uma coisa é o seu pagamento. Tudo bem, você decidiu correr o risco de só receber se tiver sucesso, isso exige coragem. Mas pagar o dobro do que um advogado ganha a um... um *zé-ninguém* fraudador? Pode me explicar por que ele merece isso?

— Não sei exatamente se ele *merece* — respondeu Harry. — Mas ele vale essa grana. Não é assim que vocês, empresários, pensam na hora de calcular as remunerações?

— Ele vale tudo isso?

— Vou repetir — disse Harry, prendendo um bocejo. — Truls Berntsen tem acesso ao BL96, ou seja, a todos os relatórios policiais do caso, inclusive da Perícia Técnica e do Instituto de Medicina Forense. Atualmente, a equipe de investigação sozinha tem entre doze e vinte pessoas. O login e as íris de Berntsen valem o trabalho somado de toda essa gente. Além do mais, ele corre risco ao fazer isso. Se descobrirem que ele está passando informações confidenciais para terceiros, ele não só vai ser expulso como vai preso.

Røed fechou os olhos e balançou a cabeça. Quando os abriu de novo, deu um sorriso.

— Quer saber, Harry? Você seria muito útil nas negociações contratuais que a Barbell vem fazendo atualmente.

— Ótimo — disse Harry. — Tem mais uma condição.

— Hã?

— Quero interrogar você.

Røed trocou olhares com Krohn outra vez.

— Sem problema.

— Com um detector de mentiras — completou Harry.

# 13

## Segunda-feira

### O grupo Aune

Mona Daa estava sentada à sua mesa lendo um texto escrito por uma blogueira chamada Hedina sobre pressão social no ideal de beleza. A linguagem era pobre, às vezes até tosca, mas tinha uma oralidade que tornava a matéria fácil de digerir, como se o leitor estivesse num bar ouvindo um amigo falar de problemas do dia a dia. Os pensamentos e os conselhos "sábios" da blogueira eram tão banais e previsíveis que Mona não sabia se bocejava ou rosnava.

Usando lugares-comuns copiados de blogs parecidos, Hedina repetia com intensidade e indignação a frustração de viver num mundo em que a aparência era o mais importante e lamentava como isso causava insegurança em tantas mulheres jovens. Paradoxalmente, a própria Hedina publicava fotos semipornográficas dela mesma, bela, magra e siliconada. De vez em quando, surgia essa discussão e, mesmo após vencer todas as batalhas, a razão perdia a guerra contra a estupidez. E, por falar em estupidez, Daa perdeu meia hora da sua vida lendo o blog de Hedina porque, por causa da ausência de notícias no caso Susanne e das faltas por motivo de doença na equipe, Julia, a editora, pediu que Mona escrevesse uma matéria curta sobre os comentários dos usuários a respeito das falas de Hedina no blog. Sem um pingo de ironia, Julia pediu a Mona que contasse o número de comentários positivos e negativos para determinar se o título da matéria deveria começar com "Elogiada por" ou "Criticada por", junto com uma foto um pouco — mas não muito — sexy de Hedina, para atrair cliques.

Mona estava enojada.

Hedina escrevia que todas as mulheres são belas, só precisavam encontrar sua beleza única e confiar nela. Só assim elas parariam de se comparar umas com as outras, de acreditar que estão em último lugar nos rankings de beleza, de sofrer de distúrbios alimentares, depressão e outras coisas que destruíssem suas vidas. A vontade de Mona era escrever o óbvio — que, se todas as mulheres são bonitas, então ninguém era, porque a beleza é o que se destaca de forma positiva. E que, quando ela era nova, quando a beleza em seu significado original estava reservada apenas a algumas estrelas do cinema e talvez uma ou outra colega de turma, nem ela nem suas amigas ficavam chateadas por fazer parte da grande maioria de pessoas comuns, não belas. Havia outros assuntos mais importantes a tratar e ninguém ia morrer por ter aparência comum, mediana. Quem colocava mulheres para baixo eram justamente pessoas como Hedina, que acreditavam que todas queriam e *deveriam* desejar ser "belas", como se isso fosse uma verdade inquestionável. Se setenta por cento das mulheres fizessem cirurgias, vivessem de dieta, passassem o dia todo maquiadas e não saíssem da academia para ter uma aparência que as outras trinta por cento jamais alcançariam, então as mulheres comuns, que antes estavam bem, de repente passariam a fazer parte de uma minoria que *teria* uma razão para ficar um tanto deprimida.

Mona suspirou. Será que ela pensaria e se sentiria assim se tivesse nascido com a aparência de uma Hedina — embora a própria Hedina não tivesse nascido com a aparência que tinha nas fotos? Talvez não. Ela não sabia. Só sabia que não havia nada que odiasse mais que gastar espaço da sua coluna com uma blogueira descerebrada com meio milhão de seguidores.

Uma notificação de notícia de última hora apareceu em sua tela.

E Mona Daa se deu conta de que havia uma coisa que odiava ainda mais que escrever sobre Hedina: ser superada por Terry Våge.

— "O cérebro de Susanne Andersen foi removido" — leu Julia em voz alta no site do *Dagbladet*, então olhou para Mona, que estava parada em frente à sua mesa. — E não temos nada sobre isso?

— Não — respondeu Mona. — Nem nós, nem os outros.

— Não quero saber dos outros, Mona. Nós somos o *VG*. Somos os maiores e melhores.

Mona achou que Julia poderia muito bem ter dito o que ambas estavam pensando.

Nós *éramos* os melhores.

— Alguém da polícia deve estar vazando essas informações — sugeriu Mona.

— E está claro que essa pessoa só está vazando para Våge. O nome disso é fonte, Mona. E o nosso trabalho é conseguir fontes, sabia?

Era a primeira vez que Julia falava com Mona num tom tão condescendente e irônico, como se ela fosse uma principiante e não uma das jornalistas mais renomadas e respeitadas do *VG*. Ao mesmo tempo, Mona sabia que, se estivesse no lugar da chefe, não deixaria o jornalista escapar sem levar uma bronca — muito pelo contrário.

— Fontes são uma coisa — disse Mona. — Mas não se consegue esse tipo de informação de alguém da polícia, a menos que tenha informações para fornecer em troca. Ou pague muito bem. Ou...

— Ou...?

— Ou tenha algum tipo de controle sobre alguém de dentro da polícia.

— Acha que é esse o caso?

— Não faço ideia.

Julia afastou a cadeira da mesa e olhou pela janela para o canteiro de obras em frente ao prédio do governo.

— Mas talvez você também tenha controle sobre alguém dentro da polícia...

— Julia, se você está falando de Anders, esquece.

— Uma jornalista policial que tem um marido na polícia sempre vai ser suspeita de obter informações privilegiadas. Então, por que não...

— Eu disse esquece! Não estamos tão desesperadas, Julia.

Julia inclinou a cabeça.

— Não estamos, Mona? Pergunte à diretoria — sugeriu ela, apontando para o teto. — Essa é a maior história que nós temos em meses e esse ano um monte de jornal teve que fechar as portas. Pense nisso, pelo menos.

— Sinceramente, Julia, não preciso pensar. Prefiro escrever sobre a porcaria da Hedina por toda a eternidade a estragar o meu casamento como você está sugerindo.

Julia esboçou um sorriso, encostou o indicador pensativamente no lábio inferior, encarou Mona e disse:

— Claro. Tem razão. Foi uma atitude desesperada da minha parte. E errada. Existem limites que não devem ser ultrapassados.

Quando Mona voltou para sua mesa, deu uma olhada nos portais dos outros jornais, que só podiam fazer o mesmo que ela: escrever sobre o cérebro removido fazendo referência ao *Dagbladet* e esperar pela coletiva de imprensa que aconteceria mais tarde.

Após enviar uma matéria de duzentas palavras ao editor do site, que a publicou logo depois, Mona ficou pensando nas palavras de Julia. Fonte. Controle. Certa vez, ela conversou com um jornalista de um veículo local que chamou os jornalistas de grandes veículos de "skuas", porque eles folheavam os jornais menores, pegavam as matérias que queriam e publicavam como sendo suas, com uma referência mínima na última linha ao jornal local, para não serem acusados de quebrar as regras do jogo. Mona pesquisou "skua" no Google depois e descobriu na Wikipédia que era um pássaro cleptoparasita, que persegue pássaros menores até que eles larguem a presa capturada.

Seria possível fazer algo do tipo com Terry Våge? Mona pensou em investigar os rumores sobre a tentativa de estupro de Genie; daria no máximo um dia de trabalho. Então poderia entrar em contato com Våge e dizer que publicaria a matéria se ele não compartilhasse a fonte do caso Susanne, fazendo-o soltar a presa. Mona refletiu. Teria que entrar em contato com o canalha. E se ele concordasse ela teria que se *abster* de publicar uma matéria com provas sobre a tentativa de estupro.

Foi como se Mona Daa tivesse acordado. Sentiu um calafrio. Que ideia era aquela? Logo ela, que ousava julgar os princípios éticos de uma blogueira qualquer, uma jovem que sem querer havia encontrado uma forma de conseguir atenção, dinheiro e fama. Por acaso ela não queria as mesmas coisas?

Queria, mas não assim, não trapaceando.

Mona resolveu se punir naquela tarde com três séries extras de rosca direta depois do levantamento terra.

A noite caiu sobre Oslo. Do sexto andar do Radiumhospitalet, Harry conseguia ver a estrada. Do ponto mais baixo, exatamente onde ele estava, via os carros subindo o morro como vaga-lumes em direção ao ponto mais elevado da rodovia, a quatro quilômetros e meio dali, onde ficavam o Rikshospitalet e o Instituto de Medicina Forense.

— Foi mal, Mona — disse ele —, mas não vou fazer nenhum comentário. O comunicado para a imprensa diz tudo o que é necessário. Não, não vou dizer os nomes dos outros membros da equipe, preferimos trabalhar em sigilo. Não, não sei a opinião da polícia, você vai ter que perguntar a eles. Eu entendo, Mona, mas, novamente, não tenho nada a acrescentar e vou desligar agora, tá bom? Mande um abraço para o Anders.

Harry colocou o celular recém-comprado no bolso interno do paletó e se sentou de volta.

— Me desculpem, cometi um erro quando aceitei manter meu antigo número norueguês. — Juntou as palmas das mãos. — Mas agora todos já foram apresentados, e repassamos o caso em linhas gerais. Antes de seguir em frente, sugiro batizar a equipe de grupo Aune.

— Não, não vai levar o meu nome — reclamou Ståle Aune, levantando-se na cama.

— Me desculpem, me expressei mal — disse Harry. — Eu *decidi* batizar a equipe de grupo Aune.

— Por quê? — perguntou Øystein, numa cadeira do outro lado da cama, de frente para Harry e Truls Berntsen.

— Porque daqui em diante esse vai ser o nosso escritório — explicou Harry. — A polícia se chama polícia porque fica na sede da polícia, não é?

Ninguém respondeu. Harry olhou para a outra cama para se certificar de que o veterinário não tinha voltado, após sair do quarto de repente. Em seguida, distribuiu três cópias grampeadas de documentos que tinha impresso no centro empresarial do Thief.

— Isso é um resumo dos relatórios mais importantes do caso até agora, incluindo a necropsia de hoje. Todos vocês são responsáveis por garantir que esses documentos não parem em mãos erradas. Do contrário, esse cara aqui vai se dar mal.

Harry indicou com um aceno de cabeça Truls, que sorriu e grunhiu entre os dentes, mas o sorriso não chegou aos olhos nem a qualquer outra parte do rosto.

— Hoje não vamos trabalhar de forma sistemática — avisou Harry. — Só quero ouvir a opinião de vocês sobre o caso. Que tipo de homicídio é esse? Podem falar, mesmo que não tenham opinião formada.

— Cacete. — Øystein esboçou um sorriso. — Foi nisso que eu me meti? Num *think tank*?

— Bem, é por onde vamos começar — disse Harry. — Ståle?

O psicólogo entrelaçou as mãos esqueléticas por cima do edredom.

— O que vou dizer é uma observação totalmente arbitrária, mas...

— Hã? — interrompeu Øystein, encarando Harry.

— Vou começar com uma aleatoriedade — simplificou Aune, para Øystein entender. — Meu primeiro pensamento é que, quando uma mulher é morta, podemos presumir com alto grau de certeza que o crime foi cometido por alguém próximo, um marido ou namorado, e que a motivação é ciúme ou uma rejeição humilhante. Mas, quando duas mulheres são assassinadas, como é provável nesse caso, então é possível que o criminoso não tenha laços estreitos com nenhuma delas e a motivação seja sexual. O que diferencia esse caso é que as duas vítimas estiveram juntas no mesmo lugar pouco antes de desaparecerem. Por outro lado, se a teoria dos seis graus de separação entre todas as pessoas no mundo estiver correta, o fato de elas terem estado na mesma festa deixa de ser tão peculiar. Além disso, sabemos que o assassino removeu um cérebro e um olho. Talvez isso seja indicativo de que ele quer guardar troféus. Então peço perdão pelo clichê, mas, até termos mais informações, parece que estamos procurando um assassino sexual psicopata.

— Tem certeza de que isso não é aquele papo do cara com um martelo? — perguntou Øystein.

— Hã? — Aune ajustou os óculos para enxergar melhor o homem de dentes estragados.

— Quando se tem um martelo, todo problema parece prego. Você é psicólogo, por isso acha que a solução para qualquer mistério tem a ver com a cabeça.

— Pode ser — disse Aune. — Os olhos são inúteis quando a mente é cega. Então, com que tipo de homicídio você acha que estamos lidando, Eikeland?

Harry olhou para Øystein e viu que o amigo estava quase literalmente ruminando a pergunta, movimentando a mandíbula magra e saliente. Então, pigarreou como se fosse cuspir em Aune e esboçou um sorriso.

— Vamos dizer que eu tenho a mesma opinião que você, doutor. E, como não tenho um psicomartelo, acho que a minha opinião deveria valer mais que a sua.

— Então estamos combinados — disse Aune, retribuindo o sorriso.

— Truls? — perguntou Harry.

Como Harry já esperava, Truls Berntsen — que havia grunhido apenas três frases durante as apresentações — deu de ombros em silêncio. Harry não prolongou o desconforto do policial e tomou a palavra.

— Acho que existe uma ligação entre as vítimas e que a ligação passa pelo assassino. Talvez ele tire partes do corpo para fazer a polícia acreditar que está lidando com um serial killer clássico, um caçador de troféus, evitando que a polícia investigue outras pessoas com motivos mais racionais. Já vi assassinos usarem essa tática de distração. Li em algum lugar que, segundo as estatísticas, você vai cruzar com um serial killer na rua sete vezes ao longo da vida. Eu particularmente acho esse número alto demais.

Harry não acreditava no que estava dizendo. Não acreditava em nada. Quaisquer que fossem as opiniões dos outros membros do grupo Aune, ele teria apresentado outra hipótese, só para mostrar que havia alternativas. Era preciso treinar para manter a mente aberta, evitando que, de forma consciente ou não, eles se prendessem a uma ideia específica. Quando isso acontece, o investigador corre o risco de interpretar novos dados como mera confirmação daquilo em que já acreditava — o chamado *viés de confirmação* —, em vez de pensar na possibilidade de a nova informação apontar para outra direção.

Por exemplo: caso se acredite que um suspeito de cometer homicídio tenha conversado de forma amigável com a vítima no dia anterior ao assassinato, conclui-se que ele a desejava e não que tenha apresentado um comportamento não agressivo.

Quando eles chegaram mais cedo, Ståle Aune parecia animado, mas naquele momento Harry viu que os olhos do psicólogo estavam ficando turvos e lembrou que a esposa e a filha chegariam para visitá-lo às oito, dali a exatamente vinte minutos.

— Amanhã eu e Truls vamos interrogar Markus Røed antes de a gente se encontrar aqui de novo. O que descobrirmos, e o que não descobrirmos, provavelmente vai influenciar o rumo que vamos tomar na investigação. Bem, senhores, por hoje fechamos o escritório.

# 14

## SEGUNDA-FEIRA

# Dosador

Eram nove e meia da noite quando Harry entrou no bar no último andar do Thief.

Sentou-se ao balcão. Tentou umedecer a língua para pedir. A expectativa de beber o havia mantido motivado até aquela hora. O plano era tomar só aquela dose, mas Harry sabia que o plano estava fadado ao fracasso.

Olhou para o cardápio de bebidas que o barman havia colocado à sua frente. Algumas tinham nomes de filmes, e ele presumiu que os atores ou os diretores haviam se hospedado ali.

— Você teria... — começou ele em norueguês.

— Desculpe, em inglês — interrompeu o barman.

— Tem Jim Beam? — perguntou ele em inglês.

— Claro, senhor, mas posso recomendar a especialidade da casa, feita...

— Não.

O barman o encarou.

— Saindo um Jim Beam, então.

Harry observou a clientela e a cidade lá fora. A nova Oslo. Não a Oslo rica, mas a Oslo *podre de rica*. Só o terno e os sapatos que ele usava pertenciam a esse lugar. Ou talvez não. Anos antes, certo dia, ele foi àquele mesmo bar de hotel para conhecer o lugar e, antes de dar meia-volta e sair, viu o vocalista do Turbonegro sentado a uma mesa. Parecia tão solitário quanto Harry estava se sentindo naquele momento. Harry pegou o celular. Na lista de contatos, ela estava registrada apenas como "A". Digitou uma mensagem.

*Estou na cidade. A gente pode se encontrar?*

Quando Harry deixou o celular no balcão, notou uma pessoa parada ao seu lado e ouviu uma voz suave pedindo uma cerveja de gengibre em inglês com um sotaque estadunidense que ele não sabia de onde era. Olhou pelo espelho atrás do bar. As garrafas na prateleira escondiam o rosto do sujeito, mas Harry notou algo branco no pescoço. Um colarinho clerical, que nos Estados Unidos chamavam de "coleira de cachorro". O religioso pegou a cerveja e se afastou.

Harry tinha tomado metade do Jim Beam quando recebeu a resposta de Alexandra Sturdza.

*Sim, vi no jornal que você estava de volta. Depende do que você quer dizer com encontrar.*

*Um café no Instituto de Medicina Forense*, digitou ele. *Amanhã depois de meio-dia, por exemplo.*

Harry precisou esperar um bom tempo. Provavelmente Alexandra entendeu que ele não estava tentando voltar para sua cama, cama que ela havia oferecido com tanta generosidade depois que Rakel o expulsou de casa. Generosidade que, no fim, Harry não conseguiu retribuir, embora a relação deles fosse simples e tranquila. O problema foi que ele não conseguiu controlar todo o resto, tudo o que não tinha a ver com a cama de Alexandra. "Depende do que você quer dizer com encontrar." O pior é que o próprio Harry não tinha certeza de que estava procurando Alexandra só para resolver o caso. *Estava* se sentindo solitário. Harry não conhecia ninguém que tivesse tanta necessidade de ficar sozinho quanto ele; Rakel dizia que ele tinha "bateria social baixa". Ela era a única pessoa com quem Harry conseguia — e queria — passar tempo sem traçar metas e objetivos, sabendo que quando quisesse poderia se libertar. Claro que é possível se sentir sozinho sem se sentir solitário e vice-versa, mas agora ele estava se sentindo sozinho e solitário.

Talvez por isso Harry estivesse esperando um *sim* explícito em vez de um *depende*. Ela estava namorando? Por que não estaria? Fazia todo o sentido, embora o namorado estivesse se metendo numa furada.

Só depois de Harry pagar pela bebida e descer para o quarto foi que o celular voltou a vibrar.

*13h.*

Prim abriu o freezer.

Ao lado de um saco grande havia vários ziplocs muito usados por traficantes. Dois continham cabelo; um, pedaços de pele ensanguentada; e outro, pedaços de tecido que ele havia cortado. Coisas que poderiam ser úteis em algum momento. Prim pegou um saco plástico que continha musgo, passou pela mesa de jantar e foi até o aquário. Parou diante da caixa de vidro em cima da mesa. Verificou o medidor de umidade, ergueu a tampa, abriu o saco e espalhou o musgo na terra preta. Observou o animal ali dentro, uma lesma rosa fluorescente com quase vinte centímetros de comprimento. Prim nunca se cansava de observá-la. Não era nenhum filme de ação. A lesma avançava poucos centímetros por hora, se é que se mexia. Também não havia emoção nem drama na cena. A única forma de a lesma se expressar ou captar sensações era por suas antenas e era preciso observar um bom tempo para vê-las se mexerem. Nesse sentido, Ela e a lesma surtiam o mesmo efeito sobre Prim: qualquer gesto ou movimento era recompensador. Ele precisaria ter muita paciência para conquistar o amor d'Ela, para fazer com que Ela entendesse.

Era uma lesma do monte Kaputar. Prim comprou dois espécimes capturados do monte em Nova Gales do Sul, Austrália. A lesma rosada era endêmica, só existia lá, numa área florestal de dez quilômetros quadrados ao pé do monte. Como disse o vendedor, um único incêndio poderia, a qualquer momento, exterminar a espécie, por isso Prim não sentiu o menor remorso na hora de driblar todas as proibições de exportação e importação da Noruega. Em geral, lesmas hospedam tantos parasitas horríveis que contrabandeá-las pelas fronteiras era tão ilegal quanto contrabandear material radioativo. Assim, Prim tinha quase certeza de que aqueles eram os únicos dois espécimes da lesma cor-de-rosa em toda a Noruega. E, se a Austrália e o resto do mundo arderem em chamas, talvez a salvação da espécie estivesse dentro daquele aquário. Ou até para toda a vida no planeta, no dia em que a humanidade não estiver mais aqui. Era questão de tempo.

Porque a natureza só conserva aquilo que lhe serve. Bowie estava certo quando cantou que o *Homo sapiens* não tem mais nenhuma utilidade.

As antenas da lesma se mexeram. Ela havia sentido o cheiro de seu prato favorito, o musgo descongelado que Prim também havia contrabandeado do pé do monte Kaputar. A lesma estava se mexendo quase imperceptivelmente, a superfície lisa e rosada brilhando. Ela avançava milímetro a milímetro em direção ao seu jantar, deixando um rastro viscoso na terra preta. Estava se aproximando de seu objetivo de forma tão lenta e segura quanto Prim se aproximava do objetivo dele. Na Austrália, existe uma espécie de caracol canibal, um predador cego que usava a trilha pegajosa da lesma para caçá-la. Os caracóis eram um pouco mais rápidos que as lesmas e muito lentamente se aproximavam da presa. Quando alcançavam a linda lesma cor-de-rosa, cravavam seus dentes minúsculos e começavam a sugá-la pouco a pouco, devorando-a viva. A lesma percebia a aproximação do caracol? Sentia medo durante a longa espera até ser capturada? Tinha alguma solução para escapar do predador? Era capaz, por exemplo, de cruzar o rastro de outra lesma, na esperança de o seu algoz mudar de rumo? Esse era o plano de Prim para quando alguém o perseguisse.

Prim voltou para a cozinha e guardou o saco de volta no freezer. Ficou um instante parado, olhando para o saco maior. Para o cérebro humano. Sentiu um calafrio. Sentiu nojo. Tinha pavor daquilo.

Escovou os dentes, foi para a cama, ligou o rádio da polícia e ficou ouvindo as mensagens. Às vezes, ouvia aquelas vozes tranquilas relatando de forma sucinta o que estava acontecendo de errado na cidade. Aquilo o confortava, dava-lhe vontade de dormir. Quase nada acontecia, e o que acontecia raramente era dramático a ponto de impedir Prim de pegar no sono. Mas não esta noite. A polícia tinha encerrado as buscas em Grefsenkollen pela mulher desaparecida e estava usando o rádio para marcar os horários e os pontos de encontro para diferentes grupos de busca que retomariam os trabalhos na manhã seguinte. Prim abriu a gaveta da mesa de cabeceira e pegou o dosador. Tinha a impressão de que uma parte era de ouro. Tinha cinco centímetros de comprimento e formato de cartucho de arma.

Bastava girar de leve a parte com a rosca que a bala era "carregada" com uma dose que podia ser inalada pelo buraco na ponta do cartucho. Elegante. Era da mulher que a polícia estava procurando no momento, tinha até as iniciais dela: B. B. Sem dúvida era presente de alguém. Prim passou os dedos pela rosca e esfregou o cartucho na bochecha. Devolveu-o à gaveta, desligou o rádio e ficou olhando para o teto. Tinha muito em que pensar. Tentou se masturbar, mas desistiu. Começou a chorar.

Quando finalmente pegou no sono, eram quase duas da manhã.

# 15

## Terça-feira

Truls olhou para o relógio. Nove e dez. Markus Røed deveria ter chegado dez minutos atrás.

Truls e Harry empurraram a cama até a parede e levaram a mesa para o meio do quarto de hotel de Harry. Estavam sentados em cadeiras de um lado da mesa, olhando para a cadeira vazia e aguardando a terceira pessoa. Truls coçou a axila.

— Escroto arrogante — comentou.

— Hum. Só pensa no quanto ele está pagando por hora e que o taxímetro está rodando. Melhora?

Truls esticou o indicador e teclou aleatoriamente no laptop à sua frente. Refletiu.

— Um pouco — respondeu, resmungando.

Eles haviam revisado o procedimento nos mínimos detalhes.

A divisão de tarefas era simples. Harry fazia as perguntas e Truls mantinha a boca fechada e prestava atenção na tela, sem revelar o que via. Era uma tarefa que combinava bem com Truls; afinal, era basicamente o que ele vinha fazendo na polícia nos últimos três anos — jogar paciência, pôquer on-line, assistir a episódios antigos de *The Shield* e ver fotos da Megan Fox. Truls também estava encarregado de colocar os cabos com os eletrodos em Røed. Dois azuis e um vermelho no peito ao redor da área do coração, um vermelho nas artérias de cada pulso. Os cabos iam para uma caixa, que, por sua vez, estava conectada ao laptop por um cabo.

— Pretende usar a tática de policial bom, policial mau? — perguntou Truls, apontando para o rolo de papel-toalha que Harry havia colocado na mesa, referindo-se ao truque em que primeiro o policial mau faz o interrogado chorar e sai furioso da sala, depois o segundo policial, o bom, oferece toalhas de papel ao interrogado, tenta tranquilizá-lo e o estimula a falar. Ou a segunda policial, porque as pessoas são estúpidas e acham que mulheres são mais gentis nessas situações. Mas Truls sabia que isso não era verdade. Aprendeu do pior jeito possível.

— Talvez — disse Harry.

Truls encarou Harry. Tentou imaginá-lo no papel de policial bom, mas desistiu. Muitos anos antes, quando Truls e Mikael Bellman eram parceiros na polícia, Bellman sempre fazia o papel do policial bom. Bellman se saía muito bem nesse papel e não só nos interrogatórios — o desgraçado era inteligente e sorrateiro, tanto que agora era ministro da Justiça. Era inacreditável, considerando as inúmeras merdas que os dois tinham feito. Por outro lado, fazia todo o sentido. Ninguém tinha a capacidade de Bellman de enterrar fundo as mãos na merda sem se sujar.

Alguém bateu à porta.

Harry e Truls tinham avisado na recepção que era para Røed subir direto. Conforme o combinado, Truls abriu a porta.

Røed sorria, mas Truls teve a impressão de que ele estava nervoso. A pele e os olhos brilhavam. Truls não se apresentou nem trocou um aperto de mãos com Røed, apenas o deixou entrar. Harry se encarregou das gentilezas — disse que não ocupariam muito tempo de Røed e pediu que ele tirasse o paletó e desabotoasse a camisa. Manteve a mão estendida até Røed lhe entregar o paletó, que Harry pendurou dentro do guarda-roupa. Truls começou a colocar os eletrodos, evitando as feridas e os hematomas perto dos mamilos de Røed. Ou ele tinha levado uma surra ou então sua esposa era uma leoa na cama. Ou quem sabe tinha sido uma das garotas que ele sustentava.

Após prender os últimos eletrodos nos pulsos de Røed, Truls foi para o outro lado da mesa, sentou-se, teclou Enter e olhou para a tela do laptop.

— Tudo certo? — perguntou Harry, e Truls fez que sim.

Harry se virou para Røed.

— As perguntas vão ser do tipo sim ou não. Os testes de polígrafo funcionam melhor com respostas curtas. Pronto?

Røed deu um sorriso forçado.

— Anda logo, gente, tenho que sair em meia hora.

— Seu nome é Markus Røed?

— Sim.

Eles olharam para Truls, que observava o monitor e fez que sim com a cabeça.

— Você é homem ou mulher? — perguntou Harry.

Røed sorriu.

— Homem.

— Pode dizer que é mulher?

— Eu sou mulher.

Harry olhou para Truls, que anuiu outra vez.

Harry pigarreou.

— Você matou Susanne Andersen?

— Não.

— Você matou Bertine Bertilsen?

— Não.

— Você fez sexo com uma ou com ambas as mulheres?

Silêncio no quarto. Truls viu Markus Røed corar. Ofegar. Espirrar. Duas vezes. Três. Harry arrancou uma folha do rolo de papel-toalha e ofereceu. Markus Røed levou a mão ao encosto da cadeira como se fosse pegar um lenço no paletó, mas se deu conta de que o paletó estava no guarda-roupa, aceitou a toalha de papel e limpou o nariz.

— Sim, fiz — respondeu, jogando a folha no cesto de lixo que Harry levantou. — Com as duas. Mas foi consensual.

— Ao mesmo tempo?

— Não, não gosto dessas coisas.

— Susanne e Bertine se conheciam?

— Não que eu saiba. Quase certeza de que não.

— Isso porque você evitou que elas se conhecessem?

Røed soltou uma risada rápida.

— Não, eu nunca escondi que saía com outras mulheres. E eu convidei as duas para a festa, não é?

— Convidou?

— Sim.

— Alguma delas extorquiu você?

— Não.

— Alguma delas ameaçou expor o caso?

Røed balançou a cabeça.

— Por favor, responda verbalmente — pediu Harry.

— Não. Meus relacionamentos não eram tão secretos a ponto de terem importância. Não que eu quisesse que todo mundo soubesse, mas também não fazia muito esforço para esconder. Até Helene sabia.

— Você acha que ela pode ter ficado com ciúmes e matado as duas?

— Não.

— Por que não?

— Helene é uma mulher racional. Ela pensaria no risco de ser pega e veria que o lado positivo não compensaria.

— Lado positivo?

— É, a vingança.

— Ou matar as duas para ficar com você.

— Não. Helene sabe que eu nunca a trocaria por uma idiota. Ou duas. Mas sabia que eu poderia fazer isso se ela tentasse restringir a minha liberdade.

— Quando foi a última vez que você esteve com Susanne ou Bertine?

— Na festa.

— E antes disso?

— Antes já fazia um bom tempo que eu não as via.

— Por que parou de se encontrar com elas?

— Acho que perdi o interesse. — Røed deu de ombros. — A parte física sempre é importante, mas a vida útil de garotas como Susanne e Bertine não é a mesma de Helene Røed, se é que vocês me entendem.

— Hum. Você e as garotas consumiram alguma droga na festa?

— Drogas? Pelo menos eu não.

Harry olhou para Truls, que balançou a cabeça de leve.

— Tem certeza? — perguntou Harry. — E cocaína?

Truls sentiu que Markus Røed o encarava, mas não tirou os olhos da tela.

— Tá certo — disse Røed. — As meninas cheiraram.

— A cocaína era delas ou sua?

— Um cara tinha levado.

— Quem?

— Sei lá. Era amigo ou traficante de algum morador do prédio. Não sei como funcionam essas coisas. Se você está atrás de traficantes de cocaína, infelizmente não posso descrever o cara, porque ele estava de máscara e óculos escuros.

Røed esboçou um sorriso irônico, mas Truls percebeu que ele estava irritado. Machos alfa tendem a se sentir assim quando interrogados.

— Mas ele era branco, norueguês ou...

— Sim, branco. Parecia norueguês.

— Ele falou com Susanne ou Bertine?

— Imagino que sim, porque elas cheiraram o pó dele.

— Hum. Então você não usa cocaína.

— Não.

Harry se inclinou para perto de Truls, que apontou discretamente para o monitor.

— Hum. Parece que o polígrafo acha que você não está dizendo a verdade.

Røed olhou para eles como um adolescente desafiando os pais, mas então desistiu e soltou um gemido irritado.

— Não entendo o que isso tem a ver com o caso. Sim, eu costumava me divertir nos fins de semana. Mas fiz um acordo com Helene de não usar mais nada e naquela noite eu fiquei limpo, tá bom? Agora eu tenho que ir.

— Só uma última pergunta. Você encomendou ou cooperou com alguém para matar Susanne Andersen ou Bertine Bertilsen?

— Pelo amor de Deus, Hole, por que eu faria isso? — Røed jogou os braços para o alto, irritado, e Truls ficou preocupado quando viu que um eletrodo quase se soltou do pulso. — Vê se me entende: quando um homem tem mais de 60 anos e uma mulher compreensiva, não fica com medo de as pessoas descobrirem que ele ainda é capaz de comer garotas de 20 anos. Nos ambientes que eu frequento e faço negócios, isso é motivo de respeito. É prova de que você ainda é homem. — Røed elevou o tom de voz. — O suficiente para as pessoas entenderem que não podem desistir de acordos quase fechados e achar que vai ficar tudo bem. Entendeu, Hole?

— *Eu* entendi — respondeu Harry, recostando-se na cadeira. — Mas o teste do polígrafo aqui trabalha melhor com respostas curtas, como sim e não. Então, permita-me repetir a pergunta...

— Não! A resposta é não, eu não encomendei nenhum... — Røed começou a rir, como se a ideia fosse absurda — ... assassinato.

— Certo. Obrigado pelo seu tempo — agradeceu-lhe Harry. — Pode ir para a sua reunião. Truls?

Truls se levantou, deu a volta na mesa e tirou os eletrodos de Røed.

— A propósito, vou pedir para falar com sua esposa — avisou Harry enquanto Røed abotoava a camisa.

— Sem problema.

— Quando digo falar é *interrogar*. — Harry fechou rapidamente o notebook enquanto Røed dava a volta na mesa. — Só queria informar — completou.

— Como quiser. Mas não faça com que eu me arrependa de ter contratado você, Harry.

— Pense nisso como uma visita ao dentista — comparou Harry, levantando-se. — Você não se arrepende depois de ter ido. — Foi até o guarda-roupa, pegou o paletó e ajudou Røed a se vestir.

— Isso — grunhiu Truls após fecharem a porta atrás de seu cliente — depende do que você pensa quando vê a conta.

# 16

## Terça-feira

### Seamaster

— Ela está ali dentro — avisou a senhora de jaleco branco, apontando para o laboratório. Harry viu uma pessoa de costas, também de jaleco branco, sentada num banco alto e curvada sobre um microscópio.

Harry parou atrás da mulher e pigarreou.

A mulher se virou com um gesto impaciente, e Harry viu um rosto duro, fechado, concentrado no trabalho. Mas, quando viu que era ele, a expressão no rosto dela se transformou, como se de repente tivesse amanhecido.

— Harry! — Ela se levantou e o abraçou.

— Alexandra — disse ele, meio surpreso. Não sabia ao certo como ela iria recebê-lo.

— Como chegou aqui?

— Cheguei um pouco mais cedo e Lilly, da recepção, se lembrou de mim e...

— E aí? O que achou? — interrompeu Alexandra, endireitando o corpo, toda orgulhosa, dando uma giradinha.

Harry sorriu.

— Você continua fantástica. Como um cruzamento de uma Lamborghini...

— Eu não, seu tonto! O laboratório.

— Ah, sim. Parece novo.

— Não é incrível? Agora podemos fazer aqui mesmo tudo o que tínhamos que mandar para o exterior. DNA, química, biologia... Tem tanta coisa que, quando o pessoal da Perícia Técnica não consegue fazer uma análise, manda para cá. Eles também permitem que a gente use o laboratório para pesquisas pessoais. Estou trabalhando na minha tese de doutorado sobre análise de DNA.

— Impressionante — comentou Harry, observando bandejas com tubos de ensaio, frascos, monitores de computador, microscópios e máquinas que ele não tinha ideia do que faziam.

— Helge, vem falar com o Harry! — gritou Alexandra e a outra pessoa na sala virou o banquinho, sorriu, acenou e voltou ao microscópio. — Estamos competindo para ver quem termina o doutorado primeiro — sussurrou Alexandra.

— Hum. Tem tempo mesmo para um café na cantina?

Alexandra segurou o braço de Harry.

— Conheço um lugar melhor. Vem.

— Então Katrine sabe que você sabe — resumiu Alexandra. — E disse que você pode tomar conta do menino. — Ela pousou a caneca vazia no feltro em frente às cadeiras que haviam levado para o terraço. — É um começo. Está assustado?

— Morrendo de medo. Além do mais, não tenho tempo agora.

— Todo pai diz isso desde sempre.

— Pois é. Mas preciso resolver o caso nos próximos sete dias.

— Røed só te deu sete dias? Prazo um tanto otimista demais, não acha?

Harry não respondeu.

— Você acha que Katrine quer...?

— Não — respondeu Harry, firme.

— Você sabe que esse tipo de sentimento nunca morre de vez, não é?

— Ah, morre sim.

Alexandra olhou para Harry sem dizer nada, apenas afastou uma mecha de cabelo preto do rosto.

— Além do mais — continuou Harry —, ela sabe o que é melhor para o menino e para si mesma.

— E o que é esse melhor?

— Que não vale a pena ter a mim por perto.

— Quem mais sabe que você é o pai?

— Só você. E Katrine não quer que ninguém saiba que Bjørn não é o pai.

— Não se preocupe. Eu só sei porque fiz a análise do DNA e jurei sigilo profissional. Divide um cigarro?

— Larguei.

— Você? Sério?

Harry fez que sim e olhou para o céu. Tinha ficado nublado. Nuvens cinza-chumbo na parte inferior, brancas na parte superior, onde batia a luz do sol.

— Então você está solteira. Feliz?

— Não. Mas provavelmente também não estaria se estivesse com alguém.

Alexandra deu sua gargalhada afônica característica, e nesse momento Harry sentiu que ainda surtia o mesmo efeito de antes sobre ela. Então, talvez fosse verdade. Talvez esse tipo de sentimento nunca morra de vez, por mais fugaz que pareça.

Harry pigarreou.

— Lá vem — disse ela.

— O quê?

— Você vai falar por que me chamou para tomar um café.

— Talvez — disse Harry, mostrando a caixa de plástico com uma toalha de papel dentro. — Pode analisar isso aqui para mim?

— *Eu sabia!* — Ela bufou.

— Hum. E mesmo sabendo aceitou tomar um café comigo?

— Acho que eu tinha a esperança de estar errada, de que você estava pensando em mim.

— Sei que agora não adianta dizer que estava pensando em você, mas é verdade, eu estava.

— Pode falar mesmo assim.

Harry esboçou um sorriso.

— Eu estava pensando em você.

Alexandra pegou a caixa.

— Tem o que aqui?

— Muco e saliva. Só quero saber se são da mesma pessoa que deixou vestígios no seio de Susanne.

— Como você sabe disso? Aliás, não responda, prefiro não saber. Seu pedido pode até estar dentro da lei, mas você sabe que, mesmo assim, eu vou me ferrar se alguém descobrir, não é?

— Sei.

— Então por que eu deveria aceitar?

— Você me diz.

— Vou dizer. Você vai me levar para o spa do hotel de riquinho onde está hospedado. E depois vai me convidar para um jantar incrível. E vai estar bem-vestido.

Harry segurou as lapelas do paletó.

— Não acha que já estou elegante?

— Gravata. Você também vai usar gravata.

Harry riu.

— Fechado.

— Uma gravata *bonita*.

— Um milionário feito Røed poder fazer uma investigação por conta própria é algo que vai contra as nossas tradições democráticas e a ideia de igualdade — disse a comandante Bodil Melling.

— Além do inconveniente de ordem prática que é ter um terceiro atuando no nosso campo — acrescentou Ole Winter, comandante da Kripos. — Dificulta o nosso trabalho. Sei que você não pode proibir a investigação de Røed com base na lei, mas deve ter algum jeito de o Ministério da Justiça impedir isso.

Mikael Bellman está de pé junto à janela, olhando para fora. Tinha um belo escritório. Grande, novo e moderno. Impressionante. Mas estava localizado em Nydalen, longe dos outros ministérios, que ficavam no centro de Oslo. Nydalen era uma espécie de parque empresarial nos arredores da cidade; seguindo para o norte, em minutos se chega a uma mata fechada. Bellman estava torcendo para a nova sede do governo ficar pronta logo, para o Partido Trabalhista, ao qual era filiado, ainda estar no poder e para ainda estar no cargo de ministro da Justiça. Não havia nada que sugerisse o contrário. Mikael Bellman tinha grande popularidade. Alguns até sugeriram que ele já deveria começar a se posicionar, porque o primeiro-ministro poderia renunciar a qualquer momento. Certa vez, um jornalista político publicou uma matéria sugerindo que algum membro do governo — Bellman, por exemplo — deveria dar um golpe e destituir o primeiro-ministro. No dia seguinte, durante uma reunião, o chefe do executivo provocou uma gargalhada generalizada entre os presentes ao pedir que alguém verificasse a maleta de Mikael, referência ao tapa-olho de Bellman e à sua semelhança com Claus von Stauffenberg, coronel da Wehrmacht que tentou assassinar Hitler com uma bomba. Mas o primeiro-ministro não tinha nada a temer. Mikael simplesmente não queria o cargo. Era óbvio que o cargo de ministro da Justiça tinha grande exposição, mas ser primeiro-ministro — o *numero uno* — era outra história. Bellman sabia lidar com a pressão, mas temia os holofotes. Se resolvessem revirar seu passado, nem ele sabia o que poderiam encontrar.

Bellman se virou para Melling e Winter. Muitos níveis hierárquicos o separava dos dois, mas eles provavelmente achavam que podiam ir direto a Bellman por ele ter sido da polícia de Oslo — ou seja, por ser um deles.

— Claro que, como membro do Partido Trabalhista, sou totalmente a favor da igualdade — disse Bellman. — E claro que o Ministério da Justiça quer que a polícia tenha as melhores condições de trabalho possíveis. Mas acho que... — ele procurou uma palavra diferente para "eleitores", óbvia demais — ... a população em geral não vai gostar se impedirmos o trabalho de um dos poucos investigadores renomados. Sobretudo se ele quer resolver um caso no qual vocês não fizeram praticamente nenhum progresso. E sim, Winter, você tem razão. Nenhuma lei proíbe o que Røed e Hole estão fazendo. Mas sempre podemos torcer para que Hole faça o que sempre fazia na minha época.

Bellman notou que Melling e Winter não entenderam a referência.

— Quebrar as regras — explicou Bellman. — Tenho certeza de que vocês vão ver isso acontecer se ficarem de olho nele. E, quando acontecer, é só me enviar o relatório, que eu vou pessoalmente afastá-lo do caso. — Ele olhou para o relógio Omega Seamaster. Não porque tivesse outra reunião, mas para mostrar que aquela havia acabado. — Fechamos assim?

Ao sair, Melling e Winter apertaram a mão de Bellman como se ele tivesse concordado com a sugestão dos dois, e não o contrário. Mikael tinha esse dom. Sorriu e manteve contato visual com Bodil Melling meio segundo a mais que o necessário. Não que tivesse qualquer interesse nela, mais por hábito. Notou que ela enfim estava com o rosto um pouco corado.

# 17

## Terça-feira

## A parte mais interessante da humanidade

— Aprendemos a mentir quando crianças, entre 2 e 4 anos, e quando chegamos à idade adulta somos especialistas — disse Aune, ajeitando o travesseiro. — Acreditem em mim.

Harry viu Øystein sorrir e Truls franzir a testa, confuso. Aune continuou:

— Um psicólogo chamado Richard Wiseman acredita que a maioria das pessoas conta uma ou duas mentiras todos os dias. Mentiras de verdade, não aquelas mentirinhas inocentes, do tipo "seu cabelo está lindo". Qual é a chance de sermos descobertos? Freud afirmou que nenhum mortal é capaz de guardar um segredo; que, se os lábios estão selados, as pontas dos dedos tagarelam. Mas ele estava errado. O receptor não nota as diferentes formas de um mentiroso se entregar, porque elas variam de pessoa para pessoa. Por isso, era necessário haver um detector de mentiras. Criaram um na China, há três mil anos. Enchiam a boca do suspeito de grãos de arroz e perguntavam se ele era culpado. Se ele fizesse que não com a cabeça, pediam que ele cuspisse o arroz. Se restasse algum grão na boca, diziam que a boca estava seca porque o suspeito estava nervoso e, portanto, era culpado. Claro que esse método era inútil, porque você pode ficar nervoso pelo simples medo de ficar nervoso. Outra coisa inútil é o polígrafo que John Larson inventou em 1921 e que, em princípio, é o detector de mentiras usado até hoje. Todo mundo sabe que aquilo é um lixo. O próprio Larson se arrependeu da invenção e a chamou de seu "monstro de Frankenstein". Porque, assim como disse o médico no romance, "está vivo"... — Aune ergueu as mãos e fez um gesto como se arranhasse o ar. — Mas está vivo porque muita gente *acredita* que funciona. Porque o medo do detector de mentiras pode forçar uma confissão, seja ela verdadeira ou falsa. Certa vez, em Detroit, a polícia prendeu um suspeito, colocou a mão dele na máquina de xerox, convenceu o sujeito de que era um detector de mentiras e fez perguntas, enquanto a máquina cuspia folhas de A4 com as palavras ELE ESTÁ MENTINDO, até que o sujeito ficou tão apavorado que confessou.

Truls bufou.

— E só Deus sabe se ele era culpado — disse Aune. — É por isso que prefiro o método que eles usavam na Índia antiga.

A porta se abriu e duas enfermeiras entraram empurrando a cama de rodinhas com Sethi.

— Escuta, Jibran, você também vai gostar dessa história — disse Aune.

Harry não conseguiu conter o sorriso. Aune, um dos maiores professores da Academia de Polícia, voltando à ativa.

— Os suspeitos eram levados um a um para uma sala totalmente escura e instruídos a tatear até encontrar um burro que estava lá dentro e puxarem seu rabo. Se eles tivessem mentido durante o interrogatório, o burro mugiria, zurraria, qualquer que seja o som que o burro faz. O sacerdote avisava aos suspeitos que o burro era sagrado. Mas não avisava que o rabo estava sujo de fuligem. Então, quando o suspeito voltava e dizia que tinha puxado o rabo do burro, era só verificar as mãos dele. Se estivessem limpas, era porque o suspeito estava com medo de o burro expor sua mentira e ele ia para a forca ou para o que quer que usassem na Índia na época.

Aune olhou de soslaio para Sethi, que tinha pegado um livro, mas fez que sim levemente.

— E, se o suspeito estava com fuligem nas mãos, significava que o cara não era um completo idiota — comentou Øystein.

Truls grunhiu e deu um tapa nas coxas.

— A questão — disse Aune — é se Røed saiu de lá com fuligem nas mãos ou não.

— Bem — disse Harry —, o que nós fizemos foi uma mistura do velho truque da xerox com o burro sagrado. Tenho quase certeza de que Røed acreditou que aquilo era um detector de mentiras. — Ele apontou para a mesa com o notebook de Truls e os cabos e eletrodos que haviam pegado emprestado do terceiro andar, onde eram usados para ecocardiogramas. — Então, acho que ele tomou o cuidado de evitar mentir. Mas a meu ver ele passou no teste do burro. Apareceu lá e fez um teste que acreditava ser de verdade. Isso por si só indica que ele não tem nada a esconder.

— Ou que ele sabe passar a perna num detector de mentiras e quis usar essa habilidade para enganar a gente — contrapôs Øystein.

— Hum. Acho que Røed não tentou enganar a gente. Ele não queria Truls na equipe. E é compreensível, porque se isso viesse a público o projeto perderia toda a credibilidade. Ele só cedeu quando o convencemos da importância de ter acesso aos relatórios policiais. Ele quer nomes de peso para que a investigação pareça séria no papel e num comunicado de imprensa, mas, para ele, descobrir a verdade é ainda mais importante.

— Você acha? — perguntou Øystein. — Então por que ele se recusou a fornecer a amostra de DNA à polícia?

— Não sei. Enquanto não houver uma suspeita justificada, a polícia não pode obrigar ninguém a fazer teste de DNA, e Krohn diz que se oferecer para fazer o teste equivale a uma admissão de que a suspeita tem fundamento. De qualquer forma, Alexandra prometeu me dar uma resposta em poucos dias.

— E você tem certeza de que não vai bater com a saliva encontrada em Susanne? — perguntou Aune.

— Nunca tenho certeza de nada, Ståle, mas risquei Røed da lista de suspeitos quando ele bateu à porta do meu quarto de hotel hoje de manhã.

— Então, o que você quer com a análise de DNA?

— Ter certeza. E algo que a gente possa dar para a polícia.

— Para evitar que ele seja preso? — perguntou Truls.

— Para ter informações a oferecer. Assim, talvez eles possam dar algo em troca. Algo que não esteja nos relatórios.

Øystein passou a língua nos lábios.

— Muito esperto!

— Então, com Røed fora do páreo e um cérebro removido — disse Aune —, você ainda acredita que o assassino seja alguém que tenha uma conexão com as vítimas?

Harry balançou a cabeça.

— Ótimo — disse Aune e esfregou as mãos. — Então talvez enfim a gente possa começar a ir atrás de psicopatas, sádicos, narcisistas e sociopatas. Resumindo, a parte mais interessante da humanidade.

— Não.

— Certo — disse Aune, parecendo irritado. — Você não acha que o assassino faz parte de um desses grupos?

— Acho, mas não creio que vamos encontrá-lo nesses grupos. Vamos procurar onde *nós* temos mais chance de encontrar.

— Que é o lugar onde imaginamos que ele não esteja?

— Exato.

Os outros três olharam confusos para Harry.

— É pura estatística — explicou Harry. — Os serial killers escolhem as vítimas aleatoriamente e encobrem os rastros. A probabilidade de encontrá-los dentro de um ano é inferior a dez por cento, mesmo para o FBI. Para nós quatro, com os recursos que temos... Vamos chutar dois por cento, isso sendo otimista. Por outro lado, se o assassino for alguém conhecido das vítimas e houver uma motivação para os crimes, a chance sobe para setenta e cinco por cento. Vamos dizer que a chance de o assassino ser um serial killer, ou seja, de estar na categoria que Ståle citou, é de oitenta por cento. Se a gente focar os nossos esforços nessa categoria e excluir os conhecidos das vítimas, a chance de sucesso é de...

— Um vírgula seis por cento — disse Øystein. — E a chance de sucesso se a gente se concentrar nos conhecidos das vítimas é de quinze por cento.

Os outros se viraram surpresos para Øystein, que abriu um sorriso marrom largo.

— Na minha área de trabalho eu preciso saber fazer contas de cabeça.

— Com licença — disse Aune. — Eu entendi os cálculos, mas, sinceramente, me parece contraintuitivo. — Ele notou o olhar de

Øystein em sua direção. — Vai contra o bom senso. Quer dizer, a gente vai buscar onde acha que ele *não* está.

— Bem-vindo ao mundo da investigação policial — ironizou Harry. — Pense da seguinte forma. Se nós quatro encontrarmos o culpado... fantástico, bingo. Se não, vamos ter feito o que os investigadores fazem na maior parte do tempo: contribuímos para a investigação como um todo ao eliminar possíveis culpados.

— Não acredito em você — disse Aune. — O que está dizendo é racional, mas *você* não é tão racional, Harry. Não trabalha com porcentagens. O seu lado profissional enxerga que todas as evidências apontam para um serial killer. Então, você *tem a opinião* de que o crime foi cometido por um serial killer, mas *acredita* em outra coisa. Porque é isso que diz a sua intuição. Por isso você fez esse cálculo: você quer convencer a si mesmo e a nós de que o certo é seguir a sua intuição. Acertei?

Harry encarou Aune. Fez que sim.

— Minha mãe achava que Deus não existia — disse Øystein. — Mas mesmo assim era cristã. Então, que suspeitos vamos eliminar?

— Helene Røed — respondeu Harry. — E o traficante de cocaína na festa.

— Helene eu entendo — disse Aune —, mas por que o traficante?

— Porque ele é um dos poucos que foram à festa e não foram identificados. E porque foi de máscara e óculos escuros.

— E daí? Talvez ele não tenha tomado vacina. Ou sofre de misofobia. Desculpa, Øystein, misofobia é medo de germes.

— Talvez ele estivesse doente e não quisesse infectar os outros — acrescentou Truls. — Mas ainda assim foi lá. Segundo os relatórios, dias depois da festa Susanne e Bertine tiveram febre alta e passaram mal.

— Estamos ignorando o motivo mais óbvio — pontuou Aune. — Um traficante de drogas está numa atividade altamente ilegal, então é normal que ele use máscara.

— Øystein, explique para ele — pediu Harry.

— Certo. Se você vende cocaína, não precisa ter medo de ser identificado. A polícia sabe muito bem quem vende na rua e não dá a mínima. O que querem são as pessoas por trás. *Se* a polícia te prende, é no flagra, no momento em que você está vendendo. Nesse caso, a máscara não serve para nada. Então, o certo é o contrário: para vender na rua, você quer que o cliente reconheça o seu rosto e lembre que você vendeu pó de qualidade da última vez. E, se você entrega em domicílio, o que parece ser o caso desse suspeito, é ainda mais importante que o cliente veja e confie na sua cara de honesto.

Truls deu risada.

— Acha que consegue descobrir quem era o cara da festa? — perguntou Harry.

Øystein deu de ombros.

— Posso tentar. Não tem muito norueguês fazendo entrega em domicílio.

— Ótimo.

Harry fez uma pausa, fechou os olhos, e quando os abriu foi como se estivesse seguindo um roteiro e sua mente tivesse virado uma página.

— Se a gente vai trabalhar com a hipótese de que o assassino conhecia pelo menos uma das vítimas, vamos ver o que a sustenta. Susanne Andersen sai do centro de Oslo, atravessa a cidade e se mete num lugar onde, pelo menos até agora, não há indícios de que ela conheça alguém, onde ela nunca esteve antes e onde não tem muita coisa acontecendo numa terça à noite...

— Nunca acontece nada naquela merda — disse Øystein. — Eu cresci ali perto.

— Então, o que ela estava fazendo lá?

— Não está na cara? — retrucou Øystein. — Foi se encontrar com o assassino.

— Certo, então vamos partir dessa premissa — declarou Harry.

— Legal — disse Øystein. — O maior especialista do país concorda comigo.

Harry esboçou um sorriso e esfregou a nuca. Em breve, precisaria da única dose a que ainda tinha direito no dia. Tinha tomado as outras duas quando ele e Øystein fizeram uma parada no Schrøder a caminho do Instituto de Medicina Forense.

— E, já que toquei no assunto — continuou Øystein —, eu estava me perguntando uma coisa: o cara levou Susanne para passear em

Østmarka, e a tática funcionou, certo? Tipo, o assassinato perfeito. Não é muito estranho ele levar Bertine para Grefsenkollen? Em time que está ganhando não se mexe... Isso não vale também para assassinos?

— Provavelmente vale para serial killers — disse Aune. — A menos que aumentasse o risco de ser descoberto. E Susanne já tinha sido dada como desaparecida perto de Skullerud, então havia policiais e grupos de busca na área.

— É, mas eles saíam de lá quando escurecia — disse Øystein. — Ninguém tinha como saber que outra garota iria desaparecer. O cara não correria muito risco se levasse a segunda garota para Skullerud também. E está claro que ele conhece a área.

— Talvez Bertine tenha aceitado passear com ele, mas insistiu que fossem para Grefsenkollen — sugeriu Aune.

— Mas Grefsenkollen é mais longe de onde ela morava do que Skullerud, e segundo os relatórios ninguém com quem a polícia falou tinha notícia de que Bertine havia estado em Grefsenkollen antes.

— Vai ver ela *ouviu* coisas boas sobre Grefsenkollen — argumentou Aune. — Até onde eu sei as vistas de lá são lindas. Ao contrário de Østmarka, onde só tem mata fechada e morro.

Øystein fez que sim, pensativo.

— Certo. Mas tem outra coisa que não entendo.

Øystein encarou Aune. Harry parecia ausente, sentado com os dedos na testa, olhando fixamente para a parede.

— Bertine não pode ter se afastado muito do próprio carro, não acha? Mas a polícia está procurando há duas semanas, então não entendo por que os cães não conseguem encontrar o corpo. Você sabe que os cães cheiram bem, não é? Quer dizer, eles têm um bom olfato. Num relatório do Truls tem uma denúncia de um fazendeiro em Wenggården, em Østmarka. Ele ligou para a polícia uma semana atrás e disse que seu velho buldogue manco estava deitado na sala, latindo como se tivesse farejado uma carcaça por perto. Eu conheço Østmarka, essa fazenda fica a pelo menos seis quilômetros de onde encontraram Susanne. Se um cachorro consegue farejar um cadáver tão longe, por que não encontram Bertine...

— Não consegue.

Os quatro se viraram para a voz. Jibran Sethi baixou o livro.

— Um cão de caça ou um pastor-alemão consegue. Mas o olfato do buldogue é ruim. Na verdade, o buldogue tem um dos piores olfatos das raças de cachorro. É o que acontece quando criamos cães para lutar com touros e não para caçar, como a natureza pretendia. — O veterinário levantou o livro de volta. — É perverso, mas é o tipo de coisa que nós fazemos.

— Obrigado, Jibran — agradeceu-lhe Aune.

O veterinário fez um breve aceno com a cabeça.

— Talvez ele tenha enterrado Bertine — sugeriu Truls.

— Ou jogado o corpo num dos lagos lá em cima — acrescentou Øystein.

Harry estava sentado, olhando para o veterinário, enquanto as vozes dos outros três pareciam perder intensidade. Sentiu um arrepio na nuca.

— Harry!

— O que foi?

Era Aune.

— A gente perguntou: "O que você acha?"

— Eu acho... Você tem o número do fazendeiro que fez a denúncia, Øystein?

— Não. Mas a gente tem o nome e o endereço, que é Wenggården. Vai ser fácil encontrar o cara.

— Gabriel Weng.

— Boa tarde, Weng. Aqui é Hansen, da Polícia de Oslo. Só quero fazer uma pergunta rápida sobre as informações que o senhor nos deu na ligação da semana passada. O senhor disse que seu cachorro não parava de latir e achou que podia haver uma carcaça ou um cadáver por perto, certo?

— É, às vezes tem animais mortos aqui na floresta, apodrecendo. Mas eu li sobre a garota que estava desaparecida e Skullerud não fica tão longe, então, quando o cachorro começou com os latidos e os uivos, achei melhor ligar. Mas ninguém nunca retornou.

— Peço desculpas, senhor. Às vezes, demoramos para ficar em dia com todas as pistas que recebemos sobre um caso como esse.

— Sim, sim, vocês encontraram a garota. Coitada.

— O que eu queria saber é se o seu cachorro continua latindo e uivando.

Não houve resposta, mas Harry ouviu a respiração pesada do fazendeiro.

— Weng? — chamou Harry.

— Você disse que se chamava Hansen, certo?

— Isso. Hans Hansen. Polícia de Oslo.

Outra pausa.

— Sim.

— Sim?

— Sim, ele continua latindo e uivando.

— Certo. Obrigado, Weng.

Sung-min Larsen viu Kasparov se aproximar da parede de um prédio e erguer a pata traseira. Sung-min deixava o saco plástico bem à vista, para que as pessoas passando por ali entendessem que ele não pretendia deixar cocô de cachorro perto dos valorizados prédios residenciais na Nobel gate.

Sung-min estava pensando. Não tanto no fato de o assassino ter retirado o cérebro de Susanne, mas em ter costurado o couro cabeludo de volta. O que significava essa tentativa de esconder a remoção do órgão? Caçadores de troféus em geral ligam para esses detalhes. E o assassino devia imaginar que isso seria descoberto, então por que se dar ao trabalho? Para esconder rastros? O assassino era meticuloso? Não era uma hipótese tão improvável — o criminoso tinha limpado a cena do crime e não havia nenhuma das evidências que a polícia costuma encontrar em locais de crime. Fora a saliva no seio de Susanne. Nisso, o assassino errou. Alguns investigadores achavam que a saliva devia ser de outra pessoa e não do criminoso, porque Susanne estava vestida da cintura para cima quando foi encontrada. Mas, se ele era minucioso o suficiente para costurar o couro cabeludo de volta, por que não vestir todo o cadáver?

O celular tocou. Sung-min olhou surpreso para a tela antes de atender.

— Harry Hole? Quanto tempo!

— Pois é, o tempo voa.

— Li no *VG* que estamos trabalhando no mesmo caso.

— Pois é. Tentei ligar para Katrine algumas vezes, mas só cai na caixa postal.

— Deve estar colocando o filho para dormir.

— Pode ser. De qualquer modo, tenho uma informação que talvez você queira saber o quanto antes.

— Ah, é?

— Acabei de falar com um fazendeiro que mora no meio da floresta. Ele disse que o buldogue dele está sentindo cheiro de carcaça nas proximidades. Ou de cadáver.

— Buldogue? Então não está longe, o buldogue tem...

— Olfato ruim. Pois é, fiquei sabendo.

— É. Por outro lado, é normal que apareçam carcaças na floresta, então, se você está ligando, imagino que seja em Grefsenkollen.

— Não, é em Østmarka. A seis ou sete quilômetros de onde Susanne foi encontrada. Talvez não seja nada. Como você mesmo disse, animais morrem na floresta o tempo todo. Mas achei melhor avisar. Quer dizer, já que vocês não encontraram Bertine em Grefsenkollen...

— Certo. Vou avisar a equipe. Obrigado pela pista, Harry.

— De nada. Já, já envio o número do telefone do fazendeiro.

Sung-min desligou e avaliou se tinha conseguido parecer tão calmo quanto pretendia. Seu coração estava a mil. Seus pensamentos e conclusões — que estavam ali, escondidos, mas até então não haviam tido chance de se manifestar — formavam uma avalanche na mente. O assassino poderia ter matado Bertine num território que já conhecia, perto de onde havia matado Susanne? Sung-min havia cogitado a possibilidade, na forma de uma pergunta inversa: por que o assassino *não* tinha feito isso? E a resposta era óbvia. Tudo indicava que ele havia marcado um encontro com as garotas — por qual outro motivo elas iriam sozinhas a lugares onde nunca haviam estado? E como a mídia vinha escrevendo matérias e mais matérias sobre a garota desaparecida em Skullerud, o assassino marcou com Bertine em outro lugar, para que ela não suspeitasse. O que Sung-min não tinha pensado — pelo menos não a fundo — era que o criminoso poderia ter marcado com Bertine em

Grefsenkollen e depois a levado em seu carro até Skullerud. Ele poderia ter convencido Bertine a deixar o celular no carro em Grefsenkollen, dizendo que seria mais romântico, algo do tipo "vamos ficar sozinhos, ninguém vai incomodar a gente". Sim, podia fazer sentido. Sung-min olhou para o relógio. Nove e meia da noite. Teria que esperar até o dia seguinte. Ou será que não? Não... Era só uma pista, e ficar correndo atrás de cada coisinha que aparece numa investigação de homicídio exaure o investigador. Mas, mesmo assim... Não era só a sua intuição dizendo que muitas peças se encaixavam — o próprio Harry Hole tinha ligado, porque pensava igual. Sim, Harry havia pensado o mesmo que ele.

Sung-min olhou para Kasparov. Tinha adotado o cão policial aposentado após a morte do dono anterior. O labrador vinha tendo problemas no quadril fazia dois anos e não gostava de caminhar muito nem de subir ladeiras. Mas, ao contrário do buldogue, o labrador tem um dos melhores olfatos caninos.

O celular de Sung-min vibrou. Ele olhou para a tela. Um número de telefone e o nome Weng. Nove e meia. Se eles entrassem no carro naquele instante, provavelmente chegariam em meia hora.

— Vem, Kasparov! — Sung-min puxou a guia, as palmas das mãos já suadas por causa da adrenalina.

— Epa! — gritou alguém de uma varanda escura, a voz ecoando entre as fachadas elegantes dos prédios. — Aqui nesse país a gente cata o cocô!

# 18

## TERÇA-FEIRA

## Parasita

— Parasitas — disse Prim e levou o garfo à boca. — Eles podem nos matar e nos manter vivos.

Ele mastigou. Tinha uma consistência esponjosa e pouco sabor, mesmo com todos os temperos que havia colocado. Ergueu a taça de vinho tinto na direção da convidada, tomou uma golada. Levou a mão ao peito, esperando a comida descer antes de continuar.

— E todos nós somos parasitas. Você. Eu. As pessoas lá fora. Sem hospedeiros como nós os parasitas morreriam, mas sem os parasitas nós também morreríamos. Porque existem parasitas bons e parasitas maus. Um exemplo de parasita bom é a mosca-varejeira, que deposita os ovos nos cadáveres, que são devorados pelas larvas rapidamente. — Prim fez careta, cortou outro pedaço e mastigou. — Do contrário, estaríamos tropeçando em cadáveres e carcaças por aí. É sério! A conta é simples. Se não fosse pela mosca-varejeira, em alguns meses, morreríamos por respirar os gases venenosos dos cadáveres. Por outro lado, existem parasitas interessantes, que não são úteis, mas também não fazem mal. Um deles é o *Cymothoa exigua*. O peixe-comedor-de-língua.

Prim se levantou e foi até o aquário.

— É um parasita tão interessante que coloquei alguns no tanque do Chefe. Esse peixe se adere à língua de um peixe maior e suga o sangue até que a língua acaba se decompondo e cai. Quando isso acontece, o peixe-comedor-de-língua se fixa no que resta da língua do peixe maior, suga mais sangue, cresce e se transforma numa língua nova.

Prim enfiou a mão na água, agarrou o peixe, levou-o à mesa, apertou o animal para forçá-lo a abrir a boca e o aproximou do rosto dela.

— Viu? Viu o peixe-comedor-de-língua? Viu que ele tem olhos e boca?

Prim voltou rapidamente para o aquário e soltou o peixe.

— O peixe-comedor-de-língua, que batizei de Lisa, funciona muito bem como uma língua, então não precisa sentir *tanta* pena do Chefe. A vida continua, como dizem, e agora ele tem companhia. Ruim mesmo é cruzar o caminho de parasitas malignos. Essa aqui, por exemplo, está lotada deles.

Prim apontou para a grande lesma cor-de-rosa que havia colocado na mesa de jantar.

— Eu moro sozinho com o cachorro — disse Weng, levantando a calça jeans que estava abaixo da pança.

Sung-min olhou para o buldogue jogado numa cesta no canto da cozinha. O animal só mexia a cabeça e o único som que emitia era o da respiração ofegante.

— Assumi a fazenda do meu pai tem uns anos, mas a minha mulher não quer morar aqui na floresta, então continua no conjunto habitacional em Manglerud.

Sung-min acenou com a cabeça para o cachorro.

— É fêmea?

— É. Atacava carros, talvez achasse que fossem touros. Até que foi atropelada e fraturou a coluna. Mas ainda late quando alguém se aproxima daqui.

— É, a gente ouviu. E pelo que entendi também late quando sente cheiro de animais mortos.

— Pois é, foi o que eu disse para o Hansen.

— Hansen?

— O policial que ligou.

— Ah, sim, Hansen. Mas agora ela não está latindo.

— Não, só sente o cheiro quando o vento vem do sudeste.

Weng apontou para a escuridão.

— Se importaria se o meu cachorro e eu fizéssemos uma busca rápida?

— Você trouxe um cachorro?

— Está no carro. É um labrador.

— Fique à vontade.

— Então — disse Prim, esperando até ter certeza de que ela estava prestando atenção —, essa lesma parece inocente, não é? Bonita, até. Com essa cor ela parece um doce, dá vontade de chupar. Mas não recomendo. Tanto a lesma em si quanto a gosma que ela deixa por onde passa estão repletas de um parasita que causa meningite, então ela não vai ser o nosso aperitivo hoje. — Prim soltou uma gargalhada. Como sempre, ela se limitou a sorrir. — Assim que o parasita chega ao corpo, entra na corrente sanguínea. E para onde ele quer ir? — Prim bateu o indicador na testa. — Para cá. Para o cérebro. Porque ele adora cérebro. O cérebro é nutritivo, um ótimo lugar para incubar os ovos. Mas o cérebro não é especialmente *saboroso*. — Ele olhou para o prato e estalou a língua, enojado. — O que você acha?

Kasparov puxava a guia com força. Não estavam mais na trilha. O céu estava nublado e a única luz vinha da lanterna de Sung-min. Ele se deteve diante de um paredão de árvores com galhos baixos e se abaixou para passar. Não fazia ideia de onde estavam e da distância que haviam percorrido. Ouvia Kasparov ofegante enquanto adentrava a mata, mas não conseguia vê-lo. Era como se estivesse sendo puxado por uma força invisível para uma escuridão cada vez mais densa. A busca podia ter esperado, então por que ele estava ali? Era porque queria receber sozinho o crédito por encontrar Bertine? Não, não era por um motivo tão banal. A verdade é que Sung-min sempre foi assim — quando se perguntava alguma coisa, *precisava* descobrir a resposta imediatamente, não aguentava esperar.

Mas ele tinha se arrependido. Não só corria o risco de contaminar a cena do crime caso tropeçasse no cadáver na escuridão como também estava com medo. Sim, era capaz de admitir. Naquele momento ele era a criança que tinha medo do escuro, que tinha chegado à Noruega sem saber do que tinha medo, mas tinha a sensação de que os outros — os pais adotivos, os professores, as crianças da rua — *sabiam*. Sabiam de algo que ele próprio não conhecia sobre si mesmo, sobre seu passado, sobre o que havia acontecido. Ele nunca descobriu o que era, se é que havia algo a descobrir. Os pais adotivos não tinham nenhuma história dramática para contar sobre seus pais biológicos ou o processo de adoção. Desde então, a necessidade de saber passou a consumi-lo. Saber tudo. Saber algo que *eles*, os outros, desconheciam.

A guia afrouxou. Kasparov havia parado.

Sung-min sentiu o coração bater mais forte quando apontou a lanterna para o chão e afastou um arbusto.

Kasparov estava com o focinho no chão, e a luz da lanterna encontrou o que o cachorro farejava.

Sung-min se agachou e a pegou. A princípio pensou que fosse uma embalagem de batatas chips vazia, mas depois reconheceu o que era e entendeu por que Kasparov havia parado. Era uma embalagem da Hillman Pets, um vermífugo em pó que Sung-min comprou certa vez numa pet shop, quando Kasparov teve lombriga. O produto tinha um sabor artificial que os cães adoravam. Quando Kasparov via a embalagem, abanava o rabo tão rápido que parecia que ia levantar voo. Sung-min amassou a embalagem e a colocou no bolso.

— Vamos para casa jantar, Kasparov?

Kasparov olhou para Sung-min como se tivesse entendido a pergunta, mas achasse que o dono estava louco. Virou-se para a frente, e Sung-min sentiu um puxão forte. Nesse momento, soube que não havia o que fazer — eles iriam adentrar ainda mais o lugar aonde ele não queria ir.

— O mais surpreendente é que, quando um desses parasitas chega ao cérebro, começa a assumir o controle — disse Prim. — Controla os seus pensamentos. Os seus desejos. E vai mandar você fazer o que for necessário para ele continuar o ciclo natural. Você se torna um soldado obediente, disposto a morrer, se for preciso. — Prim suspirou. — E muitas vezes é o que ele quer. — Ergueu as sobrancelhas. — Parece uma história de terror ou de ficção científica, não é? Pois saiba que alguns desses parasitas nem são tão raros. A maioria dos hospedeiros morre sem saber que tem o parasita, como deve ser o caso do Chefe com a Lisa. A gente acredita que batalha, trabalha duro e se sacrifica pela nossa família, pelo nosso país, para deixar um legado. Mas, na verdade, fazemos tudo pelo parasita, o sanguessuga que decide as coisas no seu cérebro, onde ele monta um quartel-general.

Prim encheu as taças com vinho tinto.

— O meu padrasto acusava a minha mãe de ser uma parasita. Dizia que ela recusava papéis porque ele era rico, que ela podia ficar em casa bebendo às custas do dinheiro dele. Claro que isso não era verdade. Em primeiro lugar, ela não recusava nenhum papel, eles é que pararam de oferecer. Isso porque ela ficava em casa o dia todo bebendo e começou a esquecer as falas. Meu padrasto era um homem muito rico, então ela podia beber quanto quisesse que ele não ficaria pobre. Além do mais, o parasita era o meu padrasto. Era ele quem estava dentro do cérebro da minha mãe e a fazia ver as coisas do jeito que ele queria. Foi por isso que a minha mãe nunca viu o que ele fazia comigo. Eu era só uma criança e achava que um pai tinha o direito, podia exigir esse tipo de coisa do filho. Não, eu não achava que toda criança de 6 anos tinha a obrigação de se deitar pelada na cama com o pai para satisfazê-lo, sob ameaça de que ele mataria a mãe se alguém soubesse o que estava acontecendo. Mas eu tinha medo. Então, eu não *falava* nada, mas tentava fazer a minha mãe saber o que estava acontecendo. Sempre sofri bullying na escola por causa dos meus dentes e... por causa do meu comportamento, o comportamento de uma vítima de violência sexual. Me chamavam de Rato. Aí eu comecei a mentir e roubar. Matava aula, fugia de casa e cobrava para masturbar homens em banheiros públicos. Roubei um deles. Resumindo, o meu padrasto era o parasita no meu cérebro e no da minha mãe, e ele destruiu a gente aos poucos. Por falar nisso...

Prim colocou o último pedaço no prato. Suspirou.

— Mas agora isso acabou, Bertine. — Ele girou o garfo e analisou o pedaço de carne rosada. — Agora sou eu quem está no cérebro, sou eu quem dá as ordens.

***

Sung-min teve que correr para acompanhar Kasparov, que puxava a guia com mais força ainda. Em dado momento, o cachorro começou a ter uma tosse seca, como se estivesse tentando botar para fora algo preso na garganta.

Sung-min recorreu a um método que aprendeu como investigador. Quando tinha quase certeza de alguma coisa, testava a própria dedução virando tudo pelo avesso. Será que aquilo que ele achava ser impossível era possível, apesar de tudo? Será que, por exemplo, Bertine Bertilsen ainda estava viva? Ela podia ter fugido do país. Podia ter sido sequestrada e agora estava trancada num porão ou em algum apartamento qualquer, talvez ao lado do sequestrador naquele exato momento.

De repente eles chegaram a uma clareira na floresta. A luz da lanterna refletiu na superfície de um laguinho. Kasparov puxou Sung-min para a água. O feixe de luz trêmulo iluminou uma bétula inclinada acima do lago e, por um instante, Sung-min avistou algo que parecia um galho grosso descendo em direção à água, como se a árvore estivesse bebendo. Apontou a lanterna. Não era um galho.

— Não! — gritou Sung-min, puxando Kasparov de volta.

O grito ecoou do outro lado do lago.

Era um cadáver.

Estava pendurado pela cintura no galho mais baixo da bétula.

Os pés descalços quase tocavam a superfície da água. Assim como Susanne, a mulher — Sung-min percebeu imediatamente que era uma mulher — estava nua da cintura para baixo. A barriga também estava descoberta, porque o vestido estava puxado para cima até a altura do sutiã, cobrindo a cabeça, os ombros e os braços — só dava para ver os pulsos e as mãos, com os dedos imersos na água. O primeiro pensamento de Sung-min foi torcer para não haver peixes no lago.

Kasparov ficou imóvel. Sung-min fez carinho na cabeça do cachorro.

— Bom garoto.

Ele pegou o celular. Se na fazenda o sinal era fraco, ali tinha apenas uma barrinha. Mas o GPS ainda funcionava e, enquanto registrava a localização, Sung-min percebeu que estava respirando pela boca. O cheiro do cadáver nem era tão forte, mas, depois de algumas experiências desagradáveis, seu cérebro passou a ter esse costume quando compreendia que estava na cena de um crime. Concluiu que, para descobrir se o corpo era de Bertine Bertilsen, precisaria colocar a lanterna no chão, segurar o tronco da árvore com uma das mãos, inclinar-se sobre a água e levantar o vestido da garota, de modo a descobrir o rosto. O problema era que ao fazer isso ele corria o risco de colocar a mão no mesmo lugar do tronco que o assassino havia tocado e estragar impressões digitais.

Ele se lembrou da tatuagem. O logotipo da Louis Vuitton. Apontou a lanterna para os tornozelos da garota. Estavam tão brancos sob a luz que pareciam feitos de neve. Mas nada do logo da Louis Vuitton. O que isso significava?

Uma coruja — pelo menos Sung-min imaginou que fosse uma coruja — arrulhou ali perto. Ele não conseguia ver a parte externa do tornozelo esquerdo. Andou ao longo da margem até achar o ângulo certo e apontou a lanterna.

Ali estava. Preto no branco. Um L sobre um V.

Só podia ser ela.

Sung-min pegou o celular e ligou para Katrine Bratt. Ela não atendeu de novo. Estranho. Talvez tivesse decidido não atender Harry Hole, mas existe uma regra tácita que diz que, quando se comanda uma investigação, é preciso estar sempre disponível para os colegas.

— Então você entende, Bertine? Eu tenho uma tarefa importante a cumprir.

Prim se inclinou sobre a mesa e colocou a mão na bochecha da garota.

— Lamento que você tenha feito parte dessa tarefa. E lamento ter que deixar você agora. Lamento que essa seja a nossa última noite. Sei que você me quer, mas não é você que eu amo. Pronto, falei. Diga que me perdoa. Não? Por favor, linda. — Prim deu uma risadinha. — Você pode até tentar resistir, Bertine Bertilsen, mas sabe que eu só preciso encostar em você para deixar você ligada.

Ele encostou em Bertine, que não conseguiu resistir e ficou toda acesa. Pela última vez, pensou Prim, erguendo a taça num brinde de despedida.

***

Sung-min havia entrado em contato com a perícia, que estava a caminho. Agora só lhe restava ficar sentado no toco de uma árvore e esperar. Estava coçando o rosto e o pescoço. Mosquitos. Não, borrachudos. Mosquitinhos que sugam sangue até de mosquitos maiores. Ele havia desligado a lanterna para economizar pilha e mal conseguia ver a silhueta do cadáver.

Era ela. Claro que era.

Mesmo assim...

Ele olhou para o relógio, já estava impaciente. Por onde andava Katrine? Por que ela não retornava a ligação?

Sung-min encontrou um galho longo e fino. Acendeu a lanterna e a posicionou no chão, aproximou-se da margem do lago e usou o galho para levantar o vestido. Mais. E mais. Estava vendo os braços e esperava ver o cabelo castanho, que nas fotos que tinha estavam longos e soltos. Estavam presos? Tinham sido...?

Sung-min deu um grito parecido com o arrulhar da coruja. Perdeu o controle, e o som apenas saiu, o galho caiu na água, e o vestido voltou a cobrir o que o tinha feito gritar. Voltou a cobrir o que não estava lá.

— Tadinha — sussurrou Prim. — Você é tão bonita. Mesmo assim é menosprezada. Que injusto.

Ainda não havia ajeitado a posição da cabeça de Bertine, que estava torta fazia dois dias, desde uma pancada que ele tinha dado na mesa. A cabeça estava instalada numa luminária de chão que ele tinha colocado em frente à cadeira do outro lado da mesa. Quando ligava o interruptor sobre a mesa, a lâmpada de 60 watts dentro da cabeça de Bertine se acendia, iluminando as órbitas vazias dos olhos e dando um tom azulado aos dentes na boca escancarada. Uma pessoa sem um pingo de imaginação diria que ela parecia uma abóbora de Halloween. Mas uma pessoa com a mente mais aguçada veria que Bertine inteira — pelo menos a parte dela que não estava à beira de um lago em Østmarka — se iluminava, irradiava alegria. Dava até para dizer que ela o amava. E a verdade é que Bertine *havia* amado Prim — ou pelo menos tinha chegado a desejá-lo de alguma forma.

— Se serve de consolo, gostei mais de transar com você do que com Susanne — revelou Prim. — Você tem um corpo mais bonito e... — ele lambeu o garfo — ... eu gostei mais do seu cérebro. Mas... — ele inclinou a cabeça e a encarou com tristeza — ... eu tive que comer o seu cérebro para manter o ciclo. Os ovos. Os parasitas. A vingança. Só assim vou ser uma pessoa completa. Só assim vou ser amado por quem sou. É, eu sei que deve parecer pretensioso, mas é a verdade: tudo o que a gente quer é ser amado, não é mesmo?

Ele apertou o interruptor com o indicador. A lâmpada dentro da cabeça de Bertine se apagou, e a sala ficou na penumbra.

Prim suspirou.

— Bem, eu estava com medo de que essa seria a sua reação.

# 19

## Terça-feira

### Sinos

Katrine estava ouvindo Sung-min.

Fechou os olhos e imaginou a cena do crime enquanto ele falava. Respondeu que não, não precisava ver pessoalmente, enviaria detetives ao local e depois analisaria as fotos. E, sim, pediu desculpa por não estar disponível no celular. Tinha desligado o aparelho enquanto colocava o filho na cama e pelo jeito havia cantado tão bem a canção de ninar que acabou pegando no sono junto com Gert.

— Talvez você esteja trabalhando demais — comentou Sung-min.

— Pode riscar o "talvez" — concordou Katrine. — Mas todo mundo está na mesma. Vamos convocar uma coletiva de imprensa para amanhã às dez. Vou pedir que a perícia priorize o caso.

— Tá bem. Boa noite.

— Boa noite, Sung-min.

Katrine finalizou a ligação e olhou para o celular.

Bertine Bertilsen estava morta. Katrine vinha esperando essa confirmação. O corpo tinha sido encontrado. Katrine vinha torcendo por isso. O local e a forma como foi encontrada confirmaram a suspeita de que o assassino era o mesmo. Esse era o medo de Katrine. Porque significava que poderia haver mais assassinatos.

Katrine ouviu um choramingo vindo do quarto, que estava com a porta aberta. Disse a si mesma que ficaria ali, sentada na cadeira da cozinha, esperando para ver se Gert choraria de novo, mas não conseguiu: levantou-se e foi na ponta dos pés até a porta. Ali dentro, silêncio total, apenas o som da respiração regular de Gert dormindo. Ela havia mentido para Sung-min. Tinha lido que, em média, ouvimos duzentas mentiras todos os dias — a maioria delas, felizmente, mentirinhas inocentes, que permitem o funcionamento da sociedade. Essa tinha sido uma. Katrine havia realmente desligado o celular para colocar o filho para dormir, mas não tinha pegado no sono. Manteve o aparelho desligado porque Arne costumava ligar logo depois da hora de Gert dormir, pois sabia que conseguiria falar com ela. Era legal da parte de Arne; afinal, ele só queria saber como tinha sido o dia dela. Saber das pequenas alegrias e frustrações de Katrine. Nos últimos dias, com o desaparecimento das garotas, as frustrações estavam superando as alegrias. Mas Arne ouvia pacientemente, fazia perguntas que demonstravam interesse, fazia tudo o que se podia esperar de um bom amigo e possível namorado. Mas nessa noite Katrine não estava a fim, precisava ficar sozinha com seus pensamentos. Tinha decidido contar a mesma mentirinha inocente quando Arne perguntasse no dia seguinte. Estava pensando em como resolver a situação de Harry e Gert. Tinha visto nos olhos de Harry o mesmo amor incondicional que via nos olhos de Bjørn ao olhar para Gert. Filho de Bjørn e filho de Harry. Até que ponto ela deveria e poderia envolver Harry? Katrine queria se envolver o mínimo possível com Harry. Mas e Gert? Que direito tinha de privá-lo de outro pai? O próprio pai de Katrine havia sido um alcoólatra problemático, mas ainda assim ela o amava à sua maneira, não conseguia viver sem ele.

Katrine tornou a ligar o celular antes de ir para a cama, torcendo para não haver nenhuma mensagem. Mas havia duas. A primeira era de Arne, uma declaração de amor do tipo que as gerações mais jovens pareciam trocar o tempo todo.

*Katrine Bratt, você é a Mulher, e eu sou o Homem que te ama. Boa noite.*

Ela notou que a mensagem tinha sido enviada fazia pouco tempo e que Arne não havia tentado ligar enquanto o celular estava desligado — provavelmente estava ocupado.

A outra mensagem era de Sung-min, num estilo que ela conhecia bem: *Bertine encontrada. Me liga.*

Katrine foi ao banheiro e pegou a escova de dente. Olhou-se no espelho. *Você é a Mulher*. Num dia bom, talvez a declaração de Arne fizesse sentido. Espremeu a pasta de dente do tubo. Pensou em Bertine Bertilsen e Susanne Andersen. E na mulher — ainda sem nome — que poderia ser a próxima vítima.

Sung-min dava uma ajeitada no blazer de tweed com a escova de roupas. Era um blazer de caça impermeável da Alan Paine, presente de Natal de Chris. Depois de conversar com Katrine, mandou uma mensagem de boa-noite para ele. No início, Sung-min ficava chateado, porque só ele mandava mensagens de boa-noite e Chris se limitava a responder. Agora não se importava mais, Chris era assim mesmo, precisava achar que estava por cima na relação, mas Sung-min sabia que, se deixasse de enviar mensagem uma noite que fosse, Chris ligaria no dia seguinte fazendo drama, perguntando o que tinha acontecido, dizendo que Sung-min havia conhecido outra pessoa ou se cansado dele.

Ficou vendo as agulhas de pinheiro caírem no chão. Bocejou. Sabia que iria dormir naquela noite, que não teria nenhum pesadelo relacionado à situação. Isso nunca acontecia. Sung-min não sabia ao certo o que isso dizia sobre sua personalidade. Um colega da Kripos falou que essa habilidade de se desconectar indicava falta de empatia e o comparou a Harry Hole, que sofria de parosmia, um defeito genético que impede o cérebro de registrar o cheiro de restos humanos, o que permitia a Hole agir normalmente em cenas de crime que deixariam outros investigadores de estômago embrulhado. Mas Sung-min não enxergava sua característica como um defeito, apenas achava que tinha a saudável capacidade de separar as coisas, de manter a vida profissional afastada da vida privada. Tateou os bolsos do blazer, percebeu que havia algo dentro de um deles e tirou. Era a embalagem vazia da Hillman Pets. Pensou em jogá-la fora, mas então se lembrou de que, quando Kasparov teve verme, o veterinário recomendou outro vermífugo, porque o da Hillman Pets continha uma substância proibida na Noruega, o que impedia a importação para o país. A proibição tinha pelo menos quatro anos. Sung-min virou a embalagem e examinou até encontrar o que procurava: data de fabricação e data de validade.

A embalagem tinha sido fabricada no ano anterior.

E daí? Alguém havia comprado a embalagem no exterior e trazido para casa, provavelmente sem saber que o produto era proibido. Pensou em jogar fora. Tinha encontrado a embalagem a centenas de metros da cena do crime e era extremamente improvável que o assassino estivesse com um cachorro. Mas tem uma coisa a respeito das infrações da lei: elas costumam estar interligadas. Um infrator é um infrator. O serial killer sádico começa matando animaizinhos, como camundongos e ratos. Depois causa incêndios menores. Em seguida tortura e mata animais um pouco maiores. Aí ateia fogo em casas vazias...

Sung-min dobrou e guardou a embalagem.

— Boceta do diabo! — gritou Mona Daa, olhando para o celular.

— O que foi? — perguntou Anders, que estava escovando os dentes com a porta do banheiro aberta.

— O *Dagbladet*!

— Não precisa gritar. E o diabo não tem...

— Boceta. Våge publicou que Bertine Bertilsen foi encontrada morta. Wenggården, em Østmarka, a poucos quilômetros de onde encontraram Susanne.

— Ah.

— Pois é, "ah". "Ah", por que caralhos do diabo o *Dagbladet* publicou essa notícia, e não o *VG*?

— Acho que o diabo também não tem...

— Caralho? Ah, acho que tem, sim. Acho que o capeta fode todo mundo que está lá embaixo pela boca, pelo nariz, pela orelha, e quem está no inferno só consegue imaginar uma coisa pior que isso, que é trabalhar no *VG* e ser enrabado pelo Terry Våge. Boceta do diabo!

Mona tacou o telefone na cama enquanto Anders se enfiava no edredom e se aconchegava nela.

— Já falei que fico com tesão quando você...

Ela o empurrou.

— Não estou a fim, Anders.

— Não?

Mona afastou a mão de Anders, mas não conseguiu conter o sorriso enquanto pegava o celular. Começou a reler a notícia. Pelo menos Våge não tinha publicado detalhes da cena do crime, então provavelmente sua fonte não havia estado no local. Mesmo assim, como ele ficou sabendo da descoberta do corpo tão rápido? Ele escutava as mensagens de rádio da polícia ilegalmente? Havia deduzido o que estava acontecendo com base nas mensagens breves e codificadas que a polícia trocava por saber que sempre havia intrometidos escutando, depois inventou o resto, de modo que a notícia era uma mistura perfeita de fatos e ficção capaz de passar por jornalismo de verdade? Se era isso, estava dando certo.

— Uma pessoa chegou a sugerir que eu pedisse informações confidenciais a você — comentou ela.

— Sério? E você explicou que infelizmente não estou nesse caso, mas posso ser comprado com sexo tórrido?

— Para com isso, Anders! Estamos falando do meu trabalho.

— Então você acha que eu deveria passar informações de graça para você e arriscar o meu?

— Não! Só quis dizer que... É tão injusto! — Mona cruzou os braços. — Tem alguém de dentro alimentando Våge, enquanto eu estou aqui sentada... morrendo de fome.

— O que é injusto — disse Anders, sentando-se na cama, sério, sem o tom de brincadeira — é que nessa cidade as garotas saiam de casa correndo o risco de serem estupradas e mortas. O que é injusto é que Bertine Bertilsen esteja morta em Østmarka enquanto duas pessoas estão aqui sentadas achando que o mundo é injusto, porque outro jornalista deu o furo ou porque o percentual de resolução de casos da divisão vai cair.

Mona engoliu em seco.

Fez que sim.

Anders estava certo. Claro que estava. Engoliu em seco outra vez. Tentou não fazer a pergunta que abria caminho pela sua garganta: *Pode ligar para alguém e pedir detalhes da cena do crime?*

Helene Røed estava deitada na cama olhando para o teto.

Markus tinha sugerido que comprassem uma cama em formato de gota com três metros de comprimento por dois e meio de largura. Havia lido que nascemos da gota, da água, e que, inconscientemente, retornamos à nossa origem. Assim, a forma da gota nos oferecia harmonia e um sono mais profundo.

Helene se esforçou para não cair na gargalhada e o fez concordar em comprar uma luxuosa cama retangular de um metro e oitenta de comprimento por dois e dez de largura. Suficiente para dois. Enorme para um.

Markus estava dormindo na cobertura em Frogner, como vinha fazendo quase toda noite nos últimos tempos. Pelo menos era o que Helene imaginava. Não que sentisse falta de Markus na cama — fazia tempo que o sexo tinha deixado de ser excitante ou mesmo agradável. Os espirros e as fungadas de Markus só pioravam, e ele se levantava pelo menos quatro vezes por noite para urinar. Aumento da próstata, não necessariamente câncer, mas uma condição que afeta mais da metade dos homens acima de 60 anos, segundo pesquisas. E pelo jeito a situação só iria piorar. Não, Helene não sentia falta de Markus, mas sentia falta de *alguém*. Não sabia quem, mas naquela noite sentiu essa ausência mais forte que nunca. Tinha que haver alguém lá fora para ela também, alguém que a amasse e que ela pudesse amar. Simples assim, não? Ou era imaginação sua?

Helene virou de lado. Estava enjoada desde a noite anterior. Tinha vomitado e estava com uma febre baixa. Chegou a fazer um teste para ver se estava com o vírus, mas deu negativo.

Olhou pela janela, para os fundos do recém-construído Museu Munch. Ninguém que havia comprado um apartamento ainda na planta em Oslobukta imaginava que o museu seria tão grande e medonho. Os moradores foram enganados pelas ilustrações nas quais o museu tinha uma fachada de vidro e era mostrado em um ângulo que não deixava claro que ia ficar parecido com a Muralha de *Game of Thrones*. Mas a vida é assim, nem sempre tudo sai como o prometido ou o esperado, e só se pode culpar a si mesmo por ter sido passado para trás. O museu projetava uma sombra em todos os prédios da área e não havia o que fazer.

Ela sentiu outra onda de enjoo forte e se levantou da cama correndo. O banheiro ficava do outro lado da suíte, mas ainda assim parecia tão longe! Só havia estado uma vez no apartamento de Markus em Frogner. Era muito menor, mas ela preferia morar lá. Junto com... alguém. Conseguiu chegar ao vaso sanitário antes de esvaziar o estômago.

Harry estava sentado ao balcão do bar do Thief quando recebeu a mensagem.

*Obrigado pela dica. Cordialmente, Sung-min.*

Harry havia lido o *Dagbladet*. Era o único portal que tinha publicado a história, o que só podia significar uma coisa: que a polícia não havia feito um comunicado de imprensa e que o jornalista, Terry Våge, tinha uma fonte interna. Como o vazamento não podia ser tática da polícia, isso significava que alguém estava recebendo dinheiro ou outros favores para informar Våge. Não era uma prática tão incomum quanto as pessoas acreditavam — jornalistas ofereceram dinheiro ao próprio Harry em diversas oportunidades. Essas transações quase nunca são descobertas, porque os jornalistas nunca publicavam informações que apontassem para o informante, o que seria algo como serrar o galho em que ambos estavam pendurados. Mas Harry tinha lido a maioria das matérias sobre o caso e algo lhe dizia que Våge parecia um pouco ansioso demais e que, cedo ou tarde, o tiro sairia pela culatra. Quer dizer, Våge sairia ileso, com a reputação de jornalista intacta, mas o informante se daria mal. Claramente a fonte não sabia o tamanho do risco que estava correndo, pois continuava passando informações a Våge.

— Outra dose? — O barman olhou para Harry já segurando a garrafa sobre o copo de uísque vazio. Harry pigarreou. Uma vez. Duas vezes.

*Sim, por favor*, dizia o roteiro do filme de quinta categoria em que, tantas vezes, Harry havia interpretado o único papel que sabia.

Mas então, como se tivesse visto o pedido de misericórdia nos olhos de Harry, o barman se virou para um freguês fazendo sinal na outra ponta do bar e se afastou com a garrafa.

Na escuridão lá fora ouviam-se os sinos do prédio da Prefeitura. Em breve, seria meia-noite e faltariam seis dias, mais a diferença de nove horas de fuso horário para Los Angeles. Não restava muito tempo, mas eles tinham encontrado Bertine, e encontrar um corpo significava novas pistas e a possibilidade de um grande avanço no caso. Era assim que Harry tinha que pensar. Positivo. Não que ele fosse assim por natureza, sobretudo considerando que a situação exigia um pensamento positivo e pouco realista, mas desespero e apatia não era do que ele precisava no momento. Também não era do que Lucille precisava.

Quando Harry saiu do bar e adentrou um corredor escuro, avistou uma luz no fim, como um túnel. Ao se aproximar, viu que era um elevador, com uma pessoa parada do lado de fora, mantendo a porta aberta, como se estivesse esperando Harry. Ou esperando outra pessoa — afinal, ela já estava ali quando Harry entrou no corredor.

— Pode ir — disse Harry em voz alta e acenou. — Vou de escada.

O homem entrou no elevador que tinha uma lâmpada no teto. Antes de a porta se fechar, Harry teve tempo de ver o colarinho clerical, mas não o rosto do sujeito.

Quando abriu a porta do quarto, Harry estava com a roupa ensopada de suor. Pendurou o paletó e se deitou na cama. Tentou não pensar em Lucille. Estava decidido a ter um sonho bom com Rakel. Um da época em que eles moravam juntos e dormiam na mesma cama toda noite. Da época em que ele andava sobre as águas, sobre gelo espesso e sólido. Sempre atento a qualquer estalo e às rachaduras, mas ao mesmo tempo capaz de viver o momento. Foi assim o tempo que ele e Rakel viveram juntos: como se soubessem que aquilo teria um fim. Eles não viviam cada dia como se fosse o último, e sim o primeiro. Como se eles se conhecessem diariamente, inúmeras vezes. Harry estava exagerando, embelezando a lembrança da vida que teve com Rakel? Talvez. Mas e daí? De que adianta ser realista?

Fechou os olhos. Tentou imaginar Rakel, a pele dourada sobre os lençóis brancos. Mas só conseguiu ver a pele pálida do cadáver caído na poça de sangue no chão da sala. Bjørn Holm no carro, encarando-o enquanto o bebê chorava no banco traseiro. Harry abriu os olhos. Sério, de que adianta ser realista?

O celular vibrou de novo. Dessa vez, era uma mensagem de Alexandra.

*Análise de DNA pronta segunda. Spa e jantar sábado que vem. O Terse Acto é um bom restaurante.*

# 20

## Quarta-feira

— Para mim está muito claro — disse Aune ao pousar a cópia do relatório policial no edredom. — É um exemplo clássico de homicídio com motivação sexual cometido por um assassino que provavelmente vai voltar a agir, se não for detido.

As três pessoas ao redor da cama anuíram, todas ainda lendo suas cópias do relatório.

Harry foi o primeiro a terminar. Ergueu a cabeça e semicerrou os olhos para se proteger do sol forte da manhã lá fora.

Em seguida, Øystein terminou a leitura e deixou os óculos escuros deslizarem da testa de volta para os olhos.

— Anda, Berntsen — apressou-o. — Você já deve ter lido isso antes.

Truls grunhiu e largou o relatório.

— O que a gente faz se for uma agulha num palheiro? — perguntou. — Encerra os trabalhos e deixa o caso nas mãos de Bratt e Larsen?

— Ainda não — respondeu Harry. — Na prática, isso não muda nada. A gente havia presumido que Bertine tinha sido morta de maneira semelhante a Susanne.

— Mas vamos ser sinceros: isso não reforça o seu pressentimento de que o assassino é um sujeito racional com uma motivação racional — retrucou Aune. — Você não precisa decapitar a vítima ou roubar o cérebro dela para induzir a polícia equivocadamente a acreditar que são homicídios com motivação sexual e vítimas aleatórias. Existem mutilações menos trabalhosas que causariam praticamente a mesma impressão de que o assassino não tem ligação com as vítimas.

— Hum.

— Não me vem com esse "hum", Harry. Escuta. O assassino provavelmente passou muito tempo no local do crime e correu um risco muito maior do que o necessário para alguém que só queria despistar a polícia. Cérebros são os troféus dele, e agora estamos vendo o sinal clássico de que ele está aprendendo, decapitando a vítima, em vez de serrar o crânio e costurar de volta na própria cena do crime. Harry, tudo aponta para um homicídio ritualístico com todas as características de crime sexual e é isso que ele *é*.

Harry fez que sim lentamente. Virou-se para Øystein, pegou os óculos do amigo e os colocou no rosto.

— Ei! — reclamou Øystein.

— Eu não ia falar nada — disse Harry —, mas você roubou esses óculos. Eu os esqueci no escritório do Jealousy naquela noite de power pop, quando você se recusou a colocar R.E.M.

— Hã? Aquela noite era de power pop *clássico*. Quanto aos óculos, achado não é roubado.

— Mesmo quando você acha dentro de uma gaveta?

— Crianças... — interveio Aune.

Øystein tentou pegar os óculos escuros de volta, mas Harry foi rápido e afastou a cabeça.

— Relaxa, Øystein, depois eu te entrego. Vamos, conte a notícia que você disse que tinha.

Øystein suspirou.

— Certo. Conversei com um colega que vende cocaína...

— Taxistas vendem cocaína? — perguntou Aune, surpreso.

Aune e Øystein se entreolharam.

— Vocês estão escondendo alguma coisa de mim? — perguntou Aune, desviando o olhar para Harry.

— Estamos — respondeu Harry. — Prossiga, Øystein.

— Esse colega me colocou em contato com o traficante de Røed. É um cara que a gente chama de Al. E ele de fato estava na festa. Mas disse que ninguém deu a mínima para ele, porque apareceu um cara com um pó tão puro que ele precisou guardar o dele e ir embora.

Perguntei quem era esse outro sujeito, mas o Al não conhecia, disse que o cara estava de máscara e óculos escuros. Segundo o Al, o mais estranho foi que, apesar de ter a melhor e mais pura cocaína da história de Oslo, o cara parecia um amador.

— Como assim?

— É uma coisa que você percebe só de bater o olho. Profissionais ficam na boa, sabem o que estão fazendo e ao mesmo tempo estão sempre de olho no que acontece em volta, como um antílope bebendo água num lago. Eles sempre sabem em qual bolso está a mercadoria, caso a polícia apareça e eles precisem se livrar de tudo em um segundo. Al disse que esse cara estava nervoso, não tirava os olhos da pessoa com quem estava falando e teve que revirar os bolsos para encontrar os saquinhos. Mas o comportamento mais amador foi que ele não diluiu muito o produto, se é que diluiu. E distribuiu amostras grátis.

— Para todo mundo?

— Não, não. Quer dizer, era uma festa chique, sabe? Gente nascida em berço de ouro. Alguns cheiram, mas não na frente dos vizinhos. O cara de máscara, duas garotas e o Al entraram com Røed no apartamento. O cara de máscara preparou umas carreiras na mesa de vidro da sala e, pelo que o Al me falou, deu a impressão de que tinha aprendido no YouTube. O cara pediu para Røed provar, mas Røed foi cavalheiro e disse que os outros podiam ir primeiro. Então o Al deu um passo à frente, estava doido para provar a cocaína do cara. Mas na hora o cara puxou o braço do Al com tanta força que o arranhou e começou a sangrar. Tipo, o cara ficou em pânico. O Al precisou acalmar o sujeito. O cara disse que a cocaína era só para o Røed, mas o Røed falou que na casa dele as pessoas tinham que ser educadas e que as garotas provariam primeiro; ou era isso ou o cara seria expulso da festa. Foi aí que o tal sujeito recuou.

— Al conhecia as garotas?

— Sim e não. Perguntei se eram as garotas desaparecidas, mas ele nem tinha ouvido falar delas.

— Sério? — disse Aune. — Tem semanas que esse caso vem aparecendo na capa dos jornais.

— Pois é, mas essa gente do mundo das drogas... Como eu vou explicar...? Elas vivem num mundo alternativo. Esses caras não sabem quem é o primeiro-ministro da Noruega, por exemplo. Mas, acredite, eles sabem o preço do grama de todas as drogas que Deus nos deu em tudo que é cidade do mundo. Eu mostrei fotos das garotas e o Al ficou com a impressão de que conhecia as duas, especialmente a Susanne. Achou que já tinha vendido ecstasy e cocaína para ela antes, mas não tinha certeza. Mas, enfim, na festa cada garota cheirou uma carreira, aí foi a vez do Røed, só que nessa hora a mulher dele entrou no apartamento e fez um escarcéu, gritou que ele tinha prometido parar de cheirar. O Røed ficou pouco se lixando, já estava com o canudo no nariz, respirou fundo, provavelmente pensando em cheirar todas as carreiras que sobraram de uma só vez e aí... — Øystein caiu na gargalhada. — Aí... — Estava rolando de rir.

— E aí? — perguntou Aune, impaciente.

— Aí o idiota *espirrou*! A cocaína saiu voando, e só restaram lágrimas e catarro no vidro da mesa. Ele olhou desesperado para o cara de máscara e pediu mais umas carreiras, só que o cara não tinha mais cocaína. O sujeito também ficou desesperado e se ajoelhou no chão para catar toda a cocaína que conseguisse. O problema é que a porta da varanda ficou aberta e o vento espalhou o pó pela sala inteira. Dá para acreditar nessa merda?

Øystein jogou a cabeça para trás e caiu na gargalhada de novo. Truls soltou sua risada grunhida. Até Harry abriu um sorriso.

— Aí o Al foi com o Røed até a cozinha, longe da esposa dele, abriu um saquinho e preparou umas carreiras ali mesmo. Ah, esqueci de falar uma coisa: a cocaína do cara de máscara não era branca. Era verde.

— Verde?

— É. Por isso o Al ficou querendo provar. Ouvi dizer que vez ou outra aparece nas ruas dos Estados Unidos, mas ninguém nunca viu em Oslo. A cocaína mais pura que você consegue na rua tem no máximo quarenta e cinco por cento, mas dizem que o percentual da verde é muito mais alto. Dizem que a cor tem a ver com resíduos das folhas de coca.

Harry se virou para Truls.

— Cocaína verde, é?

— Não olha para mim — disse Truls —, não faço ideia de como ela foi parar lá.

— Caralho, era você? — perguntou Øystein. — Disfarçado de máscara e óculos de s...

— Cala a boca! O traficante aqui é você, não eu.

— Por que não? — disse Øystein. — É genial! Primeiro você pega um pouco da cocaína apreendida, depois dilui, da mesma forma que a gente enchia de água as garrafas de vodca dos nossos pais. E aí você vende direto, eliminando os intermediários...

— Eu não peguei nada! — gritou Truls, a testa ficando roxa, os olhos, esbugalhados. — E não diluí nada. Pelo amor de Deus, eu nem sei o que é levamisol!

— Hã? — disse Øystein, parecendo se divertir. — Então como sabe que a cocaína foi diluída com levamisol?

— Porque está no relatório, e os relatórios estão no BL! — gritou Truls.

— Com licença.

Todos se viraram para a porta, onde havia duas enfermeiras.

— Adoramos que Ståle receba tanta visita, mas não podemos permitir que ele e Jibran sejam incomodados por...

— Me desculpe, Kari — disse Aune. — Às vezes, o clima esquenta quando falamos de herança. Não é, Jibran?

— Hã? — disse Jibran, erguendo os olhos e tirando os fones de ouvido.

— Estamos incomodando você?

— De jeito nenhum.

Aune sorriu para a enfermeira mais velha.

— Bem, nesse caso... — disse ela de lábios franzidos, lançando um olhar de reprovação para Truls, Øystein e Harry antes de sair e fechar a porta.

Katrine observou os corpos de Susanne e Bertine. Sempre ficava impressionada com a aparência de abandono de cadáveres dispostos daquele jeito — era uma das coisas capazes de nos fazer acreditar na existência da alma. A verdade é que Katrine não acreditava, mas tinha a esperança de que existissem — afinal, essa era a base de todas as religiões e misticismos. Susanne e Bertine estavam nuas, a pele cheia de manchas em tons de branco, azul e preto, efeito do sangue e dos fluidos corporais que haviam se acumulado nas partes inferiores do corpo. Os corpos tinham começado a se decompor, e a ausência da cabeça de Bertine reforçava a sensação de que Katrine estava olhando para estátuas, objetos sem vida que tinham forma de algo vivo. Havia sete pessoas vivas na sala de necropsia: Katrine, a patologista, Skarre da Divisão de Homicídios, Sung-min Larsen, uma detetive da Kripos, Alexandra Sturdza e outro técnico de necropsia.

— Não encontramos nenhum sinal de violência ou luta antes da morte — disse a patologista. — Causas das mortes: Susanne foi degolada, teve a artéria carótida cortada. Bertine provavelmente foi estrangulada. Digo provavelmente porque se tivéssemos a cabeça poderíamos dar algumas respostas com certeza. Mas as marcas na parte inferior do pescoço indicam asfixia com uma cinta ou uma corda, levando a uma hipóxia. Analisamos o sangue e a urina das duas e não encontramos qualquer vestígio de substâncias que sugerissem que estavam drogadas. Encontramos saliva e muco num dos seios de uma das vítimas.

Ela apontou para o corpo de Susanne.

— Até onde sei, já foi analisado...

— Isso — disse Alexandra.

— Além desse, não encontramos nenhum outro material que pudesse conter DNA nas vítimas. Como há suspeita de estupro, buscamos indícios, mas não descobrimos marcas de dedos segurando braços, pernas ou pescoço com força, nem marcas de mordida ou sucção. Sem feridas ou hematomas nos pulsos ou nos tornozelos. Uma vítima não tem a cabeça, então não podemos dizer nada sobre a aurícula dela.

— Como? — perguntou a detetive da Kripos.

— O ouvido externo — explicou Alexandra. — É comum que vítimas de violência sexual tenham ferimentos nessa área.

— Ou petéquias — acrescentou a patologista, apontando para a cabeça de Susanne. — Mas a primeira vítima não tem essas marcas.

— Pequenas manchas avermelhadas ao redor dos olhos ou do palato — explicou Alexandra.

— Nenhuma das vítimas apresenta lesões visíveis na *labia minora* — continuou a patologista.

— Os pequenos lábios — traduziu Alexandra.

— Também não encontramos marcas de arranhão no pescoço ou nos joelhos, nos quadris ou nas costas. Encontramos marcas microscópicas na vagina de Bertine, mas são tão pequenas que podem ser causadas por sexo consensual. Em suma, nenhuma delas apresenta evidências físicas que apontem para estupro.

— O que não quer dizer que não *possa* ter havido estupro — acrescentou Alexandra.

A patologista olhou feio para Alexandra. Katrine teve a impressão de que, se as duas estivessem a sós, a patologista bateria um papo com a colega sobre os papéis de cada uma ali.

— Sem ferimentos ou sêmen — resumiu Katrine. — Então por que vocês têm tanta certeza de que ambas tiveram relações sexuais?

— Profilaxia — respondeu o outro técnico de necropsia, Helge qualquer coisa, um sujeito simpático que não tinha falado nada até então, levando Katrine a concluir, instintivamente, que ele estava no último lugar da hierarquia entre os três.

— Camisinha? — repetiu Skarre.

— Isso — respondeu Helge. — Quando não encontramos sêmen, procuramos sinais de uso de camisinha. Em especial vestígios de nonoxinol-9, a substância do lubrificante, mas as evidências apontam que a camisinha usada não vem com lubrificante. Em vez disso, encontramos vestígios de um pó fino que impede que o látex grude na superfície da vagina. A composição desse pó varia de acordo com o fabricante. O pó dessa marca, Bodyful, era o mesmo em Susanne e Bertine.

— É um pó muito usado? — perguntou Sung-min.

— Sim e não — respondeu Helge. — É possível que elas não tenham tido relações sexuais com o mesmo homem, mas...

— Entendi — disse Sung-min. — Obrigado.

— Com base nessas descobertas, existe alguma forma de saber quando se deu a relação sexual? — perguntou Katrine.

— Não — respondeu a patologista com firmeza. — Tirando esses detalhes do pó da camisinha, vocês vão encontrar tudo o que dissemos no relatório que enviamos para o arquivo desse caso no BL96, pouco antes de vocês chegarem. Tá bom?

A pausa que se seguiu foi interrompida por Helge, num tom mais cauteloso.

— De fato não podemos afirmar *exatamente* quando, mas — ele lançou um rápido olhar para a patologista, como se pedisse permissão para continuar — podemos presumir que em ambos os casos a relação sexual ocorreu pouco antes da morte. Talvez depois.

— Prossiga.

— Se elas tivessem vivido um bom tempo após a relação sexual, o corpo teria eliminado os vestígios da camisinha. Um corpo vivo faz isso ao longo de poucos dias, talvez três. Mas num cadáver o sêmen e o pó do preservativo duram mais tempo. Isso... — Ele engoliu em seco e esboçou um sorriso. — É, isso é tudo.

— Mais alguma pergunta? — indagou a patologista e esperou alguns segundos. Então, bateu palmas e continuou. — Como diz o título do filme: *Se aparecerem mais corpos, é só ligar*.

Apenas Skarre riu. Katrine não sabia se era porque ele era o único com idade suficiente para se lembrar do filme ou se o humor mórbido funcionava melhor quando não havia cadáveres por perto.

Ela sentiu o celular vibrar e olhou para a tela.

# 21

## Quarta-feira

### A excitação começa

Katrine precisou virar com força o volante do Volvo Amazon de mais de cinquenta anos para fazer a curva e entrar no Radiumhospitalet. Parou ao lado do homem alto e barbudo.

Notou que Harry hesitou antes de abrir a porta e se sentar no banco do carona.

— Você ficou com o carro — comentou ele.

— Bjørn adorava o Amazon — explicou ela, dando um tapinha no painel. — E cuidava bem dele. Funciona perfeitamente.

— É um clássico — disse Harry. — E também é um perigo.

Katrine sorriu.

— Está pensando no Gert? Calma, eu só uso na cidade. O meu sogro faz a manutenção, e... esse carro tem o cheiro de Bjørn.

Katrine sabia no que Harry estava pensando. *Foi neste carro que Bjørn se matou com um tiro.* Sim, verdade. O carro que Bjørn adorava e que dirigiu até uma trilha de terra no alto de uma colina com vista para as fazendas de Toten. Um lugar de onde talvez tivesse boas lembranças. Era noite, e ele foi para o banco traseiro. Algumas pessoas acharam que ele fez isso porque seu ídolo, Hank Williams, também tinha morrido no banco traseiro de um carro, mas Katrine suspeitava que o real motivo era que Bjørn não queria estragar o banco do motorista, para ela poder continuar usando o veículo. Então, ela *teve* que continuar usando. Katrine sabia que era loucura, mas, se esse era o castigo ao qual deveria se sujeitar por trair um homem que sempre foi muito bom e fazê-lo acreditar que era o pai do filho de outro, qual o problema? Bjørn a amava demais e sempre duvidou que ela o amasse. Certa vez, chegou ao ponto de perguntar por que ela não tinha escolhido um homem à sua altura. Por essas e por outras, Katrine aceitava esse castigo sem reclamar.

— Que bom que você pôde vir tão rápido — disse ele.

— Eu estava aqui perto, no Instituto de Medicina Forense. O que houve?

— Acabei de descobrir que o meu motorista não está muito sóbrio e preciso ir a um lugar que você pode facilitar a minha entrada.

— Não estou gostando desse papo. Que lugar?

— Nas cenas do crime. Quero dar uma olhada.

— Sem chance.

— Vamos lá. A gente encontrou a Bertine para vocês.

— Eu sei, mas falei com todas as letras que não oferecemos recompensas.

— Falou, sim. Os locais ainda estão com cordão de isolamento?

— Estão, então não, você também não pode entrar sozinho.

Harry encarou Katrine com um desespero silencioso no olhar. Ela percebeu que aqueles malditos olhos azul-claros estavam um pouco mais arregalados que o normal, percebeu que ele não conseguia manter o corpo parado no banco do carro. Era a comichão, a inquietação. Ou havia algo mais? Katrine nunca tinha visto Harry tão agitado, como se o caso fosse uma questão de vida ou morte. E era mesmo, mas não a vida ou morte *dele*. Ou será que era? Não, era só a inquietação, o impulso *irrefreável* de caçar.

— Hum. Então me leve no Schrøder.

Ou o impulso de beber.

Katrine suspirou. Olhou para o relógio.

— Como quiser. Tudo bem se eu pegar o Gert na creche no caminho?

Harry ergueu uma sobrancelha. Encarou Katrine como se suspeitasse que ela tinha alguma intenção oculta com a parada para buscar Gert. E talvez tivesse mesmo, nunca é errado lembrar a um homem que ele tem um filho. Katrine engatou a marcha e estava soltando a embreagem temperamental do Volvo quando o celular tocou. Olhou para a tela e colocou o carro de volta em ponto morto.

— Desculpa, Harry, tenho que atender. Isso, Bratt falando.

— Leu o que o *Dagbladet* escreveu agora? — Comparado à maioria das pessoas, a comandante da Divisão de Homicídios não parecia irritada, mas, conhecendo Bodil Melling, Katrine sabia que sua chefe estava furiosa.

— Se por "agora" você quer dizer...

— Saiu no site deles há seis minutos, esse Våge de novo. Escreveu que a necropsia médico-legal revelou que ambas as garotas fizeram sexo, pouco antes ou depois de serem mortas, e que o assassino usou camisinha, provavelmente para não deixar DNA. Como ele sabe disso, Bratt?

— Não sei.

— Se você não sabe, eu vou dizer. Tem alguém vazando informações para o Våge.

— Foi mal. Não me expressei bem. O "como" é óbvio. Quero dizer que não sei *quem* está vazando.

— E pretende descobrir quando?

— Difícil dizer, chefe. No momento, a minha prioridade é encontrar um assassino que, até onde sabemos, pode estar procurando a próxima vítima.

Silêncio do outro lado da linha. Katrine fechou os olhos e se xingou mentalmente. Ela não aprendia.

— Acabei de falar com Winter ao telefone e ele descartou que seja alguém da Kripos. Estou inclinada a concordar com ele. Então é você quem precisa encontrar o informante e calar a boca dele, Bratt. Está me ouvindo? A gente fica parecendo um bando de idiota. Vou ligar para o chefe de polícia agora, antes que ele me ligue para perguntar. Me mantenha informada.

Melling desligou. Katrine olhou para o celular de Harry, que o segurava de modo que ela também pudesse ver a tela. Estava com a página do *Dagbladet* aberta. Correu os olhos pela matéria de Våge.

*A descoberta do corpo de Bertine indicava um homicídio com motivação sexual, mas os exames de hoje no Instituto de Medicina Forense não reforçam essa teoria e não isentam Markus Røed de suspeitas. O magnata do ramo imobiliário teve relações sexuais com Susanne Andersen e Bertine Bertilsen e é — até onde a polícia sabe — a única pessoa que liga as duas mulheres. Segundo fontes, investigadores especularam a possibilidade de Røed ter encomendado os homicídios para fazer parecer que foram crimes com motivação sexual, e não queima de arquivo.*

— Esse cara está louco para ferrar com o Røed — comentou ela.

— Mas é verdade?

— O quê?

— Que vocês cogitaram que o assassino tentou fazer parecer que os crimes foram cometidos por um estuprador?

Katrine deu de ombros.

— Não que eu saiba. Aposto que isso é especulação de Våge e ele está atribuindo isso a uma fonte, porque sabe que ninguém nunca vai conseguir desmentir.

— Hum.

Eles pegaram a rodovia.

— O que vocês acham? — perguntou Katrine.

— A maior parte da equipe acha que é um serial killer estuprador e que a ligação entre as vítimas é coincidência.

— Por quê?

— Porque Markus Røed tem um álibi e assassinos de aluguel não fazem sexo com as vítimas. O que vocês acham?

Katrine verificou o trânsito no retrovisor.

— Tá, Harry, vou te dar uma informação. O que Våge não escreveu nessa matéria é que os técnicos encontraram o mesmo tipo de pó usado em camisinhas nas duas garotas. Então, é o mesmo criminoso.

— Interessante.

— Våge também não escreveu que os legistas não descartam a possibilidade de as duas terem sido estupradas, embora não tenham encontrado nenhuma evidência. Na verdade, evidências inequívocas só são encontradas em um a cada três casos. Na metade dos estupros só encontram lesões leves, no resto dos casos não encontram nada.

— E você acha que foi isso que aconteceu?

— Não. Acho que quando o assassino estuprou as vítimas elas já estavam mortas.

— Hum. A excitação começa com a morte.

— Hã?

— É uma coisa que Aune costuma dizer. Para o sádico, a excitação sexual começa com o sofrimento e acaba quando a vítima morre. Para o necrófilo, a excitação começa justamente quando a vítima morre.

— Entendi. Bem, no fim das contas você recebeu uma pequena recompensa.

— Obrigado. O que acha das pegadas nas cenas do crime?

— Quem te disse que havia pegadas?

Harry deu de ombros.

— As cenas do crime são no meio da floresta, então presumo que o solo seja macio. Quase não choveu nas últimas semanas, então imagino que tenha marcas de pegadas no chão.

Katrine hesitou por alguns segundos, então respondeu:

— O padrão é o mesmo nas duas. As pegadas da vítima e do suspeito estão próximas, como se ele as segurasse ou ameaçasse com uma arma.

— Hum. Ou o contrário.

— Como assim?

— Vai ver eles estavam andando abraçados. Como um casal. Ou duas pessoas prestes a fazer sexo consensual.

— Sério?

— Se eu quisesse ameaçar uma pessoa, andaria atrás dela.

— Você acha que as garotas conheciam o assassino?

— Talvez sim, talvez não. Só não acredito em coincidências. Susanne desapareceu quatro dias depois da festa de Røed, e Bertine, uma semana depois de Susanne. Foi lá que elas conheceram o assassino. Um cara que acho que não está na lista de convidados de vocês.

— Hã?

— Um cara de máscara e óculos escuros vendendo cocaína.

— Nenhuma testemunha descreveu alguém com essas características. Mas normal, se ele foi lá para vender cocaína mesmo.

— Também pode ser porque a gente se esquece rápido de pessoas sem rosto. E ele não estava vendendo, estava distribuindo amostras grátis do que achamos que seja cocaína quase pura para algumas poucas pessoas.

— Como você sabe disso?

— Não importa. O que importa é que ele teve contato com Susanne e Bertine. Você sabe de mais alguém na festa que tenha conversado com as duas?

— Só Markus Røed. — Katrine ligou a seta e verificou de novo o retrovisor. — Acha que esse cara conversou com as duas na festa e marcou de passear com elas na floresta?

— Por que não?

— Sei lá, mas não vejo sentido nisso. Uma coisa é Susanne se meter no mato com um cara que acabou de conhecer numa festa. Um cara que deu cocaína para ela. Mas por que uma semana depois Bertine se enfiaria voluntariamente na floresta em Skullerud com um cara que mal conhece, sabendo que os jornais estão noticiando que Susanne tinha sido vista bem ali pela última vez? Àquela altura, Bertine também devia saber que ela, Susanne e esse cara estiveram na mesma festa. Então, Harry, não acredito nessa hipótese.

— Certo. O que você acha então?

— Acho que é um estuprador em série.

— Assassino em série.

— Sem dúvida. Assassinatos rápidos, necrofilia. Um cérebro extraído, uma decapitação, um corpo pendurado feito um animal abatido. É o que chamo de assassinato ritualístico executado por um serial killer.

— Hum. Por que o pó da camisinha?

— Hã?

— Nesses casos de violência sexual se procura lubrificante, não esse pó, para tentar identificar a camisinha, não é?

— É, mas o assassino não usou lubrificante.

— Pois é. Você trabalhou na Polícia de Costumes. Estupradores em série espertos o bastante para usar camisinha não usam lubrificante?

— Usam, mas são maníacos criminosos, Harry. Eles não têm um roteiro definido. Você está perdendo tempo com bobagem.

— Tem razão. Mas ainda não vi nem ouvi nada que me leve a descartar que Bertine e Susanne tenham feito sexo consensual com o criminoso pouco antes da morte.

— Fora o fato de isso ser... extremamente incomum. Não é? Você é o especialista em serial killers.

Harry esfregou a nuca.

— Pois é, é incomum. Homicídio após estupro é comum, ou porque o assassino tem essa fantasia sexual ou porque ele quer evitar ser identificado. Mas homicídio após sexo consensual só acontece em casos excepcionais. Um narcisista pode matar se for humilhado durante o ato sexual. Por exemplo, se não conseguir ter uma ereção.

— Os vestígios do uso de camisinha indicam que o assassino conseguiu penetrar as duas, Harry. Já volto.

Harry fez que sim. Tinham estacionado no fim da Hegdehaugsveien gate, e ele ficou observando Katrine andar rápido em direção a um portão. Lá dentro, perto da grade, crianças de casaco impermeável esperavam os pais ou os responsáveis.

Katrine abriu o portão e sumiu por alguns minutos, então reapareceu de mãos dadas com Gert. Harry ouviu a voz ansiosa do menino. Ele próprio tinha sido uma criança calada.

A porta do carro se abriu.

— Oi, Hally. — Gert ficou em pé no banco traseiro, inclinou-se para a frente e abraçou Harry pelas costas, antes de Katrine puxá-lo para a cadeirinha.

— E aí, velhinho — disse Harry.

— Velhinho? — repetiu Gert, olhando para a mãe.

— Ele está brincando com você — explicou Katrine.

— Você tá blincando, Hally! — Gert deu risada, e Harry sentiu um baque ao olhar pelo espelho e ver algo familiar. A semelhança não era com ele, nem com seu pai, mas com sua mãe. Gert tinha o sorriso da mãe de Harry.

Katrine se sentou ao volante.

— Schrøder? — perguntou ela.

Harry balançou a cabeça.

— Vou descer na sua casa e depois vou a pé.

— Para o Schrøder?

Harry não respondeu.

— Estive pensando — disse ela. — Quero te pedir um favor.

— Diga.

— Sabe aqueles esquiadores cross-country e exploradores que vão até o polo Sul e cobram uma fortuna para dar palestras inspiradoras?

Uma onda fez a balsa para Nesodden dar uma balançada.

Harry olhou em volta. Estava rodeado de passageiros que não desgrudavam os olhos do celular, usavam fones de ouvido, liam livros ou contemplavam o fiorde de Oslo. Pessoas voltando do trabalho, da faculdade, de uma ida à cidade para fazer compras. Ninguém parecia estar saindo para um encontro.

Harry baixou a cabeça e olhou para o celular. Na tela, o último relatório forense do qual Truls havia capturado a tela e enviado a todos. Harry tinha lido enquanto comia na cantina do Radiumhospitalet, após mandar uma mensagem para Katrine pedindo que ela o buscasse. Estava se sentindo culpado por fingir que não sabia quando Katrine falou da ida ao Instituto de Medicina Forense? Nem um pouco. Além do mais, ele não precisou fingir que não sabia das informações sobre o pó da camisinha e a necrofilia, porque elas não constavam no relatório nem na matéria de Våge. Ou seja, o informante do jornalista não era uma das pessoas que compareceram ao Instituto de Medicina Forense, do contrário a matéria também teria as informações que não estavam no relatório. Mas no texto Våge disse que alguns investigadores acreditavam que o homicídio tinha sido cometido de forma a parecer obra de um serial killer, para despistar o que era de verdade.

O pó da camisinha.

Harry refletiu.

Tocou na letra T do teclado do celular.

— Sim?

— Oi, Truls, aqui é o Harry.

— Sim?

— Não vou ocupar muito do seu tempo. Falei com Katrine Bratt e descobri que nem tudo que o Instituto de Medicina Forense descobriu consta nos relatórios.

— Ah, é?

— É. Katrine me contou um detalhe que a equipe de investigação tem comentado, mas que nós não temos.

— Que detalhe?

Harry hesitou. O pó da camisinha.

— A tatuagem — respondeu, por fim. — O assassino cortou a tatuagem da Louis Vuitton que Bertine havia feito no tornozelo e costurou de volta no lugar.

— Como fez com o couro cabeludo de Susanne Andersen?

— É. Mas isso não tem importância. O que importa é saber se você tem algum jeito de acessar esse tipo de informação no futuro.

— Informações que não estão nos relatórios? Mas aí eu teria que conversar com as pessoas.

— Hum. Não podemos correr esse risco. Eu não esperava nenhuma sugestão sua assim, de supetão, mas pense um pouco aí e amanhã a gente conversa.

Truls grunhiu.

— Tá bom.

Eles desligaram.

Quando a balsa atracou, Harry permaneceu sentado, observando os passageiros desembarcarem.

— Não vai descer? — perguntou o cobrador, inspecionando o salão vazio.

— Hoje não — respondeu Harry.

— Outra dose — pediu Harry, apontando para o copo.

O barman ergueu uma sobrancelha, mas pegou a garrafa de Jim Beam e serviu.

Harry bebeu tudo de uma vez.

— Outra.

— Dia difícil? — perguntou o barman.

— Ainda não — respondeu Harry, então pegou o copo e seguiu em direção à mesa onde tinha visto o vocalista do Turbonegro. Percebeu que estava um pouco zonzo. No caminho, passou por um homem sentado de costas para ele e sentiu um perfume que o fez se lembrar de Lucille. Jogou-se no sofá. A noite estava começando e ainda havia poucos fregueses. Lucille... Onde ela estava? Em vez de continuar bebendo ele poderia ir para o quarto reler os relatórios, procurar o erro, a pista. Olhou para o copo. A ampulheta. Cinco dias e algumas horas até decepcionar mais alguém. A história da sua vida. Caramba, em breve ele não teria mais ninguém para decepcionar. Ergueu o copo.

Um homem entrou no bar, correu os olhos pelo estabelecimento e viu Harry. Eles se cumprimentaram com um breve aceno de cabeça. O homem se aproximou e se sentou na cadeira do outro lado da mesinha baixa de vidro.

— Boa noite, Krohn.

— Boa noite, Harry. Como vão as coisas?

— Com a investigação? Bem.

— Que bom. Isso quer dizer que você tem uma pista?

— Não. O que traz você aqui?

O advogado deu a impressão de que queria perguntar mais sobre a investigação, mas desistiu.

— Fiquei sabendo que você ligou para Helene Røed hoje, que vocês vão conversar.

— Pois é.

— Eu só queria comentar umas coisinhas antes de vocês terem essa conversa. Em primeiro lugar, o relacionamento dela com Markus não está nos melhores termos no momento. Pode ter vários motivos para isso. Como...

— O vício de Markus em cocaína?

— Não sei nada sobre isso.

— Claro que sabe.

— Eu ia falar que eles têm se afastado cada vez mais e que toda a mídia negativa recente de Markus, sobretudo no *Dagbladet*, só fez piorar a situação.

— O que você está tentando dizer?

— Helene anda muito estressada e eu não descartaria a possibilidade de ela dizer coisas que podem colocar Markus em maus lençóis. Tanto sobre ele como pessoa como sobre o envolvimento dele com as Srtas. Andersen e Bertilsen. Não é nada que mude as informações disponíveis do caso, mas, caso a imprensa, em especial o *Dagbladet*, fique sabendo, seria muito ruim para o meu... Ou melhor, para o *nosso* cliente.

— Você veio aqui pedir que eu não vaze possíveis fofocas?

Krohn esboçou um sorriso.

— Só estou dizendo que esse Terry Våge vai fazer de tudo para difamar Markus.

— Por quê?

Krohn deu de ombros.

— É uma história antiga. Foi na época em que Markus só investia um pouco aqui e ali por diversão. Ele era presidente do conselho editorial do jornal gratuito para o qual Våge escrevia. Em certo momento, o jornal recebeu uma punição por descumprir o código da Associação de Imprensa, por causa das matérias inventadas por Våge. O conselho decidiu demiti-lo. Isso teve consequências graves na vida e na carreira de Våge, que obviamente nunca perdoou Markus.

— Hum. Vou levar isso em conta.

— Ótimo.

Krohn permaneceu sentado.

— Diga — pediu Harry.

— Vou entender se você não quiser desenterrar o assunto, mas tem um segredo que une nós dois.

— Você tem razão — disse Harry e tomou um gole do Jim Beam. — Não quero desenterrar.

— Claro. Só queria dizer que ainda acredito que fizemos a coisa certa.

Harry o encarou.

— Nós garantimos que o mundo se livrasse de um homem ruim — disse Krohn —, embora fosse meu cliente.

— E inocente — acrescentou Harry, balbuciando.

— Podia até ser do assassinato da sua esposa. Mas era culpado de arruinar a vida de muitas outras pessoas. Muitos. Jovens. Inocentes.

Harry analisou Krohn. Juntos eles garantiram que Svein Finne, um homem com diversas condenações por estupro, fosse morto e considerado culpado pelo homicídio de Rakel. O motivo de Krohn foram as ameaças que ele e sua família receberam de Finne, e o de Harry foi evitar que o nome do verdadeiro assassino de Rakel e a razão do crime viessem à tona.

— Enquanto Bjørn Holm — continuou Krohn — era um bom sujeito, um bom amigo, um bom marido. Não é?

— Era — respondeu Harry com um nó na garganta. Ergueu o copo vazio na direção do bar.

Krohn respirou fundo.

— Bjørn Holm matou a mulher que você amava, em vez de você, porque essa era a única forma de fazer você sofrer como ele próprio estava sofrendo.

— Já chega, Krohn.

— Só estou dizendo que a situação é parecida. Terry Våge quer humilhar Markus Røed, assim como ele próprio foi humilhado. Quer que Røed se sinta condenado pela sociedade. Isso pode acabar com uma pessoa, sabe? Tem gente que comete suicídio. Já tive clientes que fizeram isso.

— Markus Røed não é um Bjørn Holm, não é um bom sujeito.

— Talvez não. Mas é inocente. Pelo menos nesse caso.

Harry fechou os olhos. *Pelo menos nesse caso.*

— Boa noite, Harry.

Quando Harry abriu os olhos, Johan Krohn tinha saído da cadeira e a bebida estava na mesa.

Harry tentou beber devagar, mas não viu motivo para isso, então virou a dose de Jim Beam de uma só vez. Faltava uma unidade para atingir o limite diário.

Uma mulher entrou no bar e se sentou ao balcão. Vestido vermelho justo, cabelo castanho-escuro, até as costas eram arqueadas. Houve um tempo em que ele via Rakel em todo canto. Não mais. Sim, ele sentia falta, até dos pesadelos com ela. Como que sentindo os olhos de Harry nas costas, a mulher se virou e o encarou. Só um ou dois segundos, então se virou de volta. Mas Harry viu. Um olhar totalmente desinteressado, de pena. Um olhar de quem enxergava que naquela cadeira havia uma alma solitária, uma dessas pessoas que ninguém quer por perto.

Quando se deitou na cama, Harry não conseguia lembrar como havia chegado ao quarto. Assim que fechou os olhos, duas frases começaram a girar na sua cabeça.

*Fazer você sofrer como ele próprio estava sofrendo.*

*Inocente. Pelo menos nesse caso.*

O celular vibrou e acendeu na escuridão. Harry o pegou da mesa de cabeceira. Era uma mensagem com foto de um número com código de país +52. Harry não precisou pensar muito para descobrir que era do México, porque a foto mostrava o rosto de Lucille com uma parede descascada ao fundo. Ela parecia mais velha sem maquiagem. Tinha virado o lado do rosto para a câmera, o que ela dizia ser o mais bonito. Estava pálida, mas com um sorriso no rosto, como se quisesse confortar a pessoa que receberia a foto. Harry enxergou no rosto de Lucille a mesma expressão de leve reprovação estampada no rosto de sua mãe no dia em que ela apareceu com a lancheira na sua escola.

O texto junto com a foto era curto.

*5 dias, o relógio está correndo.*

# 22

## Quinta-feira

## Dívida

Eram cinco para as dez da manhã, e Katrine e Sung-min estavam em frente à sala de reunião, cada um com sua caneca de café. Outros membros da equipe de investigação se cumprimentavam enquanto passavam a caminho da reunião matinal.

— Certo — disse Sung-min. — Então Hole acha que o assassino é um traficante de cocaína que estava na festa?

— Parece que sim — respondeu Katrine, olhando para o relógio. Harry tinha dito que não se atrasaria e agora faltavam só quatro para as dez.

— Se a cocaína era tão pura, talvez o assassino a tenha contrabandeado para cá junto com outras coisas.

— Como assim?

Sung-min balançou a cabeça.

— É só uma associação. Encontrei uma embalagem de vermífugo vazia perto de onde encontrei Bertine. Deve ter sido contrabandeada também.

— Hã?

— É um produto proibido aqui. Contém substâncias tóxicas pesadas, que matam vários tipos de vermes, inclusive alguns que causam problemas graves.

— Sério?

— Parasitas que podem matar cães e são transmissíveis para humanos. Ouvi dizer que alguns donos de cães contraíram a doença. Faz um estrago no fígado.

— Está dizendo que o assassino tem um cachorro?

— Quem daria um vermífugo para o animal de estimação ao ar livre antes de matar e estuprar sua vítima? Não.

— Então por que...?

— Pois é, por quê? Porque a gente está se agarrando a qualquer coisa. Já viu os vídeos em que os guardas de trânsito dos Estados Unidos param os motoristas que estão só um pouquinho acima do limite de velocidade ou por causa de uma lanterna traseira quebrada? Já viu como eles se aproximam do carro com cautela, como se alguém que viola uma regra de trânsito tivesse muito mais chance de ser um criminoso reincidente?

— Ã-hã, e sei o motivo. Porque de fato a chance de a pessoa ser uma criminosa reincidente é muito maior. Não faltam pesquisas sobre isso.

Sung-min sorriu.

— Pois é. Pessoas que quebram regras. É só isso.

— Certo — disse Katrine, olhando para o relógio outra vez. O que havia acontecido? Pela cara de Harry no dia anterior, tinha percebido que havia o risco de ele tomar um porre, mas, mesmo assim, ele não costumava se atrasar para os compromissos. — Se você ainda está com a embalagem, sugiro entregar à Perícia Técnica.

— Achei a embalagem longe da cena do crime — explicou Sung-min. — Naquela área, com um pouco de imaginação dava para encontrar mil coisas que poderiam estar ligadas ao homicídio.

Um minuto para as dez.

Katrine viu o policial que tinha enviado à recepção para receber Harry. E, atrás do policial, pelo menos vinte centímetros mais alto, Harry Hole, que parecia mais amarrotado do que o terno que estava usando — era como se Katrine conseguisse ver o álcool no bafo de Harry antes de sentir o cheiro. Percebeu que Sung-min instintivamente se endireitou ao lado dela.

Katrine finalizou o café.

— Podemos começar?

— Como os senhores podem ver, temos visita — anunciou Katrine.

A primeira parte do plano estava funcionando. De repente, o cansaço e a apatia sumiram dos rostos à sua frente.

— Ele dispensa apresentações, mas, para os mais novos, Harry Hole começou como detetive aqui na Divisão de Homicídios em...

Ela olhou para Harry, que fez careta por trás da barba.

— Na Idade da Pedra.

Risadas.

— Na Idade da Pedra — repetiu Katrine. — Ele desempenhou um papel fundamental na resolução de alguns dos nossos casos mais importantes. Foi professor da Academia de Polícia e, até onde sei, é o único norueguês que fez o curso de homicídios em série do FBI em Chicago. Quis trazê-lo para essa equipe de investigação, mas não fui autorizada. — Katrine olhou para os presentes. Era só questão de tempo até Melling saber que ela havia chamado Harry para aquele local sagrado. — Portanto, fico feliz em saber que Markus Røed o contratou para investigar os assassinatos de Susanne e Bertine. Significa que temos pessoas extremamente competentes no caso, mesmo que não seja sob o comando dos nossos superiores. — Katrine notou o olhar de leve advertência de Sung-min e a raiva no rosto de Magnus Skarre. — Convidei Harry para falar sobre esses homicídios de modo geral e para fazermos perguntas.

— Primeira pergunta! — exclamou Skarre, a voz trêmula, carregada de indignação. — Por que a gente deveria dar ouvidos a um cara falando sobre serial killers? Isso é coisa de programa de TV, dois assassinatos cometidos pelo mesmo criminoso não significam...

— Significam, sim. — Harry se levantou da cadeira na primeira fila sem se virar para encarar os presentes. Por um breve instante pareceu cambalear, como se sua pressão tivesse caído, mas então se recuperou. — Mais de um homicídio é assassinato em série.

A sala ficou em silêncio. Harry deu dois passos largos e lentos em direção ao quadro e se virou para encarar todo mundo. No início, as palavras saíram devagar, mas depois, aos poucos, ele foi pegando o ritmo, como se sua boca precisasse pegar no tranco.

— O termo assassinato em série, ou homicídio em série, foi criado pelo FBI. De acordo com a definição oficial, significa "série de dois ou mais homicídios, cometidos pelo mesmo criminoso, em eventos distintos". Simples assim. — Encarou Skarre. — Mas apesar de esse caso ser, por definição, um assassinato em série, não significa que o criminoso necessariamente seja parecido com os serial killers dos programas de TV. Ele não precisa ser psicopata, sádico ou maníaco sexual. Pode ser uma pessoa relativamente normal como você ou eu, com um motivo banal, como dinheiro, por exemplo. Na verdade, o segundo motivo mais comum dos serial killers dos Estados Unidos é justamente esse. Portanto, um serial killer não precisa ser uma pessoa movida por vozes na cabeça ou por uma necessidade incontrolável de matar. Mas ele pode ser. Digo "ele" porque os serial killers são quase sempre homens. A questão é saber se estamos enfrentando um serial killer com essas características.

— A questão — disse Skarre — é o que você está fazendo aqui se está trabalhando no setor privado. Por que devemos acreditar que você quer nos ajudar?

— Bem, por que eu não ajudaria você, Skarre? Fui contratado para garantir que o caso seja resolvido, ou pelo menos aumentar as chances de isso acontecer. Não precisa ser eu a resolver o caso. Vejo que você está tendo dificuldade para entender o conceito, Skarre, então vou ilustrar. Vamos supor que a minha missão é salvar pessoas de um prédio em chamas, mas, quando eu chego ao local, o fogo já tomou conta de tudo. O que eu devo fazer? Uso o meu baldinho ou ligo para o corpo de bombeiros que fica na esquina?

Katrine conteve o sorriso, mas notou que Sung-min não conseguiu.

— Então, você é o corpo de bombeiros e eu estou no telefone. O meu trabalho é contar o que sei sobre o incêndio no prédio. E acontece que eu sei um pouco sobre incêndios, então vou dizer o que considero especial sobre esse incêndio em particular. Entendeu?

Katrine viu alguns dos presentes anuírem com a cabeça. Outros se entreolharam, mas ninguém fez qualquer objeção.

— Vamos direto ao ponto sobre o que é especial nesse caso — prosseguiu Harry. — As cabeças. Para ser mais preciso, os cérebros desaparecidos. E a questão, como sempre, é: por quê? Por que abrir ou decepar a cabeça das vítimas e remover o cérebro? Bem, em alguns casos a resposta é simples. O Velho Testamento conta a história de Judite, uma pobre viúva judia que, para salvar seu vilarejo sitiado, seduz o general inimigo e o decapita. O objetivo não é apenas matar o general, mas exibir a cabeça a todos, como uma demonstração de poder, para assustar as tropas do general, que de fato acabaram fugindo. Portanto, um ato racional, com um motivo que se repete ao longo da história das guerras e vemos até hoje, quando terroristas políticos divulgam vídeos de decapitações. Mas é difícil enxergar um motivo para o nosso assassino precisar assustar alguém, então por que decapitar as mulheres? Nas tribos de caçadores de cabeças, ou pelo menos nos mitos sobre elas, muitas vezes os guerreiros guardam a cabeça das vítimas como se fosse um troféu, ou para espantar espíritos malignos. Ou até para aprisionar os espíritos. Algumas tribos da Nova Guiné acreditavam que, quando se decepa a cabeça de uma pessoa, você se torna dono da alma dela. Talvez seja uma situação parecida com a que estamos vendo aqui.

Katrine percebeu que, embora estivesse falando num tom neutro, quase monótono, sem muitas expressões faciais ou gestos dramáticos, Harry tinha toda a atenção dos presentes.

— A história dos serial killers está repleta de decapitações. Ed Gein cortava a cabeça das vítimas e colocava na cabeceira da cama. Ed Kemper decapitou a própria mãe e fez sexo com a cabeça. Mas talvez o nosso caso seja mais parecido com o de Jeffrey Dahmer, que durante a década de oitenta matou dezessete homens e meninos. Ele os conhecia em festas ou boates, depois os embebedava ou drogava. Mais para a frente vou voltar a esse ponto, porque pode ter acontecido algo parecido no nosso caso. Voltando a Dahmer, ele levava as vítimas para casa, as assassinava, em geral estrangulando-as, enquanto ainda estavam sob efeito das drogas. Fazia sexo com os cadáveres. Desmembrava os corpos. Usava várias substâncias para fazer furos na cabeça das vítimas, entre as quais ácido muriático. Decapitava os cadáveres. Comia partes dos corpos. Dahmer explicou ao seu psicólogo que guardava as cabeças porque temia a rejeição e, ao fazer isso, evitava que suas vítimas o abandonassem. Por isso fiz o paralelo com os colecionadores de almas da Nova Guiné. Mas Dahmer foi mais longe: comeu parte das vítimas para garantir que elas permanecessem com ele. Aliás, os psicólogos concluíram que Dahmer não era insano no sentido criminal, apenas sofria de transtornos de personalidade. Como qualquer um de nós pode sofrer, sem que isso nos impeça de ser funcional. Em outras palavras, Dahmer era alguém que poderia estar entre nós agora, e não suspeitaríamos dele. Diga, Larsen.

— Nosso criminoso não decapitou Susanne, só tirou o cérebro dela. No caso de Bertine, pegou tanto o cérebro quanto a cabeça. Isso significa que ele quer os cérebros? Caso sim, os cérebros são troféus?

— Hum. Vamos separar troféus de suvenires. Troféus simbolizam a vitória sobre a vítima, e nesses casos é comum o criminoso levar a cabeça. Os suvenires servem como recordação do ato sexual e para obter satisfação posterior. Não sei de casos em que o assassino tenha usado o cérebro da vítima para isso. Mas, se o nosso objetivo é tirar conclusões com base no que sabemos sobre serial killers psicopatas com motivações sexuais, há todo tipo de razão para eles fazerem o que fazem, assim como acontece com qualquer outro assassino. É por isso que não existe um padrão de comportamento, pelo menos não em um nível tão detalhado que nos permita prever o próximo movimento dele. Só podemos fazer uma previsão com alta probabilidade de acerto.

Harry parou, e Katrine sabia que não era uma pausa dramática — ele só precisava tomar ar e dar um passo quase imperceptível para o lado para manter o equilíbrio.

— Ele vai atacar de novo — completou ele.

Em meio ao silêncio que se fez na sala de reunião, Katrine ouviu passos firmes se aproximando rapidamente pelo corredor lá fora. Reconheceu o som, sabia quem estava chegando. Talvez Harry também tivesse ouvido e imaginado que seu tempo ali estava acabando. Acelerou.

— Acredito que o criminoso esteja atrás não das cabeças, e sim dos cérebros das vítimas. A meu ver, quando corta a cabeça de Bertine, ele está apenas refinando o método, o que também é uma característica típica do serial killer psicopata clássico. Na primeira vez, ele percebeu que remover o cérebro na cena do crime é uma tarefa demorada e, portanto, arriscada. Quando o assassino costurou o couro cabeludo de Susanne de volta e viu o resultado, percebeu que seria descoberto e concluiu que para esconder que queria o cérebro era melhor levar a cabeça inteira. Não acredito que ele tenha asfixiado Bertine até a morte para tentar induzir a polícia a achar que Susanne foi morta por outra pessoa. Se isso fosse importante, ele não teria ido a Skullerud nas duas ocasiões nem teria deixado os dois corpos nus da cintura para baixo. A mudança no método de matar foi por uma questão prática. Quando degolou Susanne ele se sujou de sangue, e dá para perceber isso pelos respingos no local do crime. Ou seja, ele estava com as mãos, o rosto e as roupas sujas de sangue, algo que chamaria a atenção se alguém o visse no caminho de volta. Além do mais, ele teria que jogar as roupas fora, lavar o carro etc.

A porta se abriu. E de fato era Bodil Melling, que parou à porta, cruzou os braços e encarou Katrine com jeito de quem iria dar uma bronca homérica.

— Também foi por isso que ele a levou para um lago. Lá ele poderia manter a cabeça da vítima debaixo da água enquanto a decapitava, evitando os jorros de sangue. Nesse sentido, esse serial killer é como a maioria de nós. Quanto mais fazemos algo, melhor ficamos. E isso é uma má notícia para o que está por vir.

Harry olhou para Bodil Melling.

— Não acha, comandante?

Melling ergueu os cantos da boca para fingir um sorriso.

— O que está para acontecer, Hole, é que você vai sair desse prédio agora mesmo. Depois vamos discutir internamente como interpretamos as diretrizes das regras de acesso a informações confidenciais para indivíduos sem autorização.

Katrine sentiu um nó na garganta, uma mistura de vergonha e raiva, e deixou transparecer quando disse:

— Entendo sua preocupação, Bodil. Mas obviamente Harry não teve acesso a...

— Como eu disse, vamos discutir isso internamente — interrompeu Melling. — Alguém que não seja Bratt pode acompanhar Hole até a recepção? Bratt, você vem comigo.

Katrine lançou um olhar desesperado para Harry, que deu de ombros, depois seguiu Bodil Melling enquanto ouvia o clique ritmado dos saltos de sua chefe no piso do corredor.

— Sinceramente, Katrine — disse Melling, já no elevador —, eu avisei. Não envolva Hole no caso. Mas você não me escutou.

— Não recebi autorização para trazer Harry para a equipe de investigação, mas ele estava aqui como consultor, compartilhando experiências e informações sem receber nada em troca. Não oferecemos dinheiro nem dados. A meu ver essa é uma decisão que cabe a mim.

O elevador soltou um *plim* quando chegou ao andar.

— É mesmo? — perguntou Melling, saindo.

Katrine se apressou para segui-la.

— Alguém na sala de reunião mandou uma mensagem para avisar?

Melling abriu um sorriso irônico.

— Quem me dera a gente só precisasse se preocupar com esse tipo de vazamento consciente...

Melling entrou em seu escritório. Ole Winter e Kedzierski, chefe do Serviço de Informações, estavam sentados à mesinha de reunião, cada um com uma caneca de café e um exemplar do *Dagbladet*.

— Bom dia, Bratt — cumprimentou o comandante da Kripos.

— Estávamos aqui discutindo os vazamentos no caso dos dois homicídios — disse Melling.

— Sem mim? — perguntou Katrine.

Melling suspirou, sentou-se e gesticulou para Katrine se sentar também.

— Sem a presença de qualquer pessoa que teoricamente possa estar vazando informações. Não precisa levar para o lado pessoal. Agora vamos tratar do assunto diretamente com você. Imagino que tenha lido o que Våge escreveu hoje.

Katrine fez que sim.

— É um escândalo — comentou Winter e balançou a cabeça. — Nada menos que um escândalo. Våge tem detalhes da investigação que só podem ter vindo de um lugar: daqui de dentro. Eu verifiquei com o meu pessoal que está trabalhando no caso e não foi nenhum deles.

— Como você *verificou*? — perguntou Katrine.

Winter ignorou a pergunta e continuou balançando a cabeça.

— E agora você convida a concorrência para cá, Bratt?

— Talvez você enxergue Hole como concorrente, mas eu não — disse Katrine. — Tem café para mim também?

Melling olhou atônita para Katrine.

— Voltando aos vazamentos... — disse Katrine. — Me dê dicas de como verificar os meus colegas, Winter. Vou grampear os telefones? Ler e-mails deles? Interrogá-los com tortura chinesa?

Winter encarou Melling como se esperasse um pouco de bom senso na conversa.

— Mas eu verifiquei outra coisa — disse Katrine. — Reli as matérias de Våge para entender como ele sabe de tanta coisa. Descobri que ele só publicou informações *depois* que elas entravam no BL96. O que significa que quem está vazando pode ser qualquer um na sede da polícia com acesso a esses arquivos. Infelizmente o sistema não registra quem acessou quais arquivos.

— Não é verdade! — exclamou Winter.

— É, sim — retrucou Katrine. — Eu falei com o TI.

— Estou me referindo ao que você disse sobre Våge só publicar o que consta nos relatórios. — Ele pegou o jornal e leu em voz alta: — "A polícia se recusou a tornar públicos detalhes grotescos, como o fato de o assassino ter cortado a pele em volta da tatuagem no tornozelo de Bertine Bertilsen e depois costurado de volta." — Winter jogou o jornal de volta na mesa. — Isso não está em *nenhum* relatório!

— Assim espero — disse Katrine. — Porque simplesmente não é verdade. Våge inventou isso. E essa culpa não pode ser nossa, não é, Winter?

— Obrigado, Anita — agradeceu-lhe Harry, os olhos fixos na caneca de cerveja que a velha garçonete tinha acabado de colocar na sua frente.

— Enfim... — Anita suspirou, como se estivesse continuando algo que havia pensado, mas não dito. — Bom rever você.

— Qual é o problema dela? — perguntou Truls, que estava sentado à mesa da janela do Schrøder quando Harry chegou na hora combinada.

— Não gosta de me servir — respondeu Harry.

— Então o Schrøder não é o lugar certo para ela — resmungou Truls, rindo ao mesmo tempo.

— Talvez não. — Harry ergueu a caneca. — Talvez ela só precise da grana. — Bebeu olhando nos olhos de Truls.

— O que você queria? — perguntou Truls, e Harry notou que um olho do policial se contraiu.

— O que acha?

— Sei lá. Outro brainstorming?

— Talvez. Me diz o que acha disso.

Harry tirou o *Dagbladet* do bolso do paletó e o colocou diante de Truls.

— Do quê?

— Do que Våge escreveu sobre a tatuagem de Bertine. Que o assassino cortou a pele e costurou de volta no lugar.

— Achar? Acho que ele parece bem informado. Mas esse é o trabalho dele.

Harry suspirou.

— Não perguntei para prolongar a situação, Truls. É para te dar a oportunidade de falar antes de mim.

Truls estava com as mãos sobre a toalha de mesa puída, uma de cada lado de um guardanapo de papel. Não tinha pedido nada. Não queria comer nem beber nada. As mãos estavam vermelhas, em contraste com o guardanapo branco, e inchadas — Harry teve a impressão de que se as espetasse com um alfinete elas murchariam e ficariam do tamanho de um par de luvas. A testa de Truls estava vermelho-escura, a cor do diabo nas revistas em quadrinhos.

— Não tenho ideia do que você está falando — disse Truls.

— É você. É você quem está dando informações a Terry Våge.

— Eu? Ficou maluco? Eu nem estou na equipe de investigação.

— Você está passando informações para Våge da mesma forma que nos passa. Você lê os relatórios assim que eles entram no BL96. Já estava fazendo isso quando eu entrei em contato com você, então não é de estranhar que tenha aceitado a minha proposta. Você vem recebendo o dobro pelo mesmo trabalho. E Våge provavelmente está pagando ainda mais agora, que você também tem informações do grupo Aune.

— Que porra é essa? Eu não...

— Cala a boca, Truls.

— Vai se foder! Eu não vou...

— Cala a boca! E senta aí!

Os poucos fregueses se calaram. Não estavam assistindo à cena descaradamente, e sim usando a visão periférica enquanto olhavam para suas canecas de cerveja. Harry colocou a mão sobre a de Truls e a pressionou com tanta força na mesa que Truls se viu forçado a se sentar de volta. Harry se inclinou para a frente e continuou em voz baixa.

— Como eu disse, não vou prolongar a situação. O que aconteceu foi o seguinte: eu desconfiei quando Våge escreveu que os investigadores estavam especulando se Røed tinha mandado alguém matar as garotas e fazer parecer que eram crimes sexuais. Isso foi um assunto que a gente discutiu no grupo Aune e é tão fora do senso comum que perguntei a Katrine se alguém da polícia tinha feito esse comentário. Ela falou que não. Então inventei a história da tatuagem de Bertine e contei para você, e só para você. Falei que todo mundo na polícia sabia, para você não ter medo de alguém suspeitar que foi você quem passou a informação para Våge. E não deu outra: Våge publicou uma matéria com essa informação horas depois. É isso, Truls.

Truls Berntsen olhava para a frente, o rosto impassível. Amassou o guardanapo, do mesmo jeito que Harry o viu fazer com o comprovante de aposta perdida do Hipódromo de Bjerke.

— Tá bom — disse Truls. — Eu vendi algumas informações. E vocês podem ir se catar, porque eu não causei nenhum dano. Eu nunca teria passado nada que pudesse interferir na investigação.

— Essa é a sua opinião, Truls, mas vamos deixar essa discussão de lado por enquanto.

— Vamos, sim, porque eu estou caindo fora, *adiós*. Pega essa grana do Røed e enfia no cu.

— Eu mandei você se sentar. — Harry abriu um sorriso irônico. — E obrigado, mas o papel higiênico do Thief é de primeira. Tão suave que dá vontade de cagar uma segunda vez. Já teve essa sensação?

Truls Berntsen não entendeu a pergunta, mas permaneceu sentado.

— Então, aqui está a sua chance de cagar pela segunda vez — prosseguiu Harry. — Você vai dizer a Våge que perdeu o acesso ao BL96 e que ele vai ter que se virar sozinho. De agora em diante você também não vai contar nada do que acontecer no grupo Aune. E vai me contar o tamanho das suas dívidas de jogo.

Truls olhou perplexo para Harry. Engoliu em seco. Piscou algumas vezes.

— Trezentos mil — respondeu por fim. — Mais ou menos.

— Hum. Muita grana. É para pagar até quando?

— O prazo já estourou faz tempo. Os juros só acumulam.

— E como eles cobram?

Truls bufou.

— Falam que vão me torturar com alicates... Me ameaçam com todo tipo de merda. Eu ando o tempo todo olhando por cima do ombro. Você não faz ideia.

— É, não faço — concordou Harry e fechou os olhos.

Na noite anterior, Harry sonhou com escorpiões entrando sorrateiramente no seu quarto, por baixo da porta, pelas frestas nas janelas e pelas tomadas nas paredes. Abriu os olhos e encarou a cerveja. Antes, estava ansioso, temendo o que aconteceria nas horas seguintes. No dia anterior, tomou um porre até apagar, e hoje faria o mesmo. Era oficial: ele estava tendo uma recaída.

— Tá bom, Truls, vou conseguir o dinheiro para você. Amanhã, tá? Me paga quando puder.

Truls Berntsen continuou piscando, agora de olhos marejados.

— Por que...? — começou ele.

— Não precisa ficar comovido. Não é porque eu te adoro. É porque preciso de você.

Truls olhou fixamente para Harry, como se tentasse descobrir se aquilo era brincadeira. Harry segurou a caneca de cerveja.

— Não precisa mais ficar sentado aqui, Berntsen.

Eram oito da noite.

Harry estava com a cabeça tombada de lado. Percebeu que estava sentado numa cadeira e tinha vomitado na calça do terno. Alguém tinha dito alguma coisa. Estava falando com ele outra vez.

— Harry?

Ele ergueu a cabeça. A sala girava, e os rostos ao seu redor pareciam um borrão. Mas conseguiu reconhecê-los. Conhecia-os fazia muitos anos. Eram rostos de pessoas de confiança. O grupo Aune.

— Você não precisa estar sóbrio nessas reuniões — disse a voz —, mas é aconselhável que consiga falar. Você consegue, Harry?

Harry engoliu em seco. Lembrou-se das últimas horas. Queria beber e beber até não sobrar nada, nem bebida, nem dor, nem Harry Hole. Nem todas essas vozes na sua cabeça pedindo uma ajuda que ele não conseguia dar. O tique-taque do relógio estava cada vez mais alto. Queria afogar o sofrimento na bebida e deixar tudo ir embora, o tempo se esgotar. Desiludir as pessoas, fracassar. Isso era tudo o que sabia fazer. Então por que pegou o celular, ligou para esse número e se meteu ali?

Não, não era o grupo Aune que estava sentado nas cadeiras do círculo.

— Oi — disse Harry, a voz tão rouca que parecia um trem descarrilando. — Meu nome é Harry e eu sou alcoólatra.

# 23

## Sexta-feira

### *O tronco amarelo*

— Noite difícil? — perguntou a mulher, mantendo a porta aberta para Harry entrar.

Helene Røed era mais baixa do que ele esperava. Estava de calça jeans justa e camisa polo preta, o cabelo loiro preso por um simples arco. Harry concluiu que ela era tão bonita quanto nas fotos.

— É tão óbvio assim? — disse Harry e entrou.

— Óculos de sol às dez da manhã? — comentou ela e o convidou a entrar num apartamento que parecia enorme. — E esse terno é bonito demais para ficar assim — acrescentou por cima do ombro.

— Obrigado.

Helene deu risada e levou Harry até um cômodo amplo que reunia uma sala de estar e uma cozinha com ilha.

A luz do dia entrava por todos os lados. Concreto, madeira, vidro — Harry presumiu que tudo era da mais alta qualidade.

— Café?

— Aceito, por favor.

— Eu ia perguntar como você prefere, mas você parece do tipo que bebe qualquer coisa.

— Qualquer coisa — concordou Harry, esboçando um sorriso.

Helene ligou a máquina de espresso niquelada, que começou a moer os grãos enquanto ela limpava o porta-filtro na pia. Harry correu os olhos pelas coisas presas nos ímãs da geladeira de porta dupla. Um calendário. Duas fotos de cavalos. Um ingresso do Teatro Nacional.

— Vai ver *Romeu e Julieta* amanhã? — perguntou ele.

— Vou. A produção é incrível! Fui na noite de estreia com Markus. Não que ele se interesse por teatro, mas é patrocinador, então a gente recebe um monte de ingresso. Distribuí vários na festa, acho que as pessoas *têm* que assistir, mas ainda tenho uns dois ou três por aí. Já viu *Romeu e Julieta*?

— Vi. Quer dizer, mais ou menos. Vi um filme.

— Então precisa assistir à peça.

— Eu...

— Precisa! Só um segundo.

Helene Røed saiu da cozinha, e Harry passou os olhos pelo que ainda não tinha visto na porta da geladeira.

Fotos de duas crianças com os pais, provavelmente tiradas nas férias. Harry imaginou que Helene era tia das crianças. Nenhuma foto da própria Helene ou de Markus, juntos ou sozinhos. Harry foi até as janelas que iam do chão ao teto. Dava para ver todo o bairro de Bjørvika e o fiorde de Oslo — só o Museu Munch bloqueava a vista. Harry ouviu Helene se aproximando a passos rápidos.

— Me desculpe pelo museu — disse ela, entregando dois ingressos. — Nós o apelidamos de Chernobyl. Nem todo arquiteto é capaz de arruinar um bairro inteiro com um único prédio, mas o Estudio Herreros conseguiu essa proeza.

— Hum.

— Pode começar a falar o motivo da sua visita, Hole, eu sou boa em multitarefas.

— Certo. Em linhas gerais, eu queria que você me falasse da festa. De Susanne e Bertine, claro, mas sobretudo do homem que trouxe a cocaína.

— Certo. Então você sabe dele.

— Sei.

— Imagino que ninguém vá preso por causa de um pouco de cocaína na mesa, certo?

— Não. Além do mais, não sou da polícia.

— Exato. Você é lacaio de Markus.

— Também não.

— Verdade, Krohn me disse que você recebeu carta branca. Mas você sabe como é. No fim das contas, quem paga, manda.

Helene abriu um sorriso carregado de desprezo, e Harry não entendeu se era dirigido a ele ou ao homem que estava pagando. Ou a ela própria.

Helene Røed falou da festa enquanto fazia o café. Harry notou que tudo o que ela dizia batia com os relatos de Markus e Øystein. O homem da cocaína verde apareceu do nada e se aproximou dela e de Markus. Talvez tenha entrado de penetra, mas se fez isso não foi o único.

— Ele estava de máscara, óculos escuros e boné, estava destoando. Insistiu que Markus e eu provássemos a cocaína, mas eu disse que não, que Markus e eu tínhamos prometido um ao outro nunca mais cheirar. Só que depois de uns minutos percebi que Markus e outras pessoas tinham sumido da festa. Eu já estava meio desconfiada, porque tinha visto o traficante com quem Markus costumava comprar cocaína, então entrei no apartamento. E foi tão patético...

Helene fechou os olhos e levou a mão à testa.

— Markus estava inclinado sobre a mesa com um canudo no nariz. Quebrando a promessa bem ali na minha frente. Foi quando aquele nariz de cheirador dele espirrou e destruiu as carreiras. — Helene abriu os olhos e encarou Harry. — Queria ser capaz de rir dessa cena.

— Pelo que me contaram, o traficante de máscara tentou pegar a cocaína do chão e fazer uma carreira para Markus.

— É. Ou talvez só estivesse tentando limpar a sujeira. Até secou o catarro de Markus na mesa. — Ela apontou para a grande mesa de vidro em frente ao sofá. — Acho que queria causar boa impressão, conquistar Markus como cliente regular. Quem não quer? Você deve ter notado que Markus não é o tipo de pessoa que pechincha. Prefere pagar a mais do que a menos, para ter a sensação de poder. Ou melhor, para ter o poder.

— Está dizendo que poder é importante para ele?

— É importante para todos nós, não acha?

— Não para mim, mas isso é só uma autoanálise.

Estavam sentados frente a frente à mesa de jantar. O olhar de Helene Røed fez Harry pensar que ela estava avaliando a situação. Avaliando quanto deveria dizer. Avaliando *a ele próprio*.

— Por que você tem um dedo de metal?

— Um cara cortou meu dedo fora. Longa história.

Helene não tirou os olhos dos dele.

— Você está fedendo a bebida alcoólica velha — disse ela. — E vômito.

— Desculpe. Tive uma noite difícil e não consegui comprar roupas limpas.

Helene esboçou um sorriso, como que para si mesma.

— Sabe qual é a diferença entre um homem bonito e um homem atraente, Harry?

— Não. Qual?

— Estou perguntando porque não sei.

Harry encarou Helene. Ela estava flertando?

Ela desviou o olhar para a parede.

— Sabe o que eu achei atraente em Markus? Quer dizer, além do sobrenome e do dinheiro.

— Não.

— Ele parecia atraente para outras pessoas. Não é estranho como esse tipo de coisa se retroalimenta?

— Entendo o que você quer dizer.

Helene balançou a cabeça como se estivesse resignada.

— Markus tem um único talento. Ele sabe mostrar que é ele quem está no comando. É como aquela criança na escola que, sem ninguém entender por quê, assume a liderança e decide quem está dentro e quem está fora. Quem se senta nesse trono social tem poder, e poder gera poder. Não há nada, absolutamente nada mais atraente que o poder. Entende, Harry? As mulheres se apaixonam por homens em posição de poder, como Markus, porque isso é determinado pela biologia, não é oportunismo. Poder é sexy, ponto.

— Certo — disse Harry. Provavelmente Helene não estava flertando.

— E, quando se aprende a gostar desse poder, como é o caso de Markus, passa-se a temer perdê-lo. Markus é bom no trato com as pessoas, mas, como ele e a família Røed têm poder, provavelmente ele é mais temido do que querido. Isso o incomoda. Porque, para ele, ser querido é importante. Não pelas pessoas que não importam, para essas ele não dá a mínima, mas pelas pessoas com quem ele quer formar laços, as pessoas que ele vê como seus pares. Ele frequentou a BI Norwegian Business School porque queria assumir a imobiliária da família, mas ele só queria saber de festa, não estudava. No fim, precisou sair do país para conseguir se formar. As pessoas acham que ele é bom no que faz porque foi acumulando dinheiro, mas se você está no ramo imobiliário há cinquenta anos é impossível não ter grana. Na verdade, Markus foi um dos poucos que quase alcançaram a façanha de falir a empresa, mas foi salvo por bancos em pelo menos duas ocasiões. E no fundo o dinheiro conta a única história de sucesso que as pessoas ouvem. Eu incluída. — Helene suspirou. — Markus tinha uma mesa fixa num clube frequentado por homens endinheirados que iam lá para conhecer garotas obedientes que gostavam de homens endinheirados. Parece banal, e é. Eu sabia que Markus tinha sido casado havia muitos anos e desde então estava solteiro. Na época, imaginei que ele não tinha conhecido a mulher certa. E que essa mulher era eu.

— Era?

Helene deu de ombros.

— Acho que eu era a pessoa certa. Uma gostosona trinta anos mais nova que ele podia exibir por aí, uma pessoa capaz de conversar com gente da idade dele sem que ele sentisse vergonha alheia e de manter a casa em ordem. Acho que a questão era se Markus era a pessoa certa para mim. Demorei muito para me fazer essa pergunta.

— E...?

— E agora eu moro aqui, e ele, naquele buraco de homenzinho dele em Frogner.

— Hum. No entanto, vocês dois estavam juntos nas duas terças-feiras em que as garotas desapareceram.

— Estávamos?

Harry percebeu o olhar desafiador de Helene.

— Foi o que você disse para a polícia.

Helene deu um breve sorriso.

— É, então acho que estava com ele.

— Está tentando me dizer que você não disse a verdade?

Helene balançou a cabeça, resignada.

— Quem precisa de álibi é você ou Markus? — perguntou Harry, atento à reação dela.

— Eu? Você acha que eu poderia ter... — A expressão de surpresa desapareceu e a risada de Helene ecoou pela sala.

— Você tem uma motivação.

— Não, não tenho motivação. Tenho deixado Markus fazer o que ele quer, a única condição que estabeleci foi que ele não me fizesse passar vergonha em público. Ou que elas pegassem o meu dinheiro.

— Seu dinheiro?

— Dele, nosso, meu, tanto faz. Acho que essas duas garotas nem tinham esse objetivo. E também não davam muita despesa. Enfim, logo, logo você vai perceber que eu não tenho nenhuma motivação. Hoje de manhã, o meu advogado enviou uma carta para Krohn com o meu pedido de divórcio, exigindo metade de tudo. Entende? Eu não quero Markus, elas podem ficar com ele. Eu só quero a minha escola de equitação. — Ela deu uma risada fria. — Você parece surpreso, Harry.

— Hum. Certa vez uma produtora de cinema de Los Angeles me disse que o primeiro casamento é a faculdade mais cara. É nele que você aprende a fazer um acordo pré-nupcial no próximo casamento.

— Markus tem um acordo pré-nupcial, tanto comigo quanto com a ex. Ele não é idiota. Mas, por tudo o que eu sei, ele vai me dar o que estou pedindo.

— E o que você sabe?

Helene abriu um sorriso.

— Esses segredos são os meus trunfos, Harry, não posso contar. Provavelmente vou ter que assinar um acordo de confidencialidade. Rezo a Deus que alguém descubra o que ele fez, mas vai ter que ser sem a minha ajuda. Sei que parece cinismo da minha parte, mas preciso salvar a minha pele, não o mundo. Foi mal.

Harry estava prestes a dizer algo, mas pensou melhor. Não conseguiria manipular ou persuadir Helene.

— Por que aceitou conversar comigo? — perguntou ele, por fim. — Se já sabia que não iria me contar nada?

Helene fez beicinho e fez que sim com a cabeça.

— Boa pergunta. Quem sabe? A propósito, o seu terno vai ter que ir para a lavanderia. Vou te dar um de Markus, vocês têm mais ou menos a mesma altura.

— Hã?

Helene se levantou e entrou num quarto.

— Eu tinha separado uns ternos que não cabem mais em Markus porque ele engordou. Ia doar para o Exército de Salvação — disse em voz alta.

Aproveitando que Helene estava longe, Harry se levantou e foi até a geladeira. Viu que havia, sim, uma foto dela, segurando a rédea de um cavalo. O ingresso do teatro era para o dia seguinte. Ele olhou para o calendário. Leu "passeio a cavalo Valdres" na quinta seguinte. Helene voltou com um terno preto num porta-terno.

— Agradeço a intenção, mas prefiro comprar as minhas próprias roupas — disse Harry.

— O mundo precisa de mais reciclagem. E esse aqui é um terno Brioni Vanquish II. Seria um crime jogá-lo fora. Faça esse favor ao planeta.

Harry a encarou. Hesitou. Mas algo lhe disse que era melhor agradá-la. Tirou o paletó e vestiu o outro.

— Você é mais magro do que ele era — disse Helene, a cabeça inclinada. — Mas vocês têm a mesma altura e ombros igualmente largos, então o terno vai caber direitinho.

Ela ofereceu as calças. Não se virou de costas enquanto Harry se trocava.

— Perfeito — disse ela, colocando a calça e o paletó sujos no porta-terno. — Eu agradeço em nome das gerações futuras. Se não tiver mais nada para falar comigo, tenho uma reunião por Zoom agora.

Harry fez que sim com um aceno de cabeça e pegou o porta-terno.

Helene o acompanhou até a entrada e segurou a porta aberta.

— Na verdade, acabei de me lembrar de uma coisa boa do Museu Munch — disse ela. — O próprio Edvard Munch. Vai lá e dá uma olhada no quadro *O tronco amarelo*. Tenha um ótimo dia.

Thanh se virou de lado para sair com a placa de publicidade pela porta da Mons Pet Shop. Abriu os pés da placa e a posicionou de modo que ficasse bem visível ao lado da vitrine, mas sem tapar nada. Não queria testar a boa vontade de Jonathan; afinal, a placa estava anunciando seu próprio negócio — ela era *dogsitter* nas horas vagas.

Thanh ergueu os olhos da placa publicitária e viu seu reflexo na vitrine. Tinha 23 anos, mas ainda não sabia que rumo estava tomando. Sabia o que *queria* ser, veterinária, mas na Noruega o vestibular para entrar na faculdade de veterinária tinha uma nota de corte absurdamente alta — maior que a de medicina —, e seus pais não tinham dinheiro para mandá-la para uma faculdade no exterior. Mas ela e a mãe tinham visto cursos a preços acessíveis na Eslováquia e na Hungria, caso Thanh trabalhasse na Mons durante alguns anos e fizesse bico de *dogsitter* antes e depois do trabalho.

— Com licença, você é a gerente? — perguntou alguém atrás de Thanh.

Ela se virou e viu um homem de aparência asiática, mas não do Vietnã.

— Não, ele está ali dentro, no balcão — respondeu ela, apontando para a porta.

Thanh respirou o ar do outono e olhou em volta. Vestkanttorget. Os belos e antigos prédios de apartamentos, as árvores, o parque. Ela queria morar ali. Mas precisava escolher: não ficaria rica sendo veterinária. E ela queria ser veterinária.

Ela entrou na pequena pet shop. Às vezes, as pessoas — sobretudo as crianças — ficavam decepcionadas quando entravam e viam prateleiras de ração, gaiolas, coleiras e outros equipamentos. "Cadê os bichos?", perguntavam.

Então, às vezes, Thanh as levava para mostrar os animais da pet shop. Os peixes nos aquários, as gaiolas com hamsters, camundongos, coelhos e os terrários de insetos.

Thanh foi até o aquário com os peixes do gênero *Ancistrus*. Eles adoram vegetais, e Thanh havia levado as sobras de ervilhas e pepino do jantar da noite anterior. Ela ouviu o homem dizer ao dono da loja que era da polícia e tinha encontrado uma embalagem da Hillman Pets com data posterior à proibição do produto no país. Perguntou se o dono da loja sabia algo a respeito, tendo em vista que a Mons tinha sido a única importadora e vendedora do produto.

Thanh viu que o dono da pet shop se limitava a balançar a cabeça em silêncio. Sabia que o policial teria muito trabalho para fazer Jonathan falar. Seu chefe era introvertido, calado. Limitava-se a dizer frases curtas, que lembravam as mensagens de texto do ex-namorado de Thanh — tudo em minúsculas, sem pontuação ou emojis. Às vezes, Jonathan parecia mal-humorado ou irritado, como se as palavras fossem um estorvo desnecessário. Thanh se sentiu desconfortável nos primeiros meses de loja, perguntou-se se Jonathan simplesmente não gostava dela, talvez porque ela própria fosse de uma família de tagarelas. Mas aos poucos Thanh entendeu que o problema era ele, não ela. E não que ele não gostasse dela — talvez fosse até o contrário.

— Pelo que vi na internet, muitos donos de cães não gostaram nada da proibição de importação, acham que o vermífugo da Hillman Pets é muito mais eficaz do que outros no mercado.

— E é.

— Então pode ser que alguém tenha decidido burlar a proibição de importação e esteja lucrando muito com a venda.

— Não sei.

— É mesmo? — Thanh notou que o policial estava esperando Jonathan falar mais, porém o dono da loja não disse nada. — E você não...? — continuou o policial, cheio de dedos, tentando perguntar.

Silêncio.

— Importou o produto? — concluiu o policial.

Jonathan respondeu num tom de voz tão baixo e grave que parecia apenas uma leve vibração no ar.

— O senhor está perguntando se eu contrabandeei mercadoria?

— Contrabandeou?

— Não.

— E não tem nenhuma informação que me ajude a descobrir quem poderia ter conseguido uma embalagem da Hillman Pets com data de validade do ano que vem?

— Não.

— "Não" — repetiu o policial, girou nos calcanhares e olhou em volta. Observou tudo, embora não tivesse nenhuma intenção de desistir, pensou Thanh. Como se só estivesse planejando o próximo movimento.

Jonathan pigarreou.

— Posso verificar no escritório se tenho a nota de quem fez o último pedido. Espere aqui.

— Obrigado.

Jonathan passou por Thanh no corredor estreito entre os aquários e as gaiolas de coelhos. Ela viu nos olhos do chefe algo que nunca tinha visto: desconforto, angústia. E percebeu que o cheiro de suor dele estava mais forte que o normal. Ele entrou no escritório, mas deixou a porta entreaberta, e Thanh o viu usar um cobertor para esconder um terrário de vidro. Thanh sabia exatamente o que havia no terrário. Na única vez que levou algumas crianças ao escritório para mostrar o que havia ali, Jonathan ficou furioso e disse que os clientes não tinham nada para ver ali dentro, mas ela sabia que o motivo não era esse — era o animal. Seu chefe não queria que ninguém o visse. Jonathan não era um chefe ruim. Thanh podia folgar quando precisava e ele chegou a lhe dar um aumento sem que ela pedisse. Mas era estranho trabalhar tão perto de outra pessoa e não saber nada sobre ela, e só os dois trabalhavam ali. Às vezes, parecia que Jonathan gostava um pouco demais dela, outras vezes parecia o contrário. Ele era um pouco mais velho que Thanh; ela calculava que ele tinha uns 30 anos, então em tese eles deveriam ter muitos assuntos em comum. Mas, sempre que ela tentava iniciar uma conversa, ele respondia com frases curtas, economizando palavras. Por outro lado, de vez em quando, Thanh percebia que Jonathan olhava para ela quando achava que ela não notaria. Estava interessado nela? Esse jeito taciturno e mal-humorado era apenas timidez ou uma tentativa de esconder que sentia algo por ela? Talvez Thanh estivesse apenas imaginando coisas num momento de tédio quando os dias se arrastavam, sempre iguais. Às vezes, ela achava o comportamento de Jonathan parecido com o dos meninos na escola que atiram bolas de neve nas meninas de quem gostam. Só que ele era adulto. Aquilo era esquisito. *Ele* era esquisito. Thanh não tinha para onde correr — precisava aceitar Jonathan do jeito que era; afinal, precisava do emprego.

Jonathan fez o caminho de volta para o balcão. Thanh se encostou no aquário para dar espaço, mas, mesmo assim, seus corpos se roçaram.

— Foi mal, não achei nada — disse Jonathan. — Faz muito tempo.

— Certo — disse o policial. — O que foi aquilo que você cobriu no escritório?

— Hã?

— Acho que você ouviu o que eu disse. Posso dar uma olhada?

Jonathan tinha um pescoço esbelto e branco com uma barba preta que ela acharia mais bonita se fosse mais aparada. Nesse momento ela viu o pomo de adão do chefe subir e descer. Quase sentiu pena dele.

— Claro — disse Jonathan. — Pode ver o que quiser. — Novamente aquele tom de voz baixo e grave. — É só mostrar o mandado de busca.

O policial recuou um passo e inclinou a cabeça, como se prestasse mais atenção em Jonathan — analisando o dono da loja outra vez, por assim dizer.

— Vou tomar nota disso — comentou o policial. — Por ora agradeço sua ajuda.

O policial deu meia-volta e seguiu em direção à porta. Thanh sorriu para ele, mas não foi correspondida.

Jonathan abriu uma caixa de ração para peixe e começou a dispor as embalagens atrás do balcão. Ela foi até o banheiro, nos fundos do escritório. Quando saiu, Jonathan estava do lado de fora.

Ele estava segurando algo e entrou logo depois de Thanh, mas não fechou a porta.

Instintivamente ela olhou para o terrário de vidro. Estava vazio e descoberto.

Ela ouviu Jonathan puxar a corrente do velho vaso sanitário e dar descarga.

Virou-se outra vez para o banheiro e viu Jonathan ensaboando bem as mãos na pia e abrindo a torneira de água quente. Esfregou as mãos sob um jato de água tão quente que subia vapor. Thanh sabia o motivo de todo esse cuidado. Parasitas.

Engoliu em seco. Ela amava animais, todos, até os que as outras pessoas consideravam horríveis — talvez ainda mais esses. Muita gente achava a lesma um animal nojento, mas Thanh sempre se lembrava das crianças incrédulas e empolgadas quando ela mostrou a grande lesma rosa-choque e explicou que ela não tinha sido pintada, que a cor era natural.

Talvez por isso tenha sentido um ódio repentino. Ódio por aquele homem que não amava os animais. Lembrou-se da vez que alguém levou um filhote fofo de raposa à loja. Jonathan cobrou para abrigar o animal e Thanh cuidou da raposinha solitária e abandonada com todo o amor. Chegou a batizá-la: Nhi, que significa pequeno. Mas certo dia Thanh chegou para trabalhar e não encontrou a raposa na gaiola. Nem em lugar nenhum. Quando perguntou, Jonathan respondeu daquele jeito ríspido de sempre: "Se foi." Ela não perguntou mais nada, não queria confirmar o que havia entendido.

Jonathan fechou a torneira, saiu e tomou um susto ao ver Thanh parada no meio do escritório de braços cruzados.

— Se foi? — perguntou ela.

— Se foi — respondeu ele e se sentou à mesa, que estava sempre abarrotada de pilhas de papéis que eles nunca conseguiam ler.

— Afogada?

Jonathan encarou Thanh como se ela enfim tivesse feito uma pergunta interessante.

— Possível. Algumas lesmas têm guelras, mas as do monte Kaputar têm pulmões. Por outro lado, sei que algumas lesmas com pulmões sobrevivem até vinte e quatro horas antes de se afogar. Está torcendo para ela sobreviver?

— Claro. Você não?

Jonathan deu de ombros.

— Acho que a melhor coisa que pode acontecer com um animal que se separa da sua espécie e acaba num ambiente estranho é a morte.

— Sério?

— A solidão é pior que a morte, Thanh.

Jonathan a encarou com uma expressão que ela não conseguiu interpretar.

— Por outro lado — disse ele, coçando o pescoço barbudo e pensando —, essa lesma em particular pode não ser solitária, porque é hermafrodita. E vai encontrar alimento no esgoto. Vai se reproduzir... — Ele olhou para as mãos recém-lavadas. — Vai contaminar tudo o que viver por lá com o parasita que causa meningite e assumir o controle do sistema de esgoto de Oslo.

Enquanto voltava para os aquários, Thanh ouviu a risada de Jonathan no escritório. Era uma risada tão rara de ouvir que soava estranha, bizarra, quase sinistra.

Harry estava contemplando a pintura de um tronco caído, com a extremidade amarela virada para ele em meio a uma paisagem arborizada. Leu a placa ao lado da pintura: "O *tronco amarelo* — Edvard Munch, 1912."

— Por que o senhor perguntou sobre essa pintura em particular? — questionou o garoto usando uma camiseta vermelha dos funcionários do museu.

— Bem — disse Harry, olhando para o casal japonês parado ao lado —, por que as pessoas querem ver essa pintura em particular?

— Por causa da ilusão de ótica — disse o rapaz.

— Sei.

— Vamos mudar um pouco de posição. Com licença.

O casal sorridente deu um passo para o lado e abriu espaço para os dois.

— Viu? — disse o rapaz. — O tronco parece apontar diretamente para nós, não importa de onde estamos olhando.

— Hum. Qual é a mensagem por trás disso?

— Não faço ideia. Talvez seja algo como as coisas nem sempre são o que parecem.

— Ã-hã. Ou que é preciso mudar o ponto de vista para enxergar as coisas por outro ângulo e ver a imagem por completo. Enfim, obrigado.

— De nada — respondeu o rapaz e foi embora.

Harry continuou olhando para o quadro. Acima de tudo para descansar a vista sobre uma coisa bela, depois de subir as escadas rolantes de um prédio que, mesmo por dentro, fazia a sede da polícia parecer um lugar humano e caloroso.

Pegou o celular e ligou para Krohn.

Enquanto esperava o advogado atender, sentiu as têmporas latejarem, como costumava acontecer no dia posterior à bebida. Ali lhe ocorreu que sua frequência cardíaca era de cerca de sessenta batimentos por minuto em repouso. Que, se permanecesse parado, contemplando a obra de arte, seu coração bateria um pouco menos de quatrocentas mil vezes até Lucille ser morta. Número que seria bem menor caso ele entrasse em pânico e soasse o alarme na esperança de que a polícia a encontrasse... Mas onde? Em algum lugar do México?

— Krohn.

— Harry falando. Preciso de um adiantamento de trezentos mil.

— Para quê?

— Despesas imprevistas.

— Pode ser mais específico?

— Não.

Silêncio do outro lado da linha.

— Certo. Passa no meu escritório.

Quando guardou o celular no bolso do paletó, Harry percebeu que já havia alguma coisa ali dentro. Tirou. Uma máscara. Parecia uma mascarilha de gato, provavelmente de um baile ao qual Markus Røed tinha ido. Tateou o outro bolso e encontrou mais uma coisa: um cartão laminado. Parecia ser o cartão de membro de um lugar chamado Villa Dante, mas em vez de "Nome" estava escrito "Apelido". E o apelido no cartão era "Homem-Gato".

Harry olhou para o quadro novamente.

*Enxergar as coisas por outro ângulo.*

*Rezo a Deus que alguém descubra o que ele fez.*

Helene Røed não tinha se esquecido de esvaziar os bolsos. Talvez até tivesse colocado essas coisas ali.

# 24

## Sexta-feira

## Canibal

— Só posso emitir um mandado de busca se você tiver uma justificativa para a suspeita.

— Eu sei — disse Sung-min, maldizendo o artigo 192 do Código Penal enquanto segurava o telefone no ouvido e olhava para a parede do escritório sem janelas. Como Hole suportou trabalhar naquele lugar por tantos anos? — Acho que tem mais de cinquenta por cento de chance de encontrarmos algo ilegal. O sujeito suava, não olhava nos meus olhos e quando entrou no escritório colocou um cobertor em cima de alguma coisa que queria esconder.

— Entendo, mas a suspeita por si só não basta. A lei diz que você precisa de evidências concretas.

— Mas...

— Além do mais, você sabe que, como promotor, só posso fornecer um mandado de busca se um atraso colocar a investigação em risco. Existe essa possibilidade? E depois você vai conseguir explicar por que essa ação era urgente?

Sung-min bufou.

— Não.

— Dentro da loja, você notou alguma ilegalidade que possa servir de pretexto?

— Nenhuma.

— O sujeito tem condenações anteriores?

— Não.

— Você não tem nada que possa usar contra ele?

— Olha só. A palavra "contrabando" aparece tanto em relação à festa no apartamento de Røed quanto na cena do crime onde encontrei a embalagem. Você me conhece e sabe que não acredito em coincidências. Tenho um forte pressentimento. Quer que eu faça o pedido por escrito?

— Vou lhe poupar esse trabalho e dizer "não" aqui e agora. Mas, como você ligou antes de fazer o pedido formal, imagino que já soubesse a minha resposta. Você não costuma agir assim. É só um pressentimento mesmo?

— Isso, só pressentimento.

— E quando começou a ter pressentimentos?

— Estou tentando aprender.

— Tentando nos imitar, meros mortais?

— Autismo e traços autistas são coisas distintas, Chris.

O procurador da polícia deu risada.

— Tá certo. Vem comer aqui amanhã?

— Comprei uma garrafa de Château Cantemerle 2009.

— Você tem gostos e hábitos sofisticados demais para mim, querido.

— Mas você também pode aprender, meu bem.

Eles desligaram. Sung-min viu que havia recebido uma mensagem de Katrine com um link para uma matéria do *Dagbladet*. Recostou-se na cadeira enquanto esperava abrir. As paredes do escritório eram tão grossas que prejudicavam o sinal do celular. Por que Hole nunca substituiu a cadeira quebrada? Sung-min já estava com dor nas costas.

*Canibal*

*Segundo uma fonte, há evidências claras de que o assassino comeu o cérebro e os olhos de suas vítimas, Susanne Andersen e Bertine Bertilsen.*

Sung-min sentiu vontade de xingar e achou uma pena não ter esse hábito. Imaginou que era hora de começar.

Boceta do diabo!

Mona Daa estava na esteira.

Odiava correr na esteira.

Justamente por isso estava correndo na esteira. Sentia o suor escorrendo pelas costas e via as bochechas avermelhadas na parede com espelhos da academia. Estava de fone, ouvindo uma playlist do Carcass criada por Anders. Segundo ele, eram músicas do começo da carreira da banda, quando eles tocavam grindcore, não aquela merda melodiosa que veio depois. Aos ouvidos de Mona Daa parecia apenas um barulho furioso, mas naquele momento era exatamente disso que ela precisava. Os pés batiam com força na correia de borracha da esteira, que girava na máquina e a fazia correr sem parar.

Våge conseguiu de novo. Um canibal. Deus do céu, puta que pariu!

Ela viu alguém se aproximando por trás.

— Oi, Daa.

Era Magnus Skarre, da Divisão de Homicídios.

Mona desligou a esteira e tirou os fones de ouvido.

— Como posso ajudar a polícia?

— Ajudar? — Skarre abriu os braços. — Não posso simplesmente aparecer?

— Nunca te vi aqui antes e você não está com roupa de academia. Quer saber ou plantar alguma informação?

— Epa, epa, vai com calma. — Skarre deu risada. — Só quero deixar você atualizada. É sempre bom ter um relacionamento positivo com a imprensa, certo? Toma lá, dá cá, sabe?

Mona permaneceu em pé na esteira, gostou de estar mais alta que Skarre.

— Nesse caso, quero saber o que você quer tomar antes de dar.

— Dessa vez, nada. Mas talvez a gente precise de um favor no futuro.

— Certo, nesse caso a resposta é não. Algo mais?

Skarre parecia um garotinho que teve a arma de brinquedo tomada das mãos. Mona percebeu que estava jogando um jogo perigoso, ou melhor, que estava com tanta raiva que não conseguia pensar com clareza.

— Desculpa — disse. — Dia ruim. O que é?

— Harry Hole. Ele ligou para uma testemunha, deu um nome falso e se fez passar por detetive da Polícia de Oslo.

— Ah. — Ela mudou de ideia e desceu da esteira. — Como você sabe?

— Tomei o depoimento da testemunha. Foi o dono do cachorro que sentiu o cheiro do cadáver de Bertine. Disse que antes da nossa visita alguém ligou para verificar uma pista, um policial chamado Hans Hansen. Só que a gente não tem ninguém com esse nome. Peguei o número do telefone que o fazendeiro ainda tinha no celular. Nem precisei entrar em contato com a companhia telefônica, era o número do Harry Hole. Pego com a boca na botija! — Skarre abriu um sorriso.

— Posso citar seu nome na matéria?

— Não, ficou maluca? — Skarre deu outra risada. — Eu sou uma "fonte confiável". Não é assim que vocês chamam?

É, pensou Mona. Só que você não é confiável nem é uma fonte. Mona sabia que Skarre não ia com a cara de Harry Hole. Segundo Anders, o motivo era óbvio. Skarre sempre trabalhou à sombra de Hole, e Hole nunca escondeu que achava Skarre um babaca. Mas daí a transformar isso numa vingança pessoal parecia ser um pouco demais.

Skarre olhou para as garotas na aula de spinning na sala ao lado.

— Mas, se quiser confirmar o que descobriu, pode entrar em contato com a comandante.

— Bodil Melling?

— Exato. Acho que ela não se importaria de fazer um comentário.

Mona Daa fez que sim. Daria uma matéria boa. Boa e infame. Mas que se dane, finalmente tinha algo que Våge não tinha. Não podia se dar ao luxo de ter escrúpulos. Não agora.

Skarre estava com um sorriso de orelha a orelha. Como um cliente num bordel, pensou Mona. Nesse caso ela seria... Afastou esse pensamento.

# 25

## Sexta-feira

## O blues da cocaína

O grupo Aune estava reunido, mas Aune avisou que sua família chegaria às três da tarde e que precisavam terminar antes disso. Harry estava falando da visita a Helene Røed.

— Então agora você está andando por aí com o terno do chefe — comentou Øystein. — E os óculos de sol do amigo.

— E com isso aqui também — disse Harry, mostrando a máscara de gato. — E você ainda não conseguiu encontrar nada sobre Villa Dante na internet?

Truls olhou para o celular, grunhiu e balançou a cabeça com o mesmo rosto impassível de mais cedo, quando recebeu o envelope marrom com o dinheiro que Harry tinha lhe entregado discretamente ao chegar ao hospital.

— O que eu me pergunto é de onde Våge tirou essa coisa de canibalismo — comentou Aune.

Truls ergueu os olhos, encarou Harry e fez que não com a cabeça num gesto quase imperceptível.

— Eu também — acrescentou Øystein. — Nos relatórios não tem porra nenhuma sobre ele comer carne humana.

— Creio que Våge tenha perdido a fonte e começado a inventar — sugeriu Harry. — Como a história de o assassino cortar a tatuagem de Bertine e costurar de volta.

— Pode ser — disse Aune. — Ele já inventou coisas ao longo da carreira. É estranho como nós, humanos, mantemos a consistência.

Mesmo quando somos punidos por algum padrão de comportamento, costumamos usar as mesmas soluções ruins diante dos problemas. É bem possível que Våge tenha ficado inebriado com toda a atenção que recebeu nos últimos tempos e não queira abrir mão dela. E aí recorre a uma estratégia que funcionou no passado. Ou melhor, funcionou por um tempo, pelo menos. Veja, eu não descarto a possibilidade de Våge estar certo sobre o canibalismo, mas, dadas as circunstâncias, é óbvio que é invenção e ele tem lido sobre serial killers.

— Ele não estaria insinuando... — começou Øystein, passando os olhos pela matéria de Våge no celular.

Os outros o encararam.

— Ele não estaria insinuando que o próprio assassino é a fonte?

— É uma interpretação ousada, mas interessante — respondeu Aune. — Mas agora vou pedir licença aos senhores, porque a minha esposa e a minha filha estão chegando. Aproveitem o fim de semana.

— O que a gente vai fazer no fim de semana, chefe? — perguntou Øystein.

— Não tenho nenhuma tarefa para você — respondeu Harry. — Mas Truls me emprestou o notebook e eu vou dar uma olhada nos relatórios policiais.

— Achei que você já tivesse lido.

— Só tinha passado o olho. Agora vou estudá-los. Vamos embora.

Aune chamou Harry, que ficou parado ao lado da cama, esperando os outros saírem.

— Esses relatórios... — começou o psicólogo. — Quantas pessoas trabalham neles? Quarenta, cinquenta? São pessoas que estão no caso há mais de três semanas. Eles somam quantas páginas? Mil? Você vai ler tudo porque acha que a solução pode estar ali?

Harry deu de ombros.

— Tem que estar em algum lugar.

— O cérebro também precisa de descanso, Harry. Percebi de cara que você está mais estressado. Parece... Posso usar a palavra desesperado?

— Pelo visto pode.

— Está escondendo alguma coisa de mim?

Harry abaixou a cabeça e esfregou a nuca.

— Estou.

— Quer me dizer o que é?

— Quero. — Ergueu a cabeça. — Mas não posso.

Aune e Harry se entreolharam. Aune fechou os olhos e fez que sim.

— Obrigado — disse Harry. — A gente conversa segunda.

Aune umedeceu os lábios, e Harry encarou o amigo e percebeu a animação exausta de quem estava prestes a dar uma resposta espirituosa, mas mudou de ideia e apenas anuiu com a cabeça.

Harry estava saindo do Radiumhospitalet quando se deu conta do que Aune queria responder. *Isso se eu continuar vivo até lá.*

Øystein dirigiu pela pista de ônibus em direção ao centro da cidade, com Harry no banco do carona.

— Muito legal poder fazer isso nesse trânsito da hora do rush em plena sexta, né? — Øystein sorriu pelo retrovisor.

Truls grunhiu do banco traseiro. O celular de Harry tocou. Era Katrine.

— Alô.

— Oi, Harry, imagino que não vá dar para você, mas Arne e eu temos um jantar hoje à noite naquele restaurante onde ele finalmente conseguiu reservar uma mesa. Mas a minha sogra ficou doente e...

— Babá?

— Se não der é só falar. Eu desisto de sair, ando meio cansada mesmo. Mas pelo menos posso dizer para Arne que tentei conseguir alguém.

— Eu posso. E quero. Quando?

— Vai se foder, Harry. Sete horas.

— Tá. Coloca uma pizza congelada da Grandiosa no forno.

Harry desligou, mas o celular tocou de novo logo em seguida.

— Não precisa ser da Grandiosa — disse Harry.

— É a Mona Daa, do *VG*.

— Ah...

Pela apresentação, Harry entendeu que quem estava ligando não era Mona Daa, namorada de Anders, e sim a jornalista. Tudo o que ele dissesse poderia e seria usado contra ele.

— Estamos escrevendo uma matéria sobre... — começou ela, sinalizando que as engrenagens já estavam em movimento, não podiam ser paradas. O verbo conjugado na primeira pessoa do plural reduzia um pouco a responsabilidade dela pelas perguntas incômodas que faria.

Harry observou o trânsito enquanto ouvia Mona explicar que as perguntas tinham a ver com a ligação que ele teria feito para Weng se passando por policial. A matéria do *VG* citaria a comandante Bodil Melling dizendo que a pena por se passar por policial é de seis meses de prisão, que esperava que o ministro da Justiça proibisse investigações privadas duvidosas e não autorizadas e que era fundamental que essa medida tivesse efeito imediato, já para aquele caso de homicídio.

Respeitando a ética da profissão, Mona disse que estava ligando para oferecer a Harry a oportunidade de apresentar sua versão dos fatos. Mona Daa era dura e insistente, mas sempre foi honesta.

— Sem comentários — disse Harry.

— Nada? Isso significa que não vai contestar a versão da polícia?

— Tenho quase certeza de que isso significa que não vou fazer comentários.

— Tudo bem, Harry, então vamos ter que imprimir "sem comentários".

Ele ouviu alguém digitando rápido do outro lado da linha.

— Vocês ainda dizem "imprimir"?

— É difícil mudar certos hábitos.

— Verdade. É por isso que eu chamo o que vou fazer agora de "colocar o telefone no gancho", tá bem?

Harry ouviu Mona Daa suspirar.

— Tá bem. Tenha um bom fim de semana, Harry.

— Você também. E...

— Pode deixar, eu mando um abraço para o Anders.

Harry colocou o celular no bolso interno do paletó de Røed, que ficava um pouco largo nele.

— Problema?

— Sim — respondeu Harry.

Outro grunhido do banco traseiro, este mais alto e irritado.

Harry se virou, viu a luz da tela do celular e se deu conta de que Mona estava sentada com o dedo no gatilho para publicar a matéria.

— O que eles escreveram?

— Que você é um trapaceiro.

— Justo, além de ser verdade, e eu não tenho uma reputação a preservar. — Harry balançou a cabeça. — O pior disso tudo é que vão querer travar a gente.

— Não — disse Truls.

— Não?

— O pior disso tudo é que vão te prender.

— Por ajudá-los a localizar um corpo que estavam tentando encontrar fazia mais de três semanas? — perguntou Harry, erguendo uma sobrancelha.

— A questão não é essa. Você não conhece Melling. Essa bruxa é uma carreirista e você está no caminho dela.

— Eu?

— Se a gente resolver o caso antes deles, ela vai parecer amadora, não é?

— Hum, ok. Mas me prender parece uma atitude meio drástica.

— É assim que eles jogam esses jogos de poder e é por isso que esses desgraçados calculistas estão onde estão. É assim que se chega a... ministro da Justiça, por exemplo.

Harry encarou Truls de novo. A testa dele estava tão vermelha quanto o sinal em que haviam parado.

— Vou descer aqui — avisou Harry. — Descansem um pouco no fim de semana, mas não desliguem o celular nem saiam da cidade.

Às sete em ponto Katrine abriu a porta para Harry.

— Ã-hã, eu li o *VG* — disse ela, indo em direção à cômoda no hall para colocar um par de brincos.

— Hum. Acha que Melling ia gostar de descobrir que o inimigo dela está cuidando do filho da responsável pela investigação?

— Ah, é provável que você não vá ser mais uma ameaça na segunda.

— Você parece muito certa disso.

— Com as declarações sobre investigações privadas duvidosas, Melling não deu muita escolha ao ministro da Justiça.

— É, talvez não.

— Que pena, você vai fazer falta. Todo mundo sabia que você ia pegar alguns atalhos, mas faria alguma bobagem e estragaria tudo.

— Fiquei muito ansioso e cometi um erro de julgamento.

— A sua imprevisibilidade é previsível. O que tem aí dentro? — Katrine apontou para o saco plástico que Harry tinha colocado sobre os sapatos que havia tirado.

— Laptop. Preciso trabalhar um pouco depois que ele dormir. Ele está...?

— Está.

Harry foi para a sala.

— Mamãe tá com seilo bom — disse Gert, sentado no chão com dois bichinhos de pelúcia.

— Perfume — disse Harry.

— Seilo — repetiu Gert.

— Olha o que eu trouxe. — Harry tirou uma barra de chocolate do bolso.

— Socolate.

— Isso aí, e muito açúcar pode dar barato. — Harry sorriu. — Então não conta para a sua mãe que a gente vai comer.

— Mamãe! O tio Hally me deu socolate!

Depois que Katrine saiu, Harry entrou num mundo de fantasia no qual teve que se esforçar para acompanhar os saltos da imaginação de uma criança de 3 anos e, de vez em quando, dar algumas contribuições.

— Você é bom no jogo — elogiou Gert. — Cadê o seu dlagão?

— Na caverna — respondeu Harry, apontando para baixo do sofá.

— Aaahhh.

— Pois é... Aaahhh.

— Socolate?

— Tá — disse Harry e enfiou a mão no bolso do paletó pendurado na cadeira.

— Que é isso? — perguntou Gert, apontando para a máscara que Harry segurava.

— Um gato — respondeu Harry e colocou a mascarilha.

Gert fez uma careta e começou a falar num tom de choro.

— Pala, tio Hally! Tô com medo!

Harry tirou a máscara rapidamente.

— Tá bom, nada de gato. Só dragão. Tá bom?

Mas Gert já estava chorando, as lágrimas escorrendo pelas bochechas. Harry se xingou mentalmente, outro erro de julgamento. Um gato assustador. A mamãe tinha saído. Já havia passado da hora de dormir. Como Gert *não* iria chorar?

Gert abriu os braços, e Harry o abraçou sem pensar. Fez carinho na cabeça de Gert enquanto sentia o queixo da criança no ombro, as lágrimas quentes molhando a camisa.

— Vamos comer um pedacinho do socolate, escovar os dentes e cantar uma canção de ninar?

— Tá! — respondeu Gert, ainda chorando.

Após uma escovação de dentes que Katrine jamais aprovaria, Harry colocou o pijama em Gert e o cobriu com o edredom.

— Buman — ordenou Gert.

— Essa eu não sei — disse Harry. O celular vibrou, e ele viu que tinha recebido uma mensagem de Alexandra.

Gert o encarou com um olhar de evidente reprovação.

— Mas conheço outras músicas boas.

— Então canta.

Harry concluiu que teria que ser uma música lenta e melodiosa. Tentou "Wild Horses", dos Rolling Stones, mas Gert o parava após cada verso.

— Outla.

"Your Cheatin' Heart", de Hank Williams, foi rejeitada após dois versos.

Harry pensou por um bom tempo.

— Tá bom, fecha os olhos.

Harry começou a cantar — se é que aquilo podia ser chamado de canção. Estava mais para uma cantiga afônica, num tom grave e baixo que vez ou outra alcançava as notas de um blues antigo sobre os perigos da cocaína.

Ao fim da música, a respiração de Gert estava profunda e uniforme.

Harry abriu a mensagem e viu a foto de Alexandra no espelho do hall do apartamento, posando com um vestido bege que operava o milagre típico das roupas muito caras: valorizar o corpo sem deixar claro que elas merecem o crédito. Ao mesmo tempo, Harry percebeu que Alexandra não precisava do vestido. E que ela sabia disso.

*Custou metade do meu salário. Ansiosa para amanhã!*

Harry fechou a mensagem e ergueu os olhos. Viu os olhos arregalados de Gert.

— Mais.

— Mais... da última?

— É!

## 26

## Sexta-feira

# Cimento

Eram nove da noite quando Mikael Bellman destrancou a porta de casa em Høyenhall. Era um belo chalé, construído no alto de uma colina para que ele, Ulla e seus três filhos tivessem uma vista da cidade até Bjørvika e o fiorde.

— Oi! — exclamou Ulla da sala de estar.

Mikael pendurou o casaco novo e foi até a sala, onde sua esbelta e linda esposa, sua namoradinha de infância, estava vendo TV com o filho mais novo.

— Desculpe o atraso, a reunião demorou.

Mikael não notou nenhum tom de suspeita na voz nem no olhar de Ulla. E a verdade é que não havia qualquer motivo para isso; agora ela era a única mulher em sua vida — tirando a jovem repórter da TV2, mas esse era um caso que já estava nos últimos capítulos. Mikael não estava descartando futuras puladas de cerca, mas teriam que ser daquelas em que não há o menor risco de ser pego. Por exemplo, com uma mulher casada e num cargo de poder, alguém com tanto a perder quanto ele. Dizem que o poder corrompe, mas Mikael se tornou uma pessoa mais cautelosa.

— Truls está aqui.

— Hã?

— Veio falar com você. Está na varanda.

Mikael fechou os olhos e suspirou. À medida que subia na hierarquia, de comandante da CrimOrg a comandante geral da Polícia e depois a ministro da Justiça, ele tentou se distanciar cada vez mais de seu antigo amigo e cúmplice. Outra situação em que precisava ser mais cauteloso.

Mikael abriu a porta de correr que dava para a varanda espaçosa e a fechou ao atravessá-la.

— Que bela vista você tem aqui — comentou Truls, o rosto avermelhado à luz das lâmpadas de aquecimento, e levou uma garrafa de cerveja à boca.

Mikael aceitou a garrafa que Truls ofereceu e se sentou ao lado dele.

— Como vai a investigação?

— A investigação aberta contra mim? — perguntou Truls. — Ou aquela que eu estou fazendo?

— Você está numa investigação?

— Não sabia? Bom, pelo menos significa que não tem ninguém vazando. Estou trabalhando com Harry Hole.

Mikael tentou processar a informação.

— Você sabe que se alguém descobrir vai acusar você de usar o cargo para ajudar...

— Sei, claro. Mas se alguém proibir a gente de trabalhar não vai fazer diferença. Aliás, seria uma pena. Harry é bom. Você sabe que a chance de pegar esse maluco à solta é maior se Hole puder continuar a investigação, não é mesmo? — Truls bateu os sapatos no chão de concreto da varanda.

Mikael não sabia se o colega estava com frio nos pés ou se aquilo era uma lembrança não intencional do passado e dos segredos que os dois compartilhavam.

— Foi Hole quem mandou você?

— Não, ele não faz ideia de que estou aqui.

Mikael fez que sim. Era raro ver Truls tomar a iniciativa. Quando formavam uma dupla, era sempre Mikael quem dava as cartas, mas, pelo seu tom de voz, ele soube que Truls estava falando a verdade.

— A questão vai além da prisão de um criminoso, Truls. Tem a ver com política. Com uma visão geral. Com princípios, sabe?

— Gente como eu não entende de política — retrucou Truls e soltou um leve arroto. — Não entendo por que o ministro da Justiça prefere deixar a porcaria de um serial killer solto a fazer vista grossa para uma mentirinha do detetive mais conhecido da Noruega, que se passou por Hans Hansen, um policial que não existe. Ainda mais quando foi essa mentira que levou à descoberta de Bertine Bertilsen.

Mikael tomou um gole. No passado ele até gostava de cerveja, mas não mais. O problema era que os membros do Partido Trabalhista e do Sindicato dos Trabalhadores costumavam ter o pé atrás com pessoas que não bebiam cerveja.

— Você sabe como se chega ao cargo de ministro da Justiça e se mantém nele, Truls? — Mikael não esperou a resposta. — Você escuta. Escuta as pessoas que sabe que estão zelando por você. Escuta quem tem a experiência que você não tem. E eu tenho boas pessoas que vão me apresentar a situação da forma correta. Vão fazer parecer que o ministro da Justiça impediu um milionário de formar um exército privado de investigadores e advogados. Todos vão entender que nós não permitimos situações comuns nos Estados Unidos, onde ricos desfrutam de todo tipo de privilégio, onde só os advogados mais caros vencem, onde a ideia de que todos são iguais perante a lei não passa de uma balela patriótica. Aqui, na Noruega, a igualdade não fica só no papel, e vamos continuar trabalhando para que sempre seja assim.

Mikael tomou nota mental de alguns argumentos. Talvez pudesse usá-los em discursos futuros, de maneira mais sutil.

Truls deu sua risada característica, que mais parecia um grunhido e que para Mikael lembrava um porco.

— O que foi? — perguntou Mikael, percebendo que parecia mais irritado do que pretendia. Havia sido um dia longo. Serial killers e Harry Hole ocupavam muito espaço na mídia, mas não eram os únicos assuntos na pauta de um ministro da Justiça.

— Só estou pensando em como é ótimo a gente ter toda essa igualdade perante a lei — disse Truls. — Imagina só: na Noruega nem um ministro da Justiça pode impedir a polícia de investigar, caso ela receba uma denúncia. E se a polícia investigar talvez descubra que tem um cadáver sepultado no cimento dessa varanda aqui. Ninguém que faça falta à sociedade, só um traficante de heroína que fazia parte de uma gangue de motoqueiros e conhecia dois policiais sujos. Pelo princípio da igualdade perante a lei, a investigação revelaria que o ministro da Justiça já foi um jovem policial mais interessado em dinheiro do que em poder. Que esse policial, um sujeito muito inteligente, tinha um amigo de infância meio ingênuo que certa noite o ajudou a se livrar das provas do crime escondendo o corpo na casa nova. — Truls bateu o pé no cimento outra vez.

— Truls — disse Mikael lentamente. — Você está me ameaçando?

— De jeito nenhum. — Truls colocou a garrafa de cerveja vazia ao lado da cadeira e se levantou. — Só acho que isso que você falou sobre escutar as pessoas parece uma boa ideia. Escutar os que querem o melhor para você. Valeu pela cerveja.

Katrine parou à porta do quarto do filho e observou os dois.

Gert dormia na cama, e Harry, numa cadeira, com a testa encostada na cabeceira da cama. Ela se agachou para ver o rosto de Harry e concluiu que a semelhança era ainda maior quando eles dormiam. Sacudiu Harry com cuidado. Ele estalou os lábios, piscou sonolento e olhou para o relógio. Levantou-se e seguiu Katrine até a cozinha. Ela colocou água para ferver.

— Chegou cedo — constatou Harry, sentando-se à mesa. — Não foi bom?

— Foi. Ele escolheu um restaurante que servia vinho montrachet. Parece que eu disse que adorei esse vinho quando a gente saiu pela primeira vez. Mas hoje foi só um jantar, não demora tanto.

— Mas vocês poderiam ter ido para outro lugar, beber outra coisa.

— Ou ido para a casa dele dar uma rapidinha — comentou ela.

— Ah, é?

Ela deu de ombros.

— Ele é um doce. Ainda não me convidou. Prefere que a gente espere para fazer sexo quando tivermos certeza de que fomos feitos um para o outro.

— Mas você...

— Eu quero transar o máximo possível antes de a gente descobrir que *não* foi feito um para o outro.

Harry deu uma gargalhada.

— No começo achei que ele estava se fazendo de difícil. — Katrine suspirou. — Essa tática funciona comigo.

— Hum. Mesmo quando você sabe que é uma tática?

— Claro. Me interesso por qualquer coisa que não posso ter. Como foi com você lá atrás.

— Eu era casado. Você se interessa por qualquer homem casado?

— Só os que não estão ao meu alcance. E não são muitos. Você era de uma fidelidade irritante.

— Poderia ter sido mais.

Katrine fez café solúvel para Harry e chá para si.

— Quando eu te seduzi, você estava bêbado e desesperado. Estava num momento de fraqueza e nunca vou me perdoar por isso.

— Não! — exclamou Harry, a resposta tão rápida e brusca que Katrine tomou um susto e derramou o chá.

— Não?

— Não. Não vou deixar você tirar essa culpa de mim. A culpa é... — Harry tomou um gole do café e fez uma careta como se tivesse queimado a boca — ... tudo o que me resta.

— Tudo o que resta para *você*? — Katrine sentiu as lágrimas e a raiva chegando ao mesmo tempo. — Bjørn não se matou porque você o decepcionou, Harry. Foi porque *eu* o decepcionei. — Ela estava quase gritando, parou, prestou atenção nos sons vindos do quarto de Gert. Baixou a voz. — A gente morava junto, ele estava todo feliz achando que era pai do nosso filho. Sim, ele sabia o que eu sentia por você. A gente não tocava no assunto, mas ele sabia. Também sabia que podia confiar em mim... Pelo menos achava que sabia. Obrigada por se oferecer para dividir a culpa, Harry, mas ela é só minha, tá?

Harry olhou para a caneca de café. Não estava planejando discutir esse assunto. Mas, ao mesmo tempo, algo não estava certo. *A culpa é tudo o que me resta.* Katrine havia entendido algo errado? Harry tinha deixado de lhe contar alguma coisa?

— Veja que tragédia... O amor mata as pessoas que nós amamos — comentou Harry.

Katrine fez que sim lentamente.

— É shakespeariano — disse ela e encarou Harry. *As pessoas que nós amamos.* Por que ele falou no plural?

— É melhor eu voltar para o hotel, preciso trabalhar um pouco — disse Harry e arrastou as pernas da cadeira no chão. — Obrigado por me deixar... — Harry acenou com a cabeça para o quarto de Gert.

— Eu é que agradeço — disse Katrine num tom calmo, pensativo.

***

Prim estava deitado debaixo do edredom olhando fixamente para o teto.

Era quase meia-noite e as comunicações no rádio da polícia soavam como um zumbido constante e tranquilizador. Mesmo assim ele não conseguia dormir. Em parte porque estava com medo do dia seguinte, mas sobretudo porque estava agitado. Havia estado com Ela. E agora tinha quase certeza: Ela o amava também. Eles conversaram sobre música. Ela demonstrou interesse no assunto. Também demonstrou interesse no que ele escrevia. Evitaram falar das garotas assassinadas. Era um assunto que as pessoas ao redor certamente estavam discutindo, mas, óbvio, não com o conhecimento de causa deles! Ah, se *Ela* soubesse que ele sabia mais do assunto que Ela própria. Houve um momento em que ele teve vontade de contar tudo, como quando se chega à beira do abismo e se tem aquela vontade de pular. Por exemplo, da ponte que liga o continente à ilha de Nesøya às três da manhã de um sábado no mês de maio, quando você descobre que a mulher que pensava ser Ela não quer você. Mas isso foi há muito tempo, Prim havia superado, seguido em frente, estava muito melhor que ela, que, segundo as últimas informações, estava com problemas, inclusive no relacionamento. Talvez em breve ela lesse matérias elogiosas sobre Prim e pensasse: "Ele poderia ter sido meu." Sim, ela se arrependeria.

Mas antes disso Prim tinha questões a resolver.

Como a de amanhã. A terceira.

Não estava com a menor vontade. Só um louco estaria. Mas era necessário. Ele precisava superar a dúvida, a resistência moral que qualquer indivíduo normal sentiria diante de uma tarefa como essa. E, por falar em sentimento, Prim precisava ter em mente que seu objetivo não era se vingar. Se perdesse isso de vista correria o risco de se desviar do objetivo e fracassar. A vingança era só a recompensa que ele concederia a si mesmo, um efeito secundário de seu objetivo principal. E, quando cumprisse esse objetivo, beijariam seus pés. Finalmente.

## 27

## Sábado

— Então a polícia trabalha nos fins de semana também — comentou Weng, analisando a embalagem vazia.

— Alguns de nós, sim — disse Sung-min, agachado perto da cesta no canto da sala, coçando a orelha do buldogue.

— Hillman Pets — leu o fazendeiro em voz alta. — Não, com certeza não dou esse produto para o meu cachorro.

— Imaginei. — Sung-min suspirou e se levantou. — Mas precisava ter certeza.

Chris havia sugerido um passeio no lago Sognsvann e ficou irritado quando Sung-min avisou que precisava trabalhar. Chris sabia que não era verdade, Sung-min não *precisava* trabalhar. Às vezes, é difícil explicar esse tipo de coisa para os outros. Weng devolveu a embalagem a Sung-min.

— Mas já vi essa embalagem antes — disse Weng.

— Já? — perguntou Sung-min, surpreso.

— Já. Semanas atrás. Um sujeito sentado num tronco de árvore caído na entrada da floresta. — Weng apontou pela janela da cozinha. — Estava com uma embalagem dessas.

Sung-min espiou pela janela. Eles estavam a pelo menos cem metros da margem da floresta.

— Usei isso aqui — acrescentou Weng ao perceber o ceticismo de Sung-min, pegando um binóculo sobre uma pilha de revistas de automóveis na mesa da cozinha. — Amplia vinte vezes. É como se você estivesse na frente do cara. Eu lembrei por causa do airedale terrier na embalagem, na hora não imaginei que fosse um vermífugo, porque o cara estava comendo.

— *Comendo?* Tem certeza?

— Tenho. Mas acho que só tinha um resto, porque ele amassou a embalagem e jogou no chão logo depois. Porco safado. Eu saí para dar uma bronca nele, mas ele se levantou e foi embora assim que apareci lá fora. Fui lá, mas no dia o vento do norte estava forte, e quando cheguei a embalagem provavelmente já estava no meio da mata.

Sung-min sentiu o pulso acelerar. Esse era o tipo de trabalho policial que valia a pena uma a cada cem vezes, mas, quando valia, era como ganhar na loteria, podia resolver um caso inteiro que até o momento não tinha nenhuma pista. Engoliu em seco.

— Weng, isso significa que você pode descrever o homem?

O fazendeiro olhou para Sung-min, abriu um sorriso triste e fez que não com a cabeça.

— Mas você disse que usou o binóculo e que era como se ele estivesse na sua frente — argumentou Sung-min, frustrado.

— É... Mas a embalagem estava na frente e quando o sujeito jogou fora colocou uma máscara rápido, antes que eu pudesse ver a cara dele.

— Ele estava de máscara?

— Estava. E óculos escuros e boné. Na verdade, deu para ver pouco do rosto dele.

— Você não achou estranho um homem sozinho na floresta de máscara, tendo em vista que todo mundo parou de usar?

— Achei. Mas o que não falta é gente esquisita aqui na floresta, sabe?

Sung-min percebeu que Weng estava fazendo uma piada autodepreciativa, mas não teve ânimo para sorrir.

Harry estava diante da lápide e sentiu os sapatos ficarem ensopados com a água da chuva no chão de terra macia. A luz cinzenta da manhã era filtrada pelas nuvens. Tinha ficado acordado até as cinco da manhã lendo relatórios. Dormiu três horas, acordou e continuou lendo.

Finalmente havia entendido por que a investigação estava travada. O trabalho feito até então parecia bom, completo, mas não havia nada ali. Absolutamente nada. Então, Harry resolveu ir ao cemitério para espairecer. Não tinha lido nem um terço dos documentos.

O nome dela estava gravado em branco na lápide cinza. Rakel Fauke. Harry não sabia o motivo, mas se sentiu feliz por ela não ter o sobrenome dele.

Harry olhou ao redor. Havia pessoas nos outros túmulos — provavelmente mais do que a média, tendo em vista ser sábado —, mas estavam tão longe que ele presumiu que poderia falar em voz alta sem ser ouvido. Disse a Rakel que havia falado com Oleg por telefone. Que ele estava bem, gostava de morar no norte, mas estava pensando em se candidatar para uma vaga na sede da polícia.

— No PST, serviço de inteligência — disse Harry. — Quer seguir os passos da mãe.

Harry contou que havia ligado para Sis, que ela havia tido alguns problemas de saúde, mas agora estava melhor e tinha voltado a trabalhar no supermercado. Estava morando com o namorado e queria que ele a visitasse em Kristiansand.

— Eu disse que ia ver se dava tempo antes... antes que seja tarde. Me meti num problema com uns mexicanos. Eles vão acabar comigo e com uma mulher que é a cara da minha mãe, caso nem eu nem a polícia resolva um homicídio nos próximos três dias. — Harry deu risada. — Estou com fungo nas unhas, mas fora isso estou bem. Então, como pode ver, está tudo bem com a sua gente. Isso sempre foi o mais importante para você. Você mesma se dava pouca importância. Se dependesse de você, nem seria vingada. Mas não dependia. E eu queria vingança. Sei que isso faz de mim um ser humano pior que você, mas eu já seria pior mesmo sem a sede de vingança. É como um instinto sexual. Você fica decepcionado toda vez que se vinga e *sabe* que vai ficar decepcionado da próxima vez, mas mesmo assim segue em frente. E, quando sinto isso, quando sinto essa maldita necessidade, é como se estivesse na pele de um serial killer. Porque a sensação de poder me vingar por algo que foi tirado de mim é tão boa que às vezes tenho vontade de perder algo que amo só para me vingar. Me entende?

Harry sentiu um nó na garganta. Claro que ela entendia. Era disso que ele mais sentia falta. Sua mulher, Rakel, que entendia e aceitava quase todas as esquisitices do marido. Não todas. Mas muitas. Muitas mesmo.

— O problema — Harry pigarreou — é que depois de perder você eu não tenho mais nada a perder. Não tenho mais nada do que me vingar, Rakel.

Harry permaneceu ali, de pé. Olhou para os sapatos afundados na grama, o couro absorvendo a água e escurecendo. Ergueu os olhos. Perto da igreja, nos degraus da entrada, viu uma pessoa parada, observando. Havia algo familiar nela e ele percebeu que era um padre. Parecia encará-lo.

O celular tocou. Era Johan Krohn.

— Fala comigo — disse Harry.

— Acabei de receber outra ligação. E não foi de qualquer um. O ministro da Justiça em pessoa me ligou.

— A Noruega é um país pequeno, não é para *tanto*. E aí? É o fim da investigação?

— Depois que li aquela matéria no *VG*, imaginei que ele tinha ligado para isso. Mesmo assim, fiquei surpreso por Bellman ter ligado pessoalmente para falar. Em geral, esse tipo de coisa é comunicado pelos canais oficiais. Ou seja, as pessoas que eu esperava que me contatassem...

— Não que eu esteja muito ocupado aqui numa manhã de sábado, Krohn, mas podemos avançar para o que Bellman falou de fato?

— Claro. Bellman disse que não via nenhum argumento legal para o Ministério da Justiça encerrar a nossa investigação e que por isso não tomaria nenhuma medida nesse sentido. Mas que, à luz da sua transgressão, eles vão ficar de olho e, da próxima vez que acontecer algo do tipo, a polícia *não vai ficar* de braços cruzados.

— Hum.

— Pois é. Surpreendente, no mínimo. Eu tinha certeza de que eles iriam atravancar a nossa investigação. Do ponto de vista político, essa decisão é quase incompreensível, porque agora Bellman vai ter que encarar os correligionários e a mídia. Tem alguma explicação para isso?

Harry refletiu. De cara, só conseguiu pensar em uma pessoa de sua equipe capaz de pressionar Bellman.

— Não — respondeu, por fim.

— De qualquer forma, agora você sabe que ainda estamos no páreo.

— Obrigado.

Harry desligou. Refletiu. Eles podiam continuar. Teriam mais três dias, porém até o momento não haviam encontrado nenhuma boa pista. Como era o ditado mesmo? *Quem nasce para ser enforcado nunca morre afogado?*

— Sua mãe era talentosa, sabe?

O tio Fredric andava pela calçada estreita da Slemdalsveien, aparentemente sem perceber que as pessoas na direção oposta tinham que sair da frente e andar na pista para eles passarem. Fora isso, parecia perfeitamente lúcido.

— Por isso foi tão triste ver a sua mãe jogar a carreira fora e pular nos braços do primeiro mecenas que viu pela frente. Digo mecenas, mas a verdade é que o seu padrasto abominava o teatro, aparecia lá de vez em nunca. Os Røed tinham a tradição familiar de patrocinar o Teatro Nacional. Ele só viu Molle no palco uma vez, e veja só que irônico: no papel de protagonista de *Hedda Gabler*. Na época, Molle era linda, uma celebridade. Perfeita para um homem que queria se exibir para o mundo.

Prim já tinha ouvido essa história, mas havia pedido que o tio Fredric a contasse de novo. Não para saber se ela ainda estava gravada na memória doente do tio, mas porque precisava ouvi-la para ter ainda mais certeza de que estava tomando a decisão certa. Não sabia por que tinha duvidado da decisão na noite anterior, mas sabia que isso era muito comum nos grandes momentos da vida. Como quando está chegando o dia do casamento. E a verdade é que desde menino ele pensava nessa vingança, sonhava com ela, então nada mais natural que seus pensamentos e sentimentos pregassem peças à medida que o momento se aproximava.

— Assim era o relacionamento deles — disse o tio Fredric. — Ela vivia dele. E ele vivia dela. Ela era uma linda e jovem mãe solo sem grandes aspirações. Ele era um sujeito sem escrúpulos, com dinheiro para dar tudo à sua mãe, exceto a única coisa de que ela precisava de verdade: amor. Foi por isso que ela se tornou atriz: como qualquer ator, acima de tudo, ela queria ser amada. Mas com o passar do tempo ela não recebeu o amor do público nem o dele e acabou definhando. Para piorar, o filho dela era você, um merdinha hiperativo e mimado. Quando o patrono da sua mãe finalmente largou vocês dois, ela era uma alcoólatra deprimida e esgotada que não conseguia mais nenhum papel grande mesmo sendo talentosa. Acho que ela não amava o seu padrasto. O último prego no caixão da sua mãe foi esse abandono, e o fato de ter sido pelo seu padrasto não fez nenhuma diferença. Sua mãe sempre foi cabeça fraca, mas admito que não esperava que ela incendiasse a própria casa.

— Você não sabe se ela fez isso — retrucou Prim.

O tio Fredric parou, endireitou-se e abriu um sorriso para uma jovem que se aproximava.

— Maiores! — gritou, apontando para o próprio peito. — Você devia ter comprado maiores!

A mulher o encarou horrorizada e apressou o passo.

— Ah, fez — afirmou o tio Fredric. — Foi ela quem provocou o incêndio. Começou no quarto da sua mãe e encontraram uma alta concentração de álcool no sangue dela. Pelo que li no relatório, o incêndio provavelmente aconteceu porque ela estava na cama, bêbada, fumando um cigarro. Mas acredite: ela tacou fogo na casa para queimar vocês dois vivos. Quando os pais decidem morrer e levar os filhos junto geralmente é para poupar as crianças de uma vida de órfão, e sei que dói ouvir isso, mas a sua mãe fez o que fez porque achava que a vida de vocês dois não valia nada.

— Não é verdade. Ela fez isso para evitar que eu ficasse à mercê dele.

— Do seu padrasto? — O tio Fredric riu. — Você é retardado? Ele não queria você, ficou feliz por se livrar de vocês dois.

— Queria, sim — retrucou Prim, tão baixo que sua voz foi abafada pelo estrondo do bonde passando ao lado. — Ele me queria, mas não do jeito que você acha.

— Alguma vez ele te deu algum presente, por exemplo?

— Deu. No Natal, quando eu tinha 10 anos, ele me deu um livro sobre os métodos de tortura dos comanches. Eles eram os melhores nisso. Por exemplo, eles penduravam as vítimas em árvores, de cabeça para baixo, acendiam fogueiras no chão e as deixavam ali, até o cérebro ferver.

O tio Fredric deu risada.

— Nada mau. De qualquer modo, minha indignação moral tem limites, tanto no que diz respeito aos comanches quanto ao seu padrasto. Sua mãe devia ter tratado melhor o seu padrasto; afinal, ele era o patrono dela. Da mesma forma que a humanidade, que é um parasita, deveria tratar melhor esse planeta. Bem, também não há razão para se queixar disso. As pessoas acham que nós, biólogos, queremos conservar a natureza sem mudanças, como se ela fosse um museu orgânico. Mas parece que só nós compreendemos e aceitamos que a natureza está sempre se transformando, que tudo morre e desaparece, que o natural é que as espécies tenham um fim e não que continuem vivendo eternamente.

— Vamos voltar?

— Voltar? Para onde?

Prim suspirou. Seu tio estava confuso outra vez.

— Para a casa de repouso — respondeu Prim.

— Estou brincando. — Seu tio sorriu. — E aquela cuidadora que te acompanhou até o meu quarto? Aposto uma nota de mil coroas que como ela até segunda. Topa?

— Toda vez que você perde uma aposta diz que não lembra. Mas quando ganha...

— Não seja injusto, Prim. Nós, dementes, temos que ter pelo menos uma vantagem.

Ao fim do passeio, Prim devolveu o tio aos cuidados da cuidadora de quem tinham falado e voltou pelo mesmo caminho. Atravessou a Slemdalsveien e seguiu para leste até chegar a uma área residencial com casarões em terrenos espaçosos. Era um bairro de imóveis caros, mas os que ficavam perto da autoestrada Ring 3 não eram tão valorizados por causa do barulho dos carros. Era onde ficava a ruína da casa incendiada.

Levantou o trinco do portão enferrujado e subiu a ladeira de cascalho até o bosque de bétulas. Do outro lado da colina, escondido atrás das árvores, ficava o casarão incendiado. O fato de o imóvel ficar tão escondido dos vizinhos ajudava Prim, que ao longo dos anos enrolou a prefeitura para evitar a demolição da ruína. Destrancou a porta e entrou. A escada para o segundo andar tinha desabado. O quarto da mãe ficava lá em cima, e o dele, no térreo. Talvez essa distância tenha possibilitado tudo. Não que ela não soubesse, mas o fato de os quartos estarem longe permitia que ela *fingisse* não saber. Todas as paredes não estruturais também tinham caído — o térreo era um grande salão coberto por um tapete de cinzas. Em alguns pontos dos escombros crescia uma vegetação rasteira. Um arbusto. Uma muda que talvez se transformasse em árvore. Prim foi até a cama de ferro carbonizada no lugar que havia sido seu quarto. Um búlgaro sem-teto tinha invadido a casa e morado ali durante um tempo. Se a presença do sem-teto não tivesse levado a mais reclamações dos vizinhos e problemas com a prefeitura, Prim teria deixado o pobre coitado morar ali. Deu dinheiro ao búlgaro, que saiu da casa sem arranjar confusão, levando seus poucos pertences e deixando apenas um par de meias de lã úmidas e esburacadas e o colchão da cama. Prim havia trocado a fechadura da porta da frente e pregado tábuas novas para bloquear as janelas.

As molas de metal rangeram quando Prim se sentou no colchão imundo. Sentiu um calafrio. Era o som da sua infância, o som que tinha ficado gravado na sua memória, tão inevitável quanto os parasitas que ele havia criado.

Mas por ironia do destino essa mesma cama salvou sua vida quando ele se enfiou debaixo dela para se proteger do incêndio.

Tinha dias em que ele amaldiçoava o fato de ter se salvado.

A solidão nos orfanatos. A solidão nos diferentes lares adotivos de onde fugia. Até eram pessoas boas e bem-intencionadas, mas com o passar dos anos ele havia desaprendido a dormir num quarto que não conhecia — passava a noite em claro, escutando atentamente com medo de acontecer alguma coisa. Um incêndio. O pai entrar em casa. Com o passar do tempo ele não aguentava e fugia. Pouco tempo depois era levado para outro orfanato, onde o tio Fredric o visitava vez ou outra, mais ou menos como ele visitava o tio Fredric agora. Seu tio, que dizia que era só um tio e morava sozinho, por isso não tinha condições de acolher o menino. Mentiroso. Ele era bem capaz de cuidar da pequena herança que o menino tinha recebido da mãe. Prim teve acesso a uma parte mínima desse dinheiro. Fora a herança restava apenas o terreno. E essa era apenas uma das razões pelas quais Prim era contra a venda, porque sabia que todo o dinheiro iria parar no bolso do tio.

Prim se balançou na cama. As molas gemeram e ele fechou os olhos. Relembrou os sons, os cheiros, a dor, a vergonha. Precisava de tudo isso para ter certeza. A essa altura havia ultrapassado todos os limites, chegado tão longe, então por que a hesitação continuava? Dizem que é mais difícil tirar uma vida na primeira vez, mas Prim não tinha essa certeza. Continuou se balançando. Refletiu, e por fim vieram as lembranças, as sensações nítidas, como se tudo estivesse acontecendo naquele exato instante. Sim, ele tinha certeza.

Abriu os olhos e deu uma olhada no relógio.

Hora de ir para casa tomar banho e se trocar. Passar seu próprio perfume. Depois ir ao teatro.

# 28

## Sábado

## Último ato

As únicas fontes de luz eram os holofotes no fundo da piscina coberta, que iluminavam parte das paredes e do teto. Quando a viu, Harry finalmente conseguiu fazer o cérebro parar de pensar nos relatórios. O maiô de Alexandra parecia mostrar mais do que se ela estivesse nua. Harry apoiou os cotovelos na beira da piscina e a observou entrar na água, que, segundo a recepcionista do spa do Thief, estava aquecida a exatos trinta e cinco graus. Alexandra viu como Harry a observava e abriu aquele sorriso enigmático que as mulheres abrem quando sabem — e adoram — que o homem está gostando do que vê.

Alexandra nadou até Harry. Tirando um casal no outro canto da piscina, o lugar era só deles. Harry pegou a garrafa de champanhe do cooler ao lado da água, serviu uma taça e entregou a Alexandra.

— Obrigada.

— Agora estamos quites? — perguntou ele enquanto a via beber.

— De jeito nenhum. Depois do que saiu no *VG*, seria uma tragédia se eles descobrissem que eu faço análises de DNA escondida para você. Então, quero que me conte algum segredo.

— Hum. De que tipo?

— Você escolhe. — Alexandra se aproximou de Harry. — Mas tem que ser um segredo muito obscuro.

Harry a encarou. O olhar de Alexandra era o mesmo de Gert quando exigiu que ele cantasse "Blueman". Alexandra sabia que Harry era pai de Gert, e Harry teve um pensamento maluco: contar todo o resto. Olhou para a garrafa de champanhe. No momento em que pediu a bebida — mesmo que só com uma taça —, ele se deu conta de que era uma péssima ideia. Da mesma forma que seria uma péssima ideia contar a Alexandra o que só ele e Johan Krohn sabiam. Ele pigarreou.

— Eu esmaguei a traqueia de um cara em Los Angeles — confessou Harry. — Senti quando ela cedeu contra os nós dos meus dedos. E gostei da sensação.

Alexandra o encarou de olhos arregalados.

— Foi numa briga?

— Foi.

— Por quê?

Harry deu de ombros.

— Briga de bar. Por mulher. Eu estava bêbado.

— E você? Ficou bem?

— Fiquei. Só acertei o cara uma vez e pronto.

— Você acertou a traqueia dele?

— Isso. Formei um cinzel com a mão. — Ele ergueu a mão para demonstrar. — Quem me ensinou foi um especialista em combate corpo a corpo que treinou a FSK no Afeganistão. O objetivo é acertar o oponente num ponto específico da garganta. Quando consegue, a briga acaba na hora, porque o cérebro do cara só pensa numa coisa: respirar.

— Assim? — perguntou ela, dobrando as falanges.

— E assim. — Harry endireitou o polegar de Alexandra e o aproximou do indicador. — E depois você mira aqui, na laringe. — Ele encostou o indicador de Alexandra no próprio pescoço. — Ei! — gritou, quando ela tentou acertá-lo sem aviso.

— Fica parado! — Alexandra deu uma risada e tentou golpeá-lo de novo.

Harry recuou.

— Acho que você não entendeu. Se acertar esse soco, você corre o risco de matar a pessoa. Vamos dizer que aqui é a laringe. — Ele apontou para o próprio mamilo. — E você precisa usar isso... — Segurou os quadris de Alexandra debaixo da água e mostrou como ela deveria girar para golpear com força. — Pronta?

— Pronta.

Em quatro tentativas ela acertou dois socos fortes o suficiente para fazer Harry gemer de dor.

O casal do outro lado da piscina estava em silêncio, assistindo à cena com preocupação.

— Como você sabe que não matou o cara? — perguntou Alexandra, preparando-se para atacar de novo.

— Não sei. Mas, se o sujeito tivesse morrido, acho que os amigos dele não teriam me deixado vivo depois.

— Já parou para pensar que, se tivesse matado o cara, você seria igual às pessoas que perseguiu ao longo da carreira?

Harry torceu o nariz.

— Talvez.

— Talvez? Você acha que brigar por causa de mulher é um motivo nobre?

— Digamos que foi legítima defesa.

— Muita coisa pode ser considerada legítima defesa, Harry. Matar em nome da honra é legítima defesa. Crimes passionais são legítima defesa. As pessoas matam para preservar a autoestima e a dignidade. Você sabe por experiência própria que tem gente que mata para se livrar de uma humilhação, não é?

Harry fez que sim. Encarou Alexandra. Ela havia compreendido? Sabia que Bjørn não tinha tirado apenas a própria vida? Não, ela estava falando de si, pensando em experiências pessoais. Harry estava prestes a dizer alguma coisa quando Alexandra atacou. Harry não se mexeu, permaneceu imóvel enquanto ela abria um sorriso triunfante. A mão dela — cerrada em formato de cinzel — roçou a pele do pescoço de Harry.

— Eu podia ter te matado agora — disse ela.

— Pois é.

— Você não teve tempo de reagir?

— Não.

— Ou você confia em mim o suficiente para saber que eu não esmagaria a sua traqueia?

Harry esboçou um sorriso, mas não respondeu.

— Ou... — ela franziu a testa — ... você não está nem aí?

O sorriso dele se alargou mais. Ele se virou para trás, pegou a garrafa e encheu a taça de Alexandra. Olhou para a garrafa e se imaginou levando-a à boca, colocando a cabeça para trás, ouvindo o gorgolejo baixo enquanto o álcool entrava no corpo, baixando a garrafa vazia e limpando a boca com as costas da mão enquanto Alexandra o encarava de olhos arregalados. Em vez disso, Harry colocou a garrafa quase cheia de volta no cooler, pigarreou e perguntou:

— O que você acha de irmos para a sauna?

Em vez dos cinco atos originais da peça de Shakespeare, a produção de *Romeu e Julieta* do Teatro Nacional tinha dois longos atos com um intervalo de quinze minutos após uma hora de espetáculo.

Quando as luzes se acenderam para o intervalo, o público saiu em debandada e tomou conta dos corredores e do salão para lanchar. Helene entrou na fila do bar e ficou prestando atenção nas conversas ao redor. Curiosamente, ninguém estava falando da peça em si, como se isso fosse pretensioso ou vulgar. Ela percebeu algo, um aroma que a fez se lembrar de Markus. Virou-se para trás. Viu um homem parado que mal teve tempo de esboçar um sorriso antes de ela olhar de volta para a frente. O sorriso dele era... O que era aquele sorriso? Helene sentiu o coração palpitar. Precisou conter a vontade de rir. Provavelmente a peça a estava influenciando a enxergar seu Romeu no rosto de todos os homens por perto, porque o homem atrás dela não tinha nada de atraente. Não era horroroso — pelo sorriso, tinha dentes bonitos —, mas não parecia interessante. Apesar disso, o coração de Helene continuou batendo forte e ela foi tomada por um desejo — um impulso que não sentia havia anos — de se virar para trás outra vez. De encará-lo. De ver com clareza o que a fazia querer se virar.

Helene conseguiu se conter, pediu vinho branco numa taça de plástico e foi se sentar a uma das mesinhas redondas ao longo das paredes do salão. Ficou observando o homem, que estava tentando comprar uma garrafa de água com dinheiro enquanto a mulher atrás do balcão apontava para uma placa que dizia SOMENTE CARTÃO. Helene ficou surpresa quando pensou em se levantar e pagar a água do sujeito, que desistiu de comprar e se virou para ela. Seus olhos se encontraram, e ele sorriu de novo. Ele foi até a mesa de Helene. O coração dela batia forte. O que estava acontecendo? Não era a primeira vez que um homem era tão direto.

— Posso? — perguntou ele, segurando a cadeira vazia.

Helene esboçou um sorriso — que ela imaginou estar carregado de desdém —, enquanto seu cérebro ordenava que a boca dissesse: "Melhor não."

— Claro — respondeu ela.

— Obrigado.

O homem se sentou e se inclinou sobre a mesa, como se eles estivessem no meio de uma longa conversa.

— Sem querer dar spoiler — sussurrou ele —, mas ela tomou veneno e vai morrer.

O rosto dele estava tão perto que Helene sentiu seu perfume. Não, era bem diferente do de Markus, muito mais intenso.

— Até onde sei, ela só toma veneno no último ato — comentou Helene.

— Isso é o que todo mundo pensa, mas ela já está envenenada. Confie em mim.

Ele sorriu. Dentes brancos de predador. Helene ficou tentada a se oferecer, queria sentir aquela mordida na pele enquanto cravava as unhas nas costas dele. Meu Deus, o que era aquilo? Parte dela queria sair correndo, mas outra queria se atirar nele. Ela cruzou as pernas e percebeu — era possível? — que estava molhada.

— Vamos supor que eu não conheça a peça — disse ela. — Por que você me contaria o final?

— Porque quero que esteja preparada. A morte é uma coisa horrível.

— É mesmo — concordou ela, sem desviar os olhos dos dele. — Mas não fica ainda pior quando se tem que se preparar para ela?

— Não necessariamente. — O homem se recostou na cadeira. — Não se a alegria de viver for maior porque se sabe que a vida não dura para sempre.

Helene percebeu algo de familiar no sujeito. Ele estava na festa? Ou no Danielle's?

— *Memento mori* — disse ela.

— Pois é. Mas preciso beber água.

— Percebi.

— Como você se chama?

— Helene. E você?

— Pode me chamar de Prim. Helene...

— Sim, Prim... — disse ela, sorrindo.

— Quer ir comigo a algum lugar que venda água?

Helene sorriu. Tomou um gole do vinho. Pensou em dizer que vendiam água ali, que ela podia comprar. Ou, melhor, que ele podia pegar a taça de plástico dela e enchê-la na torneira da pia do banheiro, tendo em vista que a água da torneira de Oslo é melhor que qualquer uma engarrafada, e ainda por cima mais ecologicamente correta.

— Onde? — perguntou ela.

— Faz diferença?

— Não — respondeu Helene, sem conseguir acreditar no que estava ouvindo.

— Ótimo. — Ele juntou as mãos. — Então vamos.

— Agora? Achei que seria depois do último ato.

— A gente já sabe como acaba.

O Terse Acto ficava no bairro de Vika, parecia ter sido inaugurado recentemente e servia aperitivos a preços exorbitantes.

— Bom? — perguntou Alexandra.

— Ótimo — respondeu Harry, limpando a boca com o guardanapo enquanto evitava olhar para a taça de vinho de Alexandra.

— Eu me considero uma boa conhecedora de Oslo, mas nunca tinha ouvido falar desse lugar. Foi Helge quem recomendou. Gays sabem o que é bom.

— Gay? Não tive essa impressão dele.

— É porque você perdeu o encanto.

— Quer dizer que em algum momento eu tive?

— Você? Pra caramba. Claro que não funcionava com todas. Na verdade, não funcionava com muitas. — Ela inclinou a cabeça, pensativa. — Pensando bem, provavelmente só funcionava com algumas de nós.

Alexandra riu, ergueu a taça de vinho e brindou com o copo de água de Harry.

— Então você acha que Terry Våge perdeu a fonte, ficou desesperado e começou a inventar coisas?

— A única maneira de ele saber o que escreve nas matérias é se estiver em contato direto com o assassino. E acho isso muito improvável.

— E se ele for a própria fonte?

— Hum. Como se Våge fosse o assassino?

— Uma vez li sobre um escritor chinês que matou quatro pessoas, escreveu sobre isso em vários livros e foi condenado mais de vinte anos depois.

— Liu Yongbiao. Também tem o caso de Richard Klinkhamer. A esposa dele desapareceu e, pouco depois, ele escreveu um romance sobre um homem que mata a esposa e enterra no quintal. Foi onde encontraram o corpo dela. Mas esses dois não mataram *para* escrever sobre o assunto, se é o que você está sugerindo.

— É, mas Våge poderia ter matado as duas. Chefes de Estado iniciam guerras para serem reeleitos ou entrar para a história. Por que um jornalista não poderia fazer o mesmo para se destacar na área? No seu lugar, eu verificaria se ele tem um álibi.

— Certo. E, por falar em verificar, você disse que conhece Oslo. Já ouviu falar de um lugar chamado Villa Dante?

Alexandra deu risada.

— Claro. Quer ir lá ver se ainda está com tudo? Mas duvido que eles deixariam você entrar. Mesmo com esses ternos que você anda usando.

— Como assim?

— O Villa Dante é um... Como eu vou dizer? É... um clube gay extremamente exclusivo.

— Você já foi lá?

— Não, ficou maluco? Mas eu tenho um amigo que é gay, o Peter. Na verdade, ele é vizinho de Røed e me convidou para a festa.

— Você foi convidada?

— Não formalmente, é o tipo de festa em que as pessoas simplesmente vão chegando. Eu queria ir com Helge para apresentá-lo a Peter, mas tive que trabalhar naquela noite. Acontece que já fui com Peter à SLM algumas vezes.

— SLM?

— Onde você vive, Harry? É a Scandinavian Leather Man. Uma boate gay para o povão. Também tem *dress code*, e no porão tem *dark rooms* e coisas do tipo. Muito vulgar para a clientela do Villa Dante. Peter me disse que tentou virar membro do Villa Dante, mas não conseguiu. É preciso fazer parte do círculo íntimo, uma espécie de Opus Dei dos gays. Pelo que dizem, o lugar é superelegante, tipo *De olhos bem fechados*. Abre só uma noite por semana, com um baile de máscaras para homens usando ternos caros. Todos usam máscaras de animais e apelidos, anonimato total. Rola todo tipo de brincadeira, e os garçons são... digamos que são *homens jovens*.

— Maiores de idade?

— Imagino que agora sim. Foi por isso que fecharam o clube quando se chamava Tuesdays. Um garoto de 14 anos que trabalhava lá denunciou um convidado por estupro. Recebemos uma amostra de esperma, mas não bateu com o DNA de ninguém do banco de dados, claro.

— Claro?

— Os clientes do Tuesdays não são o tipo de gente que tem condenações anteriores. Enfim... O lugar reabriu com esse nome, Villa Dante.

— Mas parece que ninguém nunca ouviu falar dele.

— É clandestino, não precisa de publicidade. É por isso que gente como Peter é louca para entrar.

— Você disse que se chamava Tuesdays.

— É, porque abria às terças.

— E ainda é assim?

— Se estiver interessado, eu pergunto ao Peter.

— Hum. E o que acha que eu precisaria fazer para entrar lá?

Alexandra riu.

— Uma ordem judicial, um mandado de busca, provavelmente. Aliás, pode usar um comigo hoje à noite.

Demorou um instante para Harry entender o que Alexandra queria dizer. Ergueu uma sobrancelha.

— Isso mesmo — disse ela, erguendo a taça. — É uma ordem.

***

— Você mora aqui perto? — perguntou Helene.

— Não — respondeu o homem que dizia se chamar Prim, dirigindo por ruas com prédios comerciais novos e modernos espalhados pela paisagem plana e aberta de ambos os lados da pista em direção à ponta da península de Snarøya. — Eu moro no Centro, mas passeava aqui com o meu cachorro à noite, depois que o aeroporto fechou. Na época, ninguém morava na região e eu podia deixar o meu cachorro correr livre. Ali. — Prim apontou para o mar a oeste e comeu mais um pouco do salgadinho ou o que quer que houvesse na embalagem. Não ofereceu a Helene.

— Mas aqui é a reserva dos pântanos — constatou Helene. — Você não tinha medo de o seu cachorro atacar os pássaros que faziam ninho na área?

— Claro, isso aconteceu algumas vezes. Eu me consolava dizendo a mim mesmo que era a ordem natural das coisas e que não podemos interferir. Mas é óbvio que isso não é verdade.

— Não é?

— Não. A humanidade também é produto da natureza, e não somos o único organismo que faz o possível para destruir o planeta. Mas, assim como a Mãe Natureza nos concedeu a inteligência necessária para cometer suicídio coletivo, também nos deu o dom da autorreflexão. Talvez isso nos salve. Pelo menos, é o que espero. De qualquer forma, eu interferia na ordem natural das coisas, por isso comecei a usar isso aqui.

Prim apontou para a alça acima da porta, e Helene viu a guia retrátil pendurada.

— Era um cachorro maravilhoso — comentou ele. — Eu ficava sentado no carro lendo com a janela aberta enquanto ele corria livremente cinquenta metros em qualquer direção. Os cachorros, e também as pessoas, não precisam de mais que isso. Muitas pessoas nem *desejam* mais que isso.

Helene fez que sim.

— Mas pode chegar o dia em que eles vão querer mais espaço, vão querer ir embora. O que o dono do cachorro faz nessa hora?

— Não faço ideia. Meu cachorro nunca quis. — Prim saiu da estrada principal e entrou numa trilha. — O que você teria feito?

— Teria libertado o cachorro — respondeu Helene.

— Mesmo sabendo que ele não sobreviveria sozinho lá fora?

— Ninguém sobrevive.

— Isso é verdade.

Prim reduziu a velocidade. Tinham chegado ao fim da trilha. Desligou o motor e os faróis. Escuridão total. Helene ouviu o vento soprando entre os juncos. Por entre as árvores dava para ver o mar, algumas luzes nas ilhas próximas e na terra firme mais ao longe.

— Onde estamos?

— Perto do pântano — respondeu ele. — Aquele ali é o cabo Høvikodden e as duas ilhas ali são a Borøya e a Ostøya. Desde que começaram a construir casas aqui perto, muita gente vem passear aqui. Durante o dia fica lotado de famílias. Mas no momento o lugar é só nosso, Helene.

Prim soltou o cinto de segurança e se virou para ela.

Helene respirou fundo, fechou os olhos e esperou.

— Isso é loucura — declarou ela.

— Loucura?

— Eu sou casada. Esse... é o pior momento possível.

— Por quê?

— Porque eu vou me separar do meu marido.

— Me parece um momento excelente.

— Não. — Ela balançou a cabeça de olhos fechados. — Você não entende. Se Markus descobre isso antes de a gente negociar os termos...

— Você vai receber alguns milhões a menos.

— É. O que estou fazendo agora é uma imbecilidade.

— Mas, então, por que acha que está fazendo?

— Não sei. — Helene pressionou as têmporas. — É como se alguém ou alguma coisa tivesse tomado conta do meu cérebro. — Ela teve um insight. — Como você sabe que ele é rico? — Abriu os olhos e o encarou. Sim, tinha algo de familiar nele. O olhar. — Você estava na festa? Conhece ele?

Prim não respondeu, apenas esboçou um sorriso e aumentou o volume da música. Uma canção sobre monstros assustadores; Helene já tinha ouvido essa música, mas não lembrava onde.

— O martíni — disse ela com uma certeza súbita. — Você estava no Danielle's. Foi você quem me mandou o *dirty* martíni, não foi?

— Por que acha isso?

— Você ficou atrás de mim na fila, se aproximou e se sentou à minha mesa... Ninguém faz esse tipo de coisa no intervalo de uma peça. Nada disso foi por acaso.

Prim passou a mão pelo cabelo e olhou de relance para o espelho.

— Confesso — disse ele. — Venho te observando há um tempo. Queria ficar sozinho com você, e agora fiquei. Então, o que vamos fazer?

Helene respirou fundo e soltou o cinto de segurança.

— Vamos transar — respondeu.

— Injusto, não é? — disse Alexandra. Eles tinham terminado o jantar e ido para o bar do restaurante. — Sempre quis ter um filho, mas nunca tive. E você, que nunca quis... — Estalou os dedos sobre seu White Russian.

Harry tomou um gole de água.

— A vida quase nunca é justa.

— E tão *aleatória* — acrescentou ela. — Bjørn Holm manda o próprio DNA para descobrir se é pai do... Qual é mesmo o nome do menino?

— Gert.

Pela cara de Harry, Alexandra percebeu que ele não queria tocar no assunto. Mesmo assim — talvez por ter bebido um pouco além da conta — continuou:

— E no fim das contas ele *não é*. E aí logo depois eu faço uma análise de DNA do seu sangue sem saber, comparo por engano com todo o banco de dados de testes de paternidade e descubro que você é o pai do Gert. Se não fosse por mim...

— A culpa não é sua.

— De qual culpa está falando?

— Nada. Esquece.

— De o Bjørn Holm ter se matado?

— De ele... — Harry parou.

Alexandra notou que Harry fez cara de dor. O que ele estava escondendo? O que *não* podia contar?

— Harry?

— Diga — disse ele, os olhos fixos nas garrafas enfileiradas na prateleira atrás do barman.

— Foi aquele estuprador que matou a sua esposa, certo? O Finne.

— Pergunte para ele.

— Finne está morto. Se não foi ele, então...

— Então...?

— Você foi suspeito.

Harry fez que sim.

— Sempre suspeitamos do parceiro. E em geral acertamos.

Alexandra tomou um gole do White Russian.

— Foi você, Harry? Você matou a sua mulher?

— Dose dupla — disse Harry, e Alexandra demorou um pouco para entender que ele não estava falando com ela.

— Dessa? — perguntou o barman, apontando para uma garrafa quadrada pendurada de cabeça para baixo num suporte.

— Isso, por favor.

Harry permaneceu em silêncio até o copo com líquido dourado estar na sua frente.

— Sim — respondeu e ergueu o copo. Então parou por um instante, como se não quisesse beber. — Matei. — Bebeu tudo de uma vez e pediu outra dose antes mesmo de pousar o copo no balcão.

Helene recuperou o fôlego, mas continuou sentada nele.

Tinha puxado Prim para o banco do carona e reclinado o encosto enquanto ele acendia a luz interna do carro e colocava a camisinha. Montou nele como se fosse um de seus cavalos, mas sem a mesma sensação de controle. Ele gozou em silêncio, sem gemer, mas Helene percebeu pela forma como os músculos dele se contraíram e depois relaxaram.

Ela também gozou. Não porque ele fosse bom amante, mas porque ela estava com tanto tesão que qualquer coisa teria servido.

Helene sentiu Prim amolecer dentro dela.

— Por que você está me seguindo? — perguntou ela, encarando Prim deitado no banco reclinado, tão nu quanto ela.

— Por que acha? — devolveu ele e levou as mãos atrás da cabeça.

— Porque você se apaixonou por mim.

Prim sorriu e fez que não com a cabeça.

— Não estou apaixonado, Helene.

— Não?

— Quer dizer, estou apaixonado, mas por outra pessoa.

Helene ficou irritada.

— Isso é uma brincadeira comigo?

— Não, só estou falando a verdade.

— Então o que você está fazendo aqui comigo?

— Estou dando o que você quer. Ou melhor, o que o seu corpo e a sua mente querem: eu.

— Você? — Ela bufou. — O que te faz pensar que não poderia ter sido qualquer homem?

— Porque fui eu que plantei esse desejo em você. E agora ele está se espalhando pelo seu corpo e pela sua mente.

— O desejo por você especificamente?

— Isso, por mim. Para ser mais preciso, o que eu plantei dentro de você deseja entrar no meu trato intestinal.

— Que fofo. Quer que eu meta em você com uma cinta? Uma vez, quando comecei a sair com o meu marido, ele pediu isso.

O homem que se denominava Prim balançou a cabeça.

— Estou falando do intestino delgado e do intestino grosso. Da flora bacteriana. Para poderem se reproduzir. Quanto ao seu marido, não sabia que ele gostava de ser penetrado. Quando eu era criança, quem penetrava era ele.

Helene o encarou perplexa, mas sabia que tinha ouvido direito.

— Como assim? — perguntou.

— Você não sabia que o seu marido fode com meninos?

— Meninos?

— Garotinhos.

Helene engoliu em seco. Claro que havia passado pela sua cabeça que Markus gostava de homens, mas ela jamais o tinha confrontado. Não havia nada de perverso em Markus Røed ser bissexual ou, mais provavelmente, gay enrustido. O doentio era que ele, um dos homens mais ricos e poderosos da cidade, um homem que a imprensa acusava de ganância, evasão fiscal, mau gosto e coisas piores, não ousava admitir publicamente a única característica humana capaz de aliviar a tensão que sofria. Ele havia se tornado um caso clássico de homossexual homofóbico, um narcisista que se odeia, um paradoxo ambulante. Mas meninos? Crianças? Não. Por outro lado, parando para refletir, tudo fez sentido. Ela sentiu um calafrio. E outro pensamento lhe ocorreu: isso poderia ser útil no acordo de divórcio.

— Como você sabe disso? — perguntou, sem sair do lugar, enquanto procurava a calcinha.

— Ele foi meu padrasto. Abusou de mim desde que eu tinha 6 anos. Digo 6 porque o mais longe que a minha memória chega é ao dia em que ele me deu uma bicicleta de presente. Três vezes por semana. Três vezes por semana ele comia o meu cu. Ano após ano.

Helene estava respirando pela boca. O ar dentro do carro estava pesado com o cheiro de sexo e daquele odor inconfundível de almíscar. Engoliu em seco.

— Sua mãe... Ela sabia...?

— A mesma história de sempre. Acho que suspeitava, mas nunca procurou ter certeza. Era uma alcoólatra desempregada que tinha medo de perder o meu padrasto. E no fim foi o que acabou acontecendo.

— São sempre os medrosos que acabam abandonados.

— Você não sente medo?

— Eu? Por que sentiria?

— Porque agora você sabe por que estamos aqui.

Era só imaginação de Helene ou Prim estava ficando ereto dentro dela de novo?

— Susanne Andersen? — perguntou ela por fim. — Foi você?

Prim anuiu.

— E Bertine?

Anuiu outra vez.

Talvez ele estivesse blefando, talvez não. De qualquer modo, Helene sabia que deveria ter medo. Mas por que não estava sentindo? Por que começou a mover os quadris para a frente e para trás? No início devagar, depois mais rápido.

— Não... — disse ele, ficando pálido de uma hora para outra.

Mas Helene começou a cavalgar de novo, como se seu corpo tivesse vontade própria, subindo no pênis de Prim e descendo com toda a força. Ela percebeu que Prim estava contraindo o abdômen e abafando os gemidos e achou que ele estava prestes a gozar de novo. Mas então viu a cascata de vômito esverdeado saindo da boca de Prim, escorrendo pelo peito, espalhando-se pelo banco e descendo até a barriga, na direção dela. O cheiro era tão forte que ela sentiu o estômago revirar. Tapou o nariz para prender a respiração.

— Não, não, não — gemia Prim, sem se mexer enquanto tateava o assoalho. Encontrou a camisa e começou a se limpar. — É aquela merda ali. — Apontou para a embalagem de salgadinho no console.

Helene leu: *Hillman Pets*.

— Preciso comer para controlar a população de parasitas — explicou, esfregando a camisa na barriga. — Mas é difícil manter o equilíbrio. Se eu comer demais, o meu estômago não aguenta. Espero que entenda. Ou seja compreensiva.

Helene não entendia nem era compreensiva, estava com o nariz tapado para evitar respirar. Nesse instante, sentiu uma mudança estranha. Era como se aos poucos o desejo perdesse força e fosse substituído por outra emoção: medo.

Susanne. Depois Bertine. E agora era a vez dela. Helene precisava sair, fugir, agora!

Prim percebeu o pânico em Helene, que deu um sorriso forçado. Tinha a mão esquerda livre, podia abrir a porta, sair do carro e fugir correndo em direção às casas geminadas que tinha visto ao entrar na trilha e que estavam a no máximo quatrocentos metros dali. Perfeito, porque sua distância preferida era a da prova dos quatrocentos metros e ela corria mais rápido descalça. Como os dois estavam nus, imaginou que ele não teria coragem de persegui-la e que isso lhe daria a vantagem necessária para fugir. Prim também não teria tempo de manobrar o carro e alcançá-la, e, se tentasse, ela poderia entrar na mata fechada. Ela só precisava distraí-lo por um segundo enquanto encontrava a maçaneta da porta com a mão esquerda. Estava prestes a destapar o nariz para colocar a mão direita sobre os olhos dele, fingindo que era um carinho, quando se deu conta de outra coisa: a mudança aconteceu quando ela não estava respirando nem sentindo cheiro. Havia uma relação entre as duas coisas.

— Entendo, sim — sussurrou Helene num tom sedutor. — Essas coisas acontecem. Mas agora você está limpo. Vamos ficar no escuro de novo. — Helene tentou não respirar e torceu para Prim não perceber que ela estava hesitante. — Cadê a luz?

— Obrigado — agradeceu-lhe Prim com um sorriso amarelo e apontou para o teto do carro.

Helene encontrou o interruptor e apagou a luz. Na escuridão, tateou a porta do carona com a mão esquerda. Encontrou a maçaneta, abriu e empurrou a porta. Sentiu o ar frio da noite na pele. Partiu em disparada. Mas Prim foi mais rápido: segurou-a com as duas mãos pelo pescoço e apertou forte. Helene socou o peito dele com as duas mãos, mas a pressão no pescoço aumentou. Ela apoiou um dos joelhos no banco e deu uma joelhada com o outro, tentando acertar o saco de Prim. Sentiu que não o atingiu, mas ele a soltou e ela conseguiu sair do carro, sentiu o cascalho nos pés descalços. Levou um tombo, mas se levantou e começou a correr. Estava com dificuldade para respirar, como se ele continuasse a estrangulando, mas precisava ignorar a sensação, tinha que fugir. Por fim, conseguiu puxar um pouco de ar. Já conseguia ver os postes de luz da estrada. Eram menos de quatrocentos metros? Sim, nem trezentos. Iria conseguir. Acelerou, partiu com tudo. Ele não seria capaz de alcan...

De repente, foi como se alguém tivesse surgido do meio do nada e a acertado com tanta força no pescoço que ela caiu de costas no chão e bateu a cabeça no cascalho.

Provavelmente ficou apagada por alguns segundos, porque ao abrir os olhos ouviu o som de passos se aproximando.

Tentou gritar, mas a pressão no pescoço aumentou de novo.

Levou as mãos até lá e percebeu o que era.

A guia do cachorro.

Prim tinha colocado a guia no pescoço de Helene e esperado pacientemente enquanto ela fugia, até a guia retrátil puxá-la quando ela alcançasse seus cinquenta metros de liberdade.

Helene parou de ouvir os passos no instante em que localizou o fecho com os dedos. Abriu o mosquetão e se libertou, mas antes mesmo de se levantar foi empurrada de volta para o chão.

Prim se aproximou totalmente nu, tão branco que brilhava na escuridão. Pisou no peito de Helene. Ela viu o que ele estava segurando na mão direita. A pouca luz que chegava ali foi refletida no aço niquelado. Uma faca. Grande. Ainda assim, Helene não estava com medo, ou pelo menos não estava tão assustada como quando prendeu a respiração no carro. Estava com medo de morrer, mas mesmo ali parecia que o tesão era mais forte. Não havia como explicar de outra forma.

Prim se ajoelhou, encostou a faca no pescoço de Helene, se inclinou e sussurrou:

— Se gritar, eu corto a sua garganta na hora. Se entendeu o que eu falei, faz que sim com a cabeça.

Ela assentiu em silêncio. Prim recuou ainda ajoelhado. Helene continuou sentindo o aço frio na pele do pescoço.

— Sinto muito, Helene — lamentou ele. — Não é justo que você tenha que morrer. Você não fez nada, não é o meu alvo. Só deu o terrível azar de ser um meio necessário.

Ela tossiu.

— Ne... Necessário para quê?

— Para humilhar e destruir Markus Røed.

— Porque ele...

— Isso, porque ele me comia. E quando não me penetrava me forçava a chupar aquele pau asqueroso dele na hora do jantar, do café da manhã e, às vezes, do almoço. Você entende o que eu vivi, Helene? A diferença entre nós dois é que eu não recebi nada por isso. Fora a bicicleta que ele me deu aquela vez. E o tempo que ficou com a minha mãe. Chocante, não acha? Eu morria de medo de ele abandonar a gente. Não sei se fui eu que fiquei velho demais para ele, ou se foi a minha mãe, mas em certo momento ele trocou a gente por uma mulher mais nova com um filho mais novo. Tudo isso foi muito antes de você, então imagino que não saiba nada desse assunto.

Helene balançou a cabeça. Era como se ela se visse através dos olhos de outra pessoa, deitada no chão, nua, congelando numa trilha com uma faca encostada no pescoço. Ela sentia as pedras cravando em sua pele; não via escapatória, talvez sua vida terminasse ali. Ainda assim queria estar ali, ainda assim o desejava. Estava louca?

— A minha mãe entrou em depressão profunda — revelou Prim com a voz trêmula, e Helene percebeu que ele também estava com frio. — Quando começou a se recuperar, ela teve forças para fazer o que tinha me prometido tantas vezes quando estava bêbada: tirou a própria vida e tentou tirar a minha. O corpo de bombeiros concluiu que a morte dela foi um acidente, que o incêndio aconteceu porque ela estava fumando na cama. Nem eu nem o irmão dela, o tio Fredric, vimos necessidade de informar a eles ou à seguradora que ela não fumava, que eles tinham encontrado um maço de Markus Røed.

Prim ficou em silêncio. Helene sentiu algo quente no seio. Uma lágrima.

— Você vai me matar agora? — perguntou ela.

Ele respirou fundo.

— Como eu disse, sinto muito, mas preciso completar o ciclo de vida dos parasitas. Eles precisam se reproduzir, sabe? Para infectar outro hospedeiro eu preciso de parasitas novos. Entende?

Helene balançou a cabeça. Queria fazer carinho na bochecha de Prim. Era como se tivesse tomado ecstasy, como se sentisse um amor incontido. Mas não era amor, era luxúria — estava morrendo de tesão.

— E tem outra vantagem: mortos não falam.

— Claro — concordou ela, ofegando, como se soubesse que aqueles eram seus últimos suspiros.

— Mas me diz uma coisa, Helene: durante o sexo, você se sentiu amada?

— Não sei — respondeu ela e sorriu exausta. — Acho que sim.

— Que bom — disse ele e usou a mão livre para segurar a dela com força. — Eu queria te dar esse presente antes de você morrer. Porque no fundo tudo o que importa é se sentir amado, não acha?

— Talvez — sussurrou ela e fechou os olhos.

— Tenha isso em mente agora, Helene. Diga para si mesma: eu sou amada.

Prim encarou Helene. Viu os lábios dela se mexendo. Formando as palavras. *Eu sou amada.* Ergueu a faca, apontou para a artéria carótida, inclinou-se e jogou todo o peso para baixo ao cravar a faca. Sentiu um calafrio de euforia e horror quando o jorro de sangue quente atingiu sua pele gelada.

Segurou firme o cabo da faca. Sentiu que as vibrações foram ficando cada vez mais fracas e percebeu que a vida de Helene estava se esvaindo. Depois do terceiro jato, o sangue começou a escorrer. Segundos depois, a faca lhe avisou que Helene Røed havia morrido.

Puxou a faca e se sentou no chão ao lado dela. Secou as lágrimas. Tremia de frio, medo e tensão liberada. Não ficava mais fácil — pelo contrário. Ele estava matando inocentes. O culpado continuava vivo, e com ele seria muito diferente. Matar Markus Røed seria jubiloso. Mas primeiro ele faria o desgraçado sofrer tanto que a morte seria como uma libertação.

Prim sentiu algo na pele. Uma garoa leve. Olhou para cima. Tudo preto. A previsão era de chuva para a noite. Isso eliminaria a maior parte dos rastros, mas ele ainda tinha trabalho a fazer. Olhou para o relógio, a única coisa que não havia tirado do corpo. Nove e meia. Se fosse eficiente, poderia estar de volta ao centro da cidade às dez e meia.

# 29

## SÁBADO

### *Tapetum lucidum*

Faltava uma hora para meia-noite, e os caminhos molhados reluziam à luz dos postes no parque do Palácio Real.

Passeando com Alexandra, Harry estava agradavelmente anestesiado, enxergando uma realidade distorcida na medida certa. Era o ponto ideal da embriaguez — sabia que estava vivendo uma ilusão, mas ao mesmo tempo estava livre das dores mentais. Os rostos das pessoas por quem passava flutuavam no ar, indistintos. Para evitar que Harry tomasse um tombo, Alexandra havia apoiado o braço dele em seu ombro e o abraçado pela cintura. Ainda estava com raiva.

— Uma coisa é se recusar a nos servir... — disse ela, irritada.

— Se recusar a *me* servir — corrigiu Harry, com uma dicção bem mais firme do que seu andar.

— Outra coisa é nos expulsar.

— *Me* expulsar — corrigiu Harry de novo. — Percebi que os barmen não gostam quando os clientes dormem com a cabeça no balcão.

— Tá bem, mas o problema foi o *jeito* como eles fizeram.

— Tem maneiras piores, Alexandra. Acredite em mim.

— Ah, é?

— Ah, é, sim. Poucas vezes fui expulso de forma tão delicada. Acho que a de hoje entra na minha lista de cinco melhores expulsões.

Alexandra deu risada e encostou a cabeça no peito de Harry, que se desequilibrou, saiu do caminho e pisou no gramado real, onde um cachorro se aliviava enquanto o dono, um idoso segurando a guia, os encarava com olhar de reprovação.

Alexandra trouxe Harry de volta para uma posição mais estável.

— Vamos parar no Lorry e tomar um café — sugeriu ela.

— E uma cerveja.

— Café. A menos que você queira ser expulso de novo.

Harry pensou.

— Certo.

O Lorry estava lotado, mas eles conseguiram se sentar na terceira cabine à esquerda da entrada com dois homens que falavam francês. Eles pediram xícaras grandes de café fumegante.

— Estão falando dos assassinatos — sussurrou Alexandra.

— Não — disse Harry —, estão falando da Guerra Civil Espanhola.

Após tomar apenas café, já perto da meia-noite, eles saíram do Lorry um pouco menos bêbados.

— Na sua casa ou na minha? — perguntou Alexandra.

— Tem outras opções?

— Não. Vamos para a minha. Andando. Ar fresco.

O apartamento de Alexandra ficava num prédio na Marcus Thranes gate, na metade do caminho entre St. Hanshaugen e a Alexander Kiellands plass.

— Você se mudou desde a última vez — comentou Harry no quarto, o corpo ainda cambaleante enquanto Alexandra tentava despi-lo. — Mas notei que a cama é a mesma.

— Boas lembranças?

Harry parou para pensar.

— Babaca! — disse Alexandra, empurrou Harry para a cama e se ajoelhou para desabotoar a calça dele.

— Alexandra... — Harry segurou a mão dela.

Ela o encarou.

— Não posso — disse ele.

— Bebeu demais?

— Também, provavelmente. Mas eu visitei o túmulo dela hoje.

Harry ficou esperando o acesso de raiva causado pela humilhação. Frieza. Desprezo. Em vez disso, viu apenas resignação e cansaço no olhar de Alexandra. Ela empurrou Harry ainda de calça para baixo do edredom, apagou a luz e se deitou de conchinha atrás dele.

— Ainda dói? — perguntou ela.

Harry tentou pensar em outra maneira de descrever o sentimento. Vazio. Perda. Solidão. Medo. Pânico, até. Mas Alexandra havia acertado em cheio: o sentimento geral era de dor. Ele fez que sim.

— Você tem sorte — comentou ela.

— Sorte?

— De ter amado tanto alguém a ponto de sentir toda essa dor.

— Hum.

— Desculpe se pareceu banal.

— Não, você tem razão. Sentimentos são banais.

— Eu não quis dizer que amar alguém é banal. Ou querer ser amado.

— Nem eu.

Eles se abraçaram. Harry mirou a escuridão. Fechou os olhos. Ainda precisava ler metade dos relatórios. A resposta podia estar neles. Caso contrário, teria que tentar o plano desesperado que havia descartado, mas que voltou à tona diversas vezes após a conversa com Truls no Schrøder. Pegou no sono.

Estava montando um touro mecânico. A máquina o sacudia enquanto ele se segurava com força e tentava pedir uma bebida. Esforçava-se para se concentrar no barman atrás do balcão, mas os solavancos eram violentos, ele não conseguia enxergar o rosto de ninguém.

— O que você deseja, Harry? — Era a voz de Rakel. — Me diz o que você quer.

Era ela mesmo? *Eu quero que o touro pare. Quero ficar com você.* Harry tentou gritar, mas não conseguiu emitir som nenhum. Apertava os botões na nuca do touro, mas os movimentos ficavam cada vez mais rápidos e intensos.

Ouviu o som de uma faca perfurando carne e os gritos dela. O touro foi perdendo força e velocidade até parar.

Harry não viu ninguém atrás do balcão do bar, mas o sangue escorria por espelhos, garrafas e copos. Sentiu algo duro pressionar sua têmpora.

— Garanto que você tem uma dívida — sussurrou uma voz atrás dele. — Isso, você me deve uma vida.

Harry olhou para o espelho. No cone de luz que vinha da lâmpada acima, viu a própria cabeça, um cano de pistola e uma mão com o dedo no gatilho. O rosto do homem que segurava a arma estava na escuridão, mas Harry conseguiu ver um reflexo branco. Ele estava nu? Não, era um colarinho branco.

— Espera! — gritou Harry e se virou para trás. Não era o homem no elevador. Nem o homem por trás do vidro fumê do Camaro. Era Bjørn Holm. Seu colega apontou a pistola para a própria têmpora e puxou o gatilho.

— Não!

Harry se viu sentado na cama.

— Meu Deus! — murmurou uma voz, e ele viu o cabelo preto no travesseiro branco ao seu lado. — O que houve?

— Nada — respondeu Harry, rouco. — Só um sonho. Vou indo.

— Por quê?

— Preciso ler uns relatórios. E prometi passear no parque com o Gert amanhã cedo.

Harry se levantou, encontrou a camisa numa cadeira, colocou os braços e começou a abotoá-la. Sentiu enjoo.

— Está animado para vê-lo?

— Só quero chegar na hora. — Harry se abaixou e beijou a testa de Alexandra. — Dorme bem e obrigado pela ótima noite. Não precisa me levar na porta, eu saio sozinho.

Quando Harry chegou ao pátio do prédio, não conseguiu prender o vômito. Mal teve tempo de afastar da parede duas lixeiras verdes com rodinhas antes de pôr tudo para fora no calçamento imundo. Enquanto se recuperava, viu um brilho vermelho na escuridão, perto da parede do outro lado do pátio. Olhos de gato. *Tapetum lucidum*, havia explicado Lucille certa vez — uma membrana atrás do olho que refletia a luz de uma janela do térreo. Harry viu os contornos do gato, imóvel, olhando para ele. Quando a visão de Harry se acostumou com a escuridão, ele percebeu que na verdade o gato não estava prestando atenção nele, mas em um rato que avançava devagar em direção ao gato. Foi como um déjà vu da manhã no bangalô na Doheny Drive. O roedor arrastava a cauda longa e lustrosa como um condenado obrigado a carregar a própria corda até a forca. O gato armou o bote e, num movimento rápido, cravou os dentes na nuca do rato. Harry vomitou de novo e se apoiou na parede do prédio enquanto o gato soltava o rato já morto no chão. Os olhos brilhantes encararam Harry, como se o gato estivesse esperando aplausos. É um teatro, pensou Harry. É a porra de um teatro e, por um curto período, apenas representamos o papel que alguém escreveu para nós.

# 30

## Domingo

Thanh chegou à Mons antes que o sol da manhã secasse a chuva das ruas.

Não estava com as chaves da pet shop. Era domingo, e a loja servia de ponto de encontro para os donos dos cachorros com os quais passeava. Era um cliente novo, tinha ligado no sábado. Era raro as pessoas contratarem seus serviços nos fins de semana, porque nesses dias elas tinham tempo para cuidar dos próprios bichos de estimação. Thanh estava com vontade de passear e havia colocado roupa de caminhada, para o caso de o cachorro querer correr um pouco. Ela e a mãe passaram o sábado fazendo comida. Seu pai havia recebido alta do hospital e, embora a médica tivesse pedido a ele que evitasse excessos ou alimentos muito condimentados, ele comeu de tudo, para alegria da mãe dela.

Thanh viu um homem com um cachorro atravessando a praça Vestkanttorvet. Era um labrador, que pelo andar sofria de displasia de quadril. Quando eles se aproximaram, Thanh viu que era o policial que havia passado na loja na sexta-feira. Como o homem usava terno, de início Thanh pensou que ele estava indo a um culto religioso e precisava de alguém para cuidar do cachorro. Mas ele também usava terno quando ela o viu pela primeira vez — talvez fosse uniforme de trabalho. Ela se sentiu aliviada por não estar com as chaves da loja, caso ele tentasse convencê-la a deixá-lo entrar.

— Olá — disse ele e sorriu. — Meu nome é Sung-min.

— Thanh — apresentou-se ela e fez carinho no cachorro, que abanava o rabo.

— Thanh, esse é o Kasparov. Como eu pago?

— Pelo Vipps, se você tiver o aplicativo. Se quiser, posso emitir recibo.

— Ah, então você não quer trabalhar na ilegalidade para um policial? — Sung-min deu risada. — Foi mal, piada sem graça — disse ele ao perceber que ela não riu junto. — Se importa se eu caminhar com você?

— Claro que não — respondeu Thanh, então pegou a guia e notou que a coleira de Kasparov era da William Walker. Uma marca cara, mas que não machuca o pescoço do cachorro. Ela chegou a sugerir que vendessem essa marca na loja, mas Jonathan não quis.

— Costumo caminhar no Frognerparken — disse ela.

— Perfeito.

Eles foram para o sul e viraram na Fuglehauggata em direção ao parque.

— Notei que você veio preparada para correr, mas infelizmente os dias de corrida do Kasparov ficaram para trás.

— Reparei. Nunca pensou em operar?

— Já, várias vezes, mas o veterinário não aconselha. Acho que o Kasparov está no caminho certo, com alimentação adequada, e, quando o problema piora, dou analgésicos e anti-inflamatórios.

— Parece que você se preocupa com o seu cachorro.

— Ah, claro. Você tem cachorro?

Thanh balançou a cabeça.

— Prefiro manter um lance casual, como estou fazendo agora com o Kasparov. Nada de relacionamento sério.

Dessa vez os dois riram.

— Acho que não me dei muito bem com o seu chefe no outro dia — comentou Sung-min. — Ele é sempre tão calado?

— Não sei.

O policial ficou em silêncio, e Thanh sabia que ele estava esperando uma explicação mais elaborada. Ela sabia que não precisava dizer mais nada, mas essas pausas silenciosas podiam dar a entender que ela estava relutante, como se quisesse esconder algo.

— A verdade é que eu não o conheço muito bem — completou Thanh e percebeu que queria se distanciar de Jonathan, o que poderia complicar a situação do seu chefe e essa não era a sua intenção.

— Que estranho. Vocês não se conhecem, mas só vocês dois trabalham na loja.

— Pois é — disse ela. Eles pararam no sinal vermelho na faixa de pedestres da Kirkeveien. — Talvez seja estranho mesmo. Mas acho que você quer saber se eu sei se ele contrabandeou alguma coisa para dentro do país. E isso eu não sei.

De canto de olho, Thanh percebeu que Sung-min a encarava, e, quando o sinal de pedestres abriu, ela andou tão rápido que o deixou para trás na calçada.

Sung-min correu atrás da garota da pet shop.

Estava irritado. Claramente aquilo não estava levando a lugar nenhum, ela estava na defensiva e não queria falar. Sung-min estava desperdiçando um dia de folga e, para piorar, ele e Chris tinham discutido no sábado.

Um vendedor de rosas oferecia suas flores murchas aos turistas junto ao monumental portão de entrada do Frognerparken.

— Uma rosa para a sua bela amada.

O vendedor deu um passo e bloqueou um portão lateral menor por onde Sung-min e Thanh iriam entrar.

— Não, obrigado — disse Sung-min.

O vendedor repetiu o argumento de venda num norueguês macarrônico, como se Sung-min não tivesse entendido na primeira vez.

— Não — repetiu Sung-min e foi atrás de Thanh e Kasparov, que tinham contornado o sujeito e atravessado o portão.

O vendedor foi atrás de Sung-min.

— Uma rosa para a sua bela...

— Não!

O homem certamente achou que, a julgar pelo terno, Sung-min era rico e que ele e Thanh eram um casal, já que ambos pareciam asiáticos. Era uma suposição razoável, e, num dia normal, Sung-min não teria se incomodado. Em geral, não se incomodava com ideias preconcebidas — que para ele eram só uma forma de as pessoas lidarem com um mundo complexo. No fundo, ele se incomodava mais com pessoas tão egocêntricas que se ofendiam com os preconceitos mais inocentes.

— Uma rosa para...

— Eu sou gay.

O vendedor parou e encarou Sung-min por um segundo. Então, umedeceu os lábios e ofereceu uma rosa pálida na embalagem de plástico.

— Uma rosa para a sua bel...

— Eu sou gay! Entendeu o que eu falei? Gay até dizer chega.

O vendedor recuou, e Sung-min percebeu que as pessoas que entravam e saíam se viravam para assistir à cena. Thanh parou assustada e Kasparov começou a latir e puxar a guia para ir ajudar o dono.

— Me desculpe. — Sung-min suspirou. — Tome.

Ele pegou a rosa e entregou uma nota de cem coroas ao vendedor.

— Eu não tenho... — começou o homem.

— Sem problema.

Sung-min se aproximou de Thanh e ofereceu a rosa.

De início, ela o encarou com uma expressão de surpresa. Então, começou a rir.

Sung-min hesitou por um instante, mas então percebeu o lado cômico da situação e começou a rir também.

— Meu pai diz que essa tradição de dar flores à namorada é mais forte na Europa — disse Thanh. — Os gregos faziam isso na Antiguidade, os franceses e os ingleses também, na Idade Média.

— Pois é, mas a rosa surgiu no mesmo continente que nós — disse Sung-min. — O lugar onde nasci, Samcheok, na Coreia do Sul, tem um festival de rosas muito famoso. E a mugunghwa, a rosa-de-sarom, é o símbolo nacional da Coreia.

— Sim, mas a mugunghwa é uma rosa mesmo?

Antes de chegarem ao Monólito, a conversa passou das flores para os animais de estimação.

— Não sei se Jonathan gosta de animais mesmo — revelou Thanh quando eles chegaram ao ponto mais alto do parque, com vista para

Skøyen. — Acho que ele entrou no ramo por acaso e que para ele tanto faz se fosse uma mercearia ou uma loja de eletrônicos.

— Sabe se ele vem importando o vermífugo da Hillman Pets depois da proibição?

— Como você tem tanta certeza disso?

— Ele pareceu bem estressado quando estive na loja.

— Vai ver estava com medo de...

— De...?

— Não, nada.

Sung-min respirou fundo.

— Olha, eu não sou da alfândega. Não vou denunciar o seu chefe por importação ilegal. Estou seguindo uma pista, que, de forma indireta, pode nos ajudar a prender o homem que matou as duas garotas desaparecidas. E a evitar a morte de mais pessoas.

Thanh fez que sim. Parecia um pouco hesitante, até que se decidiu.

— A única coisa ilegal que vi Jonathan fazer foi abrigar um filhote de raposa que alguém trouxe de Londres. Parece que lá tem raposas selvagens vivendo na cidade. Isso é crime aqui e acho que quando a pessoa descobriu ficou com medo, mas não teve coragem de levar a raposa ao veterinário para sacrificar, nem de fazer isso por conta própria, então a entregou para Jonathan. Com certeza pagou uma boa grana para se livrar do problema.

— As pessoas fazem esse tipo de coisa?

— Você não tem ideia. Comigo já aconteceu duas vezes de donos de cachorros me entregarem o pet para passear e depois simplesmente desaparecerem.

— E o que você faz?

— Levo os cachorros para casa. Mas a gente não tem espaço, então acabo deixando no abrigo de animais. É muito triste.

— O que aconteceu com o filhote de raposa?

— Não sei e não tenho certeza se quero saber. Eu adorava aquela raposinha. — Sung-min percebeu que os olhos de Thanh ficaram marejados. — De repente, um dia, ela sumiu. Provavelmente, Jonathan a jogou no vaso sanitário e deu descarga...

— No vaso?

— Não, claro que não. Mas, como eu falei, não quero saber como ele se desfez do Nhi.

Eles continuaram o passeio, e Thanh falou de seus planos, do sonho de ser veterinária. Sung-min ouviu. Era difícil não gostar da garota. Além disso, ela era inteligente e não havia mais nenhuma razão para ele fingir que só queria os serviços profissionais dela, então a acompanhou durante todo o passeio. As perguntas que Sung-min fez não deram em nada, mas ele se consolou com o fato de ter passado um tempo com alguém que apreciava um amigo de quatro patas tanto quanto ele.

— Ah — disse Thanh quando voltaram à loja. — Olha o Jonathan ali.

A porta da loja estava aberta, com um Volvo Estate estacionado em frente a ela e um homem na porta do carona, inclinado para dentro do carro, passando o aspirador barulhento. Provavelmente não conseguia ouvi-los. Aos pés dele havia um balde de água com espuma caindo pela borda, e o carro estava molhado e reluzente. Tinha uma mangueira aberta jorrando água no asfalto.

Sung-min pegou a guia de Kasparov e se perguntou se era melhor sair de perto como quem não queria nada e deixar Thanh decidir por conta própria se contaria a Jonathan sobre o passeio. Mas, antes de ele se resolver, o dono da loja se levantou e se virou para eles.

Sung-min viu os olhos de Jonathan brilharem quando percebeu a situação e a interpretou da forma correta.

— Não é pouco cristão lavar o carro no horário do culto? — perguntou Sung-min antes de alguém ter tempo de abrir a boca.

Jonathan semicerrou os olhos.

— Acabamos de voltar de uma caminhada no parque — acrescentou Thanh depressa. — Passeei com o cachorro.

Sung-min queria que ela não tivesse soado tão ansiosa. Era como se eles tivessem motivos para ficar na defensiva, e não Jonathan.

Sem dizer uma palavra, o dono da loja levou o aspirador e a mangueira para dentro, voltou para a calçada e esvaziou o balde. Espuma e água suja molharam as laterais dos sapatos artesanais de Sung-min.

Sung-min não percebeu, ficou concentrado em Jonathan, que entrou na loja com o balde vazio. A raiva que detectou no dono da loja se devia só à presença incômoda de um policial? Ou aquilo era medo? Sung-min não sabia que nervo tinha atingido, mas teve certeza de que havia atingido algum. Jonathan trancou a porta da loja e foi em direção ao carro sem olhar para os dois. Sung-min notou torrões de terra na água que escorria dos pneus para o bueiro.

— O senhor anda se metendo com o carro na floresta? — perguntou Sung-min.

— O senhor anda se metendo onde não é chamado? — rebateu o dono da loja, sentou-se no banco do motorista, fechou a porta do carro e deu partida no motor.

Sung-min ficou observando o Volvo acelerar pela Neuberggata na calmaria de um domingo de manhã.

— O que ele tinha no porta-malas?

— Uma gaiola — respondeu Thanh.

— Uma gaiola — repetiu Sung-min.

— Ah — sussurrou Katrine e soltou o braço de Harry.

— O que foi? — perguntou ele.

Ela não respondeu.

— Que foi, mamãe? — perguntou Gert, de mãos dadas com Harry.

— Acho que vi uma pessoa — respondeu Katrine, olhando para o terreno elevado atrás do Monólito.

— Sung-min de novo? — perguntou Harry.

Katrine havia contado que, enquanto ela e Gert o esperavam no portão de entrada, viram Sung-min chegar ao parque acompanhado de uma garota.

Katrine não foi falar com ele, não queria que seus colegas a vissem com Harry. Nesse sentido, ir ao Frognerparken num domingo de sol era uma escolha arriscada, porque o lugar ficava cheio, com muita gente no gramado, que ainda devia estar úmido depois da chuva de sábado à noite.

— Não, tive a impressão de que era... — Ela fez uma pausa.

— O cara com quem você anda saindo? — perguntou Harry, enquanto Gert, agasalhado, puxava sua manga, pedindo que o tio Hally o levantasse e o girasse no ar de novo.

— Talvez. Sabe quando você está pensando na pessoa e de repente começa a ver o rosto dela em tudo que é lugar?

— Você o viu ali em cima?

— Não, não pode ser. Ele trabalha hoje. Seja como for, não posso andar de braços dados com você, Harry. Se algum colega vê que a gente...

— Eu sei — disse Harry e olhou para o relógio. Faltavam dois dias inteiros. Havia explicado a Katrine que só tinha algumas horas livres antes de voltar ao hotel para trabalhar. Mas sabia que era só para ter a sensação de que estava tentando fazer alguma coisa, que a chance de encontrar algo nos relatórios era mínima. Sabia que alguma coisa precisava *acontecer*.

— Pla lá não, pla cá! — disse Gert. Harry saiu da estrada de cascalho e pegou a trilha que adentrava a floresta e levava ao parquinho e ao Castelo Frogner, uma minifortaleza de madeira onde as crianças podiam brincar.

— Como é o nome do lugar mesmo? — perguntou Harry, inocentemente.

— Catelo Fog.

Harry notou o olhar carrancudo de Katrine e prendeu o riso. O que estava acontecendo com ele? Tinha ouvido dizer que o sono irregular podia deixar as pessoas psicóticas. Havia chegado a esse estágio?

O celular tocou, e ele olhou para a tela.

— Preciso atender. Vão na frente.

Quando Katrine e Gert já estavam longe o bastante para não ouvi-lo, ele disse:

— Obrigado pela ótima noite.

— Não, *eu* que agradeço — disse Alexandra. — Mas não foi por isso que liguei. Estou no trabalho.

— Num domingo?

— Se você larga uma garota na cama no meio da noite para ler relatórios, então ela também pode trabalhar um pouco.

— Justo.

— Na verdade, eu vim para trabalhar na tese, mas descobri que a análise de DNA do papel-toalha ficou pronta. Imaginei que você iria querer saber o resultado o quanto antes.

— Hum.

— Tem o mesmo perfil de DNA da saliva que encontramos no seio de Susanne Andersen.

O cérebro exausto de Harry assimilou a informação aos poucos, à medida que o coração acelerava. Segundos antes ele estava torcendo para algo *acontecer* e tinha acontecido. Pessoas se tornavam religiosas por muito menos. Ao mesmo tempo, ele se deu conta de que não deveria ficar tão surpreso. Afinal, a suspeita sobre o dono da saliva no seio de Susanne tinha sido forte o suficiente para fazê-lo coletar o DNA de Markus Røed sem que ele soubesse.

— Obrigado — agradeceu-lhe Harry e desligou.

Quando chegou ao parquinho, Harry encontrou Katrine de quatro na areia em frente ao castelo, relinchando enquanto Gert, montado na mãe, batia os calcanhares nas costelas dela. Ainda de quatro, Katrine explicou que Gert tinha visto um filme sobre cavaleiros e queria chegar ao castelo montado num cavalo.

— A saliva encontrada em Susanne é de Markus Røed — disse Harry.

— Como você sabe?

— Consegui o DNA dele e mandei para Alexandra.

— Puta merda.

— Mamãe...

— Eu sei, meu amor, a mamãe não vai mais falar palavrão. Mas, se você conseguiu o material sem o consentimento dele, não podemos usar essa prova no tribunal.

— É, eu não segui as regras da polícia, mas a gente já conversou sobre isso. Não tem nada que impeça vocês de usarem informações obtidas por terceiros.

— Será que você pode...? — Katrine acenou com a cabeça na direção do cavaleiro. Gert reclamou quando Harry o tirou do cavalo e ela se levantou. — A esposa de Røed mantém o álibi, mas talvez essa prova seja suficiente para prendê-lo — disse ela, batendo a areia dos joelhos da calça e olhando Gert, que saiu correndo para o escorregador de uma torre do castelo.

— Hum. Talvez Helene Røed tenha dúvidas sobre esse álibi.

— Hã?

— Falei com ela. O álibi é a moeda de troca num acordo de divórcio que está por vir.

Katrine franziu a testa e pegou o celular, que estava tocando. Olhou a tela.

— Bratt falando.

A voz de trabalho, pensou Harry. E, pela mudança na expressão facial, ele sabia o resto.

— Vou agora mesmo — disse ela e desligou. Olhou para Harry. — Encontraram um corpo. Lilløyplassen.

Harry pensou por um instante. Não ficava na ponta de Snarøya, numa área pantanosa?

— Tá certo — disse. — Mas por que a pressa para colocarem detetives lá? Você não devia dar prioridade à prisão de Røed?

— É o mesmo caso. Mulher. Decapitada.

— Merda.

— Pode ficar brincando com ele? — Ela acenou com a cabeça na direção de Gert.

— Você vai passar o resto do dia ocupada. E da noite também. Røed precisa...

— Essa aqui é a do portão do prédio e essa aqui é a do apartamento. — Ela tirou duas chaves de um molho. — Tem comida na geladeira. E me poupe desse olhar, você é o pai.

— Hum. Pelo jeito sou o pai só quando lhe convém.

— Isso mesmo. E agora você está falando igual a uma dessas esposas de policiais que vive se queixando de tudo. — Katrine entregou as chaves a Harry. — Depois a gente pega o Røed. Te mantenho informado.

— Claro — disse Harry e cerrou os dentes.

Harry observou Katrine ir até o escorregador, falar com Gert, beijar o filho e sair quase correndo do parque com o celular no ouvido. Sentiu um puxão na mão. Baixou a cabeça e viu Gert olhando para cima.

— Cavalinho.

Harry sorriu e fingiu não ouvir.

— Cavalinho!

Harry abriu um sorriso, olhou para a calça do terno e soube que não tinha como ganhar essa.

31

DOMINGO

# Mamíferos de grande porte

Era pouco depois das onze da manhã. Estava quente, mas assim que o sol se escondeu atrás de uma nuvem Katrine sentiu um calafrio. Estava num matagal perto de uma praia com grama alta. Mais além, o mar reluzente com veleiros indo de um lado para outro. Virou-se para trás. A maca com o cadáver da mulher estava a caminho da ambulância estacionada na beira da estrada, de onde chegava Sung-min.

— E aí? — perguntou ele.

— Estava jogada na grama perto da praia. — Katrine respirou fundo. — O corpo está em estado lastimável, pior que as outras duas. Nessa área a maioria das famílias com criança pequena acorda cedo, então claro que uma delas acabou encontrando o corpo.

— Caramba. — Sung-min balançou a cabeça. — Sabemos quem é?

— Estava nua e foi decapitada. Ninguém entrou em contato com a polícia para informar o desaparecimento. Ainda. Mas acho que ela era jovem e bonita, então...

Katrine não terminou a frase, que não seria muito mais longa. Por experiência própria, sabia que as denúncias de desaparecimento de mulheres jovens e bonitas são as primeiras a chegar.

— Imagino que não tenha nenhuma pista no local.

— Não, o assassino teve sorte, choveu ontem à noite.

Uma rajada de vento gelado fez Sung-min sentir um calafrio.

— Acho que não foi sorte, Bratt.

— Nem eu.

— Vamos fazer alguma coisa para identificar o corpo?

— Vamos. Pensei em ligar para Mona Daa, do *VG*, e oferecer essa informação exclusiva, desde que eles publiquem a matéria do jeito que a gente quer e deem destaque. Nem mais nem menos. Os outros jornalistas que citem a matéria dela e reclamem de tratamento privilegiado.

— Não é uma ideia ruim. Daa vai topar só para ter alguma coisa que Våge não tem.

— Essa era a minha ideia.

Eles ficaram em silêncio, vendo os peritos fotografarem e passarem um pente-fino na área.

Sung-min se balançava nos calcanhares.

— Ela foi trazida para cá de carro, igual a Bertine, não acha?

Katrine fez que sim.

— Não passa nenhuma linha de ônibus por aqui e as empresas de táxi que contatamos não tiveram nenhuma corrida para a região ontem à noite, então, sim, é muito provável.

— Sabe se tem alguma estrada de cascalho ou terra por aqui?

Katrine o encarou, pensativa.

— Está pensando em marcas de pneus? Só vi estradas asfaltadas por perto. Mas a essa altura a chuva provavelmente teria apagado as marcas de pneu.

— Claro, eu só...

— Você só...?

— Nada.

— Vou ligar para o *VG*.

Eram onze e quarenta e cinco. Prim desdobrou lentamente o papel vegetal à sua frente.

Sentiu uma nova onda de raiva tomar conta do seu corpo. Elas chegavam em intervalos irregulares desde que tinha visto os dois juntos. Como dois pombinhos. Ela — a Mulher que ele amava — e aquele cara. Não restam dúvidas do que está acontecendo quando um homem e uma mulher passeiam juntos num parque. O cara estava atrás dela. E também era da polícia! Prim ainda não havia tido tempo de bolar um plano para se livrar desse rival inesperado, mas em breve pensaria em algo.

O papel vegetal estava desdobrado. No centro, um olho.

Prim sentiu a boca seca, mas não viu alternativa.

Segurou o olho com dois dedos e sentiu enjoo. Não podia vomitar de novo, seria um desperdício. Devolveu o olho ao papel vegetal, tentou respirar fundo, com calma. Abriu de novo os portais de notícias pelo celular e finalmente estava lá! No *VG*, com todo o destaque e uma foto grande do pântano. Abaixo da assinatura de Mona Daa, Prim leu que o corpo de uma mulher ainda não identificada havia sido encontrado em Lilløyplassen, na península de Snarøya. Era mais um corpo decapitado, e na matéria o *VG* pedia aos leitores que entrassem em contato com a polícia caso tivessem informações sobre a identidade da mulher. Também pedia que quem tivesse passado pela área na noite anterior ligasse para a polícia, mesmo que não tivesse visto nada. Segundo a matéria, por ora a polícia não queria comentar se esse homicídio tinha relação com os de Susanne Andersen e Bertine Bertilsen, mas que certamente chegariam a essa conclusão.

Prim percebeu que a notícia tinha mais espaço que outras, como a do político sonegador, a do confronto decisivo entre Bodø/Glimt e Molde pelo campeonato norueguês e a da guerra no Leste.

Sentiu uma estranha euforia por estar no centro do palco, no papel principal. Era assim que a mamãe se sentia ao se apresentar no teatro, diante de uma plateia fascinada, estupefata? Será que finalmente os genes e a paixão dela estavam despertando nele?

Pegou o outro celular, o pré-pago, que tinha comprado na internet com chip da Letônia e registrado num nome falso. Digitou o número da linha de denúncia do *VG*. Disse que tinha informações sobre a mulher morta perto de Lilløyplassen e pediu para falar com Mona Daa.

— Daa — disse ela ao atender, num tom de quem dá uma ordem.

Prim forçou uma voz mais grave para não ser reconhecido.

— O importante não é quem eu sou, mas estou muito preocupado. Eu tinha marcado de me encontrar com Helene Røed hoje no Frognerparken. Ela não apareceu, não atendeu o celular e também não está em casa.

— Quem...

Prim desligou. Olhou para o papel vegetal. Pegou o olho, analisou, colocou na boca, mastigou.

***

Johan Krohn ligou para Harry Hole pouco depois de meio-dia e meia.

Tinha saído da varanda, onde sua esposa permaneceu sentada, tomando café e pegando sol. Explicou que não confiava na meteorologia, que previa calor para os próximos dias. Abotoou o casaco enquanto esperava a ligação ser atendida. Por fim, ouviu a voz ofegante de Harry.

— Foi mal, interrompi o seu treino?

— Não, estou brincando.

— Brincando?

— Sou um dragão atacando um castelo.

— Entendi. Liguei porque Markus acabou de me ligar. A secretária dele recebeu uma ligação do Instituto de Medicina Forense. Querem que ele vá identificar um corpo. — Krohn respirou fundo. — Acham que pode ser Helene.

— Hum.

Johan Krohn não sabia se Hole estava chocado ou não.

— Pensei que talvez você quisesse ir com ele ver o corpo. Mesmo que não seja Helene, o assassino deve ser o mesmo.

— Certo. Pode vir aqui e cuidar de uma criança de 3 anos por uns minutos?

— Uma criança de 3 anos?

— Ele gosta quando você finge que é um animal. De preferência um mamífero de grande porte.

Johan Krohn apertou pela segunda vez o botão que dizia "Instituto de Medicina Forense".

— Hoje é domingo. Tem certeza de que tem gente trabalhando? — perguntou.

— Disseram para eu vir o mais rápido possível e tocar o interfone — explicou Markus Røed, olhando para a fachada do prédio.

Depois de um tempo eles viram uma pessoa vestida de verde andando rápido em direção à porta de vidro.

— Me desculpem, minha colega saiu mais cedo hoje — disse ele por trás da máscara cirúrgica. — Meu nome é Helge, sou técnico de necropsia.

— Johan Krohn.

Por instinto, o advogado estendeu a mão, mas o técnico balançou a cabeça e ergueu as mãos enluvadas.

— Os mortos podem ser infectados? — perguntou Røed, irônico.

— Não, mas podem infectar os vivos — respondeu o técnico de necropsia.

Eles seguiram Helge por um corredor deserto até uma sala com janela de vidro e vista para o que Krohn imaginou ser a sala de necropsia.

— Quem vai fazer a identificação?

— Ele — respondeu Krohn, apontando para Markus Røed.

Helge deu a Røed uma máscara, um jaleco e uma touca iguais aos que ele usava.

— Posso perguntar qual é a sua relação com a possível vítima?

Por um instante Røed pareceu não saber o que dizer.

— Marido — respondeu, por fim, sem o tom sarcástico de antes, como se estivesse começando a entender a probabilidade de Helene realmente estar ali.

— Antes de colocar a máscara, vou pedir que o senhor beba um pouco de água — sugeriu o técnico de necropsia.

— Obrigado, mas não preciso — disse Røed.

— Pela nossa experiência, é bom que a pessoa que faz a identificação esteja hidratada. — O técnico de necropsia pegou um jarro de água e encheu um copo. — Acredite, você vai entender quando entrarmos.

Røed olhou para Helge, fez que sim com a cabeça e tomou toda a água do copo.

O técnico de necropsia abriu a porta da sala para Røed entrar e foi atrás.

Krohn foi até a janela de vidro. Helge e Røed estavam cada um de um lado de um carrinho onde se viam os contornos de um corpo feminino de lado, coberto por um lençol branco. Menos a cabeça. Havia microfones dentro da sala, e o advogado ouvia as vozes dos dois por um alto-falante acima da janela.

— Pronto? — perguntou Helge.

Røed assentiu, e o técnico de necropsia retirou o lençol. Krohn se afastou da janela. Tinha visto cadáveres ao longo da vida profissional, mas nada como aquilo. A voz do técnico soava seca e profissional pelo alto-falante.

— Sinto muito, mas a minha impressão é de que o criminoso a sujeitou a uma violência extrema. Como o senhor pode ver, há facadas por todo o corpo, e o abdômen está dilacerado. Mas a parte mais mutilada provavelmente é essa aqui, ao redor do ânus, onde o criminoso deve ter usado algo diferente de uma faca ou das próprias mãos para causar tamanha lesão. O reto da vítima foi inteiramente rasgado, e o dano vai subindo pelo corpo. Imagino que ele tenha usado um cano, um galho grosso ou algo do tipo. Peço desculpas se estou lhe dando mais informações do que parece necessário, mas é meu dever explicar o nível de violência desse crime, para que o senhor entenda que ela não é mais a mulher que o senhor conhecia ou costumava ver. Então, não tenha pressa e tente olhar além das lesões.

Krohn não conseguiu ver a expressão de Røed, que estava de máscara, mas viu o corpo dele tremer.

— Ele fez isso enquanto... enquanto ela estava viva?

— Gostaria de poder afirmar com certeza que ela estava morta, mas não posso.

— Então ela sofreu? — perguntou Røed, prendendo o choro.

— Como eu disse, não há como saber. Podemos estabelecer que algumas lesões foram feitas depois que o coração parou de bater, mas não todas. Sinto muito.

Røed deixou um soluço escapar. Até então, Johan Krohn não tinha sentido pena de Markus Røed, nem por um segundo — seu cliente era calhorda demais para isso. Mas naquele instante ele sentiu compaixão, talvez porque, inevitavelmente, tenha se colocado no lugar de Røed e imaginado a própria esposa na mesa.

— Sei que é doloroso — disse o técnico de necropsia —, mas preciso pedir que o senhor não tenha pressa. Olhe para ela e faça o possível para confirmar se é Helene Røed.

Krohn presumiu que ouvir o nome da esposa, associado à visão do corpo mutilado, foi o que fez Røed cair num choro descontrolado. Ouviu a porta atrás dele abrir. Era Harry Hole, acompanhado por uma mulher de cabelo preto.

Hole deu um breve aceno de cabeça.

— Essa é Alexandra Sturdza. Trabalha aqui. Liguei para ela e a busquei no caminho.

— Johan Krohn, advogado de Røed.

— Eu sei — disse Alexandra, então foi em direção à pia e começou a lavar as mãos. — Eu estava aqui hoje cedo, mas pelo jeito perdi toda a agitação. Ela foi identificada?

— Estão fazendo isso agora — respondeu Krohn. — Não é uma tarefa... hummm... simples.

Hole se aproximou da janela ao lado de Krohn e olhou para a sala de necropsia.

— Fúria — disse ele, apenas.

— Hein?

— O que o assassino fez com ela. Não foi o mesmo que ele fez com as outras duas. Aqui tem fúria e ódio.

Krohn tentou umedecer a boca seca.

— Acha que foi alguém que odeia Helene Røed?

— Talvez. Ou odeia o que ela representa. Ou se odeia. Ou odeia alguém que a ama.

Ao longo da carreira Krohn tinha ouvido algo do tipo antes. Era a descrição mais ou menos padrão do psicólogo do tribunal em casos que envolviam estupro e homicídio por motivação sexual — exceto sobre a última possibilidade, de o criminoso odiar alguém que amava a vítima.

— É ela.

O sussurro de Røed no alto-falante fez com que os três do lado de fora da sala de necropsia se calassem.

Alexandra fechou a torneira e se virou para a janela.

— Sinto muito, mas preciso perguntar se o senhor tem certeza — disse o técnico de necropsia.

Røed deixou um soluço trêmulo escapar, fez que sim e apontou para um ombro.

— Ela ganhou essa cicatriz aqui numa viagem a Chennai, na Índia. Ela estava andando a cavalo na praia. Eu tinha alugado um cavalo de corrida para competir no dia seguinte. Era lindo ver os dois juntos. Mas o cavalo não estava acostumado a correr na areia e não viu um desnível feito pela maré. Eles estavam lindos quando...

A voz de Røed se perdeu, e ele levou as mãos ao rosto.

— Para ele ficar chateado desse jeito devia ser um belíssimo cavalo — comentou Alexandra.

Krohn se virou incrédulo, olhou nos olhos frios dela e engoliu a resposta que estava na ponta da língua. Em vez disso, virou-se furioso para Harry.

— Ela analisou o material do DNA de Røed — explicou Harry. — Bate com a saliva encontrada no seio de Susanne Andersen.

Harry analisou o rosto de Johan Krohn. Por um instante teve a impressão de ver uma reação de surpresa genuína, como se o advogado realmente acreditasse na inocência do cliente. Não que a opinião de advogados e policiais tivesse importância — segundo pesquisas, pessoas das mais variadas profissões tinham pouca ou nenhuma capacidade de perceber quando alguém está mentindo. Ou seja: somos um detector de mentiras tão ruim quanto o de John Larson. Mesmo assim, Harry sentiu que a surpresa de Krohn e as lágrimas de Røed não eram encenação. Claro que um homem pode sofrer por uma mulher que ele mesmo matou, seja com as próprias mãos ou contratando um assassino. Harry já tinha visto muitos maridos culpados chorarem, provavelmente por uma mistura de sensações de culpa, amor perdido e o mesmo ciúme que levou ao homicídio e à violência. Durante um tempo, o próprio Harry acreditou que havia ficado bêbado e matado Rakel. Mas Markus Røed *não parecia* ter assassinado a mulher deitada à sua frente, embora Harry não conseguisse explicar por que ou como sabia disso. De alguma forma, as lágrimas de Røed pareciam puras demais. Harry fechou os olhos. *Lágrimas puras demais?* Suspirou. Que se dane essa baboseira esotérica, as provas estavam ali e falavam por si. O milagre que salvaria tanto Lucille quanto o próprio Harry estava prestes a acontecer. Por que não recebê-lo de braços abertos?

Um zumbido soou na sala.

— Tem alguém na porta — avisou Alexandra.

— Deve ser a polícia — disse Harry.

Alexandra foi abrir.

Johan Krohn olhou para ele.

— Foi você quem ligou para eles?

Harry fez que sim.

Røed saiu da sala de necropsia e tirou o jaleco, a máscara e a touca.

— Quando podemos mandá-la para uma funerária? — perguntou para Krohn, sem notar a presença de Harry. — Não suporto ver Helene desse jeito. — Estava com a voz embargada, e os olhos, vermelhos e marejados. — E a cabeça. A gente precisa fazer uma cabeça para ela. Eu tenho um monte de foto. Um escultor. O melhor, John. Tem que ser o melhor.

Ele voltou a chorar.

Harry estava num canto da sala, observando Røed. Viu a reação de choque e perplexidade quando a porta se abriu e quatro policiais — três homens e uma mulher — entraram. Dois agarraram Røed pelos braços, o terceiro o algemou e o quarto explicou por que ele estava sendo preso.

Antes de sair pela porta, Røed virou a cabeça para a janela da sala de necropsia, como se quisesse dar uma última olhada no cadáver da esposa, mas só conseguiu notar a presença de Harry.

O olhar de Røed fez Harry se lembrar do verão em que trabalhou numa fundição, quando o metal fundido era colocado num molde e em segundos deixava de ser um líquido vermelho e incandescente para se transformar num sólido cinza e frio.

Os policiais levaram Røed.

O técnico de necropsia saiu da sala e tirou a máscara.

— Oi, Harry.

— Oi, Helge. Posso perguntar uma coisa?

— Fala — disse Helge, pendurando o jaleco.

— Já viu um culpado chorar assim?

Helge inflou as bochechas, pensou e soltou o ar lentamente.

— O problema do empirismo é que a gente nem sempre descobre quem é e quem não é o culpado, não é?

— Hum. Bom ponto. Me permite...? — Ele acenou com a cabeça para a sala de necropsia. Notou a hesitação de Helge. — Só trinta segundos. Não vou contar a ninguém. Pelo menos, não a ninguém que vá lhe causar problemas.

Helge sorriu.

— Tá. Mas vai logo antes que alguém chegue. E não toque em nada.

Harry entrou. Olhou para o que restava da pessoa animada e simpática com quem tinha conversado apenas dois dias antes. Tinha gostado dela. E ela, dele. Harry não se equivocava nas poucas vezes que percebia esse tipo de reação. Em outra vida talvez a tivesse chamado para tomar um café. Analisou as feridas e o corte da decapitação. Sentiu um odor fraco, quase imperceptível, que o fez se lembrar de algo. Como a parosmia o impedia de sentir cheiro de cadáver, só podia ser outra coisa. Claro: era de almíscar, que fez Harry se lembrar de Los Angeles. Endireitou o corpo. Para ele e para Helene Røed, o tempo tinha acabado.

Harry e Helge saíram juntos a tempo de ver a viatura partir. Alexandra estava fumando um cigarro encostada na fachada do prédio.

— Isso é o que eu chamo de dois garotos lindos — comentou ela.

— Obrigado — disse Harry.

— Vocês não, eles ali.

Alexandra indicou com a cabeça o estacionamento, onde havia um Mercedes antigo com placa de táxi e um clone do Keith Richards parado na frente do automóvel com uma criança de 3 anos nos ombros. O clone estava com um braço erguido na altura do rosto, como se fosse uma tromba, e emitia um som que Harry imaginou ser o bramido do elefante. Estava cambaleando, e, quando Harry viu, torceu para ser de propósito, parte da brincadeira.

— Com certeza — concordou Harry, tentando organizar o caos nos pensamentos, nas suspeitas e nas impressões. — Lindos.

— Øystein me chamou para ir com vocês dois amanhã ao Jealousy comemorar a resolução do caso — comentou ela e entregou o cigarro a Harry. — Eu vou?

— Você vai? — perguntou Harry após uma longa tragada.

— Vou, sim — respondeu Alexandra e pegou o cigarro de volta.

## 32

## Domingo

# Orangotango

A coletiva de imprensa começou às quatro da tarde.

Katrine observou a sala de imprensa. Estava lotada e o ar parecia pesado. Os nomes da vítima e do homem detido obviamente haviam começado a circular. Ela prendeu um bocejo enquanto Kedzierski fazia um resumo do caso. Já era um longo domingo e estava longe de acabar. Ela mandou uma mensagem para Harry perguntando como estavam as coisas, e ele respondeu: *Gert e eu saímos para beber. Chocolate.* Ela respondeu com um *ha ha* e um emoji irritado e tentou não pensar neles. Precisava se concentrar no caso. Kedzierski terminou o resumo e abriu para perguntas. E elas vieram como uma enxurrada.

— NRK, por favor — disse o chefe do Serviço de Informações, tentando manter a ordem.

— Como é possível a polícia ter provas de DNA contra Markus Røed se sabemos que ele se recusou a fazer um teste?

— Não foi a polícia que fez o teste — respondeu Katrine. — O material foi obtido por uma pessoa que não faz parte dos quadros da polícia. Essa mesma pessoa mandou fazer a análise que determinou que o DNA de Røed batia com o DNA encontrado no local do crime.

— E quem é essa pessoa? — perguntou alguém, em meio ao burburinho.

— Um investigador particular — revelou Katrine.

O burburinho cessou de imediato. Nesse breve instante de silêncio, Katrine disse o nome dele. E gostou. Porque sabia que, por mais que Bodil Melling quisesse sua cabeça, não poderia culpá-la por dizer a verdade, e a verdade era que Harry Hole havia praticamente solucionado o caso para a polícia.

— Qual a motivação para Røed matar Susanne Andersen e Bert...

— Não sabemos — respondeu Sung-min, interrompendo o jornalista.

Katrine olhou de canto de olho para o investigador da Kripos. E de fato eles não sabiam, mas tiveram tempo para discutir o assunto e foi Sung-min quem mencionou um antigo caso de homicídio — também investigado por Harry Hole — no qual um marido ciumento assassinou a esposa e depois matou mulheres e homens aleatoriamente para fazer parecer que o criminoso era um serial killer, para despistar a polícia.

— *VG* — disse Kedzierski.

— Se Harry Hole resolveu o caso, por que ele não está aqui? — perguntou Mona Daa.

— Isso é uma entrevista coletiva com porta-vozes da polícia — respondeu Kedzierski. — Vocês podem falar com Hole por conta própria.

— Tentamos entrar em contato, mas ele não atende.

— Não podemos... — começou Kedzierski, mas foi interrompido por Katrine.

— Ele provavelmente está ocupado com outros assuntos. E nós da polícia também, então, se os senhores não têm mais perguntas a respeito do caso...

Uma onda de protestos tomou conta da sala.

Eram seis da noite.

— Uma cerveja — pediu Harry.

O garçom fez que sim.

Gert ergueu os olhos do copo de chocolate quente e largou o canudo.

— A vovó falou que quem toma ceveja não vai plo céu. E não conhece o papai, poque ele tá lá.

Harry olhou para o menino e raciocinou: se ia para o inferno por tomar cerveja, era lá que encontraria Bjørn Holm. Olhou para as mesas ao redor. Viu homens solitários, acompanhados apenas de suas canecas. Eles não se lembravam de Harry, e Harry não se lembrava deles, embora estivessem tão entranhados no Schrøder quanto o cheiro de cigarro que ele ainda sentia nas paredes e móveis do bar, décadas depois da lei que proibiu fumar em locais fechados. Na época, os fregueses eram mais velhos que Harry, e era como se tivessem escrito na testa a frase gravada na Cripta dos Frades Capuchinhos de Roma: "O que você é agora nós fomos no passado; o que nós somos agora você será no futuro." Harry sempre soube que fazia parte de uma linhagem de alcoólatras, como uma pequena sanguessuga diabólica que vivia dentro dele, implorando por açúcar e álcool, exigindo ser alimentada, um parasita maldito transmitido pelos genes.

O celular tocou. Era Krohn. Parecia mais resignado que zangado.

— Parabéns, Harry. Vi na internet que foi você quem levou Markus à prisão.

— Vocês dois estavam avisados.

— Com métodos que a polícia não poderia usar.

— Foi por isso que vocês me contrataram.

— Certo. Pelo contrato, três advogados da polícia precisam considerar altamente provável que Røed seja condenado.

— Isso vai ser amanhã. E aí você vai ter que fazer a transferência.

— Por falar nisso, aquela conta nas ilhas Cayman que você me deu...

— Não me pergunte sobre isso, Krohn.

Houve uma pausa.

— Vou desligar, Harry. Espero que você consiga dormir.

Harry devolveu o celular ao bolso interno do paletó. Observou Gert, que estava concentrado no chocolate e nas grandes telas a óleo retratando a antiga Oslo nas paredes. Quando o garçom apareceu com a caneca, Harry devolveu a bebida e pagou. Claramente não era a primeira vez que o garçom lidava com um alcoólatra que havia se controlado no último segundo. Ele saiu com a cerveja sem dizer uma palavra ou erguer uma sobrancelha. Harry olhou para Gert. Pensou na linhagem.

— A vovó tem lazão — disse. — Ceveja faz mal. Não esquece isso.

— Ok.

Harry sorriu. Gert havia aprendido esse "Ok" com ele. Harry só podia torcer para não ensinar mais nada ao garoto. Não queria um descendente da sua imagem — pelo contrário. O amor e a preocupação que Harry sentia pela criança do outro lado da mesa eram instintivos, ele só queria que Gert fosse uma pessoa feliz, mais do que ele havia sido. O celular vibrou no instante em que o som do canudo do chocolate de Gert anunciou que a bebida tinha acabado.

Mensagem de Katrine.

*Em casa. Cadê vocês?*

— Hora de ir para casa, voltar para a mamãe — disse Harry, digitando uma mensagem para avisar que estavam a caminho.

— Pla onde você vai? — perguntou Gert e chutou a perna da mesa.

— Para o hotel.

— Nããão! — Gert colocou a mãozinha quente sobre a de Harry. — Canta pla mim. A música do lefligelante.

— Refrigerante?

— Coca... — cantou Gert.

Harry quis dar uma risada, mas em vez disso sentiu um nó na garganta. Puta merda. O que era aquilo? Era o que Ståle chamava de priming, uma espécie de condicionamento? Será que Harry só estava se sentindo assim porque tinha certeza de que era pai de Gert? Ou havia uma causa mais física ou biológica, uma atração inevitável que aproximava duas pessoas?

Harry se levantou.

— Você é que bicho? — perguntou Gert.

— Orangotango — respondeu Harry, então tirou Gert da cadeira e fez uma pirueta que arrancou aplausos de um freguês solitário do Schrøder. Colocou Gert no chão, e os dois saíram de mãos dadas.

Eram dez da noite. Prim havia acabado de alimentar Chefe e Lisa. Sentou-se em frente à TV para assistir ao noticiário novamente — desfrutar, mais uma vez, o resultado de sua encenação. A polícia não disse com todas as letras, mas Prim concluiu que não haviam encontrado nenhuma pista no local do crime. Ele havia tomado a decisão certa de matar Helene na estrada de cascalho após ela sair correndo do carro. Não havia como não deixar DNA na cena do crime — um fio de cabelo, um fragmento de pele, uma gota de suor. Sabendo que não conseguiria fazer uma limpeza completa num lugar onde poderiam aparecer testemunhas, Prim precisou garantir que a polícia não identificaria a estrada de cascalho como local do crime. Assim, colocou o corpo no carro e dirigiu até o pontal da península, imaginando que o lugar estaria deserto naquela madrugada de outono. Ao chegar, arrastou o corpo para o matagal e se pôs a trabalhar. Deixou o corpo de Helene ali também para garantir que ela seria encontrada por famílias com crianças que fossem passear domingo de manhã. Primeiro a decapitou, depois lavou o corpo e limpou os vestígios do seu DNA debaixo das unhas que Helene havia cravado nas coxas dele enquanto transavam no carro. Prim precisava ser meticuloso, porque, embora nunca tivesse sido condenado por nenhum crime, a polícia tinha seu DNA na base de dados.

A âncora do noticiário estava entrevistando Chris Hinnøy, advogado da polícia, por telefone, enquanto o nome e a foto dele eram exibidos no canto superior direito da tela. O assunto era a prisão preventiva de Røed. A essa altura, a mídia não estava mais noticiando nenhuma novidade espetacular sobre o assunto — os noticiários tinham passado o dia inteiro falando da prisão de Markus Røed e do assassinato de sua esposa. Nem a vitória sem graça do Bodø/Glimt sobre o Molde tinha recebido muita cobertura. Os portais estavam na mesma pegada: tudo girava em torno de Markus Røed. Assim, indiretamente girava em torno de Prim. É verdade que, após publicarem inúmeras fotos de Markus Røed, fotos de Harry Hole começaram a aparecer. De acordo com as matérias, ele — o outsider, o investigador particular — tinha feito a conexão entre o DNA de Markus Røed e a saliva no seio de Susanne. Como se fosse uma façanha. Era para a polícia ter feito essa descoberta por conta própria havia muito tempo. Esse tal de Harry Hole estava começando a encher o saco. Por que ele estava no centro das atenções? Toda a atenção deveria estar voltada para o caso, *o mistério de Prim*. A imprensa precisava se concentrar no fato de Markus Røed — um homem cheio de privilégios, que se considerava acima da lei — ter sido exposto e preso. O público adorava esse tipo de notícia — o próprio Prim adorava, era um bálsamo para a alma —, mas a verdade é que a audiência e os leitores haviam recebido uma dose cavalar do assunto. Prim desejava do fundo do coração que o padrasto pudesse acessar tudo o que saía na mídia sobre o caso, que ficasse desesperado, que a humilhação pública funcionasse como um banho de ácido. Ele queria que Markus Røed ficasse fora de si, amedrontado, desesperado. Prim se perguntou se a essa altura Røed havia pensado em tirar a própria vida. Não, o gatilho para o suicídio de sua mãe foi a falta de esperança, e seu padrasto ainda tinha alguma. Contava com um advogado do calibre de Johan Krohn e a única evidência da polícia era um pouco de saliva. Eles teriam que contrapor essa prova com o álibi falso de Helene para as noites em que Susanne e Bertine desapareceram. Prim ficou angustiado ao ouvir o que o advogado da polícia tinha acabado de dizer na TV.

Esse tal Chris Hinnøy tinha explicado que haveria uma audiência preliminar na segunda-feira, na qual o juiz sem dúvida concederia à polícia as habituais quatro semanas de prisão preventiva e depois, se necessário, manteria a prisão por mais tempo, dadas as provas e a gravidade dos crimes. Explicou também que, de acordo com a lei norueguesa, não havia limite de tempo para uma prisão preventiva, por isso em princípio Røed poderia passar anos nessa situação. Acrescentou que era fundamental a polícia ter plenos poderes para prender pessoas ricas e mantê-las na prisão, porque elas sempre podem usar o dinheiro ou a influência que têm para destruir provas, ameaçar testemunhas ou até influenciar investigadores.

— Investigadores como Harry Hole? — perguntou a âncora, como se isso tivesse alguma coisa a ver com o caso!

— Hole foi contratado por Røed — comentou o advogado da polícia —, mas foi formado pela polícia norueguesa e tem a integridade que esperamos dos membros da força policial, tanto do passado como do presente.

— Obrigada pela participação, Chris Hinnøy...

Prim baixou o volume da TV. Xingava ao mesmo tempo que pensava. Se o advogado estivesse certo, Markus Røed poderia ficar detido sabe-se lá até quando, seguro, numa cela inacessível. Esse não era o plano.

Tentou pensar.

Será que precisava mudar o plano?

Olhou para a lesma cor-de-rosa na mesinha de centro. Para o rastro de muco deixado após meia hora de esforço. Para onde ela estava indo? Tinha um plano? Estava caçando ou fugindo? Sabia que cedo ou tarde os caracóis canibais encontrariam seu rastro e a perseguiriam? Sabia que parar equivalia a morrer?

Prim pressionou as têmporas com os dedos.

Harry estava correndo, sentia o coração bombear sangue pelo corpo enquanto via a apresentadora agradecer a Hinnøy.

Chris Hinnøy era um dos três advogados da polícia que Harry e Johan Krohn haviam contatado horas antes para pedir uma avaliação subjetiva e extraoficial da chance de Markus Røed ser considerado culpado, levando em conta as evidências disponíveis. Dois quiseram responder na hora, mas Krohn pediu que eles dormissem bem e falassem na manhã seguinte.

Em seguida, o noticiário exibiu uma entrevista com o técnico do Bodø/Glimt e Harry desviou o olhar da TV instalada em frente à esteira para o espelho diante dele.

A pequena academia do hotel era toda sua. Tinha pendurado o terno no quarto e colocado um roupão do hotel, que estava pendurado num gancho. O espelho cobria a parede inteira. Ele estava de cueca, camiseta e sapatos John Lobb artesanais, que, para sua surpresa, eram ótimos para correr. Óbvio que parecia ridículo, mas estava cagando e andando. Mais cedo, quando desceu do quarto para a academia, passou pela recepção vestido desse jeito e disse que tinha conhecido um padre simpático no bar, mas não lembrava o nome dele. A recepcionista negra fez que sim e sorriu.

— Ele não é hóspede, mas sei de quem o senhor está falando, Sr. Hole, porque ele também passou aqui e perguntou pelo senhor.

— Sério? Quando?

— Pouco depois do seu check-in, não lembro exatamente quando. Ele pediu o número do seu quarto. Respondi que não somos autorizados a dar essa informação, mas que eu poderia ligar para o seu quarto. Ele recusou e foi embora.

— Hum. E disse o que queria?

— Não, só que ele era... *curious.* — Ela disse a última palavra em inglês e sorriu novamente. — As pessoas tendem a falar inglês comigo.

— Mas ele é dos Estados Unidos, não é?

— Talvez.

Harry aumentou a velocidade da esteira. Ainda era capaz de acelerar o ritmo, mas seria o bastante? Conseguiria deixar todos para trás? A Interpol tinha acesso às listas de hóspedes de todo hotel do mundo, assim como qualquer hacker medíocre. Vamos supor que o padre estava ali para vigiá-lo, e, talvez, puni-lo dali a dois dias, ao fim do prazo para o pagamento da dívida. Ele iria fazer o quê? O agiota só mata o devedor quando não tem mais esperança de reaver o dinheiro, e só faz isso para alertar outros devedores. Além de tudo, Røed tinha sido preso. Saliva no seio da vítima. Não existe evidência forense melhor que essa. Pela manhã, os três advogados da polícia concordariam com Harry, o dinheiro seria transferido, a dívida seria paga e ele e Lucille estariam livres. Então por que estava inquieto? Seria porque tinha a sensação de que estava tentando correr de algo relacionado ao caso?

O celular de Harry tocou no porta-garrafa da esteira. Não tinha nenhuma inicial na tela, mas ele reconheceu o número e atendeu.

— Fala comigo.

Ele ouviu uma risada, em seguida uma voz suave.

— Não acredito que você ainda atende do mesmo jeito que na época em que a gente trabalhava junto, Harry.

— Hum. E eu não acredito que você ainda tem o mesmo número.

Mikael Bellman deu outra risada.

— Parabéns pelo Røed.

— Por qual parte?

— Ah, tanto por ter sido contratado para fazer o trabalho quanto pela prisão.

— O que você quer, Bellman?

— Calma. — Ele riu de novo, aquela risada cativante e sincera, capaz de fazer homens e mulheres acreditarem que Mikael Bellman era uma pessoa encantadora e honesta, alguém digno de confiança. — Admito que, quando se é ministro da Justiça, você acaba ficando um pouco mimado. Sempre é você quem está com pressa, nunca é o outro.

— Não estou com pressa. Não mais.

A pausa que veio em seguida foi longa. Quando Bellman continuou, a cordialidade pareceu forçada.

— Liguei para dizer que apreciamos muito o que você fez nesse caso. Você demonstrou que é uma pessoa íntegra. Nós, do Partido Trabalhista, defendemos a igualdade perante a lei, e é por isso que autorizei a prisão de Røed hoje cedo. É importante que a população enxergue que ricos e famosos não têm tratamento privilegiado num Estado de direito funcional.

— Muito pelo contrário, talvez — disse Harry.

— Hã?

— Eu não sabia que o ministro da Justiça tinha que autorizar prisões.

— Não é uma prisão qualquer, Harry.

— Exato. Algumas pessoas são mais importantes que outras. E o Partido Trabalhista deixa uma impressão positiva quando prende um sujeito rico e desprezível.

— A questão é a seguinte, Harry: eu convenci Melling e Winter a aceitar você na investigação daqui por diante. Ainda temos trabalho a fazer antes de apresentar a acusação formal. Agora que o seu contratante foi preso, imagino que você esteja sem trabalho. Sua contribuição é importante para nós.

Harry havia diminuído a velocidade da esteira e estava caminhando. Bellman continuou:

— Eles querem você no depoimento de Røed amanhã de manhã.

*Para você o importante é que o herói do momento pareça estar do seu lado*, pensou Harry.

— E aí? Aceita?

Harry pensou. Sentiu o incômodo e a desconfiança que Bellman sempre provocava nele.

— Hum. Estarei lá.

— Ótimo. Bratt vai colocar você a par de tudo. Tenho que ir. Boa noite.

Harry correu por mais uma hora. Quando percebeu que não conseguiria deixar para trás aquilo que o incomodava, sentou-se no banco de um aparelho de musculação — deixando o suor escorrer pela almofada — e ligou para Alexandra.

— Sentiu minha falta? — murmurou ela num tom provocante.

— Hum. Esse clube, o Tuesdays...

— O que que tem?

— Eles abriam às terças. Seu amigo disse que o Villa Dante manteve a tradição, certo?

# 33

## Segunda-feira

O editor-chefe Ole Solstad coçou a bochecha com a haste dos óculos de leitura. Encarou Terry Våge do outro lado da mesa lotada de pilhas de papéis manchados de café. Våge estava relaxado na cadeira e não tinha tirado o casaco de lã nem o chapéu *pork pie*, como se imaginasse que a reunião duraria só mais alguns minutos. E com sorte seria isso mesmo, porque Solstad estava apavorado. Deveria ter dado ouvidos a um colega que tinha trabalhado antes com Våge e comentado: “Não ponho a mão no fogo por ele.”

Solstad e Våge conversaram por alto sobre a prisão de Røed. Våge deu um sorriso forçado e disse que a polícia tinha pegado o cara errado. Solstad não detectou qualquer sinal de falta de autoconfiança em Våge, mas isso é típico de todo picareta: são tão capazes de enganar a si mesmos quanto aos outros.

— Portanto, decidimos parar de pedir matérias a você — disse Solstad, ciente de que precisava ter o cuidado de evitar falar ou escrever palavras como “encerrar” ou “demitir”.

Embora Våge fosse freelancer no *Dagbladet*, um bom advogado poderia abrir um processo por demissão ilegal na Justiça do Trabalho. Solstad deu a entender que o jornal apenas não iria mais publicar o que Våge escrevesse, sem descartar a possibilidade de Våge receber outras tarefas que faziam parte do contrato, como trabalho de investigação para outros jornalistas. O advogado do *Dagbladet* tinha deixado bem claro para Solstad que a legislação trabalhista era espinhosa.

— Por que não?

— Porque os acontecimentos dos últimos dias despertaram dúvidas sobre a veracidade das suas últimas matérias — respondeu Solstad e acrescentou, porque recentemente alguém havia lhe explicado que broncas são mais eficazes quando se diz o nome da pessoa repreendida —, Våge.

Assim que acabou de falar, Solstad se deu conta de que essa não era a melhor tática, visto que o objetivo não era fazer Våge prometer mudar seus hábitos, mas se livrar dele sem criar estardalhaço. Por outro lado, Våge precisava entender o motivo de uma medida tão drástica: a credibilidade do *Dagbladet* estava em jogo.

— Você tem alguma prova? — questionou Våge, sem pestanejar, e até prendendo um bocejo. Teatral, pueril e ao mesmo tempo provocador.

— A questão é se você pode provar o que escreveu. Porque tudo indica que não passa de ficção. A menos que você me conte quem é a sua fonte...

— Meu Deus, Solstad! Você, como editor desse jornal, devia saber que preciso proteger...

— Não estou pedindo que você vá a público dizer quem é a fonte, só para me dizer quem é. Eu sou seu editor-chefe, responsável pelo que você escreve e pelo que nós publicamos. Você entende? Se me contar quem é a fonte, eu também vou ser obrigado a protegê-la, até onde a lei permite. Você entende?

Terry Våge soltou um longo grunhido.

— *Você* entende, Solstad? Entende que eu simplesmente vou trabalhar em outro jornal, como o *VG* ou o *Aftenposten*, e vou fazer por eles o que tenho feito pelo *Dagbladet*? Tipo, eles vão para o primeiro lugar das matérias policiais.

Claro que Ole Solstad e os outros editores consideraram essa possibilidade quando concordaram em tomar a decisão. Våge tinha mais leitores do que todos os outros jornalistas do *Dagbladet* — o número de cliques em suas matérias era simplesmente descomunal. E a verdade é que Solstad odiaria ver esses números irem para um concorrente. Mas, como alguém da equipe editorial apontou, se eles dessem a entender discretamente que estavam se livrando de Terry

Våge por motivos semelhantes aos de sua demissão anterior, os rivais do *Dagbladet* iriam desejá-lo na equipe tanto quanto os concorrentes da U.S. Postal quiseram Lance Armstrong após o escândalo de doping. A ideia era aplicar uma política de terra arrasada e quem seria atirado aos leões era Våge, mas, num momento em que o respeito pela verdade era cada vez menor, velhos bastiões da imprensa, como o *Dagbladet*, tinham que dar o exemplo. E no fim eles sempre poderiam se desculpar caso Våge provasse que tinha razão — por mais que isso fosse improvável.

Solstad ajustou os óculos.

— Então, desejo a você tudo de melhor nos nossos concorrentes, Våge. Ou você é um homem de integridade excepcional, ou é o contrário, e não podemos correr o risco de que seja a segunda opção. Espero que compreenda. — Solstad se levantou do outro lado da mesa. — Junto com o pagamento da sua última matéria, os editores decidiram lhe dar um pequeno bônus pelas suas contribuições no geral.

Våge também se levantou, e Solstad tentou interpretar a linguagem corporal do homem diante dele. Queria saber se podia estender a mão para cumprimentá-lo. Våge abriu um sorriso de dentes brancos.

— Pode limpar o cu com esse bônus, Solstad. E os óculos também. Porque só você não sabe que eles estão cobertos de merda e você não consegue enxergar porra nenhuma.

Ole Solstad permaneceu parado por alguns segundos, vendo Våge sair da sala e bater a porta com força. Tirou os óculos e os examinou. Merda?

Harry estava na sala de observação, ao lado da salinha de interrogatório, observando Markus Røed sentado do outro lado da parede de vidro. Havia três pessoas com Røed: a interrogadora principal, o assistente dela e Johan Krohn.

A manhã tinha sido movimentada. Harry chegou ao escritório de Krohn, na Rosenkrantz gate, às oito, de onde eles ligaram para os três advogados da polícia, que afirmaram ser "altamente provável" que Røed fosse condenado em juízo, desde que não surgissem novas provas relevantes em contrário. Krohn pouco falou, mas agiu com profissionalismo. Sem objeção, contatou o banco imediatamente e, fazendo uso do poder de representante conferido por Røed, comandou a transferência da quantia estipulada no contrato para uma conta bancária nas ilhas Cayman. O banco garantiu que o destinatário veria o dinheiro na conta no mesmo dia. Eles estavam a salvo. Quer dizer, ele e Lucille estavam a salvo. Então, por que estava ali? Por que não estava num bar finalizando o processo que havia começado no Creatures? Bem... Por que as pessoas terminam de ler livros que estão detestando? Por que solteiros arrumam a cama? Naquela manhã, ao acordar, Harry percebeu que pela primeira noite em semanas não havia sonhado com a mãe parada à porta da sala de aula. Estava em paz. Será mesmo? Tinha sonhado que estava correndo, e tudo em que pisava se transformava numa cinta de esteira, por isso não conseguia fugir, mas do quê?

— Da responsabilidade.

Era a voz do seu avô, um homem bom, mas alcoólatra, que vomitava ao amanhecer, tirava o barco a remo do barracão, entrava nele e colocava Harry para dentro, que se perguntava por que precisavam recolher as redes, tendo em vista que o avô estava doente. Mas agora Harry não tinha mais nenhuma responsabilidade da qual fugir. Ou tinha? Pelo jeito achava que tinha; afinal, estava ali, acompanhando o interrogatório. Sentiu a enxaqueca chegar. Tentou ignorar a dor e se concentrar em coisas simples e concretas — como interpretar as expressões faciais e a linguagem corporal de Røed enquanto respondia às perguntas. Sem ouvir as respostas, Harry tentou concluir se considerava Markus Røed culpado ou inocente. Às vezes, tinha a sensação de que toda a experiência acumulada ao longo da vida como detetive era inútil, que sua capacidade de ler as pessoas era uma falácia. Esse instinto visceral, no entanto, era sua única certeza, a única coisa na qual sempre podia confiar. Quantas vezes ele teve *certeza* de alguma coisa, mesmo sem indícios ou provas, e no fim das contas estava certo? Ou será que aquilo era só um viés cognitivo, um viés de confirmação? Será que ele errava tanto quanto acertava, mas esquecia os casos em que sua intuição estava equivocada? Por que ele tinha certeza de que Markus Røed não havia matado as mulheres e ao mesmo tempo não era inocente? Teria Røed encomendado as mortes, garantido o álibi e estava tão confiante de que seria capaz de provar sua inocência que decidiu contratar Harry e os outros para fazer esse trabalho? Se era isso, por que Røed não arranjou um álibi melhor que o de Helene, segundo o qual ele estava em casa sozinho com ela no momento dos dois primeiros assassinatos? E, agora que não tinha álibi, Markus Røed alegou que estava sozinho em casa na noite da morte de Helene. Justo ela — a testemunha que poderia salvá-lo num julgamento. Não fazia sentido. Porém...

— Ele está falando alguma coisa? — sussurrou alguém. Era Katrine, que havia entrado na sala escura e se posicionado entre Harry e Sung-min.

— Está — sussurrou Sung-min. — "Não sei." "Não consigo me lembrar." "Não."

— Entendi. Captaram alguma sensação?

— Estou tentando — avisou Harry.

Sung-min não respondeu.

— Sung? — chamou Katrine.

— Posso estar errado — disse Sung-min —, mas acho que Markus Røed é um gay enrustido. Muito enrustido.

Harry e Katrine o encararam.

— Por que você acha isso? — perguntou Katrine.

Sung-min esboçou um sorriso.

— Eu poderia dar uma longa palestra, mas digamos que é a soma de uma série de detalhes que eu noto e vocês não. Mas claro que posso estar errado.

— Não está — disse Harry.

Sung-min e Katrine olharam para Harry, que pigarreou.

— Lembra quando eu perguntei se você tinha ouvido falar do Villa Dante?

Katrine fez que sim.

— Na verdade, antes era um clube chamado Tuesdays, que reabriu há pouco tempo como Villa Dante.

— Me soa familiar — comentou ela.

— Era um clube gay anos atrás — explicou Sung-min. — Fecharam quando um menor de idade foi estuprado lá. Depois mudaram o nome para Studio 54, em referência ao bar gay de Nova York.

— Lembrei — disse Katrine. — A gente chamou de Caso Borboleta, porque o rapaz disse que o estuprador usava máscara de borboleta. Mas salvo engano o lugar foi fechado porque tinha garçons menores de 18 anos servindo bebida alcoólica, não foi?

— Formalmente foi por isso mesmo — respondeu Sung-min. — O tribunal não aceitou o argumento da defesa, de que era um clube privado, e decidiu que o lugar havia infringido a lei de venda de bebidas alcoólicas e devia ser fechado.

— Tenho motivos para crer que Markus Røed frequentava o Villa Dante — disse Harry. — Encontrei um cartão de membro e uma máscara de gato no bolso desse paletó aqui. Que é dele.

— Você está... usando um terno dele? — perguntou Sung-min e ergueu uma sobrancelha.

— Aonde você quer chegar, Harry? — perguntou Katrine, erguendo o tom de voz, a cara fechada.

Harry respirou fundo. Ele ainda podia deixar para lá.

— Parece que o Villa Dante continua abrindo nas noites de terça. Se Røed não quer sair do armário de jeito nenhum, como você acredita, talvez ele tenha um álibi para as noites em que Susanne e Bertine foram mortas, mas não o álibi que deu.

— O que você está dizendo — disse Katrine devagar, e Harry teve a sensação de que ela estava perfurando seu crânio com o olhar — é que prendemos um homem que tem um álibi melhor do que ele próprio deu, de que estava com a esposa. Que, na verdade, ele estava num clube gay, mas não quer que ninguém saiba?

— Só estou dizendo que é uma possibilidade.

— Está dizendo que talvez Røed prefira correr o risco de ser preso a ter a sexualidade revelada? — Katrine perguntou num tom monocórdio, mas com o corpo tremendo. Harry imaginou que ela mal conseguia conter a raiva.

Harry olhou para Sung-min, que anuiu.

— Conheço homens que preferem morrer a serem descobertos — comentou Sung-min. — A gente até pode acreditar que a situação melhorou nesse sentido, mas infelizmente não é verdade. Vergonha, desprezo por si mesmo, condenação: nada disso ficou no passado, sobretudo para gente da geração de Røed.

— Ainda mais com a origem familiar dele — acrescentou Harry. — Vi quadros dos antepassados de Røed. Não pareciam homens que entregariam as rédeas da empresa a alguém que faz sexo com outros homens.

Katrine continuava encarando Harry.

— Então me diga: o que você faria?

— Eu?

— É, você. Existe um motivo para você contar tudo isso, certo?

— Bem... — Ele enfiou a mão no bolso e entregou um bilhete a Katrine. — Eu aproveitaria o interrogatório para fazer essas duas perguntas.

Harry observou Katrine ler o bilhete enquanto eles ouviam a voz de Krohn pelo alto-falante.

— ... mais de uma hora, e o meu cliente respondeu duas ou três vezes cada uma das suas perguntas. Ou a gente para por aqui ou vou pedir que registrem a minha queixa formal.

A interrogadora e o assistente se entreolharam.

— Tá bom — disse a interrogadora, então olhou para o relógio de parede, notou a presença de Katrine, foi até a chefe da Divisão de Homicídios e pegou o bilhete. Katrine cochichou algo no ouvido dela. Harry notou o olhar perplexo de Krohn. A interrogadora se sentou de volta à mesa, pigarreou e disse: — Duas últimas perguntas: o senhor estava no clube Villa Dante nos momentos em que se acredita que Susanne e Bertine foram assassinadas?

Røed trocou um olhar com Krohn antes de responder.

— Nunca ouvi falar desse clube. Vou repetir: eu estava com a minha esposa.

— Obrigada. A outra pergunta é para o senhor, Sr. Krohn.

— Para mim?

— Isso. O senhor sabia que Helene Røed queria o divórcio e que, se Røed não cedesse às exigências, ela planejava retirar o álibi que deu ao marido nas noites dos dois assassinatos?

Harry viu o rosto de Krohn ficar vermelho.

— Eu... Eu não vejo razão para responder essa pergunta.

— Nem mesmo com um simples não?

— Essa pergunta é extremamente irregular e acho que vamos dar este interrogatório por encerrado — declarou Krohn e se levantou da cadeira.

— A resposta dele diz tudo — comentou Sung-min, balançando nos calcanhares.

Harry estava prestes a ir embora quando Katrine o segurou.

— Não me diga que você sabia de tudo isso quando prendemos Røed — sussurrou ela, irritada. — Sabia?

— Ele acabou de perder o álibi — disse Harry. — Era o único que tinha. Então vamos torcer para ninguém no Villa Dante confirmar que ele estava lá.

— E o que exatamente você espera conseguir, Harry?

— O mesmo de sempre.

— O quê?

— Pegar o culpado.

Harry teve que se apressar para alcançar Johan Krohn na descida da sede da polícia em direção à Grønlandsleiret.

— Foi você quem deu a eles a ideia de me fazer a última pergunta? — perguntou Krohn, de cara fechada.

— Por que acha isso?

— Porque eu sei exatamente o que Helene Røed disse à polícia, e ela não falou muito. E, quando eu organizei a sua conversa com Helene, fui burro o suficiente para dizer a ela que podia confiar em você.

— Você sabia que ela usaria o álibi para chantagear Markus?

— Não.

— Mas isso ficou claro quando você recebeu a carta do advogado de Helene na qual ela exigia metade da fortuna dele mesmo com o acordo pré-nupcial, certo?

— Talvez ela tivesse outra carta na manga que não tivesse nada a ver com o caso.

— Por exemplo, expor que ele é gay?

— Acho que não temos mais nada para conversar, Harry.

Krohn fez sinal, mas um táxi passou direto. Um segundo táxi estacionado do outro lado da rua deu meia-volta e parou no meio-fio ao lado deles. A janela do lado do carona baixou, e a cara de um taxista de sorriso marrom apareceu.

— Aceita uma carona? — perguntou Harry.

— Não, obrigado — disse Krohn e desceu a Grønlandsleiret apressado.

— Irritadinho, hein — comentou Øystein, vendo o advogado ir embora.

Eram seis da noite. O céu estava encoberto com nuvens baixas e as luzes das casas estavam acesas.

Harry olhou para o teto. Estava deitado no chão ao lado da cama de Ståle Aune. Øystein estava deitado do outro lado.

— Então o seu instinto diz que Markus Røed é culpado e inocente ao mesmo tempo — disse Aune.

— Isso.

— Como? Me dê um exemplo.

— Por exemplo, ele pode não ter cometido os dois assassinatos com as próprias mãos, mas pode ter encomendado. Ou então os dois primeiros assassinatos foram cometidos por um maníaco sexual, e Røed viu a chance de matar a esposa copiando o serial killer, para ninguém pensar que foi ele.

— Ainda mais porque ele tem um álibi para os dois primeiros assassinatos — acrescentou Øystein.

— Algum de vocês acredita nessa teoria? — perguntou Aune.

— Não — responderam Harry e Øystein ao mesmo tempo.

— Estou meio perdido — disse Harry. — Por um lado, se Helene estava fazendo chantagem, Røed tinha motivos para matar a esposa. Por outro, o álibi dele fica extremamente enfraquecido, agora que ela não pode confirmar em juízo.

— Então talvez Våge esteja certo — sugeriu Øystein no momento em que a porta se abriu —, mesmo tendo levado um pé na bunda do *Dagbladet*. Tem um serial killer canibal à solta e ponto.

— Não — disse Harry. — O tipo de serial killer que Våge descreve não mata três pessoas que estiveram na mesma festa.

— Våge está inventando — disse Truls enquanto colocava três caixas de pizza na mesa e arrancava as tampas. — O *VG* publicou uma matéria no site agora. Fontes disseram que Våge foi demitido do *Dagbladet* porque ele estava inventando coisas. Isso eu mesmo poderia ter dito para eles.

— Poderia? — Aune olhou para ele com uma expressão de surpresa.

Truls deu um sorriso sem graça.

— Ah, cheiro de pepperoni e carne humana... — comentou Øystein e se levantou.

— Jibran, você tem que ajudar a gente a comer — disse Aune na direção da cama ao lado, onde o veterinário estava deitado com fones de ouvido.

Enquanto os outros quatro se aglomeravam ao redor da mesa, Harry se sentou no chão com as costas na parede para ler a matéria do *VG*. E pensar.

— Aliás, Harry — disse Øystein, com a boca cheia de pizza —, eu disse para aquela garota do Instituto de Medicina Forense que a gente vai se encontrar com ela hoje à noite no Jealousy às nove, tá?

— Tá bom. Sung-min Larsen, da Kripos, também vai.

— E você, Truls?

— Eu o quê?

— Jealousy mais tarde. Hoje é 1977.

— Hã?

— O dia de 1977. Só as melhores músicas de 1977.

Truls mastigou a pizza e olhou desconfiado. Não sabia se Øystein estava zombando ou realmente fazendo um convite.

— Tá bom — respondeu ele, por fim.

— Beleza, vamos ter o *dream team*. A pizza vai acabar rápido, Harry. Está fazendo o que aí?

— Recolhendo as redes — respondeu Harry sem erguer os olhos.

— Hã?

— Me perguntando se tento conseguir para Markus Røed o álibi que ele não quer usar.

Aune se aproximou.

— Você parece aliviado, Harry.

— Aliviado?

— Não vou fazer perguntas, mas acho que tem a ver com aquele assunto do qual não queria falar.

Harry olhou para cima. Sorriu. Fez que sim.

— Ótimo — disse Aune. — Nesse caso também estou um pouco mais aliviado. — E foi arrastando os pés em direção à cama.

Ingrid Aune chegou às sete da noite. Øystein e Truls estavam no refeitório e, quando Ståle foi ao banheiro, ela e Harry ficaram sozinhos no quarto.

— Estamos indo agora, para vocês terem privacidade — avisou Harry.

Ingrid, uma mulher baixinha e atarracada, de cabelo grisalho, olhar firme e um leve sotaque do condado de Nordland, endireitou-se na cadeira e respirou fundo.

— Acabei de sair da sala do diretor médico. A enfermeira-chefe entregou um relatório para ele. Está preocupada com os três homens que vêm aqui e deixam Ståle esgotado com visitas demoradas. Tendo em vista que os pacientes costumam ter dificuldade para dizer esse tipo de coisa por conta própria, ele sugeriu que eu pedisse a vocês que reduzissem as visitas de agora em diante, porque Ståle está entrando na fase terminal.

Harry anuiu.

— Entendo. É isso que você quer?

— Claro que não. Eu disse para o diretor que você precisa dele. E... — ela sorriu — ... que ele precisa de você. Falei que precisamos de uma razão para viver. E, às vezes, para morrer. O diretor disse que as minhas palavras eram sábias e eu falei que não eram minhas, eram de Ståle.

Harry também sorriu.

— Ele falou mais alguma coisa?

Ingrid assentiu e olhou pela janela.

— Harry, lembra a vez que você salvou a vida de Ståle?

— Não.

Ela deu risada.

— Ståle pediu que eu salvasse a vida dele. Aquele idiota falou com essas exatas palavras. Me pediu para conseguir uma seringa e morfina.

Silêncio no quarto. O único som era a respiração constante de Jibran, que dormia.

— E você vai?

— Vou. — Os olhos dela ficaram marejados, e a voz, embargada. — Mas acho que não consigo fazer isso, Harry.

Harry pôs a mão no ombro de Ingrid e sentiu que ela tremia. A voz dela não passava de um sussurro.

— E sei que vou carregar *esse* peso na consciência pelo resto da vida.

# 34

## Segunda-feira

# Trans-Europe Express

Prim releu a matéria no portal do *VG*.

Não dizia com todas as letras que Våge tinha inventado as reportagens, mas estava implícito. E, se não estavam afirmando abertamente, é porque não tinham provas. Só ele, Prim, poderia dar as provas, contar o que *realmente* havia acontecido. Teve mais uma vez aquela sensação gostosa e inebriante de controle que não esperava, mas que era um bônus maravilhoso.

Só pensava nisso desde cedo, quando abriu o *Dagbladet* e leu uma notinha explicando que Terry Våge tinha sido retirado dos casos em que estava trabalhando. Prim entendeu de imediato o motivo do afastamento de Våge e o motivo de o *Dagbladet* divulgar a decisão, em vez de ficar em silêncio. Eles sabiam que tinham que se distanciar de Våge antes que outros jornais apontassem as mentiras publicadas sobre o canibalismo e a tatuagem cortada e recosturada na perna de Bertine.

O interessante era que agora Prim poderia usar Våge para solucionar o problema que havia surgido: Markus Røed estava preso, em segurança, fora do alcance de Prim por tempo indeterminado. Um tempo que Prim não tinha, porque os processos biológicos estão sempre em marcha, o ciclo natural da vida tem seu ritmo. Essa era uma decisão importante, um desvio grande do plano original, e Prim tinha sentido os efeitos negativos do improviso anterior. Então, precisava pensar bem. Repassou os detalhes.

Olhou para o celular pré-pago e para o papelzinho com o número de Terry Våge, que tinha encontrado no serviço telefônico. Sentiu o nervosismo de um enxadrista que vê o tempo acabando e decide realizar uma jogada que pode fazê-lo ganhar ou perder o jogo, mas ainda não moveu a peça. Repensou os cenários, o que poderia dar errado. E o que *não* podia dar errado. Concluiu que *caso* fizesse tudo certo poderia recuar a qualquer momento sem deixar rastros.

Digitou o número. Teve uma sensação de queda livre, uma maravilhosa descarga de adrenalina.

Foi atendido no terceiro toque.

— Terry.

Prim tentou detectar o desespero na voz de Våge. Um homem no fundo do poço. Um homem que ninguém queria. Um homem sem alternativas. Um homem que havia conseguido voltar à ativa uma vez e estava disposto a fazer o necessário para voltar outra vez, para recuperar o trono. Para mostrar a eles. Prim respirou fundo e engrossou o tom de voz.

— Susanne Andersen gostava de levar tapa na cara durante o sexo. Aposto que os ex-namorados dela vão confirmar isso. Bertine Bertilsen tinha as axilas fedorentas. Helene Røed tinha uma cicatriz no ombro.

Prim fez uma pausa. Podia ouvir a respiração de Våge.

— Quem está falando?

— A única pessoa que poderia ter essas três informações.

Outra pausa.

— O que você quer?

— Salvar uma pessoa inocente.

— Quem é inocente?

— Markus Røed, claro.

— Por quê?

— Porque fui eu que matei as três garotas.

Terry Våge sabia que deveria ter rejeitado a ligação quando viu "número desconhecido" na tela do celular, mas, como sempre, não resistiu. Maldita curiosidade, a crença de que algo bom pode acontecer de repente — por exemplo, de que um dia a mulher da sua vida pode ligar de uma hora para outra. Por que ele não aprendia? Ao longo do dia só jornalistas haviam ligado pedindo que comentasse a dispensa do *Dagbladet*, fora alguns fãs falando sobre como aquilo era injusto — entre eles uma garota que, pela voz, parecia bonita, mas que ele procurou no Facebook e viu que era muito mais velha do que parecia e, além de tudo, feia. E agora essa, outro maluco. Por que pessoas normais não podiam ligar? Algum amigo, por exemplo? Seria porque ele não tinha mais nenhum amigo? Sua mãe e sua irmã haviam ligado, mas seu irmão e seu pai, não. Ou melhor, seu pai havia telefonado uma vez — provavelmente achava que o sucesso de Terry no *Dagbladet* compensava o escândalo que tinha manchado o nome da família. No último ano, algumas garotas entraram em contato com Terry. Sempre apareciam quando ele ganhava destaque na imprensa, o que acontecia muito quando ele era crítico musical. Claro que os músicos comiam mais garotas, mas ele se dava bem mais vezes que os técnicos de som. A melhor estratégia era ficar perto da banda — críticas positivas sempre eram recompensadas com um passe para o backstage — e aí era só esperar para se dar bem. A segunda melhor estratégia era o inverso: criticar a banda e ganhar credibilidade. No jornalismo policial, ele não tinha mais como se dar bem em shows, mas compensava com o estilo excêntrico que havia adquirido quando escrevia sobre música; ele se inseria na história, era o correspondente de guerra das ruas. E, como suas matérias tinham assinatura e foto, vez ou outra uma mulher ligava. Era por isso que ele mantinha o número do celular no serviço telefônico — não para as pessoas ligarem a qualquer hora do dia com ideias e histórias malucas.

Em resumo, era compreensível que ele atendesse a uma ligação anônima, mas, quando viu que era um maluco, por que não desligou? Talvez não porque o homem disse que havia matado as garotas, mas pela forma como disse. Sem grande ênfase, com tranquilidade.

Terry Våge pigarreou.

— Se você matou mesmo as garotas, não deveria estar feliz porque a polícia suspeita de outra pessoa?

— Claro que não quero ser pego, mas não sinto nenhum prazer em ver um homem inocente pagar pelos meus pecados.

— Pecados?

— É, um termo mais bíblico. Liguei porque acho que podemos nos ajudar, Våge.

— Podemos?

— Quero que a polícia perceba que pegou o homem errado e que Røed seja libertado imediatamente. Você quer recuperar a sua posição no topo depois de tentar chegar lá publicando matérias inventadas.

— O que você sabe sobre isso?

— Sobre você querer voltar ao topo é só suposição minha, mas tenho certeza de que você inventou a última matéria.

Våge refletiu por um instante enquanto seus olhos vagavam por aquilo que, com boa vontade, poderia ser considerado um apartamento de solteiro, mas que parecia mais um muquifo. Tinha imaginado que, com o que vinha recebendo do *Dagbladet* durante um ano, estaria morando num lugar maior, mais iluminado, mais fresco. Menos imundo. Dagnija, sua namorada da Letônia — pelo menos ela pensava ser sua namorada —, estava indo passar o fim de semana com ele e poderia dar uma geral no apartamento.

— Vou ter que apurar o que você disse saber sobre as garotas — avisou Våge. — Mas, caso seja verdade, qual é a sua sugestão?

— Prefiro chamar de ultimato, porque ou acontece exatamente como eu disser, nos mínimos detalhes, ou não acontece.

— Continue.

— Me encontre no lado sul da Opera House amanhã à noite. Vou provar que fui eu quem matou as garotas. Nove em ponto. Você não pode contar para ninguém sobre o encontro e, óbvio, tem que ir sozinho. Entendido?

— Entendido. Pode me adiantar alguma coisa sobre...

Våge olhou para o celular. O sujeito havia desligado.

Que porra foi essa? Era maluquice demais para ser real. E não havia número na tela para que descobrisse quem tinha ligado.

Våge olhou para o relógio. Cinco para as oito. Sentiu vontade de sair para tomar uma cerveja. Não no Stopp Pressen! ou num lugar do tipo, mas num bar onde não correria o risco de encontrar colegas de profissão. Pensou com nostalgia nas vezes que ia a shows de lançamento. As gravadoras ofereciam cerveja liberada para os jornalistas na esperança de receber críticas positivas, e, às vezes, uma ou outra jovem artista o procurava com o mesmo objetivo.

Olhou para o celular de novo. Maluquice total. Ou será que não?

Eram nove e meia da noite. O Jealousy estava lotado, e "Jamming", de Bob Marley and The Wailers, tocava nas caixas de som. Parecia que todo hipster de meia-idade de Grünerløkka tinha ido lá tomar cerveja e opinar sobre a playlist. Alternavam gritos e vaias a cada música.

— Eu só falei que Harry está errado! — gritou Øystein para Truls e Sung-min. — "Stayin' Alive" não é melhor que "Trans-Europe Express", simples assim!

— Bee Gees contra Kraftwerk — traduziu Harry para Alexandra enquanto os cinco bebiam quatro canecas de cerveja e um copo de água mineral. Estavam sentados numa cabine onde o som chegava mais baixo.

— É bom estar na equipe de vocês — declarou Sung-min e ergueu a caneca para fazer um brinde. — E parabéns pela prisão de ontem.

— Prisão essa que Harry vai tentar desfazer amanhã — comentou Øystein, batendo sua caneca nas outras.

— Hã?

— Ele disse que vai conseguir o álibi que Røed não quer usar.

Sung-min olhou para o outro lado da mesa, na direção de Harry, que deu de ombros.

— Vou tentar entrar no Villa Dante e encontrar testemunhas que confirmem que Røed estava lá nas noites de terça em que Susanne e Bertine foram mortas. Se conseguir, esse álibi vai valer muito mais que o depoimento de uma esposa morta.

— Por que você vai se meter lá? — perguntou Alexandra. — Por que a polícia não pode simplesmente invadir e investigar?

— Porque — disse Sung-min —, para começar, precisaríamos de uma ordem judicial, e não vamos conseguir, porque não existe suspeita de que esteja acontecendo nada de ilegal no clube. Além disso, nunca vamos conseguir uma testemunha, porque a essência do Villa Dante é o anonimato total. O que eu não sei é como *você*, Harry, vai conseguir entrar e convencer alguém a falar.

— Bom. Primeiro, eu não sou mais da polícia, não preciso me preocupar com ordens judiciais. Segundo, eu tenho isso aqui. — Harry enfiou a mão no bolso interno do paletó e mostrou uma máscara de gato e um cartão de membro do Villa Dante. — Além do mais, eu tenho o terno de Røed, nós temos a mesma altura, a mesma máscara...

Alexandra riu.

— Harry Hole pretende entrar num clube gay e se passar por... — ela pegou o cartão e leu: — ... Homem-Gato? Acho que você vai precisar de umas dicas primeiro.

— Na verdade, eu estava me perguntando se você não gostaria de me acompanhar — avisou Harry.

Alexandra balançou a cabeça.

— Você não pode levar uma mulher para um clube gay. Ninguém vai falar com você. Só se eu fingisse ser uma drag.

— Sem chance, querida — interrompeu Sung-min.

— Escuta, o que você vai fazer é o seguinte — começou Alexandra, com um sorriso malicioso que fez os outros se aproximarem para ouvir melhor. Enquanto ela explicava, eles alternavam suspiros e risadas incrédulas. No fim, ela olhou para Sung-min em busca de confirmação.

— Não frequento esse tipo de clube, querida. A minha dúvida é como *você* sabe tanto do assunto.

— Uma noite por ano o Scandinavian Leather Man permite a entrada de mulheres — respondeu ela.

— Ainda quer ir? — perguntou Øystein, cutucando Harry. Truls riu e grunhiu ao mesmo tempo.

— Estou ansioso porque não quero fazer bobagem, e não porque podem querer me comer — disse Harry. — Duvido que alguém tente me estuprar.

— Ninguém vai ser estuprado, muito menos um *daddy* de quase dois metros de altura — comentou Alexandra. — Provavelmente uns *twinks* vão dar em cima de você.

— *Twinks*?

— Jovens magros e afeminados procurando homens grandes. Mas, como eu falei, você precisa tomar cuidado com os *bears* e os *dark rooms*.

— Mais uma rodada? — perguntou Øystein. Contou três dedos levantados.

— Eu ajudo a trazer — disse Harry.

Eles abriram caminho até o bar e estavam na fila quando o riff de guitarra de "Heroes", de David Bowie, soou, fazendo o bar inteiro comemorar.

— Mick Ronson é Deus — comentou Øystein.

— Sim, mas o guitarrista dessa música é o Robert Fripp — disse Harry.

— Correto, Harry — disse uma voz atrás dos dois. Eles se viraram e viram um homem de boné, barba por fazer e um olhar afetuoso com uma pontada de tristeza. — Todo mundo acha que Fripp usou um EBow, mas é só o feedback dos monitores do estúdio. — Ele estendeu a mão. — Arne, namorado de Katrine.

Tinha um belo sorriso. Como um velho amigo, pensou Harry, porém pelo menos dez anos mais novo que eles.

— Ah! — exclamou Harry e apertou a mão dele.

— Sou um grande fã — declarou Arne.

— Nós também — disse Øystein enquanto tentava em vão chamar a atenção dos atendentes ocupados.

— Não estava falando do Bowie, e sim de você.

— De mim? — perguntou Harry.

— Dele? — disse Øystein.

Arne deu uma risada.

— Não precisa fazer essa cara de chocado. Estou falando de todas as coisas incríveis que você fez pela cidade quando era da polícia.

— Hum. Foi Katrine quem contou essas histórias?

— Não, não, escuta, eu sabia quem era Harry Hole muito antes de conhecer Katrine. Quando era adolescente, eu lia sobre você nos jornais. Cheguei a me inscrever na Academia de Polícia por sua causa. — Arne deu uma risada alegre e jovial.

— Hum. Mas não entrou?

— Fui chamado para fazer a prova. Mas aí passei para uma faculdade, num curso que achei que seria útil mais tarde, quando fosse me tornar investigador.

— Entendi. Katrine está com você?

— Ela está aqui?

— Não sei, ela me mandou uma mensagem dizendo que talvez aparecesse, mas o lugar está lotado e vai ver ela encontrou outros conhecidos. A propósito, como você a encontrou?

— Ela disse que fui eu quem a encontrou?

— E não foi?

— É um palpite?

— Um palpite fundamentado, digamos.

Por um instante Arne encarou Harry fingindo que estava sério, mas abriu um sorriso quase infantil.

— Você tem razão, óbvio. A primeira vez que vi Katrine foi na TV, mas não conte isso para ela, por favor. Pouco depois, por acaso, ela apareceu no meu trabalho, então aproveitei a oportunidade, me aproximei, disse que tinha visto a matéria na TV e que ela parecia uma mulher incrível.

— Mais ou menos o que você está fazendo agora.

Mais risadas alegres.

— Você deve estar achando que eu sou tiete, Harry.

— E não é?

Arne pareceu refletir sobre a pergunta.

— É, tem razão de novo, acho que sou. Mas você e Katrine não são meus maiores ídolos.

— Fico mais tranquilo. Quem é, então?

— Infelizmente você não vai se interessar.

— Talvez não, mas tente.

— Tá bom. *Salmonella typhimurium.* — Arne pronunciou o nome lentamente, com respeito e uma dicção perfeita.

— Hum. A bactéria salmonela?

— Exato.

— Por quê?

— Porque a *typhimurium* é excepcional. Sobrevive a tudo, em qualquer lugar, até no espaço.

— E por que o interesse nela?

— Faz parte do meu trabalho.

— E qual é?

— Eu procuro partículas.

— Dessas que estão dentro de nós ou das que estão lá fora?

— É a mesma coisa, Harry. A matéria da qual é feita a vida. E a morte.

— Sei... — disse Harry, achando esquisito.

— Se eu juntasse todos os micróbios, bactérias e parasitas dentro de você, sabe quanto eles pesariam?

— Hum.

— Dois quilos — respondeu Øystein, entregando duas canecas a Harry. — Li na *Science Illustrated*. Assustador.

— Certo, mas seria ainda mais assustador se eles não estivessem dentro de nós — disse Arne. — Nós não estaríamos vivos.

— Hum. E eles sobrevivem no espaço?

— Alguns micróbios nem precisam estar perto de uma estrela ou ter acesso a oxigênio. Muito pelo contrário. Fizeram pesquisas a bordo de estações espaciais e descobriram que a *typhimurium* é ainda mais perigosa e eficaz nesses ambientes do que na superfície terrestre.

— Parece que você sabe muito desse assunto, então me responde uma coisa... — Øystein chupou a espuma de uma caneca. — É verdade que só troveja quando chove?

Arne pareceu um pouco desorientado.

— Hum... não.

— Pois é — disse Øystein. — Agora ouve isso.

Eles escutaram. Era o refrão de "Dreams", do Fleetwood Mac, na qual Stevie Nicks canta que só troveja quando chove.

Os três riram.

— A culpa é do Lindsey Buckingham — disse Øystein.

— Não — corrigiu Harry. — Foi a Stevie Nicks que escreveu essa música.

— Seja como for, é a melhor música de dois acordes de todos os tempos — opinou Arne.

— Não, esse título é do Nirvana — retrucou Øystein rapidamente. — "Something in the Way".

Eles olharam para Harry, que deu de ombros e disse:

— "Jane Says", do Jane's Addiction.

— Está melhorando — disse Øystein e estalou os lábios. — E a pior música de dois acordes de todos os tempos?

Eles olharam para Arne.

— Bom — disse ele —, "Born in the U.S.A." pode não ser a pior, mas com certeza é a mais superestimada.

Øystein e Harry assentiram com a cabeça, concordando.

— Vem para a mesa com a gente? — perguntou Øystein.

— Obrigado, mas vim com um amigo, preciso fazer companhia. Fica para a próxima.

Segurando as canecas, Harry e Øystein bateram o punho no de Arne, que sumiu na multidão. Harry e Øystein voltaram para a mesa.

— Gente boa — disse Øystein. — Talvez Bratt esteja no caminho certo.

Harry fez que sim. Tentou analisar algo que seu cérebro detectou, mas não conseguiu processar. Eles chegaram à mesa com quatro canecas, e, como os outros bebiam muito devagar, Harry deu uma golada. Depois outra.

Quando finalmente tocou "God Save the Queen", do Sex Pistols, eles se levantaram da cabine e pularam feito loucos com o restante da multidão.

À meia-noite, o Jealousy ainda estava lotado e Harry estava bêbado.

— Você está feliz — sussurrou Alexandra em seu ouvido.

— Estou?

— Sim, não te via assim desde que você voltou. E com um cheiro bom.

— Hum. Então acho que é verdade.

— O quê?

— Que o cheiro de uma pessoa é melhor quando ela não está endividada.

— Não entendi. Falando em voltar, você vai me acompanhar?

— Levar você em casa ou ir com você para a sua casa?

— A gente decide no caminho.

Harry percebeu que estava de porre quando deu um abraço de despedida nos outros. Na vez de Sung-min sentiu uma fragrância diferente — lavanda ou algo do tipo. O investigador da Kripos desejou a Harry sorte no Villa Dante e acrescentou que fingiria não ter ouvido os planos impróprios.

Talvez tenha sido por causa do perfume de Sung-min e da conversa sobre cheiro de dívida, mas ao sair do bar Harry se deu conta do detalhe que havia lhe escapado. O cheiro. Ele havia sentido em algum momento da noite. Sentiu um calafrio, virou-se para trás e observou a multidão. Almíscar. O mesmo cheiro que sentiu na sala de necropsia com Helene Røed.

— Harry?

— Estou indo.

Prim cruzou as ruas de Oslo. As engrenagens do seu cérebro estavam a mil, como se tentassem triturar os pensamentos dolorosos.

O policial estava no Jealousy, e isso fez seu sangue ferver. Ele deveria ter ido embora imediatamente, evitado o policial, mas na hora foi como se tivesse sido atraído, como se ele fosse o rato, e o policial, o gato. Também estava procurando por ela, e talvez ela estivesse lá, talvez não, o lugar estava tão lotado que a maioria das pessoas estava de pé e não dava para ver. Ele teria um encontro com ela no dia seguinte. Deveria perguntar se ela estava lá? Não, se ela quisesse, tocaria no assunto. No momento, ele tinha muitas outras coisas em que pensar, precisava deixar isso de lado e manter a mente aguçada para o dia seguinte. Seguiu andando. Nordahl Bruns gate. Thor Olsen gate. Fredensborgveien. Cantarolava "Heroes", de David Bowie, batendo os pés no asfalto ao ritmo da música.

# 35

## Terça-feira

A temperatura caiu bruscamente. Nas calçadas da Operagata e da Dronning Eufemias gate, o vento forte derrubava as placas em frente aos restaurantes e lojas de roupas.

Às nove e cinco, Harry entrou na lavanderia em Grønland para pegar seu terno e perguntou se podia esperar enquanto eles passavam o terno que estava usando. A mulher de aparência asiática atrás do balcão balançou a cabeça negativamente como se lamentasse. Harry disse que era uma pena, porque tinha um baile de máscaras naquela noite. Percebeu que a mulher hesitou por um instante, mas então retribuiu o sorriso e disse que ele se divertiria muito de qualquer modo.

— *Xièxiè* — disse Harry, curvando-se de leve para agradecer e virando-se para sair.

— Ótima pronúncia — elogiou a mulher antes de ele colocar a mão na maçaneta da porta. — Onde aprendeu chinês?

— Em Hong Kong. Só sei um pouco.

— A maioria dos estrangeiros em Hong Kong não sabe nada. Tire o terno, eu dou uma passada rápida.

Às nove e quinze, Prim estava no ponto de ônibus, olhando para a Jernbanetorget do outro lado da rua. Observando as pessoas que atravessavam a praça e as que perambulavam. Tinha alguém da polícia? Ele estava com cocaína no bolso, não tinha coragem de pisar ali sem ter certeza. Nunca dava para ter certeza absoluta, era preciso avaliar a situação e ignorar o medo. Simples assim. E impossível. Engoliu em seco. Atravessou a rua, chegou à praça e se aproximou da estátua do tigre. Coçou atrás da orelha do animal. É isso, abrace o medo, transforme-o em amigo. Prim respirou fundo e mexeu na cocaína. Um sujeito o observava de perto da escada. Prim o reconheceu e se aproximou.

— Bom dia, senhor — disse ele. — Estou com uma coisa aqui que talvez queira experimentar.

A luz do dia foi embora cedo e já parecia tarde da noite quando Terry Våge atravessou a Operagata e pisou no mármore de Carrara. A escolha do material italiano gerou um debate acalorado na época da construção da Opera House à beira-mar em Bjørvika, mas as críticas perderam força e os moradores da cidade aprenderam a gostar do lugar, que estava cheio mesmo numa noite de setembro.

Våge olhou para o relógio. Seis para as nove. Quando era crítico musical, chegava pelo menos meia hora depois do horário previsto para os artistas subirem ao palco. Vez ou outra alguma banda esquisita começava o show na hora anunciada e ele perdia as primeiras músicas, mas perguntava a algum fã quais tinham sido tocadas na abertura, como a plateia havia reagido e enfeitava um pouco na hora de escrever o texto. Sempre deu certo. Esta noite, porém, ele não correria esse risco. Estava decidido: a partir de agora, nada de chegar atrasado ou inventar mentiras.

Usou a escada lateral em vez de subir pela rampa de mármore liso e escorregadio, como a maioria dos jovens. Não era mais jovem e não podia mais se dar ao luxo de escorregar de novo.

Quando chegou ao topo, foi para o lado sul, como havia ordenado o cara ao celular. Ficou junto ao muro entre dois casais e ao longe viu o fiorde, açoitado pelas rajadas de vento. Olhou ao redor. Sentiu um calafrio e olhou para o relógio. Viu um homem sair da penumbra e se aproximar. Apontou alguma coisa para Terry Våge, que ficou paralisado.

— *Excuse me* — disse o sujeito em inglês com um sotaque que parecia alemão. Våge saiu da frente da câmera.

O homem pressionou o botão do obturador e a câmera emitiu um zumbido baixo. Ele lhe agradeceu e foi embora. Våge sentiu outro calafrio. Apoiou-se no muro e olhou para as pessoas no mármore abaixo dele. Olhou de volta para o relógio. Nove e dois da noite.

As janelas dos casarões estavam iluminadas, e o vento agitava as castanheiras ao longo da estrada secundária que saía da Drammensveien. Harry havia pedido a Øystein que o deixasse meio longe do Villa Dante, mas provavelmente não chamaria a atenção se parasse de táxi na porta. Afinal, estacionar o próprio carro ali era pedir para ser identificado.

Harry sentiu um calafrio e se arrependeu de não ter levado um casaco. Quando estava a cinquenta metros da entrada, colocou a máscara de gato e a boina que Alexandra havia emprestado.

Duas lanternas tremeluziam ao vento junto à entrada do grande edifício de tijolos amarelos.

— Neobarroco com janelas *art nouveau* — comentou Aune quando viram fotos no Google. — Construído por volta de 1900, eu diria. Provavelmente por um armador da marinha mercante, um comerciante ou algo assim.

Harry abriu a porta e entrou.

Um jovem de smoking atrás de um balcão sorriu quando Harry mostrou o cartão de membro.

— Bem-vindo, Homem-Gato. A apresentação da Srta. Annabell começa às dez.

Harry fez que sim em silêncio e seguiu para a porta aberta no fim do corredor, de onde vinha a música. Mahler.

Harry entrou num salão iluminado por dois enormes lustres de cristal. O bar e os móveis eram de madeira clara, talvez mogno hondurenho. Havia entre trinta e quarenta homens no salão, todos de máscara, terno preto ou smoking. Jovens sem máscara, usando uniforme justo de garçom, andavam entre as mesas com as bandejas de bebida. Harry não viu dançarinos — como Alexandra havia descrito — nem homens nus encolhidos dentro de gaiolas com as mãos amarradas nas costas, à mercê dos convidados, que podiam cutucá-los, chutá-los ou humilhá-los à vontade. Observou as bebidas dos convidados e viu que a maioria estava tomando martíni ou champanhe. Sentiu água na boca. Mais cedo, pela manhã, voltando da casa de Alexandra, ele havia parado no Schrøder para tomar uma cerveja, mas prometeu a si mesmo que aquela seria a única bebida do dia. Alguns dos presentes se viraram para ele, depois voltaram para suas conversas. Menos um — um jovem franzino claramente afeminado, que continuou de olho enquanto Harry ia até uma parte vazia do balcão do bar. Torceu para que isso não significasse que seu disfarce já havia sido descoberto.

— O de sempre? — perguntou o barman.

Harry sentiu o olhar do *twink* nas suas costas. Anuiu para o barman.

O barman se virou, e Harry o viu pegar um copo alto e misturar vodca Absolut, Tabasco, molho inglês e suco de tomate. Finalizou o drinque com um talo de aipo e o colocou diante de Harry.

— Só trouxe dinheiro hoje — avisou Harry, e o barman sorriu como se tivesse ouvido uma piada. Foi quando Harry se deu conta de que num lugar como aquele as pessoas provavelmente só usavam dinheiro: anonimato era uma exigência.

Harry sentiu o corpo tenso quando alguém passou a mão na sua bunda. Estava preparado para isso: Alexandra havia explicado que geralmente começava com contato visual, depois ia direto para o contato físico, muitas vezes antes de trocarem uma palavra. E a partir daí tudo podia acontecer.

— Quanto tempo, Homem-Gato. Na época você estava sem barba, não é?

Era o *twink*, falando num tom tão agudo que Harry teve a impressão de ser forçado. Não descobriu qual era o animal da máscara dele, mas claramente não era um rato. Era verde, tinha uma estampa de escamas e olhos com a pupila estreita, como as de uma cobra.

— Não — respondeu Harry.

O sujeito ergueu o copo e, notando a hesitação de Harry, perguntou:

— Enjoou do *bloody caesar*?

Harry assentiu lentamente. *Bloody caesar* era o drinque preferido da comunidade gay que frequentava o Dan Tana's, em Los Angeles.

— Quer tomar alguma coisa para acordar, então?

— O quê, por exemplo?

O rapaz inclinou a cabeça.

— Você mudou, Homem-Gato. Não só a barba, mas a voz e...

— Câncer na garganta — interrompeu Harry. Ideia de Øystein. — Radioterapia.

— Nossa — disse o rapaz, sem demonstrar muito interesse. — Bem, isso explica você estar tão magro e com essa boina horrorosa. Parece um câncer bem agressivo.

— Pois é. Há quanto tempo exatamente a gente não se vê?

— Boa pergunta. Um mês. Dois? O tempo voa, e você não aparece aqui há um tempo.

— Se não me engano, estive aqui numa terça-feira cinco semanas atrás, não foi? E na terça seguinte também, não?

O *twink* recuou, como se quisesse observá-lo um pouco mais de longe.

— Por que você quer saber?

Harry percebeu que tinha deixado o rapaz desconfiado, colocando a carroça na frente dos bois.

— É o tumor — respondeu. — O médico disse que ele está pressionando o meu cérebro e provocando perda parcial de memória. Me desculpe, só estou tentando reconstruir os últimos meses.

— Tem certeza de que se lembra de *mim*?

— Um pouco. Mas não tudo. Me desculpe.

O rapaz bufou, ofendido.

— Pode me ajudar? — perguntou Harry.

— Só se você me ajudar.

— Como?

— Pagando um pouco mais do que o normal pelo pó. — Ele enfiou a mão no bolso do paletó e mostrou parte de um saquinho com pó branco. — Eu te ajudo a injetar, como da última vez.

Harry concordou com um aceno de cabeça. Alexandra tinha avisado que as drogas — cocaína, speed, poppers, ecstasy — eram vendidas quase abertamente nos clubes gays onde havia estado.

— E como foi da última vez? — perguntou Harry.

— Meu Deus, achei que pelo menos disso você se lembraria. Eu usei isso aqui para assoprar o pó nesse seu cuzinho de urso apertado e maravilhoso... — O sujeito mostrou um canudo curto de metal. — Vamos descer?

Harry pensou no aviso de Alexandra sobre os *dark rooms*, lugares onde tudo era permitido.

— Ok.

Eles atravessaram o salão. Olhares mascarados acompanharam os dois. O *twink* abriu uma porta, e Harry o seguiu na escuridão. Enquanto desciam uma escada íngreme e estreita Harry começou a ouvir gemidos e gritos. Quando pisou no porão, o barulho de carne batendo em carne. O lugar tinha pequenas lâmpadas azuis instaladas nas paredes, e quando os olhos de Harry se acostumaram à penumbra ele pôde ver em detalhes o que estava acontecendo ao seu redor: homens fazendo sexo de todas as maneiras possíveis, alguns nus, outros com parte da roupa e outros só com a braguilha aberta. Os mesmos sons vinham de trás das portas dos quartinhos próximos. Harry encarou um sujeito grande e musculoso de máscara dourada metendo com toda a força num homem apoiado num banco. O homem parrudo estava de olhos arregalados e tinha pupilas grandes e pretas apontadas para Harry, que se encolheu instintivamente e desviou o olhar quando o sujeito abriu um sorriso malicioso, de predador. Harry estava quase vomitando com o cheiro do porão, que parecia uma mistura de água sanitária, sexo e testosterona, um odor acre parecido com gasolina. Identificou o que era quando viu um homem nu abrir uma garrafinha amarela e cheirar. Poppers, uma droga muito comum quando Harry era jovem e ia a boates. Na época a chamavam de rush, porque ela provocava uma aceleração que durava alguns segundos — o coração batia a mil, aumentando a circulação sanguínea e aguçando todos os sentidos. Tempos depois Harry descobriu que os passivos usavam poppers para sentir mais prazer no sexo anal.

O homem da máscara dourada se aproximou.

— Oi — disse o sujeito, colocando a mão entre as pernas de Harry. Abriu um sorriso lascivo e respirou no rosto dele.

— Ele é meu — disse o *twink*, engrossando a voz. Agarrou Harry pelo braço e o puxou para perto.

Harry ouviu o sujeito musculoso rindo atrás deles.

— Parece que todos os quartinhos estão ocupados — comentou o rapaz. — Será que a gente pode...?

— Não — respondeu Harry. — Ninguém pode ver.

O jovem suspirou.

— Vamos ver se tem algum quartinho vazio mais à frente.

Eles passaram por uma porta aberta de onde vinha um som de respingo, como se alguém tivesse deixado o registro do chuveiro um pouco aberto. Harry olhou e viu dois homens nus sentados numa banheira com a boca escancarada enquanto outros homens, alguns vestidos, urinavam neles.

Entraram num salão com luz estroboscópica onde tocava "She's Lost Control", do Joy Division. No centro havia um balanço preso ao teto por correntes, com um homem deitado de bruços no assento, parecendo voar como o Peter Pan no meio de um círculo de homens que se revezavam na diversão, como se passassem um baseado de mão em mão.

Harry e o *twink* entraram num corredor com vários quartinhos, e mais uma vez os sons indicavam o que estava acontecendo atrás das portas de correr. Dois homens saíram de um cubículo, e o *twink* correu para entrar. Harry entrou em seguida, e o sujeito fechou a porta. O lugar media cerca de dois por dois metros. Sem cerimônia, o rapaz começou a desabotoar a camisa de Harry.

— Talvez um pouco de câncer não seja tão ruim assim, Homem--Gato. Agora você está mais para atleta do que para urso.

— Espera — disse Harry, virou-se de costas para o *twink* e enfiou a mão no bolso do paletó. Quando se virou de volta, estava segurando uma carteira numa das mãos e um celular na outra. — Você queria me vender cocaína, certo?

O sujeito sorriu.

— Se você pagar o preço justo...

— Então vamos fechar o negócio primeiro.

— Ah, agora, sim, o Homem-Gato voltou a ser o Homem-Gato de antes. Homem-Coca.

Ele deu uma risada e mostrou o saquinho. Harry pegou o saquinho e entregou a carteira.

— Agora eu recebi a sua cocaína, e você vai pegar o dinheiro da minha carteira para pagar a cocaína.

Desconfiado, o *twink* encarou Harry.

— Você está muito meticuloso hoje.

Então abriu a carteira e tirou duas notas de mil coroas.

— Acho que é suficiente — disse, devolvendo a carteira ao bolso de Harry e começando a desabotoar a calça dele. — Quer que eu chupe o seu pau de urso? Quer dizer, o seu pau de atleta?

— Não, obrigado, já consegui o que queria — disse Harry e colocou a mão livre atrás da cabeça do rapaz como se fosse fazer um carinho, mas em vez disso arrancou a máscara de cobra.

— Que porra é essa, Homem-Gato! Isso é... Ah, foda-se, não ligo.

O *twink* tentou abrir a calça de Harry, que o impediu e a fechou de volta.

— Ah, entendi, o pó primeiro.

— Não exatamente — disse Harry, tirando a boina e a própria máscara.

— Você é... loiro — comentou o jovem, surpreso.

— E o mais importante: sou da polícia e acabei de gravar você vendendo cocaína para mim. A pena é de até dez anos.

Sob a luz azulada não dava para ver se ele ficou pálido, então Harry só teve certeza de que o blefe deu certo quando o rapaz falou em tom de choro.

— Porra, eu *sabia* que você não era o Homem-Gato! Você anda diferente, tem sotaque do leste de Oslo e a sua bunda não é tão fofa como a dele. Eu sou um idiota. Vai se foder! E o Homem-Gato também!

O rapaz agarrou a porta de correr para sair, mas Harry o segurou.

— Eu estou preso? — perguntou ele, com um tom de voz e um olhar que fizeram Harry se perguntar se o rapaz estava excitado com a situação. — Você vai... me algemar?

— Isso aqui não é um jogo... — Harry pegou um porta-cartões do bolso interno do paletó do sujeito — ... Filip Kessler.

Filip levou as mãos ao rosto e começou a chorar.

— Mas tem um jeito de a gente resolver esse assunto — disse Harry.

— Tem? — Filip olhou para cima, as lágrimas escorrendo pelas bochechas.

— A gente dá o fora daqui agora, vai para um lugar tranquilo e você me conta tudo o que sabe sobre o Homem-Gato. Ok?

***

Terry Våge olhou para o relógio de novo. Nove e trinta e seis. Ninguém havia tentado entrar em contato. Deu meia hora de tolerância como um gesto de boa vontade, assim como costumava dar a si mesmo meia hora de tolerância nessas situações. Mas quarenta minutos era exagero. O cara não iria aparecer. Um blefe. Uma possível brincadeira de mau gosto. Talvez o sujeito estivesse entre os turistas ali embaixo, dando uma boa risada. Rindo do jornalista impostor, desonrado e desprezado. Talvez esse fosse seu castigo. Våge fechou o casaco de lã e começou a descer a rampa. Que se fodam! Que se fodam todos eles!

Prim andava entre os turistas no chão de mármore. Tinha visto Terry Våge chegar e o reconheceu pela foto publicada em suas matérias e por outras imagens na internet. Viu o jornalista subir a rampa e esperar. Não viu ninguém seguir Våge, nem qualquer pessoa que parecesse um policial posicionado no local antes da chegada do jornalista. Andou pelo local, observou a maioria das pessoas ali e, meia hora depois, concluiu que não estava vendo mais nenhum dos rostos que tinha reparado ao chegar. Às vinte para as dez, viu Våge descer a rampa — o jornalista tinha desistido. Foi quando Prim teve certeza: Terry Våge havia ido sozinho.

Prim olhou ao redor pela última vez e voltou para casa.

# 36

## Quarta-feira

— O que ele está fazendo aqui? — perguntou Markus Røed irritado, apontando para Harry. — Eu paguei um milhão de dólares para esse cara me mandar para a cadeia, sendo que eu sou inocente!

— Como eu falei — disse Krohn —, ele está aqui porque acha que você não é culpado, acha que você foi...

— Eu ouvi o que ele acha! Mas eu não estive em nenhuma porcaria de... *clube gay*.

Røed cuspiu as últimas duas palavras. Harry sentiu uma gota de saliva acertar as costas da mão, deu de ombros e olhou para Johan Krohn. A sala reservada para os três era na verdade uma sala de visita íntima dos presidiários. O sol entrava por uma janela gradeada com cortinas floridas e iluminava uma mesa com toalha bordada, quatro cadeiras e um sofá. Harry evitou o sofá e percebeu que Krohn fez o mesmo. O advogado também devia saber que o sofá estava impregnado de fluidos de sexo rápido e desesperado.

— Você pode explicar? — pediu Harry.

— Posso — respondeu Krohn. — Filip Kessler disse que, nas duas terças-feiras em que Susanne e Bertine foram assassinadas, esteve com uma pessoa usando essa máscara aqui.

Krohn apontou para a máscara de gato em cima da mesa, ao lado do cartão de membro do Villa Dante.

— Essa pessoa tinha o apelido de Homem-Gato. Esses dois itens estavam no seu paletó, Markus. E a descrição física que ele deu bate com a sua.

— Sério? Que características especiais ele mencionou? Tatuagens? Cicatrizes? Marcas de nascença? Alguma anormalidade peculiar? — O olhar de Røed ia de Harry para Krohn e de volta para Harry.

Harry balançou a cabeça.

— Como assim? — Røed riu com raiva. — Ele não descreveu nada?

— Filip não se lembra de nada do tipo — respondeu Harry —, mas tem certeza de que reconheceria você se tocasse na sua pele.

— Puta que pariu, que nojo! — xingou Røed, com cara de quem ia vomitar.

— Markus — disse Krohn —, isso é um álibi. Um álibi que a gente pode usar para tirar você daqui imediatamente e apresentar como prova, caso decidam indiciar você mesmo assim. Entendo a sua preocupação com a imagem que as pessoas têm de você, mas...

— Você entende? — rugiu Røed. — *Entende?* Não, você não entende *porra nenhuma* de como é ficar aqui sentado, suspeito de matar a própria mulher. E ainda por cima ser acusado dessa nojeira depois. Eu nunca vi essa máscara na vida. Quer saber o que eu acho? Acho que Helene pegou a máscara e o cartão de alguma bicha parecida comigo e colocou no paletó que deu para você só para poder usar isso contra mim no divórcio. Quanto a esse tal de Filip, ele não tem nenhuma prova contra mim, só está tentando aproveitar a oportunidade de ganhar dinheiro fácil. Descubra quanto ele quer, pague e certifique-se de que ele não abra a boca. E isso não é uma sugestão, Johan, é uma ordem. — Røed deu um espirro forte. — E vocês dois assinaram um contrato com cláusulas de confidencialidade. Se um de vocês disser uma única palavra sobre isso para alguém, vai se foder comigo no tribunal!

Harry pigarreou.

— Isso não é sobre você, Røed.

— É sobre quem então?

— Tem um assassino lá fora e ele provavelmente vai atacar de novo. E vai ficar ainda mais fácil, porque ele sabe que a polícia acredita que prendeu o culpado, que seria você. Se nós escondermos que você estava no Villa Dante na noite dos dois assassinatos, vamos ser cúmplices quando ele matar a próxima vítima.

— *Nós?* É sério que você acha que ainda trabalha para mim, Hole?

— Pretendo cumprir o contrato e não considero o caso resolvido.

— Sério? Então me devolve a minha grana!

— Não enquanto três advogados da polícia considerarem a sua condenação provável. O importante agora é fazer a polícia mudar o foco, e para isso temos que apresentar esse álibi.

— Mas eu estou dizendo que não estava lá! A culpa não é minha se a polícia não sabe trabalhar. Eu sou inocente, e eles vão descobrir isso do jeito certo, não com essas... mentiras sobre gays. Não há motivo para entrar em pânico ou se precipitar.

— Seu idiota — disse Harry e suspirou, como se estivesse apenas constatando uma simples verdade. — Não faltam motivos para entrar em pânico.

Levantou-se.

— Aonde você vai? — perguntou Krohn.

— Informar a polícia — respondeu Harry.

— Não se atreva — vociferou Røed. — Se fizer isso eu garanto que a sua vida e a de todo mundo de quem você gosta vai virar um inferno. Não pense que não sou capaz disso. Mais uma coisa: você pode até achar que eu não consigo reverter uma transferência eletrônica para as ilhas Cayman dois dias depois de dar a ordem ao banco, mas está enganado.

Harry teve um estalo, uma sensação familiar de queda livre. Deu um passo em direção à cadeira de Røed e, sem pensar, segurou o magnata do ramo imobiliário pelo pescoço. Røed recuou, agarrou o antebraço de Harry com as duas mãos e tentou afastá-lo, o rosto cada vez mais vermelho por causa do sangue.

— Faça isso e eu te mato — sussurrou Harry. — Eu. Te. Mato.

— Harry! — gritou Krohn e se levantou.

— Senta aí, eu vou soltar ele — disse Harry com raiva, olhando para os olhos esbugalhados e suplicantes de Markus Røed.

— Agora, Harry!

Røed ofegava e esperneava, mas Harry o segurou na cadeira. Apertou ainda mais forte e sentiu a energia, o prazer de ser capaz de acabar com a vida daquele anti-humano. Prazer e uma sensação de queda livre igual à que teve quando segurou seu primeiro copo de bebida após meses sóbrio. Mas logo em seguida o prazer foi embora, a força da pegada diminuiu. Porque a única recompensa dessa queda livre era uma liberdade que duraria alguns segundos e só o levaria em uma direção: para baixo.

Harry soltou Røed, que continuou ofegando, puxando ar, então se inclinou para a frente e teve um acesso de tosse.

Harry se virou para Krohn.

— Imagino que *agora* eu esteja demitido.

Krohn fez que sim. Harry alisou a gravata e saiu.

Mikael Bellman estava na janela, observando o centro da cidade, os arranha-céus do bairro com os prédios do governo. Mais perto, próximo da ponte de Gullhaug, as copas das árvores balançavam. Tinham anunciado que à noite haveria um vendaval. E que na sexta-feira aconteceria um eclipse lunar, mas que uma coisa não estava ligada à outra. Bellman ergueu o braço e olhou para seu relógio clássico Omega Seamaster. Um minuto para as duas da tarde. Havia passado boa parte do dia refletindo sobre o dilema apresentado pelo chefe de polícia. Em tese, um caso como aquele não deveria estar na mesa do ministro da Justiça, mas Bellman tinha se envolvido num primeiro momento e agora não podia dar para trás. Soltou um palavrão.

Vivian bateu à porta com cuidado e abriu. Quando Bellman a contratou como assistente pessoal, não foi só por ela ter mestrado em ciências políticas, falar francês após morar dois anos em Paris trabalhando como modelo e estar disposta a fazer de tudo, de preparar café a receber visitas e transcrever seus discursos. Ela era linda. Pode-se dizer muito sobre a importância da aparência física na sociedade atual, e a verdade é que muito já se falou. Mas uma coisa era certa: ela continuava sendo fundamental. Ele próprio era um homem atraente e sabia que isso havia sido importante para sua ascensão profissional. Apesar de ter sido modelo, Vivian não era mais alta que Bellman, portanto ele podia levá-la a reuniões e jantares. Ela morava com o namorado, mas para Bellman isso era mais um desafio do que uma desvantagem. Na verdade, era um ponto positivo. Havia planos de uma viagem à América do Sul no fim do ano, para tratar de direitos humanos — em outras palavras, uma viagem de lazer. E, como Bellman costumava dizer a si mesmo, um ministro da Justiça sofre muito menos pressão da mídia do que um primeiro-ministro.

— É o chefe de polícia — anunciou Vivian em voz baixa.

— Mande-o entrar.

— É pelo Zoom.

— Ah, achei que ele estava aqui...

— É, mas acabou de ligar e disse que tinha outra reunião no centro, vir a Nydalen atrapalharia. Ele mandou o link da reunião. Posso...?

Vivian se aproximou da mesa do computador. Dedos ágeis, muito mais ágeis que os dele, percorreram o teclado.

— Pronto. — Vivian sorriu e, para diminuir a irritação de Bellman, acrescentou: — Ele está esperando.

— Obrigado.

Bellman permaneceu parado perto da janela até Vivian sair da sala. Esperou mais um pouco, até que se cansou da própria infantilidade e se sentou diante do computador. O chefe de polícia parecia bronzeado — provavelmente havia acabado de voltar de férias no exterior. Por outro lado, o ângulo da câmera era tão ruim que a papada dele tomava conta da tela. Tinha colocado o laptop direto na mesa, que o próprio Bellman usava quando era chefe de polícia, em vez de pôr uma pilha de livros embaixo.

— Aqui em cima quase não tem trânsito, ao contrário daí — comentou Bellman. — Chego em casa, em Høyenhall, em vinte minutos. Você devia experimentar.

— Me desculpe, Mikael, fui chamado para uma reunião de emergência sobre a visita de Estado da semana que vem.

— Certo, vamos direto ao assunto. Aliás, está sozinho aí?

— Totalmente sozinho, vá em frente.

Mikael sentiu a irritação voltar. O privilégio de chamar o outro pelo nome e de usar expressões como "vá em frente" deveria ser do ministro da Justiça. Ainda mais porque o mandato de seis anos do chefe de polícia estava acabando e a decisão sobre mantê-lo no cargo não cabia mais ao diretor-geral da polícia, e sim ao chefe do conselho — que na prática era o ministro da Justiça. A verdade era que, do ponto de vista político, Bellman tinha pouco a perder passando o cargo a Bodil Melling. Primeiro porque era mulher, segundo porque ela sabia jogar o jogo político, sabia quem estava no comando.

Bellman respirou fundo.

— Só para ficar claro. Você está pedindo o meu ponto de vista sobre suspender ou não a prisão preventiva de Markus Røed. E acredita que ambas as alternativas são válidas.

— Isso — respondeu o chefe de polícia. — Hole tem uma testemunha que diz que estava com Røed nas noites em que as duas primeiras garotas foram mortas.

— A testemunha é confiável?

— Ela é confiável porque, ao contrário de Helene Røed, não tem nenhum motivo óbvio para fornecer um álibi para Røed. Mas nem tanto porque, segundo a Narcóticos, ela está na lista de traficantes de cocaína de Oslo.

— Não tem nenhuma condenação?

— É peixe pequeno, se a gente prende hoje, amanhã tem outro no lugar.

Bellman fez que sim. Eles permitiam que os traficantes que estavam sob controle continuassem nas ruas. Mais vale um diabo conhecido que outro por conhecer.

— Mas...? — perguntou Bellman, olhando para seu Omega Seamaster, um relógio pouco prático e corpulento, mas que enviava uma mensagem clara. E a mensagem era para o chefe de polícia andar logo, porque não era o único com um dia corrido pela frente.

— Por outro lado, tinha saliva de Markus Røed no seio de Susanne Andersen.

— Eu diria que esse é um argumento bastante contundente para manter Røed na preventiva.

— Pois é. Claro que existe a possibilidade de ele e Susanne terem se encontrado e feito sexo mais cedo naquele dia. Não conseguimos reconstituir todos os passos dela no dia do crime. Mas, se isso aconteceu, é estranho que Røed não tenha mencionado nos depoimentos. Ele nega ter tido qualquer intimidade com ela e afirma que não a viu depois da festa.

— Em outras palavras, está mentindo.

— Isso.

Bellman tamborilou os dedos sobre a mesa. Os primeiros-ministros só eram reeleitos se a colheita fosse boa, no sentido figurado. Seus conselheiros viviam enfatizando que, como ministro da Justiça, em alguma medida ele sempre receberia parte da culpa ou do crédito pelo que acontecesse nos níveis inferiores do seu ministério, mesmo que o erro cometido ou a boa decisão fosse da responsabilidade de pessoas que haviam estado no mesmo cargo que ele em governos anteriores. Bellman concluiu que seria prejudicial se os eleitores ficassem com a impressão de que um rico nojento e privilegiado como Røed conseguia sair da cadeia com facilidade. Tomou a decisão.

— O sêmen é mais do que suficiente para mantê-lo preso.

— Saliva.

— Isso. E tenho certeza de que você concorda comigo quando digo que não seria nada bom para a nossa imagem se ficar parecendo que Harry Hole decide quando prender e quando soltar Røed.

— Não discordo.

— Ótimo. Então, acredito que você tenha a minha opinião... — Bellman esperou o nome do chefe de polícia lhe ocorrer, mas quando, por algum motivo, isso não aconteceu e a entonação da frase exigiu um final, ele acrescentou um — ... certo?

— Sim, claro. Muito obrigado, Mikael.

— Obrigado, chefe de polícia — disse Bellman, atrapalhando-se com o mouse, até que conseguiu sair da chamada, recostou-se na cadeira e sussurrou: — Chefe de polícia *de saída do cargo*.

Prim observou Fredric Steiner sentado na cama, os olhos límpidos de uma criança, mas um olhar vago, como se dentro dele uma cortina tivesse se fechado.

— Tio, está me ouvindo? — perguntou Prim.

Sem resposta.

Nada do que Prim dissesse entraria na cabeça do tio. Portanto, nada sairia. Pelo menos não de uma forma que alguém achasse verossímil.

Prim fechou a porta do quarto e voltou para perto da cama.

— Logo, logo você vai morrer — disse, saboreando o som das palavras.

A expressão de Fredric não mudou: olhava para algo que só ele conseguia ver e que parecia muito distante.

— Você vai morrer e eu deveria ficar triste. Quer dizer, afinal de contas eu sou seu... — Prim olhou para a porta, só para garantir — ... filho biológico.

No quarto só se ouvia o leve som do vento percorrendo as calhas da casa de repouso.

— Mas não estou triste. Porque te odeio. Não do jeito que odeio ele, o homem que assumiu o controle dos seus problemas, que assumiu o controle da mamãe e de mim. Eu te odeio porque você sabia o que o meu padrasto aprontava, o que fazia comigo. Sei que você o confrontou, ouvi você falar naquela noite. Ouvi quando você ameaçou expor tudo. E ouvi quando ele ameaçou expor você. No fim, vocês deixaram por isso mesmo. Você me sacrificou para se salvar. Para salvar a si mesmo, a mamãe e o sobrenome da família. Quer dizer, o que restou do sobrenome... afinal, você mesmo parou de usá-lo.

Prim enfiou a mão na embalagem, pegou um biscoito e comeu.

— E agora você vai morrer, sem nome, sozinho. Vai ser esquecido, vai desaparecer. Enquanto eu, sangue do seu sangue, fruto dos seus desejos pecaminosos, vou ver o meu nome iluminar o céu. Está ouvindo, tio Fredric? Não soa poético? Tudo isso já está no meu diário, é importante que os meus biógrafos tenham material para trabalhar, não acha?

Prim se levantou.

— Duvido que eu volte aqui. Então isso é um adeus, tio. — Foi até a porta e se virou para Fredric. — E quando digo "adeus" é óbvio que não estou desejando que você *vá com Deus*. Quero que você queime no inferno.

Prim saiu, fechou a porta, sorriu para uma cuidadora que passava e foi embora da casa de repouso.

A cuidadora entrou no quarto do velho professor, que estava sentado na beira da cama com uma expressão vazia, mas com lágrimas escorrendo pelo rosto. Normal: idosos não têm controle das emoções, sobretudo os senis. Ela fungou. Ele havia cagado na calça? Não, era só o ar do quarto que estava viciado, com cheiro de corpo e... almíscar?

A cuidadora abriu uma janela para arejar o quarto.

Eram oito da noite. Terry Våge escutava o gemido metálico do varal rotativo do prédio, que girava cada vez mais rápido conforme o vento ficava mais forte. Tinha reativado o blog policial. Havia muito o que escrever. Mesmo assim, estava sentado, olhando para a página em branco na tela do computador.

O celular tocou.

Talvez fosse Dagnija. Eles tinham brigado na noite anterior e ela avisara que não iria visitar Våge no fim de semana. Provavelmente estava arrependida, como sempre. Våge torceu para que fosse ela.

Olhou a tela do celular. Número desconhecido. Se fosse o picareta do dia anterior, era melhor não atender. Quando se começa a dar corda para maluco não consegue mais se livrar dele. Certa vez, após publicar uma matéria dizendo que The War on Drugs era a banda mais chata do mundo — tanto ao vivo quanto nas gravações —, ele foi burro de responder a um fã irritado e acabou tendo que aguentar a praga telefonando, mandando e-mails e até o importunando nos shows. Precisou ignorar o sujeito durante dois anos para se livrar dele de vez.

O celular continuou tocando.

Terry Våge olhou de volta para a página em branco. Atendeu.

— Sim?

— Obrigado por ter ido sozinho ontem e esperado até vinte para as dez.

— Você... estava lá?

— Fiquei observando. Espero que entenda: eu precisava ter certeza de que você não tentaria me enganar.

Våge hesitou.

— Sim, sim, tá bom, mas não tenho tempo para ficar brincando de esconde-esconde.

— Ah, tem, sim. — Ele ouviu uma risadinha. — Mas vamos parar com essa conversa, Våge. Na verdade, você vai parar tudo o que está fazendo... agora mesmo.

— Hein?

— Você vai pegar uma estrada chamada Toppåsveien, em Kolsås, e vai até o fim dela. O mais rápido possível. Eu vou ligar de novo, mas não vou dizer quando. Pode ser daqui a dois minutos. Se der ocupado, essa vai ser a última vez que nos falamos. Entendido?

Våge engoliu em seco.

— Certo — respondeu. Porque havia entendido. Entendido que a pessoa queria evitar que ele entrasse em contato com alguém, como a polícia. Entendido que o sujeito não era idiota. Louco, sim, mas não idiota.

— Leve uma lanterna e uma câmera, Våge. E uma arma também, caso isso faça com que você se sinta seguro. Você vai encontrar evidências palpáveis e irrefutáveis de que conversou com o assassino e vai ter liberdade total para escrever sobre isso depois. Incluindo a conversa de agora. Porque dessa vez queremos que as pessoas acreditem em você, não é?

— O que você vai...

O homem havia desligado.

Harry estava deitado nu na cama de Alexandra, os pés descalços para fora.

Alexandra também estava nua, deitada de bruços, com a cabeça apoiada no peito de Harry.

Eles transaram na noite do Jealousy e agora de novo. E dessa vez tinha sido melhor.

Harry estava pensando em Markus Røed. No medo e no ódio que viu nos olhos do magnata enquanto tentava respirar. O medo era maior. Mas será que continuou assim depois que voltou a respirar? Nesse caso — se Røed não havia cancelado a transferência do dinheiro —, os sequestradores já deviam ter libertado Lucille. Como tinha sido instruído a não tentar encontrá-la ou a não contatá-la antes que a dívida fosse paga, Harry decidiu esperar uns dias antes de ligar para o celular dela. Lucille não tinha seu número do celular ou qualquer outra forma de entrar em contato, então fazia sentido Harry não ter recebido nenhuma notícia. Ele chegou a buscar por "Lucille Owens" na internet, mas os únicos resultados que encontrou foram matérias antigas no *Los Angeles Times* sobre o filme *Romeu e Julieta*. Nada sobre seu desaparecimento ou sequestro. Foi quando ele se deu conta do que os unia. Não era o perigo que estavam correndo depois do que aconteceu no estacionamento do Creatures. Nem o fato de Harry ter visto em Lucille a própria mãe — a mulher na porta da sala de aula, a mulher na cama do hospital que ele teve uma segunda chance de salvar. Era a solidão. Tanto ele quanto Lucille poderiam desaparecer da face da Terra sem que ninguém percebesse.

Alexandra ofereceu o cigarro. Harry tragou e olhou para a fumaça subindo enquanto "Hey, That's No Way to Say Goodbye" tocava no alto-falante Geneva na mesinha de cabeceira.

— Essa música tem tudo a ver com a gente — comentou ela.

— Hum. Amantes que terminam?

— Sim. E o que Cohen diz sobre não falar de amor ou de correntes.

Harry não respondeu. Segurou o cigarro e olhou para a fumaça, mas percebeu que Alexandra ainda estava com o rosto virado para ele.

— Está na ordem inversa — disse ele.

— Inversa porque Rakel já fazia parte da sua vida quando a gente se conheceu?

— Eu estava pensando numa coisa que uma mulher me disse. Que o poeta engana a gente, ele muda a ordem das frases. — Harry deu outra tragada. — Mas, sim, provavelmente também tem a ver com Rakel.

Depois de um tempo, Harry sentiu o calor das lágrimas de Alexandra no peito. Também quis chorar.

A janela rangeu, como se o que estava lá fora quisesse entrar e lhe fazer companhia.

# 37

## Quarta-feira

# Reflexo

O fim da Toppåsveien não ficava no alto de um morro, como Terry Våge havia imaginado pelo nome. A estrada subia serpenteando entre casarões até certo ponto, mas terminava longe do cume do monte Kolsås. Våge estacionou na beira da estrada. Estava rodeado pela floresta. Mais além, no meio da escuridão, viu algo iluminado: as faces rochosas muito frequentadas por alpinistas e outros idiotas.

Ele mexeu na bainha da faca que tinha decidido levar, depois olhou para a lanterna e para a câmera Nikon no banco do carona. Segundos se passaram. Minutos. Olhou para as luzes na escuridão lá embaixo. A Escola de Ensino Médio Rosenvilde ficava naquela direção. Sabia disso porque Genie estudava lá quando ele a descobriu. Porque foi ele, Terry Våge, quem a descobriu, foi ele quem usou a influência como crítico musical para tirar Genie e aquela banda sem talento do anonimato e colocá-los sob os holofotes, no caminho do sucesso, do mercado. Na época, Genie tinha 18 anos e estudava na Rosenvilde, e ele tinha ido lá algumas vezes porque sentia curiosidade de vê-la num ambiente escolar. Isso era errado? Ele apenas passeava do lado de fora do pátio da escola enquanto observava a estrela que havia criado — não chegou a tirar fotos, o que poderia ter feito sem qualquer dificuldade. Com sua lente teleobjetiva poderia ter capturado imagens nítidas de uma Genie bem diferente da artista que representava o papel de uma sedutora perigosa no palco. Ele poderia mostrar a adolescente inocente. Mas poderia ser mal interpretado se fosse pego de bobeira perto de uma escola, então se limitou àquelas duas vezes e decidiu falar com ela nos shows.

Estava prestes a verificar a hora quando o celular tocou.

— Sim?

— Já vi que você está posicionado.

Våge olhou em volta. Seu carro era o único estacionado na beira da estrada e ele teria visto qualquer pessoa por perto à luz dos postes. O sujeito estava observando de dentro da mata? A mão de Våge segurou o cabo da faca.

— Pegue a lanterna e a câmera, venha pela trilha da floresta, passe pela barreira e olhe para a esquerda. Em uns cem metros você vai ver a tinta reflexiva que passei num tronco de árvore. Saia da trilha e siga as marcações de tinta. Entendido?

— Entendido.

— Você vai saber quando chegar. Pode tirar fotos por dois minutos. Depois entre no carro e volte direto para casa. Se não sair do lugar após cento e vinte segundos, eu vou atrás de você. Entendido?

— Entendido.

— Então é hora de colher a sua recompensa, Våge. Anda logo.

Desligaram. Terry Våge respirou fundo, e um pensamento lhe ocorreu: ele ainda podia girar a chave na ignição e dar o fora dali. Podia ir tomar uma cerveja no Stopp Pressen! Podia dizer a quem quisesse ouvir que tinha falado com o serial killer por telefone e chegaram a marcar um encontro, mas no último segundo ele ficou com medo e deu para trás.

Våge soltou uma gargalhada que mais parecia um latido, pegou a câmera e a lanterna e saiu do carro.

Talvez a face do morro estivesse bloqueando o vento, porque estranhamente ali estava ventando menos que no centro da cidade. Våge viu o início da trilha a poucos metros da estrada. Passou pela barreira, virou-se uma última vez para o poste, acendeu a lanterna e adentrou a escuridão. O vento fazia a copa das árvores farfalhar, e o cascalho estalava debaixo dos seus sapatos enquanto ele contava os passos e alternava o feixe da lanterna, ora apontado para o chão, ora para os troncos das árvores à esquerda. Quando deu o centésimo quinto passo viu a tinta reflexiva brilhando à luz da lanterna. Logo em seguida viu outro tronco reluzindo mais à frente.

Våge encostou na bainha da faca outra vez, pendurou a alça da câmera no ombro, saltou uma vala e abriu caminho entre os pinheiros. As árvores estavam distantes umas das outras, e Våge não teve dificuldade para avançar nem para enxergar o que havia por perto. A tinta estava sempre na altura dos olhos, em troncos a cada dez ou quinze metros. Aos poucos o terreno foi ficando mais íngreme. Em dado momento ele parou para recuperar o fôlego e esfregou um dedo na tinta. Estava fresca. O chão estava coberto de agulhas dos pinheiros majestosos. Mal dava para ouvir o som das copas das árvores, o que fazia com que cada estalo e rangido do balanço quase imperceptível dos troncos se fizesse mais presente. O som vinha de todos os lados, como se os pinheiros estivessem conversando, decidindo o que fazer com o convidado da noite.

Våge seguiu em frente.

A mata foi ficando mais fechada, a visibilidade piorou e a distância entre os troncos pintados diminuiu. O terreno era tão acidentado e íngreme que não fazia mais sentido contar os passos.

De repente, Våge chegou a um terreno plano e a floresta se abriu. Com a lanterna, ele iluminou uma pequena clareira e precisou procurar um pouco até encontrar o próximo tronco com tinta. Quando o encontrou, viu que não era uma simples pincelada, mas um T. Aproximou-se. Não era um T, era uma cruz. No centro da clareira, Våge ergueu a lanterna. Não encontrou mais nenhum tronco com tinta. Havia chegado ao destino. Prendeu a respiração. Ouviu o som de dois pedaços de madeira batendo um no outro, mas não viu nada.

Então, como se quisesse ajudá-lo, a lua apareceu entre as nuvens e lançou uma luz suave e amarelada na clareira. Foi quando ele as viu. Sentiu um calafrio. A primeira coisa que lhe veio à mente foi uma antiga música de Billie Holiday, "Strange Fruit". As duas cabeças humanas penduradas no galho da bétula pareciam frutos estranhos — os cabelos longos balançando ao vento, o som oco que faziam quando se chocavam.

Våge concluiu imediatamente que eram Bertine Bertilsen e Helene Røed. Não porque tivesse reconhecido o rosto delas, que ali pareciam máscaras rígidas, mas porque uma era morena e a outra era loira.

Våge sentiu o coração a mil quando tirou a câmera do ombro e começou a contar novamente. Desta vez não eram passos, mas segundos. Ele apertava o botão do obturador sem parar, o flash disparando inúmeras vezes, e continuou quando as nuvens voltaram a encobrir a lua. Quando chegou a cinquenta, aproximou-se, focou a câmera e seguiu fotografando. Estava mais empolgado que aterrorizado, pensava nas cabeças não como pessoas que estavam vivas até pouco tempo atrás, mas como provas. Provas de que Markus Røed era inocente. Provas de que ele — Terry Våge — não era uma fraude, de que havia falado com o assassino. Provas de que ele era o melhor jornalista policial da Noruega, uma pessoa digna do respeito de todos: da família, de Solstad, de Genie e daquela banda de merda que ela liderava. E o mais importante de tudo: ele era digno do respeito e da admiração de Mona Daa. Após a demissão, Våge tentou não pensar no assunto, sabia que havia caído no conceito dela. Mas agora isso mudaria, todo mundo adora quem atinge o fundo do poço e dá a volta por cima. Mal podia esperar para revê-la. Não, ele literalmente não podia esperar, precisava *garantir* que eles se encontrassem e prometeu a si mesmo que faria isso acontecer assim que Dagnija voltasse para a Letônia.

Noventa. Faltavam trinta segundos.

*Eu vou atrás de você.*

Como o monstro de uma história infantil.

Våge baixou a câmera e filmou com o celular. Gravou o próprio rosto para ter provas de que era ele quem havia estado ali e tirado as fotos.

*É hora de colher sua recompensa*, disse o cara. Foi por isso que Våge se lembrou da música de Billie Holiday ao ver as cabeças nas árvores? A música tinha a ver com o linchamento de negros no Sul dos Estados Unidos, não com... isso. E, quando o cara disse "colher", quis dizer que ele poderia levar as cabeças? Våge deu um passo e se aproximou da bétula. Parou. Tinha enlouquecido? As cabeças eram troféus do assassino. E o tempo havia acabado. Våge pendurou a câmera nas costas e ergueu as mãos para mostrar que havia terminado e estava indo embora.

A volta foi mais difícil, pois Våge não tinha como seguir a tinta reflexiva para se orientar. Mesmo se apressando, demorou quase vinte minutos para reencontrar a trilha na mata. Quando chegou ao carro e deu a partida no motor, teve uma ideia.

Mesmo sem levar as cabeças, ele deveria ter pegado alguma coisa delas, um fio de cabelo que fosse. No fundo Våge tinha fotos de duas cabeças que nem ele, que tinha visto inúmeras fotos de Bertine Bertilsen e algumas de Helene Røed, poderia dizer com certeza se eram delas. Ou se eram cabeças humanas de verdade. Caralho! Se ele não tivesse inventado matérias depois que Truls Berntsen o deixou na mão, ninguém duvidaria que aquelas fotos eram provas sólidas e verdadeiras. Agora ele corria o risco de as imagens serem vistas como uma nova armação e de sua carreira ir por água abaixo de vez. Ele deveria ligar para a polícia imediatamente? Eles chegariam ao local antes de o assassino ter tempo de fugir?

Estava descendo a Toppåsveien quando se lembrou de uma coisa dita pelo assassino. "Entre no carro e volte direto para casa."

O cara estava com medo de Våge ficar esperando. Por quê? Talvez aquela fosse a única estrada para a floresta.

Våge reduziu a velocidade e mexeu no celular. Ficou de olho na estrada enquanto abria o mapa que havia usado para subir. Concluiu que, se o sujeito tivesse ido de carro, só poderia ter estacionado em duas estradas. Desceu a Toppåsveien e entrou numa estrada secundária que terminava onde começava a trilha na floresta. Nenhum carro estacionado em nenhuma das estradas. Tudo bem, vai ver o sujeito fez todo o caminho desde a estrada principal a pé. Teria percorrido uma zona residencial tranquila, à luz dos postes, sendo observado pelos moradores da área enquanto carregava um par de cabeças e uma lata de tinta dentro da mochila? Talvez sim. Talvez não.

Våge analisou um pouco mais o mapa. A caminhada para chegar ao topo da montanha e, depois, à estrada principal do outro lado parecia íngreme e cansativa, e o mapa não mostrava nenhuma trilha. Mas então percebeu que o paredão dos alpinistas tinha uma trilha na base. E mais para oeste havia uma estrada que levava a uma zona residencial e um campo de futebol. De lá era possível pegar um carro, passar pelo Kolsås Shopping Center e chegar à estrada principal sem passar perto da Toppåsveien.

Våge refletiu por um instante.

Não teve dúvida sobre que rota de fuga usaria se estivesse no lugar do cara, no meio da mata.

Harry acordou assustado. Não queria ter pegado no sono. Acordou com algum barulho? Talvez algo derrubado pelo vento no pátio? Ou foi um sonho, um pesadelo do qual havia lutado para sair? Virou-se de lado e, na penumbra, viu a parte de trás da cabeça deitada, o cabelo preto no travesseiro branco. Rakel. Ela se mexeu. Talvez tivesse acordado com o barulho, talvez tivesse percebido que ele havia acordado, isso costumava acontecer.

— Harry — murmurou ela, sonolenta.

— Hum.

Ela se virou para ele.

Harry fez carinho no cabelo dela.

Ela esticou o braço para o abajur ao lado da cama.

— Não acende, não — sussurrou ele.

— Tá. Eu posso...

— Shhh. Só... fica em silêncio um instante. Só uns segundos.

Eles ficaram em silêncio na escuridão. Harry fez carinho no cabelo, no pescoço e no ombro.

— Você está fazendo de conta que eu sou a Rakel — disse ela.

Harry não respondeu.

— Quer saber? — continuou ela e fez um carinho na bochecha de Harry. — Tudo bem.

Ele sorriu. Deu-lhe um beijo na testa.

— Obrigado. Obrigado, Alexandra. Acabei. Cigarro?

Alexandra se virou para a mesa de cabeceira. Em geral fumava outra marca, mas tinha comprado um maço de Camel porque era o que Harry fumava e ela própria não tinha preferência. Algo brilhou na mesa de cabeceira. Alexandra passou o celular para Harry, que olhou para a tela.

— Foi mal. Preciso atender.

Alexandra sorriu cansada e acendeu o isqueiro.

— Você nunca recebe ligações que não precisa atender, Harry. Devia experimentar um dia, é uma sensação maravilhosa.

— Krohn?

— Hum... Boa noite, Harry. Estou ligando por causa de Røed. Ele quer mudar a declaração.

— Certo.

— Ele agora alega que se encontrou com Susanne Andersen em segredo no começo do dia em seu outro apartamento, na Thomas Heftyes gate. Que eles fizeram sexo e ele beijou o seio dela. Ele afirma que não quis dizer nada antes, sobretudo porque temia que isso o ligasse ao homicídio, mas também para esconder da mulher, e que, quando percebeu que a mentira foi descoberta, ficou com medo de parecer ainda mais suspeito caso mudasse a versão. Ele não tem testemunha nem nenhuma outra prova que confirme a visita de Susanne. Por isso fez a besteira de afirmar que não se encontrou com ela, torcendo para que você ou a polícia encontrasse o culpado ou alguma prova que o inocentasse.

— Hum. Foi esse tempo na cadeia que o amoleceu?

— Se quer a minha opinião, eu diria que foi você. Acho que ele acordou para a vida quando você o estrangulou. Entendeu que existe uma coisa chamada punição, que o caso não está andando e que não vai aguentar quatro semanas de prisão preventiva.

— Você quer dizer quatro semanas sem cocaína?

Krohn não respondeu.

— O que ele disse sobre o Villa Dante?

— Continua negando.

— Tá bom. A polícia não quer soltá-lo. Røed não tem testemunhas e tem razão quando diz que mudar a versão vai fazer com que pareça uma minhoca tentando escapar do anzol.

— Concordo. Só queria informar você.

— Você acredita nele?

— Isso tem importância?

— Para mim também não tem. Mas ele é um bom mentiroso. Obrigado por me manter atualizado.

Desligaram. Harry ficou deitado com o celular na mão, olhando para o escuro, tentando encaixar as peças. Porque elas se encaixavam, sempre se encaixavam. O problema era com ele, não com as peças.

— O que você está fazendo? — perguntou Alexandra e tragou o cigarro.

— Estou tentando ver, mas está tão escuro.

— Não está vendo nada?

— Vejo alguma coisa, mas não consigo distinguir o quê.

— No escuro, para ver um objeto com mais clareza o truque é não olhar diretamente para ele, e sim um pouco para o lado.

— É o que estou fazendo. Mas é como se o objeto estivesse bem ali.

— Ao lado?

— Isso. É como se a pessoa que estamos procurando estivesse no nosso campo de visão. Você vê, mas não sabe que é ela.

— Como se explica isso?

— Não faço ideia — ele suspirou —, nem vou tentar explicar.

— Tem coisa que a gente simplesmente sabe, não é?

— Não tem mistério nenhum por trás disso. Algumas coisas o cérebro descobre reunindo as informações disponíveis, mas não conta os detalhes, só mostra a conclusão.

— É — murmurou Alexandra, então deu outra tragada e entregou o cigarro a Harry. — Da mesma forma que eu sei que foi Bjørn Holm que matou Rakel.

Harry deixou o cigarro cair no edredom. Pegou de volta e o colocou na boca.

— Você sabe? — perguntou ele e tragou.

— Sim. E não. Foi o que você disse. São informações que o cérebro relaciona sem que se tente ou deseje conscientemente. De repente, você tem a resposta, mas não viu o cálculo e tem que fazer as contas de trás para a frente para saber o que o cérebro pensou enquanto você pensava em outra coisa.

— E o que o seu cérebro pensou?

— Que, quando Bjørn descobriu que você era o pai da criança, precisou se vingar. Assassinou Rakel e fez as provas apontarem para você. Você me disse que foi você quem matou Rakel, porque sente que a culpa é sua.

— A culpa foi minha. A culpa *é* minha.

— Bjørn Holm queria que você sentisse a mesma dor que ele sentiu, não é? Que perdesse a pessoa que você mais amava. Que sentisse a culpa. Às vezes penso em como vocês dois devem ter se sentido solitários. Dois amigos que não têm amigos. Separados por... coisas que acontecem. E agora nenhum dos dois tem a mulher que amava.

— Hum.

— Quanto isso doeu em você?

— Doeu. — Harry deu uma tragada desesperada. — Eu ia fazer o mesmo que ele.

— Tirar a própria vida?

— Prefiro chamar de dar a vida por encerrada. Não me restava muita vida a tirar.

Alexandra pegou o cigarro, que estava chegando ao filtro. Apagou no cinzeiro e se aninhou em Harry.

— Se quiser eu posso ser Rakel mais um pouquinho.

Terry Våge tentou ignorar o som irritante do cabo batendo no mastro da bandeira tremulando ao vento. Tinha parado o carro no estacionamento em frente ao modesto Kolsås Shopping Center. As lojas estavam fechadas, havia poucos carros por perto, mas em número suficiente para que o dele não fosse notado pelos poucos automóveis que vinham da área residencial. Estava sentado ali havia meia hora e tinha contado apenas quarenta carros na estrada. Sem usar o flash, tirou fotos de cada carro no momento em que passavam pelo poste de luz, a quarenta ou cinquenta metros de onde estava. As fotos eram nítidas, dava para distinguir as placas.

Já fazia quase dez minutos que nenhum veículo passava. Era tarde, o tempo estava ruim, e quem podia já estava em casa. Våge ouviu o som do cabo de novo e concluiu que havia esperado tempo suficiente. Além do mais, precisava publicar as fotos.

Havia tido tempo para pensar na melhor forma de fazer isso. Se publicasse só no blog, revitalizaria a plataforma. Mas para ganhar repercussão de verdade precisaria da ajuda de um meio de comunicação maior.

Våge sorriu ao imaginar Solstad engasgando no café da manhã.

Girou a chave na ignição, abriu o porta-luvas e tirou um CD velho e arranhado que não escutava havia muito, muito tempo. Aumentou o volume para ouvir a voz maravilhosa e anasalada de Genie e pisou no acelerador.

***

Mona Daa não acreditou no que estava ouvindo. Nem na história nem no homem que a estava contando. Mas acreditou no que seus olhos viam, por isso mudou de opinião sobre a história de Terry Våge. Atendeu a ligação dele quase sem perceber — só para não ter que ouvir outro monólogo pretensioso de Isabel May no seriado *1883* —, deixou Anders no sofá e foi para o quarto. Ainda por cima suspeitava que Anders era apaixonado pela atriz, o que tornava toda a sabedoria da personagem ainda mais irritante.

Mas ali, ao telefone, Mona Daa esqueceu tudo isso.

Viu as fotos que Våge tinha enviado para provar que estava falando a verdade e respaldar sua proposta. A floresta estava escura, e o vento fazia as cabeças balançarem, mas as fotos estavam nítidas por causa do flash.

— Também mandei o vídeo, para vocês verem que era eu quem estava lá — disse Våge.

Ela abriu o vídeo e não teve dúvida. Nem Terry Våge era louco a ponto de encenar uma mentira tão ultrajante.

— Você precisa ligar para a polícia — avisou ela.

— Já liguei. Estão a caminho e vão encontrar os troncos com a tinta reflexiva, duvido que o cara tenha tido tempo de tirá-la. Vai ver até deixou as cabeças penduradas lá. Seja como for, a polícia vai divulgar o que encontrar e isso significa que você e o jornal não vão ter muito tempo para decidir se querem o material.

— Quanto?

— Isso eu converso com a sua editora. Como falei, vocês só podem usar a foto que eu marquei, que está um pouco fora de foco, e a referência ao meu blog precisa estar na primeira frase da matéria, logo após a chamada. Também precisa dizer com todas as letras que o blog tem mais fotos e um vídeo. Acha que está bom? Ah, sim, tem mais uma coisa. A assinatura é sua, só sua, Mona. Eu sou um outsider aqui.

Mona sentiu um calafrio enquanto passava as fotos de novo. Não por causa do que estava vendo, mas pela forma como Våge havia pronunciado seu nome. Parte dela sentiu vontade de gritar "Não!"

e desligar na cara dele. Mas essa era a metade que não estava trabalhando. Ela não podia *não* fazer nada. E no fim das contas não era ela quem tomaria a decisão — graças a Deus essa responsabilidade cabia à editora-chefe.

— Tá bom.

— Ótimo. Pede para a sua editora me ligar daqui a cinco minutos, tá bem?

Mona desligou e telefonou para Julia. Sentiu o coração bater mais forte enquanto esperava a chefe atender. E ouviu sete palavras ecoando em sua cabeça. "A assinatura é sua, só sua, Mona."

# 38

## Quinta-feira

Alexandra analisou cada milímetro da cabeça de Helene Røed com a lupa. Estava nessa tarefa desde que havia chegado de manhã, e já era quase hora do almoço.

— Pode vir aqui um segundo, Alex?

Alexandra fez uma pausa e foi até a outra ponta da mesa de metal, onde Helge estava trabalhando na cabeça de Bertine Bertilsen. Helge era o único com permissão para chamá-la pelo apelido andrógino, talvez porque vindo dele soasse natural, quase carinhoso, como se ela fosse sua irmã.

— O que foi?

— Dá uma olhada — pediu Helge, abaixando o lábio inferior putrefato da cabeça de Bertine e apontando a lupa para os dentes do maxilar inferior. — Ali. Parece pele.

Alexandra se aproximou. Mal dava para ver a olho nu, mas sob a lupa não restava dúvida. Um floco branco e ressecado entre dois dentes.

— Meu Deus, Helge — disse ela. — *É* pele.

Faltava um minuto para o meio-dia. Katrine olhou para os presentes na sala de imprensa e concluiu que, assim como da última vez, a imprensa tinha comparecido em peso. Viu Terry Våge sentado ao lado de Mona Daa. Normal, considerando que ele havia oferecido a história de bandeja para o *VG*. Ainda assim, Katrine notou que Daa não parecia à vontade. Em seguida o olhar da chefe da Divisão de Homicídios vagou para o fundo da sala. Foi quando ela percebeu um homem que nunca tinha visto, de colarinho clerical, e presumiu que era alguém de uma revista religiosa ou um jornal cristão. O sujeito estava sentado com as costas eretas, encarando-a como um estudante atento e empolgado. Tinha um sorriso fixo e não piscava, como um boneco de ventríloquo. Por fim, bem no fundo da sala ela viu Harry, encostado na parede de braços cruzados. A coletiva teve início.

Kedzierski fez um resumo do que havia acontecido: a polícia recebeu informações do jornalista Terry Våge e foi até Kolsåstoppen, onde as cabeças de Bertine Bertilsen e Helene Røed foram fotografadas. Våge prestou depoimento e, por ora, a polícia não planejava indiciá-lo por se intrometer no caso. Evidentemente a polícia não podia excluir a possibilidade de duas ou mais pessoas estarem trabalhando juntas na execução dos homicídios, mas que, diante das circunstâncias, Markus Røed seria posto em liberdade.

Depois, como um eco do vendaval da noite anterior, seguiu-se uma tempestade de perguntas.

Bodil Melling estava presente para responder perguntas de caráter mais geral e sobre Harry Hole, conforme havia avisado Katrine.

— Acho melhor você não mencionar Hole nas suas respostas — disse a comandante da Divisão de Homicídios.

E acrescentou que também não se falaria do novo álibi de Røed — que ele estava num clube gay na hora dos dois primeiros homicídios —, tendo em vista que essa informação havia sido obtida com métodos totalmente escusos. As primeiras perguntas foram sobre a descoberta das cabeças, e Katrine respondeu com frases-padrão, dizendo que a polícia não podia ou preferia não comentar.

— Isso quer dizer que vocês não encontraram evidências na cena do crime?

— Eu disse que não podemos comentar — respondeu Katrine. — Mas podemos afirmar com segurança que Kolsås não é considerada a cena de um crime.

Alguns repórteres mais experientes riram.

Após várias perguntas técnicas surgiu a primeira incômoda.

— Não é constrangedor a polícia ter que libertar Markus Røed quatro dias após a prisão preventiva?

Katrine olhou para Bodil Melling, que acenou com a cabeça, sinalizando que responderia.

— Como sempre, a polícia está investigando o caso com as ferramentas que tem. Uma dessas ferramentas é a prisão preventiva de suspeitos devido a provas circunstanciais técnicas ou táticas. Fazemos isso para minimizar o risco de fuga ou de adulteração ou destruição de provas. Isso não significa que a polícia está convencida de que encontrou o culpado, nem de que ela errou só porque num momento posterior a investigação mostrou que a detenção deixou de ser necessária. Com base nas informações que tínhamos no domingo, agiríamos da mesma forma outra vez. Então, não é constrangedor.

— Mas não foi a investigação que avançou, foi Terry Våge quem trouxe as informações.

— Disponibilizar linhas telefônicas para a população entrar em contato e dar informações é um elemento de qualquer investigação. Parte do nosso trabalho é analisar essas informações, e o fato de termos levado a sério a ligação de Våge mostra que fizemos o julgamento correto.

— Está dizendo que a polícia teve dificuldade para julgar se Våge deveria ou não ser levado a sério?

— Sem comentários — respondeu Melling num tom seco, mas Katrine percebeu um leve sorriso no rosto da chefe.

As perguntas vinham de todas as direções, e Melling respondeu com calma e confiança. Katrine se perguntou se estava errada sobre a chefe — no fim das contas talvez ela fosse mais do que uma carreirista.

Com tempo para observar os presentes na sala, Katrine viu quando Harry pegou o celular, olhou a tela e saiu a passos largos.

Melling concluiu uma resposta, e Kedzierski autorizou outro jornalista a fazer uma pergunta. Nesse momento, Katrine sentiu o celular vibrar no bolso do blazer. O questionamento seguinte também era dirigido a Melling. Katrine viu Harry entrar de volta na sala, chamar sua atenção e apontar para o próprio celular. Ela entendeu o gesto. Pegou o celular e desbloqueou a tela debaixo da mesa. Tinha uma mensagem de Harry.

*Inst Med Forense tem o DNA. 80% de correspondência.*

Katrine releu a mensagem. Aquilo não significava que oitenta por cento do perfil de DNA batia — se fosse assim, toda a humanidade e todos os animais, até as lesmas, seriam suspeitos. Harry estava dizendo que havia oitenta por cento de chance de terem encontrado a pessoa certa. Katrine sentiu o coração disparar. O jornalista tinha razão quanto ao fato de não terem encontrado nenhuma prova perto da árvore com as cabeças em Kolsåstoppen, então essa era uma notícia fantástica. Oitenta por cento não era cem por cento, mas era... oitenta por cento. E, como ainda era meio-dia, o Instituto de Medicina Forense não teria tido tempo de obter o perfil completo de DNA, então à tarde esse percentual poderia aumentar. Mas também poderia diminuir? A verdade é que Katrine não tinha entendido todos os detalhes da explicação de Alexandra sobre a análise de DNA. De qualquer modo, ela queria se levantar e sair correndo, em vez de ficar ali alimentando os abutres, ainda mais agora, que eles finalmente haviam conseguido uma pista, um nome! Alguém que estava no banco de dados, provavelmente com uma condenação anterior, ou pelo menos uma detenção. Alguém...

Katrine pensou numa possibilidade.

Que não seja Røed! Ai, meu Deus, qualquer um menos Røed de novo, ela não aguentaria aquela palhaçada toda outra vez. Fechou os olhos e percebeu que o salão estava em silêncio.

— Bratt? — Era a voz de Kedzierski.

Katrine abriu os olhos, desculpou-se e pediu que o jornalista repetisse a pergunta.

— A coletiva de imprensa terminou — disse Johan Krohn. — Olha o que o *VG* escreveu.

Ele entregou o celular a Markus Røed.

Eles estavam no banco traseiro de uma SUV indo da unidade de custódia para o apartamento em Oslobukta. Tinham sido autorizados a sair pelo túnel que levava à sede da polícia, evitando os jornalistas. Krohn havia alugado a SUV e contratado seguranças de uma empresa que Røed já havia usado antes, a Guardian. Estava seguindo os conselhos de Harry Hole, com base num raciocínio simples: em dado momento da festa seis pessoas estiveram na sala com as carreiras de cocaína verde. Das seis, três tinham sido assassinadas por alguém que cada vez mais parecia ser um serial killer insano. A probabilidade de uma das três pessoas vivas ser a próxima da lista não era de cem por cento, mas era alta o bastante para valer a pena esconder Røed durante um tempo num apartamento à prova de invasão protegido por guarda-costas. Depois de refletir sobre a sugestão, Røed concordou. Krohn imaginou que os dois homens com pescoço de touro nos bancos da frente tinham se inspirado no Serviço Secreto dos Estados Unidos tanto na escolha dos ternos e óculos escuros quanto no treinamento físico. Não tinha certeza se os ternos pretos pareciam justos por causa da massa muscular ou dos coletes à prova de balas. Mas tinha certeza de que Røed estava em boas mãos.

— Ah! — exclamou Røed. — Escuta essa...

Claro que a essa altura Krohn tinha lido a coluna de Mona Daa no *VG*, mas não se incomodava de escutar outra vez.

— "Melling afirma que a soltura de Markus Røed não é constrangedora e está certa. Constrangedora foi a prisão preventiva do magnata. A Divisão de Homicídios caiu na mesma armadilha que a Divisão de Combate a Crimes Econômicos, que por anos perseguiu desesperadamente grandes líderes empresariais em busca de troféus. Pode-se gostar ou não de Markus Røed e pode-se acreditar que todos são iguais perante a lei, mas a justiça não é maior se você é mais severo com o rei do que com o vassalo. O tempo perdido pela polícia na caça a um urso de grande porte teria sido mais bem gasto na caça a uma pessoa que tem todas as características típicas do caso: um serial killer mentalmente perturbado."

Røed se virou para o advogado.

— Acha que essa parte do urso é um trocadilho com...?

— Não. — Johan Krohn sorriu. — O que você vai fazer agora?

— Boa pergunta: o que eu vou fazer? — repetiu Røed e devolveu o celular a Krohn. — O que detentos que acabam de sair da cadeia costumam fazer? Festa, claro.

— Eu não aconselharia. O país inteiro está de olho em você, e Helene... — A voz do advogado foi perdendo força até sumir.

— Porque o corpo dela ainda nem esfriou?

— Por aí. Além do mais, é melhor você evitar ao máximo sair por aí.

— Como assim?

— Fique no apartamento, só você e os seus dois novos amigos aqui. Pelo menos por enquanto. Você pode trabalhar de casa.

— Tá bom, mas vou precisar de uma coisinha... para me animar. Se é que me entende.

— Acho que entendo. — Krohn suspirou. — Mas não dá para esperar?

Røed riu e colocou a mão no ombro de Krohn.

— Pobre Johan... Você não tem muitos vícios, mas provavelmente também não se divertiu muito. Prometo que não vou correr nenhum risco. Na verdade, eu quero conservar essa linda e única... — Ele fez um círculo ao redor da cabeça.

— Ótimo — disse Johan, e olhou pela janela e viu os edifícios do projeto Barcode, que, com um design rigoroso, mas divertido, trouxe Oslo para o século XXI. Ignorou o pensamento que lhe ocorreu por uma fração de segundo: não ficaria de luto por muito tempo se Markus Røed fosse decapitado.

— Feche a porta, por favor — disse Bodil Melling ao se levantar da mesa.

Katrine entrou com Harry, fechou a porta e se sentou à mesa ao lado de Sung-min.

— O que temos? — perguntou Melling, sentada à cabeceira.

Olhava para Katrine, que acenou com a cabeça para Harry, que por sua vez ainda estava se acomodando na cadeira.

— Bom — disse Harry, fazendo uma pausa até encontrar sua posição preferida, meio deitado. Katrine viu a impaciência no rosto da comandante. — O Instituto de Medicina Forense me ligou e...

— Por que ligaram para você? — interrompeu Melling. — Se eles têm alguma informação, devem ligar para quem está comandando a investigação.

— Pode ser — disse Harry. — De qualquer forma, eles disseram...

— Não, quero esclarecer isso primeiro. Por que não ligaram para a chefe da Divisão de Homicídios?

Harry fez cara feia, conteve um bocejo e olhou pela janela como se nenhuma pergunta tivesse sido feita.

— Talvez não tenham agido da forma correta — disse Katrine —, mas ligaram para quem, na prática, está comandando a investigação, na vanguarda do caso. Podemos seguir em frente?

As duas se encararam.

Katrine sabia que sua resposta — e seu tom de voz — poderia ser considerada uma provocação. Talvez fosse mesmo. E daí? Não era hora para política de escritório e jogos de poder. Talvez Melling também tenha se dado conta disso, pois se limitou a acenar com a cabeça para Katrine.

— Tudo bem, Bratt. Continue, Hole.

Harry virou a cabeça para a janela, como se estivesse conversando com alguém lá fora, em seguida se voltou de novo para os outros.

— Hum. Encontraram um fragmento de pele entre os dentes de Bertine Bertilsen. Segundo os técnicos de necropsia, estava tão solto que teria se desprendido caso ela tivesse enxaguado a boca ou escovado os dentes. Assim, podemos supor que o fragmento ficou preso pouco antes da morte. Por exemplo, porque ela mordeu o assassino. O banco de dados apresentou um perfil preliminar com alta probabilidade de correspondência.

— Criminoso?

— Sim, mas sem condenações.

— Qual é a probabilidade?

— Alta o suficiente para valer a prisão — disse Harry.

— Essa é a sua opinião. Não podemos nos dar ao luxo de fazer outra prisão, e a imprensa...

— É ele — murmurou Harry, mas as palavras pareceram ressoar pela sala.

Melling desviou o olhar para Katrine, que fez que sim.

— E você, Larsen?

— De acordo com as informações mais recentes da patologia, a probabilidade é de noventa e dois por cento — disse Sung-min. — É ele.

— Ótimo — disse Melling e juntou as mãos. — Sigam em frente.

Eles se levantaram.

Na saída, Melling segurou Katrine.

— Você gosta dessa sala, Bratt?

Katrine olhou para Melling desconfiada.

— Gosto, é bonita, bem decorada.

Melling passou a mão nas costas de uma cadeira da mesa de reunião.

— Perguntei porque ainda não recebi o sinal verde, mas é possível que eu me mude para outra, e essa aqui vai ficar vaga. — Melling sorriu com uma cordialidade que Katrine nunca tinha visto na chefe. — Mas pode ir lá, não quero prender você aqui.

## 39

## Quinta-feira

# Couve ornamental

Harry entrou no cemitério. A florista de Grønlandsleiret tinha sugerido que ele plantasse uma couve ornamental no túmulo. Não só porque a flor era linda mas porque ela ficaria mais colorida à medida que a temperatura caísse com a chegada do outono.

Quando chegou, tirou de cima da lápide um galho que provavelmente havia quebrado no vendaval da noite anterior. Colocou o galho perto do tronco da árvore, voltou, agachou-se e enterrou o vaso com a planta.

— Encontramos o cara — disse Harry. — Achei que você ia gostar de saber, porque imagino que esteja acompanhando a história.

Olhou para o céu azul, que pouco antes estava nublado.

— Eu estava certo sobre ser alguém na periferia do caso, uma pessoa que a gente vê, mas não vê. Mas estava errado em relação a todo o resto. Vivo procurando uma motivação, sempre acho que é isso que nos leva na direção certa. E sempre existe uma motivação. Mas nem sempre ela tem um brilho intenso a ponto de servir como estrela-guia, não é? Não quando está tão submersa na escuridão da loucura, como está nesse caso. Quando isso acontece eu desisto do "por quê?" e me concentro no "como?". Melhor deixar Ståle e seu pessoal descobrirem os porquês doentios depois. — Harry pigarreou. — Quer que eu pare de rodeios e vá direto para o "como"? Tá bom.

***

Eram três da tarde quando Øystein Eikeland chegou à Jernbanetorget, onde havia se encontrado com Harry uma semana e meia antes. Parecia fazer uma eternidade. Passou pela estátua do tigre e viu Al meio agachado, com a mão apoiada na parede do antigo prédio da estação central.

— Como vai, Al? — perguntou Øystein.

— Tomei uma parada ruim. — Vomitou de novo, endireitou-se de volta e limpou a boca com a manga da parca. — Fora isso, tudo certo. E você? Quanto tempo...

— Pois é, andei ocupado — disse Øystein, olhando para o vômito. — Lembra quando eu perguntei da festa na casa do Markus Røed? Eu te falei que era porque queria saber quem era o outro cara que estava vendendo pó.

— Ele estava distribuindo de graça, mas o que tem ele?

— Eu devia ter te contado que perguntei porque estou trabalhando para um investigador particular.

— Hã? — Al cravou os olhos azuis em Øystein. — O policial que estava aqui, Harry Hole?

— Você sabe quem é ele?

— Eu leio os jornais!

— Sério? Quem diria.

— Não todo dia, mas, depois que você me falou das garotas da festa, tenho acompanhado o caso.

— Ah, é?

Øystein olhou em volta. A praça parecia a mesma de sempre. A mesma clientela. Turistas parecendo turistas, estudantes parecendo estudantes, compradores parecendo compradores. Ele deveria ter parado aí. Ou melhor, deveria ter ido embora. Por que sempre tinha que exagerar? Por que não conseguia cumprir o mandamento de Keith sobre moderação? Tudo o que precisava fazer era identificar Al no meio da multidão e distraí-lo um pouco. Mas não, ele tinha que ir além...

— Acho que você tem feito um pouco mais do que só acompanhar o caso, né? — perguntou Øystein.

— Hã? — Al arregalou os olhos. Dava para ver toda a parte branca dos olhos.

***

— Ele conheceu as garotas na festa, ou vai ver já forneceu cocaína para elas antes — disse Harry para a lápide. — Acho que gostou delas. Ou odiou, vai saber. Talvez as três também tenham gostado dele, ele é bonito, tem carisma. O carisma da solidão, como diz Øystein. Talvez por isso ele tenha atraído as garotas. Ou foi com a cocaína. Ele não estava no apartamento quando a polícia fez a batida hoje de manhã. Pelo que Øystein me contou, ele tem horário fixo na Jernbanetorget. Parece que é solteiro, mas a cama estava arrumada. Encontraram muita coisa interessante no apartamento. Facas de todo tipo. Pornografia pesada. Um carro que a perícia está analisando nesse momento. Um pôster de Charles Manson acima da cama. E um dosador de cocaína feito de ouro com as iniciais B. B. Imagino que alguém que conheceu Bertine Bertilsen vai reconhecer o dosador. Tinha cocaína verde. Gostou desse detalhe, né? Mas escuta. Tinha oito quilos de cocaína branca debaixo da cama, e segundo a polícia ela parecia pura. Veja bem, oito quilos. É só batizar um pouco e você está falando de um valor de mercado acima de dez milhões de coroas. Ele não tem nenhuma condenação, mas foi preso duas vezes, uma delas por um estupro coletivo. Parece que ele nem estava lá na hora, mas foi assim que o DNA dele foi parar no banco de dados. Ainda não tivemos tempo de revirar o passado e a infância do sujeito, mas tem grande chance de a vida inteira dele ter sido uma grande merda. Em resumo, é isso. — Harry olhou para o relógio. — Imagino que ele esteja sendo preso agora mesmo. Ele é conhecido por viver em estado de alerta, beirando a paranoia. Sabendo que o cara é colecionador de facas e passa o dia num lugar que vive lotado de gente, a polícia decidiu usar Øystein como isca. Na minha opinião, trabalhar com amadores é sempre uma péssima ideia, mas pelo que eu soube foram ordens de cima.

— Que porra é essa que você tá falando? — perguntou Al.

— Nada — respondeu Øystein, de olho em Al, que tinha enfiado as mãos nos bolsos.

Nesse momento Øystein se deu conta de que talvez estivesse em perigo. Por que prolongar a situação? Olhou para as mãos de Al. O que ele tinha nos bolsos? Nesse instante Øystein percebeu: estava gostando de finalmente, pela primeira vez, ser o centro das atenções. Naquele momento a polícia estava se comunicando pelo rádio, provavelmente gritando: "Por que ele continua aí?", "Esse cara não tem medo de nada?", "Caralho, isso é que é sangue-frio!".

Øystein viu dois pontos de luz vermelha no peito da parca de Al.

Seu momento sob os holofotes tinha acabado.

— Tenha um bom dia, Al.

Øystein deu meia-volta e seguiu em direção ao ponto de ônibus.

Um ônibus vermelho passou na sua frente, e pelo reflexo trêmulo das janelas ele viu três pessoas na praça avançando simultaneamente e enfiando a mão no casaco.

Øystein ouviu Al gritar e mal teve tempo de ver os policiais derrubando-o no chão. Dois apontaram pistolas para as costas de Al e o terceiro o algemou. O ônibus passou, e Øystein olhou para a Karl Johans gate com o Palácio Real ao fundo, as pessoas indo e vindo. Por um segundo pensou em todas as pessoas que conheceu e deixou para trás ao longo da vida.

Sentindo os joelhos travados, Harry se levantou e olhou para a flor rosada que na verdade era um repolho. Em seguida olhou para o nome na lápide. Bjørn Holm.

— Então agora você sabe, Bjørn. E eu sei onde você está. Talvez volte aqui um dia. A propósito, eles também sentem saudade de você no Jealousy.

Harry virou as costas e foi andando para o portão por onde havia entrado.

Pegou o celular e ligou para Lucille de novo.

Mais uma vez ninguém atendeu.

Mikael Bellman estava de pé junto à janela quando Vivian lhe entregou um relatório curto a respeito da prisão bem-sucedida na Jernbanetorget.

— Obrigado — disse, enquanto seu olhar buscava o cerne da questão, como sempre. — Na verdade eu queria fazer uma declaração, um comunicado de imprensa elogiando o trabalho incansável da polícia, a ética de trabalho e o profissionalismo na gestão de casos difíceis. Pode elaborar um rascunho?

— Claro — respondeu Vivian. Bellman percebeu o entusiasmo na voz dela. Pela primeira vez recebia uma tarefa de escrever algo do zero. Ainda assim, parecia apreensiva.

— O que foi, Vivian?

— O senhor não tem medo de interpretarem o comunicado como uma condenação adiantada?

— Não.

— Não?

Bellman se virou para Vivian. Ela era tão linda. Tão brilhante. Mas tão jovem. Estaria Bellman começando a preferir mulheres um pouco mais velhas? Mais sábias, em vez de inteligentes?

— Você vai redigir o texto como se fosse uma homenagem geral à polícia de todo o país — explicou ele. — Um ministro da Justiça não comenta casos individuais. Se uma pessoa quiser relacionar o comunicado à solução desse caso específico, é problema dela.

— Mas é que todo mundo está falando desse caso, então a maioria das pessoas vai fazer essa conexão.

— Assim espero. — Bellman sorriu.

— Mas elas não vão ver o comunicado como uma... — Vivian o encarou, receosa.

— Sabe por que os primeiros-ministros enviam telegramas parabenizando um atleta que ganha uma medalha de ouro nas Olimpíadas de Inverno? Porque esses telegramas vão parar nos jornais. Com isso, o primeiro-ministro recebe um pouco da glória do atleta e lembra à população quem criou as condições para um país tão pequeno como o nosso ganhar tanta medalha de ouro. Nosso comunicado de imprensa vai estar correto, mas ao mesmo tempo vai mostrar que estou em sintonia com o povo. Colocamos um serial killer traficante de drogas atrás das grades, e isso é ainda melhor do que prender um ricaço. Ganhamos a medalha de ouro. Entendeu?

Ela fez que sim.

— Acho que sim.

# 40

## QUINTA-FEIRA

## Ausência de medo

Terry Våge ergueu a cadeira — na altura do quadril, não tinha força para levantar mais que isso — e a arremessou na parede.

— Porra, porra, porra!

Localizar os proprietários dos veículos que passaram pelo Kolsås Shopping Center foi fácil. Våge só precisou entrar no sistema on-line do Departamento de Trânsito e digitar a placa dos carros. Por uma determinada taxa, era possível ter acesso ao nome e ao endereço do dono do automóvel. Ele gastou mais de duas mil coroas e demorou algumas horas, mas finalmente conseguiu uma lista completa com cinquenta e dois nomes e endereços e estava prestes a começar a ligar para eles. Mas o site do *VG* tinha acabado de noticiar que o cara havia sido pego, preso na Jernbanetorget!

A cadeira nem chegou a tombar, só voltou na direção dele no chão desnivelado, como que o convidando a se sentar e avaliar a situação com calma.

Våge apoiou a cabeça nas mãos e tentou seguir a sugestão da cadeira.

O plano era conseguir o maior furo de reportagem da história, um furo que superasse até as fotos das cabeças em Kolsås. Ele iria encontrar o assassino sozinho e — eis o toque de mestre — exigiria uma entrevista exclusiva e completa sobre os crimes e o homem por trás deles, em troca de proteção total da fonte. Ele explicaria que o anonimato da fonte era protegido por lei e impedia que os dois fossem indiciados pela polícia ou por qualquer outra autoridade. Mas omitiria que o direito à confidencialidade não vale quando há vidas em perigo. Assim que a entrevista fosse publicada, Våge entraria em contato com a polícia para informar onde encontrar o assassino. Ele era jornalista e ninguém poderia indiciá-lo por estar fazendo seu trabalho, sobretudo tendo em vista que ele, Terry Våge, tinha descoberto o assassino!

Mas alguém havia chegado antes.

Porra!

Entrou nos portais dos outros jornais. Sem fotos do cara, sem nome. Normal, quando o suspeito não é uma pessoa pública, como Markus Røed. Maldita benevolência escandinava, protegendo os desgraçados, estimulando você a migrar para os Estados Unidos ou qualquer outro país onde a imprensa tenha um mínimo de liberdade. E daí que ele descobriu o nome do assassino? A essa altura só podia lamentar não ter descoberto antes e ligado para o cara.

Våge respirou fundo. Passaria o resto do fim de semana de mau humor. Sobraria para Dagnija. Mas ela que aguentasse; afinal, ele havia pagado metade do valor das passagens de avião dela.

Às seis da noite, todo o grupo Aune estava no quarto 618.

Øystein tinha levado uma garrafa de champanhe e copos de plástico.

— Consegui na sede da polícia — disse. — Tipo um agradecimento. Acho que eles próprios devem ter tomado umas garrafas. Nunca vi tanto policial feliz.

Øystein estourou a rolha e encheu os copos, que Truls distribuiu a todos, incluindo Jibran Sethi, que estava sorridente. Brindaram.

— Será que a gente pode continuar se encontrando? — disse Øystein. — Não precisa ser para resolver casos. A gente pode discutir sobre... quem é o baterista mais subestimado do mundo, por exemplo. A resposta correta, aliás, é Ringo Starr. O mais superestimado é o Keith Moon do The Who, e o melhor, óbvio, é o John Bonham do Led Zeppelin.

— Desse jeito os encontros seriam bem curtos — comentou Truls, e todos riram, inclusive o próprio Truls, ao perceber que tinha dito algo engraçado.

— Certo — disse Aune, deitado na cama, quando todos pararam de rir. — Acho que é hora de fazer um resumo.

— É — disse Øystein e se recostou na cadeira. Truls apenas assentiu com um aceno de cabeça.

Os três olharam para Harry, na expectativa.

— Hum — disse ele, girando o copo de plástico. Ainda não tinha bebido. — Ainda não temos todos os detalhes e algumas dúvidas permanecem. Mas vamos ligar os pontos que temos e tentar criar uma imagem clara e abrangente do caso. Ok?

— Apoiado! — disse Øystein, batendo os pés no chão.

— Temos um assassino com uma motivação que desconhecemos ou não conseguimos compreender — começou Harry. — Espero que os depoimentos esclareçam esse ponto. Fora isso, me parece claro que tudo começou na festa de Røed. Como talvez vocês se lembrem, achei que devíamos seguir o rastro do traficante de cocaína, mas admito que o meu foco estava no traficante errado. Afinal, é muito fácil acreditar que o bandido é o cara de máscara, óculos escuros e boné. Então, vamos passar pelo que sabemos sobre o traficante de máscara antes de olharmos para o assassino. O que sabemos é que o cara de máscara era um amador que tinha levado cocaína verde proveniente de uma apreensão recente. Vamos chamar o sujeito de Novato. O meu palpite é que o Novato é alguém que se encontra em uma das paradas intermediárias, antes de as drogas serem enviadas para perícia, ou seja, é funcionário da alfândega ou do depósito policial. Ele nota que a cocaína tem uma qualidade muito acima da média e acha que tirou a sorte grande. Depois de roubar uma parte da apreensão ele precisa vender tudo de uma vez para alguém que goste de pó de qualidade e tenha grana para pagar.

— Markus Røed — disse Øystein.

— Exato. E é por isso que o Novato insiste tanto para que Røed experimente. Ele era o alvo.

— E eu que acabei levando a culpa — comentou Truls.

— Agora vamos esquecer o Novato — disse Harry. — Depois que Markus espirra na mesa e estraga tudo para o coitado, é o Al quem fornece cocaína para Markus. E provavelmente para as garotas também, embora elas tenham cheirado a cocaína verde antes. As garotas gostam de Al. Ele gosta delas. Convida as duas para dar um passeio na floresta. É aí que a gente chega ao ponto que, para mim, é um mistério. Como ele conseguiu isso? Como o assassino consegue fazer Susanne atravessar voluntariamente a cidade para se encontrar com ele num lugar isolado? Duvido que ele tenha conseguido isso oferecendo aquela cocaína medíocre dele. Como ele convence Bertine, que a essa altura sabe do desaparecimento de Susanne, a se encontrar com ele na floresta? E, depois desses dois homicídios, como ele consegue convencer Helene Røed a sair voluntariamente com ele no intervalo de *Romeu e Julieta*?

— Temos essa informação? — perguntou Aune.

— Temos — respondeu Truls. — A polícia contatou a bilheteria e pegou os números dos assentos enviados para Røed e o nome das pessoas que se sentaram ao lado de Helene. Disseram que ela não voltou depois do intervalo. A atendente também se lembrou de uma senhora pegando o casaco e de um homem esperando um pouco mais afastado, de costas. Não esqueceu porque foram as únicas pessoas que ela viu sair da peça no intervalo.

— Conversei com Helene Røed — disse Harry. — Era uma mulher inteligente, capaz de se cuidar. Não entendo como ela pôde sair voluntariamente de uma peça de teatro com um traficante que nem conhece. Ainda mais depois de tudo o que aconteceu.

— Você mencionou a palavra "voluntariamente" algumas vezes — constatou Aune.

— É — concordou Harry. — Elas deveriam... ter medo.

— Continue.

— Muito medo. — Harry não estava mais sentado com as costas curvadas, como de costume, estava na beirada da cadeira, inclinado para a frente. — Me lembra um rato que eu vi certa vez em Los Angeles, logo depois de acordar. Ele simplesmente se aproximou do gato, que o matou, claro. E uns dias atrás vi a mesma coisa acontecer no pátio de um prédio aqui em Oslo. Não sei qual era o problema desses ratos. Talvez estivessem drogados ou tivessem perdido o medo instintivo.

— Medo é bom — disse Øystein. — Pelo menos um pouco. Medo de estranhos, por exemplo. Xenofobia é uma palavra com uma carga muito negativa e, sim, é a culpada por um monte de merda. Mas nesse mundo em que a gente vive ou você come ou vira comida e, se não tiver pelo menos um pouco de medo do desconhecido, cedo ou tarde vai acabar se fodendo. Não acha, Ståle?

— Concordo — respondeu Aune. — Os sentidos percebem alguma coisa e reconhecem que é perigoso. A partir daí a amígdala produz neurotransmissores, como o glutamato, que nos faz sentir medo. É um detector de fumaça da evolução, e sem ele...

— A gente morre queimado — completou Harry. — Então o que há de errado com essas vítimas de homicídio? E com os ratos?

Os quatro se entreolharam em silêncio.

— Toxoplasmose.

Eles se viraram para a quinta pessoa.

— Ratos têm toxoplasmose — disse Jibran Sethi.

— O que é isso? — perguntou Harry.

— É um parasita que infecta o rato. Bloqueia a reação ao medo e a substitui pela atração sexual. O rato se aproxima do gato porque se sente sexualmente atraído.

— Tá de sacanagem — comentou Øystein.

Jibran sorriu.

— Não, o parasita se chama *Toxoplasma gondii*, e é um dos mais comuns no mundo.

— Espera aí — pediu Harry. — Só ratos têm isso?

— Não, o parasita pode viver em quase todo animal de sangue quente. Mas o ciclo de vida dele passa por animais que são presas do gato, porque o parasita precisa voltar ao intestino do hospedeiro definitivo para se reproduzir e esse hospedeiro precisa ser um felino.

— Então, em teoria, o parasita pode estar presente em pessoas?

— Não só em teoria. Em certas regiões do mundo é muito comum que haja gente infectada pelo *gondii*.

— E essas pessoas se sentem sexualmente atraídas por... gatos?

Jibran riu.

— Nunca ouvi falar. Talvez o nosso psicólogo saiba alguma coisa a respeito disso.

— Eu conheço esse parasita, deveria ter feito a conexão — interveio Aune. — Ataca o cérebro e os olhos. Estudos mostram que pessoas sem histórico de problemas mentais começam a apresentar comportamentos anormais. Não transam com gatos, mas apresentam sinais de violência, sobretudo contra si mesmas. Diversos casos de suicídio são atribuídos ao parasita. Li uma pesquisa que diz que pessoas com esse parasita têm um tempo de reação mais lento e que a chance de se envolverem em acidentes no trânsito é de três a quatro vezes maior. E tem um estudo interessante que mostra que estudantes com toxoplasmose têm mais probabilidade de se tornarem empresários. O argumento é que isso se deve à ausência de medo do fracasso.

— Ausência de medo? — questionou Harry.

— Isso.

— Mas não atração sexual?

— No que você está pensando?

— Que Susanne e Bertine não só aceitaram se encontrar com o assassino por vontade própria como atravessaram a cidade para se encontrar com ele. Helene foi embora no intervalo de uma peça que adorava. Não encontraram sinais de estupro e as pegadas na floresta indicam que eles estavam caminhando de braços dados, como namorados.

— O que atrai ratos infectados é o cheiro do gato e da urina dele — explicou Jibran. — O parasita gosta do cérebro e dos olhos do rato, mas sabe que só pode se reproduzir no intestino do gato. Então, o que ele faz? Manipula o cérebro do rato, que se sente atraído pelo cheiro do gato e o ajuda a voluntariamente voltar para o intestino do felino.

— Puta merda — xingou Truls.

— Pois é, é horrível — admitiu Jibran. — Mas é assim que parasitas funcionam.

— Hum. Seria concebível o assassino assumir o papel do gato depois de infectar as garotas com o parasita?

Jibran deu de ombros.

— É perfeitamente concebível que exista um parasita mutante ou que alguém crie um parasita que precise de intestinos humanos como hospedeiro definitivo. Quer dizer, hoje em dia até um estudante de biologia pode fazer manipulação genética em nível celular. Mas você teria que perguntar sobre isso a um parasitologista ou um microbiologista.

— Obrigado. Primeiro vamos ver o que o Al tem a dizer. — Harry olhou para o relógio. — Katrine disse que o interrogatório começaria logo após ele falar com o advogado designado.

Era raro alguém na penitenciária se atrever a perguntar ao carcereiro Groth por que ele vivia mal-humorado e irritado. Todo mundo que fez isso deixou de trabalhar com ele. As hemorroidas de Groth, por outro lado, continuavam ali, firmes e fortes. Tinham o mesmo tempo de casa que Groth — vinte e três anos. Ele havia sido interrompido no meio de uma promissora partida de paciência no computador e agora estava se contorcendo de dor na cadeira enquanto analisava a carteira de identidade que o homem à sua frente havia colocado no balcão. O homem se apresentou como advogado de defesa do detento preso na Jernbanetorget horas antes. Groth não ia com a cara de advogados que usavam ternos caros, muito menos de advogados como aquele, de jaqueta de aviador e boné como se fosse um estivador.

— Quer a presença de um policial na sala, Beckstrøm? — perguntou Groth.

— Não, obrigado — respondeu o advogado. — Também não quero ninguém escutando atrás da porta.

— Ele matou três...

— Matou, não — interrompeu o advogado. — É suspeito de ter matado.

Groth deu de ombros e apertou o botão da catraca torniquete.

— Lá dentro um guarda vai revistar você e abrir a porta da cela.

— Obrigado — disse o advogado, pegou a identidade e passou pela catraca.

— Babaca — disse Groth, sem se preocupar em desviar os olhos do computador para ver se o advogado tinha escutado.

Quatro minutos depois, Groth percebeu que não venceria a partida de paciência.

Soltou um palavrão e só então ouviu alguém pigarrear. Quando olhou para a frente viu um homem de máscara parado na catraca. Ficou receoso, até que reconheceu o boné e a jaqueta.

— Conversa curta — comentou Groth.

— Ele está morrendo de dor, não para de chorar — explicou o advogado. — Vocês precisam trazer um médico aqui. Volto mais tarde.

— O médico acabou de sair, não viu nada de errado com o cara. Ele tomou analgésicos. Daqui a pouco vai parar de chorar.

— Ele está gritando como se fosse morrer — insistiu o advogado indo em direção à saída. Groth seguiu o advogado com o olhar. Havia algo de errado, mas ele não conseguia identificar o quê. Por fim, apertou o botão do interfone e disse: — Svein, como está o 14? Ainda gritando?

— Estava aos berros quando abri a porta da cela para o advogado, mas parou quando ele entrou.

— Deu uma olhada lá dentro?

— Não. Deveria?

Groth hesitou. Seu método — baseado na experiência — era deixar que os detentos gritassem, chorassem e esperneassem sem dar atenção. Dentro da cela eles não tinham nada que pudessem usar para se ferir, e, se você sai correndo para ver o que é toda vez que os detentos reclamam, rapidamente eles aprendem que é assim que vão conseguir a sua atenção — como crianças chorando. A caixa que ainda estava diante de Groth continha os pertences do detento número 14 no momento em que foi levado para a penitenciária, e Groth procurou algo que pudesse lhe dar uma resposta. A polícia já tinha levado os sacos de cocaína e os maços de dinheiro para o depósito de provas, e tudo o que Groth encontrou ali foram as chaves da casa e do carro, além de um ingresso de teatro amassado para a peça *Romeu e Julieta*. Nenhuma caixa de remédio, receita ou qualquer coisa que desse uma pista do motivo das dores. Groth girou a cadeira e sentiu uma pontada no momento em que uma hemorroida pinçou. Xingou baixinho.

— E aí? — insistiu Svein.

— É — disse Groth, mal-humorado. — Vai lá dar uma olhada nesse merda.

***

Aune e Øystein estavam sentados a uma mesa da cantina quase deserta do Radiumhospitalet. Truls tinha ido ao banheiro, e Harry estava na varanda da cantina com o celular no ouvido e um cigarro no canto da boca.

— Você é o especialista nesse tipo de coisa — comentou Øystein e acenou com a cabeça para Harry. — Qual é a obsessão dele?

— Obsessão?

— O que faz o Harry seguir em frente? Ele não para de trabalhar, mesmo depois que o cara foi pego e ele não está mais sendo pago.

— Ah, isso. Acho que ele busca uma ordem. Uma resposta. Essa necessidade costuma ser mais intensa quando todo o resto da sua vida é caótico e parece não fazer sentido.

— Sei.

— "Sei"? Você não parece convencido. Qual você acha que é o motivo?

— Eu? Bom, eu acho que é o mesmo que o Bob Dylan respondeu quando perguntaram por que ele continuava fazendo turnês muito depois de virar milionário e sua voz ir para o espaço. "É o que eu faço."

Harry se apoiou na grade com o celular na mão esquerda enquanto fumava o único cigarro que havia se permitido pegar do maço de Camel de Alexandra. Talvez fosse possível aplicar o gerenciamento da moderação ao cigarro. Enquanto esperava uma resposta, viu uma pessoa parada lá embaixo, no estacionamento mal iluminado. Um homem com o rosto virado para ele. Daquela distância era difícil distinguir, mas Harry notou que o sujeito usava algo branco no pescoço — talvez um colarinho de camisa recém-lavado, um colar cervical. Ou um colarinho clerical. Harry tentou não pensar no homem no Camaro. Tinha conseguido o dinheiro, então por que o sujeito iria atrás dele? Então pensou em outra coisa. Na resposta que deu a Alexandra quando ela perguntou se ele achava que tinha matado o homem com o soco no pescoço no estacionamento do Creatures. "Se o sujeito tivesse morrido, acho que os amigos dele não teriam me deixado vivo depois." Depois. *Depois* de ele conseguir o dinheiro e pagar a dívida de Lucille.

— Helge.

Harry foi tirado à força de seus pensamentos.

— Oi, Helge, Harry Hole falando. Peguei o número do seu celular com Alexandra. Ela me disse que talvez você estivesse no Instituto de Medicina Forense trabalhando no doutorado.

— Acertou. A propósito, parabéns pela prisão.

— Hum. Eu queria pedir um favor.

— Manda.

— Existe um parasita chamado *Toxoplasma gondii.*

— Sim.

— Você entende do assunto?

— É muito comum, e eu sou bioengenheiro.

— Tá bom. O que eu queria saber era se você poderia verificar se as vítimas contraíram o parasita. Ou uma versão mutante dele.

— Entendi. Gostaria de poder ajudar, mas o parasita se aloja no cérebro, e não temos os cérebros delas.

— Eu sei, mas pelo que me disseram também pode se alojar nos olhos, e o assassino deixou um olho no cadáver de Susanne Andersen.

— Verdade, eles também ficam nos olhos, mas agora é tarde. Os restos mortais de Susanne foram enviados para o velório, que aconteceria hoje mais cedo.

— Eu sei, mas eu verifiquei. O velório foi hoje, mas o corpo continua no crematório. Tem uma fila de cremação, e a dela é só amanhã. Recebi uma ordem judicial oral por telefone, então posso ir lá agora, pegar o olho e depois vou aí. Tudo bem?

Helge soltou uma risada de descrença.

— Tudo bem, mas como você pretende remover o olho?

— Tem razão. Alguma sugestão?

Harry esperou, até que ouviu Helge suspirar e dizer:

— Estritamente falando, isso é parte da necropsia, então é melhor eu ir lá fazer isso.

— O país tem uma dívida com você — disse Harry. — Te vejo lá em meia hora.

Katrine atravessou a unidade de custódia o mais rápido que pôde, com Sung-min logo atrás.

— Abre, Groth! — gritou ela, e o oficial de plantão cumpriu a ordem sem abrir o bico. Pela primeira vez, parecia mais chocado que mal-humorado, o que não servia de consolo.

Katrine e Sung-min passaram pela catraca torniquete. Um guarda manteve aberta a porta que dava para os corredores das celas.

A porta da cela 14 estava aberta. Katrine sentiu o cheiro do vômito ainda no corredor.

Parou à porta. Por cima dos ombros dos dois médicos, viu o rosto do sujeito caído no chão. Ou melhor, o que devia ser um rosto, mas agora era apenas uma massa disforme e ensanguentada, a frente de uma cabeça em que as únicas partes brancas eram os pedaços do septo nasal em meio a uma maçaroca de carne vermelha. Como... Katrine não soube de onde vieram as palavras... uma lua de sangue.

Os olhos dela se moveram para o ponto na parede de tijolos onde o homem obviamente havia batido a cabeça. E era recente, porque o sangue semicoagulado ainda escorria pela parede.

— Inspetora Bratt — apresentou-se ela. — Acabamos de receber a mensagem. Ele está...?

O médico ergueu os olhos.

— Sim, morto.

Ela fechou os olhos e murmurou um palavrão.

— Pode dizer alguma coisa sobre a causa da morte?

O médico esboçou um sorriso e fez que não com a cabeça, exausto, como se a pergunta fosse estúpida. Katrine sentiu a raiva borbulhar. Viu o logotipo dos Médicos Sem Fronteiras no jaleco do sujeito e imaginou que era um daqueles médicos que passa umas semanas em alguma zona de guerra e se transforma num cínico radical pelo resto da vida.

— Eu perguntei...

— Senhorita — interrompeu ele, num tom brusco —, como pode ver, não podemos nem identificar a pessoa.

— Cala a boca e me deixa terminar a pergunta — ordenou ela. — *E aí* você pode abrir a boca. Como...

O médico sem fronteiras deu uma risada, mas Katrine notou que ele estava com o rosto corado e a veia do pescoço saltada.

— Você pode ser da polícia, mas eu sou médico e...

— E acabou de declarar a morte de um homem em prisão preventiva, então já cumpriu sua função aqui. A Patologia vai cuidar do resto. Você pode responder à minha pergunta ou ocupar a cela do lado, tá bem?

Katrine ouviu Sung-min pigarrear baixo ao seu lado, mas ignorou a discreta advertência de que estava passando dos limites. Que se foda, a festa tinha ido por água abaixo, e ela já podia ver as manchetes dos jornais: *Suspeito de homicídio morre sob custódia da polícia*. O maior caso de homicídio que ela já teve provavelmente jamais seria resolvido, agora que o protagonista não podia mais falar. As famílias das vítimas nunca saberiam o que realmente tinha acontecido e esse médico pretensioso quer bancar o fodão?

Katrine inspirou. Expirou. Inspirou de novo. Sung-min estava certo. Era a velha Katrine Bratt vindo à tona, aquela que a *nova* Katrine achava que havia enterrado para sempre.

— Me desculpe. — O médico suspirou e a encarou. — Estou sendo infantil. Mas tudo indica que ele sofreu durante um bom tempo e ninguém fez nada, e aí... aí eu acabo tendo uma reação irracional e botando a culpa em vocês. Me desculpe.

— Sem problema. Também peço desculpas. Mas você *pode* dizer alguma coisa sobre a causa da morte?

Ele balançou a cabeça.

— Talvez seja isso. — Ele acenou com a cabeça para o sangue na parede caiada. — Mas nunca vi ninguém conseguir bater a cabeça na parede para tirar a própria vida. Então talvez o patologista devesse verificar isso aqui também. — Ele apontou para o vômito amarelado no chão. — Me disseram que ele estava sentindo muita dor.

Katrine fez que sim.

— Alguma outra possibilidade?

— Hum — disse o médico e se levantou. — Assassinato.

# 41

## Quinta-feira

## Tempo de reação

Eram sete da noite, e as únicas luzes acesas no Instituto de Medicina Forense eram as do laboratório. Primeiro Harry olhou para o bisturi na mão de Helge, depois para o globo ocular sobre uma placa de vidro.

— Você vai mesmo...? — perguntou Harry.

— Sim, tenho que acessar a parte interna — respondeu Helge e fez a incisão.

— Bem — disse Harry —, o velório já aconteceu, acho que ninguém da família vai vê-la novamente.

— Bom, na verdade, ele deve ir para lá amanhã — avisou Helge enquanto colocava um pedaço do olho sob o microscópio. — Mas o cara da funerária já tinha colocado um olho de vidro, só precisa colocar mais um. Dá uma olhada nisso.

— Viu alguma coisa?

— Sim. *Toxoplasma gondii*. Ou pelo menos um parasita parecido. Olha...

Harry olhou no microscópio. Era imaginação sua ou detectou um odor quase imperceptível de almíscar?

Perguntou isso a Helge.

— *Pode* ser do olho — respondeu o técnico de necropsia. — Nesse caso, você tem um olfato excepcional.

— Hum. Eu tenho parosmia, não sinto cheiro de cadáver. Talvez isso signifique que o meu olfato é melhor para outras coisas. Como acontece com pessoas cegas ou surdas, sabe?

— Você acredita nisso?

— Não. Mas acredito que o assassino usou o parasita para fazer Susanne perder o medo e sentir atração sexual por ele.

— Sem chance. Como se ele fosse o hospedeiro definitivo?

— Isso. Mas por que sem chance?

— Essa suposição não está muito longe da minha área de pesquisa no doutorado. Em teoria é possível, mas, se ele conseguiu esse feito, poderia ganhar o Prêmio Odile Bain. É o Nobel da parasitologia.

— Hum. Acho que, no lugar disso, ele vai ganhar uma prisão perpétua.

— Ã-hã, claro. Me desculpe.

— Outra pergunta. Os ratos são atraídos pelo cheiro de gato, quer dizer, de qualquer gato. Então, por que essas mulheres só se sentem atraídas por um homem em particular?

— Boa pergunta. O importante nesse caso é o cheiro para o qual os parasitas podem direcionar o infectado. Talvez o assassino carregasse alguma coisa e as mulheres sentiam o cheiro dela. Ou vai ver ele aplicou essa coisa no próprio corpo.

— Que tipo de cheiro?

— Bom, o caminho mais direto seria o cheiro do trato intestinal, porque parasitas sabem que podem se reproduzir nele.

— Fezes?

— Não, ele usaria as fezes para espalhar o parasita. Mas para atrair a pessoa infectada ele poderia usar os sucos intestinais e as enzimas do intestino delgado. Ou as secreções do pâncreas e da vesícula biliar.

— Está dizendo que o assassino usou as próprias fezes para espalhar o parasita?

— Se ele criou o próprio parasita, então provavelmente é o único hospedeiro compatível. Nesse caso, só ele pode garantir que o ciclo de vida do parasita se complete e evitar a morte dos parasitas.

— E como ele faria isso?

— Do mesmo jeito que o gato. Por exemplo, ele poderia infectar a água que as vítimas bebem com as próprias fezes.

— Ou a cocaína que cheiram.

— Isso, ou a comida que comem. Leva um tempo até o parasita chegar ao cérebro e começar a manipular a vítima.

— Quanto?

— Bem... Se eu tivesse que chutar quanto tempo demora com um camundongo, diria que dois dias. Talvez três ou quatro. A questão é que o sistema imunológico humano em geral mata o parasita, e isso pode acontecer dentro de algumas semanas, no máximo um mês. Ou seja, o assassino não teria todo o tempo do mundo para manter o ciclo de vida do parasita.

— Então ele precisaria esperar uns dias, mas não muitos, para matar as vítimas.

— Isso. Depois teria que comer a vítima.

— Toda ela?

— Não, só as partes onde se concentram os parasitas em fase reprodutiva. O cérebro... — Helge parou abruptamente e encarou Harry como se tivesse entendido. Engoliu em seco. — ... ou os olhos.

— Última pergunta — avisou Harry, rouco.

Helge fez que sim.

— Por que o parasita não assume também o comando do cérebro do hospedeiro definitivo?

— Ele assume.

— Sério? E o que acontece nesse caso?

Helge deu de ombros.

— Basicamente a mesma coisa. O hospedeiro definitivo perderia o medo. Como ele receberia um reforço constante do *gondii*, o sistema imunológico não conseguiria se livrar do parasita. Ele correria o risco de entorpecimento ou de perda de reflexo, por exemplo. E esquizofrenia.

— Esquizofrenia.

— Isso, é o que indicam pesquisas recentes. A menos que ele consiga controlar a carga de parasitas no próprio corpo.

— Como?

— Não faço ideia.

— E quanto aos vermífugos, como o da Hillman Pets, por exemplo?

Helge olhou para cima, refletindo sobre a pergunta.

— Não conheço a marca, mas em tese a dosagem certa de um vermífugo poderia criar uma espécie de equilíbrio.

— Hum. Então a quantidade de parasitas faz diferença?

— Claro. Uma dose cavalar do *gondii* simplesmente bloqueia o cérebro, e em questão de minutos você fica paralisado. Morre em menos de uma hora.

— Ele morreria por cheirar uma carreira de cocaína infectada com o parasita?

— Talvez não dentro de uma hora, mas uma concentração alta pode matar a pessoa em um ou dois dias. Com licença... — Helge atendeu o celular. — Alô? Pode deixar. — Desligou. — Me desculpe, preciso trabalhar agora, estão vindo com um corpo da unidade de custódia. Vou fazer a necropsia preliminar.

— Certo — disse Harry, abotoando o paletó. — Obrigado pela ajuda, eu saio sozinho. Boa noite.

Helge esboçou um sorriso.

Harry tinha acabado de sair do laboratório quando se virou e entrou de novo.

— De quem é o corpo?

— Não sei o nome, mas foi o cara preso hoje na Jernbanetorget.

— Puta merda! — exclamou Harry baixinho e deu um soco leve no batente da porta.

— Algum problema?

— É ele.

— Quem?

— O hospedeiro definitivo.

Sung-min Larsen estava atrás do balcão da unidade de custódia, analisando a caixa que continha os objetos do detento morto. Não havia pressa pelas chaves da casa do sujeito, pois a polícia já havia arrombado e inspecionado o lugar, mas um legista estava a caminho para recolher as chaves do carro, que havia sido encontrado num edifício-garagem perto da Jernbanetorget. Sung-min pegou o ingresso do teatro. O assassino tinha assistido à peça no mesmo dia que Helene? Não, era de uma data anterior. Mas talvez ele tivesse ido ao Teatro Nacional fazer reconhecimento de campo, planejar o sequestro e o assassinato de Helene Røed.

O celular tocou.

— Larsen.

— Estamos na casa de Beckstrøm agora, mas só a esposa está aqui. Ela disse que achava que ele estava no trabalho.

Sung-min ficou intrigado. Ninguém no escritório de Beckstrøm sabia onde o advogado de defesa estava. Beckstrøm era uma testemunha-chave por ser a última pessoa a ver o detento com vida. Era urgente. Até o momento, a mídia não tinha ligado a prisão na Jernbanetorget a nada em particular; afinal, vez ou outra a polícia prendia traficantes na praça. Mas talvez fosse questão de minutos ou horas até um jornalista saber da morte de um detento na unidade de custódia, e, quando isso acontecesse, seria um Deus nos acuda.

— Groth — chamou Sung-min, apoiando-se no balcão —, o que você achou de Beckstrøm quando ele saiu?

— Estava diferente — respondeu Groth, mal-humorado.

— Diferente como?

Groth deu de ombros.

— Tinha colocado uma máscara, vai ver foi isso. Ou ficou angustiado por ver o detento tão mal. Estava de olhos arregalados, diferente de quando chegou. Vai saber, de repente ele é sensível.

— Vai saber — repetiu Larsen, ainda observando o ingresso do teatro enquanto revirava o cérebro em busca do que fez seu alarme mental disparar.

Eram quase nove da noite quando Johan Krohn digitou o número do apartamento na portaria e olhou para a câmera acima da entrada. Segundos depois, ouviu uma voz grave que não era de Markus Røed.

— Quem é?

— Johan Krohn. O advogado que estava no carro hoje cedo.

— Certo, pode entrar.

Krohn pegou o elevador e um dos seguranças com pescoço de touro o deixou entrar no apartamento. Røed parecia irritado, inquieto, andando de um lado para outro na sala de estar, como um leão velho e sarnento que Krohn tinha visto certa vez, quando criança, no Zoológico de Copenhague. Røed estava com uma camisa branca desabotoada e com manchas de suor nas axilas.

— Trago boas notícias — disse Krohn. Ao ver a expressão animada do cliente, acrescentou, seco: — Notícias, não cocaína.

Quando viu a raiva queimar o rosto de Røed, Krohn se apressou para apagar o incêndio:

— O suposto assassino foi pego.

— Sério? — Røed piscou, incrédulo. Deu uma risada. — Quem é?

— Se chama Kevin Selmer. — Krohn percebeu que Røed não reconheceu o nome e acrescentou: — Segundo Harry, é um dos traficantes que vendem cocaína para você.

Krohn ficou esperando Røed dizer que não comprava cocaína com ninguém, mas seu cliente parecia concentrado, tentando se lembrar do nome.

— É o cara que estava aqui na festa — disse Krohn.

— Ah! Eu não sabia o nome dele, não chegou a se apresentar. Pediu que eu o chamasse de K. Achei que fosse por causa da... Bem, você sabe.

— Sei.

— Então foi o K quem matou as três? Não acredito. Ele deve ser louco.

— Acho que é uma suposição válida.

Røed olhou para a varanda. Viu um vizinho fumando apoiado na parede ao lado da escada de incêndio.

— Eu devia comprar o apartamento dele, e os outros dois também — disse Røed. — Odeio olhar para lá e ver essa gente parada ali, achando que é dona... — Não terminou a frase. — Bem, pelo menos posso sair dessa prisão.

— Pode.

— Já sei para onde vou agora mesmo. — Røed foi em direção ao quarto. Krohn o seguiu.

— Nada de festa, Markus.

— Por que não? — Røed passou pela cama de casal espaçosa e abriu um closet.

— Porque a sua mulher foi assassinada dias atrás. Pense em como as pessoas vão reagir.

— É aí que você se engana — retrucou Røed escolhendo um terno. — As pessoas vão achar que eu estou comemorando o fato de o assassino dela ter sido preso. Olha só, faz um bom tempo que não uso esse aqui. — Era um blazer trespassado azul-marinho com botões dourados. Vestiu, tateou os bolsos, encontrou alguma coisa e jogou em cima da cama. — Caramba, faz *tanto* tempo assim?

Krohn viu que era uma máscara preta de borboleta.

Røed abotoou o blazer e se olhou num espelho com moldura dourada.

— Tem certeza de que não quer ir para a farra, Johan?

— Tenho.

— Talvez eu possa levar os guarda-costas. Eles vão ficar à minha disposição por quanto tempo?

— Não podem beber no trabalho.

— Verdade, seriam uma companhia chata. — Røed foi para a sala e, num tom de risada, gritou: — Ouviram, rapazes? Por hoje estão dispensados!

Krohn e Røed desceram juntos no elevador.

— Ligue para o Hole — pediu Røed. — Ele é de beber. Avise que vou fazer uma maratona nos bares da Dronning Eufemias gate, de leste a oeste. Tudo por minha conta. Se ele for, vou poder lhe dar os parabéns pessoalmente.

Enquanto assentia, Krohn se fez a pergunta que sempre se fazia: se soubesse que, como advogado, teria que passar tanto tempo com pessoas detestáveis, teria escolhido essa carreira?

— Creatures.

— Oi. É o Ben?

— Sim, quem é?

— Harry. Alto e loiro...

— Oi, Harry, quanto tempo! E aí?

Harry estava em Ekeberg, observando a cidade, que se estendia à frente como um céu estrelado.

— Estou ligando por causa de Lucille. Estou na Noruega e não consigo falar com ela por telefone. Ela tem ido aí?

— Ela não aparece tem... mais ou menos um mês.

— Hum. Como você sabe, ela mora sozinha, e o meu medo é alguma coisa ter acontecido com ela.

— Sei.

— Se eu te passar um endereço na Doheny Drive, você poderia ir até lá ver como ela está? Se ela não estiver lá, vou pedir que você entre em contato com a polícia.

Houve uma pausa.

— Ok, Harry, eu anoto aqui.

Depois da ligação Harry foi até o Mercedes estacionado atrás dos bunkers alemães. Sentou-se de volta no capô ao lado de Øystein. Acenderam um cigarro e retomaram o papo que haviam interrompido, a música saindo pelas janelas abertas do carro. Falaram sobre como estavam os conhecidos, sobre as garotas que nunca conquistaram, sobre os sonhos que não se desfizeram de uma só vez, e sim aos poucos, como uma música incompleta ou uma piada longa e sem graça. Sobre a vida que escolheram ou a vida que os escolheu — o que dava na mesma, tendo em vista que só se pode jogar com as cartas que a vida dá, como disse Øystein.

— Que calor! — comentou Øystein, depois de um tempo ali sentados em silêncio.

— Motores antigos são os que melhor esquentam — comentou Harry e deu um tapinha no capô.

— Não, estou falando do clima mesmo. Achei que o calor tinha acabado, mas voltou. E amanhã vai ter uma lua de sangue. — Apontou para a lua cheia e pálida.

O celular de Harry tocou.

— Fala comigo.

— Então é verdade — disse Sung-min. — Você realmente atende o telefone assim.

— Vi que era você e tentei fazer jus ao mito. O que foi?

— Estou no Instituto de Medicina Forense. E sinceramente não sei o que está acontecendo.

— Não? A imprensa está atrás de você para perguntar sobre a morte do suspeito?

— Ainda não, queremos identificar a vítima para divulgar.

— Quer saber se o cara realmente se chama Kevin Selmer? Øystein o chamava de Al.

— Não, queremos saber se o homem morto na cela 14 é o mesmo homem que nós prendemos.

Harry pressionou o celular no ouvido.

— Como assim, Larsen?

— O advogado dele sumiu. Esteve sozinho na cela com Kevin Selmer. Cinco minutos depois de chegar, saiu. Quer dizer, isso se foi ele mesmo que saiu. Porque o homem que saiu estava de máscara e com as roupas do advogado, mas o chefe do turno disse que ele parecia diferente.

— Você acha que Selmer...

— Não sei o que achar, mas sim, é possível que Selmer tenha escapado. Que tenha matado Beckstrøm, destruído o rosto do advogado, trocado de roupa e escapado. E que o cadáver seja de Beckstrøm, não de Al, quer dizer, Selmer. O rosto está totalmente desfigurado, não conseguimos encontrar nenhum amigo ou parente de Kevin Selmer que o conheça bem o suficiente para fazer a identificação. E para piorar não conseguimos encontrar Beckstrøm.

— Hum. Isso parece um tanto improvável, Larsen. Eu conheço Dag Beckstrøm, é provável que ele tenha tomado um porre. Já ouviu falar do Juiz Dag?

— Não.

— Beckstrøm tem fama de ser muito sensível. Se fica perturbado com um caso, sai para encher a cara, vira o Juiz Dag e começa a ditar sentenças sobre Deus e o mundo. Às vezes, passa dias assim. Deve ter sido isso que aconteceu.

— Tomara. Vamos descobrir daqui a pouco, a esposa dele está vindo para cá. Só queria te avisar.

— Certo. Obrigado.

Harry desligou. Eles permaneceram sentados em silêncio, ouvindo Rufus Wainwright cantar "Hallelujah".

— Talvez eu tenha subestimado o Leonard Cohen — comentou Øystein. — E superestimado o Bob Dylan.

— Acontece. Apaga o cigarro, temos que ir.

— O que houve? — perguntou Øystein, saltando do capô.

— Se Sung-min estiver certo, Markus Røed pode estar correndo perigo. — Harry se sentou no banco do carona. — Krohn ligou quando você foi mijar lá no mato. Røed foi para a área dos bares da Dronning Eufemias gate e quer que eu passe lá. Falei que não, mas acho melhor ir.

Øystein girou a chave na ignição.

— Pode dizer "pisa fundo", Harry? — Ele aumentou o giro do motor. — Por favor.

— Pisa fundo — disse Harry.

Markus Røed cambaleou, deu um passo para se equilibrar e olhou para o copo na mesa.

Tinha alguma bebida destilada, disso ele tinha certeza. Não tinha tanta certeza de todo o resto, mas as cores eram bonitas. Tanto no copo quanto no bar, cujo nome ele não sabia. Os outros fregueses eram jovens e olhavam discretamente — alguns não tão discretamente — para ele. Sabiam quem era. Quer dizer, na verdade sabiam o *nome* dele. Tinham visto as fotos nos jornais, sobretudo nos últimos dias. E tinham formado uma opinião a seu respeito. Percebeu que cometera um erro ao escolher justamente aquele lugar para se divertir; era só ler o nome pretensioso da mais recente tentativa de Oslo de abrir uma avenida: Dronning Eufemias gate. Que nome afeminado! Rua de bicha! Ele deveria ter ido aos lugares de sempre, onde as pessoas agradeciam e corriam para o bar quando um capitalista anunciava que a próxima rodada era por sua conta. Nos dois bares anteriores, os fregueses ficaram boquiabertos, como se ele tivesse arregaçado a bunda e mostrado o brioco. Num deles, o barman chegou a pedir que ele se sentasse. Como se não precisasse da grana. Esses bares quebrariam dentro de um ano, era questão de tempo. Os bares antigos sobreviviam, os que conhecem as regras do jogo. E ele — Markus Røed — conhecia as regras do jogo.

Começou a tombar para a frente, o cabelo preto caindo na direção do copo. Conseguiu se endireitar no último segundo. Tinha uma cabeleira volumosa. E era cabelo de verdade, natural, não precisava tingir toda semana. Durmam com esse barulho.

Røed agarrou o copo, queria segurar algo. Matou a dose numa só golada. Talvez devesse ir mais devagar. No caminho do primeiro para o segundo bar, estava atravessando a rua — ou melhor, avenida — quando ouviu o som estridente do sino do bonde. Reagiu com uma lentidão estranha, como se estivesse andando na lama. A bebida do primeiro bar devia ser forte, porque ele não só estava com o reflexo prejudicado como se sentia completamente destemido. O bonde passou tão perto que Røed sentiu o ar nas costas, mas o batimento cardíaco quase não acelerou. Ele queria voltar a viver! O momento em que pediu a gravata de Krohn durante a prisão preventiva não passava de uma lembrança distante. E ele não pediu a gravata para colocá-la, mas para se enforcar. Krohn disse que não tinha permissão para lhe dar nada. Imbecil.

Røed correu os olhos pelo salão.

Estava rodeado de imbecis. Seu pai havia lhe ensinado, na base da porrada, que todo mundo — exceto quem carregava o sobrenome Røed — era imbecil. Que o gol estava aberto e ele só precisava tocar para o fundo da rede. Mas ele precisava tocar. Markus não podia sentir pena deles, não podia sentir que tinha o suficiente, precisava avançar. Aumentar o patrimônio, ir cada vez mais longe, pegar tudo o que aparecesse pelo caminho e um pouco mais. Porra, Markus podia não ser o Røed mais talentoso em termos acadêmicos, mas, ao contrário dos outros, ele sempre fez o que o pai mandou. Isso não lhe dava o direito de viver de vez em quando, de cheirar umas carreiras? Dar um tapa na bunda durinha de uns rapazes? E daí se eles ainda não tinham essa merda de idade de consentimento? Em outros países e culturas, as pessoas tinham uma visão mais ampla; sabiam que isso não fazia mal aos meninos, que eles cresciam e seguiam com a vida, se tornavam cidadãos decentes e respeitáveis, e não bichinhas afetadas. Não tem nada de contagioso ou perigoso quando se é jovem e leva uma pica no rabo, ainda dá tempo de se salvar. O pai de Markus sempre o espancava, mas só perdeu as estribeiras uma vez, quando entrou no quarto de Markus — que na época estava no quinto ano — e encontrou o filho e o vizinho brincando de papai e mamãe na cama. Meu Deus, como ele odiava aquele homem. Como sentia medo dele. E como o amava. Uma única palavra de aprovação de Otto Røed e Markus se sentia o dono do mundo, invencível.

— Então é aqui que você está, Røed.

Markus olhou para cima. O homem diante de sua mesa usava máscara e boné. Havia algo familiar nele, inclusive na voz, mas Markus estava bêbado, vendo tudo embaçado.

— Me arruma uma carreira? — perguntou Markus sem pensar, sem saber por quê. Provavelmente era o desejo falando mais alto.

— Não vou te dar cocaína — respondeu o homem, sentando-se à mesa. — E você não devia sair para beber num bar.

— Não?

— Não. Devia estar em casa chorando pela sua linda esposa. E por Susanne e Bertine. E hoje outra pessoa morreu. E aqui está você, na farra. Seu inútil, seu porco desgraçado.

Røed se encolheu. Não pelo que o sujeito disse sobre as mulheres. Foi a palavra "inútil" que o acertou em cheio. Um eco da infância e do homem que estava diante dele, espumando de ódio pela boca.

— Quem é você? — perguntou Røed, falando arrastado.

— Não está vendo? Eu vim da unidade de custódia. Jernbanetorget. Kevin Selmer. Lembrou?

— Deveria?

— Deveria — respondeu o homem e tirou a máscara. — Me reconhece agora?

— Você parece o meu *pau* — disse Markus, arrastado. — Meu *pai*.

Tinha a vaga sensação de que deveria estar com medo. Mas não estava.

— Morte — disse o homem.

Talvez a lentidão e a ausência de medo tenham impedido Markus de erguer a mão para se defender quando viu o homem levantar o braço. Ou talvez tenha sido a falta de instinto de sobrevivência, a resposta condicionada do menino que acredita que seu pai tem o direito de espancá-lo. O homem estava segurando alguma coisa. Aquilo era... um martelo?

Harry entrou no bar, que se chamava simplesmente Bar, segundo as letras de néon vermelhas acima da porta. Era o terceiro em que entrava e parecia igual aos dois anteriores: luzes por todo lado, provavelmente estiloso e sem dúvida careiro. Observou a sala e viu Røed sentado. Em frente ao magnata e de costas para Harry, um homem de boné, segurando alguma coisa com a mão erguida. Harry viu o que era e imediatamente soube o que iria acontecer. Era tarde demais para evitar.

***

Sung-min e Helge estavam com a mulher, que olhava para o corpo.

Estava na casa dos 60 anos e tinha cabelo, roupas e maquiagem de hippie; Sung-min imaginou que fosse uma daquelas mulheres que vivia nos festivais de música dos anos setenta. Estava chorando no momento em que abriram a porta do Instituto de Medicina Forense. Helge ofereceu algumas toalhas de papel, que ela usou para enxugar as lágrimas e a maquiagem borrada.

Após Helge limpar todo o sangue coagulado, Sung-min viu que o rosto do cadáver estava mais inteiro do que parecia num primeiro momento.

— Não tenha pressa, fru Beckstrøm — disse Helge. — Se preferir, podemos deixá-la sozinha.

— Não precisa. — Ela fungou. — Não tenho nenhuma dúvida.

O burburinho no Bar parou de imediato, e os fregueses se viraram para o estrondo alto como um tiro. Em choque, viram o homem de boné em pé; alguns perceberam que a outra pessoa na mesa era o magnata do ramo imobiliário, o marido da mulher encontrada morta em Snarøya. No silêncio, ouviram a voz do homem em pé e o viram erguer o martelo.

— Eu disse morte! Eu sentencio você à pena de morte, Markus Røed!

Outro estrondo.

Os fregueses viram um homem alto de terno andando rápido em direção à mesa. No momento em que o sujeito de boné levantou o braço pela terceira vez, o homem alto arrancou o martelo da sua mão.

— Não é ele — disse fru Beckstrøm, chorando. — Não é o Dag, graças a Deus. Mas não sei onde ele se meteu. Morro de preocupação toda vez que ele desaparece assim.

— Está tudo bem — disse Sung-min, sem saber se deveria colocar a mão no ombro dela. — Com certeza vamos encontrar o seu marido. Ao menos é um alívio que não seja ele aqui no chão. Me desculpe por fazer a senhora passar por isso, fru Beckstrøm, mas precisávamos ter certeza.

Ela fez que sim em silêncio.

— Chega, Juiz Dag.

Harry empurrou Beckstrøm para a cadeira e guardou o martelo no bolso. Embriagados, Røed e Beckstrøm se entreolharam com cara de besta, como se tivessem acabado de acordar e estivessem se perguntando o que havia acontecido. A mesa com tampo de vidro estava rachada.

Harry se sentou.

— Sei que você teve um dia longo, Beckstrøm, mas entre em contato com a sua mulher. Ela foi ao Instituto de Medicina Forense para ver se o corpo de Kevin Selmer era você.

O advogado de defesa olhou para Harry.

— Você não viu como ele estava — sussurrou Beckstrøm. — Não se aguentava. Falou que estava com muita dor no estômago e na cabeça, que o médico só tinha dado uns analgésicos fracos que não adiantaram de nada. Ninguém foi lá ajudá-lo, então ele bateu a cabeça na parede e desmaiou. *Esse* era o nível de dor dele.

— Não temos como saber — disse Harry.

— Temos, sim — discordou Beckstrøm, de olhos marejados. — Temos porque já vimos coisas assim antes. Ao passo que gente como ele — o advogado apontou o dedo trêmulo para Røed, que estava com o queixo apoiado no peito — não dá a mínima para ninguém, só quer ficar cada vez mais rico explorando e pisando nos mais vulneráveis, em quem não nasce em berço de ouro. Mas há de chegar o dia em que o sol se converterá em trevas, o grande e terrível...

— Dia do Julgamento, Juiz Dag?

Beckstrøm lançou um olhar carrancudo para Harry e parecia ter dificuldade para manter a cabeça erguida.

— Desculpa — disse Harry, colocando a mão no ombro do advogado. — A gente conversa sobre isso outro dia. Agora acho que você precisa ligar para a sua esposa, Beckstrøm.

Dag Beckstrøm abriu a boca para dizer alguma coisa, mas fechou de novo. Fez que sim, pegou o celular, levantou e saiu do bar.

— Você resolveu bem a situação, Harry — balbuciou Røed claramente de porre. Quase errou a mesa quando foi apoiar os cotovelos no tampo. — Aceita uma bebida?

— Não, obrigado.

— Não? Agora que você resolveu o caso e tudo? Ou quase tudo... — Røed acenou para um garçom e pediu outra dose, mas foi ignorado.

— O que quer dizer com "quase"?

— O que eu quero dizer? — disse Røed. — Boa pergunta.

— Fala logo.

— Senão o quê? — Røed mostrou a ponta da língua, sorriu e sussurrou, a voz rouca: — Você vai me estrangular?

— Não.

— Não?

— Talvez estrangule *se* você falar.

Røed riu.

— Finalmente um homem que me entende. Só que eu tenho uma confissãozinha a fazer, agora que o caso foi resolvido. Eu menti quando disse que transei com Susanne no dia da morte. Eu nem estive com ela.

— Não?

— Não. Eu só queria dar para a polícia uma explicação plausível para o motivo de terem encontrado a minha saliva no corpo dela. Era o que eles queriam ouvir e ao mesmo tempo me pouparia de muitos problemas. O caminho do menor esforço, digamos.

— Hum.

— Isso pode ficar entre nós?

— Por quê? O caso foi resolvido. E você não vai querer que o mundo saiba que você chifrava a sua mulher, não é?

— Ah... — Røed sorriu. — Não ligo para isso. Existem outros rumores que eu preciso afastar.

— É?

Røed girou o copo vazio entre os dedos.

— Sabe, Harry, quando o meu pai morreu, eu fiquei arrasado e aliviado ao mesmo tempo. Você entende? O alívio que é se livrar de um homem que não se quer decepcionar por nada nesse mundo. Porque sabe que cedo ou tarde vai chegar o dia em que ele vai se decepcionar, vai descobrir quem você é *de verdade*. Só resta torcer para ser salvo pelo gongo. E eu fui.

— Você tinha medo dele?

— Ã-hã. Muito medo. E acho que o amava também. Mas acima de tudo... — ele encostou o copo vazio na testa — ... eu queria que ele me amasse. Eu teria deixado o meu pai me matar se tivesse certeza de que ele me amava.

# 42

## Sexta-feira

Terry Våge mal conseguia manter os olhos abertos. Não tinha dormido bem e estava de mau humor. A verdade é que ninguém gostava de coletivas de imprensa que começavam às nove da manhã. Ou talvez estivesse enganado, porque os outros jornalistas na sala de imprensa pareciam tão animados que era irritante. Até Mona Daa, que já estava com as cadeiras ao lado ocupadas quando ele chegou, parecia acordada e disposta. Våge tentou fazer contato visual, mas não conseguiu. Nenhum dos outros jornalistas prestou atenção quando ele entrou. Não que ele estivesse esperando uma ovação, mas, caramba, ele merecia um mínimo de respeito por se meter na floresta no meio da noite, correndo o risco de dar de frente com o serial killer. Sobretudo porque ele voltou vivo e com fotos que foram vendidas para a mídia e rodaram o mundo. É como dizem: alegria de pobre dura pouco. Sua verdadeira vitória seria a entrevista exclusiva com o assassino, mas na hora H ele perdeu o grande furo. Então, sim, Våge tinha mais motivos que os outros para estar de mau humor. Além de tudo, Dagnija tinha ligado na noite anterior e avisado que não poderia ir no fim de semana. Na hora, Våge achou que ela estava dando uma desculpa e tentou persuadi-la, e eles acabaram discutindo.

— Kevin Selmer — anunciou Katrine Bratt no púlpito. — Optamos por divulgar o nome porque o suspeito faleceu, por causa da gravidade do crime e para inocentar outras pessoas que estiveram na mira da polícia e foram consideradas suspeitas aos olhos da opinião pública.

Terry Våge viu os colegas de profissão tomarem nota. Kevin Selmer. Tentou lembrar. Tinha a lista com os donos de automóveis no computador de casa, mas de imediato não conseguiu se lembrar do nome. Por outro lado, sua memória não era mais a mesma da época em que recitava de cor todas as grandes bandas, o nome de seus membros e os discos que lançaram — inclusive com a data de lançamento, de 1960 a... 2000?

— Agora passo a palavra para Helge Forfang, do Instituto de Medicina Forense — disse Kedzierski, chefe do Serviço de Informações.

Terry Våge ficou intrigado. Não é comum ver técnicos de necropsia em coletivas de imprensa. Em geral a polícia apenas citava os relatórios deles. Também ficou intrigado com os dados apresentados por Helge: que pelo menos uma das vítimas tinha sido infectada por um parasita mutante ou geneticamente alterado, que as evidências sugeriam que o assassino as tinha feito ingerir o parasita e que o próprio assassino também estava infectado pelo parasita.

— A necropsia de Kevin Selmer ontem à noite revelou uma alta concentração do parasita *Toxoplasma gondii*, suficiente para afirmarmos com alto grau de certeza que o parasita foi a causa da morte, e não os ferimentos que ele próprio fez na cabeça e no rosto. É só opinião minha, mas minha impressão é de que Kevin Selmer funcionava como hospedeiro definitivo do parasita e foi capaz de controlar a população do *gondii* durante um tempo, talvez tomando vermífugo, mas não podemos afirmar com certeza.

Terry Våge se levantou e saiu quando a polícia abriu para perguntas. Tinha descoberto o que precisava saber. Não estava mais intrigado. Só precisava voltar para casa e confirmar.

Sung-min atravessou a cantina e foi para a varanda. Sempre invejou os funcionários da sede da polícia por terem essa vista do alto do palácio de vidro. Pelo menos num dia como aquele, com a cidade de Oslo toda ensolarada, com aquele calor inesperado. Foi até Katrine e Harry, que estavam fumando no parapeito.

— Não sabia que você fumava — comentou Sung-min e sorriu para Katrine.

— Não fumo — disse ela, retribuindo o sorriso. — Só roubei um do Harry para comemorar.

— Você é uma péssima influência, Harry.

— Sou — concordou Harry, oferecendo o maço de Camel.

Sung-min hesitou.

— Por que não? — disse e pegou um cigarro. Harry acendeu.

— Como vai comemorar? — perguntou Katrine.

— Deixa eu ver — disse Sung-min. — Tenho um jantar. E vocês?

— Eu também. Arne marcou comigo no restaurante Frognerseteren. Tem uma surpresa para mim.

— Um restaurante à beira da floresta com vista para a montanha. Parece romântico.

— Com certeza — concordou Katrine, fascinada com a fumaça que saía pelo nariz. — Só não sou muito fã de surpresas. E você, Harry? Vai comemorar?

— Eu ia. Alexandra me convidou para o terraço do Instituto de Medicina Forense. Ela e Helge vão tomar uma garrafa de vinho e ver o eclipse lunar.

— Ah, a lua de sangue — disse Sung-min. — E parece que vai ser uma noite com temperatura agradável.

— Mas...? — perguntou Katrine.

— Mas vamos ver — respondeu Harry. — Recebi más notícias. A esposa de Ståle ligou. Ele piorou e quer que eu o visite. Provavelmente vou ficar por lá enquanto ele tiver forças.

— Que merda.

— Pois é. — Harry deu uma longa tragada.

Eles ficaram em silêncio por um tempo.

— Viram a homenagem que recebemos hoje, de ninguém menos que o ministro da Justiça? — perguntou Katrine, com sarcasmo.

Harry e Sung-min fizeram que sim.

— Só uma coisa antes de eu ir embora — disse Harry. — Ontem à noite Røed me contou que não estava com Susanne no dia em que ela foi morta. E eu acredito nele.

— Eu também — concordou Sung-min, desmunhecando com o cigarro entre os dedos, um gesto que costumava conseguir evitar.

— Por quê? — perguntou Katrine.

— Porque é nítido que Røed gosta de homem e não de mulher — respondeu Sung-min. — Aposto que a vida sexual dele com Helene não passava de uma obrigação.

— Hum. Então acreditamos em Røed. Mas como a saliva dele foi parar no seio da Susanne?

— Pois é — disse Katrine. — Eu estranhei quando Røed disse que a saliva era dele e que tinha transado com Susanne naquela manhã.

— Hã?

— O que você acha que eu vou fazer antes de sair com Arne hoje à noite? E isso vale para todo encontro, mesmo que eu não tenha a menor intenção de transar.

— Tomar banho — respondeu Sung-min.

— Pois é. Achei estranho Susanne não tomar banho antes de pegar o metrô para Skullerud. Sobretudo se tinha transado.

— Então, vou repetir a pergunta — disse Harry. — De onde veio a saliva?

— Hum... depois que ela foi morta? — sugeriu Sung-min.

— Em tese é possível — disse Harry —, mas improvável, porque o assassino planejou os três homicídios nos mínimos detalhes. Acho que ele plantou a saliva de Røed em Susanne para enganar a polícia.

— Pode ser — concedeu Sung-min.

— Faz sentido — disse Katrine.

— Claro que a gente nunca vai saber a resposta — disse Harry.

— Não, a gente nunca consegue todas as respostas — completou Katrine.

Os três ficaram ali um tempo, de frente para o sol, com os olhos fechados, como se já soubessem que aquele seria o último dia de calor do ano.

Era quase hora de fechar a loja. Thanh estava perto das gaiolas dos coelhos quando Jonathan se aproximou casualmente e perguntou se tinha algum plano para a noite.

Se Thanh tivesse suspeitado que algo assim pudesse acontecer, com certeza teria respondido que tinha, sim. Mas não suspeitou, então foi sincera: respondeu que não.

— Ótimo — disse Jonathan. — Então quero que você vá comigo para um lugar.

— Um lugar?

— Um lugar onde eu vou te mostrar uma coisa. Mas é segredo, então não conte para ninguém, tá?

— Hum...

— Eu busco você em casa.

O pânico tomou conta dela. Não queria ir a lugar algum, muito menos com Jonathan. Ele não parecia mais zangado por ela ter ido passear com o policial e o cachorro. No dia anterior até havia levado café para ela, algo que nunca tinha feito. Mas Thanh ainda sentia certo medo dele. Tinha muita dificuldade de decifrá-lo, e olha que ela se considerava ótima nisso.

Estava encurralada. Poderia dizer que havia se esquecido de outro compromisso, mas Jonathan não acreditaria e ela era uma péssima mentirosa. No fundo, ele era o chefe, e ela precisava do emprego. Não a todo custo, claro, mas a certo custo. Thanh engoliu em seco.

— O que você quer me mostrar?

— Uma coisa que você vai adorar — respondeu Jonathan. Ele tinha ficado mal-humorado por ela não ter dito sim de cara?

— O quê?

— Surpresa. Pode ser às nove?

Ela precisava tomar uma decisão. Olhou para Jonathan, para o homem esquisito e fechado que tanto temia. Fez contato visual como se isso fosse lhe dar a resposta. Então percebeu um detalhe: uma breve tentativa de sorriso que parecia escapar de Jonathan, como se por trás da fachada dura ele estivesse nervoso. Estava com medo de ela dizer não? Talvez por isso ela tenha sentido que parte do medo havia ido embora.

— Tudo bem — respondeu Thanh, por fim. — Às nove.

Jonathan pareceu recuperar o autocontrole. Mas tinha sorrido, e Thanh não se lembrava de vê-lo sorrir assim antes. Era um sorriso bonito.

No metrô, a caminho de casa, Thanh voltou a ter dúvidas. Estava com medo de ter errado ao aceitar o convite. Depois se lembrou de uma coisa que achou esquisita, embora talvez não fosse. Jonathan disse que a buscaria em casa, mas não perguntou o endereço, e ela não se lembrava de alguma vez ter dito onde morava.

# 43

## Sexta-feira

## O álibi

Sung-min estava saindo do chuveiro quando viu o celular, que estava carregando, tocar ao lado da cama.

— Sim?

— Boa tarde, Larsen. Aqui é Mona Daa, do *VG*.

— Boa noite, Daa.

— Ah, para você já é noite? Desculpe se estou ligando fora do seu horário de trabalho, só queria algumas frases de pessoas envolvidas na investigação. Sobre como tem sido e sobre como é finalmente ter resolvido o caso. Quer dizer, deve ser uma baita sensação de alívio e triunfo para você e para a Kripos, tendo em vista que vocês estiveram envolvidos desde o início de tudo, quando Susanne Andersen foi dada como desaparecida em 30 de agosto.

— Acho você uma boa repórter policial, Daa, então vou responder brevemente as suas perguntas.

— Muito obrigada! Minha primeira pergunta é sobre...

— Estou falando das que você já fez. Sim, é noite e eu não estou no horário de trabalho. Não, não tenho comentários a fazer, você vai ter que ligar para Katrine Bratt, que comandou a investigação, ou para o meu chefe, Ole Winter. E não, a Kripos não esteve envolvida desde o início de tudo, quando Susanne Andersen foi dada como desaparecida no dia...

— Trinta de agosto — completou Mona Daa.

— Obrigado. Só entramos no caso quando duas pessoas desapareceram e ficou claro que se tratava de um homicídio.

— Desculpe mais uma vez, Larsen. Sei que estou abusando, mas é o meu trabalho. Pode me dar uma declaração, qualquer uma, mesmo que vaga? E me permite usar uma foto sua na matéria?

Sung-min suspirou. Sabia o que ela queria. Diversidade. A foto de um policial que não era um homem norueguês heterossexual de 50 anos. De fato, ele não se encaixava em nenhuma dessas categorias. Não que Sung-min fosse contra a diversidade na mídia, mas ele sabia que se essa porta fosse aberta dali a pouco ele estaria sentado no sofá de um estúdio de TV ouvindo um apresentador perguntar como é ser gay na polícia. Não que tivesse algo contra isso — achava que alguém deveria cumprir esse papel, só que esse alguém não seria ele.

Ele recusou, e Mona Daa disse que entendia e pediu desculpas novamente. Era uma boa mulher.

Sung-min desligou e ficou olhando para o nada. Imóvel. Estava nu, mas não era por isso que estava parado feito uma estátua. Era por causa do seu alarme mental, o mesmo que disparou quando ele estava na unidade de custódia. Estava soando de novo, e não era porque Groth tinha dito que Beckstrøm parecia diferente ao sair da unidade de custódia. Era por um motivo completamente diferente.

Terry Våge olhou para o monitor do computador. Releu os nomes.

É claro que *podia* ser coincidência, afinal Oslo era uma cidade pequena. Tinha passado as últimas horas decidindo o que fazer: ir à polícia ou levar a cabo o plano original. Até pensou em ligar para Mona Daa, incluí-la no esquema e — se tudo desse certo e eles tirassem a sorte grande — publicar a história no maior jornal do país. Os dois embarcando numa aventura juntos: não seria incrível? Mas não, Mona Daa era muito íntegra, Våge tinha certeza de que ela insistiria em avisar a polícia. Olhou para o celular. Já havia digitado o número, só faltava ligar. Tinha parado de debater mentalmente o que fazer, e o argumento vencedor era de que *podia* ser coincidência. Ele não tinha nenhuma prova para apresentar à polícia e isso significava que não havia problema em continuar investigando por conta própria. Então o que estava esperando? Estava com medo? Terry Våge deu uma risadinha. É claro que estava. Mesmo assim, pressionou Ligar.

Ouviu a própria respiração agitada enquanto chamava. Por um breve instante torceu para ninguém atender. Ou, se atendesse, que fosse a pessoa errada.

— Alô.

Decepção e alívio. Sobretudo decepção. Não era ele, não era a voz que Terry Våge tinha ouvido nas duas outras ligações. Respirou fundo. Havia decidido que levaria o plano até o fim, não importava o que acontecesse, para não ter dúvidas depois.

— Aqui é Terry Våge — apresentou-se, esforçando-se para controlar a voz trêmula. — Já nos falamos anteriormente. Mas, antes de desligar, quero que sabia que não entrei em contato com a polícia. Ainda não. Nem vou entrar, se você falar comigo.

Silêncio total do outro lado da linha. O que isso significava? A pessoa estava tentando descobrir se era um louco ligando ou um amigo pregando uma peça? Por fim, ele ouviu uma voz diferente, baixa e arrastada.

— Como você descobriu, Våge?

*Era* ele. Era aquela voz grave e rouca que havia ligado de um número oculto, provavelmente de um celular pré-pago.

Våge sentiu um calafrio. Não sabia até que ponto era de alegria ou de pavor. Engoliu em seco.

— Vi você passando pelo Kolsås Shopping Center duas noites atrás, vinte e seis minutos depois que eu saí do lugar onde você pendurou as cabeças. Tenho todos os horários das fotos que tirei.

Uma longa pausa e por fim:

— O que você quer, Våge?

Terry Våge respirou fundo.

— Quero a sua história. Ela toda, não só dos assassinatos. Uma imagem real da pessoa por trás deles. Muita gente foi afetada pelo que aconteceu, não só quem conhecia as vítimas. As pessoas precisam entender, o país inteiro precisa entender. Espero que você compreenda que não tenho interesse em retratar você como um monstro.

— Por que não?

— Porque monstros não existem.

— Não?

Våge engoliu em seco de novo.

— E dou a minha palavra de que você vai permanecer anônimo.

Uma risada breve.

— Por que eu acreditaria na sua palavra?

— Porque... — disse Våge e parou para controlar a voz. — Porque eu sou um pária no jornalismo. Porque estou preso numa ilha deserta e você é a minha única salvação. Porque não tenho nada a perder.

Outra pausa.

— E se eu não aceitar dar a entrevista?

— A minha próxima ligação vai ser para a polícia.

Våge esperou.

— Tá bem. Vamos marcar no Weiss, atrás do Museu Munch.

— Sei onde fica.

— Seis em ponto.

— Hoje? — Våge olhou para o relógio. — É daqui a quarenta e cinco minutos.

— Se você chegar muito cedo ou muito tarde, eu vou embora.

— Tá bom, tá bom. Te vejo às seis.

Våge desligou. Estava tremendo. Respirou fundo três vezes. Depois caiu na gargalhada e deitou a cabeça no teclado enquanto batia a palma da mão na mesa. Vão se foder! Vão se foder, vocês todos!

Harry e Øystein estavam sentados um de cada lado da cama quando a porta se abriu devagar e Truls entrou de fininho no quarto.

— Como ele está? — sussurrou Truls, sentou-se e olhou para Ståle Aune, deitado, pálido, de olhos fechados.

— Pode perguntar direto para mim — disse Aune bruscamente e abrindo os olhos. — Estou mais ou menos. Pedi que Harry viesse, mas vocês dois não têm nada melhor para fazer numa sexta à noite?

Truls e Øystein se entreolharam.

— Não — respondeu Øystein.

Aune balançou a cabeça.

— Continue a história, Eikeland.

— Bom — disse Øystein —, então eu estava numa corrida de Oslo para Trondheim, quinhentos quilômetros, e o cara bota uma fita cassete com "Careless Whisper" numa versão em flauta de pã. Foi a gota d'água. No meio da cordilheira de Dovrefjell eu surtei, tirei a fita, abaixei a janela...

O celular de Harry tocou. Imaginou que fosse Alexandra perguntando se ele iria assistir ao eclipse lunar com ela às dez e trinta e cinco, mas viu que era Sung-min. Saiu depressa para o corredor.

— Diga, Sung-min.

— Não. Diga "fala comigo".

— Fala comigo.

— E eu vou falar. Porque não bate.

— O que não bate?

— Kevin Selmer. Ele tinha um álibi.

— Hã?

— Eu estive na unidade de custódia e o álibi estava debaixo do meu nariz. O ingresso para *Romeu e Julieta*. Se o meu cérebro fosse um pouco mais eficiente eu teria percebido na hora. Quer dizer, meu cérebro tentou me dizer, mas eu não escutei. Só me dei conta quando Mona Daa falou com todas as letras pelo telefone.

Sung-min fez uma pausa.

— Na data em que Susanne Andersen foi dada como desaparecida, Kevin Selmer estava assistindo à peça de *Romeu e Julieta*, no Teatro Nacional. Eu rastreei o ingresso. Era um dos que o teatro mandou para Markus Røed por ele ser patrocinador. Era do mesmo tipo que Helene usou para assistir à peça.

— Isso. Ela me disse que distribuiu vários na festa. Provavelmente foi onde Selmer ganhou o dele. Presumi que nessa hora ele descobriu quando Helene iria ao teatro. O ingresso dela estava na porta da geladeira.

— Mas não tem como ser ele. Não se foi o mesmo homem que matou Susanne Andersen. A bilheteria do teatro entrou em contato com pessoas que se sentaram perto dele na noite que consta no ingresso e a descrição delas bateu com a de Selmer. Elas lembraram porque Selmer assistiu à peça de parca. E *não* sumiu no intervalo.

Harry ficou surpreso. Sobretudo pelo fato de não estar *mais* surpreso.

— Voltamos à estaca zero — comentou Harry. — É o outro cara, o Novato.

— Hã?

— O assassino é o amador com a cocaína verde. É ele, no fim das contas. Merda, merda!

— Você parece... hum, muito seguro disso.

— E estou, mas, se eu fosse você, não confiaria em alguém que errou tantas vezes quanto eu. Preciso ligar para Katrine. E para Krohn.

Eles desligaram.

Katrine estava colocando Gert para dormir quando atendeu. Harry a deixou a par das novidades. Depois, ligou para Krohn e explicou que havia indícios de que o caso ainda não estava resolvido.

— Volte com Røed para a prisão domiciliar. Não sei o que esse cara está planejando, mas ele enganou a gente esse tempo todo, então é melhor tomar todas as precauções.

— Vou ligar para a Guardian — disse Krohn. — Obrigado.

# 44

## Sexta-feira

## Entrevista

Prim olhou para o relógio.

Um minuto para as seis.

Estava sentado a uma mesa do Weiss, perto da janela. Dali via as duas canecas de cerveja que o garçom havia acabado de servir, o Museu Munch à luz do entardecer lá fora e o prédio onde Markus Røed tinha dado a festa na qual ele entrou de penetra.

Meio minuto para as seis.

Observou o salão. Os fregueses pareciam felizes. Grupos gargalhando, batendo papo, dando tapinhas nos ombros uns dos outros. Amigos. Parecia legal. Era bom ter alguém. Tê-La. Eles também tomariam cerveja, e os amigos d'Ela seriam amigos dele também.

Entrou um homem de chapéu *pork pie*. Terry Våge. Parou e observou o salão enquanto a porta se fechava. Num primeiro momento não viu Prim acenando discretamente, os olhos se acostumando à penumbra do salão. Mas então Våge viu Prim, acenou com a cabeça e se dirigiu à mesa. O jornalista parecia pálido e sem fôlego.

— Você é...

— Sou. Sente-se, Våge.

— Obrigado.

Våge tirou o chapéu, a testa brilhando de suor. Ao ver uma caneca de cerveja do seu lado da mesa acenou com a cabeça e perguntou.

— É para mim?

— Eu iria embora quando a espuma descesse abaixo da borda da caneca.

Våge sorriu e ergueu a caneca. Tomaram um gole. Devolveram as canecas à mesa e usaram as costas da mão para limpar a espuma da boca num movimento quase sincronizado.

— Então, finalmente, cá estamos — disse Våge. — Sentados, bebendo como velhos amigos.

Prim percebeu o que Våge estava tentando fazer. Quebrar o gelo. Ganhar sua confiança. Causar boa impressão o mais rápido possível.

— Como eles? — Prim indicou com um aceno de cabeça os fregueses falando alto no bar.

— Ah, aqui só tem um monte de burocrata. Para eles, a cerveja de sexta à noite é o ponto alto da semana. Daqui eles vão voltar para casa e encarar uma vida familiar monótona. Sabe como é: comer com os filhos, colocá-los na cama e ver TV com a mesma mulher de sempre até o tédio bater e eles pegarem no sono. Amanhã cedo vão ter que acordar, aturar as crianças e levá-las ao parquinho. Imagino que você não tenha esse tipo de vida.

*Não*, pensou Prim. *Mas talvez não seja tão diferente do tipo de vida que eu gostaria de levar. Com Ela.*

Våge sabia que não teria muita oportunidade de beber depois que pegasse o bloco de anotações, então tomou uma golada de cerveja. Meu Deus, como precisava daquilo.

— O que você sabe da vida que eu levo, Våge?

Våge encarou o homem. Tentou entender a pergunta. O entrevistado estava resistente? Ele havia cometido um erro ao começar sendo tão direto logo de cara? Entrevistas de perfil são uma dança delicada. O jornalista quer que o entrevistado se sinta à vontade, que o considere compreensivo, que se abra e faça grandes revelações. Ou, para ser mais preciso: revelações das quais vai se arrepender. Mas às vezes Våge era agressivo demais e deixava suas intenções muito claras.

— Sei um pouco — respondeu Våge. — Você não faz ideia do que é possível encontrar na internet quando sabe onde procurar.

Ele percebeu que a voz do homem era diferente da voz ao telefone. Percebeu também um cheiro, um odor que evocava lembranças de férias da infância, do estábulo do tio — o cheiro dos arreios suados dos cavalos. Sentiu uma pontada no estômago. Provavelmente era a velha úlcera dando o ar da graça quando ele vivia um período de grande estresse e maus hábitos. Ou quando bebia muito rápido, como agora. Afastou a caneca e colocou o caderno na mesa.

— Me conte: como tudo começou?

Prim não sabia por quanto tempo havia falado quando finalmente revelou que o tio também era seu pai biológico, mas que só descobriu isso depois que a mãe morreu no incêndio.

— Endogamia entre parentes de primeiro grau não é necessariamente tão maléfica no começo; pelo contrário, pode dar excelentes resultados. O problema é quando se prolonga com o passar do tempo. Aí surgem os defeitos congênitos. Com o tempo notei que tinha algumas características parecidas com o tio Fredric. Coisas pequenas, como o jeito de colocar o dedo médio no canto da boca quando estamos pensando. E coisas grandes, como o fato de termos um QI extraordinário. Mas eu só suspeitei que existia uma ligação maior entre nós quando comecei a estudar a reprodução dos animais. Foi quando mandei o meu DNA junto com o dele para análise. Muito antes disso, eu vinha pensando em me vingar. Queria humilhar o meu padrasto, assim como ele havia me humilhado. Ele foi indiretamente responsável pela morte da minha mãe. Mas então percebi que a culpa era dos dois: o tio Fredric também havia abandonado a minha mãe e a mim à própria sorte. Então resolvi me vingar. Sabendo que o tio Fredric adora chocolate, certa vez dei para ele uma caixa de bombons de presente de Natal e injetei neles uma subespécie de *Angiostrongylus cantonensis*, um parasita que vive no pulmão do rato, adora cérebro humano e pode ser encontrado na gosma deixada pela lesma do monte Kaputar. O resultado é uma demência progressiva e uma morte lenta e dolorosa. Mas vejo que você está entediado, então vamos direto ao ponto. Passei anos desenvolvendo a minha própria subespécie de *Toxoplasma gondii*, e, quando ela ficou pronta, o plano começou a ganhar corpo. Minha maior dificuldade era descobrir um jeito de me aproximar de Markus Røed para introduzir o parasita nele. Os ricos são muito menos acessíveis, é difícil chegar perto deles. Você é jornalista e sabe como funciona, como é difícil arrancar algumas palavras dos astros do rock, não é? Eu encontrei a solução meio que por acaso. Não sou de andar pela cidade, mas fiquei sabendo de uma festa no terraço de Røed. Lá em cima... — Prim apontou pela janela. — Ao mesmo tempo, recebi um lote de cocaína verde no trabalho e vi a oportunidade de batizar a droga. Sabe o que significa batizar, certo? Misturei os meus amigos *gondii* na cocaína. Não muito, só o suficiente para garantir o efeito desejado quando Røed cheirasse. Meu plano era esperar uns dias depois da festa para fazer uma visita. Quando eu me aproximasse ele iria sentir o meu cheiro, o cheiro do hospedeiro definitivo, e não resistiria, faria exatamente o que eu mandasse, porque desse momento em diante só conseguiria pensar numa coisa: me possuir. Talvez eu não tenha mais a bundinha de criança que ele tanto adora, mas ninguém com *gondii* no cérebro consegue resistir ao hospedeiro definitivo.

O grupo Aune estava reunido no quarto 618.

Harry havia explicado os novos rumos do caso.

— Tem alguma coisa errada nessa história! — exclamou Øystein. — Tinha pele de Selmer nos dentes de Bertine. De onde veio isso? Será que ela transou com ele no dia em que desapareceu?

Harry balançou a cabeça.

— O Novato plantou essa pele nela. Assim como plantou a saliva de Røed no seio de Susanne.

— Como? — perguntou Truls.

— Não faço ideia. Mas é a única explicação. Ele fez isso para enganar a gente. E funcionou.

— Na teoria, tudo bem — disse Øystein. — Mas quem é que fica andando por aí plantando amostras de DNA?

— Hum. — Harry olhou para Øystein enquanto refletia.

— Infelizmente nada correu como o planejado na festa. — Prim suspirou. — Enquanto eu preparava as carreiras de cocaína na mesinha de centro, o outro traficante, que eu só fui descobrir recentemente pela imprensa que se chamava Kevin Selmer, comentou que nunca havia experimentado cocaína verde, só tinha ouvido falar. Vi os olhos dele brilhando e quando terminei de preparar as carreiras ele se jogou para cheirar. Eu o agarrei pelo braço e o puxei para longe, precisava garantir que Røed cheirasse. Nesse momento, cravei as unhas no traficante... — Prim olhou para a própria mão. — Fiquei com sangue e pele dele debaixo das unhas. Quando voltei para casa retirei esse material e guardei. Nunca se sabe quando esse tipo de coisa pode ser útil. Voltando à festa, os problemas continuaram. Røed insistiu que as duas amigas cheirassem antes dele. Na hora, eu não quis bater de frente com ele, mas pelo menos as garotas foram educadas e escolheram as duas carreiras mais finas das três que eu tinha feito. O problema foi que na vez de Røed a esposa dele, Helene, apareceu e começou a dar uma bronca. Acho que isso deixou Røed estressado e o fez espirrar em cima do pó, que voou pela sala. Crise total, porque eu não tinha mais cocaína. Corri até a bancada da cozinha, peguei um pano de prato e juntei a cocaína da mesa e do chão. Mostrei o pano de prato para Røed e disse que tinha cocaína suficiente para fazer uma carreira, mas ele não quis, disse que ela estava cheia de catarro e saliva e que cheiraria a de Kevin. Kevin estava puto comigo, então falei que ele poderia provar a cocaína verde outra hora. Ele aceitou. Comentou que não usava drogas, mas que todo mundo tem que provar uma vez na vida. Na hora ele não falou como se chamava nem onde morava, mas disse que se eu quisesse trocar um pouco da minha cocaína pela dele era só ir até a Jernbanetorget, no horário normal de expediente. Falei que tudo bem, mas imaginei que nunca mais veria o sujeito na minha frente. Enfim, o meu plano para a festa foi um fiasco. Em dado momento voltei para a bancada da cozinha para lavar o pano de prato quando notei uma coisa na porta da geladeira: um ingresso para a peça *Romeu e Julieta* igual aos que a mulher de Røed estava distribuindo no terraço. Eu tinha guardado o meu no bolso, não tinha a menor intenção de usar. Vi quando Kevin recebeu também. Ainda na festa o meu cérebro começou a traçar um plano B. E eu tenho um cérebro muito ágil, Våge. É incrível a capacidade de antecipação de um cérebro sob pressão. E, como falei, o meu cérebro é muito ágil e estava sob pressão. Não sei quanto tempo fiquei ali, pouco mais de um minuto, talvez dois. Enfiei o pano no bolso e me aproximei das garotas, uma de cada vez. Como cheiraram a minha cocaína de graça, elas foram simpáticas comigo e eu aproveitei para tirar o máximo de informações possível delas. Não fiz perguntas pessoais, só tentei extrair dados que me ajudassem a encontrar as duas mais tarde. Susanne perguntou por que eu ainda usava máscara. Bertine queria mais cocaína. Depois de um tempo, outros homens se aproximaram delas e ficou óbvio que estavam interessadas neles, não em alguém como eu. Mas voltei para casa feliz. Afinal, sabia que em questão de dias os parasitas se instalariam no cérebro delas e quando sentissem o meu cheiro ficariam tão desesperadas quanto adolescentes na frente de uma boy band.

Prim deu uma risada e ergueu sua caneca na direção de Våge.

— A questão é: por onde começar a procurar o Novato? — perguntou Harry.

Truls grunhiu.

— Fala, Truls.

Truls grunhiu de novo antes de começar a falar.

— Se ele conseguiu a cocaína verde, a gente precisa verificar o nome das pessoas que tiveram acesso à apreensão antes do envio para a perícia. Ou seja, funcionários do aeroporto e do depósito de provas. E sim, isso inclui a mim e os policiais que transportaram a cocaína do Aeroporto de Gardermoen até a sede da polícia. Mas também os caras que transportaram do depósito de provas para a Perícia Técnica.

— Calma aí — disse Øystein. — A gente não tem certeza de que essa foi a única apreensão de cocaína verde no país.

— Truls tem razão — disse Harry. — Vamos começar procurando onde conseguimos ver.

— Como eu temia, não tive mais nenhuma chance de me aproximar de Røed — disse Prim e suspirou. — Eu havia usado todos os parasitas que tinha para batizar a cocaína verde, e os que estavam no corpo foram eliminados pelo meu sistema imunológico e por uma leve overdose de vermífugo. Então, para infectar Røed, eu precisava dos parasitas que estavam nas garotas antes que o sistema imunológico delas acabasse com eles. Em outras palavras, precisava comer os cérebros e os olhos das garotas. Escolhi Susanne porque sabia onde ela malhava. Como o olfato humano não é tão desenvolvido quanto o do rato, precisei reforçar o meu poder de atração: destilei os sucos intestinais das minhas próprias fezes e passei no corpo.

Prim abriu um sorriso largo e encarou Våge, que não retribuiu o sorriso e se limitou a encarar Prim com uma expressão incrédula.

— Fiquei do lado de fora da academia, esperando, tenso. Tinha testado o parasita em animais que costumam evitar humanos, como raposas e veados, e eles se sentiram atraídos por mim, sobretudo as raposas. Ainda assim, eu não tinha certeza se funcionaria com pessoas. Mas quando ela saiu da academia eu percebi de imediato que se sentiu atraída por mim. Marquei de nos encontrarmos no estacionamento das trilhas na floresta de Skullerud. Ela não apareceu na hora marcada e eu comecei a me perguntar se havia cometido um erro, se ela havia recuperado o juízo por não estar mais sentindo o meu cheiro. Mas então ela apareceu, e, acredite, eu fiquei nas nuvens.

Prim bebeu um gole de cerveja, como se estivesse tomando impulso.

— Entramos na mata de braços dados e, quando vimos que estávamos longe da estrada, saímos da trilha e transamos. Depois, cortei o pescoço dela. — Prim sentiu que ia chorar. Precisou pigarrear para seguir em frente. — Imagino que você queira saber mais detalhes desse momento, mas acho que suprimi algumas partes da memória. Seja como for, levei um frasco da saliva de Røed e espalhei no seio de Susanne. Em seguida, a vesti da cintura para cima, para evitar que a chuva lavasse o corpo antes que a polícia a encontrasse. Na hora, a saliva pareceu uma boa ideia, mas no fundo só complicou a situação. — Tomou outro gole. — Com Bertine foi parecido. Estive num bar que ela disse que adorava e marcamos em Grefsenkollen. Ela foi de carro e, quando pedi que deixasse o celular e me acompanhasse numa aventura no meu carro, ela não hesitou por um segundo, estava cheia de tesão. Tinha levado um dosador para cheirar. Me convenceu a cheirar também. Pedi para comer ela por trás enquanto a segurava com um cinto de couro no pescoço. Ela deve ter achado que era uma fantasia sexual e topou. Demorei um pouco mais do que imaginava para estrangulá-la. Seja como for, no fim, ela não estava mais respirando.

Prim suspirou pesado e balançou a cabeça. Enxugou uma lágrima.

— Tomei todos os cuidados para apagar qualquer vestígio que a polícia pudesse usar para descobrir a minha identidade, então peguei o dosador, com medo de o meu nariz ter deixado DNA. Não imaginava que ele seria útil depois. Aliás, aprendi que, se você vai matar uma pessoa e pegar o cérebro e os olhos dela, é muito mais eficaz levar logo a cabeça inteira para casa.

Prim sentiu os pés ficando dormentes e se alongou debaixo da mesa.

— Ao longo das semanas seguintes eu comi pedacinhos do cérebro e dos olhos. Precisava garantir a reprodução desses malditos parasitas de vida curta enquanto buscava uma oportunidade de me aproximar de Røed. Por várias vezes eu me sentei aqui, a essa mesma mesa, e me perguntei se devia simplesmente aparecer na casa dele e pedir para conversar. Mas ele nunca estava em casa, eu só via Helene entrando e saindo. Talvez estivesse morando em outro lugar, mas não descobri onde era. Nesse meio-tempo, terminei de comer os cérebros e os parasitas morreram, então eu precisava de um rato novo. Helene Røed. Achei que pelo menos a morte dela seria dolorosa para Røed. Sabia de dois lugares onde poderia me aproximar dela. No Teatro Nacional, na data do ingresso na porta da geladeira, e num lugar chamado Danielle's. Susanne tinha me contado que havia conhecido Markus Røed no restaurante. Ela não entendia por que Helene ainda ia almoçar lá às segundas-feiras; afinal, já havia fisgado um peixe grande. Então fui até lá na segunda e, de fato, Helene apareceu. Pedi a mesma bebida que a vi tomar na festa, um *dirty* martíni, e acrescentei uma dose cavalar de *gondii*. Chamei o garçom, dei uma nota de duzentas coroas para ele e pedi que levasse o drinque para a mesa dela. Pedi que ele dissesse que outra pessoa tinha mandado, que era uma brincadeira entre amigos. Fiquei esperando Helene beber e saí. Descobri qual era o horário do intervalo de *Romeu e Julieta* e que o ingresso só é necessário para entrar na sala, ou seja, qualquer pessoa pode entrar no teatro durante o intervalo e se misturar com o público. Então, segui o roteiro testado e comprovado: entrei no teatro, convenci Helene a sair comigo e... — Prim fez uma careta e deu um chute. Não sabia se tinha acertado a perna da mesa ou a de Våge. — No dia seguinte o corpo dela foi encontrado e a polícia decretou a prisão preventiva de Røed. Foi quando percebi que tinha dado um tiro no pé. Fiz Røed ser preso porque queria que ele sofresse, mas aí a polícia disse que ele provavelmente ficaria detido por meses. Eu precisava resolver o problema. Felizmente, eu tenho isso aqui...

Prim bateu o dedo na cabeça.

— Usei o cérebro e encontrei um inocente que poderia tomar o lugar de Røed. Kevin, o traficante que estava louco para experimentar cocaína verde. Era perfeito.

# 45

## Sexta-feira

# Coleção

Prim girava o copo na mesa enquanto observava os trabalhadores curtindo a sexta-feira.

— Eu também tinha guardado um pedacinho da pele do antebraço de Kevin Selmer. Não era a única pessoa de quem eu tinha uma amostra de tecido. Ao longo do tempo, fui coletando amostras e, por vezes, elas foram úteis no meu projeto de criação do parasita perfeito. Usei um palito de dente para colocar o pedaço de pele entre dois dos dentes do crânio de Bertine. E você, Våge, garantiu que as provas chegassem às mãos da polícia. Eu imaginava que cedo ou tarde eles descobririam que os corpos continham uma variante do *gondii*, e se fizessem a conexão começariam a procurar o hospedeiro definitivo. Eu seria capaz de fazer Kevin parecer ser o assassino e o hospedeiro definitivo? Me desculpe se pareço presunçoso, mas a solução que encontrei foi simples e ao mesmo tempo genial. Preparei uma mistura de cocaína verde e *gondii*, numa dose letal, coloquei no dosador de Bertine e procurei Kevin na Jernbanetorget para fazer a troca que havia combinado na festa. Ele ficou todo empolgado, ainda mais porque eu dei o dosador junto com a cocaína. Nem imagino o nível das dores de estômago que ele sentiu antes de morrer. No lugar dele eu também tentaria bater a cabeça na parede até desmaiar.

Prim matou o restante da caneca de cerveja.

— Até aqui essa entrevista foi um longo monólogo, então chega de falar de mim, Terry. Como você está? — Prim se inclinou sobre a mesa. — Sério, está se sentindo... paralisado? Porque acontece muito rápido quando se toma uma cerveja com uma concentração tão alta de *gondii*. Ainda mais alta que a de Kevin. Em questão de minutos você simplesmente não consegue levantar um dedo nem abrir a boca para falar. Notei que você ainda está respirando. O coração e os pulmões são os últimos a parar de funcionar. Ah, e o cérebro, claro. Então sei que você consegue ouvir o que estou falando. Vou levar as chaves da sua casa, pegar o seu computador e jogar no fiorde junto com o seu celular.

Prim olhou para fora. Estava começando a escurecer.

— Olha, tem uma luz acesa no apartamento do meu padrasto. E agora ele está sozinho. Acha que ele vai gostar de receber uma visita?

Pouco depois de seis e meia da noite, Markus Røed ouviu o interfone tocar.

— Está esperando visita? — perguntou o guarda-costas mais velho.

Røed balançou a cabeça. O guarda-costas foi para o corredor e atendeu. Røed aproveitou a oportunidade para conversar com o guarda-costas mais novo.

— E o que você pretende fazer depois de trabalhar como guarda-costas?

O jovem olhou para Røed. Tinha cílios longos e olhos castanho-claros. O semblante ingênuo e infantil compensava os músculos desnecessariamente grandes. Com um pouco de boa vontade e imaginação, ele poderia se passar por alguém cinco ou seis anos mais novo.

— Não sei — respondeu o rapaz, passando os olhos pela sala de estar.

Provavelmente eles aprendiam isso nos cursos: evitar conversas desnecessárias com o cliente e observar o ambiente a todo momento, mesmo protegidos por portas trancadas num lar aconchegante.

— Você podia trabalhar para mim, sabia?

O segurança o encarou por um instante, não respondeu e continuou observando o ambiente, mas Røed detectou algo parecido com desprezo, repulsa. Murmurou um xingamento. Moleque de merda, não entendeu o que ele estava oferecendo?

— É um cara que diz que te conhece — gritou o segurança do corredor.

— Krohn? — perguntou Røed.

— Não.

Røed franziu a testa. Não conseguia pensar em ninguém que pudesse aparecer sem avisar.

Foi até o corredor onde estava o guarda-costas, apontando para a tela com as pernas afastadas. Um jovem olhava para a câmera acima da porta de entrada na rua. Røed balançou a cabeça.

— Vou pedir que ele vá embora — disse o guarda-costas.

Røed olhou atentamente para a tela. Teve a impressão de que havia estado com aquela pessoa recentemente. Ao mesmo tempo, teve a impressão de reconhecer algo de um passado distante, algo que havia descartado, porque era mais um rosto que despertava memórias antigas. Mas, já que ele estava ali fora, talvez...

— Espera — disse Røed e ergueu a mão.

O guarda-costas entregou o interfone.

— Volte lá para dentro — ordenou Røed.

O guarda-costas hesitou por um segundo, mas seguiu a instrução.

— Quem é você e o que quer? — perguntou Røed pelo interfone num tom mais hostil do que pretendia.

— Oi, pai. É o seu enteado. Só queria conversar com você.

Røed ofegou. Não restava dúvida. O menino de tantos sonhos, o pavor de tantos pesadelos nos quais ele era descoberto. Não, não era o menino, mas era ele. Após tantos anos. Conversar? Isso era um mau presságio.

— Estou meio ocupado — disse Røed. — Você devia ter ligado antes.

— Eu sei — disse o homem para a câmera. — Eu não estava planejando entrar em contato com você, simplesmente decidi isso hoje. É que amanhã vou fazer uma viagem longa e não sei quando volto. Não queria sair com assuntos pendentes, pai. É hora de perdoar. Eu tinha que ver você uma última vez, cara a cara, para tirar isso do meu peito. Acho que vai ser bom para nós dois. Vão ser só alguns minutos. Garanto que a gente vai se arrepender se não tiver esse encontro frente a frente.

Røed escutou. Nunca tinha ouvido aquela voz grave antes, nem no passado remoto nem nos últimos tempos. Pelo que se lembrava daqueles últimos dias na casa em Gaustad, a voz do menino estava começando a engrossar. Claro que ele sabia que um dia o menino poderia aparecer e lhe criar problemas. Seria a palavra de um contra a do outro e a única pessoa que poderia confirmar qualquer suposto abuso sexual havia morrido num incêndio. Mas uma simples acusação acabaria com a sua reputação. Jogaria seu nome na lama, como dizem com desdém as pessoas na Noruega, um país onde conceitos como a honra da família tinham sido destruídos pela maldita social--democracia, porque agora o Estado fazia as vezes da família para a maioria das pessoas, e esses seres minúsculos só tinham que responder perante seus iguais, a massa cinzenta da social-democracia, um ente sem qualquer tradição. Tudo é diferente quando o seu sobrenome é Røed, mas o cidadão médio jamais entenderia isso. Jamais entenderia que é melhor tirar a própria vida do que jogar o nome da família na lama. Então, o que fazer? Ele tinha que tomar uma decisão. Seu enteado havia reaparecido. Røed secou a testa com a mão livre. Percebeu com surpresa que não estava com medo, tal como na noite anterior, quando quase foi atropelado pelo bonde. Agora que aquilo que tanto o aterrorizava finalmente estava acontecendo, por que o medo havia sumido? E se eles conversassem? Se seu enteado estivesse mal-intencionado, conversar não pioraria a situação. E na melhor das hipóteses era só uma questão de perdão. Tudo esquecido, obrigado e adeus — talvez Røed até dormisse melhor à noite. Só precisava evitar dizer qualquer coisa, fazer qualquer confissão direta ou indireta, que pudesse ser usada contra ele.

— Tenho dez minutos — avisou Røed, por fim, e apertou o botão que abria a porta da rua. — Pegue o elevador para a cobertura.

Røed desligou. Será que o garoto pretendia gravar a conversa? Voltou para a sala.

— Vocês revistam visitas? — perguntou ele aos guarda-costas.

— Sempre — respondeu o mais velho.

— Ótimo. Vejam se ele tem algum microfone no corpo e fiquem com o celular dele até ele ir embora.

***

Prim estava sentado numa poltrona macia na sala de TV, de frente para Markus Røed. Os guarda-costas estavam do lado de fora, com a porta entreaberta.

Prim ficou surpreso ao descobrir que Røed tinha guarda-costas, mas isso não tinha tanta importância. O importante era ficar sozinho com Røed.

Claro que tudo poderia ser mais simples. Se ele quisesse ferir ou matar Markus Røed, não teria sido muito difícil; afinal, só agora seu padrasto tinha contratado guarda-costas e, numa cidade como Oslo, os habitantes são tão ingênuos e confiantes que ninguém pensa que uma pessoa qualquer na rua pode estar com uma arma escondida. Como se fosse impossível algo assim acontecer. No fim das contas, esse não seria o destino de Markus Røed. Não bastaria. De fato, seria mais fácil simplesmente dar um tiro e matar o padrasto, mas, se a vingança planejada desse a Prim apenas uma fração do prazer que havia sentido ao imaginá-la, o trabalho valeria a pena. Porque a vingança que Prim havia engendrado era como uma sinfonia, e o crescendo estava próximo.

— Sinto muito pelo que aconteceu com a sua mãe — disse Markus, alto o suficiente para Prim ouvir, mas não para os guarda-costas no corredor escutarem.

Prim notou que o homem corpulento sentado diante dele estava desconfortável. Tamborilava sobre os apoios de braço, as narinas estavam dilatadas. Sinais claros de que havia sentido o odor dos sucos intestinais. Prim notou as pupilas dilatadas de Røed e percebeu que os sinais olfativos tinham chegado ao cérebro, onde os parasitas estavam instalados havia dias, loucos para se reproduzir. Era o resultado de uma pequena obra de arte, por assim dizer. Quando o plano original de infectar o padrasto na festa deu errado, Prim se viu obrigado a improvisar e bolar um novo plano. E conseguiu: infectou Markus Røed na frente de todos — do advogado, da polícia e até de Harry Hole.

Markus Røed olhou para o relógio e espirrou.

— Não quero te apressar, mas, como eu disse, estou sem tempo, então precisamos ir rápido. Para que país você vai viaj...

— Eu quero você — interrompeu Prim.

Røed tomou um susto tão grande que sua papada estremeceu.

— Como é?

— Eu tenho fantasiado com você todos esses anos. Sei que você abusava sexualmente de mim, mas... bem, acho que aprendi a gostar. E quero tentar de novo.

Prim olhou nos olhos de Markus Røed. Viu o cérebro infestado de parasitas trabalhando e chegando a conclusões erradas: *Eu sabia! O garoto gostava, aquele choro era fingimento. Eu não fiz nada de errado; pelo contrário, só ensinei alguém a gostar do que eu gosto!*

— E quero repetir a experiência do jeito mais parecido possível.

— Parecido? — disse Markus Røed, a voz embargada de tanta excitação.

Eis o paradoxo da toxoplasmose: o impulso sexual — basicamente o desejo de se reproduzir — bloqueia o medo da morte, ignora os perigos, proporciona ao infectado uma deliciosa visão de túnel, um túnel que leva direto à boca do gato.

— A casa — disse Prim. — Ela continua lá. Mas você tem que ir sozinho, tem que escapar dos guarda-costas.

— Você quer dizer... — Markus engoliu em seco — ... *agora*?

— Claro. Estou vendo que você... — Prim se inclinou para a frente e colocou a mão nas bolas de Røed — ... quer.

Røed abria e fechava a mandíbula descontroladamente.

— Lembra onde fica? — perguntou Prim ao se levantar.

Markus Røed fez que sim com a cabeça.

— Vai sozinho?

Outro aceno.

Prim sabia que não precisava pedir a Markus Røed que não contasse a ninguém aonde ele estava indo ou com quem iria se encontrar. A toxoplasmose atiça o desejo sexual da pessoa infectada, tira o medo dela, mas não a transforma numa estúpida — isto é, não a ponto de fazer algo que a impeça de alcançar a única coisa que deseja.

— Te dou meia hora — avisou Prim.

O guarda-costas mais velho, Benny, estava no ramo havia quinze anos.

Quando abriu a porta, viu que a visita estava de máscara. Observou o guarda-costas mais jovem revistar o visitante. Além de um molho de chaves, o homem não tinha nada que pudesse servir de arma. Não estava com carteira nem qualquer tipo de documento de identificação. Tinha dito que se chamava Karl Arnesen, e, embora parecesse um nome inventado na hora, Røed confirmou com um breve aceno de cabeça. O segurança pegou o celular da visita, a pedido de Røed, e Benny insistiu que a porta da sala de TV ficasse entreaberta.

Foram necessários apenas cinco minutos — pelo menos foi o que Benny disse mais tarde, em depoimento à polícia — para o jovem "Arnesen" sair da sala, pegar o celular de volta e deixar o apartamento. Da sala de TV Røed gritou que queria ficar sozinho e fechou a porta. Cinco minutos depois Benny bateu à porta para dizer que Johan Krohn queria falar com ele, mas não obteve resposta. Quando abriu a porta, a sala de TV estava vazia, e a porta que dava para o terraço, aberta. Benny saiu e viu a porta da escada de incêndio que ia até a rua. Não havia nenhum mistério: ao longo da última hora o cliente havia insinuado três vezes que pagaria excepcionalmente bem se Benny ou seu colega fosse até a Torggata ou a Jernbanetorget comprar cocaína para ele.

# 46

## Sexta-feira

## Lua de sangue

Markus saiu do táxi perto do portão no fim da rua.

A primeira coisa que o taxista perguntou ao entrar no carro em Oslobukta foi se ele tinha dinheiro. Uma pergunta razoável, visto que Markus não estava de blazer por cima da camiseta e usava chinelos. Mas, como sempre, estava com o cartão de crédito — sentia-se nu sem ele.

Røed abriu o portão, e as dobradiças rangeram. Na penumbra, subiu pelo caminho de cascalho e quando chegou ao ponto mais alto ficou em choque diante da casa carbonizada. Não ia ali desde que havia abandonado Molle e o garoto com aquele apelido idiota, Prim. Ficou sabendo da morte dela pelo jornal, foi ao velório, mas não sabia que a casa estava tão deteriorada. Só podia torcer para que o interior estivesse preservado o suficiente para eles poderem encenar o ato com veracidade, por assim dizer. Reconstituir o que haviam feito e o que representavam um para o outro na época, embora Røed não fizesse a menor ideia do que tinha representado para o menino.

Quando Røed começou a andar em direção à casa, um vulto apareceu na porta da frente. Era ele. O desejo que havia sentido na sala de TV tinha sido avassalador, quase o fizera perder o controle e atacar o garoto. Mas já havia feito isso muitas vezes e tinha se safado por milagre. Agora, pelo menos, sentia-se capaz de controlar seus impulsos, o suficiente para pensar de forma racional. Ainda assim, o desejo reprimido após tantos anos de lembranças de Prim era tão forte que nada poderia detê-lo.

Ele se aproximou do rapaz, que estendeu a mão para dar boas-vindas e sorriu. Só então Røed lembrou que Prim era dentuço e percebeu que os dois dentões da frente tinham sumido, que a dentição era bonita e uniforme. Røed preferia os dentes da infância para a ilusão ser completa, mas deixou isso de lado quando Prim o levou de mãos dadas para dentro da casa.

Outro choque. O corredor, a sala — tudo estava carbonizado. As paredes divisórias tinham sumido, o espaço estava mais aberto. O homem — o menino — o levou direto para onde ficava seu quarto, no térreo. Røed sentiu um calafrio de alegria ao perceber que não precisava de luz — havia descido aquela escada tantas vezes na escuridão da noite para entrar no quarto do menino que mesmo tantos anos depois era capaz de fazer o trajeto de olhos fechados.

— Tire a roupa e deite ali — disse Prim, apontando com a lanterna do celular.

Røed viu o colchão imundo e o esqueleto da cama de ferro carbonizada.

Obedeceu; pendurou as roupas na cabeceira da cama.

— Tudo — disse o menino.

Røed tirou a cueca. Sua ereção só crescia desde que o garoto havia pegado sua mão. Røed gostava de dominar, não de ser dominado. Sempre foi assim. Mas estava gostando de obedecer, do frio de arrepiar, da humilhação de estar nu enquanto o menino continuava de roupa. O colchão fedia a urina e estava úmido e frio em suas costas.

— Vamos colocar isso aqui.

Røed sentiu os braços serem puxados para cima e algo apertando seus pulsos. Olhou. À luz do celular, viu que Prim estava usando tiras de couro para amarrar suas mãos à cabeceira. Depois fez o mesmo com os pés. Ele estava à mercê do rapaz. Da mesma forma que Prim havia estado à mercê dele.

— Vem — sussurrou Røed.

— Precisamos de mais luz — disse o menino e tirou o celular de Røed da calça na cabeceira da cama. — Qual é a senha?

— É por reconhecimento fac... — Antes de Røed terminar de responder a tela apareceu na frente do seu rosto.

— Obrigado.

Com a visão ofuscada por causa das duas fontes de luz, num primeiro momento Røed só conseguiu enxergar o que o menino estava fazendo quando viu o vulto entre os dois celulares. Concluiu que ele devia ter colocado os celulares em suportes na altura da cabeça. O menino estava mais velho. Era um homem. Mas ainda era jovem o suficiente para despertar o desejo de Røed. Isso era evidente. Sua ereção era impecável. O tremor na voz era tanto de tesão quanto de frio quando ele sussurrou:

— Vem! Vem aqui, menino!

— Primeiro me diz o que quer que eu faça com você.

Markus Røed umedeceu os lábios secos. Falou.

— Repete — disse o menino, baixando as calças e segurando o pênis ainda flácido. — Dessa vez, sem falar o meu nome.

Røed estranhou. Mas tudo bem, no Tuesdays muita gente preferia essa coisa impessoal, anônima, só um pau duro num *glory hole*, em vez de ver a pessoa inteira. Felizmente. Røed repetiu a lista de desejos sem mencionar nomes.

— Fala o que você fez comigo quando pequeno — disse o homem entre as luzes, agora se masturbando.

— Vem logo aqui, que eu vou sussurrar no seu ouvido...

— Fala!

Røed engoliu em seco. Então era assim que o garoto queria. Direto, bruto, num tom agressivo e com muita luz. Certo. Røed só precisava sintonizar na mesma frequência. Meu Deus, ele faria qualquer coisa para possuir o garoto. Começou hesitante, sem saber bem o que dizer, mas depois de um tempo falou tudo. Não escondeu nada. Entrou em detalhes. Encontrou a sintonia. Ficou excitado ao ouvir as próprias palavras, com as memórias despertadas. Contou como foi. Usou palavras como "estupro", tanto porque foi o que de fato aconteceu quanto porque isso deixou ambos ainda mais excitados, ele e o menino, que gemia, embora não estivesse mais visível — havia recuado alguns passos e estava no escuro, atrás da luz dos celulares.

Røed falou tudo, até que limpava o pênis no edredom do menino antes de voltar na ponta dos pés para o andar de cima.

— Obrigado! — exclamou o menino num tom agudo. Uma das luzes se apagou, e ele apareceu diante da outra. Tinha subido a calça e estava completamente vestido, segurando o celular de Røed e digitando.

— O que você está fazendo? — perguntou Røed, gemendo.

— Compartilhando o vídeo com todos os seus contatos.

— Você... gravou?

— No seu celular. Quer ver?

O garoto segurou o telefone na frente de Røed, que se viu na tela, um homem com seus 60 anos, corpulento, pálido, quase branco sob a luz forte da lanterna do celular, deitado num colchão imundo com uma ereção torta para a direita. Sem máscara, nada que escondesse sua identidade. E a voz, carregada de tesão, mas ao mesmo tempo nítida, ansiosa para que o outro homem entendesse tudo. Røed notou que o vídeo não mostrava seus pés e mãos amarrados à cama.

— Vou enviar esse vídeo junto com uma pequena mensagem de texto que preparei — disse o menino. — Escuta. "Olá, mundo. Tenho pensado muito ultimamente e concluí que não posso mais viver com o que fiz. Então, vou me matar carbonizado na mesma casa onde Molle morreu. Adeus." O que achou? Não é poético, mas está bem claro, não é? Vou programar o envio da mensagem para pouco depois da meia-noite, para toda a sua lista de contatos.

Røed abriu a boca para falar, mas não conseguiu, pois o menino enfiou alguma coisa nela.

— Daqui a pouco todo mundo que você conhece vai saber que você é um porco pervertido — avisou Prim e fechou a boca de Røed com um pedaço de fita adesiva por cima de uma meia de lã que o mendigo búlgaro tinha deixado na casa. — E daqui a um ou dois dias o resto do mundo também vai saber. O que acha?

Nenhuma resposta, só um par de olhos esbugalhados e lágrimas escorrendo pelas bochechas gordas.

— Calma, calma — disse Prim. — Se serve de consolo, pai, não vou executar o meu plano original, que era denunciar você, me matar e deixar você viver com a humilhação pública. Eu quero viver. Conheci uma mulher que amo e hoje à noite vou pedi-la em casamento. Olha o que eu comprei para ela mais cedo.

Prim enfiou a mão no bolso da calça, tirou uma caixinha forrada de veludo vinho e abriu. O diamante solitário no anel brilhava à luz da lanterna do celular ainda no suporte.

— Decidi viver uma vida longa e feliz, mas isso significa que a minha identidade não pode ser revelada, o que por sua vez significa que quem sabe de alguma coisa precisa morrer no meu lugar. Então *você* precisa morrer, pai. Sei que isso por si só já é bem difícil, ainda mais sabendo que o nome da sua família vai para a lama. Mamãe me contou que isso era importante para você. Mas pelo menos você não precisa conviver com a humilhação. Que bom, não é mesmo?

Prim enxugou uma lágrima de Røed com o indicador e lambeu o dedo. Sempre diziam nos romances que lágrimas são amargas, mas toda lágrima não tem o mesmo gosto?

— A má notícia é que eu estava planejando matar você bem devagar, para compensar o fato de você evitar a humilhação. A boa é que não vou matar você tão devagar, porque tenho um encontro com a minha amada daqui a pouco. — Prim olhou para o relógio. — Opa, preciso ir para casa tomar banho e me trocar, então é melhor a gente começar.

Prim segurou o colchão com as duas mãos. Com dois ou três puxões fortes o tirou de baixo de Røed. As molas de ferro rangeram sob o peso do corpo. Prim foi até a parede de tijolos carbonizados e pegou o fogareiro de acampamento ao lado do galão. Posicionou o fogareiro debaixo da cama, na direção da cabeça do padrasto, abriu o gás e acendeu.

— Não sei se você lembra, mas esse é o melhor método de tortura daquele livro sobre os comanches que você me deu de presente de Natal. O crânio funciona como uma panela e daqui a pouco o seu cérebro vai começar a borbulhar e ferver. Se serve de consolo, os parasitas vão morrer antes de você.

Markus Røed se contorcia. Algumas molas de ferro perfuraram sua pele, e gotas de sangue começaram a pingar no chão coberto de cinzas. Também começou a ficar com as costas suadas. Prim ficou observando as veias saltarem no pescoço e na testa de Markus Røed, que tentava gritar, mas não conseguia por causa da meia.

Prim observou. Esperou. Engoliu em seco. Dentro dele, nada acontecia. Quer dizer, algo estava acontecendo, mas não o esperado. Estava preparado para a possibilidade de a vingança não ter um sabor tão doce quanto em suas fantasias, mas não para isso. Não para que o gosto fosse amargo como o das lágrimas do padrasto. Era mais um sentimento de choque do que de decepção. Ele sentiu pena do homem deitado ali. O homem que havia destruído sua infância e era o culpado pelo suicídio da sua mãe. Prim não queria se sentir assim! Isso era culpa d'Ela? Ela havia levado o amor para a vida dele? A Bíblia diz que o amor é maior que tudo. Era verdade? Era maior que a vingança?

Prim começou a chorar sem parar. Foi até a escada carbonizada e pegou uma pá velha e pesada meio enterrada nas cinzas. Aproximou-se da cama. Esse não era o plano, a intenção era fazer Røed sofrer por um bom tempo e não ele próprio sentir compaixão! Ergueu a pá. Viu o desespero nos olhos de Markus Røed, que balançava a cabeça de um lado para outro para se desviar da pá, como se preferisse viver mais alguns minutos torturantes a morrer rápido.

Mirou. Então baixou a pá. Uma vez, duas vezes. Três vezes. Limpou o jato de sangue que acertou seu olho, abaixou-se, ouviu a respiração. Endireitou-se e ergueu a pá outra vez.

Soltou o ar. Olhou para o relógio. Só faltava remover os rastros. Com sorte o impacto da pá não havia deixado nenhuma marca no crânio que gerasse dúvidas sobre o suposto suicídio. Em pouco tempo o fogo eliminaria o restante dos vestígios. Prim desfez os nós das tiras de couro e as enfiou no bolso. Cortou o início e o fim da gravação no celular de Røed para ninguém suspeitar da presença de outra pessoa e parecer que o próprio Røed editou a gravação antes de enviar. Marcou todos os contatos, programou o envio para meia-noite e meia e apertou Enviar. Pensou nos rostos horrorizados e incrédulos iluminados pelas telas dos celulares. Limpou as impressões digitais do celular de Røed antes de colocá-lo de volta na calça e percebeu que tinha oito ligações não atendidas, três de Johan Krohn.

Derramou gasolina no corpo, três vezes, para garantir que estava impregnado. Tacou a gasolina nas vigas e paredes que ainda estavam de pé e tinham material inflamável. Foi acendendo as chamas. Lembrou-se de deixar o isqueiro ao lado da cama para parecer que a última coisa que seu padrasto fez foi atear fogo no próprio corpo. Saiu da casa de sua infância, parou no caminho de cascalho e virou o rosto para o céu.

A parte ruim havia acabado. A lua tinha aparecido. Estava linda, e em breve ficaria ainda mais linda. Mais escura, coberta de sangue. Uma rosa celestial para sua amada. Prim usaria essas mesmas palavras com Ela.

## 47

## Sexta-feira

# Blueman

— *Blueman, Blueman, meu carneirinho, pense no seu garotinho.* Katrine cantou a última nota quase sem som enquanto escutava a respiração de Gert para descobrir se tinha dormido. Estava profunda e uniforme. Ela subiu o edredom e se preparou para sair do quarto.

— Cadê o tio Hally?

Katrine olhou nos olhos azuis arregalados de Gert. Como Bjørn não percebeu que eram de Harry? Ou será que ele soube desde o primeiro dia, ainda na sala de parto?

— O tio Harry está no hospital com um amigo doente. Mas a vovó está aqui.

— Você vai pla onde?

— Para um lugar chamado Frognerseteren. Fica quase na floresta, lá em cima. A gente vai passear lá um dia, tá bom?

— O tio Hally vai também.

Katrine sorriu e sentiu uma pontada no coração.

— É... talvez o tio Harry vá também — disse e torceu para não estar mentindo.

— Tem usso lá?

Ela balançou a cabeça.

— Nada de urso.

Gert fechou os olhos e pouco depois pegou no sono.

Katrine olhou para o filho. Não queria deixá-lo. Olhou para o relógio. Oito e meia. Tinha que ir. Deu um beijo na testa de Gert e saiu do quarto. Ouviu o som baixo das agulhas de tricô da sogra na sala. Apareceu com a cabeça na porta e sussurrou:

— Dormiu. Vou lá.

A sogra fez que sim e sorriu.

— Katrine.

Katrine parou.

— Sim?

— Me promete uma coisa?

— O quê?

— Que você vai se divertir.

Katrine encarou a mulher mais velha. Entendeu o que ela queria dizer. Que seu filho estava morto e enterrado havia muito tempo, que a vida tinha que seguir em frente. Que Katrine tinha que seguir em frente. Ela sentiu um nó na garganta.

— Obrigada, mãe — sussurrou Katrine, chamando-a assim pela primeira vez. Viu os olhos da mulher ficarem marejados.

Katrine acelerou o passo para a estação de metrô próxima ao Teatro Nacional. Não estava muito arrumada. Um casaco para o frio e sapatos confortáveis, conforme recomendação de Arne. Isso significava que eles jantariam na área externa do restaurante, perto de aquecedores, com vista para a floresta e apenas o céu como teto? Ela olhou para a lua.

O celular tocou. Harry de novo.

— Krohn ligou. Só para você saber, Markus Røed escapou dos guarda-costas.

— Nada muito chocante. Ele é viciado em cocaína.

— A empresa de segurança enviou pessoas para a Jernbanetorget. Nenhum sinal dele lá. Ele não voltou para o apartamento, não atende o celular. Vai ver se meteu num buraco qualquer para cheirar e depois foi comemorar a liberdade. Achei melhor te avisar.

— Obrigada. Eu queria passar uma noite sem ter que pensar em Markus Røed e me concentrar nas pessoas de quem gosto. Como está o Ståle?

— Surpreendentemente bem para alguém tão perto do fim.

— Sério?

— Ele diz que a Morte quer que ele atravesse para o outro lado por vontade própria.

Katrine não conseguiu conter o sorriso.

— É a cara do Ståle. Como estão a esposa e a filha?

— Bem. Encarando a situação.

— Entendi. Diga que eu desejo tudo de bom para ele.

— Pode deixar. Gert está dormindo?

— Está. Acho que ele fala o seu nome com muita frequência.

— Hum. Normal ele se empolgar com um tio novo. Aproveite o seu jantar. Meio tarde para comer agora, não acha?

— Não deu para ser mais cedo, o pessoal da Perícia Técnica está atolado de trabalho. Sung-min ia sair para jantar com o namorado. Ele já sabe que...?

— Sabe, liguei e falei do Røed.

— Obrigada.

Eles desligaram enquanto Katrine descia para a estação de metrô.

Harry olhou para o celular. Alguém tinha ligado enquanto ele conversava com Katrine. O número de Ben. Retornou a ligação.

— Boa tarde, Harry. Eu e um amigo fomos até a Doheny Drive. Infelizmente não encontramos Lucille. Liguei para a polícia. Talvez eles queiram falar com você.

— Entendi. Pode passar o meu número.

— Já passei.

— Ok. Obrigado.

Desligaram. Harry fechou os olhos e sussurrou um palavrão. Seria melhor ele mesmo ligar para a polícia? Não, se os caras com tatuagem de escorpião ainda estivessem com Lucille, talvez a matassem. Só lhe restava esperar. Ele se viu obrigado a tirar Lucille da cabeça por um instante, porque seu cérebro masculino estava sobrecarregado e só conseguia se concentrar em uma coisa de cada vez — às vezes nem isso —, e nesse momento precisava deter um assassino.

Quando Harry entrou de volta no quarto 618, Jibran havia se levantado da cama e estava sentado com Øystein e Truls ao lado da cama de Aune. Havia um telefone no meio do edredom.

— Hole acabou de chegar — avisou Aune ao telefone antes de se virar para Harry. — Jibran acha que, se o assassino criou um parasita, então provavelmente fez alguma pesquisa no campo da microbiologia.

— O Helge, do Instituto de Medicina Forense, acha a mesma coisa — acrescentou Harry.

— Não tem muita gente com experiência nessa área — comentou Aune. — O professor Løken está do outro lado da linha. É o chefe de pesquisa do Departamento de Microbiologia do Hospital Universitário de Oslo. Ele disse que só conhece uma pessoa que esteve envolvida na pesquisa de parasitas mutantes do *Toxoplasma gondii*. Professor Løken, qual era o nome dele mesmo?

— Steiner — estalou uma voz vinda do edredom. — Fredric Steiner, parasitologista. Avançou bastante no desenvolvimento de uma variante que poderia usar humanos como hospedeiro definitivo. Um parente até tentou continuar a pesquisa, mas perdeu apoio financeiro e o cargo de pesquisador no departamento.

— Pode dizer por quê? — perguntou Aune.

— Se não me engano falaram em métodos de pesquisa antiéticos.

— O que isso significa?

— Não tenho certeza, mas nesse caso acho que teve a ver com experimentos em espécimes vivos.

— Harry Hole falando, professor. O senhor está dizendo que ele infectou pessoas?

— Nada foi provado, mas houve rumores.

— Qual era o nome da pessoa?

— Não me lembro, faz muito tempo, o projeto simplesmente foi interrompido. Isso acontece com frequência, não necessariamente porque algo deu errado. Às vezes, o projeto simplesmente não avança. Enquanto a gente conversava, fiz uma busca por Steiner no arquivo histórico de pesquisadores, que não inclui só o nosso hospital, mas toda a Escandinávia. Infelizmente só encontrei Fredric. Se for importante, posso falar com alguém que trabalhava na parasitologia na época.

— Ficaríamos muito gratos — disse Harry. — Até onde esse parente avançou na pesquisa?

— Não muito, do contrário eu teria ouvido falar.

— O senhor tem tempo para responder a uma pergunta de um idiota? — perguntou Øystein.

— Em geral são as melhores perguntas — respondeu Løken. — Diga.

— Por que raios alguém financiaria uma pesquisa sobre reprodução ou mutação de parasitas que usam pessoas como hospedeiros? Isso não é simplesmente destrutivo?

— O que eu disse sobre as melhores perguntas? — Løken deu risada. — As pessoas costumam ter essa reação quando ouvem a palavra "parasita". Dá para entender, porque muitos parasitas são perigosos e prejudiciais para os hospedeiros. Mas muitos também são úteis, porque o parasita tem interesse em manter o hospedeiro não só vivo como saudável. E, se os parasitas têm esse efeito nos animais, em tese podem fazer o mesmo nos seres humanos. Steiner foi um dos poucos pesquisadores que investigaram a criação de parasitas benéficos na Escandinávia, mas em nível mundial esse é um campo de pesquisa muito importante há anos. É questão de tempo até alguém da área receber um Prêmio Nobel.

— Ou criar uma arma biológica? — perguntou Øystein.

— Achei que você tinha dito que era idiota — brincou Løken. — Sim, é isso mesmo.

— Outro dia a gente salva o mundo — interveio Harry. — Agora a gente quer salvar a próxima pessoa na lista de um serial killer. Sabemos que é sexta à noite, mas você perguntou se era importante...

— Agora entendi que é importante. Vi o seu nome na imprensa, Hole. Vou fazer algumas ligações agora mesmo, entro em contato daqui a pouco.

Eles desligaram.

Os membros do grupo Aune se encararam.

— Querem comer alguma coisa? — perguntou Aune.

Os outros quatro fizeram que não.

— Faz um tempo que nenhum de vocês come aqui — comentou ele. — É o cheiro que acaba com o apetite de vocês?

— Que cheiro? — perguntou Øystein.

— Gases. Não consigo evitar.

— Dr. Ståle — disse Øystein, dando um tapinha na mão de Aune sobre o edredom —, se sentir algum cheiro, fui eu.

Aune sorriu. Impossível dizer se suas lágrimas eram de dor ou de emoção. Harry olhou para o amigo enquanto os pensamentos se reviravam na mente. Ou melhor: enquanto ele revirava a mente em busca de um pensamento. Era como se soubesse de alguma coisa da qual não tinha plena consciência e precisasse descobrir o que era. Tinha uma única certeza: era urgente.

— Jibran — chamou ele, devagar.

Talvez percebendo algo no tom de Harry, os outros se viraram para ele, como se fosse dizer algo importante.

— Qual é o cheiro dos sucos intestinais?

— Sucos intestinais? Não sei. A julgar pelo hálito das pessoas que têm acidez estomacal, talvez se pareça com o de ovo podre.

— Hum. Então não parece com almíscar?

Jibran fez que não com a cabeça.

— Não em humanos, disso eu sei.

— Como assim "não em humanos"?

— Dissequei estômagos de gatos que tinham um odor almiscarado inconfundível. Vem das glândulas anais. Vários animais usam o almíscar para demarcar território ou atrair parceiros na época de acasalamento. A antiga tradição islâmica diz que o odor do almíscar é o cheiro do paraíso. Ou da morte, dependendo do ponto de vista.

Harry olhou para Jibran, mas estava ouvindo a voz de Lucille dentro da cabeça. "A gente fica com essa impressão porque acha que o autor escreve na ordem em que pensa. Normal, porque somos programados para achar que o que está acontecendo no presente é resultado do que aconteceu no passado, e não o contrário."

O roubo da cocaína verde, a suspeita de que tinha sido batizada, a confirmação. Essa era a sequência de eventos que eles haviam aceitado como verdadeira, sem questionar. Mas o poeta tinha mudado a ordem. Harry concluiu que eles haviam sido passados para trás e que talvez ele tivesse literalmente farejado o poeta.

— Truls, a gente pode conversar lá fora?

Os outros três observaram Harry e Truls saírem para o corredor.

— Truls, sei que você me disse que não foi você quem pegou a cocaína. Também sei que você tem todos os motivos do mundo para mentir sobre esse assunto. Estou cagando e andando para o que você fez ou deixou de fazer e acredito que você confia em mim. É por isso que vou perguntar uma última vez: foi você ou alguém que você conhece? Pense na pergunta por cinco segundos antes de responder.

Truls baixou a testa como um touro bravo. Mas fez que sim. Não disse nada. Respirou fundo cinco vezes. Abriu a boca. Fechou de volta como se tivesse pensado em alguma coisa. Então falou.

— Sabe por que o Bellman não impediu o nosso grupo de continuar a investigação?

Harry balançou a cabeça.

— Porque eu fui até a casa dele e o ameacei. Disse que, se ele travasse a gente, o mundo ficaria sabendo que ele matou um traficante de uma gangue de motoqueiros em Alnabru. Eu mesmo escondi o corpo no cimento da varanda da casa que ele construiu em Høyenhall. Se não acredita, é só ir lá desenterrar o corpo.

Harry encarou Truls por um bom tempo.

— Por que você está me contando isso?

Truls bufou, a testa ainda avermelhada.

— Porque prova que eu confio em você, não acha? Acabei de te dar munição para me fazer passar anos na cadeia. Por que eu admitiria isso e não admitiria ter roubado um pouco de cocaína que me colocaria atrás das grades por um ou dois anos, no máximo?

Harry anuiu.

— Entendi.

— Ótimo.

Harry esfregou a nuca.

— E os outros dois que estavam com você quando a droga foi recolhida?

— Impossível. Eu levei a droga da alfândega no aeroporto até a viatura e da viatura para o depósito de apreensões.

— Ótimo — disse Harry. — Como já falei, acho que alguém da alfândega ou do depósito roubou e batizou a cocaína. O que acha?

— Não sei.

— Tá, mas o que você *acha*?

Truls deu de ombros.

— Eu conheço o pessoal de Apreensões que trabalhou no caso, e nenhum deles é sujo. Acho que simplesmente erraram na pesagem.

— E eu acho que você tem razão. Porque existe uma terceira possibilidade que eu, idiota que sou, não tinha considerado. Volte lá para dentro, daqui a pouquinho eu me junto a vocês.

Harry tentou ligar para Katrine, mas ela não atendeu.

— E aí? — perguntou Øystein quando Harry voltou e se sentou ao lado da cama de Aune. — Alguma coisa que nós três não podemos ouvir depois de tudo o que passamos juntos?

Jibran sorriu.

— Fomos enganados na sequência dos fatos — respondeu Harry.

— Como assim?

— Ninguém roubou e adulterou a cocaína apreendida quando ela chegou para a Perícia Técnica. Foi o que Truls disse: a pesagem foi um pouco imprecisa. O roubo e a adulteração aconteceram *depois*. Pela pessoa da Perícia Técnica que analisou a cocaína.

Todos olharam para Harry incrédulos.

— Pensem — disse Harry. — Você trabalha na Perícia Técnica e recebe um lote de cocaína quase pura, porque o Departamento de Apreensões suspeita que alguém misturou alguma coisa e roubou a diferença de peso. Você faz a perícia e conclui que a cocaína é pura, não foi adulterada. Mas, como o Departamento de Apreensões já suspeita de alguém, você enxerga a oportunidade, tira um pouco da cocaína pura, adiciona um pouco de levamisol e devolve o lote com o laudo confirmando que alguém batizou a droga antes que ela chegasse à Perícia Técnica.

— Lindo! — soltou Øystein. — Se você estiver certo, então ele tem um sangue-frio do cacete.

— Ou ela — sugeriu Aune.

— Ele — afirmou Harry.

— Como você sabe? — questionou Øystein. — Não tem nenhuma mulher trabalhando na Perícia Técnica?

— Tem, mas lembra o cara que falou com a gente no Jealousy e comentou que chegou a se inscrever na Academia de Polícia, mas não entrou porque queria estudar outra coisa?

— O namorado de Bratt?

— Isso. Na hora passou batido, mas ele disse que tinha escolhido uma área na qual talvez pudesse fazer um trabalho investigativo. E agora mais cedo Katrine deixou escapar que eles iriam jantar tarde num restaurante em Frognerseteren, porque ele estava atolado de trabalho na Perícia Técnica. Truls, já ouviu falar de algum Arne da Perícia Técnica?

— Tem muita gente nova lá agora, e não fico perambulando por aí... — Ele balançou a cabeça como se procurasse a palavra.

— ... fazendo amigos? — sugeriu Øystein.

Truls olhou feio para Øystein, mas fez que sim com um aceno de cabeça.

— Entendo que possa ser alguém da Perícia Técnica — disse Aune. — Mas por que tanta certeza de que é o namorado de Katrine? Você pensou em Kemper?

— Também.

— Ei — interrompeu Øystein. — Do que vocês estão falando agora?

— Edmund Kemper — respondeu Aune. — Um serial killer da década de setenta que gostava de fazer amizade com policiais. Comportamento típico de vários serial killers. Antes e depois dos assassinatos eles se aproximam dos policiais que em tese vão trabalhar na investigação. Kemper também chegou a se inscrever na Academia de Polícia.

— Esses são os paralelos — disse Harry. — Mas acima de tudo eu senti aquele cheiro pungente. Almíscar. Lembrava couro molhado ou aquecido. Helene Røed disse que sentiu esse cheiro na festa. Eu senti o cheiro no necrotério, quando o corpo dela estava deitado na mesa. Também senti quando abrimos o olho de Susanne Andersen e no Jealousy, na noite em que conhecemos esse tal de Arne.

— Eu não senti cheiro de nada — comentou Øystein.

— Mas estava lá — declarou Harry.

Aune ergueu uma sobrancelha.

— Você notou esse cheiro rodeado de centenas de outros homens suados?

— É um odor muito específico — explicou Harry.

— Talvez você tenha toxoplasmose — sugeriu Øystein, fingindo preocupação. — Sentiu tesão na hora?

Truls deu uma risada.

De repente Harry teve um déjà vu doloroso: Bjørn Holm limpando meticulosamente a cena do crime após assassinar Rakel.

— Isso também explica por que não encontramos nenhuma evidência nas cenas dos crimes ou nos corpos — acrescentou Harry. — Quem limpou as próprias pistas foi um profissional.

— Claro! — disse Truls. — Se a gente tivesse encontrado o DNA dele...

— Todo mundo que trabalha em cena de crime e com cadáveres tem o DNA no banco de dados — comentou Harry. — Assim sabemos se um fio de cabelo encontrado é de um técnico descuidado.

— Esse é o Arne que saiu com a Katrine hoje à noite — disse Aune. — Foram para Frognerseteren.

— Que fica praticamente na floresta — acrescentou Øystein.

— Eu sei, tentei ligar para ela — disse Harry. — Ela não atende. Até que ponto precisamos nos preocupar, Ståle?

Aune deu de ombros.

— Até onde eu sei eles estão saindo há um tempo. Se ele quisesse, já teria matado Katrine. Deve ter mudado de ideia por algum motivo.

— Qual, por exemplo?

— O maior perigo é ela fazer algo que o faça se sentir humilhado. Rejeitá-lo, por exemplo.

## 48

## Sexta-feira

# A floresta

Thanh olhava pela janela de seu apartamento no terceiro andar de um bloco de apartamentos em Hovseter, segurando o celular. Faltava um minuto para as nove. Estava de olho no carro bem em frente à entrada, estacionado ali havia quase cinco minutos. Era o carro de Jonathan. Deu um pulo quando o celular começou a tocar. A tela mostrava que eram nove horas. Em ponto.

Thanh pensou em todas as desculpas que inventou de última hora, mas descartou todas. Aceitou a ligação.

— Sim?

— Estou aqui fora.

— Certo, já vou descer — disse ela e guardou o celular na bolsa. No corredor, prestes a sair, gritou para dentro de casa: — Estou indo!

— *Tam biêt* — respondeu a mãe da sala.

Thanh saiu, fechou a porta e pegou o elevador. Não porque não pudesse encarar a escada, costumava descer assim inclusive, mas pensou que havia uma possibilidade teórica de o elevador quebrar e ela ficar presa. Com isso os bombeiros teriam que ir salvá-la e o compromisso seria cancelado.

Mas o elevador não quebrou. Ela saiu do prédio. A noite estava estranhamente quente para o fim de setembro e, além de tudo, o céu estava limpo.

Jonathan se inclinou sobre o banco do carona e abriu a porta para Thanh entrar.

— Oi.

— Oi, Thanh.

O carro arrancou. Thanh percebeu que Jonathan havia pronunciado seu nome, o que nunca fazia na loja.

Quando chegaram à estrada principal, ele seguiu para oeste.

— O que você quer me mostrar? — perguntou ela.

— Uma coisa linda. Só para você.

— Só para mim?

Ele sorriu.

— E para mim também.

— Não pode dizer o que é?

Jonathan balançou a cabeça. Thanh olhou de soslaio. Ele estava muito diferente. Primeiro a chamou pelo nome, depois usou a palavra "linda", que nunca usava, e disse que tinha uma coisa para ela. Antes de entrar no carro Thanh estava preocupada, quase amedrontada, mas alguma coisa — talvez a forma como ele estava falando — a tranquilizou.

Jonathan sorria como se soubesse que Thanh estava olhando de canto de olho. Talvez ele fosse assim fora do trabalho, pensou ela. Mas então lembrou que ela era funcionária, e ele, o chefe; então, de certa forma, aquilo era trabalho. Não era?

Hovseter ficava na zona oeste de Oslo, e em poucos minutos eles tinham deixado Røa e o campo de golfe de Bogstad para trás e estavam no vale de Sørkedalen, numa estrada ladeada por uma floresta vasta e densa de abetos.

— Soube que avistaram ursos por aqui? — perguntou Jonathan.

— Ursos? — repetiu Thanh, alarmada.

Jonathan não riu de Thanh, apenas sorriu. Tinha um belo sorriso, que ela não havia notado antes. Ou talvez tivesse notado, sim, só não tinha processado a ideia. Era tão raro Jonathan sorrir na loja que era fácil esquecer como era o sorriso dele. Era como se ele não sorrisse por medo de expor algo que não quisesse mostrar. Mas agora queria mostrar. Algo "lindo".

O celular de Thanh tocou, e ela levou um susto.

Olhou para a tela, recusou a ligação e guardou o celular de volta na bolsa.

— Se quiser atender, fique à vontade — disse ele.

— Não atendo números desconhecidos.

Era mentira, ela havia reconhecido o número do policial, Sung-min, mas não podia aceitar a ligação e correr o risco de irritar Jonathan outra vez.

Ele deu a seta e diminuiu a velocidade. Thanh não conseguiu enxergar a pista, mas de repente lá estava. Sentiu o coração começar a bater mais rápido quando pegaram uma pista estreita de cascalho. Os faróis eram a única luz num paredão de floresta escura.

— Para onde... — começou ela, mas parou, com medo de ele perceber o medo em sua voz.

— Não precisa ter medo, Thanh. Só quero fazer você feliz.

Jonathan estava percebendo. "Só quero fazer você feliz"? Thanh não sabia mais se estava gostando de ouvi-lo dizer essas esquisitices.

Ele parou o carro, desligou o motor e apagou os faróis. De repente, eles se viram na escuridão total.

— Daqui a gente continua a pé — avisou ele.

Thanh respirou fundo. Ela percebeu que não estava mais assustada, e sim animada, provavelmente por causa do tom de voz calmo, quase hipnótico, de Jonathan. "Uma coisa linda. Só para você." Ela não sabia o motivo, mas de repente nada daquilo lhe pareceu estranho. Era como se ela estivesse esperando, até torcendo para acontecer. A ansiedade que havia sentido ao longo do dia devia ser parecida com a da noiva no dia do casamento. Saiu do carro e respirou o ar fresco da noite, o cheiro dos abetos. Mas então o pânico voltou. Lembrou que Jonathan tinha pedido a ela que não contasse a ninguém, e ela — idiota que era — obedeceu. Ninguém sabia que ela estava ali. Engoliu em seco. Em que momento deveria dizer basta e pedir para voltar para casa? Se falasse agora, será que ele ficaria furioso e talvez...? Talvez o quê?

— Pode deixar a bolsa aqui — disse ele, abrindo a porta traseira do lado do motorista.

— Quero levar o celular.

— Sem problema, mas se eu fosse você colocaria no bolso aqui. Pode esfriar.

Jonathan lhe ofereceu um casaco forrado. Thanh vestiu. Tinha um cheiro. Dele, provavelmente. E de fogueira — como se ele tivesse ficado perto do fogo.

Jonathan colocou uma lanterna de cabeça e virou de costas para Thanh antes de acender, para não cegá-la.

— Vem comigo.

Jonathan passou por uma vala rasa à beira da pista e entrou na floresta, e Thanh não teve escolha além de ir atrás. Adentraram a mata. Se havia uma trilha, ela não conseguia ver. Era uma subida. Em alguns pontos ele parava e afastava os galhos para ajudar Thanh a passar.

Em dado momento eles chegaram a uma charneca iluminada pelo luar, e Thanh aproveitou a chance para pegar o celular e olhar o sinal da operadora. Ficou com o coração na mão. A cobertura não era apenas ruim — não tinha cobertura *nenhuma*.

Quando ergueu a cabeça, percebeu que a luz do celular havia prejudicado sua capacidade de enxergar no escuro — viu tudo preto. Ficou parada, piscando.

— Por aqui.

Thanh foi em direção à voz. Viu o vulto de Jonathan à beira da floresta, estendendo a mão. Pegou sem pensar. A mão dele estava quente e seca. Seguiram pela floresta. Ela deveria sair correndo? Mas para onde? Thanh não sabia mais em que direção estava a estrada ou a cidade, e, além do mais, ali, no meio da floresta, ele a alcançaria. Se resistisse, provavelmente precipitaria os planos que Jonathan tinha para ela. Sentiu um nó na garganta, mas ao mesmo tempo força para desafiá-lo. Não era uma garotinha ingênua e indefesa. Se havia uma parte do seu cérebro dizendo que estava tudo bem, então por que alimentar o medo com pensamentos paranoicos? Logo, logo ela iria saber o que ele queria, e seria como se ela acordasse de um pesadelo e percebesse que estava o tempo todo deitada na cama, em segurança. Jonathan iria lhe mostrar uma coisa linda e pronto. Em vez de se soltar, ela apertou um pouco mais a mão dele, que por alguma razão a fazia se sentir segura.

Em certo momento Jonathan parou, e Thanh tomou um susto.

— Chegamos — sussurrou ele. — Deite aqui.

Ela olhou para o chão iluminado pela lanterna de Jonathan — era uma espécie de cama formada por galhos de abeto. Percebendo a hesitação de Thanh e querendo mostrar que era seguro, ele se deitou e fez sinal para que ela se deitasse ao lado. Thanh respirou fundo. Pensou num jeito de recusar. Preparou-se para falar. Viu que ele estava com o indicador sobre os lábios e a olhava com uma expressão feliz e infantil. Thanh se lembrou do irmão mais novo quando eles faziam algo proibido, os laços divertidos que nascem da conspiração. Sem saber exatamente o motivo, de repente ela se viu deitada ao lado dele. Notou os restos de uma pequena fogueira perto, como se alguém tivesse estado ali antes, embora eles estivessem no meio da mata e o lugar não parecesse bom para acampar. Deitada, Thanh conseguia ver o céu e a lua entre as copas das árvores. O que Jonathan queria lhe mostrar?

Thanh sentiu a respiração dele na orelha.

— Agora você precisa fazer silêncio total, Thanh. Pode virar de bruços?

A voz, o cheiro de Jonathan... Era como se a pessoa que Thanh sempre soube que existia dentro dele finalmente tivesse vindo à luz. Ou melhor, às trevas.

Thanh obedeceu. Não estava com medo. Quando viu a mão dele em frente ao seu rosto, seu único pensamento foi: pronto, é agora.

Sung-min ergueu a taça para brindar com Chris. Tinha colocado um ponto-final à semana de trabalho após receber o telefonema de Harry e tentar ligar para Thanh, com o objetivo de agendar um passeio com seu cão e saber se ela queria aproveitar a oportunidade para contar algo sobre o chefe. Ela não atendeu. Não tinha importância; Sung-min havia passado um pente-fino na vida de Jonathan e não havia encontrado nenhum vestígio de delito, passado ou atual. Com isso, decidiu deixar as suspeitas de lado. Sempre trabalhou assim: atendo-se a princípios investigativos rigorosos e comprovados. A essa altura ele já deveria ter aprendido que seguir a intuição só é tentador porque é fácil. Havia concluído que para sobreviver como detetive de homicídios precisava esquecer o trabalho no tempo livre. E para isso precisava se concentrar em outra coisa. Era o que estava fazendo agora, concentrando-se em Chris. Neles como casal. No jantar e na noite que passariam juntos. Quando ele chegou, a situação ainda estava um pouco tensa, reflexo da discussão recente. Mas o clima já havia melhorado. O jantar seria maravilhoso e depois eles transariam e fariam as pazes.

Por isso, quando sentiu o celular vibrar, viu que era Harry de novo e notou que Chris tinha erguido a sobrancelha, dando a entender que a noite de sexo estava em jogo, Sung-min decidiu não atender. Certamente era algum assunto que podia esperar. Ou não? Sung-min instruiu o indicador direito a recusar a chamada, mas o dedo não obedeceu. Deu um suspiro pesado e fez uma cara de pedido de desculpa.

— Vão ligar a noite toda se eu não atender. Prometo, vão ser só vinte segundos. — Sem esperar uma resposta, Sung-min empurrou a cadeira para trás e correu para a cozinha, mostrando a Chris que estava falando sério quando disse vinte segundos.

— Fala rápido, Harry.

— Tá. Tem alguém na Perícia Técnica chamado Arne?

— Arne... Não que eu me lembre. Qual o sobrenome?

— Não sei. Consegue descobrir quem da Perícia Técnica analisou a cocaína verde apreendida?

— Claro, vejo isso amanhã.

— Pode ser agora?

— Agora, esta noite?

— Agora, nos próximos quinze minutos.

Sung-min fez uma pausa, dando tempo para Harry perceber como esse pedido era irracional numa sexta à noite, sobretudo feito a alguém que tecnicamente era seu superior. Ao ver que Harry não retiraria o pedido nem se desculparia, Sung-min pigarreou e disse:

— Harry, eu gostaria de ajudar, mas no momento tenho assuntos particulares que preciso priorizar, e a verdade não vai desaparecer em doze horas. Certa vez, na Academia de Polícia, meu instrutor citou você dizendo que a investigação para pegar um serial killer não é uma corrida, e sim uma maratona. Que você precisa se controlar. Meus vinte segundos acabaram, Harry. Te ligo amanhã bem cedo.

— Hum.

Sung-min quis tirar o telefone do ouvido, mas novamente sua mão se recusou a obedecer.

— Katrine está com esse tal de Arne neste exato instante — avisou Harry.

Chris havia contado os segundos. Ficou irritado por mais de trinta segundos terem se passado quando Sung-min se sentou de volta. E ainda mais irritado porque seu namorado não olhou nos seus olhos — pelo menos não antes de tomar um gole do vinho tinto cujo nome Chris já havia esquecido. Percebeu que Sung-min estava inquieto, o que sempre o fazia se sentir, na melhor das hipóteses, o número dois em nível de importância.

— Você vai trabalhar, não vai?

— Não, não, relaxa. Essa noite, você e eu vamos nos divertir, Chris. Por que você não pega a sua taça de vinho, a gente vai para o sofá e eu coloco aquela gravação da terceira sinfonia de Brahms que trouxe?

Chris olhou desconfiado para Sung-min, mas por fim eles foram para a sala. Foi Sung-min quem o convenceu a comprar uma vitrola. Chris se recostou no sofá enquanto Sung-min colocava o disco para tocar.

— Feche os olhos! — pediu Sung-min.

Chris obedeceu, e segundos depois a música começou a ecoar pela sala. Ficou esperando o sofá afundar quando Sung-min se sentasse, mas isso não aconteceu. Abriu os olhos.

— Ei! Sung! Cadê você?

A resposta veio da cozinha.

— Só fazendo umas ligações rápidas. Preste atenção nos violoncelos.

# 49

## Sexta-feira

# O anel

Situado numa área de mansões e trilhas de caminhada da alta burguesia de Oslo, o restaurante Frognerseteren tinha uma visão panorâmica da cidade. Os fregueses costumavam ir de terno ou vestido; os que iam ao café ao lado costumavam usar roupa de trekking. Ficava a seis minutos a pé da estação do metrô, e, quando Katrine chegou, rapidamente localizou Arne, sentado sozinho do lado de fora a uma mesa de madeira. Ele se levantou e abriu os braços sorrindo e com um olhar bonito e triste por baixo do boné. Relutante, Katrine deu um passo à frente e se deixou abraçar.

— Não vai fazer muito frio? — perguntou ela, quando se sentaram.

— Não instalaram os aquecedores. E parece que tem mesas vagas lá dentro.

— Pois é, mas de dentro não dá para ver a lua de sangue.

— Entendi — disse ela, tremendo. Na cidade lá embaixo fazia um calor fora do comum para a época do ano, mas ali em cima a temperatura era bem mais baixa. Ela olhou para a lua branca. Estava cheia, mas parecia normal. — Quando vai sair sangue?

— Não é sangue — disse ele e deu risada.

Katrine costumava se irritar com o fato de Arne levar tudo o que ela dizia ao pé da letra, como se ela fosse uma criança. Mas talvez tenha se irritado ainda mais esta noite, com tanta coisa na cabeça, fora a sensação incômoda de que deveria estar trabalhando, porque o *tempo* estava correndo e não estava a favor deles.

— O eclipse acontece porque a Terra se posiciona entre o Sol e a lua. Então, por um curto período, a lua fica na sombra da Terra — explicou ele. — A lua deveria ficar preta, mas a direção da luz muda quando atinge alguma coisa com uma densidade diferente. Não estudou física na escola, Katrine?

— Fiz letras.

— Certo. Então, quando a luz solar chega à Terra, a nossa atmosfera puxa a porção vermelha da luz, ela contorna o planeta e chega à superfície da Lua.

— Arrá! — exclamou Katrine com um exagero irônico. — Então é luz, não sangue.

Arne sorriu e fez que sim.

— Desde o início dos tempos a humanidade olha para o céu com assombro. E fazemos isso hoje em dia, mesmo tendo tantas respostas. Acho que é porque o espaço é tão enorme que oferece uma espécie de conforto. Faz com que os seres humanos e as suas vidas curtas pareçam pequenos, insignificantes. Com isso, os nossos problemas também parecem pequenos. Estamos aqui num instante e no outro não estamos mais, então por que gastar o pouco tempo que temos com preocupações? Temos que usá-lo da melhor maneira possível. É por isso que agora vou pedir que você desligue o cérebro, desligue o celular, se desligue desse mundo. Porque essa noite você e eu só vamos pensar nas duas coisas que importam. O universo... — Arne pôs a mão sobre a de Katrine. — E o amor.

As palavras de Arne tocaram o coração de Katrine. É claro que tocaram, nesse aspecto ela era uma pessoa simples. Mas ao mesmo tempo sabia que essas mesmas palavras provavelmente a teriam tocado mais fundo se tivessem sido ditas por outra pessoa. Também não se sentia à vontade para desligar o celular; tinha uma babá em casa e estava chefiando uma investigação de homicídio que talvez não estivesse encerrada, como eles acreditavam horas antes.

Mas Katrine fez o que ele pediu, desligou o celular. Desde então, uma hora tinha se passado. Eles haviam comido e bebido, e ela só conseguia pensar numa coisa: ir ao banheiro e ligar o celular para ver se havia chamadas perdidas ou mensagens. Podia ser direta e falar que, assim como os planetas de Arne não paravam de girar, a realidade em Oslo não fazia pausas. E como que para reforçar essa ideia Katrine ouviu o som distante da sirene de um carro de bombeiros lá embaixo, no caldeirão urbano. Mas não queria estragar a noite para Arne. Afinal, ele não sabia que seria a última com ela. Sim, tudo o que ele tinha dito era muito bonito, mas exagerado. Nível Paulo Coelho, como diria Harry.

— Podemos ir? — perguntou Arne depois de pagar.

— Ir?

— Conheço um lugar aqui perto onde tem menos luz e vamos ter uma visão ainda melhor da lua de sangue.

— Onde?

— Perto do lago de Tryvann. São só uns minutinhos de caminhada. Vamos, o eclipse começa em... — Ele olhou para o relógio. — Dezoito minutos.

— Bem, então vamos andar — disse ela, levantando-se.

Arne colocou uma mochila pequena nas costas. Quando Katrine perguntou o que tinha dentro, ele apenas deu uma piscadinha maliciosa e lhe ofereceu o braço. Eles foram em direção a Tryvann. No topo da colina com vista para o lago avistaram a torre de transmissão de rádio e TV com mais de cem metros de altura. Não transmitia havia muitos anos e agora estava ali como um guarda desarmado na entrada de Oslo. No caminho, vez ou outra um carro ou corredor passava por eles, mas quando chegaram à trilha que margeava o lago não viram vivalma.

— Aquele lugar ali é bom — disse ele, apontando para um tronco.

Eles se sentaram. O luar se estendia como uma linha amarela sobre as águas escuras feito asfalto. Arne colocou o braço em volta dos ombros de Katrine.

— Me fale de Harry.

— De Harry? — questionou Katrine, surpresa. — Por quê?

— Vocês dois se amam?

Katrine riu — ou tossiu, ela mesma não soube.

— De onde você tirou isso?

— Eu tenho olhos.

— Não entendi.

— Quando vi Harry no bar, percebi que ele é a cara do Gert. Ou o contrário. — Arne riu. — Não precisa fazer essa cara de alarmada, Katrine. O seu segredo está seguro comigo.

— Como você conhece a cara do Gert?

— Você me mostrou fotos, lembra?

Ela não respondeu, seguiu ouvindo o som da sirene vindo da cidade. Havia um incêndio em algum lugar, e ela não deveria estar ali. Simples assim, mas como explicar isso a Arne? Talvez usando o clichê de que o problema era ela, não ele? Porque essa era a verdade; tirando Gert, ela havia conseguido destruir tudo de bom que tinha na vida. Era nítido que o homem sentado ao seu lado a amava e ela queria poder retribuir esse amor. Não só queria ser amada como queria amar alguém. Mas não o homem que estava tentando puxá-la para perto, o homem que tinha um olhar triste e tanto conhecimento. Katrine abriu a boca para falar sem saber exatamente como se expressar — só sabia que precisava falar. Mas Arne foi mais rápido.

— Nem tenho certeza se quero saber o que você e Harry tiveram. A única coisa que me importa é que você e eu estamos juntos agora. E nos amamos. — Arne levantou e beijou a mão de Katrine. — Quero que saiba que tenho espaço mais que suficiente na minha vida para você e para o Gert. Mas não para Harry Hole, infelizmente. Seria pedir muito que você não tivesse mais contato com ele?

Katrine o encarou.

Agora ele estava segurando as duas mãos dela.

— O que me diz, meu amor? Aceita?

Katrine fez que sim lentamente.

— Sim — respondeu ela. Arne deu um grande sorriso e começou a abrir a mochila antes que ela terminasse a frase: — ...*seria* pedir muito.

O sorriso de Arne desapareceu nos cantos da boca, mas permaneceu no centro.

Katrine se arrependeu de imediato, porque agora Arne estava ali, sentado, com cara de cachorro abandonado. Ela notou que a garrafa que ele estava tirando da mochila era um montrachet, o vinho branco que, na cabeça dele, era o preferido dela. Tudo bem, talvez ele não fosse o homem da vida dela. Mas podia ser seu homem por uma noite. Podia conceder isso a Arne. Podia conceder isso a si mesma. Uma noite. E na manhã seguinte ela podia ver como ficavam as coisas.

Arne enfiou a garrafa de volta na mochila.

— E eu trouxe isso aqui também.

— Gregersen.

— Sung-min Larsen, da Kripos. Desculpe ligar para sua casa numa sexta à noite, mas tentei todas as linhas diretas da Perícia Técnica e ninguém atendeu.

— Sim, a gente fecha no fim de semana. Mas tudo bem, fale, Larsen.

— Eu estava pensando naquela apreensão de cocaína no Aeroporto de Gardermoen, a que deu problema para os agentes.

— Sei.

— Sabe quem fez a perícia?

— Sei, sim.

— Ok.

— Ninguém.

— Hã?

— Ninguém.

— Como assim, Gregersen? Está dizendo que a droga não chegou a ser periciada?

Prim olhou para Ela. Para a Mulher. Tinha ouvido direito? Ela havia falado que não queria o anel de brilhante?

Num primeiro momento ela levou a mão à boca, olhou de relance para a caixinha que ele segurava e exclamou:

— Não posso aceitar!

Uma resposta como essa, tão espontânea, carregada de pânico, é mais do que natural quando a pessoa é pega de surpresa, pensou Prim. E a verdade é que ele estava oferecendo um objeto que simbolizava o restante da vida dela e que representa algo importante demais para caber numa frase.

Por isso, Prim permitiu que ela tomasse um pouco de ar antes de repetir as palavras que havia escolhido para pedi-la em casamento.

— Aceite o anel. Aceite a mim. Aceite a nós. Eu te amo.

Mas ela balançou a cabeça de novo.

— Obrigada, mas não seria certo.

Não seria certo? O que poderia ser mais certo? Prim explicou que tinha economizado a duras penas e só estava esperando aquele momento, exatamente porque era o momento *certo*. Mais que isso: *perfeito*. Até os corpos celestes na escuridão aveludada acima deles estavam mostrando que a ocasião era especial.

— É um anel perfeito — elogiou ela. — Mas não é para mim.

Ela inclinou a cabeça e encarou Prim com um olhar melancólico, dando a entender que a situação era lamentável. Ou melhor, que *ele* era lamentável.

É, ele tinha ouvido direito.

Prim ouviu um zumbido. Não era a brisa suave atravessando as copas das árvores, como ele havia imaginado, e sim o som de uma TV que não quer mais sintonizar em canal algum, sozinha, sem contato, propósito ou sentido. O som foi ficando mais alto, e a pressão em sua cabeça aumentou, embora já estivesse insuportável. Ele queria desaparecer, deixar de existir. Mas não podia desaparecer, não podia simplesmente se eliminar. Então *ela* precisava desaparecer. Ela precisava deixar de existir. Ou então... — foi quando lhe ocorreu — ele, o outro homem, precisava desaparecer. A causa. O homem que a havia envenenado, cegado, confundido. O homem parasita que a manipulava e a impedia de enxergar o amor verdadeiro, o amor de Prim. O policial era o toxoplasma dela.

— Bem, se o anel não é para você — disse Prim, fechando a caixa —, então isso aqui é.

O eclipse havia começado. Como um canibal voraz, a noite começou a roer a borda esquerda da lua. O luar ainda era mais que suficiente no lugar onde estavam sentados, e Prim viu as pupilas dela se dilatarem quando ele tirou a faca da mochila.

— O que... — disse ela, e engoliu em seco antes de continuar — ... é... isso?

— O que você acha?

Prim teve certeza do que ela estava pensando pelo olhar, viu os lábios dela formarem as palavras que não queriam sair. Então, falou por ela.

— É a arma do crime.

No momento em que ela pareceu prestes a falar, Prim se levantou rápido, puxou a cabeça dela por trás e encostou a faca em seu pescoço.

— É a arma do crime que abriu as jugulares de Susanne Andersen e Helene Røed. E vai abrir a sua também, se não fizer exatamente o que eu mandar.

Prim puxou a cabeça com tanta força que conseguiu olhar nos olhos dela.

A forma como os dois estavam se vendo nesse momento, de cabeça para baixo, era a forma como um via o mundo do outro. Talvez o relacionamento nunca desse certo. Talvez Prim soubesse disso. Talvez por isso ele tivesse planejado essa solução alternativa caso ela não aceitasse o anel. Prim imaginava que, se chegasse a esse ponto, ela ficaria incrédula, mas não estava. Parecia acreditar em cada palavra que ele dizia.

Ótimo.

— O... O que eu tenho que fazer?

— Você vai ligar para o seu policial e fazer a ele um convite irrecusável.

## 50

### SEXTA-FEIRA

# Chamadas perdidas

O maître atendeu o telefone.

— Restaurante Frognerseteren.

— Oi, aqui é Harry Hole. Estou tentando falar com a inspetora Katrine Bratt, que está jantando aí hoje.

O maître tomou um susto, não só porque o viva-voz estava ligado, mas porque conhecia aquele nome de algum lugar.

— Estou verificando a lista de reservas, Sr. Hole, mas não tem nenhuma reserva no nome dela.

— Provavelmente está no nome do acompanhante. O nome dele é Arne, não sei o sobrenome.

— Não tem nenhum Arne, mas tem vários sobrenomes na lista sem o primeiro nome.

— Ok. Ele é loiro, talvez esteja de boné. Ela tem cabelo castanho-escuro, sotaque de Bergen.

— Ah. Sim, eles comeram lá fora, eu fui o garçom deles.

— Comeram… no passado?

— Isso, eles já foram embora.

— Hum. Por acaso você ouviu alguma coisa que indique para onde foram?

O maître hesitou.

— Não tenho certeza se eu...

— É importante, tem a ver com a investigação das mulheres assassinadas.

O maître se lembrou de onde tinha ouvido o nome Harry Hole antes.

— O homem chegou cedo e pediu duas taças de vinho emprestadas. Tinha trazido uma garrafa de Remoissenet Chassagne-Montrachet e disse que iria pedi-la em casamento em Tryvann depois do jantar, então eu dei as taças. O vinho era da safra de 2018.

— Obrigado.

Harry encerrou a ligação no celular que estava em cima do edredom de Aune.

— Precisamos ir a Tryvann agora mesmo. Truls, pode ligar para o Centro de Operações e pedir que enviem uma viatura para lá? Com as sirenes tocando.

— Vou tentar — disse Truls, pegando o celular.

— Pronto, Øystein?

— Que a Mercedes esteja conosco.

— Boa sorte — disse Aune.

Os três estavam saindo quando Harry pegou o celular, olhou para a tela e parou na soleira. A porta voltou e derrubou o celular. Ele se abaixou para pegá-lo do chão.

— O que foi? — gritou Øystein de fora.

Harry respirou fundo.

— Uma ligação do celular de Katrine — respondeu Harry, percebendo que instintivamente havia pensado na possibilidade de não ser ela ligando.

— Não vai atender? — perguntou Aune da cama.

Harry olhou para Aune com uma cara preocupada. Fez que sim com a cabeça. Aceitou a ligação e colocou o celular no ouvido.

— Tem certeza? — perguntou o comandante Briseid.

O bombeiro mais velho fez que sim com a cabeça.

Briseid suspirou e olhou para o casarão e para sua equipe, que usava as mangueiras para tentar apagar o fogo. Olhou para a lua. Parecia estranha, como se tivesse algo de errado. Suspirou de novo, levantou um pouco o capacete e foi até a única viatura no local. Era do Departamento de Trânsito e Mar da Polícia e tinha chegado pouco depois dos bombeiros. Após receberem o alerta sobre o incêndio em Gaustad, às oito e cinquenta da noite, Briseid e sua equipe levaram dez minutos e trinta e cinco segundos para chegar ao local. Não que o incêndio fosse piorar muito se eles demorassem mais um pouco. A casa havia sido destruída por um incêndio anterior e fazia anos que estava desocupada, era improvável que houvesse vidas em perigo. Também não havia risco de o incêndio se alastrar para os casarões vizinhos. Vez ou outra um delinquente incendiava casas do tipo, mas agora a prioridade era apagar o fogo — depois eles investigariam se tinha sido criminoso ou não. Desse ponto de vista, a ocorrência era quase um exercício. O problema era que a casa ficava perto da Ring 3, e a fumaça preta e densa ia em direção à rodovia, por isso a presença do Departamento de Trânsito. Para a sorte deles o engarrafamento saindo da cidade às sextas-feiras havia diminuído, mas do morro onde Briseid estava dava para ver os faróis dos carros — pelo menos dos que não estavam encobertos pela fumaça — parados na rodovia. De acordo com o Departamento de Trânsito, o fluxo estava parado nos dois sentidos, do entroncamento de Smestad a Ullevål. Briseid explicou à policial que eles ainda levariam um tempo para controlar o fogo, ou ao menos diminuir a fumaça, então as pessoas presas no trânsito demorariam para chegar ao destino. Em todo caso, eles tinham fechado as pistas de acesso à autoestrada para impedir que o engarrafamento aumentasse.

Briseid se aproximou da viatura. A policial abaixou a janela.

— No fim das contas, é melhor você chamar os seus colegas para cá — avisou ele.

— Hã?

— Está vendo aquele bombeiro ali? — Briseid apontou para o homem mais velho parado perto de um caminhão. — O apelido dele é Fungada, porque ele consegue sentir aquele cheiro em meio a todos os outros cheiros de um incêndio. E o Fungada nunca erra.

— "Aquele cheiro"?

— *Aquele* cheiro.

— Qual?

Será que ela era devagar? Briseid pigarreou.

— Tem cheiro de churrasco. E tem *aquele cheiro de churrasco.*

Pela cara da policial, Briseid percebeu que a ficha tinha caído. Ela pegou o rádio da polícia.

— O que foi?

— "O que foi"? — repetiu Harry em choque do outro lado da linha.

— É! O que foi? Acabei de ligar o celular e tem sete ligações suas.

— Onde você está e o que está fazendo?

— Por que o interrogatório? Algum problema?

— Responde.

Katrine suspirou.

— Indo para a estação de metrô de Frognerseteren. De lá, pretendo ir direto para casa tomar alguma coisa forte.

— E Arne? Está com você?

— Não. — Katrine desceu pelo mesmo caminho que tinha subido, porém muito mais depressa. No céu, aos poucos a lua era devorada, e talvez a visão do eclipse a tenha feito dar um fim ao sofrimento prolongado e cravar logo a faca no coração de Arne. — Não, ele não está mais comigo.

— Quer dizer que ele não está aí do seu lado?

— Quer dizer nos dois sentidos, Harry.

— O que houve?

— Pois é... O que houve? Resumindo, Arne vive num mundo diferente e sem dúvida muito melhor que o meu. Ele sabe tudo do universo, mas para ele o mundo é um lugar cor-de-rosa em que você enxerga as coisas como quer, e não como são de verdade. O nosso mundo, Harry, o meu e o seu, é um lugar muito mais feio. Mas é real. A gente deveria invejar os Arnes espalhados por aí. Eu achei que conseguiria aguentá-lo essa noite, mas no fundo sou uma pessoa ruim. Explodi, falei umas verdades e disse que não aguentava ficar com ele nem mais um segundo.

— Você... terminou com ele?

— Terminei.

— E cadê ele agora?

— Quando eu saí, estava sentado chorando à beira do lago de Tryvann, com uma garrafa de montrachet e um par de taças de cristal. Mas chega de falar de homens. Você ligou por quê?

— Acho que a cocaína foi adulterada na Perícia Técnica. E foi Arne.

— Arne?

— Vamos mandar uma viatura para fazer a prisão.

— Ficou maluco, Harry? Arne não trabalha na Perícia Técnica.

Harry ficou em silêncio por alguns segundos.

— Onde...

— Arne Sæten é pesquisador e professor universitário de física e astronomia.

Katrine ouviu Harry sussurrar "cacete" e gritar:

— Truls, cancela a viatura!

Voltou à linha.

— Foi mal, Katrine. Pelo jeito eu passei do prazo de validade.

— Como assim?

— É a terceira vez que aposto todas as fichas e erro o alvo nesse caso maldito. Hora de ir para o ferro-velho.

Katrine riu.

— Harry, você anda sobrecarregado, como todos nós. Desliga o cérebro e descansa um pouco. Você não ia assistir ao eclipse com Alexandra e Helge? Ainda dá tempo, estou olhando para ela agora mesmo. Só um pouco mais da metade está coberta.

— Hum. Tá bom. Tchau.

Harry desligou, inclinou-se para a frente na cadeira e colocou a cabeça entre as mãos.

— Merda, merda.

— Não seja tão duro com você mesmo, Harry — disse Aune.

Ele não respondeu.

— Harry? — chamou Aune, com cautela.

Harry ergueu a cabeça.

— Não posso desistir — disse ele, rouco. — Eu sei que estou certo. Que estou *quase* certo. O raciocínio está correto, só tem um errinho minúsculo em algum lugar. Preciso encontrar esse erro.

Pronto, é agora, pensou Thanh ao ver a mão de Jonathan se aproximando do seu rosto.

Ela não sabia o que exatamente estava prestes a acontecer, só sabia que era perigoso. Perigoso e emocionante. Uma coisa da qual deveria sentir medo, da qual *havia* sentido medo, mas tinha superado. Porque não era *perigoso* de verdade. Alguma coisa em Jonathan a fazia ter essa certeza.

Jonathan parou a mão em pleno ar, imitando uma pistola. Thanh percebeu que ele estava apontando. Ela virou a cabeça para onde ele apontava e precisou se apoiar nos cotovelos para olhar por cima da encosta. Respirou fundo instintivamente. Prendeu a respiração.

Ali, iluminadas pelo luar numa clareira no sopé da encosta, Thanh viu quatro, não, *cinco* raposas. Quatro filhotes brincando sem fazer barulho e uma raposa adulta observando. Um dos filhotes era um pouco maior que os outros, e foi nele que ela prestou atenção.

— Aquele ali é... — sussurrou ela.

— É — sussurrou Jonathan. — O Nhi.

— Isso. Como você sabia que eu chamava ele de...

— Prestei atenção. Você o chamava de Nhi quando brincava com ele e o alimentava. Falava mais com ele do que comigo.

Mesmo no escuro Thanh percebeu que Jonathan estava sorrindo.

— Mas... como isso... aconteceu? — murmurou ela, acenando com a cabeça na direção das raposas.

Jonathan suspirou.

— Eu sou o tipo de idiota que aceita animais proibidos. Foi o que aconteceu também com aquele cara que tinha duas lesmas do monte Kaputar e me fez pegar uma delas porque achava que a chance de pelo menos uma sobreviver seria maior se elas fossem alimentadas e cuidadas em dois lugares diferentes. Era para eu ter recusado. Se aquele policial descobre, fecha a loja. Não consigo dormir desde que joguei a lesma na privada. Mas pelo menos com o Nhi eu tive tempo para pensar. Sabia que não dava para manter o Nhi escondido por muito tempo e que as autoridades sanitárias iriam sacrificá-lo. Levei o Nhi na veterinária, que disse que ele estava saudável, então vim aqui e o coloquei junto com as raposas que eu sabia que viviam na área. Eu não tinha certeza se aceitariam o Nhi e sei o quanto você gosta desse filhote. Então, antes de contar o que fiz, preferi vir aqui algumas vezes ver como ele estava, me certificar de que estava tudo bem.

— Você não quis me contar porque estava com medo de eu ficar chateada?

Thanh notou que Jonathan ficou hesitante.

— Eu sei que é difícil quando alguém te dá esperança, e quando dá errado é pior ainda.

*Porque você conhece bem essa sensação*, pensou Thanh. E um dia ela entenderia melhor o que ele queria dizer.

Thanh não sabia se era por causa da escuridão, da alegria inebriante, do alívio, da lua ou só do cansaço, mas neste momento só queria abraçá-lo.

— Acho que já está tarde para você — comentou ele. — Se quiser a gente volta outro dia.

— Sim — sussurrou ela. — Eu adoraria.

Thanh precisou acelerar o passo para acompanhar Jonathan no caminho de volta. Não que ele estivesse andando muito rápido, mas tinha uma passada larga e claramente estava acostumado a andar pela floresta. Thanh observou as costas de Jonathan no caminho de volta, ao luar. A linguagem corporal e o porte não eram os mesmos da loja. No mato, ele irradiava calma e alegria, naturalidade, como se estivesse em casa. Thanh suspeitou que talvez ele também estivesse feliz por saber que ela estava feliz. Jonathan até tentou esconder, mas tinha sido desmascarado, e agora Thanh não se deixaria mais enganar pelo jeito mal-humorado.

Ela estava praticamente correndo. Talvez Jonathan pensasse que depois de apenas uma hora na floresta ela também se sentiria em casa. Não parecia achar que precisava conduzi-la pela mão.

Em dado momento ela soltou um gritinho e fingiu tropeçar. Jonathan parou de repente, virou-se para trás e a ofuscou com a lanterna do capacete.

— Ah, me desculpa. Eu... Você está bem?

— Estou, está tudo bem — respondeu ela e estendeu a mão.

Ele segurou.

Eles seguiram em frente.

Thanh se perguntou se estava apaixonada, e, se estava, desde quando. E se seria capaz de fazer Jonathan perceber isso.

## 51

## Sexta-feira

# Prim

— Você devia estar mais aliviado, Harry — disse Aune. — O que foi agora?

Øystein e Truls tinham acabado de sair do quarto 618 para se adiantar.

Harry olhou para o amigo moribundo.

— Eu conheci uma senhora em Los Angeles. Ela se meteu num problema e eu tenho tentado... dar um jeito na situação.

— Por isso voltou?

— Sim.

— Bem que eu achei que você não tinha voltado para trabalhar para Markus Røed.

— Hum. Conto tudo da próxima vez que eu vier te visitar. Vai ser um prato cheio para um psicólogo.

Aune deu uma risada e pegou a mão do amigo.

— Da próxima vez, Harry.

Harry não estava preparado para as lágrimas que sentiu brotarem de repente. Apertou a mão de Ståle. Não falou nada porque sabia que a voz falharia. Fechou o terno e caminhou depressa em direção ao corredor.

Øystein e Truls estavam perto do elevador e se viraram para ele.

O celular de Harry tocou. O que ele diria se fosse a polícia de Los Angeles? Olhou para a tela. Era Alexandra — ele deveria ter avisado que não chegaria a tempo de ver o eclipse. Demorou a atender enquanto tentava decidir se tinha ânimo para ir. No momento, a perspectiva de tomar uma bebida — ou seis — sozinho no bar do Thief parecia muito mais tentadora. Não, isso não. Era melhor ver um eclipse lunar no terraço do Instituto de Medicina Forense. Quando aceitou, uma mensagem de texto apareceu na tela. Era de Sung-min Larsen.

— Oi — disse Harry, enquanto começava a ler a mensagem.

— Oi, Harry.

— É você, Alexandra?

— Claro.

— Sua voz — disse ele, passando os olhos pela mensagem. — Parece diferente.

*A cocaína não foi analisada na Perícia Técnica porque eles não tinham condições no momento. Foi enviada para o Instituto de Medicina Forense. Uma pessoa chamada Helge Forfang fez a perícia, datou e assinou o documento.*

Harry teve a sensação de que o coração tinha parado de bater. Flashes de luz explodiram no seu campo de visão. As peças que antes não se encaixavam estavam ali, diante dos seus olhos, juntando-se de forma surpreendente em poucos segundos.

Alexandra mostrando o Instituto de Medicina Forense a Harry, explicando que, quando a Perícia Técnica não consegue fazer uma análise, envia para lá. Helge dizendo que estudava o parasita *Toxoplasma gondii*. Alexandra dizendo que tinha convidado Helge para a festa no terraço de Markus Røed, o tipo de festa em que qualquer um pode entrar sem avisar. O técnico de necropsia tendo oportunidade de plantar material de DNA nos cadáveres de Susanne e Bertine para desviar as suspeitas para uma pessoa específica, podendo fazer tudo na sala de necropsia, *após* os corpos serem encontrados. Mas, acima de tudo, o cheiro almiscarado que empesteou a sala de necropsia logo após Helge entrar e que Harry pensou ser do cadáver de Helene. Harry tinha sentido o mesmo odor quando se aproximou de Helge no momento em que o técnico de necropsia estava dissecando o olho de Susanne Andersen. Idiota que era, Harry achou que o cheiro vinha do olho.

Várias peças. E todas se encaixavam, formando um mosaico, uma imagem panorâmica, mas nítida ao mesmo tempo. Como sempre acontecia quando as coisas se encaixavam, Harry se perguntou como não tinha enxergado antes.

— Pode vir aqui, Harry?

A voz de Alexandra estava tão carregada de medo que ele quase não a reconheceu. Era um tom de súplica. Súplica *exagerada*. Muito diferente da Alexandra Sturdza que ele conhecia.

— Onde você está? — perguntou Harry, tentando ganhar tempo para pensar.

— Você sabe. No terraço do...

— Instituto de Medicina Forense, certo. — Harry gesticulou para Øystein e Truls enquanto voltava para o quarto 618. — Está sozinha?

— Quase.

— Quase?

— Eu te disse que Helge também viria.

— Hum. — Harry respirou fundo e sussurrou: — Alexandra...

Harry afundou na cadeira ao lado da cama de Aune no momento em que Truls e Øystein entraram no quarto.

— Sim, Harry.

— Me escuta com atenção. Responde sim ou não sem parar para pensar: você consegue sair daí sem levantar suspeita? Pode dizer que precisa ir ao banheiro ou buscar alguma coisa?

Nenhuma resposta. Harry afastou o celular do ouvido, e os outros três membros do grupo Aune inclinaram a cabeça para escutar.

— Alexandra... — sussurrou Harry.

— Sim? — disse ela num tom neutro.

— Helge é o assassino. Você tem que ir embora daí. Sai do prédio ou se tranca num lugar até a gente chegar. Tudo bem?

Eles ouviram um chiado. E então outra voz, masculina.

— Não, Harry. Não está tudo bem.

Era uma voz familiar, mas ao mesmo tempo desconhecida, como outra versão de uma pessoa conhecida. Harry respirou fundo.

— Helge — disse Harry. — Helge Forfang.

— Isso — confirmou a voz, num tom mais grave do que Harry lembrava, além de mais relaxado, confiante. Um tom de alguém que sabe que já venceu. — Mas pode me chamar de Prim. Todo mundo que eu odiava me chamava assim.

— Como quiser, Prim. O que está acontecendo?

— Você fez a pergunta certa, Harry. O que está acontecendo é que eu estou sentado aqui com uma faca encostada no pescoço de Alexandra me perguntando o que o futuro reserva para nós dois. Para nós três, na verdade, já que você também está envolvido. Sei que fui descoberto, que estou numa posição perdida, como dizem no xadrez. Fiz de tudo para evitar essa situação, mas não mudaria nada mesmo sabendo que acabaria assim. Estou muito orgulhoso do que alcancei. Acho que até o meu tio vai ficar orgulhoso de mim quando ler a notícia. Isso *caso* ele leia e caso aquele cérebro lotado de parasitas esteja vivo.

— Prim...

— Não, Harry, em momento algum eu pensei em evitar a punição pelo que fiz. Na verdade, minha ideia era tirar a própria vida ao fim de tudo, mas coisas aconteceram. Coisas que me fizeram ter vontade de viver. É por isso que eu quero negociar para que a minha punição seja a menor possível. Mas para começar uma negociação você precisa ter alguma coisa com que negociar e eu tenho uma refém que posso poupar ou não. Tenho certeza de que você entendeu, Harry.

— A melhor coisa que você pode fazer agora para ter uma sentença mais leve é soltar Alexandra e se entregar imediatamente à polícia.

— A melhor coisa *para você*, não é? Me tirar da jogada para deixar o caminho livre.

— Caminho livre para quê, Prim?

— Não se faça de idiota. Uma chance com Alexandra. Você a infectou, fez com que ela te desejasse, fez com que ela acreditasse que você tem algo a oferecer. Por exemplo, amor verdadeiro. Agora é a sua chance de provar que a ama mesmo. O que acha de trocar de lugar com ela?

— E aí você solta Alexandra?

— Claro. Nenhum de nós quer o mal dela.

— Certo, eu tenho uma sugestão de como fazer a troca.

A risada de Helge era mais estridente que a voz.

— Boa tentativa, Harry, mas acho que vamos seguir o meu plano.

— Hum. Qual é a proposta?

— Você vem de carro acompanhado de outra pessoa. Estaciona em frente ao prédio para eu ver vocês dois, e só vocês dois. Vocês vão sair do carro e andar até o prédio. Eu vou abrir a porta daqui de cima. Quero ver as suas mãos algemadas nas costas quando vocês saírem do carro. Entendeu?

— Sim.

— Vocês vão pegar o elevador, vão até a porta que dá para o terraço, vão abrir uma fresta e me avisar que chegaram. Se você subir no terraço correndo, eu corto a garganta da Alex. Entendeu também?

Harry engoliu em seco.

— Sim.

— Então, quando eu mandar, vocês dois vão abrir a porta e se aproximar de mim andando *de costas*.

— De costas?

— É assim que fazem nas prisões de segurança máxima, não é?

— É.

— Então você entendeu. Você vai ser o primeiro. Vai dar oito passos para trás, parar e se ajoelhar. Quem estiver com você vai dar quatro passos para trás e se ajoelhar também. Se vocês não fizerem exatamente como...

— Entendido. Oito e quatro passos para trás.

— Ótimo, você entende rápido. Vou encostar a faca no seu pescoço enquanto Alexandra vai caminhar até a porta do terraço. A pessoa que vier com você vai voltar com ela para o carro, e eles dois vão embora.

— E aí?

— E aí as negociações vão começar.

Silêncio.

— Eu sei o que você está pensando, Harry. Por que trocar uma refém boa por um ruim? Por que entregar uma jovem inocente que a polícia e os políticos sabem que vai causar comoção e ficar com um detetive velho?

— Bem...

— A resposta é simples, Harry: eu amo Alexandra. E para convencê-la a esperar minha liberdade, preciso demonstrar que meu amor é verdadeiro. Acho que o júri também vai enxergar isso como um atenuante.

— Com certeza — disse Harry. — Daqui a uma hora?

Outra risada estridente.

— Outra boa tentativa, Harry. Mas sem chance de eu te dar tempo para avisar a Unidade de Resposta Rápida e reunir metade da força policial antes da troca.

— Certo, mas a gente está meio longe daí. Temos quanto tempo para chegar?

— Acho que é mentira, Harry. Acho que você não está tão longe. Consegue ver a lua?

Øystein correu até a janela. Fez que sim.

— Sim — respondeu Harry.

— Então viu que o eclipse está acontecendo. Quando a lua estiver toda coberta vou cortar o pescoço de Alexandra.

— Mas...

— Se os cálculos dos astrônomos estiverem certos, você tem... vamos ver... vinte e dois minutos. E mais uma coisa: eu tenho olhos e ouvidos em muitos lugares, e, se perceber que a polícia foi alertada antes de você chegar, Alexandra morre. Agora anda rápido.

— Mas... — Harry parou, virou o celular e mostrou aos outros que Helge tinha desligado.

Olhou para o relógio. Tinha tempo; se pegassem a Ring 3 levariam cinco ou seis minutos para chegar ao Instituto de Medicina Forense no Rikshospitalet.

— Vocês ouviram e entenderam tudo? — perguntou ele.

— Uma parte — disse Aune.

— Ele se chama Helge Forfang, trabalha no Instituto de Medicina Forense e está mantendo uma colega de trabalho como refém no terraço. Quer trocá-la por mim. Temos vinte minutos. Não podemos falar com a polícia, porque existe uma boa chance de ele descobrir. Precisamos ir agora, mas somos só eu e mais um.

— Então eu vou — anunciou Truls, firme.

— Não — disse Aune com a mesma firmeza.

Todos olharam para o psicólogo.

— Você ouviu o que ele falou, Harry. Ele vai te matar. É por isso que ele quer você lá. Ele ama Alexandra, mas odeia você. Não vai negociar. Talvez não tenha uma percepção correta da realidade, mas sabe tão bem quanto nós dois que ninguém consegue redução de pena negociando um refém.

— Talvez — disse Harry. — Mas nem você pode ter certeza do grau de perturbação mental dele, Ståle. É *possível* que ele acredite no que disse.

— É possível, mas muito improvável, e mesmo assim você pretende arriscar a sua vida com base nesse palpite?

Harry deu de ombros.

— O tempo está correndo, senhores. E sim, acho que vale a pena trocar um velho detetive de homicídios por uma cientista médica jovem e talentosa. A matemática é simples.

— Exatamente! — disse Aune. — A matemática é simples.

— Ótimo, então concordamos. Pronto, Truls?

— Temos um problema — disse Øystein da janela, digitando no celular. — O trânsito está completamente parado lá embaixo. Não é normal a essa hora da noite. Olhei no site do Departamento de Trânsito e vi que a Ring 3 está fechada por causa da fumaça de uma casa que pegou fogo. Ou seja, todas as estradas secundárias estão congestionadas, e, falando como taxista, garanto que a gente não chega ao Rikshospitalet em vinte minutos. Nem em trinta.

Todos na sala, incluindo Jibran, se entreolharam.

— Certo — disse Harry e olhou para o relógio. — Truls, gostaria de abusar do seu poder inexistente de autoridade policial?

— Adoraria — respondeu Truls.

— Ótimo. O que acha de a gente ir ao pronto-socorro pedir uma ambulância com luzes e sirenes?

— Parece divertido.

— Parem! — gritou Aune dando um soco na mesinha de cabeceira. Um copo de plástico caiu e derramou água no chão. — Vocês não ouviram o que eu falei?

# 52

## Sexta-feira

### Sirenes

Prim ouviu o som intermitente de uma sirene na noite cada vez mais escura. Em minutos a lua seria totalmente devorada e o céu estaria iluminado apenas pelas luzes amarelas da cidade. Não era a sirene de uma viatura, nem de um carro dos bombeiros, que Prim tinha ouvido no começo da noite. Era de uma ambulância. Talvez a caminho do Rikshospitalet, mas algo lhe dizia que era Harry Hole anunciando a chegada. Prim abriu a mochila com o scanner de rádio da polícia e ligou o aparelho. Claro que Harry podia ter informado os colegas sem usar o rádio — Prim não era o primeiro criminoso da história com acesso à frequência da polícia —, mas o clima pacífico e descontraído das comunicações dava a Prim a sensação de que, na pior das hipóteses, poucos agentes sabiam o que estava acontecendo. O incidente mais dramático da noite parecia ser o dos restos mortais carbonizados num casarão em chamas em Gaustad.

Prim tinha posicionado sua cadeira logo atrás da de Alexandra, os dois de frente para a porta de metal por onde o policial e seu acompanhante entrariam. Chegou a pensar na hipótese de permitir que apenas Harry fosse, mas não podia descartar a possibilidade de precisar de alguém para tirar Alexandra à força. De vez em quando, sentia o cheiro de fumaça vindo de Gaustad, que ficava a apenas meio quilômetro dali. Prim não queria inalar aquela fumaça. Não queria Markus Røed dentro dele. Não queria mais ódio na vida, só amor. Tudo bem, a primeira reação de Alexandra foi rejeitá-lo. Normal. Ele havia se precipitado, ela ficou chocada e a reação instintiva ao choque é a fuga. Ela achava que eles eram só amigos! Talvez acreditasse mesmo que ele era gay. Talvez tivesse se confundido, achado que era só um flerte, uma desculpa para chamá-lo para sair, para ir a festas, sem segundas intenções. Em parte, Prim jogou o jogo de Alexandra, imaginou que talvez ela precisasse dessa desculpa, e até admitiu ter transado com um homem — sem mencionar os abusos do padrasto. Os dois se divertiam muito! Ela precisava de tempo para amadurecer a ideia de que o amava e ele claramente havia se precipitado ao oferecer o anel. Sim, ele só queria amor. Mas, para o amor florescer, Prim precisava acabar com tudo o que o mantinha à sombra.

Prim tateou a seringa no bolso interno do casaco. Após falar com Harry, mostrou a seringa para Alexandra e explicou tudo. Ela não tinha conhecimento suficiente de microbiologia para ser a ouvinte ideal, mas era formada em medicina, portanto entendeu mais do que o ouvinte médio, o bastante para compreender que ele havia feito um grande avanço na parasitologia ao criar parasitas que agem dez vezes mais rápido que os originais. Mas Prim não teve o prazer de ouvir os *aaahs* e *ooohs* tão esperados quando explicou como seus parasitas tomaram conta do cérebro de Terry Våge em menos de uma hora. Alexandra certamente estava amedrontada demais para prestar atenção no relato, sentindo-se em perigo. E podia estar mesmo, se Harry Hole não fosse tão previsível. Mas Hole iria cumprir à risca as ordens de Prim, era da velha guarda — mulheres e crianças primeiro. Chegaria ao Instituto de Medicina Forense a tempo. Prim finalmente estava feliz, muito mais do que ao cozinhar a cabeça do padrasto. A batalha estava perdida, isso era óbvio. Alexandra tinha recusado a aliança e Harry Hole tinha descoberto a sua identidade. Mas a luta continuava, e no fim ele sairia vencedor. A primeira coisa a fazer era eliminar o rival para sempre. É assim que funciona no reino animal e no fundo nós, seres humanos, somos animais. Depois, não tinha jeito, ele teria que cumprir pena na cadeia. Mas nesse meio-tempo ensinaria Alexandra a amá-lo. E ela o amaria, porque, sem Harry no páreo, ela entenderia que seu macho era Prim, e não o policial. Simples assim. Não era banal, mas era simples. Sem complicações. Questão de tempo.

Prim olhou para a lua.

Só restava o cantinho para ela ficar totalmente coberta. Mas o som da sirene se aproximava, eles estavam perto.

— Está ouvindo? Harry veio salvar você. — Prim passou o dedo nas costas do casaco de Alexandra. — Está feliz? Por saber que alguém te ama tanto que está disposto a morrer por você? Mas fique sabendo que eu te amo mais. A minha ideia inicial era morrer, mas eu decidi *viver* por você. É um sacrifício maior que o do Harry.

A sirene parou de repente.

Prim se levantou e deu dois passos até a beira do terraço. Lá embaixo, feixes de luz amarela varriam o estacionamento.

Era uma ambulância.

Duas pessoas desceram do veículo. Ele reconheceu Hole pelo terno preto. A outra pessoa estava de azul-claro, parecia uma camisola hospitalar. Hole tinha levado um enfermeiro ou um paciente? O detetive virou de costas para o terraço, e, embora não enxergasse claramente as algemas, Prim viu o brilho do metal à luz dos postes do estacionamento. Lado a lado, as duas pessoas foram devagar em direção à entrada do prédio, que estava bem abaixo de Prim.

Prim pegou o maço de Camel de Alexandra. Largou do alto. O maço caiu no chão com um baque seco na frente dos dois. Eles tomaram um susto, mas não olharam para cima. O homem de camisola pegou o maço e abriu. Tirou o cartão de entrada de Prim e um bilhete com a senha da porta, o número do andar que eles deveriam apertar no elevador e a instrução de que eles tinham que subir a escada à direita para chegar à porta que dava para o terraço.

Prim se sentou de volta na cadeira atrás de Alexandra, de frente para a porta, a dez metros de distância.

Refletiu. Estava com medo do que estava prestes a acontecer? Não. Já havia matado três mulheres e três homens.

Mas estava nervoso. Porque era a primeira vez que atacaria fisicamente alguém que ainda não estava reduzido a um robô programado e previsível, controlado pelos parasitas. Todas as suas vítimas anteriores tinham sido ludibriadas e infectadas. Helene Røed e Terry Våge engoliram os parasitas enquanto bebiam, Susanne e Bertine cheiraram cocaína com *Toxoplasma gondii* na festa de Markus

Røed. E o traficante da Jernbanetorget também cheirou os parasitas do dosador de Bertine. Prim teve essa ideia no dia em que recebeu a cocaína verde. Há muito tempo ouvia rumores de que Markus Røed cheirava. Ele se perguntava se essa era uma forma de colocar o parasita no corpo do padrasto, mas só percebeu que estava diante de uma grande oportunidade quando a cocaína verde apreendida pela polícia chegou para análise no Instituto de Medicina Forense e Alexandra falou da festa no terraço de Røed. O paradoxo foi que três outras pessoas ingeriram sua cocaína e tiveram que pagar com a vida antes de ele conseguir infectar o padrasto com sua variante do *Toxoplasma gondii*, misturado numa das substâncias mais essenciais, saudáveis, naturais para a vida: água. Quando pensou em tudo, Prim não conseguiu conter o sorriso. Tinha ligado para Krohn e avisado que Markus Røed precisava ir ao Instituto de Medicina Forense para identificar o corpo da esposa. Preparou um copo de água especialmente para o padrasto. Relembrou exatamente o que tinha dito para fazer Røed beber a água antes de entrar na sala de necropsia: "Pela nossa experiência, é bom que a pessoa que faz a identificação esteja hidratada."

A lua tinha sido praticamente toda devorada, e a escuridão era quase total quando Prim ouviu passos lentos — bem lentos — vindos da escada que dava para o terraço.

Verificou outra vez a seringa no bolso.

As dobradiças da porta de metal rangeram. Uma fresta se abriu. Uma voz rouca veio lá de dentro.

— Somos nós.

A voz de Harry Hole.

Alexandra engoliu o choro. Prim se sentiu dominado pela raiva, aproximou-se do ouvido dela e sussurrou:

— Não se mexa, fique parada, meu amor. Eu quero que você viva, mas se não fizer o que eu mando vou ter que te matar.

Prim se levantou da cadeira. Pigarreou.

— Se lembra das instruções? — perguntou, satisfeito ao ouvir sua voz clara e forte.

— Lembro.

— Então saia. Devagar.

A porta se abriu.

No momento em que a pessoa de terno deu um passo de costas e ultrapassou a soleira da porta, Prim percebeu que o eclipse tinha se completado. Instintivamente olhou para a lua, que estava bem acima da entrada para o terraço. Não estava preta, tinha adquirido um tom vermelho misterioso. Parecia uma água-viva pálida, exausta, com luz suficiente apenas para si mesma e nada para as pessoas ali embaixo.

A pessoa à porta deu o primeiro dos oito passos para trás combinados na direção de Alexandra e Prim, arrastando os pés devagar como se estivesse usando grilhões. Como um homem condenado à forca, pensou Prim. Tentando prolongar sua vida patética por mais alguns segundos. Prim viu a resignação, a derrota naquele vulto encolhido. Na noite em que Prim espionou Harry Hole e Alexandra, quando eles saíram para jantar e andaram como um casal pelo parque do Palácio Real, Hole parecia grande e forte. Teve a mesma impressão na noite em que os espionou no Jealousy. Mas agora era como se Hole tivesse se encolhido e voltado ao seu tamanho real dentro do terno. Prim tinha certeza de que Alexandra estava vendo o mesmo que ele, que o terno feito sob medida para o homem que ela acreditava ser Harry Hole não servia mais, estava grande.

Quatro passos atrás de Hole estava o homem de camisola hospitalar recuando de costas para Prim, com as mãos atrás da cabeça. Prim notou um reflexo fraco provocado pelo restinho de luar que ainda chegava? O homem de bata estava segurando uma arma? Não, não era nada, talvez um anel.

Hole parou com as mãos algemadas nas costas. Parecia ter dificuldade para se ajoelhar sem cair de bruços. Já estava se comportando feito um cadáver. Prim esperou o homem de camisola hospitalar também se ajoelhar, aproximou-se de Hole e ergueu a mão direita com a seringa. Mirou a pele pálida, branca e flácida da nuca, acima do colarinho da camisa.

Tudo estaria acabado em poucos segundos.

— Não! — gritou Alexandra atrás de Prim.

Prim baixou a mão, e Harry Hole não teve tempo de reagir antes que a agulha da seringa entrasse em seu pescoço. Tremeu, mas não se virou. Prim pressionou o êmbolo, sabia que o trabalho estava concluído, que os parasitas estavam no caminho mais curto para o cérebro, que seria mais rápido do que tinha sido com Våge. Ergueu a cabeça e viu o homem de camisola se virar. Estava escuro, mas notou outra vez um leve brilho na mão do homem, e dessa vez percebeu: não era um anel. Era um dedo. Um dedo de metal.

O homem ficou de frente e se levantou. Por causa do ângulo de visão, quando os dois saíram da ambulância, Prim não percebeu que o homem de camisola era mais alto que o de terno. E, quando saíram de costas no terraço, os dois estavam encurvados. Mas nesse momento Prim percebeu que era ele. O homem de camisola era Harry Hole. Prim distinguiu o rosto, os olhos claros, a boca sorridente.

Prim reagiu o mais rápido que pôde. Estava preparado para a possibilidade de tentarem enganá-lo. Vivia isso desde criança. Foi assim no começo e assim seria no fim. Mas Prim queria levar uma coisa junto. Uma coisa que o policial não teria. Ela.

Prim já havia sacado a faca quando se virou para Alexandra, que estava de pé. Ergueu a faca para atacar. Tentou olhar nos olhos dela. Deixar claro que ela estava prestes a morrer. Sentiu a raiva tomar conta quando notou que Alexandra estava olhando por cima de seu ombro, para o maldito policial. Como Susanne Andersen tinha agido na festa de Markus Røed — elas estão sempre procurando alguém melhor. Bem, então Hole iria assistir à morte de Alexandra, aquela puta maldita.

Harry olhou nos olhos de Alexandra. Os dois sabiam que ele estava longe demais para conseguir salvá-la. Harry só teve tempo de erguer o indicador, descrever um círculo rapidamente na altura do pescoço e torcer para Alexandra se lembrar. Viu quando ela recuou o ombro.

Não deveria haver tempo. Mais tarde, Harry chegaria à conclusão de que não *havia* tempo. Isso se os parasitas também não tivessem reduzido a capacidade de reação do hospedeiro principal. O corpo de Helge tapou a visão do golpe, e Harry não conseguiu ver se Alexandra tinha cerrado o punho em forma de cinzel.

Mas com certeza ela cerrou.

E com certeza acertou em cheio.

Os instintos assumiram o controle de Helge Forfang. E os instintos dele não queriam Alexandra, não queriam vingança — só queriam ar. Helge largou a faca e a seringa e caiu de joelhos.

— Corre! — gritou Harry. — Foge daqui!

Sem dizer uma palavra, Alexandra passou correndo por Harry, abriu a porta de metal e sumiu.

Harry se aproximou do homem ajoelhado de terno e olhou para Helge Forfang, que estava caído no chão, com as mãos no pescoço, chiando feito um pneu furado. De repente, Helge rolou no chão de concreto e ficou deitado de bruços olhando para Harry. Pegou a seringa e apontou para si mesmo. Abriu a boca para dizer algo, mas só conseguia chiar.

Sem tirar os olhos de Helge, Harry colocou a mão no ombro do homem de terno, que estava sentado cabisbaixo.

— Como você está, Ståle?

— Não sei — respondeu Aune, num sussurro quase inaudível. — A garota está bem?

— A garota está bem.

— Então estou bem.

Harry olhou nos olhos de Helge ali deitado. Reconheceu o olhar. Tinha visto o mesmo em Bjørn na última noite, quando Harry o abandonou, quando todos o abandonaram. Bjørn foi encontrado na manhã seguinte no carro onde havia estourado os miolos. Harry viu esse mesmo olhar no espelho muitas vezes no período que se seguiu, quando pensava em Rakel e Bjørn e pesava os prós e os contras de cometer esse ato.

Helge não estava apontando a seringa para Harry, e sim para o próprio rosto. Harry viu a agulha se aproximar. Viu a seringa esconder um olho de Helge enquanto o outro estava fixo em Harry. A borda da lua voltou a brilhar, e Helge baixou um pouco a seringa, o suficiente para Harry ver a ponta da agulha pressionar o globo ocular, buscando o caminho mais curto para o cérebro. Viu o olho de Helge ceder como um ovo mal cozido. Viu a ponta da agulha penetrar o olho e o globo recuperar a forma original. Viu Prim cravar a agulha com o rosto impassível. Harry não sabia se o olho ou a parte de trás tinha muitas terminações nervosas, mas não parecia tão doloroso ou difícil de fazer. Na verdade, era fácil. Fácil para o homem que se autodenominava Prim, fácil para as famílias das vítimas, fácil para Alexandra, fácil para os promotores públicos e fácil para a opinião pública, com uma interminável sede de vingança. Todos conseguiriam o que queriam sem o típico peso na consciência que até as pessoas que moram em países com pena de morte sentem após as execuções.

Sim, era fácil.

Fácil demais.

Quando viu o polegar se aproximar do êmbolo, Harry deu um passo rápido à frente, ajoelhou-se de punho cerrado e acertou a palma da mão de Helge. Helge tentou pressionar o êmbolo, mas o polegar bateu num dedo rígido de titânio cinza.

— Solta — disse Prim, gemendo.

— Não. Você vai ficar aqui com a gente.

— Mas eu não quero! — choramingou Prim.

— Eu sei. E é por isso que vai.

Harry não o soltou. Ouviu uma música familiar ao longe. Sirenes da polícia.

53

SEXTA-FEIRA

# Idiota

Alexandra e Harry olhavam pela janela de vidro para a sala de necropsia, onde Ståle Aune estava deitado num banco e Ingrid Aune estava sentada numa cadeira ao lado do marido. A casa dos Aune ficava a cinco minutos de carro, e ela chegou rápido.

Helge Forfang tinha sido levado pela polícia, e a Perícia Técnica estava chegando ao local. Harry havia ligado para a polícia e denunciado um homicídio sem avisar que a vítima ainda não tinha morrido.

De repente, Aune deu uma risada e tossiu ao mesmo tempo, e falou alto o suficiente para ser ouvido pelos alto-falantes.

— Sim, sim, eu lembro, meu bem. Mas não achava que você se interessaria por um cara como eu. Pode ser agora?

Alexandra desligou o som.

Ela e Harry olharam para os Aune. Harry estava na sala de necropsia quando Ingrid chegou. Aune explicou que os parasitas provavelmente fariam efeito muito rápido e que ele preferia ganhar a corrida. Quando Aune disse a Ingrid que Harry tinha se oferecido para fazer o serviço, ela balançou a cabeça decidida. Apontou para uma veia saliente no pescoço de Aune e olhou para Harry, que por sua vez fez que sim, entregou a seringa com morfina preparada por Alexandra e saiu da sala de necropsia.

Agora eles estavam vendo Ingrid enxugar as lágrimas antes de erguer a seringa.

Harry e Alexandra foram para o estacionamento fumar com Øystein.

Duas horas depois, após o interrogatório e uma conversa com o psicólogo especializado em situações de emergência na sede da polícia, Øystein e Harry levaram Alexandra para casa.

— Pode ficar comigo por um tempo — convidou ela. — A não ser que prefira ir à falência no Thief.

— Obrigado — disse Harry. — Vou pensar.

Era meia-noite, e Harry estava sentado no bar do hotel, olhando para o copo de uísque enquanto fazia um balanço geral. Tinha chegado a hora de fazer as contas finais, um inventário de quem ele havia perdido e quem havia decepcionado. E das pessoas sem rosto que talvez — só talvez — tenha salvado. Mas ainda faltava uma pessoa nessa conta.

Como que em resposta ao pensamento, o celular tocou. Ele viu o número. Era Ben.

Harry soube que tinha chegado a hora da verdade. Talvez por isso tenha hesitado antes de aceitar a ligação.

— Ben?

— Oi, Harry. Ela foi encontrada.

— Ok. — Harry respirou fundo e virou o resto do uísque. — Onde?

— Aqui.

— "Aqui"?

— Está sentada bem na minha frente.

— Aí... no Creatures?

— Ã-hã. Com um copo de uísque *sour*. Eles pegaram o celular dela, por isso você não conseguiu entrar em contato. Voltou para Laurel Canyon quando retornou do México. Vou passar para ela...

Harry ouviu um barulho ao fundo e risadas. Depois, a voz de Lucille.

— Harry?

— Lucille... — foi tudo o que ele conseguiu dizer.

— Não vem com conversa mole, Harry. Eu estava pensando em quais seriam as primeiras palavras que diria quando falasse com você. E o que me ocorreu foi: — Harry ouviu Lucille respirar fundo e então, numa mistura de risos e lágrimas, as cordas vocais encharcadas de uísque dela disseram: — Você salvou a minha vida, seu idiota.

# 54

## Quinta-feira

Fazia frio e ventava forte no dia do enterro de Ståle Aune. Os cabelos dos presentes esvoaçavam e, em dado momento, estranhamente, começou a chover granizo, embora não estivesse nublado. Harry havia feito a barba ao acordar e o rosto magro que o encarava no espelho era uma recordação de tempos mais felizes. Talvez isso ajudasse. Provavelmente, não.

Quando subiu ao púlpito para dizer algumas palavras — a pedido de Ingrid e Aurora —, Harry encarou uma igreja lotada.

Nas duas primeiras fileiras estavam os familiares próximos. Na terceira, amigos íntimos, a maioria pessoas que Harry não conhecia. Na fileira seguinte, ele viu Mikael Bellman. Claro que Bellman estava satisfeito com a resolução do caso e a prisão do assassino, mas ao longo da semana manteve discrição enquanto a imprensa chafurdava nos detalhes conforme a polícia os divulgava. Como foi feito com o relato de Helge Forfang sobre o assassinato do próprio padrasto. Mona Daa e o *VG* deram um bom exemplo e decidiram não divulgar o vídeo de Markus Røed nu admitindo os abusos sexuais contra o próprio enteado — só fizeram referências ao conteúdo da gravação. Mas o vídeo estava na internet para quem quisesse assistir.

Harry viu Katrine sentada ao lado de Sung-min e Bodil Melling. Ela ainda estava exausta, vinha fazendo um trabalho interminável de follow-up que estava longe do fim. Mas ao mesmo tempo parecia aliviada pela prisão e confissão do assassino. Nos depoimentos, Helge

Forfang contou tudo o que a polícia precisava saber, e a maior parte das informações sobre os homicídios batia com as suposições de Harry. A motivação — vingança contra o padrasto — era óbvia.

Harry havia chegado à igreja no Mercedes com Øystein, Truls e Oleg, que tinha voltado do condado de Finnmark. Livre das suspeitas de ter adulterado a cocaína verde, Truls estava de volta ao trabalho na sede da polícia e comemorou comprando um terno estranhamente parecido com o de Harry para o velório. Øystein, por sua vez, disse que tinha largado a vida de traficante de cocaína, queria voltar a ganhar a vida atrás do volante e que havia pensado em ser motorista de ambulância.

— Vou te falar uma coisa: quando você liga a sirene pela primeira vez e vê o trânsito se abrindo como a porra do mar Morto se abriu para Moisés, é difícil voltar atrás. Ou foi o mar da Galileia? Tanto faz, eu desisti da ideia no fim das contas.

Truls grunhiu e disse:

— Tem que fazer um monte de curso e coisas do tipo para virar motorista de ambulância.

— O problema não é esse. É que dentro de uma ambulância tem um monte de droga, né? E eu tenho que ficar longe disso, não sou igual ao Keith. Por isso aceitei trabalhar no turno do dia para o dono de uma frota de táxis em Holmlia.

As mãos de Harry tremiam tanto que as folhas que segurava farfalhavam. Ele não tinha bebido — pelo contrário, jogou o resto da garrafa de Jim Beam na pia do quarto de hotel. Ficaria sóbrio pelo resto da vida. Esse era o plano. Esse sempre era o plano. No sábado, ele e Gert iriam pegar a balsa para Nesodden. Harry pensou nisso. As mãos pararam de tremer. Ele pigarreou.

— Ståle Aune — disse, porque tinha decidido começar pronunciando o nome completo do amigo. — Ståle Aune virou o herói que nunca quis se tornar, mas que as circunstâncias e a própria coragem lhe deram a oportunidade de ser no fim da vida. Se estivesse aqui, odiaria ser chamado de herói. Mas não está. Creio eu. E, mesmo que estivesse, não adiantaria nada reclamar. Quando nós precisamos pensar numa forma de resolver o sequestro sobre o qual vocês leram nos jornais, foi a voz dele que se ergueu, interrompeu o burburinho e deu a solução. Ele estava deitado na cama quando gritou: "Vocês não ouviram o que eu falei?", "A matemática é simples". Se Ståle Aune estivesse aqui, diria que escolheu vestir as minhas roupas, tomar o meu lugar e cumprir a minha sentença de morte por questão de lógica, não por heroísmo. O plano era eu sair do terraço com a refém antes que o assassino descobrisse que tínhamos trocado de lugar, caso Ståle fosse descoberto. Não fui eu que bolei esse plano. Foi ele. Ele pediu que lhe fizéssemos esse favor, que o deixássemos trocar os últimos dias de dor por um fim que tivesse sentido de verdade. Um argumento incontestável. Teríamos mais chance de salvar a refém caso Forfang se concentrasse nele, e ao mesmo tempo eu poderia agir se acontecesse algum imprevisto. Como acontece com a maioria dos heróis que sacrificam a própria vida, Ståle deixa para trás algumas pessoas com um sentimento de culpa. Especialmente eu, que era líder do grupo e a pessoa que Forfang queria envenenar. Sim, sou culpado de ter abreviado a vida de Ståle Aune. Me arrependo? Não. Porque Ståle estava certo, é uma questão de matemática simples e acredito que ele morreu feliz. Feliz porque pertencia àquela parte da raça humana que sente uma satisfação profunda em contribuir para tornar este mundo um lugar um pouco mais suportável para o restante de nós.

A pedido de Ståle, depois do velório houve uma recepção no Schrøder, com sanduíches e café. O bar estava tão lotado que quando Harry e seus companheiros chegaram tiveram que ficar em pé nos fundos, perto dos banheiros.

— Forfang queria vingança e destruiu tudo o que viu pelo caminho — disse Øystein. — Mas os jornais continuam dizendo que ele era um serial killer, quando, na verdade, não era. Ou era? O que você acha, Harry?

— Hum. Não era no sentido clássico. Esses são raros. — Harry tomou um gole de café.

— Em quantos você já esbarrou? — perguntou Oleg.

— Não sei.

— Não sabe? — grunhiu Truls.

— Depois que eu peguei o meu segundo serial killer, comecei a receber cartas anônimas. Pessoas me desafiando, dizendo que tinham matado ou que iriam matar, e que eu não era capaz de pegá-las. Acho que a maioria só escreveu por diversão, mas não sei se algum de fato tirou a vida de alguém. Nós resolvemos a maioria dos casos de morte que descobrimos que são homicídio. Mas talvez algum deles seja bom e consiga fazer a morte parecer natural ou acidental.

— Então está dizendo que talvez esses assassinos tenham derrotado você?

— Sim — concordou Harry, assentindo.

Um idoso claramente embriagado saiu do banheiro.

— Amigos ou pacientes? — perguntou ele.

Harry sorriu.

— Os dois.

— Normal — disse o homem e abriu caminho pela multidão.

— Além disso, ele salvou a minha vida — murmurou Harry e ergueu a xícara de café. — A Ståle.

Os outros três ergueram os copos.

— Eu estava pensando numa coisa — disse Truls. — Naquele ditado que você disse, Harry. De que, quando se salva a vida de uma pessoa, você se torna responsável por ela pelo resto da vida...

— Ã-hã — disse Harry.

— Eu apurei. Não é um provérbio. Foi uma coisa que eles inventaram na série *Kung Fu* para soar como um antigo provérbio chinês. Se lembra da série? Passou na TV nos anos setenta.

— Com o David Carradine? — perguntou Øystein.

— Isso — disse Truls. — Era um lixo.

— Mas um lixo legal — disse Øystein. — Tenta assistir — continuou e cutucou Oleg.

— Sério?

— Não — disse Harry. — Não é sério.

— Tá bom — disse Øystein. — Mas, se o David Carradine disse que você é responsável pelas pessoas que salva, então tem *alguma* verdade por trás disso. Quer dizer, é o *David Carradine*, gente!

Truls coçou o queixo proeminente.

— É, tá bom.

Katrine se aproximou.

— Desculpa, só consegui chegar agora, tive que dar uma olhada na cena de um crime — disse ela. — Parece que todo mundo veio, até o padre.

— O padre? — perguntou Harry, erguendo uma sobrancelha.

— Não era ele? — disse Katrine. — Tinha um cara de colarinho clerical saindo quando eu cheguei.

— Que cena de crime? — perguntou Oleg.

— Um apartamento em Frogner. O corpo foi esquartejado. Os vizinhos ouviram som de motor. A impressão é de que alguém pintou o papel de parede da sala com spray. Escuta, Harry, posso conversar com você em particular?

Eles se afastaram e encontraram uma mesa desocupada perto da janela, a mesa em que Harry costumava ficar.

— Que bom que Alexandra já voltou ao trabalho — comentou ela.

— Ela é dura na queda.

— Ouvi dizer que você a convidou para ver *Romeu e Julieta*...

— É. Helene Røed me deu dois ingressos. Disseram que a montagem é ótima.

— Legal. Gosto muito da Alexandra. Pedi que ela verificasse uma coisa para mim.

— O quê?

— Comparar o DNA da saliva no seio de Susanne com o banco de dados de criminosos conhecidos. Não bateu com o de ninguém, mas sabemos que bate com o de Markus Røed.

— Isso.

— Mas em momento algum a saliva foi comparada com o banco de dados de criminosos *desconhecidos*, isto é, com o DNA encontrado em casos não resolvidos. Depois que o vídeo de Røed admitindo o abuso sexual de um menor veio a público, eu pedi que ela comparasse o DNA dele com esse banco de dados. Sabe o que aconteceu?

— Hum. Posso chutar.

— Tenta.

— O estupro do garoto de 14 anos no Tuesdays. Qual era o nome do caso mesmo?

— Caso Borboleta — respondeu Katrine, parecendo quase chateada. — Como você...?

— Røed e Krohn disseram que não queriam fornecer a amostra de DNA porque isso seria uma admissão de que havia motivos para suspeita. Mas eu intuí que Røed tinha outro motivo. Ele sabia que vocês tinham o DNA dele no sêmen do estupro.

Katrine fez que sim.

— Você é bom, Harry.

Ele balançou a cabeça.

— Se fosse, teria resolvido esse caso há muito tempo. Cometi vários erros do começo ao fim.

— Isso é o que você diz, mas tem muita gente que acha você excelente.

— Sei.

— E é sobre esses outros que eu quero falar com você. Tem uma vaga na Divisão de Homicídios. Todos nós gostaríamos que você se inscrevesse.

— "Nós"?

— Bodil Melling e eu.

— São só duas pessoas, você disse "todos".

— Mikael Bellman mencionou que talvez seja uma boa. Que a gente poderia criar uma posição especial. Um cargo onde teria mais liberdade. Você podia começar com esse homicídio em Frogner.

— Algum suspeito?

— A vítima vinha tendo problemas com o irmão por causa de uma antiga disputa de herança. O irmão está sendo interrogado agora, mas parece que tem um álibi.

Katrine observou o rosto de Harry. As íris azuis que ela havia encarado, a boca macia que havia beijado, os traços marcantes, a cicatriz em forma de sabre que ia do canto da boca à orelha. Tentou interpretar o olhar de Harry, suas mudanças na expressão facial, o modo como ele recuou os ombros, como um pássaro de grande envergadura se preparando para alçar voo. Katrine se considerava boa na interpretação de sinais; alguns homens — como Bjørn — eram como um livro aberto, mas Harry era, e continuava sendo, um mistério para ela. E para si mesmo, suspeitava Katrine.

— Mande meus cumprimentos e agradeça o convite — disse ele. — Mas não, obrigado.

— Por quê?

Harry abriu um sorriso irônico.

— Ao longo desse caso eu percebi que só presto para uma coisa: capturar serial killers. Os de verdade. Segundo as estatísticas, você passa por um serial killer na rua apenas sete vezes ao longo da vida. Já gastei a minha cota. Não vai aparecer mais nenhum.

O crachá com o nome do jovem vendedor da loja dizia "Andrew", e o homem à sua frente tinha pronunciado seu nome com um sotaque típico de quem tinha morado nos Estados Unidos.

— Uma corrente para motosserra — disse Andrew. — Ã-hã, podemos providenciar.

— Para o quanto antes, por favor — disse o homem. — E dois rolos de fita isolante. E alguns metros de uma corda fina e resistente. E um rolo de sacos de lixo. Consegue tudo isso para mim, Andrew?

Por alguma razão, Andrew sentiu um calafrio. Talvez por causa das íris incolores do homem. Ou do tom de voz suave e bajulador, com um leve sotaque de Sørland. Talvez o fato de o homem ter colocado a mão no antebraço de Andrew. Ou simplesmente porque, assim como certas pessoas têm medo de palhaços, Andrew sempre morreu de medo de padres.

Este livro foi composto na tipologia Sabon LT Pro,
em corpo 11/15, e impresso em papel off-white
no Sistema Cameron da Divisão Gráfica
da Distribuidora Record.